U0445449

独角兽书系

THREE SISTERS, THREE QUEENS

［英］菲利帕·格里高利 —— 著
王楠 —— 译

PHILIPPA
GREGORY

三姐妹 三王后

· 金雀花与都铎系列 ·

THREE SISTERS, THREE QUEENS

Chinese Simplified Translation copyright © 2021 by CHONGQING PUBLISHING HOUSE CO., LTD.
Original English language edition Copyright © 2016 by Philippa Gregory Limited
All Rights Reserved.
Published by arrangement with the original publisher, Touchstone, a Division of Simon & Schuster, Inc.

版贸核渝字（2017）第211号

图书在版编目（CIP）数据

三姐妹三王后 /（英）菲利帕·格里高利著；王楠译. —重庆：重庆出版社，2021.12
书名原文：Three Sisters, Three Queens
ISBN 978-7-229-15332-8

Ⅰ. ①三… Ⅱ. ①菲… ②王… Ⅲ. ①长篇历史小说—英国—现代 Ⅳ. ①I561.45

中国版本图书馆 CIP 数据核字（2020）第 193595 号

三姐妹三王后
SHAN JIEMEI SHAN WANGHOU

[英]菲利帕·格里高利 著　王　楠 译

责任编辑：邹　禾　肖化化　方　媛
装帧设计：徐　图
责任校对：陈　琨

重庆出版集团 出版
重庆出版社

重庆市南岸区南滨路162号1幢　邮政编码：400061　http://www.cqph.com
重庆出版社艺术设计有限公司 制版
重庆豪森印务有限公司 印刷
重庆出版集团图书发行有限责任公司 发行
E-mail:fxchu@cqph.com　邮购电话：023-61520646
全国新华书店经销

开本：890mm×1230mm　1/32　印张：20.125　字数：526千
2021年12月第1版第1次印刷　2021年12月第1版第1次印刷
ISBN：978-7-229-15332-8
定价：122.80元

如有印装问题，请向本集团图书发行有限公司调换：023-61520678

版权所有　侵权必究

菲利帕·格里高利
Philippa Gregory

英国畅销作家，资深记者，媒体制片人。1954年出生于肯尼亚，后随家人移居英格兰，在获得萨塞克斯大学历史学学士、爱丁堡大学18世纪文学博士学位后，她出版了第一部小说《威德克尔庄园》，此书的畅销令她成为一名全职作家。此后她笔耕不辍，以严肃的历史背景为依托，融入女性写作者特有的细腻情感，创作了多部系列小说，其中"金雀花与都铎"系列作为她的代表作被多次改编为影视作品，收获广泛关注，也为她带来"英国王室历史小说女王"的美誉。

"金雀花与都铎"围绕14~16世纪的英国宫廷女性写作。许多女性在历史上并未留下浓墨重彩的痕迹，菲利帕结合想象与考据，丰满了史书间女人们的名字。这是一个相当庞大的系列，且仍在持续更新中。

在小说之外，她还写过童书、短篇集，并与大卫·巴德文及麦克·琼斯合著非虚构类作品《玫瑰战争中的女性》。同时，她还是英国广播公司第四频道《英国问答》的常客，都铎王朝时代频道的专家。

目前她和家人一起住在英格兰北部。她喜爱骑马、散步、滑雪和园艺，另外在冈比亚建立了一所园艺学习慈善机构。

金雀花与都铎 系列

另一个波琳家的女孩

女王的弄臣

处女的情人

永恒的王妃

波琳家的遗产

另一个女王

白王后

红女王

河流之女

拥王者的女儿

白公主

国王的诅咒

驯后记

三姐妹三王后

最后的都铎

献给安东尼

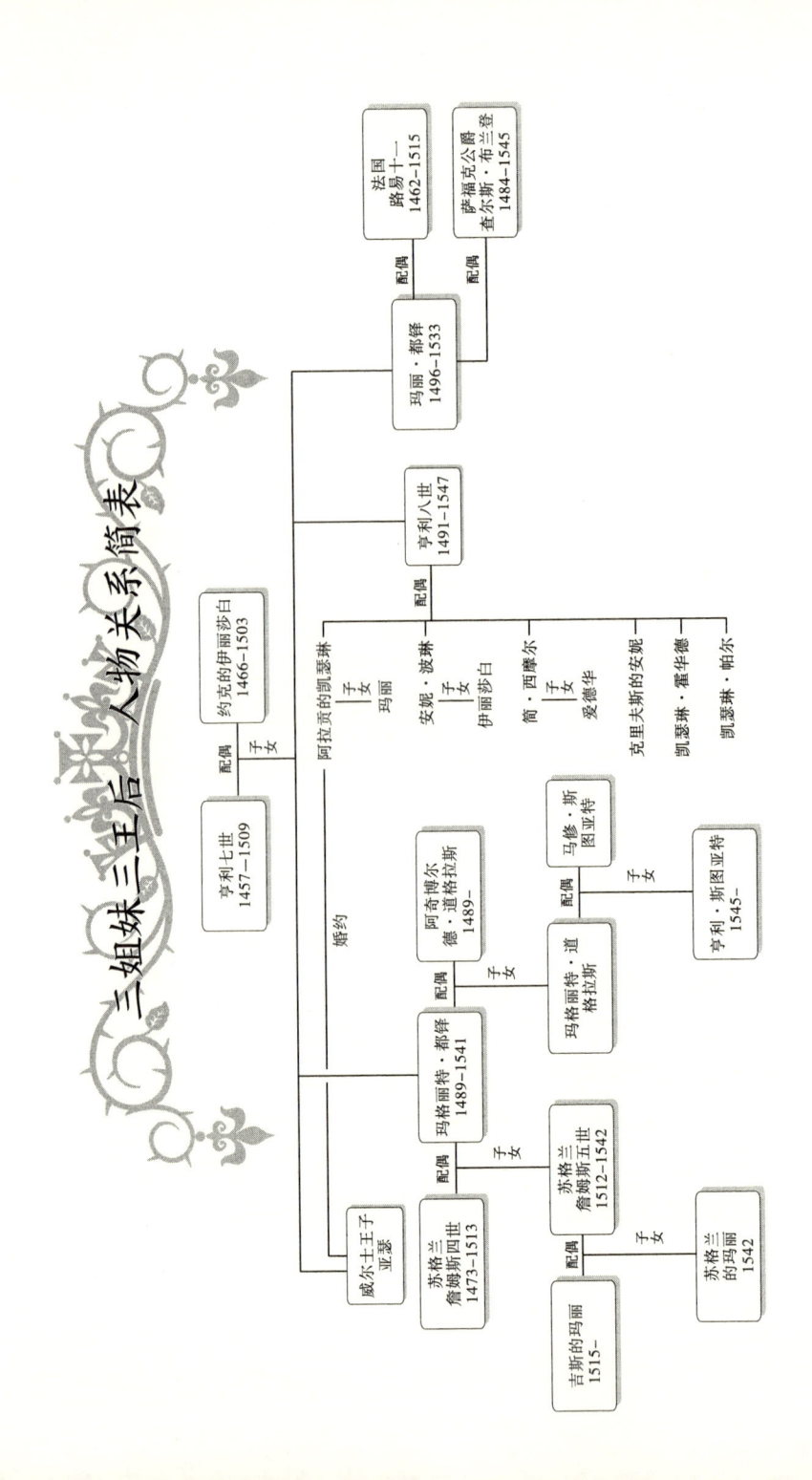

三姐妹三王后 人物关系简表

- 亨利七世 1457-1509 —— 配偶 —— 约克的伊丽莎白 1466-1503

子女：
- 阿拉贡的凯瑟琳 —— 配偶 —— 亨利八世 1491-1547
  - 子女：玛丽（母：阿拉贡的凯瑟琳）
  - 配偶：安妮·波琳 —— 子女：伊丽莎白
  - 配偶：简·西摩尔 —— 子女：爱德华
  - 配偶：克里夫斯的安妮
  - 配偶：凯瑟琳·霍华德
  - 配偶：凯瑟琳·帕尔

- 玛丽·都铎 1496-1533
  - 配偶：法国路易十一 1462-1515
  - 配偶：萨福克公爵查尔斯·布兰登 1484-1545

- 威尔士王子亚瑟 —— 婚约 —— 阿拉贡的凯瑟琳

- 玛格丽特·都铎 1489-1541
  - 配偶：苏格兰詹姆斯四世 1473-1513
    - 子女：苏格兰詹姆斯五世 1512-1542
      - 配偶：吉斯的玛丽 1515-
      - 子女：苏格兰的玛丽 1542
  - 配偶：阿奇博尔德·道格拉斯 1489-
    - 子女：玛格丽特·道格拉斯
      - 配偶：马修·斯图亚特
      - 子女：亨利·斯图亚特 1545-

1501年11月

英格兰　伦敦　贝纳德城堡

身为都铎公主，我打算穿白绿二色的服饰。平心而论，我深感自己才是唯一的都铎公主，毕竟我的妹妹玛丽还太幼小，除了在晚餐时刻任由保姆领进又领出，她什么都做不了。我确信玛丽的保姆十分清楚，把她带去在我们家族的新娘面前露下脸就可离开。让她坐在餐桌上，或者是放纵她一个劲儿地吃糖李子，都没什么好处。甜腻的食物会让她反胃，而且要是她累了，她还会哭闹。她只有五岁，年纪实在太小，远不足以出席国事盛会。我就不一样了；我已经整整十二岁了。在这场婚礼中，我必须扮演好我的角色，如若缺了我，这场婚礼将不会完整。我的祖母，国王的母亲，她自己就是这样说的。

她接着又说了什么，我没能听清楚，但是我知道那些苏格兰贵族会关注我，看我是否健康，是否成熟，是否可以马上嫁人。我有自信能让他们满意。人人都说我健美漂亮，就如威尔士矮马那般结实，又如挤奶女工那样健壮，而且和我弟弟哈里①一样，还有一双大大的蓝眼睛，秀澈动人。

"下一位新娘就是你了，"她微笑着对我说，"人们都说一场婚礼会带来另一场婚礼。"

"我不会像凯瑟琳公主这样远嫁，"我说，"我会常回家访问。"

---

①亨利的昵称。——编者注。本书注释如未另行标明，均为译者注。

"你会的。"祖母的承诺确保了这一点,"你将会嫁去我们的邻国,而且你将把它变成我们的友邻与盟国。"

凯瑟琳公主不得不经历长途跋涉,从西班牙远道而来。由于当时我们同法国正处于交战之中,她只能远渡重洋,海上暴雨连天,惊涛骇浪还让她差点遇难。等我嫁去苏格兰时,我将伴有盛大的送亲队伍,从威斯敏斯特到爱丁堡,绵延四百英里。我不会走海路,抵达之时,我不会一脸病容,更不会浑身湿透,并且无论何时,我都可以在我的新家和伦敦之间来去无虞。而凯瑟琳公主将无法再见故乡一面。据说她第一次见我哥哥的时候,哭得梨花带雨。在我看来这很可笑,就跟玛丽一样孩子气。

"我会在婚礼上跳舞吗?"我问道。

"你和哈里会一起跳舞,"祖母果断地说,"就在这位西班牙公主和她的侍女为我们展示一支西班牙舞蹈之后。你可以让她见识一位英格兰公主的风采。"她露出狡黠的微笑:"我们会看到谁才是最棒的。"

"一定要是我。"我暗自祈祷,然而大声问道:"是跳巴斯舞①吗?"这是一种舒缓又大气的成人舞蹈,说是舞蹈但其实更像舞步,我十分擅长。

"嘉雅舞②。"

我没有提出异议,没人会对我的祖母提出异议。她决定着每个王室家庭、每座宫殿城堡内的一切事务,我的王后母亲只不过都在附和同意。

"那我们需要排练。"我说道。我有办法让哈里好好练习,只用向他许诺所有人都会观看。他热衷成为关注的焦点——他向来都在比赛中取胜,与人比试箭术,还爱在马背上炫耀技巧。虽然他只有十岁,但已经和我一样高了,所以只要他不扮丑,那我俩在一起将会是赏心悦目的一对。我想

---

① 15世纪流行的一种宫廷舞。
② 16世纪流行的轻快活泼的双人舞。

让那位西班牙公主看到我与她这位卡斯蒂利亚和阿拉贡的女儿①同样优秀。我的母亲是金雀花②出身,而我的父亲是一名都铎。这对任何人来说都是如雷贯耳的名号。凯瑟琳不必以为我们会感激她的到来,譬如我,我尤其不想王宫里再多出一位公主。

✦

正是由于母亲的坚持,凯瑟琳才会在从西班牙专程赶来的本国王室成员的陪同下,在婚礼之前就到贝纳德城堡来拜访我们。父亲指出,此行的开销均由我们支付。他们进入那道双扇门,好似一支入侵的军队,服装、语言、头饰,与我们没有丝毫相同。处于人群中心的正是那名身披华美礼服的女孩,他们尊称伊为"茵凡塔③"。这一幕也很可笑:因为她明明已满十五岁,还是一名公主,而我以为他们是在叫她"小宝宝④"。我望向哈里,心想要是我对他做个怪相并说句"小宝——宝",他会不会咯咯笑出来(我们就是这样逗弄玛丽的),可他并没有看向我。他正看着她,瞪大双眼,满目惊艳,就像看到了一匹新的骏马,或者一套意大利盔甲,或者某件他一心想要的东西。我看到他的表情,立刻便意识到他快爱上她了,就如同故事中的骑士爱上一位少女那样。哈里钟爱那些关于得不到的女郎的故事与歌谣,她们被禁锢在塔内,或者被捆绑在岩石上,或者迷失在森林中,

---

①凯瑟琳出身西班牙王室,父亲为阿拉贡国王费迪南二世,母亲是卡斯蒂利亚女王伊莎贝拉一世,凯瑟琳身为两者的女儿,也被称为"阿拉贡的凯瑟琳"。
②金雀花家族为都铎王朝之前的英格兰统治者,其统治时间为12世纪中至14世纪末。
③infanta,西班牙语:公主。
④英语中"小宝宝"一词为infant,发音与infanta相似。

缥缈而不真实。而不知为何，凯瑟琳在她进入伦敦之前就已经遇见过哈里并令他难以忘怀，或许是因为她装饰豪华的轻纱轿舆，或许是出于她的博闻强识（她会说三种语言）。我非常生气——真希望他离我近些，好让我使劲掐他一下。正因为如此，那些比我年轻的人，在皇家盛事上，都派不上用场。

她的美貌并不出众。尽管比我年长三岁，可我和她一样高。她有一头浅棕色的头发，略微泛红，只比我的发色深一点。这自然令我恼火：谁想被拿来和自己的长嫂作比较？不过我几乎看不见她的头发，她戴着一顶高大的头冠，盖着厚实的遮面纱。她的一双蓝眸也与我相似，不过眉毛和睫毛的颜色很浅；显而易见，她不被允许像我那样给它们染色。她的皮肤苍白细腻，这点我认为值得夸赞。她的身形玲珑小巧：纤细的腰肢被收紧的系带勒住，让她难以呼吸，秀气的小脚穿着我见过最可笑的一双鞋，指头处有金线刺绣，还装饰着金丝带。我可不认为我的祖母会让我穿金丝带，这过于浮夸且俗气。我深信西班牙人庸俗不堪，而我确定她也如此。

我一边打量着她，一边注意不让我内心的想法在脸上流露出来。我认为能嫁到这里是她的福气，能被父亲选中，嫁给我哥哥亚瑟为妻是她的荣幸，有我这样的妹妹、我母亲那样的婆婆是她的运气，而且有玛格丽特·博福特做她的未来祖母，这幸运至极，这保证了凯瑟琳以后不会逾矩，不会违背上帝赐予她的身份。

她向我母亲屈膝行礼并亲吻她，之后向我的祖母行礼。这本来是符合礼法的举动，但她很快就会明白，比起其他人，她应该首先讨得我祖母的欢心。母亲朝我点点头，于是我上前一步，与这位西班牙公主相互同时行屈膝礼，礼数相当；然后她靠近我，我们互吻脸颊。她脸颊温热，而且我看到她面色潮红，眼中含泪，仿佛在思念她真正的姐妹。我对她摆出一副严肃的面孔，就像有人找父亲索要钱财时父亲的模样。我可不会因为她的一双蓝眼睛和可爱的姿态就喜欢上她。她不必幻想她来到英格兰宫廷会让我们显得肥胖又蠢笨。

她完全不为所动，双眼直视着我。她出生在勾心斗角的宫廷之中，与三个姐妹一起长大，对于宫廷斗争，她一清二楚。更可恶的是，她看着我，犹如她早已发现我虽面上严肃，实际毫无淡定可言，甚至也许还有些滑稽。这一刻我认识到，她并不像我的那些侍女，那些不论我做了什么都必须要来讨好我的侍女，也不像对我唯命是从的玛丽。这个年轻的女人是与我旗鼓相当的对手，她会顾忌我，她甚至可能会在心里批判我。我用法语说："欢迎来到英格兰。"然后她回以生硬的英语："我很高兴能见到我的姐妹。"

我的母亲对她的第一个儿媳妇表达了她全然的善意。她们一起用拉丁语交谈，我无法跟上她们的对话，于是坐在母亲身旁，盯着凯瑟琳装饰着金丝带的鞋履。母亲吩咐奏乐，我和哈里领头唱了一曲，一首英格兰乡村歌曲。我们的歌声悠扬婉转，宫人们为我们和声，乐曲唱了一遍又一遍，直到有人笑出声，众人丢了曲调。不过凯瑟琳并没有笑出来。她看上去一副决不会像我和哈里那样犯傻且快活的模样，她实在过于庄重了，这也难怪，她是西班牙人。但是我注意到了她的坐姿——岿然不动，双手叠在腿上，仿佛有人正为她作画，我觉得她这般姿态看上去挺有王后的风范。我心想，我要学会她的坐姿。

我的妹妹玛丽被带进来行礼，凯瑟琳蹲下身，让她们的脸在同一高度，这样她就能听清玛丽奶声奶气的话语，这让她自己看上去很可笑。玛丽当然是一句拉丁语和西班牙语都听不懂，但她伸出双手抱住了凯瑟琳的脖子并亲了她，还含混不清地叫她"姊姊"。

"我才是你姐姐，"我纠正她，用力拉了拉她的小手，"这位是你的王嫂。你会说'王嫂'吗?"

她当然说不出来。她动了动嘴皮,所有人就又欢笑起来,感叹着这真是太可爱了,我便开口道:"母亲,玛丽是不是该去睡觉了呢?"所有人都意识到此时夜色已深,便举着火炬鱼贯而出,目送凯瑟琳离去,好似她是已经加冕的王后,而非仅仅是西班牙国王和王后最年幼的女儿,刚有幸嫁入我们都铎王室。

她给了所有人晚安吻,轮到我的时候,她温热的面颊贴在我的脸旁,轻声说道:"晚安,妹妹。"她的口音听起来傻兮兮的,说话的口气却显得高人一等。她抽回身子,看到了我不悦的神情,轻笑了几声。"哎呀!"她轻呼一声,还拍了拍我的脸颊,仿佛我的坏脾气并没有困扰到她。她是一位真正的公主,和我母亲一样出身高贵;她是未来会成为英格兰王后的女子;所以我没有为这几下轻拍而感到冒犯,这更像是爱抚。突然间,我发现我在讨厌她的同时也喜欢她。

翌日晨祷①之后,我和母亲一道走出她的私人礼拜堂,她对我说道:"我希望你友好地对待凯瑟琳。"

"如果她觉得她嫁过来就能对我们颐指气使,那我对她可和善不起来,"我干脆地回答道,"如果她以为这桩婚事是我们高攀了,那我对她是友好不起来的。您看见她鞋上的蕾丝了吗?"

母亲开怀地笑了出来。"不,玛格丽特,我没有看见她鞋上的蕾丝,而且我也没有问你对她的看法。我只是把我的愿望告诉了你——你以后要对她好点。"

---

① 七段祈祷时间中的第二段,一般是一天的第一个小时或早上的六点钟。

"那是自然,"我回答道,低头看着封面镶着宝石的弥撒经书,"我希望我能和蔼可亲地对待所有人。"

"她远离家乡,还要适应一个大家族的生活,"母亲说道,"她势必需要一个朋友,而你会和一个年长的姑娘相处得很好。我年幼时,家中曾有很多姐妹,我珍视她们,这份情谊一年比一年深厚。你也可能会发现,你的女性朋友才是你最真挚的朋友,你的姐妹会成为你们回忆的守护者,还会是你们未来的希望的保护者。"

"她和亚瑟会留在这里吗?"我问道,"他们会和我们住在一起吗?"

母亲将她的手放在我的肩膀上。"我希望他们能留下来,但你的父亲认为他们应该前往亚瑟的威尔士,去勒德洛①居住。"

"祖母是怎么想的呢?"

母亲稍微耸肩。这意味着一切已成定局。"她说威尔士亲王必须去治理威尔士。"

"这个家里你还有我。"我把手覆在她的手上,让她靠在我身边。"我会在这里的。""我就指望你了。"她说,语气让人安心。

✦

婚礼之前,我只和我的哥哥亚瑟相处了一小会儿。他和我一起走过长廊,廊下传来了乐师弹奏的另一首舞曲,还有人们饮酒谈笑的喧闹。"你不必对她如此低声下气,"我突然开口,"她的父母也不过是刚刚登上王位的新王新后,和我们父亲一样。她没什么好值得骄傲的。他们并没有比我们强到哪里去。他们并非古老的家族。"

---

① 威尔士公国向来为英国王储的属地,勒德洛位于英格兰与威尔士的边境。

他脸红了。"你觉得她很骄傲?"

"骄傲得莫名其妙。"我曾听过祖母对母亲说过完全一样的话,所以我知道我说的肯定正确。

但亚瑟争辩道:"她的父母统一了西班牙,从摩尔人手里夺回了西班牙。他们是全世界最杰出的十字军。她的母亲是一位好战的王后。他们的财富无与伦比,尚未绘制出地图的土地中有一半属于他们。这总算有些值得骄傲的底气了吧?"①。

"好吧,是有些底气。"我不情愿地说,"但我们是都铎家族。"

"是的,"他有些好笑地认同道,"但这并不会让所有人都刮目相看。"

"这当然让所有人刮目相看,"我说,"尤其是现在……"

我们俩没有再多说一句话,我们都意识到英国王位还有很多继承人:成堆的金雀花男孩儿、母亲的亲戚,依然活跃在宫廷内,或者是流放在外。父亲在战斗中杀死了母亲的表亲,摧毁了不止一个觊觎王位的人:两年前他处死了我们的表亲爱德华②。

"你觉得她很骄傲?"他反问我,"她冒犯你了吗?"

我摊手做出投降的姿势。祖母否决母亲时母亲便会做这个姿势。"唉,她都不用费心和我说话,不过是一个妹妹,她没兴趣。她忙着展示自己的魅力,尤其是对着父亲。再说了,她几乎说不好英文。"

"她会不会太害羞了?我就知道我很内向。"

"她为什么会害羞?她都要嫁人了,不是吗?她即将成为英格兰的王后

---

①费迪南二世与伊莎贝拉一世在统治期间,于1492年征服了伊比利亚半岛上的最后一个伊斯兰教国家格拉纳达,从而结束了西班牙历史上的收复失地运动,并在同一年派遣哥伦布出海探险,最终发现了美洲大陆。

②亨利七世曾将沃里克伯爵爱德华抓起来,关在伦敦塔中长达十四年,而后下令将其绞死。

了，不是吗？她就快成为你的妻子了。除了欣喜若狂之外，她为什么还会有其他情绪呢？"

亚瑟大笑起来，一把抱住我。"在你眼里，世上就没有比成为英格兰王后更美好的事情了，是吗？"

"没有，"我干脆地说，"她应该认识到这一点，并对此心怀感激。"

"但你会成为苏格兰王后，"他指出，"那也很了不起。你可以期盼这件事。"

"是的，而且我肯定不会为此忧虑，不会害上思乡病，也不会感到寂寞。"

"詹姆斯国王可真是个幸运的男人，能拥有你这样知足的新娘。"

这是我给他的最详尽的警告：这位阿拉贡的凯瑟琳根本不把我们放在眼里。不过我戏称她为傲慢国的凯瑟琳，玛丽也听见我这么说了——她简直无处不在，总是偷听比她年长又比她优秀的人的谈话。她学到了这个戏称，她一这么说，母亲就皱起眉头，她又迅速改正，每次看到这样的场景都让我笑出来。

※

在祖母的安排之下，婚礼有条不紊地举行，向全世界展示了我们的家族现今是多么富贵气派、显赫非凡。父亲斥重金举办了整整一周的比武大赛、庆祝活动还有宴会，喷泉池里流淌着红酒，在史密斯菲尔德市场上烧烤牛肉，民众撕下一小块婚礼地毯装饰在鬓角，以求得一点都铎家族的荣耀。这是我第一次有幸见证一场王室婚礼，我细致入微地观察新娘，从她那漂亮的白色蕾丝头饰（他们称之为披肩头纱）的顶端，到她那双刺绣婚鞋的后跟。

她容貌标致，我无法否认这一点，但她也没有漂亮到让众人视之为美神化身的地步。她那一头金红长发披散在两肩，垂落及腰。她身形玲珑，容貌如画，这让我有些别扭，我的手脚相形之下显得过于粗大。可我若是因此便厌恶她，那心胸也太狭隘了，而且也是犯下了罪。但是我在心里认为，待她怀上子嗣，怀上都铎继承人时，她会因怀孕而消失数月，再现身时会是身怀六甲的样子，这对所有人来说，都将是美事一桩。

婚宴一结束，大厅尽头的双扇门开启，身穿都铎绿的舞者们拉着一辆巨大的彩车入场。彩车是一座恢宏的城堡，有着艳丽的装饰，还有八名舞女站在城堡之中，首席舞者打扮成一位西班牙公主的模样，每一座小塔楼里都有一名礼拜堂唱诗班的男童为凯瑟琳唱颂歌。紧随其后的是一辆被装饰为帆船的彩车，桃色丝绢的船帆高高扬起，船上还有八位骑士。帆船停靠在城堡边上，但舞女们拒绝跳舞，于是骑士们用假长矛攻击城堡，直到舞女朝他们抛下纸绢花并走下城堡。城堡和帆船都被拖走后，他们开始一起跳舞。傲慢国的凯瑟琳热烈鼓掌，并向我的父亲鞠躬，为这场精心策划的庆祝活动表示感谢。我全程没有得到一点关注，对此我不由得怒火中烧，脸上也再挂不住笑容。我瞥见她看我的样子了，她享受着我父亲赏赐的尊荣，定然在讥笑我。她是一切的中心，这让晚餐变得无比糟心。

接下来轮到亚瑟登场。他和母亲的一名侍女跳了一支舞，随后是我和哈里进入舞池，跳了一支嘉雅舞。这是一种伴随着音乐，轻快活泼的舞蹈，和乡村吉格舞一样有感染力。乐师弹奏的是快拍，不过哈里和我是最佳搭档，配合默契，训练有素，我们没有漏掉一个节拍，没人会比我们跳得更好。但在有一个部分，我转着圈，伸出手臂，踩着拍子迈出一小步，礼服裙角飞扬起来，露出我的脚踝和脚，所有人的目光都在我身上时——就在这一刻，哈里却迈向另一侧，还把厚外套给抛了出去，然后衣袂翩翩地回我这边。父亲和母亲拍手称赞,他看上去脸色通红,洋溢着少年般的帅气,大家都为他喝彩。我保持微笑,但心中已经满腔怒火,当我们再度牵手跳舞的时候,我用尽全力掐了他的手掌。

我自然对哈里抢风头一事没有丝毫的惊讶。我本来也有些期待他做点什么来吸引大家的目光。扮演亚瑟之外的二王子已经折磨他整整一天了,虽然他护送凯瑟琳走进了威斯敏斯特大教堂的长廊,但他却不得不将她领进高台之后又退回来,然后被众人遗忘。现在,继亚瑟克制的舞蹈之后,他迎来了自己闪耀全场的机会。如果我能够踩他一脚的话,我会这么做的,但是我一下看到了亚瑟的眼色,他还用力地对我眨了眨眼。我们都想着同一件事情:哈里总是这样放纵。而且除了父亲和母亲,所有人都和我们看法一致:长久以来,哈里都是一个被宠坏了的男孩子。

这支舞结束,我和哈里手牵着手,一起鞠躬,一如往常地构成了一幅赏心悦目的图画。我望向那群热切地注视着我的苏格兰领主,至少,他们对哈里毫无兴趣。其中一人,詹姆斯·汉密尔顿,是苏格兰国王的亲属。他会很乐意看到我成为一名快乐的王后;他的表亲詹姆斯国王喜欢跳舞和宴会,他会发现我是他的良配。我看见这群贵族迅速交谈了几句,我确信,下一场婚礼,我的婚礼,婚期将近。到时哈里将不会在婚礼上跳舞,也没法儿抢风头,我不会允许的;而凯瑟琳得把她那头秀发藏在兜帽里;只有我能站在婚礼上,迎接这桃红丝绢帆船和所有舞者。

我和哈里都没能获准待到宴会结束,看不到恭送王妃就寝,也看不到婚床祈福。在我看来,如此将我们当作小孩子一样对待,荒谬又失礼。祖母将我们送回各自的房间,尽管我向母亲望去,期盼她开口说哈里必须离开而我能再多待一会儿,可她只是轻描淡写地将视线移开。一如既往,祖母的话就是律法:她才是执掌生杀大权的法官,我母亲不过偶尔才施行王室特赦。于是我们只能向国王、母亲和祖母,还有亲爱的亚瑟及傲慢国的凯瑟琳鞠躬行礼，而后不得不离开。我们尽可能慢地拖着脚步，磨蹭着离开那些明亮的房间，房间里白色蜡烛放肆燃烧，像是它们比油脂还廉价，音乐家们尽情演奏，仿佛将彻夜不息。

"我也要有像这样的婚礼。"在我们上楼的时候，哈里开口说道。

"还有好几年呢，"我故意说来激怒他，"不过我很快就要大婚了。"

等我回到我的房间，我跪在祷告椅上，虽然我本来是打算祈求亚瑟长命百岁，幸福安康，并请求上帝给予都铎家族特别的眷顾，可我发现我只能祈祷那些苏格兰大使告诉国王让他立即来迎娶我，因为我想要一场如今日婚宴同样盛大的婚礼，我想要拥有如傲慢国的凯瑟琳一样奢华的衣橱，还有鞋履——我会拥有成百上千双美鞋，而且每一双都会有刺绣镶边和金线蕾丝，对此我深信不疑。

1502年1月

英格兰　里士满宫①

我的祈祷得到了回应,上帝向来听取都铎的祈祷,于是苏格兰的国王下令让他的大使同我父亲的顾问大臣商议。他们在许多议题上达成一致:我的嫁妆、我的陪嫁仆从、我的花销、我将在苏格兰获得的土地,整个圣诞节宴会期间苏格兰场②和里士满宫之间信件往来不绝,直到祖母来告诉我:"玛格丽特公主殿下,我很高兴告诉你,遵循上帝的旨意,你即将大婚了。"

行礼起身之后,我竭力做出一副惊讶的少女模样。可就在今日清晨,我就已经被告知,晚餐之前祖母和母亲要见我一面,并吩咐要为盛大宴会而盛装出席,还让我穿上最华美的礼服,因此我并没有感到特别诧异。说真的,她们可显得有些好笑。

"我要嫁人了吗?"我柔声问道。

"是的。"我母亲说。她先祖母一步进入房间,但不知怎么却成了第二个宣布的人。"你将要嫁给苏格兰的詹姆斯国王。"

"这是父亲的旨意吗?"我问道,正如管教嬷嬷曾教过我的那样提问。

"是的,"祖母语气随意,"我的儿子,国王陛下,已经安排妥当。我们

---

①英格兰泰晤士河边上的王室宫殿。
②此处的苏格兰场(Scotland Yard)并非指今日的伦敦警察厅,而应是指当时苏格兰国王、贵族以及大使访问英格兰王室时下榻的住处。

同苏格兰将迎来长久的和平；你的婚事将促成此事。不过我已经提出要求，你会留在我们身边，留在英格兰，直到你长大成人。"

"什么？"我完全被吓坏了，祖母会毁了一切，她老是这样。"可我什么时候去苏格兰呢？我得现在就去！"

"等你十四岁的时候，"祖母下令，母亲似乎有话想要开口，但她抬手继续说，"我深知——没人会比我更清楚——早婚对年轻女人来说非常危险。而且苏格兰国王并非……无法信任他不会……我们觉得苏格兰国王可能……"

仅此一次，她像是说不出话来。自不列颠的亚瑟王到如今这从无间断的英国历史之中，这种情况从未发生过。我的祖母向来有话就说，也从来没有人会打断她讲话。

"可我什么时候会嫁人呢？在什么地方嫁人呢？"我问道，想象着圣保罗大教堂①铺满红色地毯，成千上万的群众聚集起来，只为了瞻仰我。届时我头戴王冠，肩披金缕布裙裾，脚踩金靴，身佩珠宝，还有以我的名义举办的比武大赛、排演的假面剧，以及伴装航行的桃红丝绢帆船，所有人都满心敬慕我。

"就在这个月！"母亲欢欣鼓舞地说道，"苏格拉国王将派遣他的代表，你将和代表举行订婚仪式。"

"代表？不是国王本人吗？不在圣保罗大教堂吗？"我追问道。我的疑问听起来如同在质疑举行仪式的全部意义。两年之内都不会启程？现在这对我来说就是一辈子那么久。不会像傲慢国的凯瑟琳那样在圣保罗大教堂举行婚礼吗？她凭什么能有一个比我更豪华的婚礼？国王不在？仅仅是某位年老的大臣？

---

① 英格兰第一大教堂，伦敦的宗教中心，为华丽的巴洛克风格圆顶建筑，世界第二大圆顶教堂。

"就在这里的礼拜堂。"母亲回答道,语气仿佛这场婚礼的全部意义不是万民来贺和红酒喷泉还有众人瞩目似的。

"不过等你到达爱丁堡之后,还会有另一场盛大仪式,"祖母安抚着我,"等到你十四岁的时候。"她看向我的母亲,提道:"而且他们会承担一切花销。"

"可我不想等,我不必等!"

她微笑,但是摇摇头。"我们已经决定好了。"她说道。她的意思是她已经决定了,任何人有不同意见也没有用。

"但是你将被尊称为苏格兰王后。"母亲太清楚要如何抚平我的失望了,"一旦举行订婚仪式,今年你就将被尊称为苏格兰王后,在那之后,在王宫里,你的地位将高于除我以外的所有女性。"

我偷偷看了一眼祖母,她脸色冷峻。我会走在她之前;她可不会愿意。正如我所料,她不出声地动了动嘴。她会祈祷我不要变得过分得意,不要犯下那傲慢的罪。她会想方设法让我优雅行事,做一个可怜的罪人和发誓顺从她的乖孙女。她会思考如何才能确保我会做一个为家族服务的谦逊侍女,而非一个目中无人的公主——不!王后!——一心只重视自己。然而我早已下定决心做一个将自己放在首位的王后,而且我会像傲慢国的凯瑟琳那样,拥有最美丽的服饰和鞋履。

"唉,我不在乎这些,我只想要服从上帝的旨意,缔结婚姻,为家族利益而效劳。"我机灵地说道,我的祖母面露笑容,在这个下午第一次真心对我感到满意。

✦

我知晓还有人会关心我走在所有人前面,和母亲齐头并进。我清楚谁对这个问题在意得要命：我的弟弟，哈里，一只虚荣的小孔雀，一个狂妄自大的小骗子，等我告诉他的时候，他会难受得像个害了汗热病的罪人。我在马厩找到了他，他刚刚结束了骑马持矛冲刺的课程。他获得准许，能够拿着一把装有护垫的长矛，朝着矛靶骑马冲刺，矛靶也装有护垫。所有人都希望哈里勇敢无畏，武艺高超，但没人敢去好好教导哈里。他总是求着别人骑马比赛，可没人担得起让他冒险的责任。他是一名都铎王子，仅有的两位王子之中的一位。我们都铎家族男嗣艰难，我母亲一族则男嗣过多。我父亲是独子，而且仅有三个儿子，还失去了其中之一。他和祖母都无法承受让哈里经历任何危险。雪上加霜的是我母亲也没法拒绝他的请求，于是哈里完全成了一个被宠坏了的次子。假使有朝一日他会成为国王，那么没人会拒绝他；他们养出了一个暴君。不过这不打紧，因为哈里会进入教廷，而且可能会成为教皇，我敢说他将成为一位荒唐透顶的教皇。

"你想干什么？"他不高兴地问我，把他的马牵进了一座宽敞的院子。我一下就了解到他的课堂表现不佳。通常他都是兴高采烈、笑容满面的样子，他骑马的表现向来十分突出。他擅长所有运动，而且在学堂上也绝顶聪明。他在各方面都王子风范十足，这将让他对我的新闻感到格外冒火。

"你摔跤了吗？"

"当然没有。这蠢马的鞋丢了一只，她得穿上鞋。我几乎没怎么骑马，这完全是在浪费时间，那个马夫应该被开除。你在这干什么呢？"

"噢，我只是来告诉你，我要订婚了。"

"他们终于谈妥了，是吧？"他把他的缰绳丢给一个马夫，双手拍在一起，暖了暖手指。"这可花了好长一段时间。我得说，他们似乎并没那么着急想要你过去。你什么时候走呢？"

"我不走。"我告诉他。他会期待成为这一宫廷盛事里唯一的年轻都铎，鉴于亚瑟已经去了勒德洛而玛丽仍须人照看，他将会希冀众人的目光都集中在他身上。

"这几年我都不会离开，"我说，"所以，如果你正盼着这个，那你可要失望了。"

"那你就结不了婚了，"他简洁地说，"一切都完了。把你留在英格兰，他就不会娶你。他想要一个会待在他那冰冷刺骨的城堡里的妻子，而不是一个留在伦敦购置服饰的妻子。他想把你禁锢起来，然后生一个继承人。不然呢？你以为他娶你是为了你的美貌？为了你的优雅和高挑？"他粗鲁地嘲笑我，全然不顾我为他对我外貌的讽刺而气得脸色发红。

"我马上就会成婚，"我气愤地说道，"等着瞧。我马上就会成婚，而且等到十四岁了我就会前往苏格兰，同时我将被尊封为苏格兰王后，住在王宫里。我将拥有更大的房间和我自己的侍女，并且我的地位将高于所有人，仅在母后和父王之后。"我等待着，确保他完全听懂了我的话，明白我将被授予何等的荣耀，而他将如何彻底黯然失色。

"我会走在你前面，"我强调说，"不论我身形是否增高。不论你认为我是否美丽。我都将走在你的前面。而你将不得不向我鞠躬，就如给一位王后行礼。"

他的脸颊烧得绯红，如同被扇了巴掌似的。他那红润的小嘴巴不自觉地张开，露出他洁白无瑕的牙齿。他那双蓝色的眼睛盯着我。

"我永远不会向你鞠躬。"

"你绝对会。"

"你无法对我颐指气使。我是王子殿下。我是约克公爵！"

"一位公爵，"我一副第一次听见他这个头衔的语气，"是的，很好，一位王室公爵，非常了不起。可我将成为一名王后。"

我惊奇地看见他生气得身体发颤。他眼里还包着泪水。"你不是！你不是！你都还没结婚！"

"我会是的，"我说着，"我将有一场代行婚礼，我还会拥有所有的珠宝和头衔。"

"没有珠宝！"他吼叫得像一条被激怒的狼，"没有头衔！"

"苏格兰王后！"我继续嘲弄他，"苏格兰王后！而你甚至不是威尔士亲王。"

他发出一声愤怒的咆哮，然后从我身边冲了出去，经过一道小门，冲向王宫。我能听见他跨上楼梯时满含怒火的尖叫。他会扑向我们的母亲——我能听见他的马靴重重踩在走廊上的哒哒声。他会一头撞进她的房间，扑在她的腿上哭闹，恳求她别让我走在他前面，别让我成为王后，而他除了国王的次子，一个公爵以外，什么都不是。他会乞求她将我贬到他之下，把我贬到低于一般女子的地位，将我从王后的宝座上拉下来。

我没有追着赶在他后面，我甚至没有跟着他。我让他去。就算母亲想，她也无能为力——祖母已经决定了一切。我即将订婚，并且要在王宫里度过多姿多彩的两年，在这个我曾经仅以公主身份生活的地方，成为一名王后，除了我的父母外，凌驾于所有人，身披华服，珠宝缠身。我真心认为这一切给哈里的虚荣心带来的震惊会将他骇死。我目光下垂，就像祖母为所欲为或者赞美上帝时表现的那样，恬静地露出心满意足的微笑。我想我的小弟弟会把自己哭出病来。

1502年春

英格兰 格林尼治宫

我写信给我兄长威尔士亲王，向他描述我的代行婚礼，并且询问他何时回家。我告诉他，那天可是一场盛大国事，签署了和约，举行了婚礼弥撒，然后我在母亲的礼厅之内，在万千人民的艳羡之中交换了誓言。我告诉他，我当日一身白衣，衣袖乃是金缕缝制，白羽鞋上有金线蕾丝。我丈夫的亲属，詹姆斯·汉密尔顿对我很好，整日都陪伴在我身边。之后我和母亲在同一张餐桌上享用晚餐，我们从相同的菜肴中取食，因为我们都是王后。

我相当哀怨地向他提起，有人盘算着让我在十四岁之前的那个夏天就前往苏格兰，而在离开之前我想见他一面。在我外嫁成为实际上的苏格兰王后之前，在获得这个头衔之前，他难道会不想见我吗？他难道不想看看我的那些新礼服吗？我正在整理一份清单，我所需的一切都在上面，我的送亲队伍得长达一百辆马车。而且（虽然我这么想了，但我不会告诉他的），如今我的地位已经高于他的妻子了，她只能走在我身后，鉴于我已是新后而她仍旧只是公主，不知她会有何感想。她若是到了王宫，便会发现她不得不向我行礼；在前往晚宴的路上，她还必须跟随在我身后。我们再也不必谨慎小心地互行屈膝礼了。身为公主，她必须谨遵礼仪，向一位王后屈身行礼。我满心盼望看到她向我行礼的一幕。我真心实意地希望亚瑟会把她带回来，这样我就能亲眼看到她的骄傲受挫。

我还告诉了他哈里的事，每逢重大场合我都会走在他前面，众人会向我下跪行礼，我已成为了王后，同母亲一样身份尊贵，而哈里还无法从这一连串的震惊中恢复过来。我告诉亚瑟，尽管圣诞节过得喜气洋洋，但王宫里的所有人都很想念他。我还同他讲起我们的父亲只花了一小笔钱在我带去苏格兰的衣物上，而且一分一厘都记录得清清楚楚。我所用之物必须重新置办，大红床幔得由薄绸织就，全部织物都要有金线刺绣。即使这样，他们还是认为明年夏天一切就能准备就绪，一旦苏格兰国王将我的封地转让于我，认定了这桩婚事，我就要启程了。可是亚瑟必须回家跟我道别，亚瑟必须回家目送我离开。如果他不回来——那我何年何月才能再见他一面哪？"我很想你。"我写道。

我把我的信夹在母亲和祖母寄往勒德洛的一批信件里。信使要花好几天才能到达亚瑟的王宫。西行的道路崎岖难走且年久失修，可父亲说没钱修缮，信使不得不自己牵着替换的马匹前进，以恐路上没有可雇佣的马匹。他只能在沿途的大小修道院过夜，要是被大雪困住，或者在夜色中失去方向，他只能乞求庄园领主或者农舍主人大发善心收留他。所有人都有义务帮助国王的信使，可要是路上有沼泽，或是被洪水冲垮的断桥，那除了劝他想尽办法绕远路以外，也别无他法。

所以我并没有指望能很快收到回信，也没多想这个事情。在四月的一个清晨，和祖母一起完成晨间祈祷之后，我举着蜡烛走向我的房间，看到一名国王的信使从一艘驳船上下来，快步走过码头，穿过偏门，进入了王城。他看上去精疲力竭，倚靠在精雕细琢的石柱上，飞快地跟一个侍卫说着话，而这个侍卫听完之后，扔下了他的长枪，飞奔进门。

我猜测他去了父亲那间国王枢密室，于是我离开窗边，沿着长廊一直走，去弄清楚到底是什么十万火急的消息让这个信使彻夜赶路，让这群侍卫丢下兵器，疾驰而去。可就在我还未到达枢密室大门时，我就看见那个侍卫和父亲的两三个顾问大臣从国王阶梯迅速走下，来到下面的庭院。我好奇地看着他们围成一团，随后有人突然离开，跑上楼梯，走进礼拜堂去找我父亲的告解神父。这位神父连忙出来。这时我才走上前去。"发生了什么？"我问道。

彼特修士一脸土色，面颊就像失去了血液，变成了一张羊皮纸。"请您原谅，殿下，"他一边说话，一边稍微弯腰，"我身负您父亲的命令，不可耽搁。"

说完他就越过我走了！越过我小跑着离开了！仿佛我并非明年夏天就将戴上王冠的苏格兰王后！我稍等了一刻，思考着，我若是追上去，坚决让他得到我的准许之后再放他走，这般行为会否显得太不庄重。然而紧接着我就听到他回来了，他脚步迟缓地爬着楼梯，慢到我怀疑他之前为何会如此匆匆。这下他一点都不焦急了，他拖着脚步，一副希望永远不用走进我父亲的房间的表情。顾问大臣们尾随在他身后，脸色糟糕，如同吃了毒药一般。他看见我等在一旁，但又好像没有看见我似的，因为他并没有向我鞠躬——他甚至没有向我问安。他走过我身边时，眼神宛若盯着一个鬼魂，看不见凡人，甚至看不到王族。

此刻我心中就有数了。我想我之前就已知晓了。我想我在看到信使瘫靠在石柱上时，神情好似祈祷他能死在这个消息送抵之前。在那一刻我就已知晓了。我走到神父面前，问他："是关于亚瑟的，是吗？"

听到我亲爱的兄长的名字，他看了我一眼，但他仅仅说了一句："去您母亲那里吧。"仿佛他可以命令我似的。然后他转身，安静地走进了父亲的房间，没有敲门，没有通报，一只手放在门上，另一只手紧握着腰带上的十字架，似乎这能够给予他力量。

我走开了，并非因为我现在是一名王后、我得顺从我的父母和丈夫，所以我必须听从父亲的告解神父的话；而是因为我担心他们会去找我的母亲，告诉她一些可怕的事。我几乎以为我会拦在她的门前，如此将他们挡在门外。只要我们不知情，那或许它就没有发生。如果没有人来告诉我们亚瑟身遭不测，那么或许他在勒德洛就一切安好，骑马打猎，尽享春意，出游威尔士，让那里的人民瞻仰亲王殿下的风采，学习如何统治他的公国。或者是和傲慢国的凯瑟琳过着快乐的生活，哪怕她成为了他的幸福源泉，我也会为此而欣喜。也有可能是她怀孕了，他们给我们送来了好消息。我甚至会喜欢她的这些好消息。我心里幻想着那些可能会让信使马不停蹄送达的绝妙消息。我脑中想个不停，亚瑟对待所有人都是那么的可亲可爱，我衷爱的哥哥，他不会有事的。不可能是坏消息。

我母亲仍在床上，她的寝宫里烛光摇曳，火苗跳动。她的侍女为她取来了当天要穿的礼裙，供她挑选，沉重的头饰安放在桌子上。我慢吞吞地走进她的卧房，她抬头看到了我。我觉得我应该说些什么，可我并不知道说什么。

"你起得真早，玛格丽特。"她开口说道。

"我和祖母一起去做了晨间祈祷。"

"那她会和我们一道进早餐吗？"

"会的。"接着我便想到：等到那个告解神父走进房间，脸色蜡黄如纸，写满悲伤沉痛，那时祖母会知道该作何安排。

"一切还好吗，小王后？"她温柔地询问我。

我无法回答她。我在窗边坐了下来，望向外面的花园，听到走廊上传来慌乱又沉重的脚步声。然后，似乎过去无比漫长的一段时间之后，终于，我听见会见厅的外门打开了，脚步声愈来愈近，私室的内门打开了，紧接着，势不可挡地，卧房的门也最终打开了，进入母亲寝宫的人是父亲的告解神父，他低垂着脑袋，就像一个穷苦不堪的劳工费力耕犁的模样。他进来的时候我一下站了起来，想要阻止他说话似的伸出了手。我忽然命令道：

"闭嘴！闭嘴！"可他平静地说："殿下，国王有令，请您马上前往他的宫殿。"

母亲惊惶地看向我："这是怎么了？你清楚的，是吗？"

而我给了她一个可怕至极的回答："是亚瑟，他死了。"

人们说他死于汗热病——对我们都铎家族而言，这无疑是雪上加霜。这种疾病起源于法国监狱，是由父亲的罪犯军队带来的：不论他从威尔士带兵攻向何处，穿过博斯沃思，行抵伦敦，所经之处，顷刻之间尸横遍野。英格兰从未有过这种疫病，我父亲在他这支病弱残军的支持下赢得了和理查德三世的战争，但他不得不延后自己的加冕礼，因为他恐惧这些士兵带来的可怕疾病。人们将这种病称为"都铎诅咒"，谣传这个在热汗中开启的王朝将在血泪中终结。而如今，王朝统治还远看不到尽头，我们却已经浸染在这热汗与血泪之中，这支入侵军队的诅咒落在了我无辜的兄长身上。

失去长子让我的父母亲肝肠寸断。他们不只是失去了儿子——他还没满十六岁——他们也失去了继承人，失去了他们苦心培养的下一位君王，一名饱受期待，要登上王位的都铎子孙，一名深受民众爱戴而非被迫接受的都铎王子。父亲必须浴血奋战，赢得王位，巩固王位，即便到了现在，他依旧不得不对那些更加古老且有王室血统的家族多加防备，总有人心怀不轨，对王位虎视眈眈：那些身处欧洲、公然反抗的金雀花表亲，以及王宫里那些敌我不明的家伙。亚瑟身负古老皇家与新盛王室的血脉，本会成为第一个全英格兰都乐意看到登上王座的都铎王子，众人称他为芬芳的野蔷薇，都铎玫瑰，兰开斯特的红玫瑰和约克的白玫瑰结合而成的植株。

我的童年到此便结束了。亚瑟是我的兄长，至亲，朋友。我敬他为长，视他为君，我深以为我会见证他登基为王。我曾想象他在英格兰为王，我在苏格兰为后，双方缔结永久和平条约，定期拜访，互通书信，如兄妹和友邻那般相亲相爱。可如今他已离世，我为过去那些未能一起度过的日子而痛感悔恨，他和凯瑟琳在威尔士旅行的那几个月，我无法与他相见，书信往来也不多。我想起我们的童年时光，我们接受不同的老师教导，他们将我们分开，让我学习针线，让他学习希腊语，以至于我和他，我的兄长，共度的时日竟是少之又少。我真不知该如何忍受这没有他的岁月。我们曾是都铎兄弟姐妹四人，如今只剩下三个，那位长子，最杰出的一位已经离我们远去。

遇见哈里时，我已从母亲的房间出来，正在走廊上行走，他气喘吁吁，两眼哭得通红，从另一头赶来。他一看见我就撇下小嘴，仿佛马上就要号哭，而我所有的怒火和哀恸都转向了他，这个没用的男孩儿，擅自哭泣的顽童，好像全世界只有他一人失去了兄长。

"闭嘴！"我凶狠地说，"你有什么好哭的？"

"我的哥哥！"他大喘一口气，"我们的兄长！玛格丽特。"

"你都不配给他擦鞋。"怨恨让我的声音哽咽，"你连给他养马都不配。永远没人能比得上他。永远不会有像他那样的君主了。"

出人意料的是，这止住了他的眼泪。他脸色煞白，神情近乎冷酷。他扬起头，挺直肩膀，挺起他单薄的男孩儿胸膛，双拳牢牢地贴在臀部，他差不多摆出一副趾高气昂的架势了。"会有像他那样的一位君主的，"他坚定地说，"比他更优秀。那就是我。我现在是新一任威尔士亲王，并且我会取代他成为英格兰国王，而你会习惯的。"

1502年夏

英格兰　温莎城堡

的确，我会习惯这一切。这就是生在王室和寻常人家的区别。我们只能将哀悼、祈祷和心碎埋在心底，然而在表面上，依然必须把王宫装饰为美好、时尚与艺术的中心，父亲仍旧需要颁布法令，同枢密院商议如何镇压叛军、应对法国人的长期威胁，而且我们依旧需要一位威尔士亲王，尽管真正的王子，亲爱的亚瑟王子，将再也无法登上那属于他的位置，那王座旁边的座位。眼下哈里已成为了威尔士亲王，如他所料，我也已经接受现实。

偏偏人们并未让他前往勒德洛。这让我愤怒不已，可因为我们同为皇亲，我只能沉默不语。亲爱的亚瑟不得不去勒德洛，治理他的公国，学习为君之道，为登上王位做好万全准备；可现在因为失去了亚瑟，没人再愿意让亨利离开他们的视线。母亲想让她最后一个儿子留在家中。父亲害怕失去他唯一的继承人。祖母也向父亲建议，由他二人协力教导亨利，足以让亨利晓尽一切帝王术，祖母还提议最好将他留在宫里。宝贵的亨利不必远走，不需娶异国的公主，也不会再有一位戴着面纱的美人到来，对所有人颐指气使。亨利在祖母的眼皮之下，可以受她的羽翼庇护，活在她的掌心里，就好像所有人都要他永远当一个被宠坏的小孩子。

傲慢国的凯瑟琳——现在可没有丝毫傲慢，只有惨白的脸色与单薄的身躯——坐在封闭的轿舆里，从勒德洛赶了回来。母亲待她宽厚得出奇，虽然她对我们家族没有一丁点的付出，还在亚瑟生命的最后几个月从我们身边偷走了他。母亲对着她伤心流泪，握着她的手，和她一起散步，一起祷告。母亲邀她过来拜访，这样我们就能看到她的黑色绸缎和丝绒，还有那极其奢华的黑头纱，她这个愚蠢呆闷的西班牙人，总是出现在走廊上，拖着裙摆来来回回地走动，而我母亲叮嘱我们不许说那些可能会惹她生气的话。

可是话说回来，她有什么好生气的呢？我说英语和法语的时候，她一概装作听不懂的样子；我也并不打算勉强自己用拉丁语和她谈话。即便我想要倾泻我内心的悲伤与嫉妒，我也无法找到她能明白的词汇。当我对着她说法语，她脸上是一片茫然的表情；而晚餐时我坐在她的身旁，我侧过身子以示我同她无话可讲。她和世界上最英俊，最和善，最受人爱戴的王子一同前往勒德洛，却没能留住他，以至于今时今日他英年早逝，她本人亦身陷英格兰——我还不应当对她发火？难道母亲不该想想，或许其实是她在令我生气呢？

她居住在河滨路上的达勒姆大宅，生活阔绰。我以为她会被遣送回西班牙，但我的父亲在收到这位新娘的全部嫁妆之前，不愿把亲王遗孀应得的所得产付给她。仅仅是先前那场白费了的婚礼就耗资无数：配有舞者的城堡，桃红丝绢作船帆的装饰船！英格兰向来财政紧张。我们的生活奢侈舒适，这是王室该有的气派，然而父亲花费大笔金钱雇佣了间谍和信使，用以监视欧洲宫廷，防备流亡在外的金雀花亲阴谋反扑、夺取王位。凭借贿赂友国、窥探敌国的手段来保卫国家，其代价高昂得令人心惊，一直以来，父亲和祖母都在想方设法征收各种新税，筹措他们需要的金钱。我觉得父亲没有钱送凯瑟琳回到傲慢国的土地，于是他就把她留在了这里，声称她去世丈夫的家人会安慰她，同时他又和她吝啬的父亲联系，商议将她返送回西班牙，并想要从中牟利。

她本该在哀悼亡夫，避世寡居，但她总是出现在人前。一天下午，我来到育儿所，听到房间里十分吵闹，正是她在房间中央和我妹妹玛丽玩比武游戏。她们将垫子排成一线，当作隔开两匹马的冲刺跑道，她们站在跑道两边，分别从两头起跑，并在经过对方的时候互相用垫子打击对方。玛丽，这个每当我们在礼堂中念起悼念祈文、提到亚瑟的名字时，只能勉强挤出几声啜泣的玛丽，此刻正在嬉闹欢笑，她的帽子掉了下来，一头乱糟糟的金色卷发零落散乱，长裙扎进了腰带以便能跑得像追逐奶牛的挤奶女工那样松快。而凯瑟琳不再是那个一言不发、身着黑裙的寡妇，她一手捞起自己的黑裙，如此便能踩着她昂贵的黑羽鞋在地上跑来跑去，然后弯低身子用垫子去撞我小妹妹的脑袋。育儿所的侍女竟无一人出言让她们注意礼仪，还纷纷下注赌输赢，大笑着给她们加油。

我大步跨入房间，如同祖母那样厉声说道："这是在干什么？"

我只说了这一句，但我肯定凯瑟琳明白我的意思了。她眼中的欢快消失殆尽，然后转身面对我，轻轻耸肩，表明这里没什么大不了的事，不过是在育儿所同我妹妹玩耍。"没什么，这没什么。"她用英文说，西班牙语的口音很重。

我明白她完全能听懂英文，正如我先前所料。

"现在不是玩这些傻游戏的时候。"我徐徐说道，说话的声音却不小。

又一次，那个异国公主的肩膀动了动。我忽然心中一阵抽痛，想到或许亚瑟会觉得这个小动作很迷人。"我们在哀悼。"我语气严肃，环顾整个房间，视线越过每一张不安的面庞，做出一副祖母斥责整个王宫时会显露的脸色。"我们不应像田间绿野里的那些蠢货，玩这些愚蠢的游戏。"

我不确定她是否明白"田间绿野的蠢货"这个词，但没人会听错我轻蔑的语调。她脸颊通红，一下站了起来，挺直了脊背。她不算高，可现在她似乎比我高一些。她那双深蓝的眼睛直视着我，我也瞪了回去，挑衅她同我争辩。

"我方才在同你的妹妹玩耍,"她的声音低沉,"她需要一点快乐时光。亚瑟不会想……"

我无法忍受听她念出亚瑟的名字。这个来自西班牙,把他从王宫里带走,又眼睁睁看着他死去的女孩,她怎么敢如此随意地就对我——一个因为内心悲楚过甚而无法说出他的名字的人——说出"亚瑟"这个名字?

"他的在天之灵想要看到他妹妹的言行举止像一名英格兰公主。"我出口驳斥道,语气像极了祖母。玛丽爆发出一阵哭号,跑向一名侍女,趴在她腿上哭。我丝毫没有理睬她。"整座王宫满怀哀伤,宫里不准喧哗游戏、舞蹈、有异教嗜好。"我鄙视地上下打量凯瑟琳,"你让我很吃惊,亲王遗孀殿下。我将遗憾地告诉我的祖母,你忘了你的身份。"

我感觉我已经当着所有人令她颜面扫地了,于是我得意扬扬地转身走向门口。可正在我要走出去的时候,她淡定而简洁地说:"并非如此,错的人是你,妹妹。亚瑟亲口嘱咐我同玛丽公主玩耍,并与您散步交谈。他早已明白自己时日无多,于是让我来宽慰你们所有人。"

我感到一阵天旋地转。我快步冲向她,拉住她的手臂,将她带离其他人,好让别人听不见我们说话。"他早就知道?那他是否让你给我传话?"

在那一瞬间,我深信他会有话跟我告别。亚瑟爱我,我也爱他,我们曾是彼此的一切。他一定会对我有话要说,会专门向我道别。"他让你告诉我什么?他的话是什么?"

她移开视线,这令我觉得她肯定有事瞒着我。我不信任她。我用力将她拉近,如同我在拥抱她。

"我很抱歉,玛格丽特。我真的很抱歉。"她一边说,一边想要挣脱我的禁锢,"他的话无非是希望不要有人为他伤心难过,还要我安慰他的姐妹们。"

"那你呢?"我说,"他也命令你不要为他伤心难过吗?"

她垂下目光。现在我知道了,还有某个秘密。"在他去世前,我们单独说过话。"这就是她说出的全部。

"关于什么?"我直白无礼地提问。

她忽然抬起头,眼眸中尽是闪烁的深蓝与激动。"我向他许诺,"她蓦地开口,"他想要一个诺言,于是我许下了这个诺言。"

"你的诺言是什么?"

她浓密的睫毛又一次遮挡住了她的视线。她再度低下头,藏起了她的秘密,将我兄长的遗言向我隐藏起来。

"不可说①。"她说了一句拉丁语。

"你说什么?"我拉扯她的手臂,把她当作玛丽一般对待,甚至想要扇她耳光,"说英文,你这个傻瓜!"

她又用那种灼热的目光看着我。"我不能说",她说,"但是我向你保证,我会遵循他的遗愿。我会永远遵循他的遗愿。我已经立下了誓言。"

她的决心让我感到无计可施。我无法说服她,况且我没办法对她动粗。"无论如何,你不应该放肆乱跑还如此喧哗,"我恨恨地说,"祖母会不高兴,我母亲也还在休息,你很可能已经打扰到她了。"

"她怀孕了吗?"这个年轻女人悄声问我。说实话,这与她并无干系。更何况,若非亚瑟早逝,母亲本不必再次孕育一个孩子。实际上这都是凯瑟琳的过错,才令母亲如此劳累,还又要经历一场生产。

"那可不是!"我浮夸地说,"这本是你应尽的责任。我们派了一辆轿舆去勒德洛将你带回来,好让你不用骑马,这都是因为我们以为你身怀王室血脉。我们对你体贴入微,可似乎你并不需要我们这般礼待!"

"唉,我们之间从未有过这事。"她哀伤地说,我正怒火中烧,走出房

---

① *Nonpossumdicere*,拉丁语:不可说。

间时狠狠地甩了门,甚至来不及思考她说的话是什么意思。"唉,我们之间从未有过这事"?

从未有过什么事?

1503年2月

英格兰　伦敦　威斯敏斯特大教堂

我认为这必定是我人生中最悲惨的一日。我曾以为不会有比失去亚瑟更糟糕的事情了，可如今，仅仅过去了一年，我便失去了母亲，她在产床上离开了人世——她竭力为父亲和这个国家诞育另一位王子，以此来替代我们失去了的那位。好像任何一个孩子都能替代得了亚瑟似的！这对他是侮辱，哪怕有这类想法都是冒犯，她真是失了心智才这么做。她想要安抚父亲，履行一位优秀王后的义务，为他生下两位继承人，于是她经历了一场艰难的孕事，结果并没有什么意义，仅有一个女孩儿出生了。如此一来，这一切并不值得。我心中悲怨难抑，怒不可遏：对母亲，对父亲，对上帝。竟让可怕的死亡如此降临到三个人身上：先是亚瑟，接着是我的母亲，再然后是她刚出生的孩子，可偏偏傲慢国的凯瑟琳还活着。我们为什么要失去这三人而留下她呢？

之后的葬礼完美展现了祖母做表面功夫的本领。她一向称王室必须在民众面前熠熠生辉，宛如祭坛画中的圣人，而母亲的逝世正是一个契机，用以提醒整个国家，她是嫁给了都铎国王的金雀花公主。她履行她的义务，也是全国民众都应尽的义务：臣服于都铎家族，并拥护都铎家族。母亲的灵柩置放在灵车之上，包覆于黑布之中，黑布上还有金缕织成的一个十字架。在她的棺椁顶层是她的精致塑像，我的小妹妹玛丽真的以为那就是她的母亲，不过是睡着了，之后很快就会醒来，一切都将回归正轨。眼前的场景未能让我落泪,尽管这让凯瑟琳公主埋下了头,牵起了玛丽的手。在我看来,这不过又是我们家族除祖母之外的一次令人火大的愚蠢行径,一次荒唐举动。眼下,父亲不愿露面,不愿理政,不愿进食,也不愿见人,连我也不见,这实在令人心生不满,就算是我也无法为他的坏脾气和悲恸辩护。

本应该由我这位苏格兰王后来继承我母亲的寝宫,管理宫廷。本应该由我获得最为豪华的寝宫,让她的侍女都为我效命。可一切都乱了规矩:在未同我商议之前,我母亲的寝宫就被封闭了起来,她的侍女们也纷纷回到了原本的家庭,回到了她们伦敦的家中、宫里的住处,或者郊外宅邸。虽然我现在已经是身份最显赫的都铎女性,英格兰唯一的一位王后,我却仍旧住在我自己以前的宫殿里,甚至没有一套新的守丧服饰,反而得穿着悼念亚瑟时那身旧衣。我真想见她,真渴望听到她的声音,一天,我发现自己走向了她的寝宫,想要去见她,可下一秒便想起寝宫已被清空封闭了。这种感觉真奇怪,母亲这般安静优雅,总是欣然后退,对一切都坦然处之之人,竟然在离开的时候留下了这等令人痛苦的沉寂。然而现实就是如此。

祖母告诉我,母亲的逝世是上帝的旨意,旨在显示每一份欢乐中都有悲伤存在,所有头衔和俗世假象不外乎过眼云烟。我毫不怀疑是上帝亲口告知了祖母这些话,因为她凡事笃定,她的告解神父,费希尔大主教,又是我所认识的最圣洁虔诚之人。然而上帝未能使我看透这俗世假象,恰恰相反,我母亲的去世与我兄长的离世接连而至,让我对财富的渴望、对头顶王冠的执着变得前所未有地强烈。我深爱之人纷纷离开尘世,竟无一人能值得我信任。世间唯二可靠之物便是王座与财富。我剩下的所有即是我的新头衔,我所能托付的全部便是我的珠石宝匣、婚礼衣橱,还有这桩婚事将为我带来的巨额财富。

今年夏天我便要离开英格兰。计划如期进行,为此我很高兴,反正这里并没有令我留恋的人与物。苏格兰的詹姆斯国王为人就如他在婚姻协议上的承诺那般大方，我将拥有一大笔租税收入——他赐予我的土地每年将有多达六千苏格兰镑的收入，每年还有一千苏格兰镑是我的份例。他会负担我的二十四名英格兰随从的薪金以及我宫殿里的花销。假如他不幸去世——鉴于他年事已高，这极有可能发生——那么我将成为一位富有的寡妇：我会拥有纽瓦克城堡和埃特里克森林，以及数不胜数的财产。这都是我的指望：这份财富和我的王冠。其他的一切，甚至是我母亲的爱，都可能一夜之间消失无踪。我现在已经看透了。

然而我还没有和我弟弟哈里讲和，我不想就这样离开我的祖国，尽管这个想法让我有些意外，我还是去找了他。他在我祖母的宫殿里，正在为她朗诵一首拉丁语诗篇。我能听见他清脆的童声，他完美的发音穿过门口，侍卫推开门时他也没有停下来，虽然他朝门口望了一眼，还看见了我。他们两人同窗户上的精致石雕拱顶融为一景，宛如在为一幅关于青年与老年的画作保持造型。二人都身着黑色丝绒，一束阳光点亮了哈里的金发，仿佛头顶光晕，祖母头上则戴着庄严的白色头饰，像修女的头巾。他们都应该停下来并且鞠躬行礼，但祖母朝哈里点了点头，示意他继续，好似他的朗诵比我的地位更重要。我愤恨地看向他们，又感到些许无力。他们都体态苗条，身形高大，外貌健美，我却粗壮矮小，衣衫褶皱，浑身闷热。他们看上去全然一副王室气派，个个精神抖擞，可我看上去打扮过了头。

我一声不吭地向祖母行礼，坐到靠窗座位的软垫上，如此我便能显得比她高一丁点儿。与此同时哈里朗读结束了，过了许久，她才开口："读得美极了，殿下，我亲爱的孙儿，谢谢你。"他鞠了一躬，合上了书，把书递还给了祖母，说："该说感谢的人是孙儿才是，感谢您将这些智慧的语言、如此精美的图示交予我的手上。"

接下来他们以欣赏的目光注视着对方，然后她走进了她的私人礼拜堂祷告，她的侍女紧随其后，跪在礼拜堂后方，剩下哈里和我独处。

"哈里，我为我在亚瑟去世时说过的话感到很抱歉。"我结结巴巴地对他直说了。

他颇有风度地抬起了他的头。哈里乐意听到别人的道歉。

"我当时很难过，"我补充道，"我不知道我在说些什么。"

"而一切变得更糟糕了。"他的骄傲时刻过去了。我几乎能闻到他身上的痛苦——一个男孩的痛苦，他还不是一个男人，这个痛失了世界上唯一真正爱他的母亲的男孩。

我笨拙地起身，向他伸出双臂，抱住了他。这感觉几乎像是在拥抱亚瑟，他真是高大又强壮。"弟弟。"我努力挤出语言。我从未对哈里这般温柔过。"弟弟。"我重复道。

"姐姐。"他回答道。

这一刻，我们在沉默中拥抱彼此，而我想道：这便是安慰了。这是我的弟弟——健壮得像小马驹，又同我一样孤独。也许，我可以信任他，他也能信任我。

"你知道的，有朝一日我会成为英格兰国王。"他说道，把脸埋在我的肩膀上。

"还有好些年呢，"我安抚似的说，"父亲会回到王宫里，日子会像以前那样。"

"而我要迎娶凯瑟琳。"他害羞地说道。他放开了我："她从没真正成为亚瑟的妻子——她会嫁给我。"

我大吃一惊，瞠目结舌，说不出话来，惊愕得忘了呼吸。哈里见我目瞪口呆的神色，尴尬地笑了笑："当然不是马上就会大婚。我们将等到我年满十四岁的时候。但我们马上就会订婚了。"

"别再这么做了！"我突然大喊出来，我又想到了那些金线蕾丝，还有奢侈的婚礼。

"这已经谈妥了。"

"可她是亚瑟的遗孀啊。"我说道。

"并非真的是。"他有些紧张地说。

"这是什么意思?"接着,须臾之间,我一下就明白了。我想到了傲慢国的凯瑟琳的话,"唉,我们之间从未有过这事。"当时我还在思考她说这话的意思,以及为什么她会提起这样一件事。

"唉,"我小心地看着他说,"他们之间从未有过那事。"

"没有。"他安心地说道。我敢说他甚至不明白这些词的意思。"没有,唉,这没有发生。"

"这就是她的计划吗?"我怒气冲冲地质问道,"如此一来她就可以永远留在这里了?她就是这样计划着要成为威尔士王妃,然后是英格兰王后,即使在她的丈夫去世之后?她从来没有爱过亚瑟,一直都是为了王位!"

"这是父亲的安排,"哈里无辜地说,"这在母亲……母亲离世之前就已经商议好了。""不,这是她的计划,"我很确定,"亚瑟去世之前,她向亚瑟许下诺言。我想就是这个。"

哈里笑得像一个发光的天使。"那么我拥有了我哥哥的祝福。"他说着。他抬起头,就像先前阅读拉丁语诗篇的模样,然后他回忆着背了出来:"弟兄同居,若死了一个,没有儿子,死人的妻不可出嫁外人,她丈夫的兄弟当尽弟兄的本分,娶她为妻,与她同房。"

"这是圣经的话吗?"我问道,我感到自己很无知,但同时也认为这真是奇特非凡,上帝竟然为这位昂贵的寡妇计划好了这等便利的安排。这般行事,我们能够获得她的嫁妆,还不用付给她亲王遗孀的所得产。上帝的安排真是玄妙无比!这对她真是太仁慈了!对父亲而言又真是太划算了!

"《申命记》①，"我的学者弟弟说道，"是上帝的旨意让我迎娶凯瑟琳。"

等到祖母在侍女的簇拥下从礼拜堂内出来之时，哈里已经赶去上他的马术课程了，只有我坐在祖母的宫内。我看见在她身后，凯瑟琳公主正牵着玛丽的手。显而易见，凯瑟琳经常和我的妹妹一起在这个私人礼拜堂里祷告。我很快看清了她的兜帽，礼裙，鞋履，而且注意到她所用一切都是旧的。她礼服上的衬裙看上去崭新，但实际上不过是翻面穿着；她的鞋子也已经破旧。傲慢国的凯瑟琳现在不得不省吃俭用，她的父母在订婚完成之前不会给她任何资助，又因为她不再是一个寡妇了，我的父亲也不会发放她作为亲王遗孀的补贴。看到她为自己的野心付出代价，我不禁暗自欣喜。

其他人退下的时候，祖母看到了我，她朝我招手，示意我去她的礼拜堂，于是这个总是飘荡着香火和书籍气味的幽暗房间里就只剩下我们两人。

"你是否曾私下同威尔士王妃说过话？"她问我。

"没怎么说过。"我答道。我不清楚她想得到怎样的答案。不过从她嘴角凹陷的不快表情来看，我明白地看出有人让她十分不满。我只希望这个人不是我。

"她是否曾告诉过你关于我们亲爱的孩子亚瑟的事情？"

我意识到祖母现在用"我们亲爱的孩子"来指称亚瑟，仿佛我母亲从未存在过一般。"她曾经说过亚瑟让她来宽慰我们。"我回答道。

---

① 《圣经》旧约中的一卷，摩西五经之一，内容为耶和华与以色列人所立之约的申述，陈述了律法及约束的关系，是人必须听从并遵循的律法。

"不是这件事!"这位老夫人呵斥道,"不是这件事。她是否说过关于她的婚姻的事,在亚瑟生病之前?"

唉,我们之间从未有过这事。我暗自想着。我高声回答:"没有,她几乎不同我说话。"

我看见祖母的眉头皱了起来,一脸怒容。发生了什么令她不喜的事——有人会为此而后悔。她伸出她枯瘦的手,放到我手上,一颗色泽艳丽、价值不菲的红宝石在她的手指上闪闪发光,绶带落在我的指节上。

"你去问她,"她命令道,"向她寻求建议。你是一个即将成亲的年轻女人。去向她寻求做一个母亲的建议。婚床上会发生什么。她在大婚之夜是否害怕,是否疼痛。"

我非常震惊。我是一名王室新娘。我理应什么都不知道。我不应该去询问这些事。

她喉咙深处发出不耐烦的声音。"去问她,"她说,"然后来告诉我她究竟说了什么。"

"可这是为什么呢?"我困惑地问,"我为什么要去问她呢?这都已经是一年前多的事情了。"

她看向我,脸气得发白。我从未见过她这副模样。"她说他们从未同床,"她愤然低声说道,"十六岁的年纪,结婚近六个月,现在她说他们从未同床?在整个王宫面前入寝,翌日清晨醒来没有说一句反驳的话?现如今她才说她是一个未经人事的姑娘。"

"但是她为什么要说出这样一件事情呢?"

"她的母亲!"祖母惊叹一声,仿佛说出这两个词就是一句侮辱,"她那聪明又邪恶的母亲,卡斯蒂利亚的伊莎贝拉,肯定会让她否认亚瑟,如此一来,不需要特赦,她就能够成婚,然后她就又是一位处女新娘了!"

此时她已经坐不住了。她实在控制不住怒火,从祈祷椅上起身,在这个狭小空间内踱起步。她那黑色裙角来回摆动,将地面上的灯芯草摩擦得窸窣作响,在灰尘中散发出一阵蓬子草、绣线菊,以及薰衣草的混合芳香。

"处女新娘?蛇蝎新娘!我清楚他们在想什么,我知道他们在盘算什么。然而在她篡夺我孩儿的王位之前,我要看到她死无葬身之地。"

我被吓坏了。我蹲在小脚凳上,如同一只待在巢中的肥胖幼鸭,而当前正有一只健硕的猛禽俯冲靠近。祖母突然停下来,手放在我的肩膀上,好似一只站在我肩上的游隼。她用力捏住我肩膀的手指如同利爪一般。我犹犹豫豫地抬起头。

"您不想她嫁给哈里?"我小声地说,"我也不想。"我努力作出讨好的微笑。"我不喜欢她。我不想她嫁给我弟弟。"

"你的父亲,"她说道,语气听起来仿若她已被嫉妒与痛心撕碎成了无数尖锐的残渣,"我确信她想要引诱你的父亲,想要嫁给他!她已经把她的视线锁定在了我的儿子身上!我的孩子,我宝贵的孩子!可是她不会得逞。我绝不会允许。"

1503年3月

英格兰　伦敦　达勒姆大宅

我带着满心的不情愿和一肚子的疑虑，遵照祖母的命令，前去拜访我的王嫂，凯瑟琳。我在她的私室找到了她，她蹲坐在一个小火堆旁，全身包裹在黑色披肩中，穿着黑色的礼裙，身负双重哀悼，和我们一样，但她抬头看见我时，她立刻站了起来，露出了明媚的笑容。

"真高兴看见你。你带玛丽来了吗？"

"没有，"我不快地说道，"我为什么会带她来？"

她在笑话我的坏脾气。"别误会，别误会，我很高兴你一个人来，现在我们可以好好放松一下。"她朝着那位领我进房间的仆人点了点头。"你可以再去添点柴火。"她吩咐道，似乎木柴应该谨慎使用。她看向我："你想要一小杯麦芽啤酒吗？"

我接过一杯，而我看见她呷了一口就放在一边时，我忍不住笑了："你还是不喜欢这个？"

她摇摇头，笑着说："我想我以后也喜欢不起来。"

"那你在西班牙喝什么呢？"

"噢，我们饮用清水，"她说，"我们喝水果汁，还有果子露①，不醉人的酒水和冰窖里的冰。"

---

① 一种由加甜味的稀释水果汁制成的饮品。

"冰？清水？"

她耸肩，做了个小动作，好似想要忘掉她在阿尔罕布拉宫①家中的奢侈生活。"各式各样的饮料，"她说，"不过现在这些都不重要了。"

"我以为你会想回到故乡。"我谈道，遵照祖母的吩咐提起这个话题。

"你呢？"她问我，仿佛对我的意见大有兴趣，"假若你成为了一名寡妇，你会想要回到故乡，离开你丈夫的国家吗？"

我没想过这个问题。"我想我会。"

"我没有这样的想法。英格兰现在已经是我的祖国，我是威尔士亲王遗孀。"

"你当不成王后了。"我直白地指出。

"我会的——若我嫁给你的弟弟。"她说道。

"你不会嫁给我父亲吗？"

"不。这是什么想法！"

我俩一时无语。"我祖母以为这才是你的意图。"我尴尬地对她讲。

她斜视我一眼，似乎要笑出来了："她是派你来阻拦我的吗？"

我忍不住傻笑："不完全是，但，你明白的……"

"来监视我。"她愉快地说。

"她无法接受父亲再婚的想法，"我说，"事实上，我也不能。"

她伸出手臂揽住我的肩膀。她的秀发散发着玫瑰的香气。"当然不会，"她说，"我没有那样的意图，我的母亲也绝不会允许的。"

"但他们没有坚持接你回国吗？"

她凝视着火堆，于是我有了机会端详她绝美精致的侧颜。我觉得她能嫁给她挑选的任何人。

"我希望他们能料理好嫁妆的问题，然后让我和哈里订婚。"她开口

---

①西班牙的著名宫殿，有"宫殿之城""世界奇迹"之称。

说道。

"可是万一没有呢?"我催促着她,"万一我的祖母想让哈里娶其他的公主呢?"

她转向我,直视我的双眼,她美丽的脸庞任由我仔细打量。"玛格丽特,我祈祷这种厄运永远不要降临在你身上。爱上一位丈夫而后又失去他是极度痛苦的事情。然而我唯一拥有的安慰便是听从父母的要求,遵从亚瑟的心愿,顺从上帝为我安排的命运。我会成为英格兰的王后。在我还是需人照料的孩童的时候,我就已经被称为威尔士王妃,我知晓自己的名字的同时便已得知这个头衔,如今我也不会改变我的名号。"

她的坚定令我惊诧。"我也希望这种厄运不要发生在我身上。可若是万一发生了——我不会留在苏格兰,我会回到英格兰的家中。"

"只要你还是一名公主,你就无法随心所欲地做你想做的事,"她只是这样说道,"你必须顺从上帝,国王,还有王后,你的父母亲。你并不自由,玛格丽特。你和农夫的女儿不一样。你执行的是上帝的使命,你将会成为一位国王的母亲,你会处在众天使之下,你有你的宿命。"

我环顾这空荡荡的房间,我头一次注意到墙上的一两幅挂毯不见了,还有边柜上的一套银盘缺了口子。"你的钱财是否够用?"我怯怯地问她,"是否足以应付内务开销?"

她摇头,没有难为情的样子。"不够,"她答道,"我的父亲没有给我送来任何钱财,他说英格兰国王应对我负责,而你的父亲在收到我的全部嫁妆之前,也不会将亲王遗孀的所得产交付于我。我处在这两座磨盘之间,他们快把我碾成粉末了。"

"可你要怎么办呢?"

她对我微笑,仿佛她无畏无惧。"我会忍耐,我会忍过他们两人。因为我确晓我的宿命是成为英格兰的王后。"

"我希望我如你这般坚定，"我坦诚地说，"我对一切都没有把握。"

"你会变得有把握。等你经受了试炼，你也会变得内心笃定。我们是公主，我们生来便要成为王后，我们是姐妹。"

我跨上我昂贵的帕尔弗里骏马①，披上我的皮草斗篷，扣子系到鼻子下面，骑马离开那座宅子。我心里想着，我会向祖母禀报，傲慢国的凯瑟琳一如既往地骄傲且美丽，不过她的确没有打算嫁给我的父亲。但我不会告诉她，这位公主，以及她那固执的决心，让我想起祖母本人。要是来一场意志力的较量，她们必定旗鼓相当——不过，说实话，我会把赌注押在凯瑟琳身上。

我同样不会告诉祖母，有史以来第一次，我喜欢上了凯瑟琳。我不由自主地认为她将会成为一名出色的英格兰王后。

---

① 一种脚步轻快的小马，供妇女骑乘。

1503年6月

英格兰　伦敦　索尔兹伯里大主教宅邸

我不知道我的祖母给她儿子，我父亲说了些什么；但他从哀悼中走了出来，他与西班牙有信件往来，不过没有一句话提及他要求娶凯瑟琳。恰恰相反，他一心想得到的是一份能为他省下大笔金钱的婚约协议，为此他的热情可是不输给凯瑟琳那远在西班牙的母亲。他们两人联名请求教皇颁布一份特赦令，以便弟弟能与兄嫂成婚，于是傲慢国的凯瑟琳便穿上了处女般纯白无瑕的婚服，一头金褐色的秀发披在肩上，出席了另一场盛大的婚仪。

至少这一次不是在大教堂里，我们不必在此又多出一笔开销。这是订婚典礼，而非结婚典礼——结婚典礼约定在哈里年满十四岁时举办。她走进大主教的礼拜堂，笑靥如花，端庄大气，王后风范半点不减，一如她十九个月前的模样，她握住哈里的手，似乎满心欢喜地要将自己许诺给这个比她年幼五岁的男孩，好似亚瑟从未存在，他们的婚礼从未发生，他们从未同床共枕。此刻，她是哈里的新娘，她将再次以威尔士亲王王妃的身份为众人所识。她那轻描淡写的否认——"唉，我们之间从未有过此事"——似乎变成了所有人谈及此事时说的最后一句话。

祖母也在场。她伫立在队列中，脸上没有笑意，但也没有反对。对我而言，这不过是世上又一桩毫无意义的仪式。母亲会离开，兄长会离开，一个女人会为了保住她的头衔而否认她的丈夫。我觉得唯一清醒的人就是凯瑟琳她自己。她清楚自己生在这世上的使命；我希望我能拥有她那份坚定。当她跟随着我走出礼拜堂，我发觉我正努力扬着头，摆出她那般的姿态——就仿佛我已经是加冕的王后。

1503年6月

英格兰 里士满王宫

我来到育儿所,与我妹妹玛丽道别,而我竟然还碰到了凯瑟琳,她正在教玛丽演奏鲁特琴①,好像我们没有请音乐老师,她也没有更好的消遣似的。我并没有费心藏起我的怒气。"我来跟我的姐妹道别。"我这么说是在明确地暗示凯瑟琳,她可以让我们俩独处一下。

"你的两位姐妹都在这儿呢!"

"我得和玛丽告别。"我无视了凯瑟琳,将玛丽引到凸肚窗边上的位子,拉着她坐在我身边。凯瑟琳站在我们前方,听我们说话。这正好,我心想,这样你也能明白我同样具有使命感。

"我就要前往苏格兰了,去我的丈夫身边;我将会成为一名伟大的王后,"我告诉玛丽,"我会拥有自己的财富,归王后所有的财富。我会给你写信,而你必须给我回信。你的书信必须得体,不准傻乎乎地乱涂乱画。我会告诉你我在自己的王宫里,如何当一位王后。"

她已经七岁了,不再是个孩子,可她的小脸还是皱了起来,向我伸出双臂。我把这个抽泣的小家伙抱到了腿上。"别哭,"我说道,"别哭了,玛丽。我会回来看望你们的。或许你也会来拜访我。"

她呜咽得更厉害了,越过她抖动的肩膀,我看到凯瑟琳关切的眼神。

---

① 旧时一种类似吉他的拨弦乐器,琴身为圆形。

"我还以为她会为我高兴,"我说,"我以为我该告诉她——你明白的——一位公主与农夫的女儿不同。"

"失去姐姐对她来说太难受了,"她满怀同情地说,"何况她才刚刚失去了母亲和兄长。"

"我也如此!"我声明道。

年长的女孩微笑着伸出手,轻柔地拍在我的肩膀上。"我们所有人都很难过。"

"你可没那么难过。"

我看见她的脸庞蒙上一道阴影。"我很难过。"她没好气地说道。她跪在我们俩旁边,伸手环住我妹妹瘦削又颤抖的肩膀。"玛丽小公主,"她温柔地说,"一个姐姐要离开你了,但另一个姐姐来这里陪你了。我在这里。我们会给彼此写信,我们会永远是朋友。有朝一日,你会前往一个美丽的国家,结婚生子,而我们会永远铭记我们的王室姐妹。"

玛丽抬起她泪迹斑斑的小脸,手伸向凯瑟琳的脖颈,这样她就能抱住我们两个人。此时此刻,姐妹之情仿佛将我们三人紧密联系在一起。我无法抽身,我发现我也不想这么做。我朝凯瑟琳和玛丽张开双臂,三人的金色脑袋凑在一起,犹如我们正在许下誓言。

"永远的朋友。"玛丽郑重地说。

"我们是都铎姐妹。"凯瑟琳说道,尽管她显然不是。

"两位公主和一名王后。"我说。

凯瑟琳对我微笑,她的脸靠近我,眼眸明亮闪烁。"我确信有朝一日我们都会成为王后。"她说。

1503年6月

英格兰　里士满至克里维斯顿　送亲途中

送亲的队伍声势浩大到令人难以置信，规模介于假面剧和行猎之间。首先，队伍的前段由我的国王父亲和我——苏格兰王后领头，不受尘土侵扰，决定着队伍前进的步调。他的王室旗帜飘扬在他的前方，而我的旗帜在我的前方。我更换了我的骑马装束，每次我们停下休整时都会有人洗刷我的骑马用具，有时我们一天之内会停下来三次。我穿着一身都铎绿、暗红、橘黄加上鸭青色的服饰，而父亲习惯深色着装——总是暗色——除了帽子、手套与镶着珠宝而闪闪发亮的马甲，他的肩膀上还挂满了金链子。我们的骏马都是最优良的品种。我有一匹帕尔弗里骏马，这是一种女士骑用的小马，专门经过了人群和烟火的训练，以确保没有外物能够惊吓到她，我的马夫还牵着另一匹备用马。我坐在马匹上，垫有厚厚的马鞍，以便每天都能行进好几英里，我也可以坐在我的御马官①那绣有苏格兰国徽——蓟花——的后座马鞍上。若是累了，还有一辆驴拉的轿舆，我可以坐在里边，放下窗帘，睡上一会儿，虽然会有些颠簸。

走在我们之后的是朝臣侍从，他们就像是外出一日游似的。在我们骑马慢跑时，姑娘们的纤长衣袖飘荡起伏，先生们的斗篷披风如同迎风翻滚的旗帜。父亲宫里的绅士们同我的侍女不拘礼节地问候寒暄，打情骂俏，

---

① 御马官（master of the horse）是英国宫廷中第三重要的显赫官员，如今该职位多为仪式性官职。

逗得她们娇笑连连。紧跟着他们的是骑兵侍卫，尽管英格兰是一个太平国家，不过我的父亲长期多疑，时常担心那些愚昧邪恶的民众依然忠心于前朝皇室。在骑兵侍卫后面的是装载着鹰隼的四轮货车，防尘的皮革帘子扎得密不透风，所有飞禽都站立在栖息杆上，它们的小脑袋上都套着皮革兜帽，用以隔绝噪声和混乱，避免让它们受惊。

四周都是兴奋得不停叫喊的大型猎犬——大狼狗和猎鹿犬，猎人们挥着鞭子，骑马走在一旁，控制这群猎犬。偶尔有狗嗅到一丝气味而伸出了舌头，其他所有狗都拼命地想要去追，去搜寻；可若是我们正骑马前去一场宴会或者庆典或者庄重的接风席，那我们就不能停下来去打猎。有那么几天，我们在早餐前出去打猎，或是在凉爽的傍晚，这些狗便能四处搜寻气味、放肆奔跑，而宫里的人会策马飞驰，越过沟渠，在陌生的树林里纵马驰骋，欢呼雀跃。若是打猎丰收，那我们会在下一次停留时，将猎得的肉送给招待我们过夜的主人家。

走在我们前面的，是提前半日出发的行李车队。最早出发的是六辆装运服饰的马车，其中一辆有重兵把守，那里面运载着我的珠宝。我的家务管事和他的仆人们分坐在车夫两边，有时也在一旁骑马跟随，以确保不会有东西遗失。这些货车被特意染制成都铎绿和都铎白的防水油布捆绑着，布上还印着我的王室图章。我的每个侍女都有她们自己的衣物货车，上面有她们自己的盾形徽章。当这一辆又一辆的货车轰轰隆隆地缓慢前行时，这些徽章看上去恰如骑士比武大赛上移动的盾牌树形图，好似圆桌骑士们突然决定去侵略北方。

在这漫长的旅途中，我的父亲并非一个有趣的旅伴。道路状况、旅途花销都让他十分不悦。他在想念我的母亲，我心里想到，但他这种想念并没有表现为伤心难过，而是一连串的抱怨："要是她还在这儿，她会这么做的"，或者"我本不必吩咐这道命令，这本是王后的职责"。我母亲深受爱戴，她的家族对统治早已习以为常，王位已经传递数代，在重大公共事务上，她经常指导父亲，若有她走在队列前方，所有人都会感到安心。我开始觉得，如若傲慢国的凯瑟琳被迫嫁给了我的父亲，倒不失为一桩大好事：侍奉他能令她变得更加谦逊，而嫁给哈里远远达不到这个效果。她会对哈里发号施令，我很了解，但是我的父亲会让她乖乖听命。

到达祖母在克里维斯顿的宅邸之时，父亲很高兴，因为这里的一切事务都已经由祖母按照最高标准安排妥当，他可以在这里好好休憩，不用操心。我想他或许生病了：他显然是累坏了，他的母亲，我的祖母紧张不安地留在他身边，喂他喝下她自己配置的各种药水还有提神饮料。在此处，我们即将分离——他将回到伦敦，而我要继续北上前往苏格兰。我将再也无法见到他，除非我出访英格兰。

我好奇父亲是否会为我的离去而心烦意乱，借暴躁脾气来掩饰，但是坦白地讲，我想他的失落不会多于我的难过。我们从未亲近过，他亦从未疼爱过我。我是他的女儿，但容貌上，我更似母亲的家族，笑意融融的高挑金发女郎。我不是像玛丽那样有玲珑小巧娃娃脸的公主。我继承了他的脾气，但他的母亲却使我掩盖住了这点。我有他的勇敢——他在流放中度过前半生，然后历经千难万险回到英格兰——我想我也可以这样勇敢。我还拥有母亲的积极乐观。父亲总是看到每个人最坏的一面，并设计把他们都抓出来。他身形这般瘦削又面目阴沉，而我脸圆肩宽，任何人看见我们站在一起都不会将我们视为父亲和长女，也难怪我们感受不到血缘亲情。

我朝他跪下，恳求他的祝福，我的臣仆在阳光中等候，祖母检查着我是否出错，随后我站起身，他亲吻了我的双颊。"你知道你的使命，"他不耐烦地说，"务必让你的丈夫维护和平。假如苏格兰成为了敌人，总是在北方领土寻衅滋事，那英格兰将永无太平之日。永久和平条约的名字有它的含义。你去往那里，就是要确保它永久有效。"

"我会全力以赴，陛下。"

"永远不要忘记，你是英格兰的公主，"他说道，"若是哈里有任何不测——尽管上帝不会允许这样的事情发生——你将成为下一任英格兰国王的母亲。"

"这乃世间至高无上的荣耀。"祖母补充道。她和她的儿子交换了一个温柔的眼神。"侍奉上帝，"她对我说，"记住你与我的守护神，有福的玛格丽特[①]。"

听到这个女人的名字，我低下头。她的十字架戳破恶龙的肚皮，以致恶龙将她吐了出来，因而逃脱了被恶龙吞噬的厄运。

"让她成为你的榜样。"祖母要求道。

我将手放在了咽喉处的十字架上，以此说明，即便我在前往爱丁堡的路上会被恶龙吞噬，我也已经做好万全准备。

"上帝保佑你。"她说。她年老的面容坚毅刚强；不用担心她为我们的离别而哭泣。我可能是她最宠爱的孙女，但我和玛丽都无法与她的儿子及孙子相提并论。她要缔造一个王朝：她只需要男孩儿。

她亲吻了我，紧紧拥抱了我一下。"努力生下男孩儿，"她悄声说，"王位上的一切都不及你的儿子重要。"

对一个没有母亲的女孩儿来说，这真是一场冷酷的告别，但在我开口回答之前，我的御马官走上前，将我抱上了我的帕尔弗里骏马，号兵吹响

[①]此处的玛格丽特指天主教传说中的圣人。据传说，魔鬼撒旦曾化身一条恶龙前来击垮玛格丽特对上帝的信仰，将她整个吞了下去，但玛格丽特紧握手中耶稣基督的十字架，令自己在恶龙的肚腹中毫发无损，并使其内脏遭到致命的损害。玛格丽特因此顺利从恶龙的肚腹中飞身而出，恶龙反而因为她虔诚的信仰被彻底击败。

敬礼的号声，所有人都明白我们准备启程离开了。国王的侍从挥手告别，祖母的家仆欢呼喝彩，我的旗帜在空中飞舞飘动，我领着我的宫人出发，踏上北方大道，前往爱丁堡。

1503年7月

约克至爱丁堡　远嫁途中

  我朝英格兰和苏格兰的边境地带前进,对留在身后的一切并没有感到多少遗憾。我的童年美好大多已经消逝。在过去的一年,我失去了我心爱的兄长,接着是我的母亲,和她一起走的还有我刚出生的小妹妹。然而,我发现在这段我即将迎来的新生活中,我并没有过多地思念他们。不同寻常的是,在我北上旅途中,我思念的人竟然是凯瑟琳。我想要告诉她我所受到的热切欢迎,每个城镇都献上了它们热情洋溢并令人难忘的问候,我还想问她长途骑行的不便之处以及衣橱紧缺的解决之法。我模仿她昂首挺胸的优美姿态,甚至还练习过她耸肩的小动作。我学着用西班牙语的口音说出"荒唐"这个词。我设想她会成为英格兰王后,而我会成为苏格兰王后,那民众定会比较我二人,所以我要学着如她一般典雅端庄。

  我每天都能找到机会练习她的体态,因为我逐渐意识到王室人员最了不起的特点之一,便是在人们为你祈祷,或是与你说话,甚至是为你高歌那些为你而作的赞美诗的同时,你还能够保持淡定地思考一些趣事。有人为你的到来而感谢上帝时,打呵欠是很失礼的行为,于是我学会了一个既可以神游太虚但又不会陷入沉睡的小技巧。我像凯瑟琳那样端坐,背挺得笔直,头高高地抬起以拉长我的脖颈。大多数时候,我会将我的礼裙拉高约莫一寸,然后看着我的鞋。我订制了脚趾处绣有精细图样的宴会鞋,如此一来,虔诚的冥想过程可以变得更加有趣。

一路向北,每每到达一个漫长而无趣的驻留处,我都有大把的时间盯着我的脚趾,与此同时,这些贵族先生正向我歌功颂德。

父亲下过命令,我的旅程将是一场恢宏浩大的队伍行进,其中我的任务就是穿着各式各样的礼服,光彩照人,当民众为了都铎王室的来临,尤其是为我途经他们瘟病肆虐、肮脏狭小的城镇,纷纷感谢上帝之时,我要谦逊地垂下目光。这就是我看向脚趾的时机。我心里盘算着不久后我便能到达我自己的国家,苏格兰。到时我会成为王后,在之后我便能自己决定去向何方,同时暗自计算这些致辞还会耗时多久。

越往北走,郊外景色越令我惊奇。天空几乎就铺展在我们的头顶,如同一口敞开的大箱子。忽然之间,那地平线不断后退,变得遥不可及,我们在起伏的青山上上下下,映入眼帘的依然是延绵不断的群山,仿佛整个英格兰都在我们脚下翻滚连亘。在我们头顶的是北方的广袤苍穹。这里的空气湿润清新,几乎将我们淹没。我不由得感到我们不过是渺小的人,在这壮阔天地间爬行的一串小虾,是这接连的崇山峻岭间的小斑点,那些盘旋在我们上方的秃鹫,还有飞得比它们更高的白头海雕,将我们看得一清二楚。

我先前不知道路途竟是这般遥远,也不了解英格兰北部居然如此空旷,不见人烟:没有篱笆,没有沟渠,没有农田,完全没有开垦过,就是一片无人的村落、荒原,甚至没有绘制在地图上。

尽管如此,仍有在这片处女地上艰难谋生的人群。我们偶尔能远远地望见简陋的石塔,有时他们的警卫发现了我们,我们就会听见警钟敲响的声音。这都是些北方的野蛮人,他们驰骋在这片土地上,互相偷窃庄稼和马匹,围攻彼此的城堡,凭靠压榨他们的佃农、抢劫他人谋生。我们不会靠近那些人的基地,我们人多势众,装备精良,他们也不敢来犯;但是我的护卫长,萨里伯爵托马斯·霍华德一想到他们,那一口老黄牙就恨恨地磨出响动。他曾在这片村落作战，烧毁过那些破败的堡垒，以此惩罚这些人的野蛮、贫穷，还有他们对南方富饶安定的憎恨。

也恰恰是他阻止我订制我想要的东西，因为一切事务都要听从于他和他那位同样令人不快的妻子——艾格尼丝的指挥。不知为何，父亲喜欢并信任托马斯·霍华德，还命他护送我去爱丁堡，确保我的言行符合苏格兰王后的身份。我本以为，事到如今，不需要霍华德在我边上辅佐提议，我也值得信赖。他同时也是一个探子，因为他不止一次与苏格兰人打过仗，并且他在我们停驻的每个城镇都和那些北方贵族会面，研究苏格兰边境领主们的脾性，还要了解他们之中是否有人可以被收买，投入我方阵营。他向我们的贵族承诺，他们将用获得的武器和金钱用以维护英格兰抵御苏格兰的防御工事，哪怕我的到来将会带来永久的和平。

霍华德貌似不明白我和苏格兰国王的婚约将为这个世界带来何等改变。他表面上对我毕恭毕敬，脱帽致意，屈膝下跪，接受我桌上的菜肴，但仍有一点让我不喜欢他的礼仪，那就是他似乎没有意识到神授君权的尊贵。这就好像他以为自己曾目睹父亲在博斯沃思战场的泥沼中，步履蹒跚地捡起了王冠，那么某天父亲也可能会再次失去它。

霍华德后来也反抗过我们，但他说服了父亲，说那是值得颂扬的忠诚，而非叛国。他说他曾为过去的那顶王冠效力，而他现在忠于当今的国王。哪怕英格兰的冠冕戴在一只来自非洲的狒狒头上，那么他也会对它忠心耿耿。这顶王冠，还有王冠带来的财富，才是霍华德的忠贞之源。我一点都不相信他会拥戴我父亲和我。他若不是一名杰出的将军，我想我本不必忍受他的伴随。若是母亲仍然在世，她会指定她的族人陪伴我。若是我的兄长还活着，那我的祖母也不必留在王宫，保护我们剩下的唯一继承人。然而一切都乱了套，自从凯瑟琳来到宫里，带走了亚瑟，随后我的利益便失去了它应得的优先地位，这两个霍华德的行事不过是其中一例罢了。

每到一个停歇的地方，我对他们的厌恶就加深一层，他们盯着我听取那些表忠心的颂词，还鼓动我发表讲话作为回复，尽管我十分明白，我需要表现出对约克郡的赞赏，对贝里克郡的着迷，这是我们极北之地的城镇，是靠近入海口的河湾上的一颗玲珑明珠。我无须被吩咐去赞扬这些堡垒；我看得到贝里克郡对我的殷勤友好，我感受得到在这些高大结实的城墙之内是多么的安全无虞。可是托马斯·霍华德几乎又口述了一遍那些我要对城堡统领说的感谢之词，他为自己对传统的了解而扬扬得意。一定程度上，他是爱德华一世的后代，这意味着他觉得自己能够出言指点我在马鞍上的坐姿，或者是指出我在晚餐讲话时，目光不应该流连菜肴，而应该望向大厅。

在我们到达苏格兰边境前，从贝里克出发后仅有两个小时，我就已经对两个霍华德厌烦透顶了。我决意等我一旦统领宫中事务，当务之急便是把他们遣送回国，并给我的父亲去信一封，说他们不具备作为我臣仆的能力。对他来说，这两人或许有用。他们可以为凯瑟琳效劳，她可以感受到托马斯·霍华德带来的快乐。她可以看看能否接受霍华德的忠心——无比效忠于王冠，甚至不介意它在戴谁的头上。此人阴沉严肃又野心勃勃，必能令她牢记：她亦曾嫁于一位威尔士亲王，如今却决心成为另一位威尔士亲王的妻子；这是霍华德们效忠的那顶王冠，也是凯瑟琳属意的那顶王冠。

然而，等到我们跨过边界，最终进入苏格兰时，这一切都不再重要了，达尔基思堡的女主人，莫顿女伯爵悄声对我说："国王快到了。"

这段旅程是如此漫长，我几乎快忘记了它的终点：苏格兰王位，蓟花王冠，还有一个男人，一个真正的男人，而非一个仅仅是通过大使赠送礼物和花言巧语赞美我的人——一个真实存在，正赶来同我相见的男人。

原定的安排是等我进入爱丁堡，他才会来与我会合，可是讨厌的传统规定，新郎——就像童话中的王子——不应按捺自己的急切，可效仿浪漫小说中的多情骑士，提前出发去见他的新娘。这又让我想起了亚瑟，他也曾冒雨前去多格莫斯高地，同不情愿的凯瑟琳相见。回想起他受到的冷遇和难堪，让我一时之间哭笑不得。但是这也表明，苏格兰国王知晓这些环节，表露出了他对我的兴趣，这令我心生好感。

尽管准备完全，但大家还是难免慌张起来，连侍女官艾格尼丝·霍华德来到我房间时，都流露出些许激动之情。我穿着一件深绿色的礼服，衣袖由金缕缝制而成，佩戴上我最为圆润华美的珍珠后，我们都静坐一旁，犹如等待画家为我们作画一般，聆听着乐曲，竭力装作没有在等待的神态。托马斯·霍华德进来了，环视房间，像在安排哨兵一般。他靠近我肩膀，在我耳边低声告诉我，稍后国王到来之时，我应该装出一副完全意外的惊讶模样，不要露出一点"久等了"的神色。我告诉他我知晓这一点，然后我们一起等待着。时间流逝，大门口终于传来一点声响，爆发出一阵欢呼，主宅大门吱呀作响地推开，楼梯上传来马靴哒哒的脚步声，接着哨兵一下推开门，他进来了：我的丈夫。

我一看见他差点尖叫出来。他长着一脸可笑至极的络腮胡，红得像狐狸毛，胡须多得几乎像整只狐狸搭在他身上。我一下站了起来，发出一声惊喘。艾格尼丝·霍华德狠狠看了我一眼，要是她站得离我近一点，我觉得她肯定会拧我一下，让我注意仪态。但这点失礼没有造成麻烦，国王牵起我的手，向我鞠躬，为惊吓到我而表示歉意。他把我瞪大的眼睛、微张的嘴巴当作对他意外到来的称赞，取笑他自己是爱的吟游诗人，然后他面带笑意，自信地向我的所有侍女问好，还对艾格尼丝·霍华德弯腰，并向托马斯·霍华德亲切致意，好似他们会成为挚友，且他已将托马斯两次入侵苏格兰的事情抛诸脑后。

他的穿着很漂亮，宛如一位欧洲君主，身上是镶着金边的红色丝绒，他还特别提到我们俩都选中了丝绒服饰。他上衣的剪裁类似骑马装，然而其布料却价值不菲，同时他背上还背着一把里拉琴，而非一把像是要去打猎的十字弓。我得说，尽管有一点点的惊讶，但假如他去哪里都背着他那把里拉琴，那他确实是一位吟游诗人。他还告诉我他热爱音乐、诗歌以及舞蹈，他希望我也喜欢这些。

我对他说我确实喜欢，随后他便鼓励我跳一支舞。艾格尼丝·霍华德站在我身旁，乐师弹起一首帕凡舞曲①，我深知自己舞姿优美非凡。享用晚餐过后，我们坐在彼此身旁，当前他正和托马斯·霍华德交谈，我正好能仔细地观察他一下。

他是一个英俊的男人。他年纪固然不小，已满三十，但他完全没有一个老男人的那种刻板与严肃。他有一张俊美的脸庞：高挑的眉毛，温暖的双眸中满是智慧。他敏捷的思维、炙热的情感，都在他那双黑眼睛里闪露，他的嘴唇线条分明，不知为何，让我有了去亲吻的心思。自然，他的胡子除外。他的胡须真是无法忽视。我怀疑是否有办法能穿过他的胡髯。万幸他梳理和清洗过，还喷了香水，不是那种乱得像老鼠窝的胡子。但是我还是想要他把脸刮干净，我忍不住思考自己是否要向他提起这件事，要我嫁给一个老得足以做我父亲的男人本来就是一件够糟糕的事了，难道还要来到一个没有我祖国辽阔的国家里，让他带着一脸狐狸尾巴与我共寝吗？

他在黄昏时分离开了，我对艾格尼丝·霍华德提起，她是否能告诉她的丈夫，我想要国王刮干净胡子。不出我所料，她立马告诉了他，仿佛我的偏好很荒唐无理似的，在入睡之前，我受了他们一通说教，他们说能成为一位王后就是我的福气了，没有哪位丈夫，尤其是受命于天的国王，会接受一个年轻女人对他外貌的建议。

"男人是照着上帝的形象创造的；而女人是在上帝完成了他最完美的造

---

① 帕凡舞为16世纪欧洲的一种缓慢而庄严的宫廷舞，帕凡舞曲即为配合这种舞蹈的舞曲。

物之后的作品，没有女人能够批判男人的形象。"托马斯·霍华德如此告知我，仿佛他是位教皇。

"噢，阿门。"我闷闷不乐地说。

✦

接下来的四天，在婚礼之前，我的新丈夫每天都前来拜访，不过大多数时间他都在和托马斯·霍华德交谈，而不是与我讲话。这个老头在边境上同苏格兰人战斗，所有人都认为他俩会是终生仇敌，然而他们却形影不离，分享那些行军打仗的故事。我的婚约者，这个本该向我示爱讨好之人，却和我的护卫在一起回忆过去的战争，而托马斯·霍华德，这个本该留意我的安危之人，忘记了我的存在，给国王讲述他多年的行军生活。当他们共同绘制曾经的战场地图，或者詹姆斯国王描述他正在设计的武器以及为他的城堡建造的工事的时候，他们真是快活得不得了。他们二人的行为举止，都军人气势十足，仿佛女人同这个世界毫无关联，仿佛世间唯一有趣的任务便是侵略他人的土地，杀死其他人。哪怕我和我的侍女在场之时，若国王与托马斯一道走进来，他也只会花费一点时间来讨我喜欢，接着就问起托马斯是否见过这种新型枪支，什么达达尼尔枪，新式火炮，是否听闻过著名的苏格兰猛式大炮，那是欧洲体积最大的火炮，由勃艮第公爵进献给詹姆斯的祖父的贡品。这令人十分气恼。我相信即使是凯瑟琳也忍不下这口气。

✦

我们进入爱丁堡之日便是我作为都铎公主的最后一日，之后我会在新的国度加冕为后。国王将我扶上马,坐在他身后,好似我是一名普通少女,而他是我的御马官,又好似他俘虏了我,正要带我归家。进入爱丁堡时,我坐在他的身后,紧紧贴在他的后背,双臂环在他的腰上,就像一个从集会上回家的农家女。所有人都为此开心愉悦。大家喜欢我们做出的这幅浪漫图绘,仿若一幅骑士和被救少女的木版画,也喜欢看到一名英格兰公主如同一件战利品一般给带进他们的都城。这些苏格兰人都是不拘礼节又亲切友好的人民。他们说的话我一个字也听不懂,然而,在看到英俊国王的粗犷模样,他那满头红发和长长胡须,看到马背上坐在他身后的金发公主的那一刻,民众们神采飞扬的面容,不停挥舞还送出飞吻的双手,还有这些欢呼,都表现出了他们的激动喜悦。

整座城市由城墙包围,城墙上修建了结实高大的城门,城门之后是交杂错乱的简陋木屋和破败房舍,还有一些墙上刷着石灰、屋顶盖着厚厚茅草的高大房屋,以及少数新建的石堡。城市的一端有一面山势险峻的峭壁,在峭壁顶上屹立着一座城堡,它的四周都是垂直的悬崖,仅有一条狭窄小道通往山尖;不过,城市另一端地处河谷,有一座新修建的宫殿,外面的高山密林便是这片区域层层防御的城墙。从城堡沿着陡峭山坡一路向下到宫殿有一条铺满鹅卵石的宽阔大道,长达一英里,商人和公会成员的豪华住宅正对着这条街,房屋的高层就在街道上方。这些豪宅的后方是美丽的庭院,以及通往内部宅院和大花园、果林、围场还有隐藏在后的房舍的晦暗狭巷,以及下山的秘道。

每个街角都有关于天使、女神和圣人为我祈祷爱与丰饶的布景或者假面剧。这是一座精致的小城,修造得又高又宽,城堡就像是屹立在它之上的高山,塔楼直冲云霄,旗帜在云层之中翻飞。这也是一座混乱的城市,由陋室破屋和高宅大院重建而成,由木头和石料搭造而成,灰石板房顶代替了茅草屋顶。但是每一扇窗户,不论是敞开,关闭,或是装有玻璃,都露出了一面旗帜或是涂上了各种颜色，并在凸出的阳台上挂上了各种长巾和花串。每一扇窄小的门口都挤满了一家人，向我挥手，而那些修有凸肚窗、高层阁楼和阳台的石砌房屋里都有孩子们探出身子来欢呼。所有人的喧闹声汇集在这小小的街道上，侍卫设法在人群中拨开一条道路时，他们的叫嚷实在声势滔滔。我们前后至少有一千匹骏马，马背上的苏格兰领主和英格兰贵族共同行进，以显示我为苏格兰带来的全新团结。我们沿着狭窄的鹅卵石街道蜿蜒前行，下山来到了荷里路德宫①。

---

① 苏格兰著名宫殿，16世纪以来的苏格兰国王和女王的主要居所。

1503年8月

苏格兰　爱丁堡　荷里路德宫

　　翌日清晨六点，在蓝天凉爽的日光中，侍女将我唤醒。我在我的礼拜堂内念诵晨经，之后在会见厅中，仅同我的侍女一起享用早餐。所有人吃得都不多，我们全都兴奋不已。面包卷和麦芽啤酒的滋味令我近乎反胃。我回到卧房，一个巨大的浴缸已经安置妥当，盛满了热水，我大婚所用的礼服已经铺展在床上。侍女们为我清洗装扮，仿佛我是一个木偶，接着她们为我梳理长发，让它卷曲顺滑地披散在我的肩上。这是我最出众的部分，这头秀发是我珍贵的财富，所有人都停了下来赞美了一会儿，然后用多余的丝带将发丝绑了起来。时间过得飞快，忽然之间我们就必须赶紧准备好一切了。我一直把我想要用的，还有我本打算用的东西都牢记在心。很快，我穿好了那脚趾处有刺绣和金蕾丝的婚鞋，精致程度与傲慢国的凯瑟琳的那双婚鞋不相上下，艾格尼丝·霍华德已经在我身后准备就绪，全部侍女排成一列站在她背后，我必须出场了。

　　我走下石梯，来到明媚的阳光下，旁边修道院的大门一下对我大开，随后我便步入其中，修道院内站满了贵族和他们身着长袍的女眷，空气中弥漫着线香的芬芳，回荡着唱诗班的悦耳歌声。我记得我踏上了一条通道，詹姆斯就站在通道的顶端，我记得圣坛上摆放的圣骨匣金光闪闪，上千只蜡烛被点燃，火光炫目，拱顶凌空而起。我还记得圣坛之上那气势恢宏的石窗，空中楼阁，彩色玻璃的耀眼光芒——还有……其他的我什么也想不起来了。

　　我觉得这与亚瑟的婚礼同样奢华气派。这固然不及圣保罗大教堂,但我穿着的礼服与凯瑟琳当日的婚服一样精致美丽。我身边的国王更是一件璀璨的珍宝,他是成熟的君主,而凯瑟琳不过是嫁给了一名亲王,何况我已加冕,她尚未得到王冠,那她自然仍只是一名公主,她如今的处境甚至还不如当初。我会有一场双重庆典:结婚典礼和加冕典礼。两场典礼庄严异常,耗时良久,使我一阵恍惚。我跋山涉水,不远万里,一路从里士满赶来,由众多人士见证一切。我已经等待这一天许多年了,父亲谋划的这桩婚事几乎影响了我的全部生活,祖母终于大功告成。我欣喜若狂,激动得难以自持。我才十三岁,我觉得自己就像是获准在宴会上待得久些的玛丽,我那位小妹妹。我所获得的荣光令我晕眩,接下来我仿佛在梦中完成了所有环节——婚礼弥撒、加冕仪式以及忠诚宣誓,宴会,假面剧,礼堂诵经,送入婚房。这一整天国王的手臂都揽在我的腰间——若不是他,我想我可能会摔倒。这一整天仿佛永远没有尽头,他到他的宫里去告解和祈祷,而侍女们带我回房,将我领到床上。

　　她们取下我的衣袖,放到淡紫色的袋子里,解开我的礼裙,帮我脱下紧身胸衣,艾格尼丝·霍华德在一旁指导。我穿上我最精美的睡裙,上面还绣有法式蕾丝边,外面还裹了一件绸缎睡袍。她们让我躺在床上,靠着枕头,将礼服铺在我的脚边,用力拉拽我的袖子,仿佛把我当作一个蜡像,就如母亲灵柩上的塑像那样。艾格尼丝·霍华德将我的发丝扭成卷发,披在肩上,拧了拧我的脸颊,让我显得更有气色。

　　"我看上去如何?"我问她,"给我镜子。"

　　"您看上去很好。"她浅笑着说,"一位美丽的新娘。"

　　"像凯瑟琳那样?"我注视着镜子里孩子气的圆脸。

　　她端详着我,眼神带着点评和衡量的意思。"不像,"她说道,"并不像她。她是英格兰所有王后当中最美艳绝伦的一位。"

"那比我的妹妹更漂亮吗？"我又说道，努力地想要找到一些自信，好在今晚面对我的丈夫。

又一次，一副在权衡、在评价的表情。"没有，"她犹豫地开口，"不过你不必拿自己同她相比。玛丽会出落成一位绝色佳人。"

我发出一声恼怒的感叹，把镜子推还给她。

"冷静下来，"她劝道，"你是苏格兰最美丽的女王，这就足够了。何况你的丈夫明显十分中意你。"

"我怀疑他的眼睛能否穿过那些胡须看到我，"我生气地说道，"我怀疑他什么都没看见。"

"他能看到你，"她劝慰我说，"他可不会错过这些。"

宫里的贵族绅士们护送国王来到卧房门前，嘴里哼着下流歌曲，互相取笑，但他并不允许这些人进入我们的房间。他进来时，对着侍女们道了句晚安，于是所有人都退下了，放弃了围观婚床的想法。我认识到这并非出于羞怯，因为他丝毫不害羞，而是好心为我考虑。这真的没有必要。我并非孩童，我是公主；我生来便被如此教导。我尽悉宫闱之事。我早已习惯所有人都对我的事一清二楚，还经常拿我与其他公主相比较。我从未被视作独立的个人，总是被视为四个都铎孩子的其中之一，而此时我又要被视为三位王室姐妹之一。真不公平。

詹姆斯脱下衣服，像寻常男人那样丢开他做工考究的长礼服，穿着睡衣站在我面前，一把将睡衣拉过头顶脱掉。我听到类似沉重的项链碰撞的叮当声，在脱掉睡衣之后，他身体的每一寸都裸露了出来，向我展示着。强壮的大腿上长满又厚又深的体毛，裆部是一团浓密的深色阴毛，他的男根挺立着，就像种马，令人难为情，他平坦的腹部中间有一条黝深的腹线，以及——

"那是什么?"我问道,他的腰上戴着一圈金属环围成的装饰。他脱衣服的时候,就是这个在叮当作响。

"这是我的男根,"他说道,故意误解我的话,"我不会弄疼你,我会很温柔。"

"不是说那个。"我说道。我在宫廷里长大,但我的生活中也伴有马棚和农场里的动物。"我对那个再清楚不过。你腰上那一圈是什么?"

他用手指轻轻碰了他的腰带。"噢,说这个。"

我现在看清了,那东西生生地穿过了他身体。它有倒钩,而且他每动一下,那玩意儿都会扯破他的皮肤。他腰上的皮肤粗糙不平,满是疤痕;他一定戴着这个很多年了。他的每一个动作都会刮伤皮肤,这么多年以来,他长期忍受着这种不适的疼痛。

"这是受难带①,"他说道,"你肯定以前见过。你这般洞悉世间万物吗,新婚之夜看到了你丈夫的阳具,你却早已知晓了它的一切?"

我笑了出来。"我不是这个意思。不过这个受难带是做什么用的呢?"

"这个是用来提醒我的罪过,"他解释道,"在我年轻的时候,大概在你的年纪,我干了件非常愚蠢的事情,犯下了大错。足以让我下地狱的错事。我戴着这个就是为了提醒自己,我是如此愚蠢,以及我是一个罪人。"

"如果当时你如我这般大小,那么没人会怪罪你,"我向他保证道,"你可以去忏悔。去忏悔,然后补赎罪孽。"

"不能仅仅因为我当时不成熟便能够被原谅,"他说,"而且你也不要有此类想法。不能因为你还年幼,或者你是王室贵族,或者照你的情况,你是女人,心智不比男人坚定,你就能够被宽恕。你是一名王后,你必须依照最高标准来克制自己。你必须识明智审,你必须虔诚,你的话便是你的

---

① 会磨破皮肤、造成肉体疼痛的用具,传统基督教的教徒使用于忏悔、赎罪的自我惩戒的工具。

誓约。你必须对上帝负责,而不是对一个可能宣布你无罪的神父。若你是王室血脉,那便无人能够赦免你的愚蠢和罪孽。你必须确保不会做出蠢行,犯下罪孽。"

我有些受惊地看着他,在我的婚房里,他远高于我,他男根挺立,蓄势待发,粗实的锁链嵌在他的腰上,他严肃得像一名法官。

"那你现在也得戴着它吗?"我问道,"我是说,这种时候?"

他轻笑一下。"不用。"他回答道,低头解开腰带,取下了它。他来到床边,上床躺在我身边。

"一定要取掉它。"我说,引导他产生或许能够把这条受难带弃置一旁的想法。

"无论如何,你绝不会因为我的罪孽而受伤,"他温柔地说,"与你共处的时候,我就会取下它。无论如何,它不会让你受到任何伤害。"

我的确没有受伤,因为他动作轻柔而迅速,而且一直注意着不要压疼我——他不像原野上的种马那般笨重,反倒灵巧利落。被人如此抚摸全身,我感到一阵欢愉,就像蜷缩在别人大腿上的猫咪,他的双手在我身上游走,从我的耳后,到发梢,到后背,再来到我的腿间,他仿佛把我肌肤的每一处都化成了丝绸,融成了奶油。这是漫长的一天,我感到晕眩而困倦,并没有一点疼痛,他的进入令我稍微有些吃惊,但他接下来的动作很温情,就在他兴奋起来,动作更加用力,厉害得让我难以承受之际,这一切就结束了,我失去了知觉,只感受到阵阵暖意和他的爱抚。

"这就够了吗?"看见他喘了一口气,小心地从我身上下去,躺在枕头上,我惊奇地发问。

"是的,"他说,"至少,今晚已经足够了。"

"我还以为会受伤,会流血。"我说道。

"是流了一点血,"他说,"床单上的血已经足以示人了,艾格尼丝夫人可以向你的祖母交代了。但你不会受伤。这事本该充满愉悦,即便是对女人而言。有医师认为要有欢愉才能孕育子嗣,不过我自己不太相信这个说法。"

他离开床铺,再次套上了他的锁链腰带。

"你必须戴上那个吗?"

"是的。"他扣好腰带,那些金属钩子嵌进他粗糙的皮肤的时候,我看见他疼得面容都扭曲了。

"你到底犯下了什么不可饶恕的过错呢?"我问道,也许他会愿意在我入睡之前给我讲一个故事。

"我领着一群造反领主背叛了国王,我的父亲。"他回答道,但是他脸上没有笑意,这也并非是一个让人高兴的故事,"我当时十五岁。我以为他会设法杀了我,然后扶持我的弟弟上位。我听信了那群领主的话,带领他们的军队,犯下了叛国谋逆的罪行。我曾以为我父亲会成为我们的阶下囚,他会在更优秀的顾问大臣的辅佐之下统治国家,但他看见我时,他没有向前;他没有对着自己的儿子举刀。他是个称职的父亲,而我不如他,于是我与叛军赢得了战斗,他溃逃,可被叛军抓住,惨遭杀害。"

"什么?"我被这个可怕的故事吓得睡意全飞。

"是的。"

"你背叛了你的父亲,还杀了他?"这是违背伦常,违背上帝,违背父亲的罪孽。"你杀了你自己的父亲?"

床边烛火摇曳,他身后的影子落在整面墙上。"愿上帝饶恕我,是的,"他静静地说,"所以我身负诅咒,一个反贼,一个篡权之人,一个弑君者,一个弑父者，犯下了杀父弑君的罪行。只要我戴着这个受难带，我就绝不会忘记思考盟友背后的企图，而当我发动战争时，我会牢记有人身遇不测。我罪孽深重，不可饶恕。"

他掀开床帐，上床躺在我身边，这位国王是一个杀手，凶犯。"你会去朝圣吗？"我小声地提问，"你会去参加十字军东征吗？教皇会赦免你的罪吗？"

"我希望如此。"他平静地说，"尽管这个国家从未太平到让我能放心离开，但我想要投身十字军东征，我希望有朝一日能够去耶路撒冷——这将洗净我的灵魂。"

"我不懂，"我安静地说，"我对这些事一无所知。"

他耸了耸肩，扯过被子盖住了肚子，舒展四肢。他的脚快伸到床的边缘，双臂交叉在宽阔的胸膛，好像这整张床都是他的，我不得不挤在一个角落，或者贴着他的身躯。

"你自己的父亲也发动了叛乱，背叛了一位受命于天的国王，"他谈道，好像这并非最可怕的事情，"他还不顾你母亲的意愿，强娶了她，杀害了她的亲人，杀了那些有王室血脉的年轻男子。为了登上王位，保住王冠，有时不得不犯下可怕的罪行。"

我发出一声小小的抗议："不，他才没有做这些！一件事都没做过，至少，不像你说的那样！"

"有罪即是有罪。"这个凶犯对我说了一句，便睡去了。

第二天的清晨是我一生中最美好的一天。依照传统，在婚礼的第二日清晨，历代苏格兰国王会赐予他们的新娘应得的土地。我来到詹姆斯的枢密室，和他各自坐在一张大桌子的两边，他签署了一张又一张契约书，将一片辽阔的林场和一座座恢宏的城堡划到我的名下，我意识到我的确富裕得堪比任何王后了。我心情愉快，整座王宫因我而喜气洋洋，众人也因我的收获而得到了不少赏赐。詹姆斯·汉密尔顿参与了婚约的商议，即将成为阿兰伯爵，这是为了他而颁发的头衔，以嘉奖他的汗马功劳，他还被授予国王亲属的荣誉。我的所有侍女都收到了礼物，苏格兰所有领主也都获赐了金钱，其中有些人还获得了新头衔。

然后国王转向我，浅笑着对我说："我被告知，殿下您不喜欢我的胡须。对此，我完全听从您的吩咐。请看，我乐意为您成为参孙①。我愿为心爱之人削去这些胡须。"

他可真让我惊讶。"你会吗？"我说道，"谁告诉你的呢？我从没说过这样的话。"

"那你想我继续把这胡子留长吗？"他捋了捋这一大把胡子，从下巴长到了肚子的胡须。

"不！不想！"我使劲摇头，他又笑了。

他朝一位随从点头，那人打开会见厅的大门。一名仆从端着一个大钵和一把水壶，拿着一块亚麻毛巾和一副金剪子走了进来，外面所有人都在偷看国王和王后要做什么。

我的侍女们马上拍着双手，笑了起来，可我只觉得尴尬，等到大门关闭，那些请愿的人、拜访的人都看不到我们了，我才惬意起来。"我不知道你想做什么。我们能找一名理发师来吗？"

"你来理，"他调笑我说，"你不想要我的胡子，那你来剃掉它们。怎么，你害怕了吗？"

---

① 圣经中的大力士，他的神力源于他的毛发，但后来被爱人欺骗，剃掉毛发，失去神力，遭到残酷折磨。

"我才不怕。"我大胆地说。

"我觉得你在害怕,"他说,他笑容满面,透过他那把胡子都能看见,"不过艾格尼丝夫人会帮助你的。"

我望向她,担心她不允许,但她也在笑。

"我可以吗?"我怀疑地开口。

"如果参孙前来剃发,谁会拒绝他呢?"艾格尼丝·霍华德说道,"但我们不想剪掉你的神力,陛下。不论如何我们都不会伤到你。"

"你要让我变得如一名英格兰侍臣那样英俊潇洒,"他宽慰她说道,"若是苏格兰的小王后殿下不想一把漂亮的高地胡子出现在她的床上,那她就不需要忍受这点。她拥有了勇猛无比,能满足所有女人的国王本人——她也不需要这一把漂亮胡子。"

他坐到一张矮凳上,把面巾塞到领子后面,将剪刀递到我面前。我接过剪刀,紧张地剪了一刀,一整簇红色胡须就落到了他的腿上。我有些惊恐地停下了,但国王大笑着说:"厉害,厉害,玛格丽特王后!继续!"于是我一刀又一刀地剪下去,直到胡子都掉光了。他仍然留有厚厚的一层胡楂,但那犹如瀑布一般垂到胸口的胡髯现在已经落到了地上。

"那么,艾格尼丝夫人,"他吩咐道,"我相信您知道如何修剪胡须。请向王后殿下展示一下这个过程,您可千万不要剪到我可怜的脖子。"

"我们真的不找一位理发师吗?"她问道,就如我先前的提问。

他哈哈大笑。"噢,请让高贵的您为我修理一次吧。"他请求道,我看着艾格尼丝夫人唤来热水和剃刀,还有精制的肥皂,开始为他修剪,国王取笑着我惊骇非常的表情。

最后她用温热的亚麻面巾包裹住国王的脸,他轻轻地拍了拍自己光洁的脸,对着我取下了面巾。

"你觉得如何?"他问道,"我让你开心了吗,王后殿下?"

他的下半张脸皮肤白净，远比其他部位的肤色要浅，他的胡子令其免受阳光和风霜的侵扰，而他的脸颊和眉毛晒成了深色。他眼周有不少白色笑纹。他看上去有些奇怪，但他的下颌线条明显，还有一点浅浅的酒窝，他的嘴巴很性感，唇瓣饱满又有形。

"你让我很开心。"我简短地回答道，因为我几乎说不出其他的话来。

他在我唇上落下一个温暖的亲吻，艾格尼丝·霍华德鼓起掌来，好像这都是她的功劳。

"等他们瞧见我的模样，"他说，"我忠诚的领主们将会明白，我的确迎娶了一位英格兰公主，因为我已经变得衣冠楚楚，非常有英格兰的风度。"

✦

我们在荷里路德宫一直住到了秋天，宫里经常举行比武大赛和庆典。有位法国骑士德拉巴斯蒂爵士安托万·达西，备受宠爱，他发誓说，若非他早已向布列塔尼的安妮许下诺言，他本会成为我的骑士。我假装出被冒犯的模样，但他紧接着就告诉我，以安妮的荣誉为证，他身穿纯洁无瑕的盔甲与装饰，这才是最适合他的穿着，他实在不愿着绿色打扮。这让我开怀大笑，我接受了他今生都要做一个"纯白骑士"的志向，但我知晓，他也明白，他的心属于我。这是相当荒谬的话语，尤其是出自一个长相英俊，举止迷人的年轻人之口，不过赢得他人的爱慕也是一名美艳王后的职责之一。

1503年秋

苏格兰　旅途中

  天气逐渐转凉，树叶变得枯黄，我的丈夫决定带我外出旅行，去视察王后的部分封地。我回想起祖母，她就很热衷于管理她的土地，而且贪婪地兼并了更多土地。出城之后，我们向西骑行，沿着福斯河[①]边上凸起的道路前进，这些道路纵横在河边泥泞的湿地上，我环顾四周，期望我的封地得到妥善管理，有所进益。

  树林蔓延生长到了河边，落叶像雨点般飘洒到我们身上，仿佛我们正在游行之中，民众向我们抛撒着鲜花。树林的叶子颜色各异，红棕色和金色斑驳其中，红色和棕色相互映衬，地势高一点的山坡上长满了花楸树，红得发亮。沿途偶有几座村庄，围在几块小的田地中间，所有树篱上还都结着饱满光滑的蔷薇果和山楂果，一些更茂密的树丛里还长有黑玉一般的黑刺李，又肥又大。头顶上飞过一排南下的巨大雁阵，一只紧跟另一只后面，我们还常常听到天鹅飞行时挥动翅膀的巨大声响，它们要从寒冷的北方飞往南方。每个清晨，每个黄昏，我们都看见鹿群消失在树林里，悄悄地移动着，以免被猎狗看见，而在晚上，有时候我们能听见狼群的嚎叫。

  我们一起愉快地游山玩水。詹姆斯喜爱音乐，我就为他演奏，宫廷乐师应和着我们。他喜爱诗歌与文章，随行的宫人里还有作者本人——一位

[①]苏格兰地区的主要河流之一，其南岸是苏格兰首府爱丁堡，其流域也是苏格兰重要的人口聚居区。

与我们一路同行的诗人,他就像一位厨师,仿佛傍晚停步之时,我们需要以诗歌为晚餐。出乎我的意料,詹姆斯确实十分热爱诗歌,对它的喜爱就如同晚餐前必不可少的红酒,他还同样热衷谈论书籍与哲学。他希望我能学习他们的语言,因为只有这样,我才能欣赏到傍晚诗歌的美好。他说这些诗歌无法翻译,只能在第一次吟唱时聆听。他还说这些诗歌讲述了这片土地和他的人民的故事,无法翻译为英语。"英格兰人不会像我们这么思考,"他说道,"他们热爱土地和人民的方式与苏格兰人不同。"

当我提出异议,他便告诉我更北边的人民只说他们自己的语言,名叫埃尔斯语①,那些岛民远渡北方寒冷的海域,说着类似丹麦人的语言,他不得不迫使他们认可自己的统治,那些人认为自己是一个民族,一个独属于本民族的王国。"那里以北还有什么呢?"我问道。

"在很远,非常遥远的地方,是一片白茫茫的大地,"他说道,"那里没有日夜之分,整个季节都是黑暗笼罩大地,仅有几个月的熹微阳光,陆地全是坚冰。"

詹姆斯对事物的运转怀有浓厚兴趣,不管他去哪里,他都会去钟楼查看时钟的运行机制,或者去水磨坊,视察将麦子倒入磨石的新操作。在一座小村庄里有一台风力水泵,能够从沟渠中汲水,他花了半天的时间和那个修建水泵的荷兰人交流,上下水闸好几回,还来回爬了好几次通往风车翼板的楼梯,直到完全理解了水泵的运转机制。我能理解他的部分兴趣,但更多时候我觉得完全无法理解他。他痴迷于人体活动的奥秘,甚至是穷人的尸体,他还会和医生讨论我们呼吸的空气,吸进去的空气是否与呼出的空气相同,空气去了哪里,它有什么作用,或者血液为何会从颈部喷涌而出,但从手臂上是缓慢渗出。他毫不在意,也不觉得恶心。当我说出我不想知道为什么我的血管是青色但喷出的血液是红色时,他就会说:"可是,玛格丽特,这就是

---

① 苏格兰或爱尔兰使用的盖尔语的一种。

生命的奥妙，是上帝的杰作，你一定会想要全部弄清楚。"

到达斯特灵之时，我们沿着蜿蜒的街道骑行，走在这山脉一侧的小镇上，他告诉我，他有一位哲学家，那人在自己的研究领域无人能出其右，而这人现在正在研究生命的本质。他有一间作坊和一个蒸馏器，希望我千万不要为那些锻造的噪声或是烟雾的奇怪气味而感到烦心。

"可是他到底在那里做什么呢？"我不安地问道，"你们想要什么？"

"若我们得天主保佑，那我们将会发现第五种物质，"他回答道，"除了水、火、土和空气以外的物质，那正是生命的本质。为了生命本身，我们应该找出所有这些物质，它们就存在于我们的身体里，但肯定还有另外的物质，我们看不见，但能感受到，它给予我们生机。我若是能找到它，我就能制造贤者之石，我就将获得超越生命本身的力量。"

"全世界的哲学家都在寻找永恒生命还有点金石的秘密，"我也说道，"而你希望赶在所有人之前找到这个秘密的人是你。"

"我们每天都有进展，"他信誓旦旦地对我说，"他同时还在研究鸟类飞行的原理，以后人类也有可能飞起来。"

当我们的旗帜出现在陡峭山崖周围那弯弯曲曲的车道上时，城堡的大炮以一声长鸣向我们致敬，吊桥轰隆一声放了下来，闸门吱呀作响地升了上去。巨大的石墙坚实无比，连续不断，只有面向我们的大门是唯一的开口。我能从右到左看见这些石墙是如何沿着悬崖峭壁拔地而起，愈爬愈高，直到它们变成视线中的一条窄边、成为峭壁的一部分的。

"这是我最了不起的一座城堡，"詹姆斯志得意满地说，"只有白痴才认为堡垒是无法被攻克的——可是这一座，玛格丽特，就是别在高地和低地上的胸针，这座堡垒足以帮助我抵御任何一个基督教国家的进攻。它的地势之高，使我在塔楼上可以观察到方圆数英里外的情况，没有敌军能够悄然接近墙脚而不被发现，更不用说登上墙顶。这些高墙俱是由坚硬的岩石修建而成，无人能够掘毁。仅凭二十名精兵和这座堡垒，我便能与上千人的军队抗衡，你写信的时候，千万要告诉你父亲这一点，他可没有如此固若金汤的堡垒，也没有这般美轮美奂的城堡。"

"但是他并不需要这样的建筑，因为现在已经有了永久的和平，感谢上帝。"我死记硬背似的说出这话。然后我换了一个语气问道："他们是谁？"

我们骑马经过一道敦实的大门，门道深得如同隧道一般，我能望见前方的院子，就修建在山的斜坡上。仆人们排成一列，跪在地上。忽然一声炮响，六个不同年纪的孩童打扮成服饰华丽的领主和贵妇，从高楼顶端顺着阶梯跑下来，蹦蹦跳跳地来到院子里，兴高采烈的样子，又是鞠躬又是屈膝行礼，仿佛一群忠心的臣子。他们跌跌撞撞地走向詹姆斯，而詹姆斯下马后一把抱住了所有孩子，用埃尔斯语说出他们的名字，祝福他们，我一个字也没听懂。

我的御马官扶我下马站稳。在握着他的手臂站稳之后，我转头看向我的丈夫："他们是谁呢？"我再次问他。

他正跪在湿漉漉的鹅卵石地上，亲吻最小的那个孩子，然后起身从奶嬷嬷手中接过一个婴孩。他的眼中闪露着关爱——我从未见过他这样的神情。其他的孩子在他周围欢快地奔走，拉着他的外套，而年龄最大的男孩儿骄傲地站在国王身侧，仿佛他身份尤为显贵，理应向我展示，仿佛他希冀着我会很高兴与他见面。

"他们是谁？"

詹姆斯红光满面，仿佛这是一份美丽的惊喜。"他们都是我的孩子！"他高声宣布，宽阔的臂弯揽进六个小脑袋，还有一个孩子抱在他怀里。"我的小宝贝，"他看向他们，"我的小领主们，小淑女们，这位是苏格兰的新王后，我的妻子。这是我的玛格丽特王后，她从英格兰远道而来，成为了我的妻子，你们的好母亲。"

他们全都向我鞠躬，或是行屈膝礼，动作标准，姿态优雅。我低了低头，可是满心茫然不知所措。我猛然想到，他是否之前就结过婚，而竟然没有人告诉过我这件事。他不能暗地里娶一名妻子，这些孩子的生母，他让她隐居此处，就在我的城堡里。我该怎么办？若是凯瑟琳面对如此窘迫的困境，她会怎么做？

"他们有母亲吗？"我问道。

"好几个。"詹姆斯高兴地说道。

最年长的男孩向我鞠躬，但我并未理睬他。我并没有微笑地面对这些下垂的小脑袋，与此同时，詹姆斯轻柔地将怀中的小婴儿还给了奶嬷嬷。某位斯特灵小姐看见了我冷若冰霜的脸色，牵起这些刚会走路的小孩儿，带着他们朝塔楼方向的大门走去。

"好几位母亲。"国王没有一星半点儿的尴尬，"其中一位，愿上帝保佑她，玛格丽特·德拉蒙德已经去世了。我亲爱的朋友玛丽昂将不会再次踏入宫廷。珍妮特住在其他地方，伊莎贝尔也是。她们不会成为你的麻烦，你不必为此担心。她们不会成为你的朋友或者随行女官。"

不会成为我的麻烦？四个情妇？万幸四个情妇的其中一个已经死了？这话说得仿佛她们不会出现在我脑海中，而我余生的每时每刻都不会把自己同她们相比较似的。仿佛我盯着这些小女孩的可爱脸蛋儿时，不会去思索她们与自己的生母有几分相似似的。仿佛每当詹姆斯离开王宫，我都不会猜想他是否前去与这群能生养的女人幽会，或者是去哀悼那个大发善心地死了的女人似的。

"等到你我有了孩子，他们都会是我们孩子的同父异母的兄弟姐妹，"国王愉快地说道，"他们难道不是一群小天使吗？我还以为你见到他们会很高兴。"

"不，"我只能这么说，"我并不高兴。"

1503年秋

苏格兰　斯特灵城堡

我写信给祖母,告诉她我的丈夫深陷在罪恶的泥沼之中。我跪在礼拜堂中好几个小时,思考自己该如何向她诉说才能让她切实感受到与我同等的怒火。关于他那受诅咒的命运,我的措辞异常谨慎,因为我不想提到他谋反的事实,以及他父亲死亡的真相。对我们都铎来说,谋反是一个尴尬的话题,鉴于我们从金雀花们手上夺取了王位,而那些曾受命于天的国王,每个英格兰人都发誓对他们尽忠。我相当肯定,在对理查德国王许下了牢不可破的忠心誓言之后,祖母仍然策划了反抗他的叛乱。而她无疑是他妻子的好朋友,还在她的加冕礼上为她牵裙摆。

所以我没有提及我丈夫曾经的谋反,但我向她强调了他罪孽深重,并且我又惊讶又不满地见到了他的私生子们。我不知该如何对待那名最年长的男孩,亚历山大,晚餐时他坐在他父亲旁边,他们如同家人一般入座,位次按照年龄排序,从十岁的亚历山大一直到坐在奶嬷嬷腿上的婴儿,她用银勺子把餐桌敲得梆梆响,银勺子的手柄上还有蓟花纹饰!王室的标记!詹姆斯表现得我似乎应该心怀喜悦地看着所有孩子都出现在皇家的晚宴上,仿佛这群漂亮的孩子值得我们引以为傲。

这是罪孽,我写道。同时也是对我这位王后的冒犯。若是父亲在我大婚之前就知晓他们的存在,他会下令让这些孩子离开我的城堡。他们应该远离我的封地。这难道不是理所应当的事吗?怎么能指望我为他们提供住所呢？说实话，他们就不应该出生在世上，可我不知道该做些什么才能让他们离开。

至少我能让他们远离我的宫殿。他们的育儿所和教室都在一座塔内，那位哲学家——我还得让他住在我的城堡里，这真是雪上加霜——在另一座塔内。我享有王后的套房、会见厅、私室以及卧房，那是我见过最美丽的房间。我清楚地吩咐我的侍女还有国王的管事，只有我的侍女才能进入我的宫殿。不论父母是谁，任何年龄和性别的"小宝贝儿"都不能在此进出，好像我想要他们的陪伴似的。

我需要更多信息，需要知道我能做些什么。在等待祖母的建议期间，我咨询了我的随从女官凯瑟琳·亨德利夫人。她出身于戈登家族，是我丈夫的亲戚。她的埃尔斯语和国王一样流利——这些人都说得很流利——而且她认识这些人，她可能认识这群孩子的生母。我觉得这群孩子中有一半都和她是亲戚。这不是什么高贵血脉，是一个部落——他们都是一群野蛮的小杂种。

等到乐师开始演奏，我们坐下来摆弄针线活。我们正在绣一幅祭坛布，上面展示着圣玛格丽特遭遇恶龙的场景。我觉得自己同样身处于被迫面对一头罪恶火龙的困境中，而凯瑟琳能告诉我打败它的方法。

"凯瑟琳夫人，你可以坐在我身边。"我说道，于是她搬来一张小矮凳，坐在我旁边，开始料理我的刺绣的边角。

"你可以先放着不管。"我说，于是她顺从乖巧地放下了布料和针线，并小心地将针放回了银制盒子内。

"我想和你聊一聊国王的事。"我开口道。

她一副洗耳恭听的平静神色。

"关于那些孩子。"

她没有答话。

"这么多孩子。"

她点点头。

"他们必须离开!"我突然宣告。

她若有所思地看着我:"殿下,这是国王和您才能决定的事情。"

"是的,可我对他们一无所知。我不知道以往是如何处理这类情况的。我无法命令他。"

"是的,您不能命令他。但我认为您可以问问他。"

"他们到底是谁?"

她思考片刻后说道:"您确定您想要知道?"

我坚定地点头,她看着我,眼里带有微弱的同情。"那我便如您所愿地告诉您吧,殿下。不过请谨记一点,陛下不过是一个刚过三十的男人。自他还是一个男孩儿,他便已经是苏格兰的国王了。他在烽火动荡中登上王位,又是一个激情澎湃且大权在握的男人,一个欲望极强的男人,他自然会有许多儿女。他的特别之处仅仅在于他将儿女一起养育在他最好的城堡之内,并且他深爱着他们。大多数男人在婚外有了孩子就丢给生母养育,或者甩手交给外人,对孩子不闻不问,陛下承认自己的子嗣,为此,他也许应该得到嘉奖。"

"不,这不应该,"我干脆地说道,"我的父亲只有我们几个子女。他一个情妇都没有。"

她低头看着自己的双手,仿佛她更了解一切。我时常厌恶凯瑟琳·亨德利的这一点,她总是一副心里藏着秘密的样子。

"您的父亲是有福之人,他娶到他的妻子,您的母亲。"她说,"既然詹姆斯国王已经娶了您,他大概也不会再有其他情妇了。"

一想到有人在我的位置上比我更受喜爱,我心底里就不由得蹿出一股怒火。我一点都不想有人将我同其他女人作对比。我之所以如释重负般地离开英格兰，部分原因就是没人的目光能够再次在优雅的凯瑟琳与我之间来回，没人能够再次将我同我妹妹玛丽相比较。我讨厌被比较——此刻我却发现我的丈夫有半打情人。"亚历山大，那个年龄最大的男孩，他竟能被准许坐得如此靠前，他的生母，那个玛丽昂·博伊德是什么人？"我问道。

她挑眉看着我，仿佛在询问我是否确定想要知道一切。

"她是谁？她也死了吗？"

"没有，殿下。她是安格斯伯爵的一位亲戚。一个非常显耀的家族，道格拉斯家族，您应该也有耳闻。"

"她当我丈夫的情妇很久了吗？"

凯特琳思索着。"我想是的。亚历山大·斯图亚特已经十岁多一点了，是吧？"

"我怎么知道？"我尖锐地斥道，"我又没有盯着他。"

"是的。"她回答道，然后停了下来，没说话。

"继续，"我生气地说，"他是她给国王生下的唯一私生子吗？"

"并非如此，她和国王有过三个孩子，一个男孩儿夭折了。但她的女儿凯瑟琳和她的哥哥一起居住在此。"

"是那个头发漂亮的小女儿吗？大约六岁样子的那个？"

"不，那是玛格丽特，她是玛格丽特·德拉蒙德的女儿。"

"玛格丽特！"我惊呼道，"他给他的私生女取了跟我一样的名字？"

她低下头，默不作声。侍女们望向她，好像为她被我困在窗边而惋惜。我脾气火暴，尽人皆知，没人敢把坏消息告诉我。

"他给每个孩子都冠上了自己的姓氏，"她小声地说，"他们都被称为斯图亚特。"

"要是他们全都是些王八的小崽子，为什么不用生母丈夫的姓氏呢？"我现在满腔怒火，"为什么陛下不下令让这些丈夫和他们的妻子孩子住在一起呢？让这些女人待在家里，待在自己的位置上呢？"

她什么都没说。

"他还把一个男孩儿叫做詹姆斯。詹姆斯是哪一个？"

"他是珍妮特·肯尼迪的儿子。"她低声说道。

"珍妮特·肯尼迪？"我想起了这个名字，"那她在哪儿呢？不在这里吗？"

"嗯，不在的。"凯特琳迅速地说，好似这是不可能的事，"她住在达尔纳威城堡，非常遥远的地方。你永远都不会遇见她。"

至少这一点令人放心。"那陛下也不会再见她了吗？"

凯瑟琳捏起挂毯的一角，好像她希望做针线活似的。"我不知道，殿下。"

"那就是还在见她了。"

"我不能说。"

"那剩下的呢？"我继续我的提问。

"剩下的？"

"剩下所有的孩子。圣玛格丽特在上，肯定还有六个！"

她掰着手指，列举说道："亚历山大和凯瑟琳是玛丽昂·博伊德的儿女；玛格丽特是玛格丽特·德拉蒙德的女儿；珍妮特·肯尼迪的儿子是詹姆斯；还有三个最小的，因为太年幼了，所以通常是和他们的母亲伊莎贝尔·斯图亚特住在一起，没有住在这座城堡里，分别是吉思、凯特琳和珍妮特。"

"总共有多少孩子呢？"

我能看出她在数。"总共有七个孩子在这儿。当然了，还有一些没有被承认的孩子。"

我面无表情地看着她。"我不会让他们任何一人与我住在同一屋檐下，"

我说道，"你明白了吗？你得告诉他。"

"我？"她从容不迫地摇头，"殿下，我不能告诉苏格兰的国王陛下，斯特灵城堡不欢迎他的孩子。"

"那么，我的内侍将不得不完成这件事。或者是我的告解神父，或者是某个能够告诉他的人。我做不到。"

我的话音陡升，然而亨德利夫人并没有因此而畏缩。"您必须自己告诉他，殿下，"她恭敬地说，"他是你的丈夫。不过如果我是您——"

"你不会是我，"我打断她说道，"我是一名都铎公主，都铎的长公主。没人能与我相提并论。"

"如果我有幸分处在您的位置的话。"她从善如流地改口道。

"你不过曾经是一个觊觎王位之人的妻子，"我刻薄地说道，"显而易见，你不会处于我的位置。"

她低头。"我只是想表达，假如我是一位国王的新妻子，我会向他询问这件事情，如同寻求帮助一般，而不是当作权利去要求。他对您很好，但他也很爱他的孩子们。他是一个心胸宽广的博爱之人。你可以像请求帮助那样去询问。虽然……"

"虽然什么？"我质问道。

"他会感到难过，"她说，"他爱他的孩子们。"

都铎儿女从不求助。身为都铎家族的公主，我要求捍卫我的权利。傲慢国的凯瑟琳可没有和任何人分享勒德洛城堡，除了我们金雀花家族的表亲，玛格丽特·波尔及她的丈夫，亚瑟的一名护卫，所有人都不会这样要求她。等到玛丽大婚——可能是嫁给一位西班牙王子——她会光荣地前往她的新国家。她不会遇到一堆私生子，混血种，还有妓女。我理应受到与这两位公主相等的待遇，要知道她们在出身或者年龄上都不如我。

我等到了第二天，在围观礼拜堂的弥撒仪式之后，在我们离开那个圣地之前，我挽着我丈夫的手臂，走在圣坛阶梯上，向他开口道："我尊贵的丈夫，我认为让您的私生子住在我的城堡里不太合适。这是您赐封给我的城堡，我拥有的房产，而我不想要他们在这里。"

他牵起我的手，握在他手里，直视我的双眼，宛如在圣坛前许下婚姻的誓言一般。"我的小妻子，他们都是我的孩子，我心爱的孩子。我曾希望你或许能善待他们，再给他们添一位小兄弟。"

"我的儿子将是两位王室父母的合法婚生子，"我生硬地说道，"他不会生活在一群私生子陪伴中。他会有血统高贵的玩伴。"

"玛格丽特，"他说话的语气更加温柔了，"这些小天使对你没有任何威胁，他们的生母也并非你的对手。你是万人之上的王后，我有且仅有一位的妻子。你的儿子生来就将成为苏格兰王子，英格兰的继承人。他们住在这里，不会给你添任何麻烦，我们一年只会来这里几次，你几乎不会见到他们。这对你不会有影响。但若是他们在这里，我便能知晓他们处在整个国家最安全的地方。"

尽管他轻轻地摇着我的手，但我笑不出来。尽管他的触摸是如此温暖，但我没有动容。我见识过祖父的私生子和表亲们给父亲带来的威胁。这些金雀花的姓氏源于一种生长起来便无法扼制的杂草，而我们都铎家族和这份血脉紧密相连，与那些血脉纯粹的后代，与那些混血种，与那些声称有亲缘关系的男孩，与那些已经成为鬼魂的男孩，甚至与那些毫无血缘关系的男孩紧密相连。我不会让我的城堡里住满这些来路不明的男孩。我的父亲砍掉了他妻子表亲的脑袋，才消除了关于谁才是英格兰王位继承人的疑虑。凯瑟琳的父母要求在她从西班牙到达英格兰之前，这位表亲必须得死，我的要求不亚于她。我不会容忍王位有竞争者存在，即便现在我儿子尚未出生。我不要有竞争者出现。

"不。"我断然拒绝道，尽管我耳中听到了脉搏剧烈跳动的咚咚声，反抗他令我害怕。

他低头片刻，我认为我取得了胜利，然而我看出来了，尽管他一言不发，但他丝毫没有屈服的意思，他不过是在控制自己，抑制自己的愤怒。他再次抬头时，眼底一片寒意。"那好吧，"他说道，"但这显露了您的心胸狭隘，王后殿下。心胸狭隘，刻薄自私，而且糟糕透顶的，是您的愚蠢。"

"你住口！"我抽回手，气急败坏地斥责他，就在我要让他见识一名都铎儿女的怒火之时，他却稍微向我颔首，然后对圣坛深深鞠了一躬便走开了。他干脆地离开了，恰似他毫不在意我的不满，徒留我气得浑身发抖，却又无话可讲，无人可诉。

✦

我又给祖母写了一封信。他怎么敢骂我愚蠢？他怎么敢——他留下满城堡的私生子，还因杀害了自己的父亲而良心不安——骂我愚蠢？到底谁更愚蠢？是一位捍卫自己作为王后的权利的都铎公主，还是白天见学者，晚上找妓女的臭男人？

1503年冬

苏格兰 爱丁堡城堡

在我满载怒火的第二封信寄出的路上，我收到了祖母给我第一封信的回信。艰难的路途上，信使的偶然相遇，却没有看到对方，而她的信到达时，我们已经返回爱丁堡庆祝我第十四个生日以及圣诞节了。她信上的火漆已经破损，并非自然损坏，而是被故意剪掉，由此可知，我的丈夫已经阅读了她给我的回信，也极有可能读到了我对他的抱怨。

我祖母写道：

里士满王宫，
1503年圣诞节期间
致玛格丽特，苏格兰王后：

我的孩子玛格丽特，
近日可好？

看到你为那些你城堡里的私生子烦心，我很难过，希望你向上帝祈祷，愿他改正。他是你的丈夫，依照上帝的旨意和我们两国的法律，他的地位都高于你，对此你无能为力，但是请忍耐，祈求圣母玛利亚的帮助，指引他日后行为得当。要谨记你在婚姻誓言中许下了顺从于他的诺言，他对你并没有相同的许诺。

　　这些孩子应该被当作领主和淑女一般抚养，你会发现拥有一个处于你掌控之下的王室家族的好处。时刻牢记，你身处一个局势阴晴不定的国家，国内众多领主心存分裂的罪恶思想。任何可能成为你的朋友的人以及对你尽忠之人，你都应该与之保持密切的关系。待到你的王子出生之日，那些孩子可以被鼓励，被教导，被收买，成为他的朋友。他的安危与未来无比重要。为了保证这一点，你见识过我如何结交并资助我的亲属：我儿子的朋友遍布全国上下，若有危难，他们都会应召赶来。我甚至下嫁给一位大贵族，只为带给我儿子一个有力的盟友。你所做的一切都必须以确保你的儿子登上王位并高枕无忧地统治国家为前提，为此，这些私生子必须由你抚养，成为你的助力。

　　我要告诉你一些王宫里的新闻。我的儿子，国王陛下今日身体不佳，这令我伤心不已，十分忧心。我竭尽全力医治他，为他承担起许多政务上的重负。阿拉贡的凯瑟琳在宫内没有惹事，我们很少见到她。她在自己的府邸勉力负担自己的生活。我听闻她生活非常节俭，以此减少开支。我们没有亏欠她，也没有给予她任何帮助。在西班牙支付给我们她的最后一笔嫁妆之前，我们不会放她回到西班牙，而在我们把遗孀所得产付给她之前，西班牙也不愿收留她。玛丽公主优雅而乖巧地成长着，并且我们计划为她安排一段好姻缘，相信上帝的旨意与恩赐。

　　上帝给予我诸多祝福，而我虔诚的信仰与善行已经证明，我仍然深得他的眷顾。请你千万顺从你的丈夫，令他愉快。你应该生育你自己的儿子，而不是担心他的私生子。眼下一定要对他们友好,以便将来能为你所用。

玛格丽特·R.

她的签名是"玛格丽特·R.",意义可能是玛格丽特·里士满——她的头衔——也有可能是玛格丽特摄政官。她从未告诉过任何人,然而却在没有咨询任何人的情况下发明了这个签名,悄无声息,如同她所完成的众多其他事情那样。这并非出自谦逊,而是因她鬼祟的行事方式。她不露声色地结交朋友并笼络同盟,并非出自对他们的关爱,而是为了有朝一日有机会利用那些人。她曾结过两次婚,都是因为这两位丈夫能够帮助她的儿子。她一言不表地打压我的母亲,还遮掩了她在理查德在位时期的所作所为。我希望我能如她那般精明,我希望我能同样狡猾。但我是都铎公主,我生而自豪。我自然不应该再许愿成为这个身份以外的自己。

无论如何,重中之重是要找到自己的行事之道。那两个身负斯图亚特姓氏的男孩儿会被送往意大利的公学,我认为这是他们不敢奢望的荣耀。其他孩子将被送往苏格兰的其他地方居住,我甚至不需要知道在哪里,而我当然也不会去问。

凯瑟琳依然钱财短缺,我为她深感惋惜,没有我祖母或者父亲的援助,她要在伦敦辛苦负担一座大宅的巨大开销,思及此,我便为她难过;可是我也窃喜她没有取代我在宫中的地位,尽管她出席所有庆典,坐在她的未婚夫、我的弟弟哈里身边,同他跳舞,但她却不是受宠的女孩。

这封信中最让我烦心的是关于我妹妹的消息:她会在欧洲找到一位良婿。我顿时变得焦虑,他们会否将她许配给一个老头子,或者是某个残忍的年轻暴君?她是个小美人,如小猫般迷人,如天使塑像般精致。他们一定不能把她卖给出价最高的人,或者把她丢进某个无情王宫的熊坑里。她容易轻信他人又心志脆弱。她没有母亲。我心中充满了对我那位小妹妹的担忧，急切地想要保护她。我希望她被许配给一个善良而关爱她的人。善良，关爱她，并且——说实话——无足轻重之人。我可接受不了她嫁给一个伟大的君王。我不想她的地位太高，这于理不合——我是长姐，我的地位理应高于她，不管是身份还是在年龄方面，这对所有人来说难道不是再正常不过的道理吗？我以祖母的名字命名，无人可以越过我，我的小妹妹永远不准越过我。而我的祖母，以她的韬略智慧以及对财富和头衔的热衷，难道会不记得这点吗？

1504年春

苏格兰　爱丁堡城堡

一月,圣诞节宴会临近尾声,詹姆斯的弟弟,罗斯公爵去世的消息传来。这对我丈夫来说本应是伤心之事,尽管对我而言,这无法与失去亚瑟相提并论,但我丈夫将自己的哀痛藏得太好,让我以为他对此无动于衷。

"他是我的兄弟,也是我的麻烦。"他解释道,他让我的手挽住他,我们走过长廊,经过了其他众多詹姆斯暗淡阴沉的画像①,侍从们一边闲聊,一边偷看我们。

"兄弟之间关系就是如此。"我赞同地说,想到了哈里,"姐妹之间也是。"

"我担心我的父亲更偏爱他,甚至我和父亲不和的部分原因,就是他想要我的弟弟取代我的位置,任命他为继承人,让他登上王位。"

"这是犯罪。"我故作义正辞严,"长子应该比其他孩子更受尊重。上帝制定了家庭的秩序,这不应该违背。"

"语气真像一名长姐!"他说道,脸上闪过一丝悔恨的苦笑。

"这是真理。"我庄严地说道,"过去在家时,他们让玛丽走在我前面,这是不合礼数的,更不像话的是阿拉贡的凯瑟琳通过婚姻成为一名都铎公主之时,曾企图越过我的位置,而我才是血脉上的都铎公主。每个人的身

---

① 苏格兰斯图亚特王朝中有多位詹姆斯国王。

份地位早已由上帝安排决定了,他们理应恪守自己的位置。"

"那么,我弟弟的去世给我带来了另一个难题。若是你为此而不高兴,我感到抱歉,但是我必须要任命我的继承人了。"他开门见山地说,一如既往地直截了当。

"为什么呢?"我问道。

"亲爱的,我知道你还未满十五岁,但请像一位王后那样思考一下!我的弟弟是我曾经的继承人,如今他已经死了,那我自然就没有继承人了。"

"你要任命一名继承人?"我问道。忽然之间,我满怀希冀,激动难当。

"我必须这么做。"

"那你会任命我吗?"我问道。

他难以克制地爆发出一阵大笑,所有人都转过头看着我们。"天哪!上帝保佑你!不!"他说道,"不可能是你,亲爱的。一个月之后,一天之后,你就要穿着你的衬裙奔向边境!我们安坐于王位之上的唯一原因便是我常常——经常——从这个国家的一端奔往另一端,将我的意志施加在那些自作主张的领主头上,寻求其他领主的友谊,平息那些天性暴躁的,安抚那些愤愤不平的。我还在修造战船!锻造枪支!只有背靠强大武装,一个热爱和平的人才能够维护这个国家的统一;只有拥有不败军队的智者才能做到。没有女人能做到这点。多年来的励精图治,我让这个国家国泰民安,繁荣昌盛,上帝会保佑我们不受女王统治,那会毁掉一切。"

我气得几乎说不出话来。"如您所愿,陛下。"我说道,语调冰冷而高贵自持,"我真遗憾你竟是这般小看我。"

"并非是你,甜心,"他说道,他的手肘紧紧地夹住我的手,"女人无法统治。你也从未被教导过治国之道,你热爱王后的头衔,但你并不理解它是一份恒久的苦劳。"

"你说得好像你是一个打铁匠似的。"我语气生硬地说。

"正是如此,"他说道,"我将一个众多家族组成的国家打造为一个王国。我让他们融为一体。即便是现在,为了确保诸岛的忠诚,我也不得不去战斗,我必须去巡视边境,甚至去宣告争议土地的主权。你父亲登基之时,也不得不做同样的事,他的负担甚至更加沉重,因为所有人仅仅将他视作被流放的里士满伯爵。我至少生来便是被教导成为一位国王。你的父亲同他的贵族们斗智斗勇,我亦是如此。我必须叫他们明白何为忠诚,何为忠心,何为忠贞。"他微笑着对我说,"我也必须教导你。"

"但是你要任命谁做你的继承人呢?"我问道。忽然一想到他可能将这项殊荣给予我的弟弟哈里,我就心底一沉。我无法忍受哈里拥有比我更高贵的头衔,假若这还是由我的丈夫赐予他的头衔,那这会是何等的糟糕。"不会是哈里吧?"

"哈里?不,"他说道,"你到底听进去了没有?苏格兰的领主永远不会接受一位英格兰的国王。苏格兰人必须有苏格兰国王。在我之后的继承人是约翰·斯图亚特,奥尔巴尼公爵,我的堂亲。"

我眨眨眼。这比哈里更糟。"我甚至不知道你说的是谁。他是谁呢?"

"你还未见过他。他住在法国,他在那里长大,而且他也不受我父亲的宠信。然而,不论你是否愿意,他都会成为我的继承人,直到你给我生下一个儿子。同时,我会宣布我的儿子詹姆斯的身份合法,我祈求上帝,愿你能学会关爱我的私生子们。如果你将詹姆斯视如己出地抚养长大,我会任命他为我的继承人。至少我会公开承认他。"

比起他挑选哈里,这个决定对我的羞辱更甚。"还有谁不认识他的吗?所有人都知道他们每个人的存在!你不能硬塞一个私生子给我!你不能这般玷污王位。"

"这不是玷污,"他说道,"他出生以来便为众人所知是我的血脉,其他所有生于他之前及之后的孩子也是如此。我无意冒犯你,小妻子,但是直到我们有一个儿子之前,我想要一个儿子来继承我的名号与祝福。我会宣布詹姆斯是我的合法继承人。"

"哪一个是他?"我冷酷地发问,"斯特灵城堡里出现的私生子这么多,我根本一个都认不出来。"

"詹姆斯是珍妮特·肯尼迪的男孩儿。我想你给予了他足够的关注才会要求送他离开。亚历山大和他的同父异母兄弟将在意大利学习,而他们的妹妹凯瑟琳将住在爱丁堡城堡。我要让我的孩子生活在我身边,亲爱的。就目前而言,你还没有为我带来任何一个孩子去取代他们。"

我从他手臂下抽回手。"我绝不要在餐桌旁,甚至是王位的周围看到你的任何一个私生子,"我怒气冲冲地说道,"我今晚不用晚餐了。我不舒服。你可以不需要我的陪伴,享用你的晚餐。"

他眼睛都没有眨一下。"甚好,"他说道,"晚餐后我会来你的房间。我今晚要和你一起过。"

"你不准"这几个字在我舌尖呼之欲出,但他抿紧的嘴唇警告着我不要违抗他。

"甚好。"我说道,掀起裙角向他行了一个屈膝礼,在他离开去传唤负责他晚餐的侍从之时,我低声朝着他宽阔的后背说了一句"莽夫",但声音很小,他无法听到。

✦

我不敢对着我的丈夫大发脾气,但我在我的侍女面前可不会收敛,我拍打我的狗群,朝我的马群挥鞭,他们都得给我毫无怨言地受着。詹姆斯指定亚历山大前往圣安德鲁斯的教区(那是他已故弟弟的教封地)并征集巨额费用。这个十岁的孩子要被送往意大利学习,教导他的学者才华不亚于伊拉斯谟①。伊拉斯谟！他曾经拜访过我的弟弟哈里，他的博学多识让哈里对他钦佩不已。托马斯·莫尔②带他去的。那个伊拉斯谟！教导一双苏格兰小野种！那个哲学家到过英格兰王宫，来到艾森的育儿所拜访过我们，还和我的哈里弟弟交流过诗歌，我们这等身份的孩子才能成为这样的大学者的学生。可是詹姆斯无视身份，无视美德，坚持要送他的私生子去帕多瓦③学习。没人能劝得住他，他的做法实在过于抬举他们。

我洞悉他的错处。尽管他声称我没有统治国家的能力，但是我清楚一些事情。我见过我父亲为那些男孩，那些金雀花男孩所烦扰的情形；其中一个男孩甚至自称为金雀花王子，父亲耗费大量金钱，让探子去找到他，然后收买了整个佛兰德斯④的骗子，让他们造谣说认识那个男孩儿，他不过是图尔奈⑤的一个船夫之子。我亲眼见证了父亲在抓到这个男孩儿之后，不得不除掉他的艰难过程。处理对手的唯一办法便是立即送他去死。而现在，詹姆斯要栽培两个男孩儿成为我儿子的对手，甚至说出要任命最年长的那个为继承人。我清楚他这是在犯蠢。所有的王子，所有的公主，都想要成为唯一的那一名。

---

①中世纪尼德兰（今荷兰和比利时）著名的人文主义思想家及神学家。

②英国人文主义学者，政治家，早期空想社会主义学说的创始人，著有《乌托邦》。

③意大利北部的一座古老城市。

④中世纪欧洲一伯爵领地，包括现比利时的东佛兰德斯省和西佛兰德斯省以及法国北部部分地区。

⑤比利时西南部城市。

1506年春

苏格兰　爱丁堡　荷里路德宫

国王送了我数不胜数的礼物，为了庆贺我的生辰，为了庆祝圣诞节和新年，也为了享受送我金银珠宝带给他的愉悦。这场圣诞节宴会的气氛轻松愉快，到处洋溢着喜气，胜过我以往参加过的所有圣诞节宴会。詹姆斯的炼金术师约翰·达米恩从斯特灵赶来担任宴会主持，我们每天都有变装舞会，纵情歌舞，燃放烟火，上演假面剧，还有各种惊喜活动。这位老巫师将红酒变成了墨水的颜色，让燃烧的火焰变成了绿色。每天我们都有一首新诗，每天一支新曲，整个王宫都欢乐快活，国王对他的朋友慷慨大方，对我也恩宠有加。

唯一的阴影便是我们已经同床共枕近三年了，可我依然没有怀孕的迹象。国王并没有任何过错；我的婚姻中也并非"唉，我们之间从未有过这事"。只要教会允许，他每晚都会来到我这里，从不失约，尤其是在月事的前几天，一直到我又一次失望地迎来月事。我认为他记录了我每月的这个时候，并且在最易成功的那几天格外上心，或许他和他的炼金术师根据月亮圆缺或者是绘制图表来推算过日子。我并不清楚，也没有过问。我怎么会知道他阅读的那些希腊语书籍是什么内容？况且书上还有剥了皮的尸体、蒸馏高脚杯以及毒蛇之类的恐怖图片。

从英格兰寄过来的书信中，我收到了一封来自我妹妹玛丽的短信，夸耀她今年春天过得多么愉快美妙。卡斯蒂利亚的伊莎贝拉去世了，而西班牙的继承人们,菲利普①和他的妻子胡安娜②本要乘船返回他们的国家,然而被风刮到了多塞特郡③的海岸。父亲和全王宫的人都邀请他们留在温莎做客,后来还去了里士满,于是凯瑟琳只得结束她的安生日子,出面去欢迎她的姐姐胡安娜。在唱歌跳舞时,玛丽是她的搭档,也与她一道外出,同客人骑马射箭——她们赢下了比赛,还有打猎——她们的猎物什么都有,就差独角兽了。还看了许多假面剧,参加了各种庆典……后面的内容没完没了,玛丽详细罗列了所有宴会,甚至还写了她穿着的服饰。祖母会让她人前这般出众,着实让我有些惊讶,但在信中她写道,他们正在考虑将她许配给卡斯蒂利亚的查理,随后我便明白了,她宛如一盘展示中的餐点,要吸引买家。顺理成章地,凯瑟琳也成为了这伙商贩中的一员,向市场售卖着新鲜货物。我惊讶的是凯瑟琳竟然放下身段,听从我父亲的吩咐去跳舞,要知道我父亲可没有为她做过任何好事,我认为她应该表现得更有尊严一点。我本该也更有尊严一点。而且很明显,费心看玛丽的信我真是犯了傻。

所有人都对我十分和善,他们还说我一定要学会西班牙语!玛丽写道,她的字占满了整张信纸,接着越写越小,挤在角落里。试想我要是嫁给了查理,成为了神圣罗马帝国皇后!想想这会是多么美好的事情!我们三个都能成为王后。

这等蠢笨的计划真是让我发笑,好笑到让我重拾了对我妹妹的疼爱。卡斯蒂利亚的查理还是个六岁大的小孩子,玛丽会发现她订婚后还要待在英格兰至少八年之久,除非她被带去卡斯蒂利亚,给她的小丈夫当保姆。

---

①奥地利大公菲利普,神圣罗马帝国皇帝马克西米利安一世之子。
②阿拉贡国王费迪南二世与卡斯蒂利亚女王伊莎贝拉一世之次女,凯瑟琳的姐姐,后来的卡斯蒂利亚女王,人称"疯女胡安娜"。
③位于英格兰西南英吉利海峡沿岸的一个郡。

他固然会有一个了不起的头衔，但他能否活到登基那一天都尚且未知，在她能够称呼自己为王后之前，她还有漫长的岁月要等。

凯瑟琳住在宫里的时候，我常常同她待在一起，玛丽写道，她一如往常地将这误会为对凯瑟琳的无比怠慢，她分明已失去了自己的宅邸，如今不得不住在父亲的屋檐下，依附于他。

  父亲无故停了她的津贴，遣散了她的嬷嬷。我真是太高兴了！我喜欢她留在宫里，尽管她有时没有合适的衣物穿，艰难地维持着生活，也不是每天都用晚餐。她过得非常寒酸，因为她的父亲没有接济她任何钱财；可是祖母说我不能给她任何东西，她说自己并不在意这些。

我好奇为何父亲与祖母会将凯瑟琳逼迫至如此境地。我猜想他们仍然怪罪她在嫁妆上耍心眼，于是我向她表达了我的关切，并祝贺玛丽的光辉前程，我边写边笑。我说我为她感到开心，成为一个美丽国度的王后是一桩大喜事。我提到了我的丈夫，国王陛下是一个令人尊敬的男人，成熟男人，真正的男子汉，我跟他在一起很幸福，而且我祝福她，等到她的新郎也长大成人后（还要十年吧），她也永远幸福快乐。小可怜玛丽！大傻瓜玛丽！她被他的封号迷住了眼，完全没有意识到她大婚之前还要等好多年，也没人知道何时凯瑟琳才能嫁给哈里。是啊，我的两位姐妹，两个对手，或许能拥有全欧洲最了不起的婚约者，然而凯瑟琳买不起一条与她的新郎共舞的礼裙，玛丽的婚约者几乎还骑不上自己的小马驹。这两位公主那愚蠢的骄傲让我笑得差点连签名都写歪了，我可笑的姐妹们啊！

直到今年夏季,我的幸福终于完满了。我满怀骄傲地写了一封信寄往英格兰,向祖母,向他们所有人宣布,终于,我怀孕了。

1507年3月

苏格兰　爱丁堡　荷里路德宫

　　如今，三位公主中，是哪一位公主独领风骚，是我的弟媳阿拉贡的凯瑟琳、我的妹妹玛丽，还是我自己？这个问题的答案在我心中毫无悬念：自然是我。凯瑟琳没能怀上亚瑟的孩子，只能告诉所有人："唉，我们之间从未有过这事"，眼下她的婚事已无人提起，她是一个可怜的亲人，一个多余的食客。人们也可能会赞美玛丽的美貌与天资，但她与卡斯蒂利亚的查理的婚约尚未敲定，他还不过是个孩童。他的父亲已经身亡，所以他将会继承神圣罗马帝国皇帝的名号，不过他依然是一个小男孩，玛丽还不能嫁给他，也无法在未来八年之内为哈布斯堡家族生下一个儿子。不过，如今我已经怀有身孕并诞下了一位王子。他几乎耗尽我的生命。在我病得快要死去，所有人都以为要失去我的时候，我的丈夫踏上了朝圣之旅，徒步朝拜了数百英里（至少也有一百英里），前往惠特霍恩的圣尼尼安教堂[①]。就在他跪在圣坛前的那一时刻，我痊愈了。这是一个神迹，苏格兰的王子与继承人，同时也是上帝的启示，他会保佑身为王后的我并祝福我们的婚姻。

　　我们的孩子也是英格兰的继承人之一。若是哈里有任何不测（上帝定然不会允许），我的孩子便会因为我而成为英格兰王位的继承人。凯瑟琳和玛丽做梦都想不到这点，我有可能成为国王之母，尊贵显荣如祖母一般：

---

　　① 苏格兰有记录以来的第一座基督教教堂，由圣人尼尼安主持修建。

这位自从儿子登基便统领整个英格兰宫廷，直到他大婚甚至是鳏居之后仍然大权在握的夫人。

我们举行了一场恢宏盛大的比武大赛，庆贺王子的诞生，无可争议的冠军是一位名为"狂战士"的神秘骑士。他同纯白骑士——德拉巴斯蒂爵士，那位生于法国，曾在我婚礼上参加比武的英俊骑士——比试。又一次，安托万凭借他那身雪白的盔甲以及长枪上飘舞的洁白围巾，赢得了人群和所有小姐夫人的欢心。他和詹姆斯就如何正确处理战马的马蹄这个问题打了一个赌，詹姆斯输给了这位骑士一桶红酒，用于清洗他坐骑的马蹄。整场骑士比武最激烈的一刻便是纯白骑士冲向狂战士之时。他们使着破损的长枪，你来我往好几个回合，一招一式精彩绝伦，而当挑战者狂战士取下他的头盔，脱下他的伪装之际，我们全都兴奋地尖叫起来，那是我的丈夫，迎击并打败了所有人的战士是我的丈夫！他为自己而高兴，为我而欣喜，为我们被取名为詹姆斯的儿子，为苏格兰诸岛的王子以及罗撒西公爵而喜悦。玛丽昂·博伊德的亚历山大可以继续当一个默默无闻的混血种私生子，假扮大主教，至于那个私生子詹姆斯，勉强能让他当一个伯爵。

这一切都明显意味着，我们的婚姻深受上帝祝福，除了我丈夫的疑虑，或者说他怀疑我父亲不怀好意之外，一切都美满无缺。苏格兰强盗抢劫了英格兰农民的土地，偷走了羊和牛，有时还会抢劫旅行者，我父亲的抱怨也很合理：这违反了永久和平条约。詹姆斯反驳称我父亲对于苏格兰商船的处理不当。双方无休止地写着索赔与反索赔的信件，谈论着不可靠的正义以及两国边境持续不断的冲突。

父亲曾经期待我的婚姻能带来英格兰和苏格兰之间的永久和平，但是我并不知道我该如何才能实现这一点。詹姆斯并非一个孩子，他不会对一个经验丰富的老国王言听计从，而玛丽告诉我哈里对卡斯蒂利亚的菲利普推崇备至。詹姆斯成熟老练，绝不会屈服于我父亲的权威。他绝不会想到来询问我的建议，而我主动提出建议时——即便我是一名英格兰公主——他亦不曾理会。我极其郑重地告诉他，作为英格兰的公主，苏格兰的王后，以及下一任苏格兰国王的母亲，我对此事有些看法，事关重大，我希望我的看法能够得到重视。

他深深地鞠了一躬，对我说："天佑王后！"

1507年圣诞节

苏格兰　爱丁堡　荷里路德宫

圣诞节前，我再次有孕，这一成就让我分外平静，这巨大的喜悦让我在玛丽与卡斯蒂利亚的查理正式订婚的消息传来之时也分外平静，宛若画像中的圣母般安详。她将拥有二百五十顶金冠作为嫁妆，而查理的祖父，那位皇帝陛下，赠予了她一颗硕大的红宝石，个别弄臣还为此写了一首诗。她与王子的代表行了订婚礼，用流利地道的法语发表了讲话，然后接受了卡斯蒂利亚的公主这一封号。

她给我写了一封亲笔信，炫耀她的欢欣雀跃，她的笔迹十分潦草，拼写也格外不成文法，我花了快一个小时才明白信上的内容。

> 我会在王子年满十四的时候大婚，还有七年，尽管等待的时间如此漫长，不过我一点也不介意，因为我要留在宫里，还要学习西班牙语。这真是一门非常困难的语言，但凯瑟琳说她会教我的，我认为我应该向她支付学费，她在宫里过得实在落魄，她的父母并不接济她，而我们在收到她的嫁妆之前，也不会把亲王遗孀的所得产付给她。可他们不许我经常去见她，也不能给她任何东西。
>
> 我会有一场浩大隆重的婚礼，但在那之前我会留在家里。我马上会获赐封号，此时我已经得到了！我已经贵为卡斯蒂利亚公

主了,下人们正在锻造我的冠冕。每逢盛会,我都会走在祖母的前面,自然也在凯瑟琳的前面——你可以想象祖母会怎么想!她对我进行了好大一通关于妄自尊大的说教,还让我看看凯瑟琳的下场,一位守寡的公主,平日里潦倒卑微的惨状。等有朝一日你归国访问,你可要来欣赏我的红宝石。这真是我有生以来见过最大的宝石,你能用它砸死一只猫。

爱你的玛丽

她对自己兄嫂的怜悯和对自己财富的显摆根本不值得这么浪费笔墨,我可不会为这封信烦心。我已经贵为王后,地位在她之上,并且还将继续在她之上好些年;不过她还把那首歌颂她那颗红宝石的诗歌寄了过来,连同一幅画,描绘着父亲和我弟弟哈里王子见证她站在礼台之上,身处金缕华盖之下的盛大时刻,这些差点让我失了先前圣母般的安详姿态。英格兰大使还告诉詹姆斯,所有人的食物都是用金碟所盛。为玛丽而准备的金碟!这主意可真够傻的。

1508年春

苏格兰 斯特灵城堡

  我认为这座城堡是我的不祥之地。我与丈夫的第一次争执便发生在这里,尽管我已经让他的私生子们都离开了,但我经常想起这里曾是那群孩子的家,那个炼金术师也依旧待在他的塔楼里。每当我经过那扇沉重的闸门,爬上那斜坡似的庭院,我都觉得我似乎在想念他们。

  也正是在此处,我遭遇了令我肝肠寸断的悲剧,这世间最令人心碎的噩耗。我的孩子,詹姆斯,苏格兰诸岛的詹姆斯王子,罗撒西公爵,躺在他的摇篮里,在睡梦中离开了人世。没人知道原因,没人知道是否曾有机会救回他。我不再是苏格兰下一任国王的母亲了。我腹中怀着下一个孩子,但我的摇篮空了,我想我的泪水永远无法止息。

  我丈夫来到我身边,这让我想起亚瑟离去后,父亲和母亲宫殿之间的那些人来人往,所以詹姆斯进来时,我抬起了头,我想他是来安慰我的。

  "我真是太心痛了,"我啜泣着对他说,"我真希望死的人是我。"

  "退下。"他命令我的侍女们,她们迅速离开,就像一丝气息消失在冰冷的空气中。"我不得不让您勇敢起来,因为我需要了解一些事情。"他眉头紧皱,如同在听取别人解释机械原理,仿佛我是一个待解的谜题,而非该用礼物加以安慰的妻子。

  "什么事?"我说道,调整我的呼吸。

  "你是否认为你可能被诅咒了?"

我瘫坐在床上,无声地哽咽着,凝视着他,一时无语。

"你父亲有三个儿子,其中两个都不在了。你的兄长在十五岁时便已去世,没有留下子嗣。你近乎三年都无所出,如今我们的孩子也夭折了,这个问题并非无中生有。"

我痛哭起来,将自己埋在枕头里,怒火中烧又心如刀绞。这是他一贯的做法,就如他会对乞丐头里的牙齿为何会烂掉产生兴趣。他痴迷于万事万物,不论恶心与否。我不知道汗热病为何会夺走亚瑟的性命而偏偏饶过了凯瑟琳,我如何知道?我甚至没有想起埃德蒙,我那在断奶之前就夭折的小弟弟。我不知道为什么亚瑟和凯瑟琳没有孩子,我不愿去想她那句"唉,我们之间从未有过这事"的含义,现在我也不会讨论这件事,在我心碎之际,人们本应来宽慰我,分散我的心神,而不是来到我的房里,冷冰冰地问我一些可怕的问题。

"因为理查德王子曾亲口告诉我都铎家族身负诅咒。"他继续说着。

我双手捂住耳朵,好似这般我便听不到这些亵渎的话语。我真是难以置信,我温和善良的丈夫,竟然在此时此刻来到我身旁,在我最为伤心欲绝的时候,说起那些类似他的炼金术师的恶咒,那些类似将生命变为死物,将黄金变为废渣,将一切变为邪恶物质的诅咒。

"玛格丽特,我需要你回答我。"他说道,音调如常,似乎他清楚地知道,透过我的枕头,透过我的拳头,我依然能够听见他说的一切。

"我想你说的是波金·沃贝克[①]。"我抬起头,阴沉地开口道。

"我们都知道这不是他的名字。"他说道,仿佛这是再简单不过的事实,"我们都清楚这是你父亲强加于他的名字。可他就是理查德王子,你的叔叔。

[①] 英格兰王位觊觎者。生于佛兰德斯的图尔奈,出身低微,曾假冒英王爱德华五世的弟弟、在伦敦塔失踪的约克公爵理查德。他起兵反叛后被抓获,对假冒理查德之事供认不讳,1499年被处绞刑。

他是理查三世关在伦敦塔的两个小王子之一，你的父亲说他们快乐地消失了，再没有人见过他们了，但我清楚这是怎么回事。在我们入侵英格兰之前，理查德曾来找过我。他曾是我最亲密的朋友，我们住在一起，情同手足。我把我的表亲嫁给了他——你的随行女官凯特琳·亨德利。我同他并肩作战。而他告诉我，任何想要谋害他，还有他哥哥爱德华的人，都会被诅咒。"

"你根本不知道他是不是王子。"这是我结结巴巴地，能说出口的唯一的话，"没人清楚真相。我的祖母不许任何人谈论此事。谈论此事即是叛国。而且凯特琳·亨德利从没提起过她的丈夫。"

"我的确熟知此事。他亲口告诉我的。"

"那你不应该告诉我！"我脱口而道。

"是不应该，"他承认道，"除非我不得不这么做。理查德曾说过，诅咒会降临到杀害了他的哥哥，那位年幼国王的凶手头上。有一位巫师施了咒——你母亲的母亲，白女巫王后，伊丽莎白·伍德维尔。她立下誓言，夺走年幼国王性命之人将失去他的儿子，以及儿子的儿子，诅咒会不断重复，直到这个家族终结于一个无法生育的女儿。"

我双手护在我自豪的肚子上。我可不是一个无法生育的女孩儿。"我可怀着孩子呢。"我不服地说道。

"我们刚刚才失去了儿子，"他低沉而平静地说道，"所以我才不得不问你，你是否认为我们失去儿子，是因为你们都铎家族的诅咒？"

"不是！"我愤怒地回答道，"我认为我们失去他的原因是你这个糟糕的国家，污秽又寒冷，有一半的新生儿都会被冻死，因为他们在烟气缭绕的房间里无法呼吸，这里的空气冷得要命，他们也没办法去室外。你这个肮脏的国家，你那些蠢钝的产婆，你那些不健康的奶娘和她们稀薄的奶水，才是罪魁祸首。才不是我的诅咒！"

他点了点头,仿佛听到一个趣闻。"但是我的其他孩子都活了下来。"他评论道,"在这个肮脏的国家里,在这些蠢钝产婆的帮助下,还有这些不健康的奶娘和她们稀薄奶水的哺育。"

"并非所有孩子都活了下来。况且不管怎么说,我此时正怀着孕,我并非无法生育!"

他再次点头,仿佛这是一个事实,他可能需要提笔记录在笔记本上,好去和他的炼金术师讨论。"你的确不是无法生育。我希望你身体健康,不要为这个已经失去的孩子过度悲伤,不然你会伤害到现在所怀的这个婴儿。我们的男孩在天堂里享福。我们一定要明白他纯洁无瑕。他已经受过洗礼,已在洗礼上取名。他有一半的血脉属于你,源于一个可能杀害了儿童的谋逆家族,而另一半源于我,一个杀父弑君之人。我们是一对有罪的父母。但是他已经受洗,涤清了他的罪孽,所以我们必须祈祷他已升上天堂享福。"

"我希望我能在天堂陪着他!"我对他叫嚷道。

"身负家族的罪孽,你怎么可能呢?"他问道,随后便离开了我。就那样走了,甚至没有鞠躬。

✦

亲爱的凯瑟琳,我失去了我的男孩儿,我的丈夫对我也非常不善,他对我说了一些极度可怕的话。唯一能安慰我的便是我现在腹中的孩子,希望我们能再有一个男孩。玛丽告诉我你的生活十分拮据,你同我弟弟的婚事也还没有着落。我为你感到难过。当下,我亦跌至低谷,却更理解你了。我明白了你是何等的不幸,我一直想念着你。谁会想得到我们两位上帝的宠儿竟会沦落到这般田地呢?你是否认为这背后有什么原因呢?这绝不会是诅咒,对吗?我会为你祈祷的。

玛格丽特王后

1508年春

苏格兰　爱丁堡　荷里路德宫

　　山巅还覆盖着白雪，那条灰色河流的沿岸道路还结着坚冰，詹姆斯同我一道骑马从斯特灵城堡返回荷里路德宫。我有了一匹新坐骑，它步伐稳健，足以护送我和我圆滚滚的大肚子安全回宫。我们没有再多提夭折了的孩子，而是将希望寄予这个即将在夏天诞生的婴孩。

　　我们一抵达爱丁堡，詹姆斯就去了他造船试炮的利思港。他还想在远离沙坝的地方，另外修建一座巨大的港口。我说我不明白他为什么想要有这么多船只，我父亲也统治着一个四面临海的国家，但他就没有一支可指挥的舰队。詹姆斯微笑着轻抚我的下巴，好像我是他工厂里的一个无知又年轻的制帆工人，还说什么也许他是想要一统海洋，问我愿不愿意成为所有海洋的王后。

　　是以，当我父亲派了他的大使，一位名叫托马斯·沃尔西的警惕牧师前来商讨和约之时，詹姆斯并不在宫内。这使得情形变得格外尴尬，我要告诉他，国王陛下不在宫中，而是去检测那些新式枪支大炮，视察战船的修建进度去了。

　　然而这位沃尔西不愿被拒之门外，因为苏格兰违背了盟约，他的任务正是确保詹姆斯有维护和平的意图。这都怪那群私生子又给我惹了麻烦。詹姆斯·汉密尔顿，这位在我婚礼当天获封的新晋阿兰伯爵，护送两个私生子前往意大利的伊拉斯谟的居所之后，在途经英格兰返乡之际，因为没有携带任何安全通行证而被抓了起来。再一次,我们看见了我这位丈夫对私生子的愚蠢关心所招致的恶果,现在这已经引起了真正的麻烦。

虽然总是有人尽力向我解释说明和约上的无数条款,或许我起先没有完全理解,但是在我们等待詹姆斯从利斯返回期间,就算是我都能明白托马斯·沃尔西所谈之事了。沃尔西说法国正企图让我丈夫成为他们的新盟友,我父亲则竭力想让他继续遵守永久和平条约。由于我们的婚姻也是和约内容之一,他应该尊重和约,正如尊重我们的婚姻。他娶了一位英格兰公主,因此他应该永远守住这份和平:这就是"永久"的含义。他不应该同法国结盟,而且他也不需要枪支和舰队以及全世界最大的火炮。

托马斯·沃尔西必须向我丈夫说明这一点,于是我立马派人去找他,并告知他必须马上回宫。沃尔西不停地同我讲话,希望我会说服我的丈夫与法国撇清干系,坚守与英格兰的联盟。然而我丈夫行踪不定,等到他最后回宫后,我终于能单独跟他说上话时,他只是抚摸了我的面颊,随后说道:"我的铭言是什么?将来我们儿子的铭言又是什么呢?"

"我为防御①。"我闷闷不乐地说。

"正是,"他说道,"我活在世上,要与人结盟,我每天所做的一切都是为了保卫我的王国;就算是你这位举世无双的公主殿下,也无法说服我去惹怒那群法国人,进而危及我的国家。"

"法国人对我们毫无用处,"我告诉他,"我们唯一需要的盟友就是英格兰。"

"我相信你是对的,我尊贵的妻子,"他说道,"若是英格兰能变成比现在更有帮助的友邦,那我们的联盟将长久持续下去。"

"我希望你没有忘记,在成为苏格兰人的王后之前,我是一名生在英格

---

① 这是苏格兰斯图亚特王室的铭言,全句为"In my defense God me defend"——上帝为我的防御而辩护。

兰的公主。"我对他说道。

他在我的臀部轻轻扇了一下,仿佛我是他那些婊子之一。"我永远不会忘记你的重要地位,"他微笑着说,"我从不敢忘。"

"那你会对托马斯·沃尔西说些什么呢?"我执意要问个明白。

"我会同他见面,和他谈上好几个小时,"他承诺道,"在最后我会告诉他我的意图,我一直想要达成的事情:坚守同英格兰的和平,维护同法国的友谊。为什么我和一方交好,就要和另一方翻脸呢?在双方都同样差劲的情况下?在双方都想吞并我们的情况下?并且,他们如此在意我们的唯一原因就是他们想要危害对方。"

沃尔西为我带来了一封凯瑟琳的信,在他和詹姆斯在议会厅中争执不休的时候,我在我的宫殿里阅读这封信。她满怀同情,好心地提到了很多失去了孩子,尤其是失去第一个孩子的女人,并鼓励我要好好休养,要心怀希望,上帝会赐予我一个儿子和继承人。我深信你一定会多子多福,过得幸福美满,她写得异常坚定。我没有听过都铎家族任何不好的话。我将她的一番好意——这温暖的姐妹情——记在心里,反正我是不愿再想那些关于诅咒和分娩中的死亡之事了。

至于我,她在信的末尾轻描淡写,似乎她的处境根本不值一提:

> 我的生活确实不顺。在我嫁给王子之前,我的父亲不会送来剩下的嫁妆,而在收到我的嫁妆之前,你的父亲不会交付我的遗孀所得产。我是夹在两位伟大君主中间的小兵,我没有钱财,也无人相伴,尽管我在王宫里生活,可我并不受宠,时常被忽略。我很少能见到你的弟弟,我都好奇他是否还记得我俩的婚约;我很害怕他听信谗言而疏远我。只有在你的父亲想要向西班牙使者炫耀之时,我才会见到你的妹妹玛丽。她出落得愈发标致,我简

直无法形容她是多么甜美可人！她是我在宫里唯一的朋友。我开始教她西班牙语了，但是她并不能过多地来找我。我被困在了伦敦，清苦度日，既非寡妻又非新娘。

你觉得，你能为我向你的祖母美言吗？她至少能明白我的仆从是收到了他们的佣金的。她可以从皇家衣橱中借给我几身礼裙。没有礼裙，我无法前去享用晚餐，要是厨房忘记送餐到我的房间来，那我就不得不挨饿入睡。你能帮我吗？我不知道该怎么办，那些本该向我建议之人却为了他们自己的目的，一心只想利用我。

1508年7月

苏格兰　爱丁堡　荷里路德宫

在长达几个星期的临产期中,我孤单而沉默地住进了昏暗又密不透风的产房。我向自己保证不去想我丈夫说的那些关于诅咒的话,不去想他提出的罪名——这太荒唐可笑了,他简直荒谬!所有人都知道那个暴君理查德三世才是杀死伦敦塔里两位王子的凶手,如此他才能强夺他侄子的王位。所有人都知道是我父亲赶来将英格兰从这个恶魔的手中拯救了出来。我们都铎家族因此而深受庇佑,而非诅咒。

那场在博斯沃思的战役①显示了上帝对都铎家族的宠爱。尽管我母亲是一名金雀花,但她嫁给了亨利·都铎,红玫瑰包裹着白玫瑰,从而产生了都铎玫瑰,他们共同孕育了亚瑟,还有我。这就是证明,再明白不过的证明,这是一个受到上帝祝福的家族,免遭罪恶玷污,没有任何诅咒。这真是够了,我从小由祖母抚养长大,当真是受够了这些对迷信和异端的畏惧,祖母比谁都清楚都铎家族是上帝的宠儿、被选中的英格兰王室血脉。正是上帝赐予了我高贵的身份,我受他的眷顾,是祖母的最爱。

---

①博斯沃思战役发生于1485年,是兰开斯特家族和约克家族之间战争中最重要的战役之一,也是玫瑰战争中倒数第二场战役。约克家族战败,金雀花王朝的最后一任国王理查德三世死在了战场上。兰开斯特家族取得了胜利,其领袖里士满伯爵亨利·都铎登基成为亨利七世,开启了都铎王朝。历史学家认为此战役象征着金雀花王朝的终结。

我也再不会对凯瑟琳格外挂心,她已经不再傲慢,不过是一名恳求着要嫁给我们家族的公主,而且我已经确信,她的魅力已经不足以盖过我们的风采。我心中想着,她住在王宫分配给食客的小房间里,清贫而孤独,而我住在都城最辉煌奢华的王宫中,拥有最精致的宫殿,于是我对她心生了友好与温柔之情。我写下了一封深表同情的回信:

> 我亲爱的姐姐,我当然愿意写信给祖母,也会写信给父亲,我会为你做一切我能做的事。谁能想到,当初你声势浩大地来到英格兰——我还记得当时你的金边蕾丝令我十分着迷——而如今却发现自己身陷囹圄?我发自肺腑地为你难过,如若婚约未能在英格兰顺利进行,我会祈祷你平平安安地返回西班牙。
>
> 你的妹妹
玛格丽特王后

我将圣餐盒放在房内,随时取用,与此同时,我的告解神父和荷里路德修道院的咏礼司铎①无时无刻不在为我祈祷。无论我丈夫说什么,我都无所畏惧。我心怀鄙夷地暗自想到,他是一个身穿粗毛衬衣的人,腰上还围着受难带,他杀害了自己的父亲,杀害了一位命定的国王,那他自然会将一切都看作诅咒与厄运。平心而论,他应该尽快前往耶路撒冷,若不进行一场朝圣之旅,还有什么方法能让他重获上帝的宠爱呢?他的罪孽不是寻常的罪行,远不是一位心不在焉的神父念几句圣母经便能洗清的。他与我不同,我享有上帝的祝福,生而非凡。

我并不担心此次生产,这一切都很顺利。只是这个孩子令我失望非常,她是一名公主,不过我想给她取名为玛格丽特,让祖母做她的教母,并邀

---

① 主要负责在教堂咏唱礼仪用曲的神父。

请她前来参加孩子的洗礼。孩子安静地吮吸着奶娘的乳汁,但是她吃得并不顺畅,我看见那个女人同其他人交换了一下眼神,她好像有些不安。他们什么都没有对我说,我吩咐他们为我做清洗,将我的私处用地衣与草药束起来,随后我便睡着了。当我一觉醒来,孩子已经夭亡了。

这一次我丈夫很温柔地同我讲话。他来到了我的产房,虽然男人不应该进来——即便是神父为我祈祷都需要站在一扇纱幔屏风的另一边。然而詹姆斯悄悄地走了进来,房间里的女人们惊慌地训斥他时,他挥手示意她们退散。我躺在床上,他握住我的手,也不顾我还没有去教堂谢恩,此时仍不洁净。我没有流泪。他对我的沉默不发一言,这真不寻常。我想哭泣,我想要入睡。我希望我能睡着,从此再不醒来。

"我可怜的爱人。"他开口说道。

"我很抱歉。"我几乎说不出话,但我欠他这句道歉。这肯定是我的错,生下了两个孩子,却接连夭折。现在远在英格兰的凯瑟琳和玛丽都会听闻我痛失二子。我很肯定凯瑟琳会认为是我有错,是都铎家族有错,还有"唉,我们之间可从没有过这事"。玛丽尚且年幼,也太蠢,还不知道失去一个孩子是一位王后犯下的罪行,罪大恶极;而凯瑟琳将很快会把我与她善生养的母亲以及她的象征物石榴进行比较,以此主张要嫁给哈里。

"这不过是运气不好罢了。"他说道,就像他从未听说过诅咒一事,也从未向我提起过,"但重要的是我们了解到了我们可以有孩子,你能生育。这才是最大的挑战,相信我,亲爱的。下一个孩子会活下来的,我非常确定。"

"一个男孩。"我悄声说道。

"我会祈祷,"他说道,"我会去朝圣。而你要好生调养,变得健康强壮起来,然后等我们老了,身边围着孙子,曾孙之时,我们一起为这些小家伙的灵魂祈祷。我们会在祷告词中记住他们,我们会忘掉这份悲伤。一切都会好起来,玛格丽特。"

"你说过有诅咒……"我开口提道。

他做出一个否定的手势。"我说的都是气话,我当时又生气,又悲伤,又很害怕。对你说那样的话,我真是大错特错。你年纪尚轻,而且从小便被教导错不在己。生活会教给你不同的东西的,你不需要我来教你谦逊。假如我赶着你,让你体会到了绝望的智慧,那我真会是一个可悲的丈夫。"

"我可不傻。"我庄严地说道。

他低下头。"那太好了,因为我无疑是个傻瓜。"他说道。

我想要写一封信给我妹妹玛丽,如今她已经和最了不起的基督徒国王的继承人订了婚,那么我得警告她不要过于骄傲,因为她有可能会嫁给一个英明的君王,却无法为他诞下子嗣。所有来自英格兰的消息都说她变得愈发美丽了,但那并不意味着她以后能生育或是能养育一个健壮的孩子。我想她应该知道我经历过的悲伤可能会发生在她身上。她需要小心谨慎,莫要以为定能逃脱惩罚。我想要告诉她,都铎家族可能并不那么高贵强大,也许并没有受到上帝庇佑;我想要告诉她,她可能不会像所有人信誓旦旦地预言的那样,拥有非凡的命运,她不应该认为她将能幸免,仅仅是因为她向来是所有人的小甜心,总是最漂亮的那个孩子。

可是紧接着,一个想法阻止了我。这真奇怪,我准备好了纸笔,却发现自己并不想如此告诫她了。想到她在里士满王宫里翩翩起舞,在格林尼治宫里大摆王后的架子，在豪华王宫里成为时尚与美丽还有奢侈享受的焦点，这固然让我心烦，但是我不想成为告诉她我们家族并非如我们所设想的那般有福的那个人。我们也许并非那么好运，有一道阴影或许正笼罩在我们家族的威名之上：我们恐怕不得不为沃里克的爱德华①之死付出代价；为绞死那个我们称之为波金·沃贝克的男孩付出代价，不论他的真实身份是什么。塔中的两位金雀花王子死后的最大赢家是我们，这一点确凿无疑。我们或许什么都没做，但是我们确实获益最多。

因此，我转而写了一封信给祖母，向她倾诉我的失望与悲伤，并询问她——也许她会知道——是否有什么原因使上帝抛弃了我，不愿赐福我诞下一个儿子？为何一名都铎公主无法生养一个男孩呢？关于都铎家族的诅咒，我一个字都没有提，也没有提到凯瑟琳在宫里的贫苦生活——祖母怎么会听取我的话而善待凯瑟琳呢？——但是我问了她是否知晓我们家族人丁不兴的原因。我实在想知道她会如何回答。我想知道，她是否会告诉我真相。

---

①沃里克伯爵爱德华在英格兰国王理查德三世及后来的亨利七世年间是潜在的王位觊觎者，他先被关押于伦敦塔内，后以叛国罪斩首。沃里克死后，金雀花王朝的合法男系绝嗣。

1509年复活节

苏格兰 斯特灵城堡

在刺骨的严寒之中,我们来到斯特灵度过复活节,骏马在飘雪中勉力前行,运送物品的马车陷入了泥沼之中,迟了好些天才抵达,这导致我的墙面上仅有堪堪几张挂毯。我的床上也没有床幔,而且我不得不睡在粗糙的床单之上,枕头上也没有了饰章的刺绣。

我的丈夫笑话我是被英格兰温和的气候给宠坏了,但我仍不敢相信一年中的这个时节竟然能够昏暗阴冷至如此地步。我渴望看到绿意盎然的青草,也期盼听到清晨时分婉转悦耳的鸟鸣。我说天大亮之前,我都要待在床上,如果要等到日中的话,那我就等吧。

他认定我会一直躺在床上,因而要去为我的壁炉找些柴火,再在床边为我热一杯麦芽啤酒作早餐。他心情愉快,对我关怀备至,我又一次怀孕了,内心因希望与自信而暖意融融:这次我想我一定会吉星高照。我已经受尽苦难了。

一天下午,他走进我的房间,手里拿着一张纸,我想他又要来为我读诗了,希望这次不是埃尔斯语的诗歌。我如今已经能明白埃尔斯语了,可这些诗歌实在是太长。他并没有如往常一般坐在壁炉旁的椅子上,而是坐到了我的床边,而且他的表情十分严肃,还在寻找我的侍女长埃莉诺·弗尼,抬手示意她和我们留在一起。我顿时知道,这张纸是英格兰传来的噩讯。

"是我的祖母吗？"我问道。

"不，"他回答道，"你必须坚强，亲爱的。是你的父亲。上帝让他的灵魂安息了，他从我们身边离开了。"

"我父亲去世了？"

他点头。

"那么哈里现在是国王了？"我难以置信地低语。

"他将成为国王，亨利八世。"

"这怎么会。"

他露出一个哭笑不得的表情："我本来担心你会非常难过。"

"噢，我是很难过，很难过，"我若无其事地向他保证，"这是个晴天霹雳，不过我先前就已知晓他身体状况不佳。祖母时常提起父亲的病情。"

"这对整个国家会有巨大影响，"他说道，"你的弟弟声名不盛又未经历练。你父亲没有给他任何权力，也没有教导他治国之道。"

"国王本来该是亚瑟。"

"早就不是了。"

此刻我发现自己的眼中蓄满了泪水。"我是一个孤儿了。"我可怜兮兮地说道。

他坐在我旁边，伸手搂住我。"你的家在这里，"他说道，"而且要是哈里履行他的义务，遵守和约，那么你也许可以等他登基之后去拜访他。"

"我真希望那样。"我承认道。

"只要他遵守和约。你认为他会怎么做？他对永久和平条约立下了誓言，要尊重我们的边境和统治权。你的父亲与我总为劫匪和海盗争执不休，他还竭力阻止我同法国交好，你认为哈里会相信和平对我们所有人都有利吗？你觉得他会是一个比你父亲更友好的邻居吗？你是否能说动他呢？"

"噢，我很确定我可以说动他的。我确定我能够跟他解释清楚。我可以去伦敦，好好同他讲。"

"那要等到你在产床上生下一个健壮漂亮的儿子，并且身体安然无恙之后再说。届时你会成为一名大使。在你俩都身体康健之前，可经不起长途跋涉。"

"噢，是的，但到那时候……"我想象着等我回到英格兰时，我的小弟弟成为了英格兰国王，而祖母地位下降，名号从国王之母变为了国王祖母，玛丽也不过是一名公主，但我却已高居王后之位，还生育了一名带来两国和平的小王子，这样的场景真是太美妙了。为我运送行李的车队会长达数英里，人们会见识到詹姆斯赏赐给我的珠宝首饰，会对我的礼服艳羡不已。

"你是否享有继承权呢？"我丈夫提到。

"是否享有继承权？"

"是的，我并不完全清楚你享有的权利，但国王去世时留下了巨额遗产，数目巨大。"

"我能自己保留全部的遗产吗？"我问道，"不交给你。"

他低下头。"你将保留自己的全部遗产，我的小守财奴。那将完全属于你。"

我感到眼泪又流了出来。"这可算是有点安慰了。我失去了父亲，失去了我亲爱的父亲。"

"噢，还有，这真是难以置信，"我丈夫说道，用手轻轻地擦去我的眼泪，"你弟弟的第一道命令就是严惩你父亲的那些向民众强征杂税的顾问大臣。"

"噢，是吗？"我对税收没有一丁点兴趣。

"第二道命令就是迎娶那位守寡的公主。他终于要娶那位阿拉贡的凯瑟琳了。她在他的旁边已经住了七年，现在却要在几日之内就完婚。他们很可能已经完婚了，道路崎岖，这些信件是好几天以前的了。"

我心底不禁泛出了一种类似惧怕的情绪。"不会的。肯定还没有。不能是她。你肯定是弄错了。让我看看那封信。"

他把信递给我。这是一封来自传令官的正式声明，上面直接陈述了我父亲去世的消息，还有哈里的宣言。我注视着他的头衔，仿佛我始终无法相信。接下来便是哈里即将迎娶那位守寡公主的宣告。白纸黑字，用花哨的手写体写的。底部还有印章：一切已成定局。

"她会成为英格兰王后。"我说道。多年以来，她孤独地挣扎在王宫边缘，忍受着众人的忽视，靠着出卖餐具勉强为生，然而此时，我对她的同情消失殆尽。我完全忘却了对我这位清贫的守寡姐姐抱有的怜悯之情。恰恰相反，我此刻认为她参与了一场丑恶而骇人的豪赌，如今她已得到了回报。她拿自己的健康与安危冒险，而且赌赢了。她赌定自己能活得比我父亲更长久。她用年轻打败了他，她巴不得他死。"那个虚伪的女孩儿赢了。"

听出了我话里的轻蔑，詹姆斯开怀地笑了出来。"我还以为你很喜欢她。"

"我是喜欢！"我说道，但是嫉妒像潮水一般淹没了我，"我曾经很喜欢她。在她潦倒不幸的时候，我对她有一种发自内心的喜爱，但不是在她一帆风顺的时候。"

"不会吧，为什么呢？为了这一天，她已经等待得足够久了。她应得到这一切。据称她差点死于饥饿。"

"你不明白。她有负于亚瑟，我之前以为父亲不让她嫁给哈里，也不让她回西班牙，就是为了惩罚她。凯瑟琳比哈里年长好几岁，他们实在不相配。"

"只差了五岁。"

"她是兄长的遗孀。"

"他们有教皇的特赦令。"

"她不是……"我双拳紧握。我没办法跟他讲明。"你不了解她。她野心勃勃——她想要的是王位，而不是哈里。我的祖母不会……我也不会……她太骄傲。她不配。她永远无法成为像我母亲那般优秀的王后。"

他温柔地牵起我的双手。"哈里必定取代你的父亲，她也必定取代你的母亲。但这自然指的是王位，而不是你父母在你心中的地位。英格兰必须有国王与王后，那将会是哈里与阿拉贡的凯瑟琳。上帝祝福并保佑他们。"

"阿门。"我怏怏不乐地说道。

1509年夏

苏格兰 斯特灵城堡

苏格兰山脉的顶峰上还残留着些许积雪，寒风将果树上的花团纷纷吹落，我想象着远在英格兰的那两人，在这个季节，哈里迎来的第一个非凡夏天，为他们用不幸换来的头衔而夸耀：国王与王后，因先杰的离世而受益的两人。我想起凯瑟琳口口声声地说这是她的宿命，将时光花在等待与投标上。也想起了她曾经说过的，她会比我父亲活得更久。此刻她确实做到了。我想真爱并不存在，只有野心与虚荣。哈里窃取了他兄长的妻子；凯瑟琳虏获了英格兰的继承人。我觉得他们卑鄙无耻，他们两个人都是如此，一个年轻的弟弟取代兄长的位置，一个寡妇抛弃了哀悼，他们心中并没有真切的悲伤。

不久之后，另一位英格兰的信使带来了一则紧急消息：我的祖母去世了。据说她是在加冕宴会上怒极攻心——为疏解心中悲痛而食用了烤小天鹅；但是我认为，也许是她一看见她的孙子登上了王位，就明白自己已经完成了对都铎家族的使命（不论是于公还是于私），明白我们会永远守护并占有这个王座，她已经没有了活下去的目标。我试图为祖母哀悼，她曾经那么严厉地教导我，可是我的思绪始终都停留在凯瑟琳那里，老夫人离去之后，凯瑟琳就成为了王宫之内地位无可撼动的女主人，没有人的身份在她之上了，即便是我的母亲也未曾获准居住在王后宫殿内——那是为我的祖母，国王之母所保留的。但是凯瑟琳比我母亲好运：她将成为一名无须顾忌国王之母的王后，可以随心所欲地做她想做的事。显而易见，哈里不知道要如何去管束他的王后。她会表现出她完全担当得起这个王后之位的模样，就像她那不似女人的母亲，卡斯蒂利亚的伊莎贝拉一样。之后她定会志得意满，凭着哈里的一时兴起，她从贫困潦倒一跃成为王后至尊。她会认为自己是一切的胜利者，将自己视为上帝的宠儿。她的母亲自称为"征服女王[①]"；凯瑟琳从小就被教育要凌驾于所有人之上。

我写信给玛丽：

> 我相信加冕典礼与婚礼必定空前盛大，我也相信你在这场盛宴上必定十分快活；但你一定要做凯瑟琳的好妹妹，要提醒她须对哈里心怀感激，是哈里在她卑微之时，将她提拔到如此显耀的地位。我们的兄弟在他没有必要遵守婚约的时候，慷慨地接纳了他的未婚妻，你应该提醒她不要因她的新身份而过度骄傲，变得贪得无厌。我理所应当为她飞上金枝而感到欣喜万分，但如若我们不提醒她，要警惕野心的罪孽、不要与身负都铎血统的我们抗争，那么我们就再也做不成好姐妹了。

---

① 原文为西班牙语 *conquistadora*。

1509年秋

苏格兰　爱丁堡　荷里路德宫

哈里的王宫里有詹姆斯的使者,据他们禀报,这对年轻夫妇在服饰、庆典、骑士比武还有歌舞享受上挥金如土,这正是我所担心的状况。王宫内夜夜笙歌,据说哈里还给他自己的唱诗班作曲写诗。我这次怀孕并不顺利。我听说凯瑟琳身穿金丝礼裙翩跹而舞,比武会场内,她的专属包厢的窗帘上绣满了K和H两个金色字母,每颗石雕球上都刻有她的石榴花纹饰,她的货船里满载着丝绸帘布、宝马灵驹、精美衣装,还有她贪心购买的金银珠宝,这些消息令我的孕吐更加厉害。

我酷爱打听那些最为奢华绮丽的欧洲宫廷的消息,那里的人们认为我乐于听到我弟弟的幸福生活。我对他们露出一个不明显的微笑,然后说道:"是的。"这一切真是让人烦透了,不过我妹妹玛丽的财产和自由更令我忧心。她完全没了约束——凯瑟琳可不会管教她——哈里只会送她珠宝与华服,溺爱她,将她装扮得漂漂亮亮。所有人都对我说她是全欧洲最美丽的公主。哈里会将她当作玩偶来利用,用她来展示王冠上的宝石;他会命人为她作画,然后送往所有基督教国家,夸耀她的美貌。我猜测,此刻必定已经有人下注打赌,假如有另一位身份更显赫的追求者,她极有可能会抛弃卡斯蒂利亚的查理,转而嫁给另一人。我真心感到自己不想看到关于另一场订婚典礼的又一幅画作。我不想玛丽再寄给我一封信,炫耀她的订婚礼物——那颗红宝石!而且他们不会让她归还那颗红宝石,对此我十分确定。

凯瑟琳自己倒是给我写了一封信。这是她第一封信尾处盖有皇家印记的信件。这封信使我产生了无法言说的怒气：

  我们一直是姐妹，如今我是你的姐姐，王后姐姐了。你弟弟与我一起悼念你已故的父亲与祖母，我俩的生活也很是幸福美满。等到明年夏天道路状况良好的时候，若是你能回宫访问的话，我们会非常高兴的。
  你一定想要知道你的小妹妹的消息。她和我们一同住在王宫里，我觉得她每天都应变得更加明艳动人。她能与我的家族订婚，我真是特别开心，所以等到她离开我们之后，她会前往我过去的家中，我相信她嫩白的皮肤、耀眼的金发，还有她甜美的性情一定会让众人喜出望外。我与她分享我的衣橱还有珠宝，而且在有些晚上我们会一起去跳舞，大家对我们的共舞赞叹不已：他们称我们为"惠与美"——这真傻气。她之后会给你写信的。我努力想要让她认真学习——但你了解她有多贪玩，多淘气。
  我希望不久之后你们两位就能成为一位小王子的王室姑姑。是的，我怀孕了！能给你弟弟生下一个儿子，一个继承人，我真是无比喜悦。我们实在是太幸运了！我每天都为你祈祷，我知道你也想念我，我们的玛丽妹妹，还有我亲爱的丈夫、你的国王弟弟。我知道你一定认为我们那些黑暗的岁月已经过去（我们都有如此想法），我们三人一定要为这份幸福的延续而祈祷。上帝保佑你，妹妹。

                凯瑟琳

我咬紧牙，写信回复她。我说我十分为她欢喜。我向她说，今天早上我吐得很凶，但是一些人说这表明了我怀的是一个男孩。我告诉她，仆从们给我准备了牛肉汤。我并不害怕生孩子这件事，我之前已经经历过了，何况我还年轻，不过十九岁。所有人都说年轻母亲生孩子会安全许多。不过凯瑟琳会怎么想呢？年过二十三岁的她感受如何呢？她二十三岁才怀上她的第一个孩子。

对此她没有回信，这还是我头一次为奚落她的年龄这个想法感到暗自好笑，这会让她回想起漫长的寡居岁月，这些年她本该早嫁于哈里，怀孕生子。在她保持沉默的时候，一想到她自恃身份高贵而不必立即给我回信，我就生气。另外，她还说玛丽会给我写信，要是她容许玛丽如此懒散懈怠，那她可不是在帮这个孩子。她应该谨记我是她丈夫的姐姐，名符其实的一国之后。她应该谨记我的友谊珍贵非常，永久和平是我的功绩，我们尊贵的邻居、我的丈夫是一名英明神武的国王。既然我费心给她写了信，她理所应当地需要立即回复我的信件。

十月到了，我所谓的姐妹两人没有只言片语传来，我坐在产床之上写信告诉她们，我生下了一个男孩。我知道我在信中有些得意扬扬，但我没办法用更克制的语气谈论这件事——*这确是我的胜利*。我为我健壮的丈夫生下了一个儿子，不论凯瑟琳未来生下的孩子是男是女，我已经生下了儿子，我领先了她一步，他们在伦敦就能知道这件事。我为我的丈夫生育了一个儿子，一名继承人，直到凯瑟琳像我这般完成她的职责之前，这个男孩也是英格兰的儿子与继承人。在那之前，能继承苏格兰和英格兰王冠的继承人正睡在我的金摇篮之中，而生下他的人正是我，正是我生下了第三代王室血脉的第一位都铎子孙。我们绝不会成为一个没有子孙可传我父亲血脉的王朝，我们绝不会子嗣断绝，今夜，在我的育儿所之内，正是我——既非玛丽更非凯瑟琳——诞下了一名都铎王子。

1509年圣诞节

苏格兰　爱丁堡　荷里路德宫

  苏格兰举国大事庆祝了今年的圣诞节，有假面剧和变装戏，有舞会和盛宴，那位炼金术师约翰·达米恩还造了一个能绕着房间飞行，类似圈养鸟的机械，吓得众人尖叫。詹姆斯送了我一条金链子与一件珠宝头饰，他说我是苏格兰有史以来最美丽的王后。我面容姣好，我对此十分清楚。我的礼服系得太紧，他们为我解开抽绳，系得松了一些，不过詹姆斯说我健美漂亮，妻子就该这样，还说他毫不介意将我这温香软玉抱个满怀。

1510年春

苏格兰 爱丁堡 荷里路德宫

詹姆斯和我过得太幸福了,就连两个私生子从帕多瓦回来都没有给我们造成困扰。亚历山大现在已经被任命为了圣安德鲁斯大主教,而他同父异母的兄弟詹姆斯现在是默里伯爵,两人前来请安,我也仪态淡定地向他们问好。我向他二人展示了他们父亲的合法儿子,并告诉他们,这是亚瑟,苏格兰诸岛的亲王,罗撒西公爵。两个男孩跪在婴儿床之前,立下了忠诚的誓言,亚历山大眨了眨他架在鼻子上的圆眼镜后的近视眼,迟疑地开口道:"这头衔这么大,但他人可真小。"这让我好笑了一阵。

我丈夫任命亚历山大为大法官时,我甚至没有出言反对。"我需要一个我能完全信任的人。"他说道。

"他还不过是个大男孩。"我急躁地说。

"我们早先是在苏格兰长大的。"

"那好吧,只要他明白,他的一切所学都是为了他同父异母的兄弟的利益就好。"我说道。

"我肯定德西德里乌斯·伊拉斯谟一刻都不曾忘记过这一点。"他啼笑皆非地说。

凯瑟琳终于给我回信了,亲笔书信,还盖有她的石榴纹章,这让我感到惊讶。这是一封私人信件,信上说她感到伤心欲绝,愧疚难当,她失去了她怀的孩子,她曾以为这会是个女儿,她觉得她未能给哈里带来一个孩子（如今哈里只缺一个孩子），唯一能让他们的幸福变得完满的孩子。

这让我十分震惊，我一下将我先前的义愤抛诸脑后。她让我停了下来，让我想起了我死去的小女儿，还有在她之前的儿子。我想起我还曾取笑她到了二十三岁才第一次做母亲，这实在是太残忍了。她读到这个笑话的时候，她才刚刚失去了她的孩子，这个玩笑太恶劣了。我现在内心充满悔恨，我感到羞耻，我放任了我对凯瑟琳的好胜心，这演变为了一股恶意。我拿着她的信，走进了礼拜堂，为那个夭亡的小孩子的灵魂祈祷。我为凯瑟琳的悲哀祈祷，我为我弟弟的沮丧祈祷，也为英格兰的王座祈祷。我祈求他们能拥有一个都铎儿子做继承人，祈求这个同我做了八年姐妹的年轻女人能有一个都铎儿子，我对她的情感在喜爱与嫉恨中轮番变换，但我始终把她放在我的心上，一直都为她而祷告。

随后我深深地埋下头，向被恶龙吞噬的圣玛格丽特低语，若如我所料想的那样，她必定知晓那在末路绝境里中获取救赎之幸福的神秘法门：玛格丽特完好无损地从恶龙腹中逃离出来，而我在饱受分娩之苦后生下了一个儿子与继承人——仅有的都铎儿孙与继承人。我从未希望凯瑟琳遭受厄运，也不希望哈里或者玛丽有任何不测——诚然，我真心为她的遭遇感到遗憾——但是我的儿子亚瑟是苏格兰与英格兰的继承人，在她生下男孩之前，他将一直是。她的儿子在出生之时便会取代我的儿子。如今，我有一个儿子而她没有，谁能为我怀有这样一丝隐秘的喜悦而责怪我呢？

✦

派往英格兰的大使写信说，虽然凯瑟琳失去了一个孩子，但是她——赞美上帝——怀的是双胞胎，所以她仍留有一个孩子。

"这真是不寻常。"我丈夫对我说道。我的所有侍女都退下了，他坐在我房间的壁炉旁边，大声地读着这封信。"她真幸运。"

我心底泛出怒气，这完全可以理解，想到我跪着为她祈祷，期盼她能从丧子之痛中振作起来之时，她的腹中却还保有一个男孩儿。这真是太可笑了，在她仍然怀有一个孩子的情况下，她竟然能给我写出一封那么悲惨的信。她这般无事生非做什么！

"你这话什么意思，'不寻常'？"我没好气地问道，对我的丈夫心生不满，他对那些医师的作品总是这么感兴趣，他喜爱阅读他们写的恐怖书籍，观摩那些画有病变心脏与肿胀内脏的恶心图片。

"她流产时居然只失去了一个孩子，而不是两个，这让我惊奇，"他说道，继续读那封信，"上帝保佑她，我希望情况就是这样；但这的确非比寻常，双子之中失去其中一个而保住了另一个。我好奇她是怎么知道的。她不能让医师好好检查一番真是巨大的遗憾。这有可能仅仅是她还没有恢复月事，但如此一来她腹中便没有孩子。"

我双手捂住耳朵。"你不可以谈论英格兰王后的月事！"我抗议道。

他对我大笑，将我的手拉开。"我知道你怎么想，但她和其他人一样，都是女人罢了。"

"我永远也不会允许医师靠近我，即便是我在生产的时候快死掉的情况下！"我坚决地说道，"在那样的时刻，一个男人怎么可以靠近一位王后？我祖母特别写信说王后应该尽在女人的服侍下，在一间封闭上锁的黑暗房间中分娩，甚至是前来为王后做弥撒的牧师都不能见到她——他必须隔着一道屏风将圣饼递过去。"

"但是万一生产中的女人需要医师的知识怎么办？"我的丈夫反问道，"万一出了状况呢？你的祖母不是就差点死在分娩中了吗？要是当时她有一位医师协助她，情况是否会好些？"

"一个男人怎么会知晓这些事呢？"

"噢，玛格丽特，别傻了！这些又不是神话故事。母牛会怀孕，母猪会生崽。你觉得王后生孩子会和其他的母兽有什么不一样吗？"

我发出一声尖叫。"我不要听这个！这是邪说。是叛逆。两者都是。"

他把我的手从我惊恐的脸上拿了下来，温柔地轻吻我的手掌。"你不必听这些，"他说道，"我并非街上十字座前的预言师。我能知道一些事情而不用将它们大声讲出来。"

"不论怎么说，她一定是全世界最幸运的女人了，"我愤愤不平地说道，"失去了一个女儿，赢得了所有人的同情，然后还保有双胞胎中的那个儿子。"

"也许她是的，"他也承认道，"我自然也希望如此。"他背对我，脱下衬衫。他腰间的受难带发出了叮叮当当的噪声。

"噢，快取掉那个可怕的东西。"我说道。

他看着我。"如您所愿，"他说道，"我愿做任何事来取悦这世界上第二幸运的女人——假若她能满意于永远处于第二位，就如她现在的地位，第二等的王后，在第二等的王国，等着她才出生的男孩儿被迫成为第二顺位的继承人。"

"我不是这个意思。"我抗议道。

他伸出双臂将我圈在怀里，并没有劳心回答我。

1510年夏

苏格兰　林立斯戈宫

到了五月，我们去了我们湖边的宫殿，我收到凯瑟琳的一封亲笔短信，信上说，最终她并没有另一个孩子。她这封信的字体不大而且写得凌乱，似乎她一点不希望写这封信。

我乞求我的父亲不要斥责我。我丝毫没有粗心大意，也没有做错事。他们告诉我失去了一个孩子，但是还留下了她的双胞胎，直到我的肚子如消肿似的变得平坦，我才知道我的腹中什么都没有，然后我的月事来了。我怎么会知道呢？没人告诉我。我又怎么会知道？

她说她的丈夫是仁慈的化身，但是她的眼泪就是止不住。我把信放到一边，我提不起劲给她回信，我对他们两人都感到恼火。想到哈里对他的妻子很好——我那个心里除了他自己以外什么都不想的小弟弟！——还想到傲慢国的凯瑟琳低声下气地为她无能为力之事道歉，这让我有些发怒。想到她无法止住泪水，我不禁心生鄙夷：我失去孩子之时，若是不停止哭泣，那我会成什么样子呢？我将不会拥有另一个孩子。为何凯瑟琳会沉湎于悲哀之中，还将她的伤心公之于众？她难道不该像我当初那般，展示出王后的勇气吗？

我也不得不承认，我丈夫对于她应该请医师检查身体的看法是正确的。怎么会有人告诉她，在一个孩子流产了之后，还会怀着另一个孩子？这个精明的女人怎么会变得如此之蠢？她如何会蠢得听信这样的话？

我看这不过是如往常一样，所有人都拼命想要讨好哈里罢了。众人无法承受把坏消息告诉他的后果，因为他不会容忍任何违背他意愿的事情。这与祖母很相似，他对万事万物有他的看法，若是有人说世界并非如此，他也不会听取的。他完全被娇惯坏了。我猜想人们告诉他凯瑟琳失去了一个小女儿的时候，他看着众人的表情，一定是"这等令人失望之事根本不可能发生"似的，于是每个人都觉得，一定要让他相信凯瑟琳依然有孕在身，且很可能是个男孩儿。既然谎言已被戳穿，凯瑟琳的悲伤只会比以往更甚。但这要怪谁呢？

我去了王室的育儿所，看望我自己的孩子，苏格兰与英格兰的继承人，结实又健壮，睡在他的摇篮之中。"他还好吗？"我问道。仆从们微笑着告诉我，他非常好，很能吃，每天都在茁壮成长。

我回到我的宫殿，给凯瑟琳写信：

> 赞美上帝，我的儿子身体健壮，而且非常健康。能够拥有他，我们的确是有福的。听闻你的过错，我非常难过。我会为你祈祷，为你的悲伤与窘迫而祈祷。

"别这样写。"我的丈夫出声说道，越过我的肩膀，无礼地阅读我的私人信件。

我把沙子撒在信纸上吸走墨水，然后把信举到空中抖动，如此他就看不到我那些同情的话语。"这只不过是一封姐妹之间的书信。"我说道。

"别寄这封信。她的烦恼已经够多了，你不用往她的重担里再添一笔你的同情。"

"同情算不上什么负担。"

"它是最糟糕的那一类。"

"像她那样的女人到底会为何事所困扰呢？"我质问道，"她拥有了她曾经梦想的一切，除了一个孩子，而她肯定会再有一个孩子的。"

他拖来一张凳子，坐在上面，对我露出笑容。"你千万不要为他人的不幸而感到高兴。"他教导我说。

我没法儿憋住我的笑容。"你知道我不会这么无情的。这是凯瑟琳的不幸吗？"

"你会重写这封信。"

"我会的，只要你告诉我你知道些什么。"

"好吧，尽管哈里接受的全是温和的教育，但你的圣人弟弟哈里并没有比我这个罪人好到哪里去，"他说道，"尽管你指责我恣意生养私生子的行为，还把他们从他们的小育儿所遣走，但你弟弟哈里并非一位比我更好的丈夫；他并不比其他人更好。他的妻子还在分娩之中时，他就被撞见睡在了她的一位侍女的床上。"

"噢！不！哪一个？谁？"我急切地开口，"真的和她在床上吗？"

"安妮·黑斯廷斯，"他回答道，"所以眼下她的兄弟，白金汉公爵，整个斯塔福德家族和国王大吵了一架。"

我长吁了一口气，好像我从他那里得到了一件昂贵的礼物。"真是太可怕了，"我愉快地说道，"太不幸了。我非常震惊。"

"而且斯塔福德家族十分显赫，"他提醒我说，"他们是爱德华三世的血脉。他们不会愿意接受羞辱，也不会接受哈里玩弄他们家族的人。他这个蠢蛋让贵族们成了他的敌人。"

"我想你绝对不会犯这种错。"

"我不会。"他沾沾自喜地说,"我要是有了敌人,我要么杀了他,要么让他成为阶下囚,我不会惹怒他,还让他回到他自己的领地,给我找麻烦。我清楚该做些什么才能让这个王国团结一致。你的弟弟刚登基,行事还很不谨慎。"

"安妮·黑斯廷斯,"我琢磨着这个名字,"凯瑟琳的侍女。她肯定气疯了。她一定会破口大骂。她肯定会失望成疾。在她风光大婚之后!在她这段真爱婚姻之后!还有那些荒唐的牧歌!"

他竖起手指,好像在警告我。"不要再因为我有过情妇而责怪我了,"他说道,"你老是说你的父亲从不多看其他女人一眼,而你的弟弟为了真爱而结婚,现在你明白了。男人有情妇是完全正常的,尤其是他的妻子有孕的时候。国王从他的王宫里挑一位情妇完全是再正常不过的事了。不要再责备我了。"

"这既不正常也不道德,"我反驳他道,"这违背了上帝和人世的律法。"我没法再保持祖母的腔调了:"快,詹姆斯,再给我讲讲!凯瑟琳要继续留着安妮做侍女吗?她会对这一切睁一只眼闭一只眼吗?哈里是否留着安妮做他的姘头?"我急喘了口气说道:"他绝不会安排她做他的情妇,像法国国王那样,对吗?他绝不会让她管理王宫,然后就把凯瑟琳送走吧?"

"我不知道。"他说道,轻轻地捏着我的下巴,"你居然想知道这些细节,你可真是个非常低俗的孩子!我是否该让我的大使立即汇报呢?"

"当然要,"我说道,"我想要知道全部细节!"

1510年夏

苏格兰 爱丁堡城堡

不过我们收到的下一则关于英格兰的消息并不是什么逗趣的丑闻,而是个好消息:最好的消息。凯瑟琳再次有孕。当我得知此事,我有点生气,因为我担心我的儿子亚瑟。凯瑟琳和我的好运一直是交替出现——我订婚之际正值她丧夫之时,我父亲的死亡意味着她的大婚与加冕——我担心英格兰的都铎王位继承人诞生之日,会成为苏格兰现有继承人殒命之期。

詹姆斯并没有嘲笑我的忧虑,而是派了他最好的医师来到爱丁堡城堡,前往育儿所,里面所有人都轻手轻脚地走在保姆周围,保姆将亚麻衬衫从我儿子身上脱了下来,肯定地说他的体温一直在升高,他在发烧。

他还只有九个月大,他还这么幼小。没有多少婴孩能够熬过发烧——这种让他皮肤滚烫、眼睛凹陷的病痛。他们将他的床单浸在冷水里,关上了窗板以免遭日晒,但无法把体温降下去。虽然他们将他抱起来,在他粉嫩的小脚跟上进行放血治疗,给他服药催吐,使他在疼痛中发出叫喊,可是这一切没有让他好转。我跪在地上,在他的大嬷嬷旁边,看着她拿着冰毛巾擦拭他汗涔涔的皮肤,但他还是闭上了眼睛,停止了哭喊。他的头扭向一边,仿佛他只是睡着了,接着他便一动不动了。随后大嬷嬷说话了,她的声音里满含惊恐:"他去了。"

亲爱的姐姐，失去他令我痛不欲生。我无法再写下更多了。在我此番苦难之际，请为他幼小的灵魂，还有我，你的妹妹祈祷吧。我身背骄傲与妒忌的罪，不过这次恐怖的磨难必定能教会我谦逊的理。若我曾对你犯下了罪，我由衷地感到歉疚。我祈求你原谅我，原谅我曾经因为针对你而说错的话以及做错的事。我祈求你原谅我，原谅我那些甚至未曾宣之于口的不仁义的想法。请代我向玛丽表达我的爱，我万分思念你们二人。我如今已是卑微至极，我从未经历过如此悲恸。

玛格丽特

1511年春

苏格兰 爱丁堡 荷里路德宫

凯瑟琳在一月份进入了产房,寄来宣布这个重大喜讯的羊皮纸上画有都铎玫瑰与西班牙石榴。这些信上还画着金叶子,闪闪发亮。这明摆着是几周前就画好了的,他们让僧侣们花费了好几个月亲手勾勒这些边缘。在生孩子这种全凭天意的事情上抱有如此自以为是的信心,他们一定非常确信上帝会赐福给他们,让他们完成这项任务。下午这封信送达之时,我正躺在床上。我意识到我流泪不止。我手指着信,一行一行地仔细阅读文字;他们俩的幸福快乐似乎遥不可及。我都不明白他们怎么敢。

可是他二人的傲慢没有受到惩戒,上帝赐予了都铎家族好运。凯瑟琳生下了一个儿子。他们叫他"亨利"——不然呢?我苦涩地想到,这就犹如我的哥哥亚瑟从未存在过,犹如我的弟弟已经忘记了"亚瑟"这个名字本该是第一个出生的都铎男孩儿的名字,而"亨利"这个名字应该给第二个儿子。不过显而易见,亨利认为他自己才是长子,而且自豪地把他的名字给了他的儿子。于是便再没有了亚瑟·都铎。我的哥哥没有了,我的儿子也没有了。

凯瑟琳并没有直接写信告诉我她的大喜事。她让我等着别人来通知,好像我应该对此心存感激,这可是和欧洲其他君主的同等待遇,好像她的生子之喜能安慰我的丧子之痛似的。她甚至没有回复我那封向她倾诉我心中哀痛的书信。我所收到的就是这封刷满金色亮漆的炫耀信件。

大使还给我们带来了其他消息：为了庆祝亨利喜得贵子、他的王位后继有人，王宫举行了恢宏盛大的宴会和骑士比武大赛。伦敦的喷泉池中流淌着红酒，每个人都能饮用，以祝贺这个新生儿的健康。史密斯菲尔德肉市上有烧烤的牛肉，每个人都能食用，以分享这份王室的喜悦。骑士比武大赛上——毫不意外，也举办了规模盛大的比武，持续了好几天——有史以来第一次，亨利准许他自己上场与他人搏斗。他亲身上阵，以身犯险，仿佛他终于是一个男子汉了，在有了襁褓中的儿子和继承人之后，他可以接受挑战了。他打败了所有人，他的胜利让所有人心服口服，仿佛他和凯瑟琳还有他们的儿子都无可匹敌。

"笑一笑。"在我们前去享用晚餐的路上，我丈夫对我命令道，"对他人喜得贵子而心怀妒忌可是非常无礼的。"

"我正在哀悼我夭折的爱子。"我别有深意地说道，"你让我忘掉我的悲伤；但我甚至没有想过他们。"

"你处于巨大的嫉妒之中，"他说道，"这是两回事。我的妻子不该满怀恶意，心存妒忌。我会再给你一个孩子，毋庸置疑。满怀希望地期待下一个，然后笑一笑。不然你不能去用晚餐。"

我给了他一个冷凝的表情，但我听话地笑了，并且他举杯祝贺英格兰王后与她健康的儿子之时，我也举起了杯子，喝下了酒，如同我真的能够为她感到快乐，如同那最好的酒在我口中的滋味并不苦涩。

✦

然而凯瑟琳的喜悦短暂得可怕。三月时，我们收到来自伦敦的消息，她的孩子亨利，那位得到了大事庆贺、过度赞美的新生儿，已经夭折了。他甚至还不满两个月大。

我跪在荷里路德宫的礼堂里为他的灵魂祷告时,我的丈夫来找我。他跪在我身边,无声地祷告了一会儿。他动了下身子,我听见他衣衫之下的受难带轻微碰撞的哐当声。

"如今你觉得你的弟弟能有一个健康的孩子吗?"他问我,全然一副稀松平常的语气,好像他只是一时兴起,好像他问的不过是我的马驹是否听话。

我不安地扯了扯身下的绣花跪垫。"我什么都不知道。"我说道,果断地表示我一无所知。

他将我拉了起来,坐在了神坛下的阶梯上,就如这上帝的殿堂是属于我们的,我们可以坐在此处聊天,犹如身处我的寝宫。他就是这般不拘小节,令人害臊,我本想起身离开,但他用力握住我的双手。"你知道的,"他说道,"我知道你曾写信询问过你的祖母是否有值得忧虑的事情。"

"她什么都没说,"我坚决地说,"而且我的母亲也从未对我说过诸如诅咒一类的事。"

"那也无法证明没有诅咒,"他说道,"没人会向你提起,你这人肯定会因此难过。"

"我有什么好难过的?"我问道,虽然我并不想听到他将要说出的答案。

"若诅咒的内容是都铎家族无法获得男嗣,血脉会断绝在一个不孕的女儿身上,那么那个无法生育子嗣的女儿将会是你。"他轻言细语地说,如同他正在告知我一个家族的灭亡。而我意识到他就是这个意思。他向我讲述了好几宗死亡,滔滔不绝。"你,阿拉贡的凯瑟琳,还有你的妹妹玛丽公主,都无法获得一个健康的男孩儿。你们所有人都笼罩在诅咒的阴影之下。你们之中无人能够诞育一位王子,或是将他养大成人,最后都铎的王冠会落在一名女孩儿的头上,而她也将一无所出地死去。"

我紧紧抓住他的双手,就和他现在握住我的手那般用力。"这些话实在是恐怖至极，恐怖至极。"我喃喃说道。

他脸色憔悴。"我知道。但我们必须赎清我们的罪孽，"他说道，"我，犯下了谋害父亲的罪；你，身背着父亲杀害表亲之罪。我必须加入圣战东征。我想不出其他能够拯救我们自己的方式了。"

我双手掩面。"我不明白你在说什么！"

他拉下我的手，让我面对着他，他的嘴角因痛苦而抽搐，眼中噙满热泪。"你明白的，"他说道，"我知道你明白。"

1512年春

苏格兰　林立斯戈宫

没有继承人,国王万万不可能加入朝圣东征。即便是他最虔诚的大臣也知道这一点,但是由于我再次怀孕,且临近产期,他踏上了惯常的朝圣之旅,前往国内各处的圣坛,宣扬正义的同时也为自己祈求宽恕。我一生下我们的儿子,他便竭尽全力为东征朝圣做好了准备;我们这个小国家组建了一支全欧洲数一数二的舰队,他一直想将船只投入战斗中使用——没人经历过我丈夫所设想的那种海战。他设计了一艘强大而美丽的舰船,大天使米迦勒号;而且他亲自监督了船只建造的全过程,他脱下衣衫,和工匠们一起上工,和那些铁匠、木工、修船工与制帆工一起。他长久以来一心想要说服教皇同法国国王路易十二结盟,如此才能让欧洲的所有君主团结一致,共同对抗那些抢占了圣城,玷污了基督出生之地的异教徒。

然而教皇有其他计划,还和西班牙人与威尼斯人结成了联盟,接着我愚蠢的小弟弟——完全听从他的西班牙妻子、傲慢国的凯瑟琳的摆布——加入了他们称之为神圣联盟的阵营,而这将破坏基督教国王的团结。她协助哈里听从他的西班牙岳父,将他卷进了对抗法国的战争之中,就在詹姆斯希望全欧洲都应该参加圣战东征的时刻。

詹姆斯曾期望的一切都被推翻了,欧洲再一次分裂,而这都是为了能够让我弟弟一圆他为英格兰夺回阿基坦①的美梦,仿佛他成了英勇的亨利五世,而不是一个不同时代不同家族的国王。我埋怨哈里的虚荣与年少好战的愚蠢妄想,但我知道他是受了凯瑟琳的影响,我将视她为彻头彻尾的邪灵,将哈里——以及英格兰——引入了一场我们毫无胜算的战火,在我们应该同异教徒战斗之际,将所有基督教王国扯进一场内战之中。

若是所有基督教国王互相争斗,那我的丈夫该如何组织他的圣战东征?可是凯瑟琳心中所想的一切都是取悦她的父亲,奉上一支英格兰军队供他差遣。我弟弟完全听命于他狡猾的妻子。我又一次看见了那个曾是我母亲的小宠物的男孩,我们祖母的小奴隶。又一次,他找到了一个会告诉他该想些什么的女人。她真该为自己感到羞耻——英格兰国王将她从贫困中解救出来,可她却鼓动他以身犯险。她仅仅只考虑她个人的利益。她的母亲是一个恣意妄为的王后,凯瑟琳想要效仿。她希望成为王室伴侣,一位与国王平起平坐的王后。她徒劳地想要将哈里送往战场,然后在他的位子上临朝摄政。我了解她。我知晓她隐秘的野心是想要成为她母亲那般人物:基督教王国内最有权势的女人。这就是她要嫁给亚瑟的原因,以此她便能通过他统治英格兰。这也是她嫁给哈里的原因,而眼下她正一步步得逞。

我认为我要写一封信给凯瑟琳,告诉她在建议哈里同他岳父结盟、奔赴战场这件事上,她错得有多离谱。但在我开始写信之前,来自英格兰的信使给我送来一个包裹。我打开包裹之后,看到里面是一件用丝绸和羊皮纸悉心包裹起来的圣遗物:圣母玛利亚的圣洁腰带,以及凯瑟琳的一封短信。

---

① 阿基坦公国曾是法国境内最富庶的地区,英格兰国王亨利二世的王后、"狮心王"理查一世与"无地王"约翰的母亲埃莉诺便是阿基坦公国的女公爵,因此当时这个富庶的公国属于英格兰统治,直到百年战争结束,英格兰于战败之后彻底失去了阿基坦。

亲爱的妹妹：

　　得知你即将生产，我将此物送于你，这是我所拥有的最珍贵之物，它助我度过了我的怀孕之期和我丧子之日。此乃圣母的圣洁腰带，她生育我主之时便佩戴着此物。它满载着圣母的圣洁还有我对你的深爱，以及对你和你的新生儿的希冀。我祈祷那会是一位健壮的男孩。上帝保佑你。

凯瑟琳

　　手握这件神圣非凡的圣遗物，我原本对凯瑟琳干预英格兰朝政的愤慨一下烟消云散。我深知她的虔诚——对她来说，这件圣物远比西班牙的所有银器更重要。她已将她最珍贵之物给了我，此物若能让我安全生下一个健康的儿子，那她就满足了我内心所有的渴望。

　　亲爱的姐姐，您将如此贵重的腰带借予我，我要向您表达我最真挚的感谢。你给了我一份最宝贵的礼物。产期将近，我心中忧虑，我二人在子嗣上似乎格外不顺。我的丈夫拥有一颗极其不安的心灵，害怕他的罪恶会降临在我和我未出生的孩子身上。

　　这便是在我进入产室，进入分娩之际，这腰带给我带来巨大安慰的原因。我希望我能生下一位继承人，让他平安地在我的怀抱中长大，日后登上王位。愿上帝宽恕我们所有的罪孽，让他的仁慈降临在我们头上。愿上帝因你的赠予而赐福于你，你是一位真诚的姐姐。让玛丽也为我祈祷，我知道你必是会为我祈祷的。

玛格丽特

法国的路易对那些集结起来反对他的联军感到恐慌,他向我丈夫许诺,只要他维护法国与苏格兰之间的"古老联盟",他将会得到他想要的一切。我在为进入产房做准备,詹姆斯在塔楼顶的一个小房间里找到了我,当时我正望着外面的草甸和湖泊。

"我就想着能在这里找到你,"他说道,"你挺着个大肚子还能爬上这么陡的楼梯,真是令人惊奇。"

"进入产房之前,我要呼吸新鲜空气,还要晒晒太阳。"我说道。

他在我身旁坐下。这张圆形石凳几乎坐不下两个人,但透过那没刷浆的窗户可以看到城堡周围的郊外景色,还有围绕城堡塔尖飞梭的燕子。我可以环视方圆好几英里的景致,灰茫茫的苍穹笼罩在尖塔之上,仿佛此处便是天极。

"我将为了和平而奋斗,而你会给我们带来幸福。"詹姆斯说道。他牵起我的手,放在他胸前,放在他的心口上。"等到你下次再登上这里,我们会带上我们的儿子,让他见识一下他的王国。"

我们起身走出这个狭小的房间,攀上护墙上,望着蔚蓝天空之下那被风吹起涟漪的湖泊,那里一片湛蓝。"如果我与法国结盟,你的弟弟就不会侵略他们。他不敢,他会担心我可能趁他远征而入侵北部岛屿。"

"你不能这么做!我们的婚姻决定了两国要履行永久和平条约。"

"我不会这么做,但是你弟弟年轻气盛,愚不可及,他需要学会畏惧国门前的危险,不去自寻远方的危险。"

"都怪她,"我痛苦地说道,"这都怪她。她想让哈里与她父亲结盟,而她的父亲是整个基督徒王国中最不值得信任的人。我自己的父亲决不会欣赏他。"

詹姆斯短促地笑了笑。"这点你是对的,"他说道,"不过你有你的任务要完成,一定相信我,为了你可能会给我们带来的这个男孩,我会保卫这个国家，甚至是保卫英格兰。谁能说得准呢？他有可能会成为两个王国的继承人。"

我试图问他是否仍抱有诅咒这个想法，但我的嘴唇忍不住颤抖："你不认为……？"

他即刻便明白了我的意思，他一下将我拉到他身边，亲吻我垂下的头。"嘘，"他催促道，"整个苏格兰教会都在我的庇护之下，每一所教会都会为了你，为了你的男孩，为了我们而祈祷。放心地去吧，玛格丽特，履行你的职责。来吧，我领着你下去。"

沿着这蜿蜒的石阶，他走在我前面，让我扶着他的肩膀走，以免摔倒。我们进入了会见厅，厅里所有的人都在等待同我道别，并祝我生产顺利。那两个私生子，詹姆斯和亚历山大，向我跪下并祝我平安健康。在通往我寝宫的路上，黑暗遮蔽了一切，内侍为我递上了一杯麦芽酒，我的丈夫亲吻我的嘴唇。

"万事顺利，我的爱人，"他说道，"心情愉快。我会在外面等消息。"

我想要挤出微笑，但我低着头，弓着身子走进了漆黑的房间。我很害怕；我害怕我的家族要为了当初登上英格兰的王座所犯下的罪行而遭到诅咒，这个诅咒现在会降临在我身上，还有我即将生下的孩子身上。

✦

我生了一个男孩儿。或许这是那条圣母腰带的保佑（当时我把它戴在了我撑紧的肚子上），或许是我们三个王后姐妹的祷告；但我，玛格丽特，苏格兰王后，英格兰公主，诞下了一个强壮又健康的男孩儿。詹姆斯一得知此事，就沉默着穿过拥挤的会见厅，走进了礼拜堂，为我母子二人的健康满怀感恩地跪了下来。他头磕在石板地上，祈祷着我们能一直健康下去，之后他起身来到我的私室屏风前。

"出去，"我说道，"你知道你不准出现在这儿。"

"让我看看他。让我看看你。"

我从我的大床上起来，因为之前生产时所用的小床已经被清理走了，现在我躺在金缕床幔之下，靠着枕头，枕头上方的床头板雕刻着蓟花与玫瑰。我招手示意保姆将孩子抱到屏风前，我站在她身旁，披着一件刺绣精美的睡袍，将一层蕾丝盖在孩子的礼服外，好让他的父亲看看。他父亲黯淡而专注的脸庞贴近他的小儿子；他完全没有注意到那层梅希林花边①，虽然这东西可不便宜。孩子睡着了。他黝黑的眼睫毛落在他莹白的脸颊上。他可真小。我都忘了新生儿有多么小。他整个身子就只有他父亲宽大的手掌那么大，犹如细腻的丝绸之海中的一颗小珍珠。

"他很健康。"詹姆斯命令似的说道。

"是的。"

"我们要给他取名为詹姆斯。"

我点头。

"你也没有不舒服？"我想要是詹姆斯当初没有向圣人祈祷，我肯定活不过我的第一次生产。这次也是一次艰难的分娩，但那条神圣非凡的圣母腰带帮助我渡过了苦难。我决不会忘记凯瑟琳与我分享它的恩情，她心里有我，将她最珍贵的宝物交托于我，为了助我获得此时的喜悦。"有些疼痛，但是这件圣遗物消去了最难忍的苦楚。"

他在胸前画了一个十字。"我今晚要彻夜祷告。不过你得喝口诞生酒，然后好好睡下。"

我点头。

"等到他正式取名，我们要大办一场骑士比武大赛，还有宴会，开上好

---

① 一种以有光泽的丝线织成花卉图案的花边。

几天，庆祝他的出生。"

"骑士比武大赛会像……那么盛大吗？"

他明白我指的是哈里的儿子亨利出生时在威斯敏斯特举办的那场比武大会。"会更隆重，"他说道，"而且我还要让他们从英格兰把你该继承的遗产送过来，到时你可以佩戴上你的珠宝。现在好好睡一觉吧，快点健康起来，亲爱的。"

我回到了床上。我捏住床幔的一个褶子，如此我能感受到金缕的触感，然后我闭上了眼睛，想象着我继承的遗产中的那些珠宝，进入了梦乡。

1512年秋

苏格兰　爱丁堡　荷里路德宫

我身体并未恢复到能够参加我的儿子的庆贺盛典的程度。詹姆斯竭尽全力想要维护基督教国王（他们已经完全忘记了自己对上帝的责任）之间的和平。可若是这些欧洲的君主内讧起来，詹姆斯完全不可能将他们号召起来加入圣战。最不齿的罪人就是阿拉贡的凯瑟琳的父亲，费迪南。

我写信给凯瑟琳，以妹妹的身份，也以王后妹妹的身份，让她劝导哈里守护和平。在我再次艰难怀孕之时，亲手给她写一封长信对我来说并不容易。这次胎儿沉重且胎位低，我忍受着背部和腹部的疼痛。可是詹姆斯坚持认为我得和凯瑟琳谈谈，他对我说，我们夫妇必须劝导我弟弟和他的妻子不要破坏基督教王国的和平，还说哈里应该和他一道前往圣城，而不是和费迪南一起入侵法国。"告诉她我害怕有罪，"他催促我道，"告诉她一切。告诉她你又怀孕了，而我不得不加入圣战，履行我的诺言，以护你安全。"

没有人像我丈夫那般在乎和平。没有人怀有他那般强烈的渴望，参加圣战的渴望。可悲的是他甚至无法告诉他人，他为何如此殷切地想要参加圣战。他无法向他的国王兄弟吐露他的罪孽，或者诉说他对都铎家族背负的诅咒的忧惧。

我失去了我的孩儿，一个小女孩儿在十一月提前降世，可她太虚弱了，没能够活下来。我感受到了詹姆斯的急迫。他是对的，我明白了。我确信我们有罪要偿还，没有人——我，凯瑟琳，甚至是我的小妹妹玛丽——能确保我们未来孩子的安全，除非耶路撒冷再次回到基督徒手中，都铎家族的诅咒得以赦免，詹姆斯的罪孽得以宽恕。

1513年春

苏格兰 斯特灵城堡

然而没人能够阻止我弟弟侵略法国。即便他惧怕同我丈夫在北境开战,但他也没有取消他的入侵计划。以我的婚姻的名义而缔结的永久和平条约面临被打破的威胁,这是对我的极大侮辱;哈里仅仅派遣了一名特使,前来命令我的丈夫詹姆斯不许趁他全力以赴攻打法国之际侵扰英格兰。

派人来对我们说这样一番话根本毫无意义。詹姆斯绝不会堕落到违背骑士守则的地步,他绝不会率先动武,但他会和法国结盟,而且对方承诺会支付所有惩罚性劫掠活动的开销,甚至在了结了哈里之后,法国会资助圣战的全部费用。我弟弟这个蠢货居然在法国本土挑起战争——当然,他们唆使了他的邻居先行挑衅。为什么他就是看不到这些岛屿的未来是彼此之间和平共处呢?我的宝贝儿子可是他的继承人!他还要冒险和他继承人的父亲打仗吗?他难道要向他亲姐姐的丈夫和国家宣战吗?

詹姆斯在修道院里度过了整个大斋节①。不同于我弟弟——那个总爱夸耀自己神学造诣之人——或凯瑟琳,他十字架不离身的妻子,我的丈夫是一位真正信仰虔诚的男人。所以,尼古拉斯·威斯特博士,这位被赞美为和平缔造者兼狡猾外交家的使者专程从伦敦赶来,却发现我虔诚的丈夫并不在王宫里,于是他不得不同我打交道。

---

①从圣灰星期三(大斋节的第一天)到复活节的四十天,基督徒视之为禁食和为复活节作准备而忏悔的节期。

因为是大斋节的最后一日，餐桌上都是些清淡饭菜。整顿晚餐他都在畅谈哈里长得多么高大威猛，变得多么英俊潇洒。他差点口误说出哈里长得像我母亲的家族，以俊美而闻名的金雀花家族这种话，不过他及时止住了，说哈里是典型的都铎体格。这可真好笑，要知道我父亲和祖母都肤色暗淡，体型瘦削，笑容刻薄，毫无魅力可言。还有凯瑟琳，显然不只是容貌标致，如今更是光艳照人。我在想她是否又有了身孕，但我不能问威斯特博士。我心底里好奇她能否足月生下任何一个孩子。威斯特博士告诉我所有人都盛赞她的美丽和健康，还有她生育有功。我点头。是人总爱说好听的话，这毫无意义。

威斯特博士一个劲儿地夸亨利热心理政治国，说得这好像不该是他的首要职责似的。我翻了个白眼，没有说出我丈夫为自己的国家奉献生命这种话，而且他还是一位作曲家、一位诗人，更是一位了不起的君主，但他从不像我弟弟那样浪费时间。接着威斯特博士开始称赞亨利正在建造的那艘船。此时我开口打断了他，告诉他我丈夫的那些设计与计划，以及大天使米迦勒号是海洋上最雄伟的舰船。

我恐怕我们后来发生了些小口角。博士似乎认为我在炫耀我所处的国家，苏格兰的强盛。由于此时正处于大斋期，不兴歌舞，我告诉他我们整个王宫都十分虔诚，晚餐后我们会前往礼拜堂，之后我们便不欢而散了。

举行复活节盛宴的时候，情形并未好转，虽然不用斋戒是件好事，但在复活节季[①]的第二天，威斯特博士直截了当地对我说，哈里希望我牢记我英格兰公主的身份，要确保詹姆斯维护和平。这让我们差点吵了起来。

[①]从复活节开始到圣灵降临节间的时间段（在复活节后的第五十天）。

"你该对他尽忠,"他自命不凡地说道,"你该向他,向你的王后姐姐表现你的手足之情。"

"那英格兰该为我做什么呢?"我强硬地说道,"你带来我的珠宝了吗?我继承的遗产呢?"

他面上有些难堪。"这些是国家大事,"他说道,"不是我与王室贵妇该讨论的内容。""这些是私人事务,"我纠正他道,"我的父亲为我留下了一份遗产,我的祖母也给我留下了一份珠宝,与她留给凯瑟琳和玛丽的价值相当。她们是否已经得到了她们的那份呢?可英格兰什么都还没有给我,尽管我已经提醒过我弟弟,我丈夫也给他的大使写了信。这些是我应得的权利,它们不该被扣留。"

威斯特博士移动了自己的座椅,好像他兜里有个小冠冕戳痛了他似的。"你会得到它们的,"他向我保证道,"这毋庸置疑。"

"我并不怀疑,"我说道,"它们本就属于我,是我亲爱的父亲与祖母遗赠于我,我的亲弟弟不是那种会扣留遗产、违背他的父亲和祖母遗愿的卑鄙小人!如果他把凯瑟琳和玛丽的遗产给了她们,那么我也应当获得我的那份。"

"没、他并没有扣留。"威斯特博士结巴地说,他尴尬不已,满脸通红,四下张望着,好像盼着谁能来帮他逃出困境。他可以随便张望,这里是苏格兰王宫,英格兰人在这儿可从来讨不到什么好。我当然是例外,因为詹姆斯爱我,且我为他们诞下了一名苏格兰王子。

"那为何你没有将我的遗产带来?"

"只要国王确定您的丈夫会遵守和约,您就会收到您的所有遗产。"

"可他完全遵守了和约!"我呵斥道,"他一直都在为和平而奋斗,而其余人都全副武装,伺机开战。"

"他也在备战……"威斯特博士插嘴道,"他那些武器,他那些巨炮……"

我一下看清这个人不仅是特使,还是个间谍,想到我对他夸耀大天使米迦勒号,我真感到羞愧。

"若没有我丈夫决不开战的承诺,我就得不到我的珠宝了吗?"

"得不到,"他说道,终于找回了他说话的底气,"您的弟弟命令我说,若是您的丈夫对他宣战,他不仅会扣住您的珠宝,还会从您的丈夫手中夺走他最繁荣的城镇。"

我一下站了起来,握紧手中的高脚杯,我真想把手里的红酒泼到威斯特博士受惊的脸上。就在此刻,贵宾桌后的门打开了,詹姆斯走了进来,一如往常地淡定自若,笑容满面,他从修道院回来了,沐浴之后神采奕奕,并且已经熟知这场谈话的内容。我猜想他可能从头到尾都在门口偷听我们的对话。

威斯特博士跪下向他行礼,而詹姆斯给了我一个甜蜜的亲吻,向我问好,还送了我一个金色胸针。我煞有介事地戴上了它。威斯特博士可以看出我已经拥有了许多珠宝,我不需要再从哈里那里获得任何东西,但我绝不允许凯瑟琳戴着我祖母的珠宝招摇过市,她可能已经抢占了我的遗产,充作她的所有物。我在詹姆斯耳边低声告诉他,这个特使是间谍,也是敌人,他轻轻将我拉到了一旁。他已经知道了这一切。他无所不知。

那一晚以及复活周剩下的日子里,威斯特博士没有从詹姆斯那里得到一句准话。詹姆斯已经结束了他的守夜祈祷,开始尽情享受。最肥美的肉、最醇香的酒纷纷向他呈上来,他还请求我和我的侍女来跳舞。我经过威斯特博士身侧,轻蔑地转头,就像在对他说:看哪!这个人,我的丈夫,是国王!他不是什么偷人珠宝的货色,也不是听从岳父号令就对法国那样的强国开战的蠢蛋。这才是国王,而我是他选中的妻子!让哈里留着他那些愚昧的珠宝吧,我的丈夫会给予我更多,我根本不需要哈里的珠宝,苏格兰也不需要英格兰的友谊；他们不需要威胁我们，夺走我们的城镇，因为我们也能轻而易举抢夺他们的城镇，并且一旦我们下此决定，我便将付诸行动。何况还有法国人会付钱给我们的陆军和海军，所以哈里最好在威胁我们之前就考虑清楚。不过凯瑟琳不必考虑这些，因为我们是姐妹，她可以毫不理睬我以及我的权利。她也许称自己为我亲爱的姐姐，但那并不能让她得到我的遗产。她不能佩戴我母亲的珠宝。

1513年夏

苏格兰 爱丁堡 荷里路德宫

哈里一门心思想要侵略法国。詹姆斯恳求他多加考虑，提醒他法国和英格兰的贵族们都会死在战场上，而这些贵族——还有国王——只应该为上帝的荣耀，为夺回圣城而献出生命。作为一名长者和智者，他耐心地给这个愚蠢的年轻人写信，而他并没有收到回信。哈里——蠢笨又自大的哈里——将要奔赴战场，恰如他小时候必须骑马冲向矛靶，必须写出优美诗歌，必须学习新的舞蹈那样。哈里找到了他的观众，这个宏大的欧洲舞台，他要确保所有人都注视着他。他从他的妻子那里赢得了盲目的崇拜，为了取悦她和她邪恶的父亲，他赴汤蹈火，在所不惜。

接着，他通过教会威胁我。他让威斯特博士警告詹姆斯，如果他违背了永久和平条约，他将被教皇逐出教会，堕入地狱。这等威胁！针对一个一心想要参加圣战的人，一个整整四十天的大斋期中穿着粗毛衬衣，腰上一直戴着受难带的男人；针对一个深刻认识到自己的罪孽，分外敬畏上帝之人；针对一年参加四次朝圣之旅之人，在我分娩之时祈祷整夜之人。这是恶毒的威胁，击中了詹姆斯内心最黑暗的恐惧，而我瞬间就明白了这威胁出自何人之手：是凯瑟琳告诉哈里，詹姆斯十分忧心我的安危。是凯瑟琳告诉他，詹姆斯饱受悔恨的煎熬。是凯瑟琳泄露了我告知她的秘密，而那是我丈夫向我吐露的恐惧。她利用了我的信任，我们姐妹之间的信任，利用这些秘密来对抗我的丈夫，打击我们。这般背叛行为让我难以承受，难以置信。

我奔向詹姆斯的宫殿,因为凯瑟琳辜负我的信任,怒气在我心中翻江倒海,可我发现我的丈夫笑容满面,心情尚好,坐在他的工作桌边,桌上散落着一些铜质的小螺丝和圆环,他的鼻梁上戴着一副好笑的眼镜。他正在组装一件仪器,说水手出海时可以用这件仪器找到北方。

"看这个,玛格丽特,"他说道,"我把它拆开,现在又将它组合在了一起。你有没有见过比这个更小的罗盘呢?这可真是个漂亮的小东西,不是吗?威尼斯人造的,当然了;我想我们可以将它们用在我们自己的船上。"

"詹姆斯,他们在商量着要把你逐出教会!"

他笑了笑,将威胁抛在一边。"他们只会威胁,"他说道,"就算他们能收买教皇来对付我,但是上帝与我都知道,要不是你弟弟狂妄自大,如同蠢猪的膀胱那样自我膨胀,我都在通往耶路撒冷的半路上了。我不会为一个听命于妻子的男孩而烦忧,我也不惧怕一个被他收买的教皇的诅咒。"

"这都是她的错,"我气冲冲地说,"在我带来和平的时候,她偏偏要挑起战争。"

詹姆斯透过眼镜看着我,但他并没有认真听。"我肯定你是对的。"

凯瑟琳姐姐:

请原谅我的直白,我说话如北方人民一样,不加掩饰,也不虚饰言语。若是你坚持唆使哈里支持你的父亲同法国的斗争,那么你就触犯了英格兰的利益。法国长期以来都是苏格兰忠实的朋友,必要时我们会支援他们。请不要让你的父亲在詹姆斯和哈里之间,在你我的丈夫之间,在英格兰与苏格兰之间,以及在我弟弟与我之间划下如此裂痕。这并非一个姐姐会做出的事,也并非一个英格兰人会做出的事。

而且，我没有收到祖母遗赠给我的珠宝，也没有收到父亲的遗产。我深爱着两位亲人，这些东西对我意义重大——价值并不重要。玛丽是否已经获得了她的那份？你是否已经得到你的那份？我无法相信他竟然做出这样的事，也无法相信你竟然容许他这么做。尤其是我祖母拥有的一件石榴石胸针，我知道那是她留给我的。玛丽不会想要的，如今她已经有了那颗全世界最大的红宝石。我认为那颗石榴石胸针应该被送给我。我坚持如此。

请做我忠实的姐姐，英格兰真正的王后，阻止这场战争，送来我的遗产。我祈求你在此事上看清尽职之道。我想上帝的旨意是清楚明白的。

玛格丽特

她甚至没有回信。她坚持鼓励同法国开战，我甚至不知道玛丽是否获得了她的珠宝。直到我们的大使告诉我们侵略大军已经离开英格兰前往法国，我才明白了为何凯瑟琳的行事如此恶劣。事到如今我才看到了她的回报。

亨利远航出征，留下凯瑟琳执掌英格兰。整个英格兰！给了那个曾经连肯特郡的新鲜苹果都买不起的女人！他命她临朝摄政。尽管我曾预测到这才是她的野心、她的企图，但我还是感到难以置信。我火冒三丈，于是当詹姆斯告诉我他将履行与法国的盟约，将入侵英格兰北部时，我并没有提出反对。

"我很有可能不得不面对你的老朋友托马斯·霍华德。"他来到我的宫殿，带领我和我的侍女去用晚餐，他对我说起此事。我能闻到他发间的火药味，他之前去了火药厂。

"他可不是我的朋友，"我回答道，"整天和他聊天的人是你。他这人骄傲自大,他回国的时候我非常开心。"

"好吧,如今他动身前来保卫英格兰,"詹姆斯说,"你弟弟带着他的精兵良将去了法国,只留下了年迈的霍华德和他的儿子,还有王后守护英格兰。我将再一次同他在战场交手。"

"他是否兵力不足?哈里把所有人都带走了吗?"

詹姆斯牵起我的手,靠近我,不让别人听到他的话。

"他兵力充足,但如果那些家族跟我一起出兵的话,我的人会更多。他们会愿意为我出兵的,我是他们正直的国王、值得尊敬的领袖,决不会将他们引入歧途。"

从我们前方大厅传来一阵隆隆声,还有人们拉动座椅入座时发出的吱呀声。我能听到从长廊上传来的乐曲还有唱诗班和缓的颂歌。

"我不会辜负他们,"詹姆斯沉着地说,"我是苏格兰的正统国王,英格兰却处于刚登基而又毫无经验之人的领导下。我已带领他们多年,他们为我效忠已久,而英格兰国王不过是个男孩。"

他看了我一眼,说出了他早知道的那句我最想听到的话:"并且我有一位王后在我身边,虽然年轻却是一位了不起的王后,而他只有一名西班牙公主,兄长的遗孀,父亲的工具。我们怎么可能会输?"

"何况托马斯·霍华德已垂垂老矣,"我说道,"他还能打仗吗?"

詹姆斯皱眉。"他不受你国王弟弟的喜爱,"他若有所思地说,"他失去了一个儿子,淹死在了海上,还让哈里损失了船队。你弟弟指责霍华德家族让他很失望,他已经厌弃了这家人。霍华德是唯一没有跟着哈里的大军前往法国的伯爵。我认为等他对上我,他会像绝路上的耗子那样战斗。他清楚这是他赢回国王欢心的最后机会,他会不计一切代价——我并不介意坦白,我不太想遇上这种毫无退路的人。"

"那也许你最好不打仗?"我有些紧张地建议道,"也许我们最好不要入侵英格兰?"

"这是我们的机会,"我的丈夫笃定地说,"这样的好机会已经数十年不遇了。"他微笑着,知道怎么引诱我。"你的姐姐,你最大的对手是英格兰的摄政王后。你难道不想我出兵击败她的军队吗?你不想看到她一败涂地的惨状吗?"

1513年夏

苏格兰　林立斯戈宫

我们前往林立斯戈宫看望我们的儿子，詹姆斯。温暖和煦的夏日，沿途景色美不胜收。我们骑马越野赛跑，一直跑到福斯河宽广的河岸还有那绵延数英里的草甸。时值仲夏，挤奶女工们每日清晨和傍晚都会外出，吆喝着茂密草丛中的牛群，我们的晚餐就是牛奶甜酒还有牛奶布丁，配上奶油浇汁和当地醇厚的奶酪。

我们从湖边骑马爬坡，离城堡越来越近，当我们经过了宽敞的门道，我看到我的儿子詹姆斯睡在他保姆的怀中，在漂亮的内院里等着我们。感谢上帝，他健康成长，度过了他第一个生日的危险期，安然无恙地和他的爱尔兰奶嬷嬷在一起，朝着他的父亲咯咯笑，挥着他的小拳头，快活地在叫唤，肉乎乎的小脚蹒跚地走着路。

在这座舒适安逸的城堡里，我们度过了一段轻松惬意的日子。我每天都带着孩子去湖边，有时我们还会坐船游湖，我让他用脚拍打湖水。湖里全是鱼，鳟鱼和三文鱼。他父亲拿着钓竿和钓线，蹚进冰冷的深水区，向我保证会有三文鱼做晚餐。他的男仆跟着他出来，还一起带回来了一串鱼，银鳞闪闪的，沉得一个人根本抱不动。

傍晚时，我唤来詹姆斯同我一起在王后塔的楼顶喝酒，这里的楼梯不断向上延伸，在塔楼最顶端处有一个小房间可抵挡风雨，还能俯瞰整个洛锡安。日落之时，我能看见整片天空笼罩着我，我仿若一只鹰巢中的飞鹰，云朵宛如丝绸边上的蕾丝。下雨天或是云雾缭绕在山间之时，我能欣赏到巨大的彩虹飞入苍穹，恰似通往天国的大道。

"我就知道你会喜欢这里的。"詹姆斯心满意足地说，"在设计的时候，这里就是为你而建，我想象着你身处自己宫殿的顶端，鸟瞰四周。你说它是否如格林尼治宫那般雄伟呢？"

"噢，这差别太大了，"我提醒他，"格林尼治宫是坐落在平坦河口上的宫殿，为和平而建。在这儿，你有一座宫殿，但也有高山，有护城河，还有吊桥。格林尼治宫前有一座长长的大理石埠头，模仿的威尼斯风格，所有人都能登岸，整个夏天所有大门都敞开着。这里更像城堡，而非宫殿。"

我看出了他脸上的失落。"但根本没必要比较，"我安慰他道，"我们在这里有最精美的房间，互相通联，还有最辉煌的大厅，周围的民众无一不为它惊艳。在这里，我还可以骑马绕湖，乘舟出游——看你为了那艘皇家游船修建的码头！我要是想去打猎，园林里满是为我准备的猎物。这是一座富丽堂皇的宫殿，或许是苏格兰境内最迷人的一座。而这个小房间，是你特意在塔顶为我建造的，是我见过最可爱的房间。"

"我很高兴你喜欢它。"

"我非常喜欢。没有人会不爱这里。"

"这就好，因为在这里，我不得不离开你。我必须明天前往爱丁堡。"詹姆斯说道，好像这不过是跑腿取东西，"之后我会和我的领主们会面，然后进军英格兰。"

我心中一沉。"什么？这么快？你的意思是要开战了吗？"

"我必须这么做。"

"可是和平……"

"不得不打破。"

"那条约……"

"失效了。亨利在海上羁押我的士兵的时候，他让北方贵族掠夺我们的土地的时候，他就已经让那条约变成了一纸空文。如果我的舰队在他驶向法国途中抓住了他，我们早就开战了。事实上，他们正守在法国海湾，等他回程时抓捕他。与此同时，我们要快准狠地攻击英格兰。"

我捂住眼睛。我是一名英格兰公主。我来到这里是为了阻止这一切发生。"我的丈夫啊，就没有其他能够维护和平的办法了吗？"

"没有。你弟弟渴望战争。他年轻而愚蠢，我掀起这场行动，由法国人资助，为了重夺我们的土地，树立一个强大邻国的权威。"

"我为你万分担忧。"

"谢谢你，我想你要为自己担忧。"

"是的，"我坦诚地说，"还为我们的儿子。"

"我早已为他安排好。"他说道，如一个兢兢业业的管家那样仔细地叮嘱，而不是赴死前的准备。"他的老师会是威廉·埃尔芬斯通，阿伯丁大主教。"

"你根本就不喜欢他！"

"他是我们已有的最好人选。我不需要他事事都赞同我。事实上，我现在认同他了。"

"别这么说！也不要把我留在这里。我不想要待在这里等你。"我指着这座小塔楼，指着这个如同顶楼灯塔的小房间，对他说道，"我不想要站在这里，搜寻你的身影。"

他低下了头，仿佛我在指责他。"我祈祷你到时会看见我的凯旋，旌旗飘扬。若有不测，我的小甜心，那时你一定要撑下去，就算我不在了。"

"没有你我如何能撑得下去？"

"我指定了我儿子的老师，我任命了议会大臣。"

"可我呢？"我听到了我的声音：那是都铎子孙的呜咽，总是好奇谁会先到。

"我让你成为了苏格兰的摄政王后。"

我惊住了。"和她一样尊贵。"

他的笑容苦涩。"是的,和她一样尊贵。我就知道你一下就会想到这个。我对你的欣赏不亚于亨利对凯瑟琳的。但是,这并非仅仅是为了让你觉得和你的姐姐身份相当,玛格丽特,而是因为我认为你能够统领这个王国,养育我们的儿子,保卫苏格兰的安全。我认为你能够做到。你必须变得比你弟弟更聪明——我认为你本就比他聪明。你必须成为像你祖母那般的人物——只为她的孩子奉献一切,一心只为见证他成为国王。我认为你能做到这一切。不要为任何事而分心:虚荣、欲望、贪婪。记住我的忠告,你会成为一个好女人,一个真正厉害的女人。"

"可也许我不用那么做?"我畏缩地说道。

"我衷心希望你不用这么做。"

一时间我们没有说话,望着湖中清澈的湖水,人们乘船取乐,还有些人下水游泳。一些姑娘掀起裙摆,赤着脚玩水,其中之一向她们泼水,逗得她们惊叫起来。每个人都是一副无忧无虑的样子,好像不幸永远不会降临。

"我不知道我能否做到,"我难受地说道,"你要是没有从战场回来,我不知道我能否做到。"

他抚摸我的下巴,抬起我的脸,让我直视他的眼睛。我一向不喜欢他这么做,我被迫看向他,就像我是奶厂里的一个挤奶女工,而他是万能的主人。"当他们杀了我父亲,而我是那个下令之人,还当上了国王之时,我曾确信我做不到。但是我做到了。我学着做到了。我摸索着做到了。你要成为你生来便注定要成为的那个女人,你会见证我的后代坐上苏格兰和英格兰的王位。当个笨蛋只会让你失去一切。我认为你的弟弟是个蠢货,为了追逐他无法拥有的事物,他将失去一切珍爱之物,但你可能拥有保护你的一切的智慧。他总是想实现他一时兴起的念头,而不是成为一名真正的国王。你一定要成为一名王后,而非他那样的蠢货。"

1513年8月

苏格兰　林立斯戈宫

　　我做了噩梦：梦见詹姆斯沉没于海浪之中，嘴角吐出珍珠般的气泡；梦见我走在海岸边，呼唤他，水珠被我踩得嘎吱作响；梦见我坐在镜子前，看着他为我戴上奢华非凡的钻石项链，可他系好之后，项链却融化成为滴落的水珠。我哭着醒来，对他说："你会死的，我知道你会死，我再也没法戴上钻石项链了。我将不得不戴上哀悼的珍珠，只能是珍珠，并且孤苦伶仃地陪在我的儿子身边，我该如何才能保他顺利登上王位？"

　　"嘘，"他轻柔地说道，"该来的总会来。"

　　他庄严郑重地向我道别，就像我们是传奇故事中的国王与王后。他向我鞠躬，我将手放在他顽固的红发之上，赐予他我的祝福。他起身亲吻我的手。我送给他绣有我名字缩写的丝绸手帕，他将它放在他的上衣中收好，仿佛那是一件信物，他只不过是要去参加骑士比武。他穿着他那件做工精美的紫红上衣，衣领处用金线绣着他的名字，衣服正面满是蓟花纹饰。这是我亲手绣上去的，看上去尤其漂亮。他转身背对我，骑上了他的战马，仿佛一个在向我炫耀的少年，他就如同我弟弟那般年轻矫健。他举起手，他的卫兵往他身后靠拢，然后他们便出发了。马蹄声响如惊雷，成千上百头骏马齐头并进，有如一头巨兽。一时间，尘土飞扬，滚滚而去。我以手示意奶嬷嬷将我们的儿子抱进去，我伫立远望，直到队伍从我的视野中消失。

我们只能等待。我意识到直到最后一刻我都在期盼事情会有所转机。我是永久和约的象征；我无法接受和约已破的事实。几乎每日都有新的战报传来。詹姆斯攻取了诺勒姆城堡，接着夺下了瓦尔克，厄泰城堡以及其他要地。这些可不是普通的胜仗；它们都是军畿要地，边境人民铭刻于心的要塞，而我军正在推进边界线，不断向南方推进，直逼纽卡斯尔。我军正在夺取英格兰的城堡要塞，正在占领英格兰的土地。那片被称之为"争议领土"的地区将不再存在任何争议，它会成为苏格兰的领土。这将成为一场伟大的远征：不再是一场劫掠行动，这是一场胜利的入侵。

每当有信使靠近湖边的城堡，国王的标旗在他前面飘动，侍卫在他身后飞奔之时，我们都备感自信。正如我们所料，托马斯·霍华德集结了自己的全部兵力，但是最终粮草不足且临阵怯战。他没有物资储备，缺少当地补给，他们己方的英格兰边境贵族还抢劫了他的货车，偷走了他的马匹。他的盟友有些动摇，对派兵前往边境参战颇有怨言：他们明明已经出了征讨法国的军费。哈里拿了他的贵族们的好处，去为他的岳父征战，为他的妻子效劳。他抛下了可怜的英格兰，暴露在危险之中。他是个蠢蛋。我们能打赢这场战争，他们的国王缺席，且留守之人并不上心。

之后詹姆斯送来一封短信，信上说两军已正面交锋。他占领了布兰科斯顿山。霍华德已经中计，他若还有一丝理智，就应该撤退到纽卡斯尔。他的士兵又饿又渴，盗窃他们自己的口粮，而边境住民——原住民，有英格兰人也有苏格兰人——袭击那些掉队的人，杀掉他们，把他们剥了个精光。詹姆斯的军队则士饱马腾，全副武装，驻扎在弗洛登山的高地上。英格兰军队不得不上山攻击苏格兰炮兵。

我在等消息。战斗必然已经打响。没有战报，托马斯·霍华德没胆子退回伦敦面对凯瑟琳。若是他败退而归，那么霍华德家族将毁于一旦。他会失去一切：他的名声，他和国王那飘摇的友情。我清楚他有多么决绝、多么激愤地想要完成他的唯一使命，然而詹姆斯不需要奋战，他有退路。他和他的军队可以退回我方边境就解散，还能宣称这是对英格兰的又一场胜利劫掠，在北方各郡把英格兰人吓得半死，让亨利深刻认识到，自己不能轻蔑地对待我们。

我确信这是詹姆斯会做的事——这是苏格兰人折磨英格兰人的惯常手段。接下来传来的讯息告诉我们交战已经开始。半天之后，有人从爱丁堡赶来，传来消息说我们赢了，苏格兰军队继续往南行进。他们可能行军远至伦敦！若是打败了英格兰军队，还有什么能让他们停下来？接下来有一名逃兵又来汇报，说战况凶险，而他逃走之时，我军局面不利。

天降大雨，雨水将我们都困在城堡之内，犹如老天决意不放进任何讯息。每日清晨，我在雨水拍打窗户的滴答声中醒来，听见水槽中的水流汩汩作响，还听见从滴水兽石雕湍急流下的水柱溅落在庭院石板上的声音。我挂念起我那身处疾风暴雨中的丈夫，我想到他的弓箭手拉着挂满雨点的弓弦，他的炮兵背着潮湿的火药。在我们接到詹姆斯的命令之前，我确信没人有一丝把握，他们甚至连话都不敢说。我必须成为——他也要求我做到——一名真正的王后，苏格兰人的王后，怀揣一颗勇敢而骄傲的心。然而后来人们告诉我，有一名信使从爱丁堡的议会赶来，有确切消息禀报，他正在我的会见厅候命。

我发现我的心咚咚跳得飞快，而且我还有些想吐，就像我又怀孕了那般。我摸着喉咙，感受我的脉搏。我宫中所有仆从以及全部有要事须待在宫内的人都聚集在大厅。我缓缓从礼拜堂走出来，之前我正在祈祷詹姆斯归来，不论是败退还是凯旋——我发觉我不在乎这个，只要他回来。侍卫推开大门，那些窃窃私语瞬间安静了下来，我穿过拥挤的陌生人群，登上我的王座，转身伫立在他们面前，镇定自若地环视四周。我无用地想到，上帝帮帮我吧，我还只有二十三岁。应该是其他人站在这里听取这一切，其他清楚要怎么做的人。凯瑟琳就知道该如何站立，如何听取，如何回应。我觉得自己好像成了我的小妹妹玛丽——过于年幼，无法在重要时刻派上用场。

信使站在我前面，穿着詹姆斯下属的制服，手里拿着从议会发来的信件。"什么消息？"我说道，尽量使我的语气平稳，"我想……是好消息？"

这个人满身污秽，他从爱丁堡骑马赶来，跋山涉水，身上沾满泥浆，从他的头顶到肮脏的筒靴，浑身都湿透了。他们一定让他一刻都不要耽搁，只为向我汇报。他跪了下来，看到他脸上的痛苦之色，我顿时意识到，我像个小姑娘似的傻兮兮地说的那句"我想……是好消息？"完全没有意义。没有好消息，我明白了。

"说话。"我平静地开口。

"战败了。"他哽咽道，一副好像他准备好要代替我哭泣的样子。

"国王呢？"

"战死了。"

我有些晕眩，但我的切肉仆人扶住了我，仿佛我必须站立着听完这个消息，尽管我的丈夫已经埋头倒在土里。

"你们确定？"我说道，心里想起我的小儿子，他还不满一岁半，如今却没了父亲；想起我可能怀着的这个孩子。"你们确定？议会已经证实——确切无疑了吗？"

"我当时在场，"他说道，"我看见了。"

"告诉我你看到了什么。"

"如果有任何人活了下来，那都是奇迹，"他绝望地说道，"我们朝他们发起冲锋，他们用镰钩对我们的长矛。他们就像削树丛那样割掉了我们士兵的脑袋。我们的炮兵射程不对，所以即便英格兰人遭到炮轰，炮弹越过他们头顶，但他们依然阵形不乱，毫发无伤。我们以为他们被炸得粉碎，但他们却完好无损。国王带领骑兵和步兵勇猛冲锋，其他家族的人紧随其后。所有人都听他指挥——我不能诋毁任何家族——他们全部出动了；但脚下的地面坍塌了。从山顶望下去地面平坦坚实，但这都是假象，那是一片长满杂草的绿色沼泽。我们陷了进去，不断下沉，爬不上去，而敌军放任我们挣扎前进。我们费力向前，速度越来越慢，与此同时对方排好阵形，紧接着便削掉了士兵的脑袋，割开他们的肚皮，砍死了战马。"

我的侍女围在我身旁，小声问着恐怖的问题，嘴里念着名字。她们失去了儿子和丈夫，失去了父亲与兄弟。

"损失了多少人？"我问道。

"战死了，"他再次说道，"他们都战死了。大约有一万人。"

一万人！我又一次感到天旋地转。"一万人？"我重复道，"这不可能。全军就三万人，他们不可能杀死三分之一的苏格兰军队。"

"是的，他们做到了。因为他们杀掉了那些投降的人。"他痛苦不堪地说，"他们杀掉了那些濒死的人。他们杀掉了那些躺在战场上的伤兵。他们追杀那些丢掉武器、奔逃回家的逃兵。他们宣称不留俘虏，而他们确实也这么做了。他们残暴狠毒，灭绝人性，屠杀持续了很久。我从没见过这种惨状。您可以想象您处在野蛮之地，就像西班牙。您想象您身处于全是异教徒的征战之中。这就像是西班牙侵占南美的那场杀戮。镰钩所到之处，全是尖叫求饶的人，持续了一下午，一整晚。那些受伤的人只有在被割断喉咙之后才停止惨叫。"

"那国王呢？"我声音微弱地说道。詹姆斯不可能死在这种修理工具上。凭他的骑士风度，凭他的决斗礼仪，他不能穿着他那威风堂堂的盔甲陷在沼泽里，让那些英格兰农民的斧子砸进他的脸。

"他杀出一条路，冲到了托马斯·霍华德面前——这差不多是单打独斗，他发起了进攻。可就在他抵达英格兰军旗的时候，一把镰钩击中他的头，还有人朝他放冷箭。"

我低头不语。我无法相信，我不知道该说些什么或者该做些什么。虽然我警告过他，我梦见过寡妇的珍珠，可我从未真的以为他回不来。他总会回家的。许许多多次，他都离开了，去见他的情妇，或者是去见他的孩子，去朝圣，去主持正义，骑马去检阅新落成的大炮或是察看舰船下水，但是他总会回家的。他向我发誓说过他绝对不会离开我。他知道我这么年轻，我离不开他的。

"他的尸首呢？"我问道。

我们必须举行一场隆重的葬礼，我必须操持此事。我的男孩儿詹姆斯必须称王登基。他必须被带往斯昆修道院①，举行加冕大典。没有我的丈夫，我真不知道如何处理这些事务，他总是为我，为他的国家做好一切。

"他的尸首在哪里？他的遗体必须停放在礼拜堂内，受人敬仰。必须把他的遗体带回爱丁堡。"

他应该被体面地安放在荷里路德宫的礼拜堂，我们结婚的那个礼拜堂，他封我为王后的礼拜堂内；并且全国——所有人，甚至是他的私生子们还有他们的母亲们——都会前来瞻仰这位自马尔科姆②以来，自罗伯特·布鲁斯③以来，苏格兰最伟大的国王，表达他们的敬意。族长们要身穿苏格

---

① 苏格兰王国最重要的宗教机构，王国君主加冕的圣地。
② 指马尔科姆一世，公元943—954年在位的苏格兰国王。
③ 苏格兰历史上最重要的国王之一，在位期间政体开明、司法公正，个人享有极高的威望。他曾经领导苏格兰王国击退英格兰王国的入侵，取得民族独立，史称罗伯特一世。

兰格子花呢赶来，领主们也要赶来，他们的标旗会飘舞在灵柩上方，苏格兰的哀歌会为他们英勇的国王奏响，我们所有人都会永远缅怀他。我们会将他安置在苏格兰松木的棺椁内，盖上一层绣有金线十字架的黑色天鹅绒布，为他扬起十字军战士的旗帜，因为他本来能够成为一名圣战士。丧钟会为他鸣响四十次，纪念他的四十岁。他下令制造的大炮会为他鸣响，如同它们也心碎悲伤。我们尊敬国王，永远也不会将他遗忘。

信使跪在地上，似乎他的话语令自己不堪重负。他抬头看向我，泥污遮不住他那张惨白的脸色以及那悲痛欲绝的神情。

"他们带走了他的尸体，"他说道，"那群英格兰人。他们从泥土之中挖出了他宝贵的遗体，他身体残缺，还流着血。他们要把他送往伦敦，要献给她。"

"什么？"

"英格兰王后凯瑟琳，她说她想要他的尸体作为战利品。所以他们从泥土中将他找了出来，脱下了他的胸甲和上衣。他威风的上衣给他们剥了下来，他的袖子，还有他的靴子和他的马刺。于是他光着脚，就像一个死去的乞丐。他们拿走了他的剑，撬走了他头盔上的王冠。他们把他脱个精光，把他当作战争的战利品。他们把他的所有东西丢在一个盒子里，把他的遗体放进车厢，然后带走运往贝里克。"

听到这儿，我膝盖一软，有人扶着我坐到了椅子上。

"你说我的丈夫？"

"从战场上像个货车残骸一般被挖了出来。那位英格兰王后想要他的尸体作为战利品，而现在她得到了。"

⬟

　　我永远不会原谅她。我决不会忘记这点。法国境内，哈里在某个叫做"泰鲁阿讷"的地方打了个胜仗，凯瑟琳在回复他的胜利时写道，她同样赢下了一场伟大的战役。她夸口要把我丈夫的头颅送给他，但是她的英格兰顾问阻止了她。她想要把詹姆斯泡在盐水里送给哈里当作礼物，但是托马斯·霍华德已经用铅把尸体裹了起来，并装进了前往伦敦的货车里。没能得到他的尸体，凯瑟琳就把王室的旗帜送了过去，以及詹姆斯的外套，他那件红外套，上面还有我亲手绣上去的金线，如今它浸满鲜血，被战场上的泥巴弄得肮脏不堪，还染上了臭气。詹姆斯的脑浆溅在有浮雕花纹的衣领上，那儿有我缝制的金色蓟花，可她耀武扬威地把它送给了哈里，如同这样一件物品足够作为一件礼物，如同这样一件物品可以任意摆放，而非供奉在国王自己的礼拜堂中。

　　她是个野蛮人，比野蛮人还要不堪。这是她姐夫的遗体，一位国王的神圣遗体。这个寡妇亲历过她自己的丈夫送葬仪式，有最庄严的队列高举着燃烧的火炬，游行了一整夜。这个全身漆黑的女人，曾乞求我善待她内心哀痛的女人——等到我成了寡妇的时候，她却让我丈夫的遗体在马车中颠簸，就像屠夫运往史密斯菲尔德①的畜生尸体。这是何等残酷的野蛮人啊？只有如此丧心病狂的人才不会将国王的遗体归还给他的人民，让他有一场体面的葬礼；只有野兽才会以此为乐，正如她想做的那样。我永远不会原谅她。我决不会忘记此事。她不再是我的姐妹，她是个残忍女妖——撕裂肉体的恶魔。

　　但我也决不会再提起此事。我无法忘怀，然而我弟弟绝不会知道我对

──────────
①英格兰伦敦某区，以肉类市场知名。——编者注

他们的痛恨，我也绝不会原谅她。我会和这个小偷，和这个偷尸贼讲和。我不得不同这匹尽情享用死者尸体的恶狼重提我们的姐妹情谊。我不得不派遣大使，寄送书信，也许还要面见那个曾经是我弟弟还娶了那只秃鹫为妻的男人。如果我要做一位王后，并让我的儿子登上王位，我将会需要英格兰的支持与帮助。为此我会向他们乞求，而且决不再让他们看见我眼中的蔑视。我将不得不遵照我丈夫的命令：成为一个厉害的女人，而不是当一个傻姑娘。但她是一个恶魔，是玷污了自己尊贵身份的女人，是给我母亲的王位染上血污的女人。她是个想要与国王平起平坐的女人，这个在我兄长临终时刻陪坐在他身旁的女人，并且下令杀死我丈夫的女人，她是一个夜妖①。我恨她。

我们必须把我的孩子詹姆斯送往斯特灵城堡——他的父亲曾向我保证那是整个王国最安全的堡垒。他将不得不在那里加冕。我不敢将他带往远在北方的斯昆修道院，那样做的风险太大了。托马斯·霍华德算不上什么称职的朋友，如今更是我的死敌，我几乎能肯定他会乘胜追击，入侵我不幸的国家。我们所有的大炮要么都安置在海外的舰船上，要么都折损在弗洛登沼泽里，我们该如何保卫我们的都城？谁能够阻止霍华德的胜利大军朝我在林立斯戈的宫殿进军，或是往北深入，前往斯特灵？托马斯·霍华德此人跟我一样熟知苏格兰传统，他当下可能已经启程，正全速行进，试图强行让军队赶在我的苏格兰小国王加冕之前抓走他。

---

①传说中常在荒无人烟之地出没，袭击人类、扼杀小孩的女妖。

⬟

  翌日拂晓之前，我们便出发了，月亮低沉地悬挂在空中，只有一丝灰线勾勒出东方的天际，宛如裁缝画在丧服上的一道粉笔印。走在前面的是皇家旗帜，侍卫肩并肩地围着它。骑在中间的是我丈夫的诗人戴维·林赛，他骑在一匹高大的马上，身前坐着还不满两岁的詹姆斯。举旗手骑马走在他们身侧，头顶上飘扬着王子的盾徽。没人能够袭击我们，没人能够把王子拉下马，装作不知道他的身份，用长矛刺穿他的心脏。詹姆斯坐姿挺拔，自信满满地稳坐在戴维的护卫之下。他们一起骑马好几次了，但那不是在后有敌军拼命追赶的情况下。看到我苍白的脸色，戴维扯着嘴角朝我笑了一笑。

  我骑马走在他们的正后方，如今我已确定了怀有身孕，我腹中怀着詹姆斯给我留下的骨肉，而我的目光停留在我必须保护的儿子身上。我大脑一片空白。我只是凝望着我的儿子，还有前方大风刮过的道路，即便我只是思考片刻，我都会想驱马到他身边，埋首在他的颈间，害怕得像个小姑娘那样哭出来。我不敢多想。我只能骑着马，希冀着能赶在英格兰人追上我们之前到达斯特灵。

  我们一进入林立斯戈北部，开阔的郊外便变得愈加荒凉广袤，天际都变得更加高远。队伍一路向北，朝着斯特灵郡前进，洛锡安的环形山脉、巨碗似的山谷还有宽广的高地变得越来越巍峨壮观。日头渐升，我们继续赶路，进入谷地的一片茂密森林，林中仅有不甚明显的道路痕迹，沿着一块泥泞土地边缘往前，绕过一棵倒下的高大树木，直至一条溪流经过将道路痕迹冲刷殆尽。我们必须顶着旭日前进，可是这繁盛的树冠令我们几乎无法看清前路。众人盲目地骑着马，祈祷自己是在往西走。詹姆斯对这条路了如指掌，他常常走这条路，在林立斯戈到斯特灵之间骑马往来，然后前往北方，保卫和平，主持正义，然而他再也不会在这茫茫群山之中奔波了。我不愿想起这件事。我看着詹姆斯的儿子，发现他在马鞍上睡着了，戴维小心翼翼地护着他。我不愿去想我儿子的父亲再也无法像他那样骑马赶路——他的父亲再也无法骑马了。

这片森林无人播种，无人管理，无人砍伐。没人用它们来生火制炭，也没人用它们来给船坞或宅邸照明。这附近没有船坞或宅邸，没有烧制木炭的工人木屋，没有依靠建造简陋棚屋谋生的伐木工人。由于猎物太少，这里甚至没有偷猎的人；也没有强盗，这里都没有足够的人供他们抢劫，这里的旅行者寥寥无几。整片森林人烟稀少，只有不常见的鹿群，以及我们看不见的其他野兽：狐狸，野猪和狼群。卫兵们收缩队列，紧靠在戴维·林赛和我的宝贝男孩周围，他们放下了王室旗帜，把它当成长枪一样握在手里，这样它便不会卡在低矮延绵的树枝之间。

这里与英格兰不同，甚至与那些禁止他人入内伐木行猎的英格兰皇家园林都不同。这些繁茂的森林更像是在人类出现之前就已经存在，而我们宛如悄然穿行其间的幽灵。我们不属于这里。这些树木的年龄比耶稣基督生活的时代还要久远；这里不是基督徒的森林，这里是属于那些矮小原住民的土地，那些存在于詹姆斯给我讲述的传说故事之中的古老住民。

尽管烈日高悬，我仍在阴冷的绝望中瑟瑟发抖。我们感觉不到热度，我们甚至看不到中午的日光。这些树，就连空气似乎都在向我们施压。

当地面开始升高，我们能看见前方出现一个小光点，树木变得稀疏起来，道路边出现灌木丛和植被，这让我们舒了口气，接着队伍进入了一片银桦树的林间空地，我们缓慢地，几乎是踱步经过了每一片叶子，离开了这片阴影。现在能看见天空了，接着我们越爬越高，山脉依然不断向上延伸，而我们走出来，来到了山脉的另一侧。马驹喘着粗气，我们驱马向前，它们埋头开始攀爬，循着峭壁边缘模糊的道路前进，这峭壁远远地消失在另一头，将众人引向圆形山顶。然而映入眼帘的仍是延绵不绝的山川，犹如无边海洋上的滔天巨浪。在我们不得不再次朝着谷地蜿蜒而下之前——眼下我们依然往北走——一直在留意身后，看是否有任何反射阳光的金属闪光，以及远处是否有传来霍华德军队行军的隆隆声。

我们骑了一天的马，到了中午停下来找了吃的，接着下午又是骑马赶路。随着太阳西沉至群山之巅，道路上的影子都被拉长了，几乎遮住了道路本身，这使我们开始忧虑会迷路，詹姆斯难受得尖声哭喊起来，他累了，于是戴维从口袋里拿出了一片面包递给他，还给了他一小瓶牛奶。詹姆斯吃完之后，乖乖地坐在马鞍上，背靠着他的护卫睡着了，于是我们继续平稳前进。

我们依然往北走，如今夕阳落在我们的左边，我轻声地问戴维："还有多远？再过几个小时天就要黑了。"

"天黑之前我们就能到了，如果一切顺利的话，"他回答道，"而且就算那些人跟在后面，晚上也不敢过来。他们晚上会扎营。他们会担心有伏击，而且对这个国家一无所知。他们在黑暗中会迷路。"

我点头。现在我身体里的每寸骨头都隐隐作痛，我很担心我腹中怀着的孩子。

"您将享用到一顿丰盛的晚餐，在柔软的床上度过安稳的一夜，"戴维小声地对我说道，"在高大结实的石墙之后。"

我点头。但我想着，万一他错了，要是夜晚来临我们依然在赶路，那该如何是好？我们会不得不在野外扎寨，睡在寒冷的山脚下吗？或者，万一我们走错了道路，错过了城镇呢？万一我们这么一直往北走，可斯特灵已经在我们身后，我们却直到明天早上都没发现，又该怎么办？接着我又想到，我还是别这么想为妙，不然我会过于害怕而无法骑马。从今往后，我必须一次只思考清楚一件事，我接下来必须要做的事。我得把这些小任务列出来,像穿珍珠项链那样,每两个之间打个结,配成对,而不去烦心它们是哀悼的象征物,就如同当初我梦见我的丈夫,我那迷人又风趣的丈夫,为我戴上一串钻石项链,我却看到它们都在融化,滴落为一颗颗寡妇的珍珠。

✦

最终,我们看到远处的高山上有点点光亮。

"那就是斯特灵了,殿下。"举旗手折返回来告知我,马儿们竖起耳朵,脚步轻快地前进,就像它们已知道那里有备好干草和清水的马房在等着自己。

我心想——同时也向上帝祈祷,前方千万不要有陷阱。我向上帝祈祷,托马斯·霍华德没有让他的军队日夜兼程赶在我们前面,我们并未自投罗网。我们想要的是庇护,而非战斗。队伍曲折地赶往小镇,根本无法分辨路边那幽暗的树篱之中埋伏着什么,宵禁的钟声已经敲响,城镇的大门也已经插上门闩关闭了。等我的号兵吹响王室礼奏,我们等到了城内居民飞奔而来,护城守卫移开门闩,大门缓缓打开,我们终于骑马进去了。

市民们纷纷涌向我,露出他们的面容,其中有些人披着外套,擦了擦嘴,他们是刚从晚餐中赶来的。"殿下。"他们向我问好,向我下跪,仿佛我是凯旋的苏格兰王后,丈夫在战场上所向披靡。

我无力地做了个手势,足以告诉他们一切:战败,詹姆斯战死,最终的结局。"这是你们的国王,"我说道,让他们拜见那个小男孩,那名在骏马之上,安然熟睡在护卫的怀抱中的男孩,"詹姆斯五世。"

他们即刻便明白他的父亲已经去世。居民们沉重地跪在冰冷的鹅卵石地面上。他们埋下头,我看见一个男人双手捂着眼睛以掩盖自己的哭泣,还有另一个人将脸埋在他的软帽里。

自那场战役之后，我们就成了斯特灵城内最具权威的人。此前人们听到的全都是传闻，还没有士兵回到家乡，决战之前离开的逃兵自然会对他们的软弱怯懦一言不发，而且逃到北方的人本就寥寥无几，所以此刻人们都来到了街上，或是猛然摔门而出，或是用力推开悬窗，期待着我来是告诉他们国王已经在前往伦敦的途中，他的军队一天比一天强大。可众人随即看到的却是我灰败的脸色，他们发现我脸上毫无笑意，也没有挥手致意，于是停止欢呼，陷入了沉默之中。有人忽然急切地喊道：

"国王呢？"

所有人都注视着我，然而我说不出一个字。我没法拉动缰绳，发表一段冠冕堂皇的讲话，告诉民众战败并不意味着绝望，死亡不是一切的终点，苏格兰依然有光辉的未来。这些都不是真的——我们身处绝望之中，一切都已到了末路，而我也不知道该如何开拓一个未来。

我提高音量说道："国王已经过世。天佑国王。"

沉默的民众逐渐明白了过来。男人们取下帽子，女人们捂住眼睛。"天佑国王，"他们对着我低声说道，仿佛他们无法承受这句话的重量，"天佑国王。"

他们失去了苏格兰有史以来最英明神武，骁勇善战的国王之一。他们失去了一名音乐家，一名医师，一名工程师，一名教育家，一名炮手，一名诗人，一名造船师，一名为他、为他们的灵魂而担心的虔诚基督徒。他们失去了一位伟大的君王，一位人中龙凤。他的上衣和旗帜被送往法国，他的遗体被裹在铅里，装在马车上，颠簸着运往了南方。我所能做的仅仅是将一个幼儿国王，一个无助的幼儿国王扶上他的位子，而且门口还有苏格兰不共戴天的仇敌。人民向我献上飞吻，就像在说：*愿上帝保佑您。愿上帝帮助您。*而我严肃地回望他们，心里想着：*我做不到。*

1513年9月

苏格兰　斯特灵城堡

我住进了斯特灵城堡中我那漂亮的宫殿里,并派人去请那些大领主及其家人前来参加詹姆斯的加冕礼。他们之中有很多人都没回音,超过一半的人都死了,举国上下,仅有十五位领主还活着,年轻一代折损了一半。但是领主们送来了尚且年幼、无力参战的小儿子,老父亲们正在哀悼他们的继承人。年幼的人们从王国各地赶来,对新国王宣誓效忠。

我的儿子詹姆斯还不满两岁,只是个婴孩儿,可是那沉重的命运之手已经伸向了他。他坐在保姆的腿上,保姆解开了他金丝礼服之下的里衣,大主教们在他胸口涂上圣油。他惊奇地叫了几声,然后看向我:"妈妈?"我对他点点头,示意他保持不动,不要叫喊。他们把他的小手放在权杖上,他的手握住了权杖,仿佛握住了权力,接着人们将王冠举到他的头顶。礼号响起之际,他好奇地向上看,噪音使他的嘴唇颤抖了下,然后他转过了头。

"天佑国王!"主教们高呼。然而在场的领主们并未做出欢欣鼓舞的回应。

他们应该回喊,事情的进展很不对劲。身后的寂静令我惊怕——这意味着什么?他们不愿接受他当国王?他们是否拒绝宣誓效忠?他们是不是暗地里决定向英格兰人投降而不愿开口向詹姆斯宣誓?我担惊受怕地转身,看着这拥挤的礼拜堂,领主们各自同他们的氏族和家人站在一起,一言不发。他们抬头面向大主教，面向那要求他们献上忠心之人，一个个脸色惨白，但接下来，一个接着一个，每个人都开口回应："天佑国王！"可是他们的声音喊不出来。这不是表明忠心的怒吼，而是表达悲痛的呢喃，领主们的声音因为悲伤而沙哑。教堂的后面，有人在啜泣，历经战火的男人们低头擦去眼中的泪水。

"天佑国王。"他们低声说道，一个又一个，竭力想要发出声音。"愿上帝保佑他，"他们说道，又有人补充道："愿上帝将他带向他身边。"于是我明白了，他们心里想的不是我的小儿子，不是我们今天加诸他身上的可怕重负，而是想着詹姆斯，死去的国王，我的丈夫，还有他被偷走的遗体。

✦

我写信给哈里，我那个正兴高采烈地在法国欢庆胜利的弟弟。我拿笔尖蘸了蘸蜂蜜，恳请他将托马斯·霍华德召回伦敦，别让他继续侵入苏格兰。我提到我的儿子年幼且娇弱，苏格兰已经被逼入绝望之中。我恳求他记起我是他的亲姐姐，我们的父亲会想要他在这般艰难情形之下来保护我，而非来迫害。我对他说，我是英格兰和苏格兰和平的象征，我希望双方现在能和平共处。

我咬牙拿出第二张纸，写信给凯瑟琳，当下的英格兰摄政王后，一手缔造我的厄运的女人。我希望我能写信告诉她我的真心话：我痛恨她，我怪她害死了我的兄长亚瑟，我认为她企图勾引我的父亲，我知道她俘获了我的小弟弟，策反他来伤害我。我怪她挑起英格兰和法国之间的战争，英格兰和苏格兰之间的战争，重中之重的是，她害死了我的丈夫。她是和平以及我的国家的敌人。

最最亲爱的姐姐……

一名侍卫打开了我私室的门，一个侍女走了进来，来到我的座椅旁边弯腰向我耳语。"有人想要见您，已故国王的一位仆人。他从贝里克郡来。"

说到"已故国王"时，她声音哽咽。没人能说出他的名字。

我把我那封满是谎言的书信放到一边。"让他进来。"

有人给了这个男人一块方格呢，披在肩上保暖，然而那内有软衬的外套表明他是詹姆斯的护卫之一。他在我面前跪下，一只脏手紧紧地攥着自己的帽子。我看见他的另一只手绑在身侧，血迹斑斑的绷带缠在他肩上。有人几乎砍掉了他的手臂。他还活着真是幸运。

我等着他开口。

"殿下，我得告诉您一些事情。"

我瞥了一眼写给凯瑟琳的信：

最最亲爱的姐姐……

这都是她造成的。

"送往英格兰的尸体并非国王。"他直接说道，一下抓住了我全部的注意力。

"什么？"

"我是国王的马夫。我一路跟踪英格兰人回到贝里克。我觉得我应该清洗遗体，为他准备一口棺材。"他喉咙哽了哽，像是在努力抑制泪水。"他是我的君主。这是我最后的职责。"

"然后呢？"

"他们让我看了尸体，但不让我清洗他。他们想留着他浑身肮脏、满是血迹的样子，而且也没有棺材。他们把尸体放在铅里滚了几转，这样就能带去伦敦了。"他停了下来。"天气很热，"他解释道，"天气很热……尸体会……还有苍蝇……他们不得不……"

"我明白。继续说。"

"他们准备好尸体用的铅的时候，我看到了尸体。那不是他。"

我疲惫不堪地看着他。我不认为他在撒谎，可这同样也不是事实。"你为什么认为那不是他？"

"那个看上去并不像他。"

"他的脑袋不是让镰刀给砸烂了吗？"我厉声问道，"他的脸不是毁掉了吗？"

"确实。但是并非如此。尸体身上没有受难带。"

"什么？"

"他们裹在铅里面并运往英格兰的那具尸体，腰上没有受难带。"

这不合常理。詹姆斯从来不会在战斗前取下受难带，想必也不会有人邪恶到将受难带割下来当作战利品。那他有可能从这场战役中逃脱吗？有可能是谁把他的尸体从凯瑟琳手里偷走了吗？各种想法在我的脑子里打转，然而这并没有用。我看向我写给那位我所不齿的姐姐的恳求信。"这对我有什么用呢？"我绝望地问道，"他若是回来了，那他此时就该在这里了。他若是没有死，他依然会去战斗。这根本没有什么不同。"

✦

我们召集幸存的领主，召开了一场协商会议，他们认可国王的遗愿，接受我作为摄政王后。我会按照领主们的建议统治国家，我会将我的儿子置于我的监护之下。我会有一个议会协助我。议会首相由安格斯伯爵出任，他曾在早年的一场大胜中赢得了"挺身而出之勇士"的称号。此时他正站在我面前，一脸悲苦之色。他的两个儿子和我丈夫在弗洛登并肩作战，而且他们也都回不来了。我了解此人靠不住。在边境长年累月的战事中，他在英格兰和苏格兰之间变换阵营，一会儿支持英格兰，一会儿又支持苏格兰，且詹姆斯曾因为一个女人（他某个私生子的母亲）还让此人下过大狱。但是他注视着我，眼色深沉，眼神锐利。"您可以信任我。"他说道。

领主们相互打望，我可以看得出来，这些领主整齐地坐在一堆，听从一个英格兰女人的号令，这让他们自己都不相信自己。我自己也难以置信。然而一切都是那么始料不及，一切都乱了套。桌上所有人都失去了亲爱的儿子、兄弟、父亲，和朋友。我们都失去了我们的国王，而且我们仍旧不知道我们还能保住什么。

我们一致同意要巩固斯特灵。此处会成为新的政治中心，我们的防御重地。我们也一致同意在爱丁堡城堡外再加筑一道新的城墙，然而我们也都明白，要是霍华德带兵攻城的话，那座城堡会失守。我告诉他们，我已经给我的弟弟还有弟媳写信乞求和平，但众人听到我的话后，不快地沉默着。"我们得同他们讲和，"我说道，"不管我们的感受如何。"

我对他们说起我弟弟亨利，英格兰国王，他命令我把我的孩子送往伦敦，置于他的看护之下养大，当一个远离故土的苏格兰国王。他说不准让苏格兰的领主影响我的小男孩，不准把他带往诸岛——那些国王难以到达的危险之地。他们短暂地笑了一阵，虽然笑声中并没有什么真正的笑意。不需要讨论，我们都一致认为詹姆斯五世、苏格兰的新国王将会留在他的祖国，和他的母亲一起。凯瑟琳偷走了他父亲的尸体；她不会再得到他的儿子。

这片土地上的律法已经失去了效用。太多失去父亲的儿子没有得到父辈的遗产。太多寡妇无人保护。边界地区一直战火不断，由于边界守护者戴克勋爵托马斯接受了凯瑟琳的命令,每天带兵出击,烧毁庄稼、毁坏房屋,让那些争议领土日日处于危险与苦难之中,因而没人会信任他的邻居。人们彼此武装,相互防备,没有我丈夫詹姆斯将王国统一起来,这个王国就分散成了领主地盘和部落领地,互相争斗冲突。

我们颁布新法律,下达指令:从弗洛登返回的士兵必须得到赡养,但是他们必须不偷不抢;孤儿必须得到照料。然而我们缺少足够的领主去执行这些法律,况且那些跟随他们的好下属也已亡故。

这是个凄惨的议会,但是我有一个好消息要告诉他们。"我得告诉各位大人一件事,我已有了身孕。"我安静地说道,眼睛看向桌子。这消息本该由王后告知她的丈夫,再让传令官来宣布,可一切都不再是它应有的模样。

领主们窘迫地低语,混杂着同情和恭喜,然而那位挺身而出的老勇士倒不像一个领主,而是像一位父亲似的回应我。他伸手放在我的手上(虽然他并不该触碰王室成员),满含怜惜地看着我。"愿上帝保佑你,可怜的小天使!"他激动地说道,"上帝保佑,詹姆斯留下了血脉,让我们可以纪念他。那么,孩子会在春天出生是吗?"

他的随和亲切惊得我倒抽一口气,坐在我身后的三名侍女起身靠近我,似乎要防止他人的无礼之举。某人抬起了头,还有一人生气地斥责,可之后我看见了伯爵眼中的泪水,我便意识到他并未将我当作王后,也不是一位不可触摸的英格兰公主,他是把我当作他的同胞,许许多多苏格兰寡妇的其中之一:要养育襁褓之中的幼儿,腹中还怀着孩子,而她们的丈夫却再也无法回家帮扶她们。

1513年圣诞节

苏格兰　斯特灵城堡

我们度过了一个冷清的圣诞节。我没钱花费在宴会歌舞上,况且也没人有心思庆祝。王宫仍在悼念,仍为失去如此多的男丁而惊愕。没有英俊的国王吩咐音乐与美酒,也没有钱财去浪费。

那位年迈的顾问,安格斯伯爵,回到了他屹立在坦特伦某处峭壁的城堡中,在惠特霍恩的海鸥声中离世。他的头衔由他的孙子继承,我宫内的一个年轻人,是我的切肉仆人,而我又失去了一名老练的臣子。我的议会分裂为了两派,一派想要和我们危险的邻居英格兰谈和,而另一派认为我们损失惨重,绝对不可以原谅那些英格兰人,并且希望借法国人的钱对英格兰人宣战复仇。

但是我们迎来了一位拜访者,他千辛万苦从伦敦赶来,在泥泞道路和冰雪天气中蹒跚而行,艰难地踩过积雪,在昏暗的清晨出发,在天色不明的下午寻找栖身之处。博纳文德·兰利修士为我带来了我弟媳的吊唁信,好似她并非我所有苦难的罪魁祸首。凯瑟琳获悉我已经守寡并又怀孕,独处在这危险王国还要保护我的小儿子,也清楚我钱财无多又心碎难过,可她认为最能帮助我的方法居然是派来一名告解神父,她的做法真令我难以置信。

他温柔地牵起我的手,亲切地在我的头顶画下十字。他扶我起来时,我亲吻了他给我的十字架,然后他说道:"您能向我保证他真的死了吗?英格兰国内外有一些担忧的传闻,说苏格兰国王还活着。王后一定清楚——她向她丈夫许诺会保守真相。"

我感到一阵恶心,胆汁涌到喉头。我捂住脸,把呕吐咽了回去,做出悲伤的样子。"她派你长途跋涉赶来就是为了问我这个?特地赶在杀害了他的军队前面?"

"她向英格兰国王保证一切已经结束了。她获得了尸体。她得确认这就是那具尸体。"

这个女人真是一个吃人尸体的食尸鬼。

"他已经死了,"我痛苦地说道,"噢,让她放心吧。放一万个心。她并非毫无依据就向她的丈夫吹嘘。她没有偷错尸体。她杀了我的丈夫还有苏格兰一半的领主。他的确已经死了。她可以高枕无忧了。你千万要好好向她表达我对她善意提问的感激之情。"

1514年春

苏格兰 斯特灵城堡

新年伊始的几个月寒冷阴郁，随着我身子越来越重，议会的领主们令我感到越来越疲倦，他们对我的质疑也使我越来越厌烦。进入产室之前，晦暗的天色以及暴风雪将我禁锢在了宫殿里。我写信给我的姐妹们——除了她们，在这世上我还有谁可以写信呢？——并自怜自哀地哭泣了一会儿，这极有可能会成为她们从我这里收到的最后一封信：

亲爱的姐妹们，凯瑟琳和玛丽：

　　写信的时候我即将进入产房，我认识到了生命的不可捉摸，孩子也许会在哀戚中出生。我若是未能挺过这次，那么我恳求你二人照顾我的儿子，还有我新生的孩子——如果它活了下来。在这世上，除了你们二人，我无人可以托付。而我清楚，不论两国之间发生了什么，你们都会爱我并支持我。

　　玛丽，你是我的小妹妹，我需要你保证我的儿子被当作苏格兰国王养大成人，让他远离敌人，平安无忧。凯瑟琳，你两度成为我的姐姐，我需要你保证让我的儿子继承他父亲留给他的王国，继承他有权利得到的一切。

　　若我活了下来，我会期望继续做你二人的亲密姐妹，成为你们值得信赖的支持者。以及，我若是活了下来，我希望能收到祖母的珠宝，以及我剩下的遗产。

愿上帝保佑你们，

你们的姐妹，
玛格丽特

没了父亲为我孩子的安危祈祷，没了国王踏上朝圣之旅或者承诺一场圣战，我要经历一场痛苦而漫长的分娩，得不到上帝的任何援助；但最终我得到了一个男孩，斯图亚特家族的另一个男孩，我给他取名为亚历山大。上次分娩之后，詹姆斯执意要进来看望我，打破了产房里的所有规矩；上次分娩之后，我一做完礼拜，他就拉着我来到床边，无视宴会，无视斋戒，无视教会的命令，拼命地想要在出征之前再给我一个孩子。但是这一次，不会再有丈夫来到产室的屏风前，不会再有心急的父亲要求看看自己的儿子。这一次，我独自躺了整晚，孩子在隔壁的育儿所，我听到保姆摇动摇篮的吱呀声。这一次，我靠在冷冰冰的枕头上，认识到门口不会再有敲门声，也不会再有国王驾到时跳动的烛火。这一次，我只有一个人，孤单一人。我实在无法忍受这样的孤独。

我给我弟弟哈里写信，他已从法国凯旋，见到了凯瑟琳，他的妻子能够杀死一名国王并偷走他的尸体，但却无法足月生下一个健康的孩子。不用多说，在亨利远征期间，她失去了一个儿子。我为她感到遗憾，但我并不意外。我没有见过哪个能够将亲人染血的上衣视为胜利象征的女人能拥有足够的爱心去孕育一个孩子。凯瑟琳还怎能保持她的高贵和优雅？上帝又怎么会原谅她的野蛮行径？他对寡妇的怜爱必定多于那个凶手。难怪他给了我一个健壮的儿子，而凯瑟琳只得到了一个死去的孩子。她还配得到什么呢？我希望她永远都不会有小孩。既然她能用一位死去的国王去讨好哈里，那我希望她永远无法给他生下一个活着的男孩。

我的妹妹玛丽给我写了一封恭喜的信。她的信上仅有几句拼写错误，笔迹凌乱的话是关于我出生的孩子，其他满满都是在谈论她自己的事。查尔斯·布兰登——亨利的好朋友，好伙伴——被任命为了御马官。查尔斯·布兰登同哈里一道出征法国，在惊险的战斗中从不离开哈里，并且正在热烈追求弗兰德斯的玛格丽特女大公，所有人都说他会娶她。人们都说身份如此尊贵的女人做出这样的事有失体统，但玛丽不这样认为：

你也这样认为吗？你不觉得有爱情的婚姻是一件美妙的事情吗？如果你是玛格丽特女大公，你能够拒绝他吗？他可是英格兰最俊美的男人，而且还是最英勇、最优秀的骑士。

我很高兴得知你生下了一个儿子，你的信让我泪流不止，查尔斯·布兰登说我的泪珠就像河流中的蓝宝石，而一名勇敢的骑士会想要从这条河取水饮尝。

我简短地回复她：

那位女大公应效仿所有高贵淑女的行事，对象须经过她的父亲或者监护人的挑选，她的婚姻必须对她的家族有益，有助于维护国家太平。再说了，我记得查尔斯·布兰登已经订婚了？

接着我拿出纸，给凯瑟琳写信。我花了些功夫在这封信上面：这是一封满怀恶意的杰作。我说，对于她又失去了一个儿子这件事，我内心沉痛，深切悲痛。我祝愿她能再次拥有获得新生儿的喜悦。我告诉她他被叫做亚历山大，按照传统，他会获得苏格兰二王子的称号：洛斯公爵。我特别提起（以免这个凶手忘记），这是詹姆斯为我留下的最后骨血。

这场分娩十分漫长，但是他是个壮实的孩子。他的小哥哥、我们的国王也很健康。能拥有两个儿子，我的两个小继承人，我颇感欣慰。我由衷地希望你，英格兰王后，国王值得信赖的顾问，能为了我——国王的姐姐，以及我的两个小男孩——他的外甥与继承人，共筑我们两国之间的和平。

我并不意外她没那个厚脸皮来回复这封信，但哈里派边境守护者托马斯·戴克勋爵，这个将苏格兰国王的遗体捆绑后装进马车作为战争战利品的男人，这个摧毁王国的和平，像狗咬骨头那样折磨边境城堡的男人，给我送来一个消息。我的弟弟给我送来一则警告，说法国人打算把约翰·斯图亚特、奥尔巴尼公爵，我丈夫那出生在法国的表亲送回来——表面上是为了帮扶我，但实际上是为了代替我统治苏格兰。亨利要求我必须拒绝奥尔巴尼公爵进入苏格兰，还要确保他不会获得任何权力。

"要怎么做？"我询问约翰·德拉蒙德，这位大法官阁下，一位厉害的苏格兰领主，就是他从爱丁堡为我带回了这封信，晚餐时他坐在我身边。"他到底想要我怎么做？"

年轻的安格斯伯爵淡定地为我们切了一盘野鸡肉，并将形状好看的薄肉片摆在他的王后面前，以及他的祖父面前。约翰·德拉蒙德对我微笑。"这不是他需要回答的问题。他只用下达命令就可以了，这就是做国王的乐趣。"

"这可不是做王后的乐趣。"我反驳道，"我收不上租金，我的佃农拒绝支付。我的管事和仆人有一半都死了。我无法雇佣侍卫，我派不出侍卫去收租；可要是没钱又没人，我就没办法管理国家。"

"您会不得不卖掉国王的舰船。"德拉蒙德说道。

一想到大天使米迦勒号要给那些法国人，我就叹气。"我已经这么做了。"

"如若王室财政紧张，那么您也必须守好国库，"他小声说道，"为了您自己。小国王的家产必须严加看管。"

我一阵脸红。这是盗窃——盗窃王室财产——可盗窃都是一样的。"我已经这么做了，"我说道，"我保管着钥匙，未经我同意，没人能够拿走一块金子。"

他缓缓地笑了，认可我的行为，即便这不合法规。"那些同意与您一起协力管理国家的领主们呢？他们有钥匙吗？"

"钥匙只有一把，而不是六把。"

又一次，我发现了自己我行我素的一面。

"那好吧，就这样了。我们可以等到议会发现的时候再解释。"

"他们不会高兴的。他们不愿被一个女人统治。"

他停了一会儿。"或许他们会建议您再找一个丈夫？"

"德拉蒙德大人——我寡居还未满一年。我才刚刚走出产房。我的丈夫任命我为摄政王后，并对我说我应该独力统治苏格兰。"

"但是他并没有预料到您在议会中所面临的困境。我认为没有人能事先想到。天知道，没了他，这完全是一个不同的国家。"

"有一位皇帝，"我提道，想起欧洲有一个了不起的男人在寻觅一位妻子。"并不是说我会在一年之内成婚。而且法国国王也刚刚失去了他的妻子。"

"所以您在考虑吗？我可真傻！您当然会考虑。"

"我在分娩期间没有人可以谈话，而且我还有漫漫长夜要熬过去。我自然会思考我的未来。我明白别人会希望我再嫁。"

"是的，而且您的弟弟也会劝您再嫁。为了英格兰的利益，他想要您再嫁。他不会希望他的敌人成为苏格兰小国王的继父。譬如,他会禁止您嫁给法国国王。"

"假如我的妹妹玛丽嫁给了卡斯蒂利亚的查理,而我嫁给了法国的路易,那么我会成为身份更尊贵的王后,"我说道,"而且我若是成为了法国王后,那我将和凯瑟琳平起平坐。"

"超越你的姐妹并不要紧。要紧的是苏格兰要有一个强大的盟友,而不是让你获得一顶更重的王冠。"

"我知道,我明白,"我有点不耐烦地说,"可要是你当初见过阿拉贡的凯瑟琳嫁给我哥哥亚瑟王子的场景,你就会明白我有多不想居于她之下——"我停顿一下,想起那件染血的上衣,"如今更是不想。"

"是,我十分理解了。但请您再仔细考虑,殿下。若是您远嫁,那您必定会离开苏格兰,居住在勃艮第或者法国,而议会将把您的男孩留在苏格兰。换言之,您要是嫁给一位苏格兰的领主,那么您将继续保持苏格兰王后的身份,依然会是摄政王后,依然会享有您的头衔与财富,您会和您的儿子们住在一起,并且夜里有人能在城堡里温暖您、保护您。"看着我若有所思的神色,他停顿了一下。"您还会成为他的主人,"他补充道,"您是他的妻子,但您仍然是他的王后。"

我望向整间餐厅,粗鄙的部落领主和有教养的领主混杂着坐在一起,有用匕首切肉,刀尖取食的高地人,还有在法国长大,用惯了刀叉,将餐巾搭在肩上便于擦拭手指的年轻人。那些从搁板桌上的公碗中取食、操着口音浓重的埃尔斯语[①]互相争论的人,还有来自遥远诸岛和山地,鲜少出现在宫廷,同自己的家人坐在一起的领主,他们高傲地忽略彼此,说着族人以外无法理解的语言。

"是的,但是这里没有,"我语气凄惨地对自己说,"没有一个我可以信

[①] 即苏格兰盖尔语,也被称为高地盖尔语或高地苏格兰语。——编者注

任的人。"

                    ✦

  约翰·德拉蒙德想得这么远是有道理的。就在我出产房的第一时间，就有求婚协议送到了。愿上帝原谅我，想到欧洲宫廷谈论着我的未来，还又一次将我视为联姻的上佳人选，我实在难掩喜悦。我再次成为了一件亟待赢取的奖品，而不是归国王所有的妻子，只在怀孕的时候才有价值的妻子。我是一名公主，而且我必须选择一位丈夫——他会是谁呢？凯瑟琳或许已戴上了英格兰的王冠（虽然她一无所出，而我已有两个孩子），玛丽也许会珠宝华服加身，与卡斯蒂利亚的查理订婚，但我可以自由选择，要么是神圣罗马帝国皇帝马克西米利安，或者是法国国王路易。这些都是基督教王国内最有权势也最富有的男人。我落落大方地接待了来自两个宫廷的特使。显而易见，两位英明的君王都会愉快地迎娶我，他们两位都会赠予我可观的财富，让我成为广阔土地与奢华王宫的王后，其中一人还能让我当上皇后。

  这不是私事，这是关于一个王朝的决定。我弟弟必须与我协商条款，并给我提出建议；我必须异常谨慎地思考我要作出怎样的决定，才能对我的国家苏格兰、对我的家乡英格兰，以及对我的未来最有益。苏格兰的大臣们在此事上也有发言权，鉴于我现在是摄政王后，我的选择将影响整个国家，会结成新的联盟，也会带来新的敌人。若我选择得当，苏格兰将获益于我新一任丈夫，得到他的保护，变得强大；若我选择失利，我将给他们带来一位暴君，给我儿子带来一位邪恶的监护人，给我自己带来终生的不幸。这个决定至关重要。离婚不在考虑之内，而且也不可能发生，无论我选了谁，我都将与他共度余生，直至死亡。

忽然之间，我成了哈里的热心支持者。既然我已成为了欧洲权力争斗的一角，他就会想起他还有一个姐姐。我的王位会成为通往英格兰的大门——娶了我就是娶了英格兰危险的邻居。我的国家穷困，但是国防森严且身经百战。我的财富不丰，但我能生养，年轻且风华正茂。哈里十分热情友好，乐意向我提议，他通过戴克勋爵给我写信，称赞他是一个好邻居，也是一位值得依赖的顾问，他极力建议我一定要为我自己和我儿子考虑。哈里认为与一位皇帝结成联盟是绝佳选择。他当然会这么认为，他可是娶了皇帝亲戚家的女人，而且迫切地想要和法国再次开战。

他的秘书写得一手漂亮的书信体，看着哈里的信件，我心道：我应当为自己做决定。他显然是在忙着其他事情的时候，口述写下此信，不过是在末尾草草写下了几句祝福，签下了他的名字。凯瑟琳在信纸空白的地方写下了一段饱含关爱的话。

> 若是有可能联姻，我便能唤你一句表妹，我真是太开心了，我确信马克西米利安叔叔会护你周全，让你生活幸福。我真心希望你不要考虑法国，我亲爱的。我听闻路易国王年迈多病，癖好古怪，而且我们很可能会再也见不到你。如果你的新一任丈夫未来对英格兰宣战，你想想上次的结果，那也太可怕了。

我一遍又一遍地阅读这封奇怪的，混合着关心、威胁以及恶意的信，她警告我不要嫁给法国国王，甚至胆敢用杀死我第二任丈夫来威胁我。

玛丽附上了一页纸，上面全是她的近况，关于她西班牙语的学习，关于她的音乐课还有她的新礼服。我略感苦涩地明白了，如今我有了新的前途，他们变得尤为殷勤。假如我成为了皇后，我会比我的弟弟更加显耀，那我再也不必亲手给他写任何信。身为皇后，我会比凯瑟琳的身份更尊贵，比玛丽的地位更高——她的小丈夫是皇帝的孙子,皇帝驾崩之前他都无法继承大位。

这让我停顿下来。坐在比我姐妹们的丈夫还要位高权重之人身边,的确会带来极大的愉悦——但是万一他死了,那我将再次成为寡妇。他现在已经是五十五高龄——他还能活多久?我不想再成为寡妇了,况且还有更糟糕的事,糟糕透顶:我会成为皇帝遗孀,然后玛丽,我的小妹妹将坐上我的位置,继承我的王冠,而我不得不退居其后看着她完成这一切。我意识到我承受不了这个。

我确实想要一位了不起的丈夫,但我也想要一位朋友与爱人,伙伴和同志。我讨厌独自入睡,我讨厌身边没有丈夫的陪伴就在整个王宫的人面前用餐。在重要的晚宴中,我唯一的慰藉便是我独享王座时,我的切肉仆人阿奇博尔德·道格拉斯会站在所有宫人的前面。他是唯一获准待在我餐桌边上的男人。后腿肉被他放在我身旁的主桌上,准备好我的餐食之后,他才会为其余领主切肉片,而且他还会对我微笑,与我安静地交谈,如此我才没有觉得那么孤独。

我也意识到我真的不能嫁给法国的路易。他和马克西米利安差不多同样年迈,近乎老朽,而且其为人确实恶劣。他休弃了他的第一任妻子,宣称她身材畸形,无法与之交合,接着又强娶了第二任,除了死去的男孩和两个女儿,他仍然一无所获。嫁给他会让我获得极大权力,获得一位苏格兰的坚定盟友,但与英格兰战火不断。我不想再嫁到一个会面对英格兰军队的国家,而且我不觉得我们可以生下健康的孩子——他无疑会先死,留下我再次成为寡妇,我极可能会在得到王冠的同时就失去它。再说了,那个男人是个魔鬼。

这是要在两个魔鬼之间做一个选择。全欧洲唯一一位英俊又年轻的国王是我的弟弟,而且凯瑟琳已经向我展示过了:你得抓住一位年轻的丈夫。

不论我选谁，我都会有风险。我命令我的宫人前往佩思度过夏天，向自己保证要远离凯瑟琳这些心怀不轨的书信，我会在青山之间决定我该怎么做。

1514年6月

苏格兰　佩思　梅思文城堡

"噢,谁都别嫁。"阿奇博尔德笑着说。外出野餐时,他为我切割冻鹿肉,他同时也是我的随身仆从,为我递上亚麻布还有酒。看到我们是出游的一家人,我心里十分快活,差不多就我们这一家——这个体贴的年轻人,我的孩子们还有他们的保姆。詹姆斯在草地上奔跑,双臂像风车那样挥舞,他的保姆在他身后追赶,直到他跑不动了,笑得站都站不起来。他的内侍总管戴维·林赛大声喊着:"快跑,男孩!跑起来!"树荫下,还是个小婴儿的亚历山大睡在自己的摇床里,保姆在他身边,他的奶娘在树荫下靠着枕头打盹儿。

"不,我必须嫁人,"我说道,"眼前这一切非常美好,夏日时光,孩子们和宫人在这里玩耍,仿佛不用为任何事烦恼,仿佛这个夏天永远不会结束。但是你明白,秋天会来临,接着还有冬天:领主们会在一起谋划,互相争斗,法国人会再次利用我们同英格兰作战,而我弟弟会提出我做不到的要求,那该死的戴克勋爵会肆虐边境,人民会忍饥挨饿,然后引发动乱。"说到最后,我的声音颤抖,"我没法儿面对这个。我没法儿再独自一人面对又一个寒冬。"

阿奇博尔德的脸上闪过一丝同情。"我愿为您献出生命。我们都愿意,"他说道,"所有边境领主都是我的朋友。只要您一声令下,我们会镇压那些强盗,召开议会,要求他们协力抗敌。您知道我来自一个强大的家族,最强盛的家族之一。我还算有影响力。我的祖父约翰·德拉蒙德是德拉蒙德氏族的首领,我有'挺身而出之勇士'之名的祖父已经故去,我的父亲也已在弗洛登牺牲,所以我现在是道格拉斯家族的首领。这都是苏格兰最强大的家族。只要您一句话,我们都会保护您。"

"我知道你会的,"我说道,"等到夏天,所有领主都快乐地来到王宫,或者是在自己领地上平安无事,还能痛快地打猎,夜夜笙歌的时候,我想我就安心了,可以永远高枕无忧了。然而我还得好好准备。我必须找到一个人同我一起面对。"

他递给我一些水果,还有一杯葡萄酒。他仪态优雅,即便是为我服务的一举一动也有如行云流水般顺畅。他从不掉落物品,斟水也不会溢出,也不会为自己的笨拙而出口不逊,而且他的衣着总是非常得体。在那些只顾自己享乐、策马狂奔、放肆打斗,而且从来不费心洗浴的苏格兰领主之中,他一向将自己的头发和胡须修理得十分妥当,双手保持洁净,身上还带有干净的亚麻香气,还有一股他自身的麝香气息。天知道他多么英俊——我宫里有一半的姑娘都爱上他了——然而他好像把自己帅气的好面相当作一件他永远穿着的外套;他没有意识到自己的俊美容貌。他与他家附近的一位姑娘订了婚。约翰·德拉蒙德把他英俊的孙子当作宝贝雄鸡一样炫耀,看他修长的腿,纤长灵活的肢体,宽阔的肩膀,看那精致非凡的凯尔特面容,秋叶般的发色,深邃的眼眸,还有迷人的微笑。

"特拉奎尔的珍妮特·斯图亚特真是个幸运的姑娘。"我提起那位他要迎娶的年轻姑娘。

他脸红着低下头。不过他又抬起头,直视我的眼睛。"我才是那个幸运儿,"他说道,"我与苏格兰最可爱的姑娘订婚了,而且还侍奉着最美丽的王后。"

"噢,这可不能相提并论,"我立马说道,"我已经是两个孩子的母亲,而且还是一个年满二十四的寡妇。"

"这一点也不老,"他说道,"我同您一样年纪,且如您一样,我鳏居至今。而且我是安格斯伯爵,强大家族的首领,名门望族的领袖。我知晓万众瞩目的感受。"

"珍妮特·斯图亚特还是个年轻姑娘,那她是,处女吗?"

"她还不满十三岁。"

"天哪!还是个孩子,"我不屑地说,"我之前不知道。每个人都在说她多么俏丽可爱,我以为她是一个年轻姑娘。我很惊讶你不想找一位与你年纪相仿的女人。"

"她就是我的小甜心。我们在她出生之日就已订婚。我看着她长大,从未见她犯过错。等她年纪到了,我就会娶她。但是您是我的王后,永远都是。"

我向他靠近了一些。"所以,阿奇博尔德,即便你娶了你的小新娘,你也不会离开我吗?"

"叫我阿德,"他在我耳边低语,"我的情人们都叫我阿德。"

✦

他爱我。我对此了然于心。我清楚感受到他脉搏加速,就像我;我也知道他感受到了那令人晕眩的欢欣,就像我,我想要一个男人来爱我,我需要一个男人来爱我,而这位年轻的安格斯伯爵——阿德,我心里悄悄这样呼唤他——明显就是这个人。而且他永远不会离开我,永远会为我效劳,晚餐时会在我身边,出游时会陪我骑马,会和我的小男孩儿温馨玩耍,也会宠爱我的小宝贝儿。为了我的国家和我的财富,我固然必须嫁给一个身份显赫的男人,法国国王或者那位皇帝陛下,但我会永远把阿德留在我身边。他会成为我的游侠，我的骑士。我会化身为故事传说中吟游诗人歌唱的少女。并且我由衷地认为他不会娶特拉奎尔的珍妮特·斯图亚特。我真心觉得我会允许自己阻止这场婚礼，就算这会使那个小女孩抱着枕头痛哭一个月。我可以这么做。我是王后。我可以这么做，还不用给出任何解释。

我收到了一封我妹妹玛丽的信，她今年已经十八岁了，仍然留在家里，未婚。她信里讲了宫中夏日出游的情况。他们的身体都很健康，王宫里没有人染上汗热病，一行人正在英格兰南部远足，偶尔还会乘船游河，还有乐师陪着他们，船只经过时，两岸还会有平民挤在岸边向他们欢呼招手，抛掷灯芯草和鲜花。有时他们也会骑马前行，王室旗帜飘扬在队伍前方，每到一个城镇都会有代表团出迎，称颂亨利神勇威武，大败法国和苏格兰，并献上一袋袋黄金。

我又多了一柜子的新礼服，西班牙人买的，说是卡斯蒂利亚的新娘值得最好的。他们还想再画一幅画像，那个画家信誓旦旦地说我是整个基督教王国内最美貌的公主！

她说她明年就要嫁给小查尔斯了，并且已经在计划一系列的盛大宴会和比武大赛，以恭送她离开英格兰，前往西班牙。查尔斯·布兰登定然会参赛，而且肯定能获得胜利。亨利已经封他为公爵，这份荣誉的确超乎所有人的想象，有些人认为他的升迁远远超过他的身份，如此一来他便可以向玛格丽特大公求婚了，但是玛丽知情更多。她笔迹潦草，激动之下拼写错误也很多，信纸空白处还额外写下了一些凌乱的话，她是这样告诉我的：

虽然玛格丽特女大公爱慕他，但他并没有爱上她；他告诉我他一点都不爱女大公，他眼里没有她。他说他的心思全在另一人身上。

玛丽认为他能获得公爵的封号——王国内最高荣誉，仅次于王室身份——因为哈里格外宠信他。

当下，他已经被广为认可是一名真正的英格兰好男儿了。他是哈里最好的朋友，他把他当作兄弟一般喜爱。

这让我停住了。哈里曾有一位兄弟，一个年轻优秀的男人，查尔斯·布兰登远不及他。他会忘了亚瑟吗？玛丽会忘记谁才是哈里真正的兄弟吗？她会在给我的信里用"兄弟"这个词却不知道这个词指的是谁吗？他们是否已经忘记了亚瑟，还有我？

毫无疑问，他是王宫里最英俊的男人，所有人都欣赏他。我要给你讲一个秘密，玛格丽特，但你绝对不许泄露半个字。他曾问我索要信物，说要带着我的信物参加我婚礼上的比武大赛！这会成为基督徒王国内一场精彩绝伦的比武大赛，而且他一定会赢。他说他会将信物戴在心口上，为此他愿欣然赴死！

在信的结尾，她终于记起我是抚养两个孩子的寡妇，艰难地统治着一个困难重重的国家，而她那些关于礼服和情情爱爱的内容可能会令我不快，于是她用了一种更加亲密的语气。她学习过如何施展魅力，对于讨喜的手段她再是清楚不过的了：

> 没有你在我们身边，我真是非常难过。我实在太想要你在这儿了。我想要给你看我的珠宝和礼服。我希望你能来。没有你，一切都不一样，凯瑟琳也这么说。

布兰登并非唯一受益于恣意分封贵族头衔而跻身上流的恶棍。托马斯·霍华德，弗洛登战役的胜利者，终于重获他原先在博斯沃思失去的封号——他即将成为诺福克公爵，而他的儿子将被任命为萨里伯爵，以此嘉奖他们用镰刀砸碎我丈夫戴王冠的头颅，还放箭射穿他涂抹圣油的前额。或许他送往法国的那件血衣也帮助他赢得了这个头衔，或许还因为那具放置在伦敦而仍未下葬，甚至还裹在铅里的尸体。

显然我的弟弟认为，在安葬受害者之前他应该先赏赐凶手，托马斯·霍华德佩戴着公爵用的草莓叶，而我的丈夫被丢在一旁——遭人遗忘，没有棺椁，等待着教皇宣布饶恕这具顺应哈里的要求而被逐出教会的可怜尸体，之后我丈夫的灵魂才可以启程升往天堂。

玛丽没有描述诺福克获封一事，但我知晓他的公爵纹章是一头狮子：苏格兰雄狮——詹姆斯的雄狮——被英格兰的弓箭一箭射穿了它的下颌，以此来表现镰刀砍掉了我丈夫的脸。好一位贵族，选得一个好纹章。我弟弟将荣誉赐予了一名弑君者，我期愿他不会为这一天而后悔。

我把玛丽这封愚蠢又虚荣的信放在腿上，我留意到了她对我不能出席她的婚礼那信口开河似的遗憾。可我想，也许我可以参加，我可以只带少许宫仆，一小支卫队，让他们穿上崭新的制服。我可以将此事变为国事访问：一位盛装出行的王后；接着我可以访问城镇，人们会欢迎我，为我吟诗。我认为阿德可以骑马走在我身边，逗我笑，看看英格兰的人民是多么爱戴我，他们的都铎长公主，最优秀的都铎公主。我想让他看看在英格兰的我，见识一下英格兰人对我的热情欢迎，让他明白我在英格兰是一名了不起的女性，天生的公主。在旅途中，他每天会扶我下马，拥我在怀，没人会注意到这一时刻。每晚我用餐时，他都会站在我身边，我们还可以一起跳舞。我会有新礼服，新画像，而且我或许能安排把他画在我身边，以示他深受荣宠。玛丽完全被宠坏了，她太蠢了，她都没有邀请我，只是一个劲儿地认为我去不了；但也许我会去——然后让他们全部大吃一惊。

这只是白日梦罢了——虚假而迷人，就像阿德口中呢喃着的爱的许诺。我没有钱财来进行一场豪华的伦敦之旅，我没有能够艳压我小妹妹的礼裙，我没有比英格兰王后更璀璨的宝石，我甚至没有得到父亲留给我的王室珠宝——何况他们并没有邀请我出席。

玛丽说凯瑟琳夏日出游时坐在轿子里面，而我马上翻到那一页又读了一遍。确实，她说得很清楚。我明白了凯瑟琳会坐在轿子里而没有骑马跟在哈里身边的唯一原因：她肯定是怀孕了，正在全心全意祈祷这次她能保住这个孩子。

我把信放进我空荡荡的首饰盒里，望向弧形小窗之外那延绵不绝、伸向地平线的山脉。这里与富饶低平的泰晤士河谷草甸大不相同，没有美轮美奂的府邸和庄严大气的修道院，周围没有结着沉甸甸的果实、枝叶随风飘动的苹果树；没有围墙公园，也没有能玩保龄球的平滑草地。这里只有无垠的苍穹，高耸入云的青山，险峻崎岖的山脊和崖壁，还有黑压压的古老山林和呼啸而过的飞鹰。

我和我的男孩儿们度过了一个快乐的夏天，阿德满含敬意的爱慕令我陶醉，国家也安宁太平，可是这个消息赶走了我所有的喜悦。我想象着凯瑟琳坐在丝绸帘帐的轿舆之中的模样，英格兰的王后正孕育着另一个孩子，而我想到，她会永远挡在我前面。永远都是在我麻烦缠身之时，她尽享安逸。她有一位能保护她的丈夫，在战场上所向披靡的丈夫。她出行有轿舆乘坐，在国内不用担心遇到危险。如今她还有了孩子，如果是个男孩儿，那么她还拥有了英格兰王位的继承人，而我所生的王子只能继承苏格兰，一个难以管控的王国。

我想到，我总是低她一等。我不想她成为生下威尔士亲王的英格兰王后，我却只能在一个遥远又贫穷的王国了却残生，被人遗忘。就在这一刻，我不甘地想：那好吧！我不会听从她那些拐弯抹角的好心祝愿、她那些姐妹情深的暗示，我会嫁给法国的路易，我会为我的国家找到一个强大的盟友，强大到能够打败英格兰——假如我们又一次开战。我会成为法国和苏格兰的王后，在苏格兰养育两个健康强壮的儿子，以后或许还会生下更多的孩子，这就比英格兰王后强多了，她还紧贴着轿子，祈祷着不要流产呢。

我私下写信给法国的苏格兰密使。我告诉他我已经作出了决定，他可以将此禀报给那个我称之为魔鬼的老国王。他可以告诉他我已经准备好出嫁。法国的路易将正式公开地求婚，而我会答应他。我会嫁给他，不论他是怎样一个老朽的野兽，我要成为法国王后、英格兰的敌人，比凯瑟琳更高贵显荣。

1514年7月

苏格兰 佩思 梅思文城堡

我遇到了一件可怕的事,我想不明白这是怎么回事。我想不清楚为何我妹妹会犯下这等大错,她是我的亲妹妹啊!我无法相信我亲弟弟竟是如此奸伪狡诈之人。仿佛我从未了解过他们的真面目,仿佛他们有着邪恶的默契,双双背叛了我。这等无耻行径让他们自己成了声名狼藉的骗子。他们简直可耻至极。他们一心想要毁了我,毁了我的未来。先是害我守寡,如今彻底毁了我。

玛丽拒绝履行同卡斯蒂利亚的查理的婚约。拒绝履行婚约!好像从没有过婚约似的!好像她可以随便许诺,收下那些珠宝,然后站在金缕华盖下念出那些誓言——我可没忘了那顶金缕华盖,也没有忘了那幅刻好之后贴满全国各地的木版画。这些事她全都做过了,而现在她说她没有做过。她不曾许诺,不会有婚礼。玛丽不会嫁给卡斯蒂利亚的查理。

假若玛丽订婚多年之后——可不是一时半会儿,而是整整好几年,而且每个月还收下了礼物——才突然收回承诺,取消订婚,拒绝嫁给一位君王,那么别人要如何相信一位公主的金口玉言呢?那满衣柜的礼裙算什么?那颗全世界最大的红宝石又算什么呢?皇帝的孙子忽然就配不上她了?我妹妹的眼光是高到何等地步了呢?这难道不是虚荣的罪孽吗?这难道不正是祖母在她还是住在育儿所的小姑娘时,就提醒过她的那桩大罪吗?必然应该有人告诉她,她不能许下诺言之后又打破它:公主的话即金口玉言。

我惊愕不已，又怒不可遏。我的侍女都围在我身边，问我是不是身体不舒服，因为她们看到我一下脸色惨白，接着又发烧似的通红。我没法告诉她们我出了什么事。没人能够知道我这次所遭受的沉重打击：这世上最糟糕的打击。她竟然要嫁给法国的路易，这简直不可思议。

就在我出于政治原因与王后身份的考虑，决定要接受路易的求婚之际，玛丽横插进来要嫁给他，取代我的位置！而且，他怎么可以在向我求婚的同时，还向玛丽发出求婚提议？这难道不是为人所不齿的行径吗？所有人都说他是道德败坏的化身，不守诺言的代表，可没有人提醒过我他可能会为了我的小妹妹而甩开我。再看哈里，他早知路易向我求婚，而我正在考虑是否接受，他又是怎么做的呢？他难道不该指责："你怎么敢向一位王后求婚的同时还向她的妹妹求爱？"两面三刀的不仅是路易——还有哈里和玛丽！

为什么玛丽会考虑他这种人？他难道不是老得已经可以做玛丽的祖父甚至曾祖父了吗？他难道不是浑身梅毒，对任何女人来说都危险至极吗？他难道不是把一个妻子赶进了修道院，还把另一个推进了坟墓吗？为什么玛丽会愿意接受呢？为什么哈里会想要这场联姻呢？为什么凯瑟琳会同意呢？可以确定的是，这是哈里促成的：哈里和凯瑟琳两人。上帝明了这都是他二人在操纵一切，就像玛丽是寓言剧里的牵线木偶。我不明白哈里怎能对他的妹妹做出这样的事。路易是他的敌人！他去年才出兵讨伐的敌人。他那位西班牙妻子全家的终生仇敌！

这笔交易绕来绕去，蹊跷太多，我毫无头绪。不过有件事再清楚不过了——凯瑟琳的父亲改变了自己对法国的态度，于是他的女儿顺从他，还要把她的小妹妹嫁给一个老怪物，顺便还羞辱我一顿，让我找不到丈夫，无依无靠地留在苏格兰——出乎所有人意料的结果。

这桩丑闻要是就这么完结，那也够糟糕了，然而更可怕的事接踵而至。

我们法国的密使汇报说哈里正在与法国协商，要求他们承认自己拥有所征服的法国城镇的统治权，并支付他一笔金额巨大的费用。如果路易迎娶玛丽，必须再支付一百五十万克朗。这是一笔巨款。这是一名美貌超凡的公主的价值。它向全世界展示了哈里是多么珍视他如花似玉的小妹妹，而路易愿意付出多大的代价来赢得她。可要是路易选择迎娶我，他可以少花很多钱就能得到我。他要是娶我，那他只用付给英格兰十万克朗。

于是我明白了。我明白他怎么看待我，还有其他所有人究竟如何看待我的了。我看清了我的价值。哈里告诉了所有人我价值几何。这是对我的公开羞辱。我看到了玛丽价值一百五十万克朗，还要奉上若干法国城镇；我却仿佛被急于脱手而折价出售。哈里向全世界公告，他认为她的价值是我的十五倍。为了迎娶她，路易几乎愿意付出一切。终我一生，我从未经受过如此残忍的羞辱。

我在梅思文的会见厅里来回踱步，经过敞开的窗户，窗外温暖明媚的夏日景色却没能够吸引我看上一眼，我的每次转身都使礼服裙摆晃荡抽动，就像猫咪发怒时突然竖起的尾巴。一名侍女奔向我，我挥手让她退下。没人可以知道我沸腾的怒火，还有我受伤的虚荣心，就算此时我在心底因愤怒而伤心地尖叫不已，但我必须表现出秘而不宣的深沉姿态。

我受不了了。一想到我已经告诉路易我愿意成为他的妻子，一想到我已经决定牺牲自己成为法国王后，而如今路易的妻子和法国王后都成了玛丽！另一个想法让我恐惧地停了下来：要是我告诉我的议会大臣们我曾接受路易的求婚，要是全世界都知道我同意了——然后所有人都看到他选择了玛丽！这是何等的耻辱！我受不了有人可能知晓我先前的打算；我甚至受不了有人做出如此猜测。我应该马上下嫁给我的铁匠，如此一来，每个人都能明白我从没考虑过路易。我应该嫁给那位皇帝。我必须确保没人会说出那个令人作呕又危险的法国国王原本要娶我，但又决意反悔了这种话。

那个恐怖的老男人向我求婚，又向玛丽求婚，最后决定娶他更喜欢的玛丽，我的小妹妹！一个除了脸就一无是处的傻姑娘！可按照我弟弟自己的估计，她却比我贵重整整十倍之多。我对哈里还有什么好说的呢？他要如何奖励我呢？

我在会见厅里乱转，侍女们紧靠墙站着，为我让路，此时约翰·德拉蒙德和他的孙子、我的切肉仆人阿奇博尔德未经宣召便走了进来，显然我的某位侍女，被我发火的样子吓坏了，跑去找来了约翰·德拉蒙德。他看了我一眼，朝我的侍女们点头，她们就忙不迭地离开了房间，好像只有这两个男人才强大得能够忍受我的低声咒骂与呵斥。

"发生了什么，殿下？"约翰·德拉蒙德轻声问道，"我想是英格兰那边来的坏消息？"

"他们胆敢——"我停顿一下，"他们羞辱了自己……"我气得哽咽。

"还有我……"

我猛然转身，看到年长的男人给年轻的那个做了一个不起眼的手势，就像牧羊人对一只狗那样，动动手指，告诉那条狗去追赶羊群，让它们乖乖走进羊圈。阿德走上前，英俊的脸上满是怜惜之情。

"他们对您做了什么？"他关切地问道，"谁让您这般难过？"

"我的弟弟！"我的愤怒和委屈在这一瞬间纠缠在一起，我投入他的怀中，随后发现他双手抱着我，强壮的臂弯将我圈在怀里，于是我埋在他漂亮的丝绒外套上痛哭起来，他拥着我摇摆，好像我是一个受伤的孩子，抚摸我的发丝，轻言细语地说着安慰的话。

"阿德，阿德，他们侮辱我，抛下我，他们总是、总是这样对我。他们让我出丑，让我觉得自己是个傻瓜，而他们自己一副高高在上的样子，他们总是这样对我！我渴望拥有安稳的生活，当苏格兰的女王，而且我本来可以帮助……"

"亲爱的,我的爱,我的王后,"他说道,这话听起来就像诸岛上传来的歌声那么甜美。他拥着我轻轻摇晃,从一边到另一边,仿佛一位民谣歌手。"我的爱,我的甜心,我深爱之人。"

"我吗?"我说道,"噢,那他们应该在音乐会上这么做,和我作对!"

我听见身后传来轻柔的关门声,约翰·德拉蒙德悄悄地离开了房间。我隐约还听见了钥匙转动的声音,他把我们锁在了里面,以不受打扰。阿德抱着我轻轻摇晃,亲吻我沾湿的睫毛,我闭上的眼睑,我颤抖的双唇,他亲吻我的脖颈,我的双乳,然后温柔地让我靠在窗台边。他温暖的嘴唇停留在我嘴上,我尝到了他舌尖的甜蜜,他的触摸令我发颤,接着我自己都感到惊讶,我发觉自己靠在了墙壁上,提起我漂亮的礼裙,轻声喊着"阿奇博尔德",之后他拉住我,占有了我,我听到自己原本生气的啜泣变为不断的喘息,之后成为了愉悦的呼喊。我不再关心我那自私的弟弟,我虚荣的妹妹,还有法国的路易,我谁都不在乎了。

1514年8月

苏格兰　佩斯　金诺尔教区教堂

我们必须结婚，马上结婚。我们当然要这么做。我们必须马上结婚，一阵急切的欲望控制住了我，我有生以来第一次为这欲望的力量歌唱，起舞，欢笑。这个夏天属于我：在此之前，我从未经历过这样的夏天，我感到自己成为了女人，我感受到了热血的流动，肌肤的温度。我爱上了我自己，我年轻嫩滑的身体，丰满的双乳，湿热的秘处。这一刻属于我：我从未遇到过这样的男人，他想要的是我这个人，而不是两国条约的象征。这就是我选中的男人——迷人，热忱，有魅力，讨人喜欢，他带给我如此多的欢愉，我无法忍受与他分离，不论白天黑夜。

每当我清晨醒来，正是春情荡漾之时，我就马上就见到他。现在我们很早便去礼拜堂，他也一定会站在我的座椅旁，我能看见他，即便我们不说话，王宫的人都已经明白了。神父在前面做弥撒，我闭上眼睛，看似在祷告，但其实心中所想的是我和他独处时他亲吻我、抚摸我的画面。一股热潮仿佛流经我全身，让我欲火中烧。早餐时，他必定站在我身边，为我切火腿和冻牛肉，这时我吃下一片又一片火腿，就是为了享受他为了把肉片放进餐碟而靠近我的片刻喜悦。有时他的手臂擦过我的肩膀，我抬头看向他，发现他凝视着我的嘴唇，就仿佛他也渴望得到一个吻。我们外出骑马时，他的马一定也是在我身边的，况且我只想和他一个人说话。任何人的靠近都是在打扰我们，我等不及让众人都离开。我俩并肩骑马，十分亲近，膝盖都能轻轻碰到一起，他能伸手摸到我握住缰绳的手。我只会和他跳舞；我无法忍受看到他和其他任何人跳舞。当舞曲轮到他和其他女人搭伴，他牵起她的手时，我会即刻讨厌起那个女人，她怎么敢进入我的王宫，还强出风头。我一点也不关心国家大事，我甚至没有看戴克勋爵的那些信：无非就是告诉我怎么做才对英格兰最有利。我对凯瑟琳怀孕、玛丽和她的婚约者之类已没有一丁点兴趣，我尤其不想听到玛丽与法国路易那两面三刀的婚约。他们远在天边，也并不在意我——我为什么要为他们烦忧？我把议会和国家抛诸脑后，甚至忽略了我的小男孩们，在这火热而持久的迫切渴望中，我只想和他在一起——只有他。

这是爱情，我为它着迷。我从来不知陷入爱情会是这般感受，我从未想过会有如此体验。我重读了我的那些传奇故事，想知道吟游诗人们讲述的故事中的爱情是否如此，我还下令让乐师吟唱那些关于爱情和渴望的歌曲。我好奇这是否是哈里对凯瑟琳的感觉——他可能会有这样的感受吗？这是否就是那盲目的渴望，使他忽视了她身上那些令我不满的缺点？我好奇我的傻妹妹玛丽对查尔斯·布兰登是否也有这种急切的狂热，尽管她天真又傻笨，但玛丽会不会像我渴望阿德那样爱慕着查尔斯·布兰登呢？若真是这样，那我发自肺腑地为她遗憾——不是因为我欣赏的男人更优秀（虽然事实如此），而是因为她将不得不克制自己，还要面对孤独。然而我能幸运地享受自由，嫁给我爱的男人，我不会让他离开。假如她有和我相同的感受，却无法让查尔斯·布兰登留下来，还得嫁给法国国王，这会让她肝肠寸断。感谢上帝，我不必走上这条可怕的道路。

阿奇博尔德的表亲，邓布兰大教堂的主任牧师在黎明时刻与我们碰面，打开了礼拜堂的门。我穿着一身绿色的礼裙走进婚姻的殿堂，长发披肩，宛如一位处子新娘。我怎么不是呢？这恰好也是凯瑟琳在她第二次婚礼上的情况。一个唱诗班的小男童唱起了一首礼赞，他的歌声悦耳饱满。旭日升起，阳光穿过弧形窗户照在我们脚下，似乎在说前路将温暖而灿烂。当我发现阿德没有戴戒指时，我笑了出来，之后便摘下自己右手的戒指给了他，然后他递回来，戴在了我左手的无名指上。我丝毫没有想起卡斯蒂利亚的查理和他的红宝石。那位主任牧师主持了弥撒，我们分享了面包、红酒，还有这神圣的一刻，之后静悄悄地离开了礼拜堂。我感到内心充盈着感激之情，他是自由的，我也是自由的，我们都年轻美丽，我们都健康强壮，上帝会保佑我们，让我们相爱一生，这是一份神圣的爱。我相信我们会非常幸福，幸福美满到永远，我再也不用嫉妒任何人了，因为我已经嫁给了一个能够赢得世间所有女人的喜爱的男人，而他爱上了我。他选择了我，他爱上了我这个人，并非我的名号，我的头衔，或者我所继承的一切。我觉得自从我失去我哥哥亚瑟之后，他是这世上第一个真正爱我的人。

"愿上帝保佑您，"阿奇博尔德的叔叔加文·道格拉斯说道，他是爱丁堡的圣吉尔斯教区的主任牧师，也是我第一任丈夫的王宫里最伟大的诗人之一。"我本想写一首诗，但我觉得我无法描述出您面容上的喜悦。我仅能祝愿您拥有一场盛大的婚礼庆典，并且获得大主教的祝福。"

我向他伸手，他庄严地握住了，并弯腰亲吻我的手。

"您要祝福我，叔叔。"我有些冲动地开口，低下了头，他在我额上画了一个十字。"好了，"我欢欣鼓舞地说道，"这样我便拥有了一位大主教的祝福，因为我将要任命你为圣安德鲁斯教区的大主教。"

他深深地鞠了一躬，藏起他的激动。"我深感荣幸，殿下，我会为您和您的新任丈夫，还有上帝效劳。"

阿奇博尔德和我骑马返回城堡，我们径直走向我的宫殿，宛如一对无所忌惮的年轻爱侣。我依然处于服丧的第一年，阿德也违背了他和珍妮特·斯图亚特的婚约，但这没什么大不了的，一切都无法阻止我们。我们结婚了，我手上戴着他的戒指，我还有可能怀上他的孩子。我们手牵手经过那些满脸震惊的侍女，在她们讶然的神色中关上了卧室大门。一切顺利。我嫁给了我爱的男人。而阿拉贡的凯瑟琳在等待数年之后才让哈里屈尊迎娶了她；我的妹妹玛丽，她要跟一个老朽的淫棍拴在一起，从今往后，她们会对我艳羡不已。一切都会不一样。她们会嫉妒我。

1514年8月

苏格兰 爱丁堡 荷里路德宫

　　我的议会大臣们竟敢对我说我已经丧失了摄政的权力。他们竟敢对阿奇博尔德说他们会以未经允许就迎娶我的罪名而传召他。他们甚至敢说加文·道格拉斯不再是主教了，我也不能任命他为圣安德鲁斯教区的大主教，因为已经有另一位主教被提名。好像教堂事务不在我管理之下似的！好像我没有让哈里满足道格拉斯家的要求似的！我是摄政王后，能够嫁给我想嫁的人，能够嘉奖我想嘉奖的人！议会传召我——摄政王后！摄政王后！——去见他们；而阿奇博尔德和我火速南下前往爱丁堡，满心怒火，决意让所有人明白，没有人能够质疑我和我的权力。

　　我们在王宫正殿等着议会大臣赶来。我故意站在王座之前，我英俊的丈夫站在我右边，他的祖父约翰·德拉蒙德在我左边。这下大臣们就能够明白在背后支持我的力量了：一边是道格拉斯氏族，另一边是德拉蒙德氏族。然而他们并不会乖乖服从。大臣们找来了纹章官威廉·康明爵士，里昂法院的首席纹章官，他宣布拒绝承认我的摄政权力，并要剥夺我对儿子们的监护权。他走进正殿，头顶飘扬着旌旗，摆出纹章官的气势，威风凛凛地宣布了这个决定，我忽然感受到一阵畏惧的剧痛。我陷入了大麻烦之中，远比我想象的还要严重。我早知道议会不会满意我的再婚，不过我没想到他们竟会这样对我。我没有想过这些人会剥夺我的称号，我的儿子，我的一切。我本以为这会是我的胜利，眼下忽然就摧毁了我的生活。

传令官称呼我为:"尊敬的先王遗孀殿下,国王之母……"

是了!听听这话——他本该尊称我为摄政王后,但他不承认我。在他说出下一句大逆不道的话之前,阿奇博尔德的祖父勃然大怒,大步上前给了他一拳。

这个举动糟糕至极。一位纹章官的身体是神圣的。他是纹章官,也是传令官,奔波于交战的双方,必须毫发无伤。骑士守则是他的挡箭牌。威廉爵士被打得站不稳身子,差点摔倒在地,幸好一位领主及时扶住了他,阿奇博尔德喊道:"别这样,祖父!住手!不能冒犯纹章官!"

这位纹章官吓坏了。众人将他扶稳,接下来他却挑衅德拉蒙德大人。"您真是太失礼了,"他喘着气说道,"可耻!"

阿奇博尔德挺身而出,声援他的祖父,一副他会再把这位首席纹章官打倒在地的架势。"你可没资格说我们可耻!"

我尖叫出来:"阿奇博尔德,别!"我抓住了他的手臂。德拉蒙德大人也喊道:"安格斯!"就像在战场上的嘶吼,然后他推开了我内室的大门,我们三人连忙离开了这个房间,留下那群目瞪口呆的大臣和那位首席纹章官,还有大法官。我们冲进了我的私室,我投入阿德的怀抱,两人紧紧依偎在一起,又哭又笑,方才真是凶险,他祖父方才真是做了一件凶险万分的事。

"他那张脸!"阿奇博尔德依旧止不住笑声,然而我却平静下来,再不觉得这件事有丝毫乐趣可言。我转身看到约翰·德拉蒙德仍是一脸怒容,他那只打了里昂法院首席纹章官的手紧握着。阿德还在笑。

"大人。"我小心翼翼地开口道。

德拉蒙德看着我。"他们会因此拘捕我,"他说道,"我没有控制住自己的脾气。"

"您修理了他!"阿奇博尔德得意扬扬地说。

"闭嘴，"他的祖父生气地说，"这是我的错处。没什么好笑的。"

阿德努力要做出严肃的模样，但还是忍不住发出咯咯的笑声。我现在也笑不出来了。我很担心大臣们会将此事变成对我们的严厉指控，我也将不得不写信给亨利解释这边的情况，遮掩一下粗野之处，好让我们看上去不那么像一群鲁莽的傻瓜：由于我的大臣违抗我，拒绝承认我的权威，首批内阁成员彼此大打出手。

✦

我和我年轻的丈夫出席了议会，就像两个被生气的卫兵传召的孩童，接下来还要去参加苏格兰国会的会议。每个人都怒气冲冲的，领主们都愤愤不平又意见不一，而议会中身份相对较低的一伙人对我的行为暴跳如雷。他们已经因为阿德娶了我对他心生愤懑，然而现在他们又对道格拉斯氏族的过去满腹怨言。

我从未听说过的那些古老传说引起了众人对我年轻丈夫的不满，好似这几百年前的罪孽都是他的错。我尽力保持冷静，同时认真思考，逐个接见他们，努力向每个人说明嫁给阿奇博尔德有利于重整这个混乱的国家，他会帮助我成为得到所有氏族认可的优秀王后。我们并不会偏宠道格拉斯氏族，王位也不会落到德拉蒙德氏族手中。可是领主们坚称道格拉斯家族以往有过篡位的企图，而我已故的国王丈夫一生的职责就是让他们安分守己。他们讲述了这个家族的故事，还说我不能相信约翰·德拉蒙德。他们说他曾把自己的女儿卖给我的国王丈夫，还告诉我阿奇博尔德的另一位祖父、那位挺身而出的勇士，曾为了向珍妮特·肯尼迪求爱向詹姆斯发起挑战，结果被詹姆斯判处无期徒刑，关进了牢房，只有在需要他的儿子们带兵出征弗洛登的时候才把他放出来。

"别提那个。"我打断了他们。我不想听到这些老家伙为了私欲而玷污了阿奇博尔德的光辉形象。阿德与我是新婚夫妇,才刚刚尝到了幸福的滋味,我们和我丈夫的情人无关,更与苏格兰领主之间复杂的仇恨纷争无关。我们年轻又无辜,那些都是久远又肮脏的历史。"安格斯伯爵已经向我许下终身,他祖父和他父亲所做之事如今都无关紧要了。"

议会不赞同我的话。他们说他是红道格拉斯家族的领袖,这是一个比黑道格拉斯更加臭名昭著的家族,这个家族从詹姆斯二世那时起便是王位的威胁。

"那些都是很久很久之前的历史了,"我说道,"如今谁还在乎这些呢?"

然而他们坚定地将过去的伤害铭记在心。苏格兰人都不是新生儿;每个人都是冤罪的继承人,谋划着复仇的活动。当我提出要让阿德坐在我身边,与我共同摄政时,议会毅然决然地对我说他们绝不允许这样的事发生。尽管我提醒众人曾立下了誓言要效忠于我,效忠于我的儿子,可任凭我如何劝说,他们都不予理会,只是宣布要派人接回奥尔巴尼公爵,代替我管理国家。

这可是一个在法国长大的公爵,苏格兰王位的继承人,我弟弟哈里千万叮嘱我不能放回苏格兰的人。"他不可以回来。"我告诉他们。

"我们不允许。"阿德说道。

休姆爵士宣布,由于我不再守寡,我已失去了摄政权力。阿兰伯爵提出,他作为汉密尔顿家族的人,应该在朝中拥有比道格拉斯家族更高的地位。阿德只是在我耳边说道:"我们在这儿不安全,必须回到斯特灵。"想到要逃离这令人发怒和不快的一切,我简直控制不住内心的欣喜,于是就在当夜,我们便骑马带着一小队人马离开了我的都城,我俩仿若一对流浪者,而非摄政王后和她的伴侣——或者说联合摄政官,待我们归来之日,我必定要让阿德成为联合摄政官。

1514年秋

苏格兰　斯特灵城堡

我妹妹从英格兰寄来了她的最后一封信，作为英格兰公主的最后一封信。她说等到她下次写信，她就是法国王后了。我对此气得咬牙，接着提醒自己，至少我是自己挑选的丈夫，因此我再幸福不过了。这是真的，我已经幸福至极。我是为了爱情而结婚，并且我毫不在意议会的反对。

当我读着她的信——十八辆货车，贴着法国王室的鸢尾花，这标志比我的苏格兰蓟花还要优雅——我的嫉妒天性褪去了，我开始为我的小妹感到难过。信里有些地方笔记模糊，无法辨认，我猜想是她边写边哭，泪水抹花了她的字。她对我说她爱上了一位绅士，一名贵族，全王宫甚至可能是全世界最英俊之人，她深切而真挚地爱上了他。她突发奇想地和哈里提出一个交易，一个她发誓保证他一定会遵守的交易：他们一致同意，只要法国国王一死，她就可以自由地嫁给她选中的男人。她含糊其辞，没有说明这人是谁，但从她对查尔斯·布兰登那幼稚的迷恋来看，我猜一定就是这位新晋公爵了。

你会支持我吗？噢，玛格丽特，你会做我的好姐姐，对吗？你会提醒哈里要遵守他郑重许下的诺言，是吗？我终有一日会成为寡妇，那个老国王活不了太长，我很确定。你会帮助我效仿你的例子吗？第一次婚姻是为了家族利益，第二次为了爱情。

她激动得手都在发抖,她信中写道,若非确定她只需要短暂忍耐些时日,最终仍将获得幸福,她才受不了远赴法国,嫁给那个老国王。

没有对未来的期盼,我无法嫁给他。我听闻你的丈夫安格斯伯爵年轻又英俊——对此我真为你感到高兴,亲爱的玛格丽特。你愿意做我的好姐姐,真心待我,帮助我与我所爱的男人厮守,获得你那样的幸福吗?

我心想:她太可笑了——这无法相提并论。阿德是我今生的爱人,出身于苏格兰最高贵的家族。他从小被教导要领导一个伟大的家族,他的亲属都是议会成员,祖父是大法官,父亲光荣地牺牲在弗洛登,他还有王室血统。查尔斯·布兰登只是一个投机分子,为了金钱结婚,又为了利益订婚。他强娶一名妻子,后死于难产;他又为了财产娶了一个老夫人,又再抛弃了她。他靠着自己的魅力与竞技技巧,成为了哈里听话的密友,一步一步向上爬。我的阿奇博尔德是贵族,而布兰登不过是个马夫。

但是我还是友善地给她回了信,我的傻妹妹,我微笑着写下回信。我说我送了她一本祈祷书作为结婚礼物,她应该祈祷并思考上帝的旨意:他会在时机恰好的时候带走她的丈夫。等到那一天来临,我会欣然提醒我们的兄弟,她希望能够自己挑选她下一任丈夫。我认为她是一个想要毁了自己的傻瓜,为了爱情辱没了自己身份的傻瓜,但我不会直说出来。我对她说,她一定要倾尽全力当好法国的王后以及路易的妻子——其实我认为他是个老色鬼,但这点我也不会说出来的。我写道我希望她能给他诞下一个子嗣,写下这句话时我嘴角忍不住上扬,这样一个身患隐疾的老头子怎么可能会有儿子?我说我希望她在新的国家和她的丈夫一起收获幸福,而且我是真心如此希望着——这就是我亲爱的小妹，如人偶一般容貌精致，也如人偶一般没有头脑。就我自己经历的无上幸福而言，我承诺会为她祈祷，我担心那个男人会对她做出什么事，我为她担心。我会如她所愿，为她祈祷，期盼那个老怪物快点死，好放她自由。

要找到一个信使为我送信，还要把他偷偷送出暗门，这就像是在围困之中把一个探子送出城堡。议会的领主们带兵赶来，驻扎在山脚的城镇府邸中，我们放下吊闸，紧闭大门，没有阿德的允许，没人能够进出。望风的哨兵和保护我的侍卫都是由他的氏族安排的，我特别欣赏这些人对他那种赤诚而不朽的忠心，他们听命于他的祖父、他的父亲，而今他一声令下，他们就是他的下属了。我对此感到有些陌生，又有些动容，因为我来自一个刚刚获得王位不久的家族。我们没有宣誓效忠我们几百年的下属。

"这就是苏格兰领主，"阿奇博尔德对我说，"我生于此地，长于此地，我的下属也是。我别无选择，必须带领他们。他们别无选择，必须跟随于我。我们是亲属，我们彼此宣誓，我们是同族同胞。"

"这太美妙了，"我说道，"这是最了不起的忠心。"

自然有人会议论说这证明了我不是苏格兰的王后，不是各位领主的王后，没有为了国民把我的儿子培养成为国王。人们说这表现我属于道格拉斯家的阵营，可我还能怎么办呢？国会实施了他们的威胁，剥夺了我的摄政权，派人从法国接走奥尔巴尼公爵。不过一切也都还好，因为法国国王给我写了一封措辞谨慎又有礼的信，他保证，除非是我开口要求，不然他不会将奥尔巴尼送回苏格兰，哪怕苏格兰领主们强烈要求让他来替代我。

大法官詹姆斯·比顿前来求见，还带着给每一条法规盖章的法印。我说他应该把那枚印章留给我，他说这应该由他掌管。他还说要设立新法得等到国王执掌国会之后，不能让一个女人、国王之母心血来潮就制定法规。我简直怒不可遏，他竟敢如此同我讲话。我和阿奇博尔德对视一眼，我看到他嘴唇气得发白。

"你胆敢如此侮辱我,"我说道,"我乃摄政王后。别忘了是谁为这片王国制定了法律。"

"别忘了谁掌管法印,"他说道,"我才是大法官。"

他就像个炫耀的蠢猪似的在我面前握住那枚法印。那是个银色的大块头,足有晚餐碟那么大,上面雕刻有凹槽用以倾倒热蜡。他在我面前拿着它,犹如一面照人的玻璃,而我在雕花之间看到了自己愤怒而扭曲的面容。

"这好办。"阿奇博尔德说道,然后像个孩子似的,伸手从大法官手上抢走了法印,扔向房间另一头。

我倒吸一口寒气,惊恐万分地喊出:"阿奇博尔德!"他的祖父也喊道:"安格斯!住手!"可就在有人出声制止之前,他就拿着苏格兰的重要法印冲出了房间,像他要赶着去端菜上桌。大法官看向我,吃惊地张大了嘴,一副上了岸的螃蟹为了呼吸张着嘴的傻样子。

我一时语塞。这真是极其滑稽又淘气的行为,十分有效但也十分幼稚的举动。我惊恐地和阿奇博尔德的祖父交换了眼神,接着在所有人开口之前,我提起裙摆,绕开人群,逃离了房间。我冲进我的私室,看到阿德高举着法印在跳舞,脸上是得意扬扬的表情。我都没法儿教训他。

"我们必须把它还回去。"我说道。

"不要!"他语气就像戏剧里面的海盗。

"我们必须还回去,不然我们会惹上大麻烦。"

"他们能做什么?那些人敢对我们做什么?"

"他们已经停掉了我所有的租税,我没有收入了;他们还能要求让奥尔巴尼回来;他们能要求让我的儿子处于他们的监护之下……"我一件一件地同他讲,"而这些都还只是开始。"

"他们什么都不能做,"他高声说道,"你是苏格兰王后。我是你的丈夫。你是国王之母。他们只能向你下跪。不过一群乱臣贼子，何况眼下我们还有了法印，我们可以随心所欲地颁布法律。"

我真希望他是对的。他的祖父还有他的全部亲属，包括德拉蒙德和道格拉斯两个氏族都和他意见一致。两大氏族说我们可以无视那些反对我们的领主。一旦我们占据上风，其他领主都会站到我们这边。戴克勋爵也说这些反对我、还要派人去法国接回继承人奥尔巴尼的领主都是我的敌人，彻头彻尾的敌人，还说我应该利用道格拉斯氏族的力量，把我的意志施加给那群领主。假如我要对其宣战，英格兰会支援我。阿奇博尔德说我们必须建立自己的王廷，如此我才能任命他的叔叔加文·道格拉斯主教为大法官，让众人听命于我，在佩思召集国会，与现任大法官和现有的国会分庭抗礼。

我觉得这可能是一场豪赌，一场影响巨大、勇敢无畏的赌博。因为那些坚称要罢免我的领主必须向我传达奥尔巴尼公爵的信息，而由于这位公爵那骑士般的公正态度，他已经毁掉了这场叛乱，即使回到了苏格兰，公爵也只愿出任顾问一职，他不愿成为我的敌人，不会篡夺我儿子的权力。他不会听从领主们的请求回到苏格兰，只有我让他回来时，他才会回来。

但是我要如何对付这群领主呢？他们背叛了我，而我没有钱财和人力来组建一支军队。不过目前情形还过得去，因为阿德说我们会发起进攻，领主们绝对无法攻下斯特灵。要让我们躲在城堡里，国会却派人前往法国迎接他们属意的摄政官，这日子过得一点都不舒快。我给哈里写信，并对他说，不论他有多关心玛丽还有她那些漂亮礼裙，她声势浩大的订婚仪式，以及她愉快的法国之旅，他都必须派一支军队给我，因为我遭到了我自己人民的攻击。我告诉他，出于安全考虑，我待在斯特灵，但眼下无法离开。我被困在了我自己的城堡里，唯一能拯救我的人就是哈里。

哈里通过边境守护者戴克勋爵（现在我把他视为我真正的盟友与朋友

了）给我带来一个消息。显而易见，哈里不愿意尽自己的义务来帮助我。他告知我他不能为了我和我联合摄政的丈夫而派一支军队到苏格兰，因为他刚刚听说了我们袭击里昂法院的首席纹章官，还从大法官手里抢走法印的消息。哈里说我在苏格兰不安全，我必须带着我的儿子们离开这些反贼的势力范围。他对我说我必须逃往戴克勋爵那儿，他会把我带到伦敦。他承诺会把我的儿子们当作英格兰王子来教导，并且会将詹姆斯任命为他的继承人，但我必须赶在奥尔巴尼赶到并囚禁我之前逃出斯特灵，越过边境，进入英格兰。哈里说已尽力劝服了他的新妹夫法国国王，确保奥尔巴尼不会回来——但万一苏格兰领主们背弃了我，邀他回国，我又能有什么办法呢？

我把信拿给阿奇博尔德看。"哈里不会派军队，"我直接说道，"他说我们必须逃往英格兰。阿德，我们该怎么办？"

他看上去害怕极了，我英勇年轻的丈夫有生以来第一次感到了恐惧。我在心底为他生出了无限的柔情。他曾指望着我的弟弟派一支军队来支援我们。"我不知道，"他回答道，"我不知道。"

1514年冬

苏格兰　斯特灵城堡

　　玛丽在十一月加冕为了法国王后，我听闻她的丈夫每天清晨都会送给她一颗硕大的宝石。她的加冕礼袍是金锦缎制成的，她乘坐在一辆装饰有法国百合和英格兰都铎玫瑰的开放式马车里面，穿过了整个巴黎。那个国王有风湿痛，站着都勉强；但是每个人都盛赞新娘淡然稳重的姿态和她秀美姣好的外貌。他送给亨利一套马具作为礼物，以答谢他送来如此尤物——这都是他的原话。大使告诉我的时候真让我感到不适，这就是一位为了国家利益而出嫁的公主。并非所有公主都能如我这般拥有嫁给所爱之人的幸福。

　　他让我如此幸福！尽管我们被自己的策略困在了自己的城堡里，但只要阿德在我身边，我就不会觉得挫败。我盼着夜晚快降临，他会来到我的房间——他每晚都会来，不论盛宴日或是斋戒日，他会同我一起欢笑，还说他将来必定要为他的淫欲，情欲，爱欲，甚至偶像崇拜而忏悔。他一边说着这些话，一边亲吻我的眼睑，我硬得发疼的乳尖，我的小腹，乃至我的私密之处。他毫无保留地爱着我，如同我是他的王国，他的进入只是回归自我。我像个荡妇似的为他打开身体，渴望着他的抚摸，放任他说他想说的话，做他想做的事，只要我们的双唇依然紧贴着彼此。我失去了廉耻之心，我沉沦其中。我从不知晓这等欢愉，一个男人竟能挑起我的欲望至如此地步，我几乎失去了意识，忘记了我是王后，忘记了我是一个母亲。

我全身异常敏感，饥渴难耐，欲望令我整日湿润。我等不及夜晚的到来，等不及他悄悄关上我的卧室门。我等不及他那暗示稍后会来找我的微笑。我不想拂晓来临，到时我们不得不起身前往礼拜堂，戴上我们白天的面具，假装我们没有完全迷恋对方，痴迷于对方。

白天的时候，我必须保持王后的仪态，我必须像侍卫长那样保持警觉，必须像大法官那样运筹帷幄。我们仍旧只收到坏消息，虽然我已经任命阿奇博尔德的表亲加文·道格拉斯为圣安德鲁斯教区的大主教，但是苏格兰议会拒绝接受，而且，尽管有哈里支持我的决定，教皇却并不认可。苏格兰领主派遣军队前往圣安德鲁斯城堡，加文·道格拉斯被围困在那儿，就如同我们在斯特灵面临的困境。婚礼当日赐予他的奖赏竟成了一件烫手的礼物。

之后我收到了圣诞节的信件。玛丽写了一封长长的信，向我讲述她那些非比寻常的珠宝还有法国宫廷的非凡魅力。她的婚礼极尽奢华之能事，五光十色，令人目眩神迷。查尔斯·布兰登举着她的旗帜参加了婚礼比武，有传闻说她丈夫的继承人弗朗西斯也和老国王路易一样热烈地爱上了她。她说这是真的。我仿佛能看到她痴笑的模样。

他爱我爱得发狂，这可真让人难堪，他说他愿意为了我去死。
我的国王丈夫说我必须把他送走，他吃醋了。

她列出了一份冗长的清单，上面写着路易赐予她的礼物、有多少人赞美了她的如花美貌、那些华贵的服饰与她多么相衬，还有国王有多么坚持让她接受每一项封号。她被加冕为法国王后、巴黎珍宝，她的侍女如何如何，她的消遣又是如何如何。这些内容她说个不停，我翻过了两三页，基本略过了这些文字：

要是你能看见我有多么受尊崇，你肯定会大吃一惊。法国人真是太傻帽了，他们说我美得像圣人，国王也说他要让人为我画一打画像，但没有任何生花妙笔能够刻画我的魅力。他说基督徒王国里没有一个国家的王后能与我媲美，没人比我更受宠爱，所有王后都会嫉妒我。

才不是，我就不嫉妒，我心想着。可别把我算在那些想要拥有你的美貌、你的珠宝、你的礼服的女人之内。我会以统治者的身份，凭我的美德赢得我的国家，而不是以最美丽的女人的称号。我是摄政王后，而不是个漂亮人偶。

接下来我阅读了凯瑟琳写给我的一封短信。

我要很难过地告诉你我又失去了一个孩子。他早产了，虽然我们本以为可以救下他，但他还是离开了我们。他是个男孩。这是我死去的第四个孩子了。愿主垂怜，别再让我遭受如此折磨了。请为我祈祷，为了他可怜的灵魂祈祷，玛格丽特，我恳求你。我不认为我还能再次忍受这样的痛苦。我甚至不知道在失去了其他孩子之后，我该如何度过这次打击。

我坐在炉火边，信摊在腿上，我向来在意这两个女人的生活，在意她们生活中的起起伏伏，但有史以来第一次，这股在意消失了，我不再嫉妒了。我想我无法判断我们中的谁最优越了：我嫁给了爱情，但却被我自己的人民所围困；玛丽成了一个漂亮的奴隶，就如索斯华克那些浴堂里的妓女；凯瑟琳厄运缠身，每年都经历一次心碎。

死的第四个孩子？若非诅咒，这有可能吗？上帝为何会送给他宠爱的王后四个悲剧？上帝不愿赐予英格兰王位又一个都铎男孩吗？他是否在向我们展示这一点？或者说凯瑟琳才是那个被诅咒的人？是因为父亲坚持处死了我的表亲沃里克，还有那个我们称之为珀金的男孩吗？是因为凯瑟琳要杀害我的丈夫，一位君权神授的国王吗？

阿德进入房间，看见他时我知道我一定容光焕发。"怎么坐在这昏暗不明的地方？"他微笑着问道，"我想我们还是买得起蜡烛的！"然后他快步绕着房间走了一圈，点亮了一支又一支昂贵的蜡烛，就像他还是我的切肉仆人，为我服务，而我依然是最美艳动人的王后。

1515年1月

苏格兰　斯特灵城堡

虽然我们是一对新婚夫妇，但这个圣诞节过得并没有多少喜气，我们被阿兰伯爵詹姆斯·汉密尔顿所率领的军队包围，想当初就是他选我成为国王妻子，也是他同我在代行婚礼上跳舞，而且他还是在我加冕之日获赐的封号。现如今我们却变成了敌人，他在寒冬腊月里将我围困，不过他的计划却不断遭到奥尔巴尼的破坏——公爵拒绝从法国回来，除非自己的祖宅、封号和土地都能得到保证。

"他们难道看不出来他会像剪羊毛那样把他们刮得干干净净吗？"我向阿奇博尔德问道。他摇了摇头。他正在逗詹姆斯玩，把摇摇玩具堆成一摞，让詹姆斯移走第一个玩具，于是所有玩具都倒了下来。两个人一次又一次地重复这个游戏，而我坐在桌上，查阅议会提出的无理要求，他们俩玩耍时的磕碰声还有玩具坍塌时的哐啷声让我想要尖叫。

此时外面传来一阵吵闹的脚步声，还有交换口号的声音。我惊得站了起来，如今我时常处在惊惶之中。我以为道格拉斯家族会承认我，会护我周全，可到头来却发现他们的仇敌把账都算到了我的头上。一位信使带着一包信件走了进来。

"你要看这些吗？"我问阿奇博尔德。

"如果您想让我看的话，"他不情愿地说，"但这不是应该您来查看吗？这些是您弟弟的信。需要我和詹姆斯离开去育儿塔玩儿吗？"

"看在上帝的分上，快把信拆开吧。"约翰·德拉蒙德从阴暗的角落走出来，严肃地说。他太久没说话，我还以为詹姆斯和阿奇博尔德那反反复复的哐噹声让他睡着了。"拆开信吧，看看有什么新消息。天知道，情况已经够糟糕了。"

这不该是一个领主对联合摄政王后说话的语气，但我尽量愉快地点头了。我坐到地板上，挨着詹姆斯，对他说："你的父亲大人阅读这些信的时候，让我来陪你玩吧。"

"不要。"他立马不开心地说，我看向戴维·林赛，示意将孩子带走。我没有顺着詹姆斯的喜好做这个小游戏，于是他失望地开始啜泣，喊着阿德回来陪他玩。

"好了，看这个，"戴维说道，给了他一个手刻的木柱和一个圆球。

"快，快去玩那个吧。"我不耐烦地说。

"上帝啊，"阿奇博尔德看着信，开口道，"法国的路易死了。年老力衰，去世了。"

"中毒了吗？"约翰·德拉蒙德问道。

"据说是力竭而亡，"阿奇博尔德专心地读着信回答道，声音因带着一丝笑意而不稳，"因为他那位年轻美丽的妻子。英格兰国王在信上说弗朗西斯会继承王位，但他对英格兰并不友好。你弟弟说我们不能让奥尔巴尼回来，他会将英格兰北部的钥匙奉送给法国。"

他缓慢地读着信，皱起了眉头。"你弟弟说会尽力拖着奥尔巴尼。但你必须让议会改变决议，不让他回国。"

"还要怎么做？"我冷淡地问道，"因为这场围困，我已经用光了国库里的所有金子和存货。没有钱财，没有军队，也没有支持者。你的人每天都在逃走，我们撑不下去了。"

"写信告诉你弟弟，"德拉蒙德提议道，"告诉国王你会按照他说的做，但如果他不想苏格兰有一个亲法的统治者，那么他必须给我们送钱来。我们会不偏不倚地管理这个国家，或者把它当作英格兰的封邑——我们并不在意——但他必须给我们送钱来。瞧瞧！这是我们能碰到的绝妙良机。眼下是他需要我们。要让他清楚明白，他必须付钱给我们为他控制苏格兰。我们可以开出自己的价钱。"

"那玛丽呢？"我问道，我坐了下来，拿起笔准备写一封可怜兮兮的求助信，"他提到玛丽了吗？"

"他什么都没提。"阿奇博尔德仔细查看了一遍，"啊，他提到他会派萨福克公爵查尔斯·布兰登前往法国将她带回家，如果她没有怀上法国国王的子嗣的话。"

"他派了布兰登？"我简直无法相信我弟弟的愚蠢。他不妨就把他的小妹妹赐给这个小人，或者在她服丧的头一个月就让他俩厮混一起。当初玛丽设计那个让她自由选择第二任丈夫的协约时，他以为她心里想的是谁？他肯定完全没有考虑过。

1515年4月

苏格兰 斯特灵城堡

很多个星期之后,我才听说哈里被我们可爱的妹妹愚弄了,她愉快地选择了耻辱的道路。一名商人送来了她的信,他从巴黎的一位顾客手里拿到这封信,这位顾客知晓他要带货去苏格兰。信件因为长途旅行而污迹斑斑,但是火漆并没有破损。

她写道:

最糟糕的事与最美好的事发生了。我知道你会支持我的,你曾许诺过我的。作为妹妹,我得恳求你。我真心恳求你。我需要姐姐你的支持。我也向我的哥哥哈里提出了我的要求,可他却勃然大怒,凯瑟琳甚至没有给我来信。你会告诉她我别无他法吗?这次轮到我去追求爱情了。你能说服她吗?她会听你的话,之后她就可以劝服哈里了。

我爱他爱得无法自拔,玛吉①,我无法拒绝。事实上,实话同你讲,他也无法拒绝,因为我哭喊着乞求他,而他对我万分爱怜,将我抱了起来,发誓不论如何都会娶我。

于是我们结婚了——啊!我和查尔斯·布兰登——结婚了,

---

① 玛格丽特的昵称。——编者注

再没有人能够阻止我们，我不能更开心了，我想我已经爱他爱了一辈子了。固然所有人都对我俩无比生气，可我们当时还能怎么办呢？我不愿再离开我的家，再次嫁给一个陌生人了。哈里保证过我的第二次婚姻由我自己做主，那我为什么不让他履行承诺呢？凯瑟琳决定了自己的第二次婚姻，你也如此。我为什么不行呢？可每个人都很生气。

枢密院说查尔斯将被以叛国罪起诉！但我知道只要你和凯瑟琳提出要求的话，我们就能获得原谅。千万要写信给哈里，请求他原谅我。我一心想要的仅仅是幸福。你和凯瑟琳都拥有幸福，为什么我不能有呢？

她真是非常幼稚，非常自私，令我无言以对。接着我仔细一想，我自己也是麻烦缠身，如今我也不那么确定一位王后为了爱情而结婚是否正确了。我觉得即便是为了爱情而将亲王头衔赐给一介平民，这也是冒险行事。我想就算假定布兰登有罪，让他在监狱塔里待上几个月，对他来说也没什么大不了的。最后我写信给凯瑟琳：

亲爱的姐姐：

我听闻玛丽十分害怕因为她的婚姻而失去我们兄弟的疼爱。我相信他曾告诉她，她或许可以自主选择她的第二任丈夫，如今她也这么做了。她是那么年轻，在法国也无人劝导她。我希望你能劝劝哈里，好心待她，尽管她的麻烦远不如我的严重。你和哈里谈及此事时，我恳请你提醒他，没有他的帮助，我无法掌控这个国家并把法国人阻挡在外。他打算何时出兵资助我们呢？

1515年夏

苏格兰　爱丁堡　荷里路德宫

我最终从这场围困中脱身了，事到如今我终于能穿着皇家礼袍，拿出我身为王后的气势，绽放我作为都铎公主和苏格兰摄政王后的光彩，风风光光地同我的敌人们问好。阿奇博尔德站在我的身边，他英俊迷人，身材高挑，眼神锐利，还有一头红棕色的头发，此刻的他看上去严正而高贵，甚至颇有王者风度。在众领主的见证下，我们二人举行了正式的婚礼，肩并肩站在一起，近得手都能相互碰到，我们从彼此身上汲取勇气。我们在等候奥尔巴尼公爵从法国赶回来，他不顾我的反对，回来出任苏格兰的执政官。

我弟弟哈里曾发誓不会再继续同法国的和约，除非法国人把奥尔巴尼留在国内，然而他还是再次签署了和约，奥尔巴尼也被允许回国了。尽管玛丽的婚姻不如人意，但这桩婚事所促成的和约依然有效。而我所缔结的和约已被人抛诸脑后了。

奥尔巴尼受邀回国，地位还在我之上，这是对我的挑衅，但这也是我为爱情付出的代价。国会拒绝承认我丈夫的才能，拒绝承认他家族的显赫。阿奇博尔德处在妒忌风暴的中心；我知晓这些人对他怀有的不过是嫉妒之情。

站在我们身后的是来自他家族的杰出代表，道格拉斯家还有德拉蒙德家的人。我丈夫旁边是他的祖父约翰，以及他的叔叔加文·道格拉斯主教

（我提名他管理圣安德鲁斯和邓凯尔德教区）。我终于如愿以偿，生活在了一个关爱我、珍惜我、支持我的家族之中。他们不会拿我和其他女人比较，我在众人之中独一无二。我是他们的亲人，他们的王后，地位超然就如同我的祖母在她那庞大的家族中那样。所有财富和与恩惠都由我施予，所有权力都属于我。他们从不拿我同其他女人比较，因为他们不能这么做；没有人能与我相提并论。我是他们的心脏，我是他们的头脑，他们都是我的人民。

可是今天我遭受到了轻贱。曾经所有的恩惠与权力都属于我，但是此刻奥尔巴尼公爵却取代了我的位置，坐在议会桌的上方，领着整个国家亲近法国。若不是我弟弟的舰队将他从海里捞出来，他甚至根本不可能坐在这儿。或许哈里的原计划是要俘虏，甚至是凿沉公爵的船，他们在北海发现了这位公爵，却让他跑掉了，如今他坐在这里，安然无恙地从邓巴顿登陆，还带了一队随从——整整一千人！好像他已经加冕为王了似的。

他神气活现地走入房间，我原本对他的厌恶之情却登时烟消云散。他穿着天鹅绒和丝绸服饰，打扮得非常得体，但一点不像国王，因为他身上并没有白鼬毛装饰。他手上的珠宝闪闪发光，帽子上还有一颗巨大的钻石，然而他并非像我弟弟那样是个行走的宝石匣子。他向我鞠躬行礼，表现无可挑剔，对一位摄政王后和都铎公主都表示了足够的敬意，但那是作为亲属之仪，而非主仆之礼。我向他屈膝行礼，起身时我们亲吻了彼此，承认了我们的家族关系。他身上散发着橘花香水和干净亚麻的芬芳。他就像婚礼当日的公主那般完美无瑕，我心里忽然泛起了羡慕和妒忌之情——这是一名受过最高等教育的法国人，一位真正的贵族绅士。他让我的议会领大臣们看上去就像是一群低地的乞丐。

在他身后，有一位正在躬身行礼的英俊男士，他面上带着温和的微笑，那是我的骑士，德拉巴斯蒂爵士，那位在我还是新嫁娘，以及初为人母之时，在我面前参加比武大赛的纯白骑士。他对着我深深鞠了一躬，然后牵起我的手，亲吻了它，我仿佛又一次变回了当初那个少女，而他承诺要为我去参加骑士比武。如若德拉巴斯蒂与奥尔巴尼是一起的，那么我觉得我能够信任这两位高贵的绅士。我将他介绍给阿奇博尔德，但我有些心烦意乱地发现，奥尔巴尼稍稍侧眼看了我一眼，似乎是在确认，曾经嫁给过一位英武勇猛的国王的我，的确选择了这么一位风度翩翩的年轻人作为我的第二任丈夫。

我们绕开人群，想要私下谈话。我示意阿奇博尔德跟上来，但奥尔巴尼挽住我，一下靠近，把阿德挡住，只能跟在后面，听不到我们的谈话，也没法发表意见。"殿下，您的议会大臣通知我说这边的事情已经顺利解决了，"他微笑着说道，"但愿我能帮助您让一切恢复如常。"

"我必须保护我儿子们所继承的一切，"我说道，"我向他们的父亲，您的表兄发过誓，他的儿子会继承王位，继续他未竟的事业，让这个王国成为富有繁荣的国度。"

"您和您的丈夫一样是位学者吗？"他突然饶有兴致地问我。

"并非如此，"我承认道，"但我依然进行着我丈夫的事业：资助学校和大学。只要有人永久地拥有一块土地，我们都会为他的儿子提供教育，整个欧洲，我们是第一个这么做的国家。我们为苏格兰的教育事业备感自豪。"

"这的确是非凡的成就，"他说道，"我为能够帮助您进行这项事业而感到骄傲。有一点我们能否达成一致呢？苏格兰必须继续它自己的道路——我们不能受到英格兰的左右。"

"我是英格兰的公主，但更是苏格兰的王后，"我说道，"苏格兰必须坚持独立。"

"那么您丈夫的叔叔，加文·道格拉斯必须放弃圣安德鲁斯教区，"他冷静地说，"还有邓凯尔德教区。我们都清楚他能获得这两个教区不过是因为他的侄子娶了您。"

我急促地答道："此事我完全不同意。"

"而且您丈夫的祖父必须为他袭击里昂纹章官受到惩罚，"他继续说道，声音低沉而语调缓慢，"您不能对您的新亲属有任何偏袒——这会毁掉您身为王后的公正名声。"

"他不过就是碰到了他！"我抗议道，"大概也就是他的衣袖扫到了他的脸。"

他遗憾地看着我，他那蓝眼睛里满含笑意。他完全清楚自己的魅力；他的仪态是那么潇洒。"您最好考虑一下这件事，殿下，"他说道，"若是您不让您的亲人规矩行事，我便无法保住您的位子，让您重新收到封地租税，让朝廷把欠您的都还给您，还让他们对您恭敬有加。"

"我必须收到我的租税。我差不多是身无分文了。"

"您会收到的，但是您的亲属们必须遵守法律。"

"我是摄政王后！"我高声说道。

他点点头。我现在看出来他那高人一等的态度了，如同他早已预见了这场对话，并为此做好了万全的准备。"您是摄政王后，"他说道，"但是——我很遗憾地说——您年轻的丈夫没有王室血统，也非宫廷出身，何况他是红道格拉斯家族的人。"

✦

我简直要气疯了，这简直是奇耻大辱，而且，坦白地说，这令我担心不已，于是我宣召加文·道格拉斯主教、约翰·德拉蒙德爵士同阿奇博尔德进入枢密室，让侍女全都退下，方便我们谈话。

"我想我们不该如此坚持让您出任主教，"我对加文坦白说道，"而且我们也不应该行贿让您进入邓凯尔德。"

"我本来是最佳人选。"他语气固执地说道。

"您也许是，但是国会不想要德拉蒙德家和道格拉斯家事事顺心。"

"这并非不合情理。"德拉蒙德爵士说道，他手放在我丈夫的肩膀上，"我们是天生的统治者。"

"我们并没有事事顺心。"加文加了一句，好像他还希望更多。

阿奇博尔德点头同意。"您是摄政王后，任命教职是您的权力。您不能任由他人摆布，况且您偏爱我的家族本就理所应当。其他还有哪个家族值得您偏爱呢？还有哪个家族支持您呢？"

"您不该袭击里昂纹章官。"我鼓起勇气对约翰·德拉蒙德说道，虽然他的锐利眼色令我畏缩。"我很抱歉，大人，但公爵说您必须为此受到惩罚。我不知道该作何回复。"

"您当时在场，您知道事实并非如此。"

"我知道您袭击了他。"

"那您应该否认此事。"他直接地说。

"我否认了！可是很明显纹章官对此满怀怨恨，他的证言和您的不一样。"

"他的证言和您的不一样，"他强调这句话，"您该继续否认，没人会质疑王后的话。"

"可他们确实在质疑我！"我大声地哀号道，现在我是真的感到害怕了，"要是奥尔巴尼认为我不是一个称职的王后，我就无法得到我的封地租税。而且他还会夺走我儿子们的监护权！他会把他们从我身边带走。"我把手放在肚子上，"您知道我现在已有了身孕。留下这些麻烦事，我都不敢走进产房。谁会照顾——"我突然收了口，我差点说出，谁会照顾阿奇博尔德——"谁会照顾我的儿子们?"我纠正自己道。

"我们会。"德拉蒙德大人说道,"他们的道格拉斯和德拉蒙德亲人们都会,还有他们的继父阿奇博尔德也会。那个奥尔巴尼蠢猪犯下了第一个错误,他在同休姆爵士的第一次会面上就得罪了他,于是他失去了自己最强大的盟友。休姆现在是我们这边的人了,而且会把博斯维尔家族带来,很快,跟我们同一个阵营的领主人数就会超过那些支持奥尔巴尼的,我们可以把他逐出国,赶回法国。"

这是个好消息,但是在国会投票之前,领主们的支持并不会为我带来钱财和权力。在那之前,奥尔巴尼的随从里有一千名士兵,一万名追随者,还有法国做后盾;而我仅有道格拉斯家的人,我还没有钱付给他们。我甚至无法支付日常开销,我甚至无法养活我的仆从。

"如果向你弟弟求助,情况是否会有所改善?"阿奇博尔德问道,"如果采纳戴克勋爵的建议,接受你弟弟的邀请呢?我们已经输掉了第一轮。你要是前往英格兰筹措军费和军队,这样会不会更好?"

我目光灼热地紧盯着他。"去英格兰?离开你?你现在就想离开我了吗?"

"我亲爱的!当然不是!"他抓住我的手,亲吻个不停,"但是你要想想你的儿子们。你要不要带他们去见亨利国王?他邀请你了。为了你的安危着想,去找他吧。一旦局势安稳了,你就能回家。"

"像个乞丐似的去找我的弟弟?像个可怜虫一样跟在凯瑟琳的后面?"

他并不明白先后顺序的重要意义。"这里一切都乱了套,"他说道,语气单纯得像个男孩儿,"这个国家分裂成了一个个氏族,彼此争斗不休,如往常一样。你没能像你丈夫那样将领主们团结在一起,除了回到你弟弟的身边,你还能做什么呢?哪怕你只不过是先王遗孀,一个曾经是王后的女人。只要你性命无忧,只要你的儿子们安然无恙,即便你走在英格兰王后身后又有什么要紧的呢？只要你平安无事。"

"她才不会这样忍气吞声地去英格兰！"他的祖父愤怒地呵斥他，让我的心脏因为骄傲而猛然一跳，"她为什么要离开？她在这里还有大显身手的余地！而且你要去哪里？你厌倦战斗了吗？你让她离开了，那你要去哪里？回到珍妮特·斯图亚特那里吗？"

我从没想过我会再次听到她的名字。我看向我那位发怒的议会大臣还有我面色发白的丈夫。"什么？怎么回事？谁提到了珍妮特·斯图亚特？"

阿奇博尔德摇头。"没什么，"他说道，"我只是在为你的安危考虑。没必要说这个。"他不悦地看着他的祖父。"说这些有用吗？"他冷静地发问，"自家人内讧？您真的想帮我吗？"

"我们要回到斯特灵。"我忽然开口。我受不了了。"你要和我一起来，阿奇博尔德。我们要再次从城堡发起攻势。我们会保护我的儿子们，而且我要在那里生下我的孩子。"我狠狠地瞪着他。"我们的孩子，"我提醒他说道，"你和我的孩子，我们的第一个孩子。不用再提去英格兰的事。我不会和你分开，想都不用想。我们在上帝的见证下结为夫妻，一次悄然进行，一次受万众观摩，我们永远不会分离。"

他跪在我的脚边，牵起我的手，双唇亲吻它。"我的王后。"他念道。

我按下他低垂的头，亲吻他的后颈。我的唇下感受到温暖，那是他柔软的卷发，他闻起来清爽干净，像少年。他属于我，我永远不会离开他。"而且永远不要再提起特拉奎尔的珍妮特·斯图亚特了，"我呢喃着说，"一个字都别让我听见。"

突然响起雷鸣般的敲门声，我们分开站好，互相看着对方。侍卫一下推开大门，外面站着奥尔巴尼的人，他的侍卫长佩带着法式刀剑，而他的手上拿着一份逮捕令，火漆上还吊着丝带。

"你们来干什么？"我问道。我的声音没有一丝颤抖，这让我有些骄傲。

我听起来怒不可遏，因为我确实怒不可遏。

"我接到一道逮捕约翰·德拉蒙德爵士的命令，因为他袭击了里昂纹章官，还有逮捕加文·道格拉斯的命令，他不该被任命为主教，而且还为获取邓凯尔德的教职犯下了欺诈的罪行。"

"你不能逮捕他们，"我说道，"我不准。我，王后，不准。"

"这是摄政公爵签署的逮捕令。"这名侍卫长解释道，与此同时士兵冲进了房间，将他们带走了，然后静静地关上了身后的门，留下阿奇博尔德和我二人，孤立无援。阿德举起手，似乎是要抗议，侍卫长镇定地看着他。"这是法律，"他说道，"这些人违背了法律。他们要经受审理，然后判刑。我这是按照摄政公爵的命令行事。"

※

翌日，我要求亲自与奥尔巴尼公爵见面。我吩咐人准备好我的马，舒适地坐在鞍垫上，骑着马从荷里路德宫出发，一路沿着王家英里大道①前往山尖上的那座城堡。路过的每个人都向我欢呼，我依然深受都城人民的爱戴，他们还记得我当初坐在我的国王丈夫的身后，骑着马进城的盛况。

我微笑着对他们招手，一路骑马爬上山尖，走过吊桥，进入城堡。我真想那位所谓的摄政公爵能听见这些热情呼喊，如此他便能明白他根本无法与我，与我的人民抗衡。

一进入城堡，我就穿过宽敞的大厅来到枢密室，这里只有奥尔巴尼，一如既往地衣冠楚楚，香气袭人。他依照礼节向我深鞠一躬，我也对他亲切友善，我们一致同意我们应该都坐下谈话。仆人为我们搬来座椅，我的

---

① 王家英里大道为爱丁堡旧城的中心大道，长约1.6公里（1英里），西起山上的爱丁堡城堡，东止荷里路德宫，两端都是苏格兰重要的王室居所。

座椅要稍高一些。我坐下了，尽管我有些背痛，但我没有因为精疲力竭而叹气，也没有抱着肚子靠在椅背上。我双手平放在大腿上，挺直地端坐着，就像当初的傲慢国的凯瑟琳，然后我开口了：

"所有对加文·道格拉斯的指控都是不实的，必须马上释放他。"

"指控？"奥尔巴尼重复念道，好像他全然忘记了他把我丈夫的叔叔给逮捕了这件事。"我已经知晓他被指控勾结英格兰，密谋出卖苏格兰的利益，"我大胆地说道，"我前来是要告诉你他没有这么做，也不会这么做。我向你保证。"

他脸红了，我有些得意地认为我已经成功唬住了他，他将不得不放了加文，阿奇博尔德该有多高兴啊。自从他的叔叔被抓了起来，阿德就一直惊惶不已，怀疑我的判断，心急想要回到斯特灵，害怕我们犯下了糟糕的错误，还要为他的祖父担惊受怕。而今他会见识到我确实是一位令他倾心的厉害王后，我仍然能够发号施令。

然而奥尔巴尼的脸红并非为他自己，而是为我感到难堪。他摇头，移开视线，接着起身走向房间角落的桌子，拿起几张纸。"这是一些信件，"他迟疑地说道，"是加文·道格拉斯通过戴克勋爵，那个威胁我国和平的死敌，写给你弟弟的信件。这些信件表明你丈夫的叔叔请求英格兰人支持他夺取圣安德鲁斯和邓凯尔德教区，他们也的确这么做了。这些信件还表明他买卖教职。他贪污腐败，你弟弟应你的要求支持了他。"

"我……"此刻我说不出话来，他把加文·道格拉斯的罪证明白地摆在了我面前，我感到脸上一阵火辣。"可这并没有出卖苏格兰的利益……"我不知所措地说道。

"这是与外国势力勾结。"他干脆地说，"这是叛国。我还掌握了你和你弟弟英格兰国王的往来书信，"他镇定自若地继续说着，"你邀请他与苏格兰国会缔结虚假的和约，在背地里让他入侵苏格兰。你要求他——苏格兰的敌人——入侵你自己的国家。你秘密地把信送出去，使用了密码。这些信揭露了你把你的国家出卖给英格兰人的罪行。"

我不敢直视他谴责的眼神。"我向我自己的弟弟求助，这哪里有错？"

"你告诉他如何玩弄你自己的领主。"

"我的人民背叛了我，我无法信任那群领主。"

"我对此很遗憾，殿下，但我确实知晓你密谋不轨。我清楚你逃往英格兰的计划，戴克勋爵准备好接应你，带你去找你弟弟。"

我窘迫万分，眼中不断涌出泪水，于是我放肆地哭了起来。我一只手摸着自己发烫的额头，另一只手抱着我的肚子。"我只有一个人！"我自言自语道，"一个王室遗孀！我必须保护国王的儿子们，我必须寻求我家族的帮助。我必须给我的弟弟写信。我必须给我的姐妹们，我亲爱的姐妹们写信。"泪水模糊了我的双眼，我抬头看向他，看他是否有所动容。

他走了过来，打算牵我的手，但他克制住了自己。

"饶了加文·道格拉斯吧，"我恳求他，"还有德拉蒙德爵士。他们所做的一切都是为了保护我。您不知道那些领主的真面目！他们也会背叛您的。"

他的举动是那么的有风度：他恳请我别再哭泣，接着从丝绸外套里拿出他自己的手帕，也是丝绸的，上面还绣有他妻子家族的纹章和姓名的字母缩写，她是一个家族的女继承人。苏格兰有谁会随身携带手帕呢？他们甚至不知道手帕是什么。

我拿着它擦拭我的眼睛，它散发着淡淡香气。我透过手帕偷看他。"公爵大人？"我出声问道。我想我已经赢得了他的同情。

他深深向我鞠躬，但却语气冷酷："唉，殿下，我无法答应您的请求。"之后他走出了房间。

走出了房间！没有我的吩咐！没有再多说一句！只留下了满脸泪痕的

我，让我只能骑马回去告诉阿奇博尔德，他的祖父和叔叔还会被继续关在大牢，而且奥尔巴尼已知道了我们的计划，于是我们输了，输得一败涂地。我无法迫使这位公爵做任何事。他无懈可击。除了承认对方在我们采取措施之前就已经洞悉了全部，外加得到一张丝绸手帕，我一无所获。

然而之后——正如我先前所料——那群领主转而对付奥尔巴尼了。国会无缘无故地对外国礼仪和法国突发不满，下令要在秋天释放德拉蒙德爵士。他也许在袭击里昂纹章官这件事上犯了错，但他是一名苏格兰领主，要说谁还能够在爱丁堡做错事还得到众人的祝福，那就只有苏格兰领主了。他们只遵守他们赞同的规矩，而且不会让一个在法国长大的新手来教授礼仪。

我给我弟弟写信说此时便是我们的好机会。这群领主对奥尔巴尼的支持已经过去了，而今他们只想要回他们真正的国王。假如哈里帮助我，我就能够收买一些领主，再雇佣一些领主，并说服剩下的人，但哈里必须了解的是我依然被我的敌人包围。若是他们逼迫我写下违背我本人意愿的信件给他，我会在信件后签下我祖母的签名，玛格丽特·R.；若我按照自己的心愿写信，我的签名会是玛格丽特。他一定要注意这点，他必须与我共谋，他必须立马派兵给我。眼下正是我们，我们都铎家族，大显身手的时机。我们会赢。

1515年夏

苏格兰 斯特灵城堡

那位摄政公爵奥尔巴尼或许已经被国会打败，但他们双方都一致认为我的国王儿子在我的监护之下并不安全。奥尔巴尼会来带走我的儿子。我的两个儿子。他不会只带走詹姆斯而留下亚历山大。我的两个孩子都将从我身边被带走，而我无力反抗。

奥尔巴尼或许是一位出色的廷臣，但我是一名非凡的王后。我允许国会来到斯特灵城堡的吊桥上，我站在宽敞的门道前，亲自抱着我的大儿子。我们看上去无助却又不屈不挠。我教过詹姆斯要昂首挺胸，一个字都别说，不要拖着脚走路，也不要双眼无神地发呆。万幸我按照国王的仪态在教导他，因为就在这位法国公爵领着新委派的皇家侍卫前来将小国王从他的母亲身边夺走的同时，在这城墙之外，整座城镇的人都赶集似的出门查看何事会发生。

这对众人来说是一出好戏，而我做出的姿态让我们看上去正如这出戏里的女主人公和她的孩子。在我身后的是我上百名健壮的仆从和侍卫，他们挺直身躯，鸦雀无声，面色沉重。我年轻英俊的丈夫手握剑柄，在一旁等候，仿佛只要有人胆敢上前冒犯我，他便要发起一场单打独斗的挑战。

小詹姆斯简直完美无缺。我让他穿上绿色和白色的衣服，提醒所有人他是一位都铎王子，但他的背上背着他父亲的里拉琴。这真是点睛之笔。我穿着一身白衣，服丧的白色，拖着金丝布裙摆，头上戴着一顶沉重的金色三角兜帽，如同一顶王冠。我的腹部浑圆，意在提醒所有人，我给詹姆斯国王生下了儿子和继承人。我身旁站着抱亚历山大的奶嬷嬷，亚历山大穿着白色细棉布礼服，围着纯白无瑕的蕾丝披巾。寡居的王后就在此处——我们站在此处的身影就表明了这一切。苏格兰的国王就在此处，他的弟弟洛斯公爵就在此处。我们一身素白，犹如天国的主人。有谁胆敢将我们分离？有谁胆敢让我们跌落尘土？

民众一看见我们三人便发出赞颂的欢呼。我们是斯图亚特王室。我们受万民爱戴。除了尖叫我们什么都听不见。民众疯了似的想要见到他们的小国王，而国王之母一身殉道者的打扮，苍白得像个寡妇，她腹中还怀着一个苏格兰的孩子。

国会代表走上前，我大声喝道："停下，说出你前来的目的！"

我看见前面的议会大臣脸上的怪相。考虑到民众的情绪，事情进展恐怕不会顺利，看他的样子一心希望自己身在别处，完全不认为自己能完成这个任务。他迅速对我说他是为了护送国王而来，他的声音太小了，以至于民众叫喊着"大声点！""他说了啥？"还有"小人才窃窃私语！"他必须要让这支奥尔巴尼公爵和议会委派的新侍卫队好好保护自己。

我抬手示意城堡侍卫放下我们面前的闸门，代表团被关在外面，而我的仆从和我自己安全地待在里面。听到锁链碰撞还有金属摩擦以及石牙撞击的刺耳声响，詹姆斯突然挣扎了起来，我捏了捏他的小手，提醒他不要哭喊。民众满心欢喜地高呼，我提高音量，对他们高声喊道："我是我儿子的母亲，我是他的监护人！我会认真考虑国会的提议，但我儿子就是我的儿子，他永远都是，而我会一直与他同在！"

热烈的欢呼声是对我的支持。我尽情享受这些赞许，重树自信，接下来我的视线穿过坚固的闸门，耀武扬威地迎向国会代表团的目光。我赢下了这一仗，他们输了。我朝众人微笑，然后转身带着我的儿子和仆从回到堡内，阿奇博尔德紧随其后。

✦

  我想要留住这胜利的时刻。我想要牢记民众这排山倒海般的欢呼，我想要铭记苏格兰人民对我的敬爱之情。我想要记住詹姆斯紧握我的手的喜悦触感，这让我意识到我有一个儿子，而且我的儿子是国王的事实。对一个女人来说，世上还有比这更幸福的事吗？我已经达成了我祖母为之艰苦奋斗一生的成就，而我才二十五岁。我出身王室，我的丈夫为了能与我在一起，愿赴汤蹈火，在所不惜。

  我紧抓住这份苏格兰人民对我的丈夫，对我的儿子，自然也是对我的爱戴。我也紧抓着我对阿德的爱情——我不去思考它的代价——此时，我收到了一封来自英格兰的信件，信的正面有玛丽凌乱的笔迹，封口处还有她的印章。她用的是法国的王室印章，她会永远把自己称作法国王后，这在我意料之内。

  亲爱的姐姐，我最亲爱的姐姐，我真是太开心了，这是我人生中最美妙的一天。我已经嫁给了我深爱的查尔斯，第二次，在英格兰，而且哈里和凯瑟琳都来参加了婚礼，为我的幸福感到欢欣。我们有一笔巨额欠债要偿还，我们现在囊空如洗，不得不像方济会士①那样祈祷度日，不过至少我实现了心愿。就算是王后也能嫁给她们的心爱之人。凯瑟琳做到了，你做到了，我也做到了。你和她都选择了自己的幸福，我为什么不这么做呢？所有说

---

  ① 方济会即方济各会，是天主教托钵修会之一，会士着灰色会服，故又称灰衣修士。方济各会提倡过清贫生活，托钵行乞，会士间互称"小兄弟"。

我是个傻瓜的人都该扪心自问——嫁给了基督教王国最伟大君王的人是谁？在那之后又嫁给了真爱的人是谁？我！

后面还有很多话，她说个不停。她预言哈里不会生气太久。他用贫穷来惩罚他们俩，两个人的债务永远也还不清，但哈里宠爱他的朋友查尔斯，也非常疼爱她等等等等，说个不停。她的书写纵横交错，写满了整页信纸，边角处还有对自己的幸福快乐的愚蠢感叹。

在最后她说到她的债务肯定会被免除，因为哈里的心思都在凯瑟琳怀孕这件事上。他们都相信这次的孩子能够足月出生，所有医师都说她这次的孕相很好。

我把信摊在腿上，望向窗外。我告诉自己我已经有两个儿子了，在育儿所里，而且我还怀着另一个孩子。我也没有嫁给一个无名之辈，试图把他强塞进我的家族，充作贵族。我和阿德的儿子不会是王子，但他生来也会是一名伯爵。查尔斯·布兰登的上一代家族是什么货色呢？等到激情退去，玛丽发现这个男人的全部名声不过是依仗着她而来，她要如何承受？难道她以为第一年的幸福会恒久地继续下去吗？

我有一位年轻的丈夫，一位出身大家族的英俊丈夫，他爱我，而且只爱我，然而凯瑟琳只能对哈里的不忠视而不见，假装不在意。我和她同样是好王后，并且我比她更优秀——远比她优秀——我有一个国王儿子；除了死婴和早夭的孩子，她一无所出。她一定痛不欲生。我一想起她曾对我做的事，我就知道她这辈子就该永远活在痛苦之中。

但是一想到她弯腰护着她鼓起的肚子，祈祷上帝这次能够让她的孩子活下来，一心盼望这次孕期之中哈里不要对她不忠，想到她这个样子，我也并不觉得舒心。虽然我感到心酸又嫉妒，可是我也认识到，想象她的痛苦并不能给我带来快乐。因为在悉数了我的种种幸福——我英俊的丈夫，我的两个男孩，我腹中的孩子——之后，我也感到十分难过。

⬥

我们静候着奥尔巴尼公爵和议会的回复。阿奇博尔德每天都和詹姆斯骑马外出，教他如何在他的小马驹上坐稳，如何举手敬礼。他还告诉他许多场战役的故事。我不喜欢他们走得太远。我害怕议会可能等得不耐烦，会派人绑架我们的小国王。怀孕期间我紧张不安。偶尔我觉得我有点过于放任自己杯弓蛇影，可接着我又觉得我有太多事情要担心。

怀孕期间，我做了各种生动的梦。我开始一想到奥尔巴尼就胆怯，就好像他是魔鬼本人，而非一个谨慎谦恭的政治家。我觉得他会强行夺走詹姆斯。我觉得他会把阿德从我身边带走。我觉得他会剥夺约翰·德拉蒙德爵士的财产，仅仅因为他是我的好顾问、好祖父。虽然那些人承诺要将他从大牢里放出来，但他们已经击垮了他，夺走了他的土地和城堡。阿德失去了自己的遗产，眼下我们已经一文不名，加文·道格拉斯主教也还被关在牢里，没有释放的迹象，并且我写给哈里的私密信件已经广为传阅，所有人都知晓了我曾经密谋企图将英格兰人引入我自己的国家，而我的丈夫和他的家族从这种叛国行为中谋得了好处。阿德的弟弟乔治·道格拉斯已经逃往英格兰，这让整个家族都沦为了逆贼。我感到我失去了所有的朋友，我感到阿德为我失去了他的家族，可事已至此，我弟弟依旧没有给予我任何资金或者帮助。凯瑟琳仍旧没有向他建议他们应该补偿我——若不是她，我又怎么会落入这等险境？

我深知奥尔巴尼公爵不会一直这么等下去，七月末，他派人来带走我的儿子詹姆斯。议会决定要我把小国王交给他的新护卫。

再一次，我站在闸门前面喊话，然而这次没有任何欢呼的围观群众。

我告诉他们,斯特灵是我的城堡,我的国王丈夫亲自将它赐予了我。我告诉他们,我的儿子由我自己看护,我的国王丈夫命我做他的监护人。我告诉他们,我不会把他交出去。我不会交出城堡的钥匙。

他们向默默站在我身后的阿奇博尔德下令,命令他向我谏言。我胸有成竹地转身微笑,可是阿奇博尔德却让我大惊失色。接下来,就在斯特灵城堡的庭院里,以前我要是让他在这里扶我上马,他都会备感荣幸,然而就在这个庭院,阿德说道,作为我的丈夫,他给我的忠告一向是服从总督奥尔巴尼公爵——他才是由国会推选的摄政公爵。他说,这是苏格兰领主的意志,我们应该服从世俗权力。我完全说不出话来,怒目圆睁地看着他毫无血色的面颊——当着所有人,他彬彬有礼地彻底背叛了我。我和他走进城堡内,我一路上默不作声,直到私室大门关闭,只余我二人独处。他背着双手,低着头,像个孩子那样闷闷不乐,等着挨骂——他早料到了。

"你怎么能?怎么能这么做?"

他看上去精疲力竭。他看上去面无血色,如同一个承担着超过自己年纪的困难的少年。"只有这样他们才不会像对待我祖父那样,也指控我犯下了叛国罪。"他说道。

"你怎么能背叛我?你亏欠了我那么多。我给了你我的一切。你和我妹妹的查尔斯·布兰登一样。我们都下嫁给了身份远低于我们的丈夫,没有我们就什么都不是的男人。"

他摇头,而这只让我更加怨愤。

"我决不会原谅你的背叛!"我怒斥道,"我为你失去了我的王位。若非嫁给你,我仍会是摄政女王!这全都是你的过错,可他们一提出要求,你就乖乖答应了!你没有权利答应他们,你必须听命于我!你是我的丈夫,我是摄政王后,他们要跟你讲话,你根本不该开口!"

"我乖乖答应只是为了保住我的土地和财产。"他话说得很慢,声音中没有一丝怒气，不同于我，他语速平缓："我要保住我的城堡和佃户。我现在要离开，去召集一支军队来保护你。我们在斯特灵没有人手，我们也没有钱去雇佣军队。可只要我能回家，召集我的所有佃户和朋友，再借贷一些钱财，之后就能赶回来带你离开这里。"

"你是要保护我？"我的怒火转变为震惊。我感觉我的心跳都变了速度。

"那是当然。不然呢？"

我抓住他的手，泪珠滚落我的面颊，我的内心痛苦不堪，一如我先前的愤怒不已。"你发誓？你不会就是要离开我？你不会就为了要自保而把我留在这里？"

"当然不会。"他亲吻我的手，他亲吻我满是泪痕的脸，"你把我当成什么人了？我一定会筹措一支军队来救你。我是你的丈夫，我清楚我的义务。"

"我以为你背叛了我。当着他们所有人的面！我以为你抛弃了我，跟他们一伙去了。"

"我早料到你会这么想。但你一定要这么以为，他们也得这么认为，这样我才能帮到你。"

"噢，阿奇博尔德，留在我身边。"

"不，我得离开，召集人马，然后我才能拯救你。我得前往我的家。"

"你不会去见她吧？"在说出那个名字前，我成功忍住了。

他的脸色顿时温柔起来，他看上去就如同他的祖父那般苍老疲倦。"如果我要从她的土地上招募队伍的话，那我不得不去见她。她是个善良又忠贞的女子，而且决不会苛待我。为了你，我必须和她的家族成员会面。但我不会为她而离开你。我从不后悔娶了你。我清楚我的责任，即使它和我原本的设想不同。"

"我们会再次幸福快乐起来。"我对他承诺道，仿佛他还是个像詹姆斯那样的孩子,我极力想要挽回他眼中的爱意。"你的责任就是要再次快乐起来。我们会渡过这个难关,哈里会派遣军队。我们会迎来我们的孩子,你会开心的。我会给你生一个儿子,我知道我能做到。我会给你带来下一代的安格斯公爵。你会高兴的。然后我们会重掌权力。"

他露出一个无力的微笑。"我相信你。我马上就要出发,我会竭尽全力地回到你身边。"

"你会回来?你不会像你弟弟乔治那样逃跑去英格兰?"

他摇头。"我以道格拉斯的姓氏向你承诺。"

✦

我一个人独守在城堡里。奥尔巴尼的走狗和那些支持他的领主收买了整个斯特灵镇,封锁了整座城堡。我必须保护我的儿子,抵抗国会、那群领主,还有总督。我给哈里写了信。我告诉他我被自己的国会围困,孤立无援,那群人执意要抢走我的儿子们——他的亲侄子,他的继承人。我无法预测之后会发生什么。我没有收到回信。戴克勋爵在一封密信中告诉我,哈里已经和新登基的法国国王达成共识,不会参与苏格兰的事务。我明白了这话的含义:哈里舍弃了我;我的弟弟背叛了我。

想到哈里竟然同意抛下我在这里听天由命,我真是失望透顶,可转眼我又认识到,这份条约阻断的是两方的退路。在奥尔巴尼妄图统治苏格兰时,他同样也失去了后援。他不会再得到法国的援助了。他和我都成了只身一人,孤独无助。他在斯特灵镇上安营扎寨,我则被困在城堡里。他企图成为总督,但缺少国王的支持,我想要当摄政王后,却没有兄弟的援助。我的姐妹们也没有出言声援我。我们会争得你死我活,就像斗鸡圈里的雄鸡,直到一方撕破另一方的喉咙。

我等着阿奇博尔德回来,但他没有回来。我和男孩们嬉戏,午后休憩时,我绞尽脑汁地思索谁还会来救我,连哈里都背弃了我,阿奇博尔德也没有回来,最后我意识到没人会来救我。

一周过去了,我不能再拖延,于是我同意将男孩们交给我挑选的领主。我指名了我的丈夫安格斯伯爵和我们的朋友休姆爵士。奥尔巴尼甚至不屑于去装作将要考虑我的安排,一直坚决要求我交出我的男孩们。隔着收拢的吊桥和上膛的枪炮,我答应了他。我清楚战斗一触即发,我清楚这场争斗只会有一种结局。我赢不了。我让我丈夫的一个男仆给他送了一封信笺。

"你若再不回来,我就要失去我的儿子们了。救我。"

同样的信我也寄了一封给哈里。

他们都没有回信。

⬟

我们缺少面包;我们缺少制作面包的面粉。水井很深,水源充足,所以我们不会缺水,但是我们缺少肉和奶酪。城堡里的母鸡和奶牛在草坪上吃草,但我们也缺少饲草,我下令将马匹牵离这道小门,奥尔巴尼的士兵会在这里抓走马驹,还讽刺地高声说感谢送礼,但我们依然还有可以支撑数周的饲草。杀掉牲畜补充肉类时,我们就不喝牛奶或者吃鸡蛋,可我的儿子们需要新鲜食物——他们还是孩子,不应该在一座围城中挨饿。我不知道我还能怎么办。

我穿着睡衣,披着睡袍,坐着休息,手放在腹中孩子胎动的地方,私室大门突然被推开,我的侍女猛然抽气,一手指着门口,另一只手捂着嘴巴。"殿下?"

我勉力站起来,膝盖微微颤抖。我本想着会是奥尔巴尼公爵本人通过秘密门道走了进来，悄无声息地攻占了城堡，然而来人居然是阿奇博尔德。

"你回来了！你回来了。"

他连忙进入房间，一把拉住我，着急地亲吻我的脸庞。"我答应过你的，不是吗？"

"是的。我的上帝啊！谢天谢地你回来了！我害怕极了。你带了多少人？"

"人手不够，"他弟弟说道，从门外走进来，站在他身后，"仅有六十人。"

"啊，乔治！你回来了。我以为你去了英格兰，永远都不回来了。"

他在我手边低头跪下。"只是为了去收集消息和寻求援助，"他说道，"都是为了您和我的兄长效劳。"他飞快地笑了一下。

我为曾经怀疑过道格拉斯家的忠诚而脸红害臊。他们发誓会为家族付出生命，如今我也已是这家族的一员。

"外面的反贼有六百人，"阿奇博尔德说道，"我没能召集到愿为我们而战的人。我仅带来了我自己的佃户以及休姆爵士的部分佃户。我没想到奥尔巴尼能募集到这样多的人马。"

"公义在我这里！我才是摄政王后。"

"我明白。"乔治搓了搓他的脸，"但是普通民众不会反抗总督，我也没能从英格兰那里获得帮助。"

"那我们能怎么办？"

"离开，"阿奇博尔德激动地劝我，"马上离开，带上男孩们，我们逃去英格兰。戴克勋爵说我们一旦跨过边境就安全了，之后我们可以前往伦敦。"

"这并不安全。"我立马说道。

"比这儿更安全。"乔治说。

阿奇博尔德点头。"在这儿你无法化解这场包围。"

"要是我弟弟知道了我们的处境是多么危急,他会来支援的。"

"我试过了,"乔治说道,"我和戴克以及其他北方领主都谈过了,他们都不想参战。你妹妹玛丽公主从法国带回了一份和约,你弟弟不愿打破这份和平。"

"那我可真得对她感恩戴德!他们难道就不为我们想想吗?"

"你用不着感激,"阿奇博尔德纠正我,"亨利没什么值得你感谢。至于玛丽,她从法国衣锦还乡,嫁给了她爱的男人,整个王宫都接纳了她,原谅了她。而你——有着和她相同的功劳——和我一起被困在这里,他们却把我们忘得一干二净。你一定要写信给亨利!你一定要告诉他不能背叛我们。"

"但不是现在,"乔治插话,"没有时间写信了。亚历山大·休姆准备好了马匹在门外等候,马上离开吧,殿下,带上你的男孩们。"

"我不敢,"我小声嘀咕着,"万一那些人抓住我们了呢?他们会知道我要出逃英格兰,会把我关起来,那样我就到不了英格兰了。他们会把我的儿子们从我身边永远带走,还有你——"我低声啜泣,"阿德,他们会说你叛国,会砍掉你的脑袋的。"

"没关系,"他说道,"我愿意冒险。"

"不,"我说,心中忽然有了决断,"我不能让你冒生命危险。我承受不来。我不能失去你。你离开吧,藏起来。我会逃出这里。我会尽我所能地赶往边境。待到事态平息之日,你就来找我。"

"我会留在王后身边,在这里保护她,"乔治无畏地对他的哥哥说道,"你去募集人手,阿奇博尔德,然后给戴克传递消息。告诉他,她会去英格兰。让他来和我们会合。"

"是的,"我说道,"但别被抓住了,阿奇博尔德。他们不敢冒犯我或者我的詹姆斯，但他们肯定会砍了你的头。立即出发吧。快走吧，亲爱的。"

我将他推出门外，在他离开之际忘情地亲吻了他。乔治走出房间，前往卫兵室。大门关闭上锁之后，我听见我激昂的心跳渐渐缓和。我背靠在门板上。我的脚受伤了，我丈夫离开了，我腹中的孩子日渐沉重，而我再一次陷入孤寂。

✦

我开始在傍晚时分到城墙上去散步。有时候詹姆斯也和我一起，他的内侍总管戴维·林赛陪在他身边。我认为锻炼对我有好处，也对我腹中日益沉重的婴儿有益。天色渐晚，我沿着城堡外围散步，从一座塔楼走到另一座塔楼，看着山下小城的道路一路蜿蜒穿过树林。我遥望那连绵的群山，一路延伸到南面的草地，看向那从山顶一路向下，穿过城镇，越过田野，然后消失在郁郁葱葱的森林之中的绿道，那是引我通向自由的道路。忽然我的目光被远处吸引：远方升起了一团尘雾，还有金属的闪光。

感谢上帝啊！我有救了——那是哈里的军队。是哈里战无不胜的军队。他亲自前来，挥军北上，夺取了爱丁堡，然后继续赶路从后方包抄奥尔巴尼，要解救我于水火；这群苏格兰领主会明白反抗一位英格兰公主的后果，他们马上就会遭到报应。光是看到树林间的金属闪光我都要欢呼出来了，英格兰军队前来解救一位英格兰公主，而且很有可能是我弟弟带头，恰如一位真正的骑士。

我眯起眼睛，双手放在眼睛上方，极力想要看清旗帜上的纹饰。我觉得我看到了都铎玫瑰，我的玫瑰。我觉得我看到了博福特家族的闸门纹饰，那是我祖母的旗帜。我觉得我看到了圣乔治白底上的红十字[①]。

[①] 英格兰的国旗即为圣乔治红白十字旗，白底正红十字。

"快看!"我对戴维说,声音里有些许抑制不住的欢笑,"你看到了什么?爱丁堡道路上的是什么?"

戴维·林赛爬上哨兵岗,朝我所指的地方望去,很快他退下来,面如土色。在他身后,乔治·道格拉斯站在一座塔楼的背风处。"快看,乔治!"我对他喊道,指向那团挡住士兵和战马还有紧跟其后的货车的飞尘。我用拳头揉了揉眼睛,希望是我看错了,希望这是夕阳施展的障眼法,可这下我能看得一清二楚了:从爱丁堡来这座城堡城墙的大道上所飘舞着的旗帜,并非我亲爱的祖国的旗帜。那并非我们的救兵。此刻我甚至能听见沉重货车的车轮发出的吱呀声,还有公牛拉动货物时的哞叫声。

那是我丈夫詹姆斯的大炮,他设计并铸造的大炮。那是他的一大骄傲。在车队前端的是猛式大炮①,火力最猛的大炮,全欧洲最厉害的大炮,詹姆斯说过这是会终结骑士的战争,开启新时代战争的大炮,没有城堡能够抵挡她猛烈的炮火。奥尔巴尼公爵竟然运来我丈夫的大炮用来攻击我,还带了七千士兵做后援,这便是我这场顽抗的最后结局,是我希望的破灭,我们不得不在他攻破城墙,将我的斯特灵城堡变为废墟之前投降。我转向乔治·道格拉斯。

"我必须投降了,"我说道,"告诉阿德。"

他颓丧地点头:"我马上出发。"

---

①猛式(MonsMeg)大炮也被称作芒斯蒙哥大炮。它于1449年设计铸造于比利时,1457年由勃艮第公爵菲利普进献给詹姆斯二世。——编者注

1515年秋

苏格兰　爱丁堡城堡

我沦为了自己人民的囚犯。我的国王儿子、苏格兰的正统国王，以及他的弟弟，两名继承人被留在斯特灵城堡，表面上被尊为贵客，实为那虚伪公爵的囚徒（钥匙在他手里）。而身为摄政王后的我被关押在爱丁堡城堡，如同一个罪犯，如同等待审判、等待执刑的囚犯。

天知道我们的下场如何。乔治·道格拉斯早在大炮运进城堡之前便消失无踪。多亏有他如此护卫我，他的兄长才得以逃往安全之处——在看见猛式大炮的第一眼，他就离开了。剩下的仆人也都不在了。我不知道阿奇博尔德在何方，我不知道哈里为什么没有要求法国国王让奥尔巴尼将我的城堡归还于我。我带着我的小男孩詹姆斯走下楼梯，走到前门去投降，他十足像个小国王，丝毫没有动摇。他只有三岁，但已有君王的风范。我的小儿子拿着斯特灵城堡的钥匙，将它们交给了这个法国傀儡，没有一丝颤抖。

一个真正的男子汉，一个真正的骑士，绝不会让母子分离，再将母亲赶出她自己的家园。然而奥尔巴尼把我交给那些忠于他的领主看管，将我送回了爱丁堡城堡。我的男孩们回到了他们在斯特灵的育儿所。戴维·林赛略微弯腰向我鞠躬，同他们一道离开了，就像是在表示不论詹姆斯去了哪里，这位忠诚的护卫都会一道前去。奥尔巴尼继续带兵前进，搜寻我无辜的丈夫和他的族人。他说他会见证法治推行到苏格兰的五湖四海。他说他已经被议会指任为执政官,而且会公正地管理国家。他做不到这件事。曾经有一个能够做到的男人,但他已经不在了,阿拉贡的凯瑟琳偷走了他的尸体,将他遗忘在伦敦某个盒子里面,浑身还裹满了铅。

我从戴克那里获得一包加急信件,还有阿奇博尔德草草写下的信笺,焦急地劝我一有机会马上逃跑。如今我们已经看清了奥尔巴尼会做到何等地步,会有何等恐怖的举动。我知道待在他的手下性命堪忧,并且我的分娩快到时候了。我不能以一个囚犯的身份生下孩子。我要是死在了产床之上,那么我将留下两个孤儿给我的敌人照看。

我给奥尔巴尼传信,希望能前往林立斯戈宫生产,他让我在一封寄给哈里的信上签名,信上说我即将生产,并且十分愿意将我的儿子们留给他们的表亲照顾。谎话连篇。我满心忧虑地签下了自己的名字"玛格丽特·R.",效仿祖母以往的签名——暗示哈里我是在胁迫之下签署的,可我连他是否记得这个暗号都不确定。我甚至不确定探子是否会拦截信件并炮制一封歪曲原文的信给他。我不确定戴克勋爵会不会告诉他我们所处的恐怖险境。我不确定我丈夫今夜在何处。

那一夜,我因为腹中胎儿而有些发热。我不安地辗转反侧,感到胎儿似乎在移动,挤压到我的骨头,我感到身体要胀开了,犹如被夹钳挤压的核桃。我感到危机四伏。假若我弟弟不履行保护我的义务,那对我而言世上就没有安全之处。只要我的姐妹们不为我申辩,那便没有安全之所,我甚至不知道她们是否会为我祈祷,成全我们的姐妹情谊。她们没有送来圣母玛利亚的腰带,没有美好的祝福。我真不知道她们有没有片刻想起过我。

换好出行的服饰之后,我突然瘫坐在了椅子上,转头对我的随行侍女说道:"我生病了,我很难受。快去告诉公爵我需要见我的丈夫。"

她有些迟疑。

"这是生死攸关的大事,"我说道,"告诉公爵我怕是快流产了。"

这把她吓坏了。她小跑着下了楼梯,就像一只被扫帚追打的耗子。她急忙跑进城堡,找到公爵的众多法国仆人,让他们明白摄政王后又在惹是生非。下楼梯时,我双手拉着侍女,她们要带着我去马厩院子,我的轿子停在那儿等我。到楼梯转角处时我头昏晕眩,不得不停了下来,我站不住,只得靠在窗台上休憩。在到达马厩院子之前,院子里已经堆满了装着行李的大货车,站满了我的随从,奥尔巴尼也到了,在我面前行礼鞠躬。

"我很抱歉,大人,"我虚弱地开口,"我没法儿向您行礼。我不得不出这趟远门,之后我会在床上待产。"

"请别这么说……"他差点在原地跳起舞来,脸上满是客气的懊恼,"有什么我能为您效劳的吗?我需要为您准备什么吗?医师?"

我有些站不稳。"我恐怕……"我说道,"我恐怕我的孩子会早产。这次生产很凶险。在这危急关头我不得不远行,我的性命……"

想到他对我的暴行可能会导致我失去孩子,甚至可能导致我的死亡,他脸色刷白。他受法国国王的命令统治苏格兰,但不能让苏格兰和英格兰之间的关系有丝毫恶化。如果他害死了我,那么我的姐妹们必定有所埋怨,哈里会意识到他缺德又可耻的失职,会采取行动。如果我死了,那么全世界都会怪罪奥尔巴尼;所有在我生前没有好好珍惜我的人都会为我的死亡而伤心欲绝。

我加倍痛呼道:"好疼啊!"我倒吸一口气。

侍女们围了上来,我让她们扶我进入轿子,将一块热砖头放在我脚下,把一瓶装满热水的陶器瓶放在我满胀的肚子上。"我的丈夫,"我低声呢喃道,"我必须再见阿奇博尔德一面。没有他的祝福,我无法安心生产。"

我看见奥尔巴尼停了下来,并再次转身。他一直在以叛国的罪名追捕阿奇博尔德,一心想要看到他上断头台。

"你千万要宽恕他,"我喘息着说,"我得见到他。我必须和他道别。万一我这次没能挺过去该怎么办呢?万一我再也见不到他了呢?"

奥尔巴尼并不想记起这件事,他身为总督却将王后逼迫至死,同时还在边境地带,全国的山区谷地,在这些陌生人不可能追上一个苏格兰人的地方,抓捕她的年轻丈夫。"他背叛了苏格兰!"他牵强地说道,"他犯下了叛国罪。他本该受命加入其他领主。"

"他怎么能与他自己的妻子为敌?如此要求他根本岂有此理!"我厉声说道,一时间忘了自己的肚子,紧接着我便情不自禁缩起了身子,双手紧抓着自己的背。"啊——我感觉不太对劲!接生婆在哪里?"

"我会赦免他的,还会把他送来林立斯戈陪您。"奥尔巴尼向我保证。和所有男人一样,他极度想要从一个遭受神秘痛楚的女人身边逃开。"我会发讯息告诉他,他可以自由回到您的身边。您要保重,夫人。千万保重,殿下。您真的还要远行吗?您要不留在这儿?"

"我坚持,"我无力地说道,"我得在林立斯戈生下这个孩子,还得让我的丈夫陪着我。"

"那我定会为您安排好这一切。"他向我承诺道。

我点头,我连感谢的话都没对他说出口,便感到一阵晕眩,往后靠在了侍女们的怀中。她们让我躺在鹅绒枕头中,在轿子周围焦急地攒动,我挥手让她们走开,吩咐她们放下帘子。整座轿子被厚实的金丝布遮盖住之后,她们骑上马护送我,而奥尔巴尼已经离开了,我坐起来抱住自己,拼命拿手捂住嘴巴才掩住了我欢乐的笑声。

1515年9月

苏格兰　林立斯戈宫

我坐在炉火边的椅子上,穿着一件宽松的银色睡袍。我的头发没有梳理,披散在我的肩头宛若一块金色面纱。奥尔巴尼的侍卫长将我的丈夫押送到我的房间时,我抬眼示意,似在告诉所有人我无力起身,阿奇博尔德在经历好几个星期艰难骑行后晒黑了,他笑着奔向我,跪坐在我脚边,他那狐狸似的脑袋埋在我的大腿上。

"殿下,"他声音闷闷地,"我的妻子,我亲爱的。"

"那属下先行告退,"侍卫长说道,迫不及待地想要离开这个香气逼人的房间,"大人——您的自由仍有限制。我会向身在爱丁堡的奥尔巴尼公爵禀报您已安全抵达的消息,而你只能待在宫墙之内。"

我丈夫掉头微笑地看向我们的敌人。"请代我感谢他,"他说道,"我非常感激。不论未来如何,他的决定已然彰显了一位贵族骑士的气度。"

侍卫长稍微屏气,向我们鞠躬行礼,然后走了出去。

房间里寂静无声,阿奇博尔德踮着脚走到房间另一头,锁上了门。他转身对着我说。"准备好了吗?"他深色的瞳孔中闪烁着兴奋。

"准备好了。"我回答道。我脱掉蓬松的睡袍,里面穿着我的骑马装。阿奇博尔德跪在我脚边,为我穿上马靴。我的随行女官递给我一件黑色斗篷,我戴上了兜帽。

"东西都带好了吗?"

"我的马夫汤姆带着我的珠宝和现金，"我说道，"行李车之后会跟上来。"

他点点头。"你记得那些楼梯？"

我带领他穿过前往小礼堂的通门。圣坛背后有一条隐秘的通道，只有拜访牧师才会使用这条路。我们悄无声息地打开门，我举着蜡烛通过圣坛，领着他走下旋转阶梯。底下的门没有上锁，阿奇博尔德推开了它，乔治·道格拉斯还有好些仆人和士兵正在外面等候我们。

"你能骑马吗？"乔治问道，目光停留在我隆起的腹部。

"我必须骑马，"我直白地说道，"要是我受不了了，我会告诉你的。"

他们给阿奇博尔德的坐骑安上了后座马鞍，一个士兵将我抬了上去坐在阿奇博尔德身后。我的侍女和随行女官各自骑上马，马夫们牵着几匹备用的马。

"别骑太快。"我对阿奇博尔德说。

"我们得逃命，"他对我说，"我们得和亚历山大·休姆还有他的侍卫会合，还要在他们发现你逃走之前赶到我的城堡。"

我双手抱住他，肚子抵着他的背。我孩子的父亲会拯救我们。他把我们从一场不义的囚禁中解救出来。我们自由了。

1515年9月

苏格兰　福斯桥　坦特伦城堡

我们整夜都在骑马赶路,穿过这片我看不清,但能感觉到的荒郊野外。头顶是一片无垠的天空,身边是周而复始的景致。我听见猫头鹰的叫声,甚至有一只长着幽灵般白脸的仓鸮从我们前面的树篱上飞过去惊到了马匹,吓得我紧紧抓住阿德。一路上,我都听得到海浪的声音,而且越来越大,接下来我就听到了海鸥尖厉的叫声。

拂晓时分我们到达了坦特伦城堡,阿德拥有的堡垒,他的族人居住的地方,当我第一次看到树林中有道裂缝时,我不禁倒吸了一口气。这真是一座令人生畏的庞大建筑,设计恢宏,塔楼傲然耸立着,每一座都有圆锥式的塔顶。城堡表面是石灰岩,但由于天气恶劣,这里那里总是缺了几块石头,而当地特有的紫红色石头让这座城堡闪耀着日出般的暖意。

城堡面朝北海,阳光穿透海浪。海水涌动,翻滚呼啸,如马蹄般响亮;海洋的气息让我抬起了头,呼吸起这咸腥的空气。海鸥嘶鸣,在熹微的晨光中盘旋,越过城堡,我能够望到巴斯岩:那是一块硕大的半球形巨岩,有山体般大小,在清晨的阳光下泛着白光,一群海鸟绕着它的崖壁飞旋,上面还有一座面朝陆地的小型堡垒。城堡与小岛隔海对望,同样的坚不可摧。毛脚燕常年盘旋在城堡的上空,此刻我就能听见它们高亢的啼鸣。

"我们不能在这里逗留太久,"安格斯说道,"城堡太小,也不适合你生产,而且它无法抵御袭击。"

"它肯定能把敌人永远挡在外面！"

他摇着头说："要是奥尔巴尼用大炮攻城那就没办法了。我们都清楚他手里有猛式大炮。要是我们负隅顽抗，又被困在堡内，那么他只用以逸待劳，等着我们出去就好。如果是短时作战，那这座城堡还算是攻防兼备的绝佳要塞，但我们不能干等着你弟弟。你确定他会来吗？"

"他不会忘了我的，"我有些紧张地说，"我的姐妹们会告诉他……"

"他会派戴克勋爵过来吗？"

"我跟你保证，哈里爱我这个姐姐。他的妻子会告诉他；前法国王后也会为我说话。他不会忘记一位都铎公主的。如今我已经出逃，他会采取行动的。他会来找我，或者我去找他。"

"我自然也怀有如此期望，"阿奇博尔德不客气地说道，"若他真没有来解救你，那我就不知道我们接下来该怎么办，或者说接下来我们要去向何方了。"

"接下来？"我问道，"可我得休养，阿奇博尔德。我需要一个安全的地方生下我的孩子。"逃出生天的激动已经消散，我开始担心我的儿子们，他们还留在斯特灵，在奥尔巴尼的监管之下。有人会告诉我的儿子他的母亲逃跑了，把他和他的弟弟丢给了他们的敌人。

"你可以留在这里休养，"他快快不乐地说，"我们会告诉戴克勋爵你已经应他的要求逃了出来。我们离边境很近，他肯定会来接你。"

我们沿着一条狭窄的小道骑行，跨过了一道深沟，深得足以掩埋一个骑兵团，人要是陷了进去，绝对没法儿再上来了。前方是一片开阔的田野，之后是城堡的护城河，河上有一座木桥通往门楼。

侍卫认出了我的丈夫，无需指令便将吊桥放下，接着把闸门嘎啦作响地拉了上去，这让我油然而生一股自豪。阿德骑马进入他自己的城堡，十足的领主派头。

进入幕墙之后，城内就像是破败村庄那样乱成一团。住在城堡外围的农场主、农民还有农奴都通过惯有的渠道，知道了阿奇博尔德为了向他那位摄政王后妻子效忠，而起兵反抗执政官。他们也许不明白这意味着什么，但他们知道要有麻烦了。这方圆二十英里的所有住民都住到了城堡里面，还把自家的牲畜也都带来了。我明白了阿奇博尔德的意思了，这般宏伟的城堡无法承受一次围攻，这些住民会在几天之内就吃光所有食物。

"他们不该待在这儿，"我靠在他背上，悄声对他说，"你得把他们赶出去。"

"他们都是我的人民，"他故作大方地说，"他们当然会在我们遭难之际赶到我身边。我遇到危险，他们也会遇到危险。他们想要共患难。"

阿德下马，转身将我扶下来。坐在他身后太久了，我有些抽筋，而且饥饿又疲倦。

"最好的房间也并不太舒适，"他提醒我道，"不过你的侍女会带领你上去。"

我想不出为什么他会带我来这样一个既不安全也不舒适的地方，但我没有一点怨言地走向我的房间。他说得对。在这阴冷的城墙内，房间潮湿而灰暗，卧房里的炉火不断冒着烟，从头顶上方的箭孔窗飘出去，当我走到窗边，望向外面的大海时，窗台处的寒冷雾气让我忍不住发抖。我不禁想念起那些被我抛弃在林立斯戈宫里的奢侈享受。

"去拿一个暖床炉来，我要上床躺着。"我下令道。然而接下来却是一系列无用的讨论：暖床炉可能会放在哪里，砖头能不能起同样的作用，还有这些粗糙僵硬的床单是否真的受潮了。我实在精疲力竭，裹着骑马时穿的斗篷就躺上了床，侍从们还在困惑如何能让这个房间变得舒适起来，以及有什么食物适合做给我吃。

我的全部王室家具和日用织物都还留在林立斯戈，未来数天内它们都还无法送达此处。我仅有一套换洗衣服。我知晓我们不能带着装满钱财的货车出逃,可如今的状况也好不了多少。我需要得到悉心的照料。我小睡了一会儿,醒来的时候却发现阿德安静地来到了我的床边。

"现在怎么样了?"

他咬了咬唇,看上去极度焦躁不安。"奥尔巴尼传来消息。他知道你在这儿。我们得去休姆的城堡,黑爵士府。那里戒备森严,有重兵把守,而且他们发誓要保护你。他们无所畏惧——他们已经宣称自己为叛徒了。况且他们还收了好大一笔钱。"

"收钱?"我高声说道,"我可不会付钱!"

"是戴克,"他立刻解释道,"他已经打点好了所有的边境领主。"

"可为什么呢?"正是戴克向我提议了这项危险的逃跑计划。我全心全意地相信他。

"他付钱给这些领主让边境一直处于战乱争斗之中,"阿奇博尔德说道,"如此一来,他就能打着维护和平的旗号入侵苏格兰。如此他便能像个掠夺犯那样烧杀抢掠,挑起纷争,窃取城堡。他还能迫使一些领主向英格兰借钱或者求助,这样你弟弟就能在欧洲王廷上以此论证苏格兰人是一个难以管教的民族,我们所有人都会被看成是无法无天的蠢货。"

"他是我弟弟的首席顾问!"我抗议道,"他为我效劳。他对我忠心耿耿,我了解这点。他向我进言,他关心我的安危。"

"这并不妨碍他成为苏格兰的敌人,"阿奇博尔德冷漠地说,"总之,他收买了休姆家族,足以让他们站在你这一边。我们可以去那里。"

"那我的用品,礼服还有珠宝怎么办?我的货车全都会到这里来?"

"这些东西都可以安全储放在这里,等到你派人来取。"

"我们就不能留在这儿,和奥尔巴尼和谈吗?"我软弱无力地问道。

"他会砍了我的头,"阿德笑容凄惨地对我说,"还记得我为你违背了我的赦免条件吗？"

我打了个寒战。"那我们马上离开。"

我们天一亮就离开了，我疲乏地爬上马，坐在他身后。我的脸碰到他的外套，这触感宛若一个拥抱。当他扭头看向我，对我微笑，问我："你还好吗？"我嗅到他的气息，看到他的侧颜时——这一切让我真切地感受到了他对我的珍爱与呵护。

我将那些不忠的胡思乱想抛诸脑后。我不会再认为我们前往威廉·休姆那里是因为阿德不知道该怎么办，更甚者，假如戴克收买了边境领主起兵反叛，那他是否也收买了我的丈夫？他是否在我嫁给阿德之前就收买了道格拉斯家族？我是不是嫁给了戴克的探子？

没有宽阔的大道，没有车道，只有一条仅能单人骑马通行的小路，通往一个又一个村庄；不过除了一般道路，有些路上我们会骑马穿过田野，踏过围着稻堆的庄稼。我们只能通过海崖在左以及面朝南方来确定方向，天空仿若穹庐，笼盖四野，面前是一片辽阔无边的郊野，我抬头时能看到田野绵延起伏，伸向远方的地平线，伸向遥远的山脉。阿奇博尔德熟知他城堡周围数英里的土地，在那之后我们每经过一个村庄就会带上一个年轻人，让他为我们指向下一个村庄。

我因为疲倦和疼痛而一阵恍惚，我靠着我丈夫的背，紧贴着他，臀部传来一阵不祥的疼痛，我呻吟了几声，觉得有什么东西在碾压我的每一根骨头，然后我睡着了。

醒来时，我看到有人骑马向我们奔来，他的坐骑上沾满泥浆，汗水渗出它的马肩隆还有颈部。"那是谁？"我害怕地问道。

"我们的人。"阿奇博尔德宽慰我道，并跳下马鞍，去和那个人讲话。

他返回时，面色沉重。"我们不能留在黑爵士城堡了，"他斩钉截铁地说，"奥尔巴尼已经召集好人马，从爱丁堡沿着大路来抓捕你，我们得继续往边境赶路。"他暂停了下,"戴克是对的,我们早该直接赶往英格兰。奥尔巴尼发誓说要抓到你,而且他还在组织军队。"

"军队?"我声音颤抖着说,"他带着一支军队要来抓我?"

"四万人,"阿奇博尔德声音紧绷,"我们无法抵抗这样庞大的兵力。黑爵士也受不住,除了边境对面,哪里对我们来说都不安全。"

"四万人?"我尖叫着重复,"四万人?他为什么会派这么多人?为什么他会亲自带兵?他要是一早干脆地同意我的要求,我就能平安回到我的儿子们身边了!"

"我们越界了,"阿奇博尔德不客气地说,"这就是四万军队要表示的意思。这是战争。这不再是你和他协力达成一致——这不是私人纠纷——你分裂了国家。只要你在内侍总管的城堡里,那执政官的军队就要对城堡发起围攻。"他转身走到他的马旁边,头靠在马脖子上休息,他好像在流泪。"这本是你的丈夫极力要阻拦的局面。他绝对不想要看到如今的局面:苏格兰内讧,四分五裂,一场兄弟之间的战争,而我促使了这场战争的爆发。我让你陷入危险之中,我将你的儿子们留在危险之中,我掀起了新的一场全面内战。"

"这不是我们的错。"我顽固地说道。我朝马夫打了个响指,让他扶我下马,无视那席卷全身的剧烈刺痛,双手攀附着马鞍上的歇脚板,这样我的双腿才堪堪站稳,没有摔倒。"当初他们要是接受了我的统治——"

"这不是我们的错,"他坚称,"但要是当初奥尔巴尼回来的时候,你对他友好一些,或者你对那群苏格兰领主更公正一点,要是我们在结婚之前多等一会儿,如果当初获得了他们的同意……"

"我为什么应该征求同意?"我愤懑地发问,"我妹妹玛丽嫁给了她心爱的人,我弟弟顷刻之间就原谅了她。为什么玛丽能嫁给她爱的男人,而你——我亲爱的丈夫!——竟然对我说我应该在她有权自由选择的事情上束手束脚,我应该做一个比不上她的公主!我应该做一个孤独的寡妇,而她却可以在结束服丧之后立马就庆祝她的第二次婚姻,你怎么能告诉我,玛丽能够幸福快乐,而我却不能?"

"除了你没人在意玛丽!"他对我咆哮,在所有人面前。每个人都转身看着我们,侍女们的脸上没有一丝血色,她们都深知绝不可辱骂一位都铎公主,一位摄政王后。可阿奇博尔德现在怒气冲天。"这与玛丽无关,也与你是否能获得她拥有的一切无关,也与凯瑟琳无关。这与三个愚蠢女人之间的攀比无关!这与苏格兰有关——我的上帝啊——这与你过世丈夫的遗愿有关,这与他的雄才大略有关。况且我从未按照他的命令行事,我都是听从于你还有那些苏格兰的敌人。我们都听从了那个在战场上抢走你丈夫的遗体作为战利品的男人的建议。是的!就是戴克干的!没必要装作一副你好像不知情的样子!而今他告诉我把你带去英格兰,就像你是苏格兰王室的另一具尸体!我也知道,日后倘若我要回到苏格兰,你是绝对不会一起回来的。你绝不会回到苏格兰,我们也绝对无法带回国王的尸体!你的儿子永远也坐不上王位。他给我的建议让我断绝了王室血脉,摧毁了我的祖国,而他是我们唯一的顾问!"

"那他给了你什么好处呢?"我怒斥道,"你得了什么好处?亚历山大·休姆得到了什么好处?你弟弟乔治得了什么好处?整个道格拉斯家族从戴克勋爵那里得到了什么好处?他用什么收买了你们来密谋反对我的国王丈夫?"

一时之间,周遭寂静得可怕。

他脸色刷白。"您在侮辱我的人格。"他说完就骤然安静了下去,而我惊恐万分。我们从未有过如此激烈的争吵。我从未见过他如此恼怒,刹那间却又如此冷若冰霜。我们的争吵都是情人间的拌嘴,辛辣的语言都被遗忘在了火热的爱吻之中。然而这次全然不同,这次的争吵太严重了。"我会带您安全抵达英格兰,之后我会离开您。如果您认为我背叛了您,那我便无法再为您效劳了。"

"阿奇博尔德!"

他没有权利离开我。我是摄政王后,他必须等到我下令才能离开。但是他朝我深深地鞠躬,然后示意马夫扶我上马。"上马,"他说道,"我们要前往贝里克。"

✦

我把脸埋在他挺直的后背,无声地流泪。我感到圆鼓鼓的腹部随着我的抽泣而起伏,我心里想着,这个孩子将在世上最恶劣的生产条件下出世。他肯定无法活下来,而且我觉得我也没法活下去,但我又转念一想,我还是别活下来的好,阿奇博尔德可以为了他的名誉和良心而奋争,我弟弟会和他的妻子、我的姐姐快活地生活下去,所有人都会把我遗忘掉。当他们都在挥霍金钱,为了一己私欲而丢弃政治优势之时,他们会忘记我曾经存在过,忘记我曾为了我的两个国家和两个儿子,竭力去做正确的事。天空开始飘雨,我在羡慕嫉妒和自我哀怜的情绪中断断续续地吸鼻子,我的面颊贴在我丈夫的后背,兜帽裹住我的脸,我的肩膀变得越来越湿润,最后我睡着了。

✦

我醒来之时,队伍已经停了下来给马喂水,为每个人分发食物。天空是一片雾蒙蒙的深蓝色,云朵宛如叠在蓝色缎面上的灰色纱罗,勾勒出远方的地平线。阿奇博尔德扶我下马,牵着我在地上坐稳(有人在这里垫了一张毛毯),侍女在我面前跪了下来,手里举着杯子。我不敢告诉任何人,我此刻非常难受。

野外的景色荒凉而辽阔——这是一片荒原，没人居住，没人耕植，甚至没人打猎。这里是边境的开阔土地，过于荒芜而不适合居住，过于危险以至于这里没有除了戒备塔以外的任何房屋。我感觉到，在这遥远高绝的苍穹之下，我们这一小队就如同爬过辽阔草原的蚂蚁。至少没有人能找到我们，我心想。此处的荒原实在太多，道路太少，没人能够猜到我们的所在。

我吃了些面包，喝了点酒水。侍女们劝我多吃些，但我肚子着实疼得厉害，我觉得再多吃一口我都要吐了出来。

她们都在劝我多喝点小麦芽啤酒时，阿奇博尔德走了过来。

"我们得继续赶路了。"他直接地开口说。

"我腿疼，"我说，"我觉得我没办法再坐上马鞍了。"

"我很遗憾，但您没有选择，必须赶往英格兰。奥尔巴尼会知道我们在往贝里克走。我们仍旧还有六英里的路程，这还只是在半途上。我们必须跨过边境。戴克勋爵说我们必须确保不得和奥尔巴尼交火，这是亨利国王的命令。一旦交火就意味着英格兰和苏格兰之间爆发战争。接着法国就会派军支援苏格兰，他说我们不能破坏和平。"

"我不在乎，"我固执地说道，"让奥尔巴尼放马过来吧！让我们彻底对立，公开宣战吧，这就为哈里没能早点赶到提供了正当理由。"

"您知道您身处什么地方吗？"阿奇博尔德问我。他年轻的嗓音满含戏谑，如同在欺侮教室里的另一个孩子。"您口口声声叫嚣着开战，您知道您身处什么地方吗？"

我摇头。

我的随行女官俯身在我耳边悄声说道："我们所在的这条路线是您的国王丈夫南下出征弗洛登时所选的路线。我的丈夫也死在了这条路上，就埋在这附近。"

阿奇博尔德看到我惊骇的脸色，刻薄地笑了。"不会有战争的，"他说道，"在亨利的军队踏出伦敦一步之前，我们都会死。大炮会再次将这片旷野炸得稀巴烂，你弟弟甚至来不及召集他的议会。您忘记了您的丈夫曾是一位多么了不起的将军——他说过，他的大炮会终结旧式战争，会终结骑士的战争，他无比正确。我们不得不活在他所预见的世界上。那么请起身吧，我们得出发了。"

被人架上阿奇博尔德身后的马鞍后座时，我哭了出来，并且紧紧地抓住了他。我想我的盆骨一定裂开了，屁股实在太疼了，仿佛每动一下都有一把剑狠狠戳刺着我的身体，马匹再次吃力地朝南出发，它每前进一步，我就被颠簸一次。

"我们要去贝里克城堡。"阿奇博尔德让我双手抱紧他的腰，轻柔地拍拍我的手，让我安心。因为我们已经上路了，他又变得温柔起来。我悔恨地想到，只有在我们赶路的时候他才会这么体贴，一旦停下，他就变得惶恐不安，只有用愤怒来掩盖他的害怕。"我们要去英格兰，而且两个小时之内就能到达。"

"我没办法骑两个小时的马，"我喃喃地说，"我做不到。"

他的手伸进外套里，拿出一个角型瓶，递给我。"尝一口吧，"他说道，"只尝一口。这是'生命之水①'——威士忌。"

这闻起来就像詹姆斯的老炼金术师做出来的药水。我发出"啧"的一声。

他不满地咕哝着。"它能缓解疼痛。"他说，"还能平复你的脾气。"他

---

①原文为威尔士语：*uisge beatha*。

小声地补充了一句。

　　我尝了一口，这酒辣得我喉咙痛，接下来这股烧灼感一直蔓延到我的肚子，随后遍布全身。"确实有用。"我说道。

　　"勇敢起来，"阿奇博尔德劝慰我，"我们今晚就安全了，今晚能到英格兰。"

1515年9月

英格兰　贝里克城堡

　　整座城镇已经关闭，宵禁时间是黄昏至黎明。亚历山大·休姆走向幕墙处的大门，把门捶得咚咚响。门边还有一根钟绳，于是他拉响了它。一口大钟在我们头顶响了起来，然后我看到从卫兵室有灯火朝这边来了。大门上的一块活板被打开，一张黑乎乎的脸探了出来。

　　"谁在外面？"

　　"苏格兰摄政王后，以及她的丈夫安格斯伯爵，要求进城。"亚历山大高声答道。

　　我在马鞍上稍稍坐直，期待着门闩被抽掉，大门开启。这是一座设有重防的城镇，一座英格兰城镇。我已经回家了，回到了我自己的祖国。我还记得贝里克：一座方形的城镇，城堡有自己的闸门和吊桥。我还记得当初我前往苏格兰的途中他们对我的热烈欢迎。我心里想着晚餐，还想着，等到能睡上床的时候，就能幸运地从痛苦中解脱出来了。

　　"谁？"

　　"苏格兰摄政王后和她的丈夫安格斯伯爵，要求进城。立即派人去找城主恭迎他们入城。"

　　大门后面传来窸窸窣窣的脚步声，但门闩仍未取下，大门还没有打开。阿奇博尔德朝我肩膀后望了一眼。"我们不能事先通报。"他说道。

　　显而易见，我们本该事先联络说我们正在赶来，而阿德没有想到要这么做，于是现在我们遭到了如此怠慢，在门打开之前还要等，在我能舒舒服服休息之前还得等更久。

活板门处有光透出来，有人打量着我们，然后这道大门终于打开了，但并没有推开门让我们进去。一个男人赶了出来，带着两个士兵跟在两侧，他在睡衣外面披了一件斗篷。他盯着我看了片刻，然后鞠躬行礼，腰弯得特别低。"殿下，请您饶恕我。"

"没关系！只要你让我进去，给我一张过夜的床，"我说道，尽力压抑着声音中的怒火，"我非常疲倦，而且我还怀着孩子。我们从苏格兰一路奔波而来，本期望着能在自己的祖国获得比这更好的欢迎。"

他低下头，接着又看向阿奇博尔德。"您有安全通行令吗？"他问道。

显然没有。我们没有食物，没有珠宝，没有我的衣服，也没有我的鞋子。我们没有我的骏马，我的雄鹰，也没有我的家具。我们没有我的挂毯和银餐具。我们没有我的书，我的乐师，也没有我的书记官。我们没有过世的詹姆斯国王的鲁特琴。我们没有安全通行令，因为我们此刻寻求的就是安全。

"这位是摄政王后！"阿奇博尔德怒吼道，"她要进入她亲弟弟的城堡，她不需要安全通行令！你应该给她下跪，恭迎她进去。她怀着我的孩子！她是苏格兰国王的母亲。打开大门，否则以上帝的名义，我要——"

他没有继续说下去。他没有说他要做什么。这是自然，这不过提醒了每个人，他什么也做不了。我们一行只有十二人，其中三人是侍女，还有一人是一位怀孕八个月的孕妇。假如这位城主拒绝让我们进入，我们能做什么呢？

"安东尼爵士，"乔治·道格拉斯语气友好地说，"出于骑士风度，出于对王室的忠诚，您一定要让这位国王的姐姐在今夜进去，她刚从苏格兰反贼的手中逃出来。"

"我不能这么做。"他痛苦地说道。他对我深鞠一躬。"我收到命令，是国王亲自下达的绝对命令——如果没有国王亲手签发的安全通行令，绝不准放苏格兰那边来的任何人进城。没有签字盖章的安全通行令，我的城门必须关闭。"

"即便是国王的姐姐？"我重复道。

他沉默着鞠躬，我心里想到，这就是那两个女人和我的姐妹情谊：什么都不是。

"我们要怎么办？"阿奇博尔德已经从愤怒变为无助，"我们必须让她待在安全的地方。她还有不到一个月就要生产了。我们得找到一个安全的地方！"

"不如去寒流院？"安东尼爵士说道，热心地劝我们启程，"那位女修道院院长会让她进去的，而且你们在那里可以派人前去伦敦求助。"

"她已经到这里了！"阿奇博尔德再次发怒了，"我坚持她要留在这里！"

"寒流院距这里有多远？"我不耐烦地发问。

"大约只有四小时的路程。"城主答复道。当他看到我的脸色，他又说道："只有三小时。"

乔治把缰绳丢给一个仆人，走到阿奇博尔德和我身边。"他不会放我们进去的，他不能这么做。"他说道，"我们是在浪费时间，再这么乞求留下来，我们会颜面丢尽。寒流院是我们的最佳选项。我们已经在英格兰境内，应该是安全了，奥尔巴尼很可能不会跨过边界。让这个蠢货给我们一些吃的，然后我们沿着大路走，在路上找一所修道院或者房屋或者其他地方，借张床铺过一夜，等到早上再赶路前往寒流院。"

"我实在太累了，"我小声地说，"我觉得我没办法再赶路了。"

"我们会尽快安顿下来。"乔治向我保证。

"我告诉你了，我做不到！"我带着哭腔说道。

"你必须赶路,"阿奇博尔德回答道,"如果你没准备好逃往英格兰,那你就不应该离开林立斯戈。"

1515年9月

英格兰 寒流院

这一次我丈夫倒是老早就安排好派人前往修道院，提醒里面的人我们正在赶过去，当我们步履艰难地抵达时，大门朝我们敞开，我能看到修女们走出来，在小路上迎接我。

阿奇博尔德将我抱下马鞍时，女院长亲身上前，站在我的马匹旁边。她震惊地看着我高高隆起的腹部，为我遭受的痛苦哀叹不已，之后她唤来三名修女帮扶我走路，我的腿已经无力支撑，臀部的异样感觉令我害怕。她们找来一张座椅，杂役修女们将我抬进了修道院。

客房宽敞而舒适，还有一张铺有上好床单带帘帐的大床。侍女为我脱下了污秽的外衣，我穿着脏兮兮的内衣上了床。"都出去，"我说道，"我需要睡眠。"

✦

我睡到了第二天下午她们才叫醒我，之后她们为我准备一碗燕麦粥，并告诉我，我若想吃晚餐了，可以随时吩咐。我可以去客厅和女院长一起进餐，也可以就在我的房间里用饭，随我喜欢。"阿奇博尔德在哪里？"我问道，"他在哪里用餐？"

阿德和他弟弟以及其他男仆都住在朝圣殿，距离修道院主建筑有点距离，但只要我愿意，他可以到客房来看望我。

"他必须马上来，"我说道，"而且我要在大厅里用晚餐。一定要给我准备一张合适的座椅。"

"这里没有宝座饰布，"随行女官告诉我，"爱丽丝为您清刷了您的礼裙，但它并没有完全变干净。院长借了您一些内衣。"

这让我安静下来。如果没有宝座饰布垫在我身下，没有华丽服饰可穿，不能以王后礼仪进餐，那我就不是我自己了。我一生都坐在高桌之上，坐在王位一侧，假若我沦落到曾经凯瑟琳那般的穷困地步，那我会变成什么样子？

"我在这里吃饭，"我绷着脸说，"你得给我准备新衣服。"

我没有跟她商讨，在这边界地区她如何为我准备新衣服；不过她亦格外通晓王室中人的心思，于是没有问我要如何去做。她离开去准备我的晚餐，并且去请阿奇博尔德过来，而我花去片刻时间，思索自己十二年前的旅途经历：来到贝里克后，众人说着表忠心的赞词，感谢上帝让我这位都铎家的长公主光临这个小镇，给他们带来荣耀。

阿奇博尔德带着一脸孩子气，精神抖擞地走了进来。早餐和洗漱之后，他再度容光焕发，恢复了元气。他没有被大肚子折磨得直不起腰，没有浑身疼得连路都走不了，一个年轻男人可以在忍受磨难之后，还能精神饱满又愉快地重新振作；然而一个年轻女人——我依然还是一个年轻女人——还得继续挣扎。

"我可怜的爱人。"他在下跪时开口说道。

他借到了干净的内衣，因为才洗了澡，头发还湿漉漉的，卷曲而有光泽，就像公羊的羊毛。他现在神采奕奕。

"我没地方用餐，"我可怜兮兮地说，"我还没有衣服穿。"

"您能向院长借一件礼裙吗？"他问道，"她是一位非常有教养又考虑十分周全的夫人。我相信她会有漂亮内衣的。"

"我不能穿得像个修女一样，"我不快地说，"我不能穿其他女人的内衣，无论你对她的印象有多好。我必须穿得像一位王后。"

"是的，"他心不在焉地说，"或许我们能写信给奥尔巴尼，命他把你的衣服送过来。或许你的货车已经到了坦特伦，可以找人把它们运过来。"

"我们能写信给奥尔巴尼吗？他可以知晓我们的位置吗？"

"您现在已经安全了，您在英格兰境内。你们可以进行协商，我想的话。的确，我们得告诉他我们的诉求。"

"我可以这么做吗？"我突然又有了一丝希望。我之前感觉我们就像是一群逃命的罪犯，要逃脱四万苏格兰人的追捕，那些人一心要抓住阿奇博尔德，以叛国的罪名审判他，一心要把我关起来，好让我死在囚牢里。但现在我们安全了，现在我已经回到英格兰，情形已经变了。

"我将您救了出来，"阿奇博尔德说道，"我做到了。这真是难以置信。就像传奇故事，就像童话寓言。好一场旅途！老天啊，马不停蹄地赶路！如今我们身在此处，我们胜利了。"

"去找修道院夫人给我拿些纸笔来。我马上就写信。"我吩咐道。

✦

我在一封言辞冰冷的信里通知那位公爵，我已经安全抵达英格兰境内。我没有说具体的位置，因为想到他的军队我依旧有些恐惧。我说只要满足一系列条件，我就愿意回去。我可不会委屈我自己：我要拿回我的土地和封地租税，我要他全额赔偿我的财产损失：珠宝，尤其是我的衣物。我要他赦免阿奇博尔德，还要赦免所有保护我的人，不论是否有罪在身。我要随时能够看望我的儿子，而且有权任命他们的管家、教师以及仆人。事实上，我想要拿回曾经奥尔巴尼从我这里夺走的一切，但我不反对他留着执政官的头衔，只要他同我一起（我的意思是，*在我之下*）为了苏格兰的利益而奋斗，尽到议会认为他应尽的职责，并清清楚楚。

我调养身体。我胃口不错，夜晚也能安然入睡，没有扰人的梦。我的臀部依然疼痛，还能感觉到胎儿扭动转身，我明白他也健康强壮。我与院长伊莎贝拉·霍普林格促膝长谈，她是一位体贴入微、聪慧博学的夫人。她建议我听候戴克勋爵的消息，再考虑接下来的行动，她还建议我不要相信奥尔巴尼。她对我说戴克勋爵会来救我。我满不在意地告诉她，我的生活我自己做主，我要在文字的战争上赢过公爵。我给她看了我们之间的往来书信，当他答应我一个条件，我就又提出一个条件，我认为我这一招玩得很顺。这场游戏里，王后的胜算很大，我把好牌拿到了手上。

我赢面很大。一旦安全无虞，我就能重获权力，我的实力需要被好好估量。奥尔巴尼公爵派了一位法国使者前来商讨，他会来寒流院见我，带着公爵和议会的赞美与示好。他会为我带来那些即使公爵施压议会也得通过的提议，公爵很心急地想让我回去。奥尔巴尼最不愿看到的事情就是法国和英格兰因为苏格兰开战，的确，他特别受命于他的国王，不能让局势恶化。他本该给苏格兰带来和平与秩序，事到如今，所有人却都谴责他引起混乱，制造战争危机。把一位王后从她自己的城堡里赶了出来，这可威胁到了基督教王国内的每一位君王，没人会支持他。所以我能够让我的孩子们回到我身边，我能够留在我喜欢的居所，我能够取回我的财富，我的丈夫也将被赦免。大使在中午的时候到达了，协议上有公爵的名字，这让这份协议对双方都有了约束力。我不是赢面很大，而是*我已经赢了*。

我和伊莎贝拉在花园里散步，我对她说起我可以回到爱丁堡，再次看到我的男孩们，这真让我无比喜悦，说起来，我从未想过自己会渴望成为苏格兰的摄政王后，而今我的确如此期盼着。我同她谈起我的妹妹，她没能生下一个法国王位的继承人,傻瓜似的离开她的新家,嫁给了一个平民,回到英格兰,现在生活得就好似她从未离开过一般,法国人一周后就把她遗忘了。她不得不归还她的珠宝。这是自然,她也许能享有生活在英格兰王宫的快乐,以及身为国王妹妹的体面——这些都是一个傻姑娘不值一提的乐趣——可对于一个受到上帝和她丈夫的国家的号召,要去完成自身使命的女人而言,她应该留在那里,为国家效劳,为上帝服务,就如我这般。我断定成为国王之母是一个女人能拥有的最伟大的使命,我已然成为了像我祖母那般了不起的人物,她养育了一位国王,还见证他登上了王位,她的一言一行皆受上帝指引,而我也是。比起修道院的女院长,我更接近上帝。我有我的天职,我的使命。我是个生来非凡的女人。我为苏格兰和上帝服务。

和院长在花园里闲逛是一件愉悦身心的事,我们的裙角扫过夏末的薰衣草,空气中弥漫着馥郁的馨香,令人陶醉。路上她摘下一小枝薄荷,闻了闻它的香气,我拂过一丛迷迭香。花园里还种有芸香,还有盛开的雏菊,明艳的三色堇,清香的柠檬草。"我很好奇您是否信任他。"她语气随意地说道。

"什么?"

"奥尔巴尼,"她说道,"奥尔巴尼公爵。"她用法语说出他的名字,用法语这门十分具有欺骗性的语言。"从他初次回到苏格兰之日,他就许下过承诺,但他每一次都骗了您,背叛了您。难道他不会再次欺骗您吗?他带着大炮去斯特灵,攻击您;他在您的儿子面前侮辱您。他从你小儿子手里拿走了城堡的钥匙。他还将您与您的两个男孩分开。您真的要再次让自己处于他的权力掌控之下吗?"

"他是一位公爵,"我说道,"也是一名有礼有节的男人。且如今他已承认我是王后了,我有他的书信承诺。"

她稍稍做了一个怪相,耸了耸肩膀。"或许是吧。为了钱娶了一个法国女人,"她不屑地说道,"还对法国国王宣誓效忠。作为法国人,他不诚实;作为苏格兰人,他不正直。面对他和您的国会,我担心他们会加害于您。"

这样的想法让人惧怕。"你岂能有这般想法!"

"自从他来到了苏格兰,他就是您的祸患之源!"她激动地说,"若非遭到驱逐,您何苦沦落到此?您是自愿离开斯特灵的吗?您是自愿离开爱丁堡的吗?您难道不是因为有性命之忧才逃出林立斯戈的吗?您甚至就穿着身上这一套服饰,骑马逃出了坦特伦!"

我思索了片刻,作为一位边境修道院的院士,她可真是消息十分灵通了;但也有可能是因为她常常和乔治交谈。

"若我是您,我只会在有一支军队时才回爱丁堡,"她评论道,"我会遵照戴克勋爵的提议,前往他在莫佩思的大宅,在那里募集军队。"

我犹豫地笑了。"你让我听起来像凯瑟琳和她好战的母亲。"

"我相信您会证明自己与她同样英勇。我一直坚信您与她是旗鼓相当的。"

"噢,我是,我当然和她旗鼓相当。凯瑟琳并不比我更英勇。我了解她,我切实地了解这一点。"

"而我也相信您有一位如西班牙的费迪南二世那样勇猛的丈夫。"

"阿奇博尔德足有他十倍之勇。"

"那么为何您不效仿伊莎贝拉和费迪南二世夺回西班牙之举,重夺苏格兰呢?如此一来便不必同那位公爵讨价还价,也不用对他屈尊讨好。您只需要将他送回法国。"她顿了一下,又道:"或者砍了他的头,只要您认为合适。若是您成为了统治全境的王后,而非仅仅是摄政王后,那您就可以随心所欲地行事了。"

外门突然传来一阵巨响,我警惕地望了过去。"那位法国大使提前到了吗？伊莎贝拉，你得把他带到会客厅去，让他等着我换衣服。我要和他签订协议。"

一名修女从宾客房那边走来，穿过花园，向我屈膝行礼，然后小声地跟伊莎贝拉说话。伊莎贝拉笑着握住了我的手。"您是有福的，"她说道，"伟大的男人和女人总是有福的，您沐浴在主的特殊守护之下，享有一位王后应得的全部祝福。门口的是戴克勋爵，他领先了那个法国骗子一天，为您带来了安全通行令，如此您便可以前往英格兰的任何地方。他可以马上带您去伦敦。"

我深吸一口气，手捏住了一大把芸香叶，空气中涌出一阵浓郁的芳香。"去伦敦？"

"戴克勋爵到了！"她兴高采烈地说道，仿佛这是发生在她身上的幸事，"您自由了！"

✦

我简直不敢相信他来了，带着一队骑兵，带着安全通行令，即刻就能护送我去南方。我亲吻了伊莎贝拉，就像她是我的姐妹，然后我们高兴地骑上了马。我坐在我丈夫身后的马鞍上，身体依然感到些许刺痛，但我能看到未来在我面前铺展开来。伊莎贝拉说得对：我可以说服哈里履行他的职责，我会带着一支军队回到苏格兰，以胜者之姿进入爱丁堡。我能够将我的儿子们养育成他们父亲所期望的模样——苏格兰王位的继承人，甚至还是英格兰王位的继承人。

坐上马鞍之后我才想起："啊，可是戴克勋爵，奥尔巴尼公爵派遣了法国大使，正带着协议赶过来，我是否应该等待他，再给他一个答复？万一他主动给了我摄政权呢？万一他答应了我提出的全部要求呢？"

"他可以将协议送往我在莫佩思的城堡。他可以在莫佩思和我们碰面,"这位年老的边境护卫回复我,"此地到处是弗洛登战役的死尸,与其在边境这样一座修道院里,您穿着一件长袍和他协商条款,不如待在英格兰的城堡之内,坚实的城墙足以抵挡任何攻击。"

"但要是他带着投降协议书来的呢?"我劝说道。

"您想要以这副面目接见他吗?"老勋爵问道,"满身尘土,衣衫如此寒酸?而且——请恕我直言,殿下——您的肚子实在太大了。你难道不是快要到时候了吗?您真的想在这种状态下接见法国大使吗?难道您不觉得他会告诉所有人,您快到时候了,却还像个穷苦女人那样坐在后座上,在边境骑马赶路吗?"

我窘迫难堪。假如我还有放在爱丁堡的织品或者林立斯戈的用具,我就能接见他了,而且谅他也不敢打量我隆起的肚子。不过戴克勋爵确实言之有理:我这副样子的确让我看不到自信。等到我洗漱完毕、精心着装打扮之后,我会接见他的。等我到达一座宏伟城堡,坐上了铺有宝座饰布的座椅之后,他就可以前来见我了。不过眼下,我的穿着清苦又寒酸,一如当年遭到祖母苛待的傲慢国的凯瑟琳。

"上帝保佑您!"伊莎贝拉祈求道,"愿他将属于您的一切再次给予您。"

我们出发之时,打扮得就像英格兰贵族,一点不像我们来时一群苏格兰逃犯的样子。戴克勋爵的旗帜在前方飘扬,再往前的是英格兰王室的旗帜,最前面还有我苏格兰摄政王后的标旗。他确实做好了万全的准备,我估摸他已经准备好了好几个月,且在我回到英格兰之前就预料到了这一天。

✦

"出于对法国大使的尊重,我还是觉得我们应该等待。"我对勋爵说道。

我坐在我丈夫的后座,戴克勋爵捏住缰绳,好掉头回来与我讲话。他几乎没有费心朝阿奇博尔德打招呼,我仿佛就是坐在一个马夫的身后。而阿奇博尔德这边,看上去就像个生闷气的男孩。

"唉,为何不前往伦敦呢?去那里舒适待产,并欢庆圣诞节?"戴克问道。

"因为我认为那位大使已得到授权,会答应我的一切要求,"我说道,"公爵寄来的信上说得很明确,他同议会讨论过了,并迫使他们同意了我的全部要求。"

戴克摇头。"他是个骗子,"他直截了当地说,"而且他还软弱。他在跟您撒谎。他不会来与您会面,他只会拖延您,就为了把您留在这里,留在边境,留在一座无法抵御外敌的房子里,与此同时让公爵派兵赶来。他们要让您等在这里,和那位法国大使写写谈谈,同时他们会跨过边界来抓您,甚至您的丈夫。殿下,他们会把您囚禁起来,可能会关在一所女修道院里,或是关在格拉姆斯①的一座塔楼里,远在数英里以外,我们无法解救您的地方。还有您,我的大人,哎,你会被绞死在寒流院大门外,就像个刑事犯。"

我感觉到阿奇博尔德的身体一僵。"那还是离开的好,"他说道,"我把她从林立斯戈救了出来,带着她来到贝里克和寒流院,现在我不会让她困在此处。"

"您确实做到了!"戴克说道,语气如同一个成年人在夸奖一个幼童,"全英格兰都会知晓您为我们所做的一切。"

"以身涉险,"阿奇博尔德强调,"冒着巨大的危险,还没有任何报偿。"

---

①格拉姆斯城堡是苏格兰的一座传奇城堡,该城堡有各种各样的闹鬼传闻和神秘传说,大文豪莎士比亚便是从这些传奇故事中获得灵感,写出了经典悲剧《麦克白》。

"你会得到回报的。"戴克顺口接下话。

阿奇博尔德埋下头说："其他人也会有的。女院长能得到多少呢？"

这位勋爵笑了几声，但没有回答。"我们得在这里分道扬镳了，"他坚定地说，"大人，我没有您的安全通行令，我无法将您带去英格兰，或是让您进入我在莫佩思的城堡。事出紧急，来不及准备您和您尊贵的弟弟，还有休姆家族的大人们的安全通行令，我只能带走王后殿下，只能带走她一人。"

"可是阿奇博尔德必须和我在一起。"我开口道。我完全不能理解戴克勋爵的话，一会儿整个英格兰都欠阿奇博尔德的恩情，一会儿又说他不能进入这个国家。"他是我的丈夫，有我的安全通行令就意味着他也有安全通行令。"

戴克在岔路口停下，冲队伍发出一声吼，于是队伍停了下来。"我们必须尽快将您送往我的城堡，"他说道，"还有不到一周您就要生产了。但是您，大人，请务必要耐心一些。我会派人前去伦敦取您的安全通行令，还有给您弟弟的，届时您就可以到莫佩思与我们团聚。这不过会稍稍耽搁一阵。"

"我情愿现在就和你们一起走。"阿奇博尔德说。他望向回到苏格兰的那条路，我猜他在想象下个拐弯处可能会出现的四万军队。

"那好吧，"戴克向他保证，"可是您难道不想我分秒必争地将殿下送往安全之所吗？只要发挥您的聪明才智，避人耳目，您轻而易举就能找到藏身之处，只需等到我派人来找您护送您妻子前往伦敦。据我所知，国王热切地想要祝贺你成为他的新弟兄。您若是凭您自己的本领从苏格兰全身而退，而不是和您的妻子一起骑马坐在马鞍上，那您可真算得上一位了不起的英雄。"

"那是自然，"阿奇博尔德结巴地说道，"可我本以为会和你们一起去莫佩思。"

"没有安全通行令。"戴克勋爵遗憾地重复道,"你能从马鞍上下来吗,大人?我为您和您的弟弟准备了体力充沛的良马,鞍囊里有一袋金子,其价值任何马夫看到了都会心动。"

阿奇博尔德勒住我们的马,幼稚地把腿晃到马脖子,一跃而下。他转身握住我的手,我坐在马上,身前再没有了骑手,我的面容因为疼痛而扭曲。

"这是您的心愿吗?"他急迫地追问我,"要我此时就在这里离开您,将您留给戴克勋爵照料,等到拿到安全通行令之后再赶到莫佩思城堡与您相见?"

我看向戴克勋爵。"就不能让他和我们一起走吗?"我问道。

"哎,不行。"他说。

于是他离开我了。我得为他的性命无忧而欣慰。只要他在我身边,那所有人都知道该到何处去搜寻他。我无法忍受他遇到一丁点的危险。但是他、他弟弟乔治,连同亚历山大·休姆骑着骏马迅速地离去了,我看见他们快马挥鞭,并驱争先,犹如万事不愁的少年。有那么一刻,我感到他此时自由了,他是一个可以尽情享乐、远离险恶的年轻人,他从我身边解脱了。他策马奔腾,犹如一个生在马背上的年轻人。他是一位边境领主。他生来就要面对危险与机遇,还有那些半夜的突袭。很快他的身影就消失了,我想我先前大概是走神了好一会儿。

我冲戴克勋爵摆出一张冷漠克制的面孔,这个本该来救我的人却只让我感到头痛。"我开始阵痛了,"我告诉他,"孩子就要出生了。你必须给我找一个生孩子的地方。"

✦

在这个时候,就算是在路上找一个舒适的庇护之处也并非易事。我们骑了一天的马,我坐在马鞍上,靠着身前的陌生人,但也没有办法减弱马匹前进时的颠簸。地形开始变得陡峭,河谷土地肥沃而绿意盎然,茂密的森林带来丝丝阴冷,我四处张望,惧怕会有苏格兰领主埋伏在这里等着我们。道路蜿蜒伸入树林,又从树林伸出,引向高沼地;目之所及净是无边的水草,欧石楠,灌木堆以及芦苇丛。道路难以察寻,几乎没有东西会穿过这些簇生的欧石楠和草丛。这条道路弯弯曲曲,一直向上,而等我们抵达山巅,只看到一座又一座的山脉,以及更辽阔的天空,接下来道路又绕回了河谷。这些河流河面宽广,曲折地流过郁郁葱葱的洪滩,如果有男女开垦这片河谷地,这里会成为富饶的沃土;但我没有看到任何人。所有生活在开阔荒地上的住民都精通躲藏蛰伏的把戏,就像野兔幼崽一样,一旦有人经过,他们就立马躺倒躲避。又或者,他们急匆匆跑进了那些零星地屹立在荒野之上、怒视周遭的石塔之中。整条路上,没有人会同他人问好。没有行人,也没有道路。我不禁想到,我没能为我的王国作出多少贡献,我没能让和平惠及此处。此时日头正好,阳光和煦,但我的腹中却感到一阵寒意。

✦

我们依然在赶路,我招手让戴克勋爵骑马到我身边来。
"还有多远?"我咬着牙说道。

"不远了。"

"一个小时？"

"恐怕不止。"

我深吸一口气。可能还有半天以上的路程。在这场漫长的路途中，我已经认识到了这位大人不在意细节准确与否这一点。

"我跟你说实话，我没法再继续了。"

"我知道您觉得很累……"

"你什么都不知道。我在对你说：我没法再继续了。"

"殿下，我的府邸仆人任由您差遣，它舒适而且——"

"我难道必须用暗号给你写信吗？我快生了。我等不了了。我必须进到一间房子里。我的时候到了。"

他言之凿凿地提醒我，等到下个月我的时候才会到，而我对他说女人就是清楚这些事，并且一个生了两个强壮儿子、还经历过好几次难产的女人更是再清楚不过。于是我们停了下来，站在路中央争执起来，直到一阵湿冷的东风吹来一阵雨，我开口说道："难道要我在一个阴沟里生孩子吗？"到这时他才放弃继续赶往莫佩思的计划，说我们会掉头离开这条道路，前往他在哈博特尔的小城堡。

"城堡离这里近吗？"我问道。

"很近。"他回答道，从他的回答，我了解到我还要再忍受几个小时的疼痛。

我头靠在马夫宽阔的背上休息，感觉得到马匹走入谷地，又爬上山脉，一次又一次。我从左望到右，看到的是树林和高地。我看到一只鸢鹰盘旋在森林上空。我看到一只狐狸鬼鬼祟祟地钻进路边的蕨草丛，它红色的背部让我想起了阿德，真想立即知道他身在何处。之后我们经过了一个村庄，说是村庄，其实不过是一排摇摇欲坠的棚屋，一群孩子玩得浑身灰扑扑的，他们一看到我们就跑进了房里，戴克勋爵对我说道："我们到了。"

通往城堡的道路从这个村庄陡然而上，爬上去时，吊桥轰然落下，闸门也吱呀作响地升了上去。马驹低着头一步一步往上爬，这座城堡位于村庄上方的一个小悬崖上，四周都是光秃秃的山峰。队伍走过石板门道，进入幕墙，然后马夫下马，我让勋爵将我抬了下来。我倚靠在他身上，双腿实在无力支撑了，我被他领入卫兵室，之后进入了城堡主楼。

1515年10月

英格兰 哈博特尔城堡

我休养身体,补充睡眠,醒过来后就进食。食物并不美味,不过至少这里有绷床,不用睡在麻布袋裹住的稻草堆上;但是这里的床单不舒服,也没有挡风的床幔,只有一只小枕头。这是城堡主人的卧房,可我得说这等室内装饰不会让他变得宽容。床垫里装的是石块——没有鸟类会有这样的羽毛——上面还有跳蚤或者虱子,或者其他什么咬人的东西。我全身都起了小红疹。但我庆幸不用再骑马了,几天之后,我的腹痛逐渐平息,我想或许我的孩子还不会这么早出世,但他若是此时真的出生,那至少能够像一个基督徒那样,出生在有房檐遮挡的地方,而不必像野兽似的自灌木树丛之间来到这个世上。

我没有为阿奇博尔德烦恼,虽然他在苏格兰和英格兰之间的争议土地上风餐露宿,没有权利进入英格兰,且又是苏格兰的逃犯。我甚至没有想念我的儿子詹姆斯,他和戴维·林赛待在斯特灵城堡,肯定央求着要见我,同时也会领悟到通向王位的道路孤独而艰辛。我没有想念他的小弟弟亚历山大,我的宝贝,我的宠儿。我没有想念凯瑟琳,她又怀孕了,满心希冀为英格兰生下一个男孩儿。我没有想念玛丽,听戴克勋爵说,她也怀孕了——可这有什么要紧的呢?最好的情况也不过是她能生下查尔斯·布兰登的儿子,一个继承他父亲债务和他母亲愚蠢的孩子。我极有可能是唯一一个儿子还活在世上的王后,我本该志得意满,但是我着实过于疲倦,我甚至觉得我们终于成为了真正的姐妹，饱受苦难的姐妹，屡经失望的姐妹。

我的阵痛不了了之，我陷入一种沉郁的疲态之中，犹如体内卡着一只小牛犊的母牛。我无法再揣着他，无法再护他周全。我生怕前几天那漫长的骑马赶路会让我流产。我生怕那会是个死胎，助产士会把我开膛破肚，我也必死无疑。我感觉这就是我的弗洛登之战，这是我与敌人的战斗，而我差不多输定了。我不得不鼓起十二万分的勇气，心中牢记是我的使命将我带来此地，何况我根本就无路可退。

我起身想要下床——我无时无刻不想排尿，可他们没有厕所，只在床下放了个桶——但我突然发现身体动不了了。那根本不是阵痛，而是我的骨头出了毛病。我需要医师，而非产婆。我告知戴克勋爵，必须马上接见法国大使，我别无选择了：我必须同奥尔巴尼公爵和解，因为我很可能快要死了。我让他派人去爱丁堡给我找医师。"派人去找法国大使，"我说，"他会跟着我们找到这儿，你能给他一张安全通行令。"

"我不知道他在哪里。他可能还留在贝里克。"

"他到过贝里克？"

他意识到自己说漏嘴了。

"他来了贝里克？"

"愿您还记得，当时我们不得不离开。要是他的人把您的丈夫抓起来了该如何是好？您难道愿意拿伯爵的安危冒险吗？"

阿德的安危固然比任何事都重要，可我只有在接见了法国大使之后，他才能和我结成协约，那样的话我也就不用被迫困在这里，困在这个破败的堡垒里了，没有我能托付的医师、产婆，连草药商都没有。

"派人去找！"我命令道，"只要他和我达成协议，那他就能从爱丁堡给我派医师来。""殿下，现在还不能这么做，"他小心翼翼地回复，"我们不想让您丈夫的英勇壮举、他的良苦用心毁于一旦。"

"怎么会，他做了什么？"我问道，"我以为他躲了起来等待时机，之后好来找我们。"

戴克勋爵笑了，昏花的双眼闪着光。"我以为您会发现这位领主年轻果敢，他的能耐远不止此！"

"他去救我的儿子们了。"我毫不犹豫地说，这位大人对我猛地眨了眨眼。

"是的，愿他一路顺风，"他说，"试想您二位和您的儿子们都安安全全地待在莫佩思的高墙之内，您意下如何？"

"他会把他们带来英格兰吗？"

"他们不会去其他地方。你们将会再次重聚。"

我摇头，没有答话。他说得对。我所走的每一步，我所做的每一个选择，似乎都将我引向了我不想面对的境地，并做出了更多我不想要的决定。

"我再考虑一下。"我说道。我想起了我的祖母，她从不告诉任何人她的想法和计划。"等我生下孩子之后，我再决定。"

"我已经派人去贝里克请医师了，"他说道，"只有赶往莫佩思，我才能够让您住得更加舒适。我的妻子在那里，还有她的侍女们。她们会照顾您，您会有符合您喜好的房间居住。"

"我知道了，"我说道，"但我做不到。我甚至不能走路，我骑不了马。"我的肚子突然传来一阵刀戳似的疼痛，疼得我全身绷紧直喘气。

戴克站了起来。"您要生了吗？"

我点头。"就是现在。我想这次真的要生了。"

✦

这次分娩耗费了好几天。这两天三夜里，我忍受着阵痛，补充水分和睡眠,很快又痛得醒过来。我一瘸一拐地满屋子走,又躺在床上痛苦地呻吟,一直到一个哭叫着的亚麻布包裹被递过来,产婆对我说:"是个女孩。一个女儿,殿下。"

  我实在精疲力竭。我完全不介意这不是个儿子,只能为这一切终于结束而开心,我拼命生下的这个孩子还活着,我抬起满是泪痕的脸,看着她,看着这个娇小的婴儿,小巧而健康,宛如一朵玫瑰花蕾,甜美的精致造物,杏仁糖塑造的小天使。我浑身都疼,心力交瘁,讲不出话来。我心想着,为了生下她,我大概要死了,我至少得看看她,我至少给阿奇博尔德带来了一个孩子。

  "您要给她取什么名字呢?"有人问我。

  "玛格丽特,"我开口,"玛格丽特·道格拉斯。哪怕她的母亲不在了,她也是一位苏格兰小淑女。"

  我的确以为我要死了。即使生下了孩子,我的疼痛也没有停止,流血也没能止住,产婆们都无能为力。她们惊惧不已。这是群贫穷又无知的女人,通过照顾邻居家的产妇赚取一点微薄的钱财,通常只能得到一些鸡蛋。她们从未到过城堡里面,从未用过上好的亚麻布给婴儿做襁褓。她们竭尽了全力,但没人能够帮上忙,我发起了高热,不知道自己身在何处,嘴里念叨着詹姆斯,我的丈夫詹姆斯,让他别去那场战斗,别给我那些表示哀悼的珍珠。我梦到他在我身边,凯瑟琳拿到的不过是一具假尸。我梦到他在这片荒原之上,像动物那样放肆地活着,我还梦到了他会在我临死之前来见我。

⭐

我疼了好些天，喝了很多粗麦芽酒和*生命之水*的混合酒，一直是半醉半醒的状态。我一会儿清醒，一会儿昏迷，先是看到外面的天光，接下来又看到跳动的烛火，还有拂晓时分的清冷日光。我听到一阵微弱的哭声，仿佛从很远的地方传来，还听到有人走进走出，安抚着号哭的孩子。

一个女孩对我没多大用处。阿奇博尔德不会为了一个女儿就离开他的藏身处。道格拉斯家族也不需要女儿，他们需要的是氏族的下一代领袖。但我仍然很开心她活了下来，我生怕临近生产之际的那段骑行会害死了她。我也庆幸我还活着，虽然我不管是坐着还是站着都浑身作痛，腿也在打战。

我抬起头。"给我弟弟写信。"我开口说，"告诉他我生了一个健康的孩子，我希望他能做她的教父。告诉他，她需要一个舅舅来保护她。"

我躺了下去，百无聊赖地看着产婆们用襁褓将她裹住，把她固定在木板上。找不到奶娘，仆从们甚至无法骑马去那些远处的村庄，因为路上有土匪、强盗和山贼，十分危险。她们喂她吃一些泡过的湿软食物——用面包蘸取牛奶，挤出汁水，滴进她嘴里。"哎，我来喂她。"我气恼地说道。我将她抱在胸前，她的吮吸给我带来了新的痛楚，让我不住地抽泣。

她吃了好些之后，就被仆人给带走了，他们说我终于能好好休息了。我睡的枕头又扁又塌，上面还沾满了我的汗水，湿漉漉的，连床单都没有换过。我流血的地方被敷上地衣，接着他们就安静地坐在一边，我听见保姆有一下没一下地踩着摇篮的踏板，而其他声响都随着仆人们出去吃饭或是睡觉而消失了。

烛光摇曳不定，忽明忽暗，壁炉里的火焰也熄灭了。我都不敢相信，身为都铎公主的我，竟然被困在这种地方，这种连边地塔楼都不如的地方，干瞪着涂满泥石灰的天花板上那些跳动的阴影，还要忍受耗子抓挠地板的噪声。我闭上了眼睛。我想不明白出身如此高贵的我怎么会沦落到这般卑微的境地。一阵寒风吹进了屋，蜡烛的火苗忽然旺了起来，接着就熄灭了。窗户上没有挡风的玻璃。我能听到远方群山夜间的杂音，猫头鹰嗥叫不停，沙狐吠声凄厉，数英里外还传来了狼的嚎叫。

1515年11月

英格兰　哈博特尔城堡

一个月之后，我的孩子健康茁壮。我们为她找到了一个奶娘，并且我生产之后的疼痛也止住了。戴克勋爵来到城堡主人的卧房，询问他是否可以进来。一切都乱了套。我在床上接受了产后宗教仪式，我的孩子在一个狭小的礼拜堂里接受了洗礼。托马斯·沃尔西被选作她的教父，虽然他本人不在场，我们也没时间征得他的同意。我们一群人就像是群聚在边境荒原的强盗。我对勋爵说他可以进来，如今我们的处境比逃犯好不了多少，没必要勉强遵守祖母的家事手册所列的那些条条框框。

他一眼就看清我的惨白脸色，还有寒酸的室内陈设。"殿下，我原想着或许您已经能够启程前往莫佩思城堡了，我的妻子在那里，她可以照顾您。"

我摇摇头。"我想我走不了。我骨头出了问题。我产后恢复得差不多了，但是我不知道怎么了，我走不了路。我走不了路，我甚至坐不起来。贝里克的医师都没见过这样的情况。"

"我们可以带着您慢慢赶路。"

"我做不到。"我又说了一次。

一位被找来服侍我的侍女走上前，对这位英格兰贵族行了一个屈膝礼。"她起不来床，"她直白地说，"疼痛很严重。"

他注视着我。"这么严重吗？"

"非常严重。"

他面露犹豫。"为了能让您过得舒服，您弟弟往莫佩思城堡送了好几车的东西，"他说道，"而且凯瑟琳王后也送了一些漂亮礼服给您。"

欲望突然就像饥饿似的紧紧抓住了我。"凯瑟琳给我送来了礼服？"

"还有很多华丽的布料，多得数不清。"

"那我得看看。你能把那些东西都运过来吗？"

"那会在半路上就被劫走的，"他说道，"但是我可以带您去见这些东西。只要您能鼓起勇气，殿下。"

一想到莫佩思有好几车东西，干净的织物，美味的红酒，还有我的礼裙——新礼裙！——我心生勇气。

"我已经命令医师赶往莫佩思，在那里为您看病，"他说道，"您的弟弟决意要将您治好，之后您便可以前往伦敦过新年。"

"伦敦。"我惆怅地重复念道。

"就是伦敦，"他继续说，"并且半个欧洲都会为您的遭遇出兵讨公道。民众都在呼吁对法宣战，征讨那个公爵。您是他们的女英雄。您只有站起来了，才能够索回您的王位。"

"可我要如何才能到达莫佩思？"

"我的仆人会抬着您的床走。"

我的随行女官匆匆走上前说："不可以让这些普通士兵抬着殿下的床把她送走。"

戴克勋爵将他饱经风霜的脸转向我，严肃地看着我。"您意下如何呢？是去伦敦，还是在戒严之中筹办您的圣诞宴会？我们随时可能遭到袭击。"

"我听你的，"我说道，"她送来了多少礼裙？"

⬟

  以防意外，他们将我固定在床上。从卧房走到楼下大厅的路途中有三段阶梯，当士兵们抬着床走下去时，我紧抓着绳子。我把脸埋进枕头里，抑制住自己的呻吟，每一次抖动，我都感觉臀部好像被拨火棍捅了一下。我从未尝过这等痛苦滋味，我确信我的背也受伤了。

  一进入大厅，仆人们便围到我床边，在床下面架上长竿，如同要抬一个棺材。床的每边各有六个人，他们小心翼翼，一步一步地走出大厅，跨过吊桥，来到通往城堡的陡坡，最后走下那条漫长而曲折的道路。卫队走在我们前面，戴克勋爵也在其中，我的随行女官坐在后座马鞍上，怀里抱着我的孩子。

  那些衣衫褴褛的住民，还有住在城墙边上的破烂房子里的贫民，都还指望着城墙和茅屋能让他们免遭恶劣天气和强盗祸害，他们吃惊地站在一旁看着我经过。我在床上摇晃得犹如一尊盛会当日在教区边界游行的圣像，要不是深陷在肉体的痛苦之中，我定会觉得他们蠢透了。我靠着枕头，望见天空中雪白的云朵不断聚拢，我拾起自己所剩的每一丝都铎勇气，祈祷能够熬过这场噩梦般的颠簸摇晃之旅，希望在旅程结束之前，不会因虚脱而死。

1515年11月

英格兰　卡廷顿城堡

还要好几个小时我们才能到达另一座落魄要塞,它位于山上,俯瞰着一条小溪,以及紧靠在城墙和石砌主楼之外的杂乱棚区。士兵们把我的床停放在大厅。所有人都精疲力竭,没办法再把床抬上那狭窄的楼道,而我也受不了继续前进了。

我们在这里休整了五天。疼痛令我精神恍惚,我在床上的每个转身都让我感觉骨头被碾碎,痛得我尖叫不已。在将我抬去如厕之前,他们都要让我灌下一大杯烈酒,如此我才动得起来。我吃饭也躺着,仆人用勺子喂我肉汤。

第五日清晨,我知道我们得启程了。

"不远了。"戴克勋爵安抚似的说道。

"要多久?"我发问。我希望我听来并不怯懦,我也清楚我确实如此。

我咬牙忍住抱怨,但我明白自己还要忍受五英里的震荡路程,每一步都要忍受。队伍毫不迟疑地离开了城堡,但是地上的坑洞绊了他们一下,路上的车辙也让人滑倒了,我抑制不住哭喊了出来。

"不远了。"托马斯·戴克坚定地说道。

1515年11月

英格兰 布尔克班修道院

这是座寒酸的修道院，地方狭小，只有六名僧侣，应该都是奥斯定修会①成员，但僧侣们对教义都记得半生不熟。他们建了一堵石墙，围在主楼和警示大钟的周边，不过他们也很少被抢劫，因为当地人都知晓这里没什么值钱之物可以抢，如果僧侣都留在这里施济穷人、招待旅行者、护理病人，这对当地人更有益处。

我的到来让修道院手忙脚乱，院长建议将我的床放在小待客屋的大厅里。这张床堪堪能通过大门，而且完全填满了这个囚牢似的房间，不过地板已经打扫过了，所以很干净，而且他们喂我的食物是尽心烹调的羊肉，我对此备感愉快。院里还准备了口味较淡的红酒，并且院长亲自前来为食物祝圣，还为我的康复而祷告。从他焦虑的神色，我看得出来我已经病入膏肓，当他提出他们愿为我的健康，以及我孩子的生活而祷告时，我低声说道："求您为我们祈祷。"

我又休养了两天，之后戴克的手下再次抬起长竿，我的床又开始在他们之间摇摆颠荡，队伍再次出发了。这是我们走得最久的一段路程，抵达莫佩思之前，要整整走一天，从拂晓到黄昏。正午时分，戴克下令暂停，

---

① 遵从奥古斯丁所倡守则的天主教修会，守则内容主要为按福音书所说抛弃家庭、财产而追随基督，在教会内集体过清贫生活，脱离世俗事务；除日常祈祷外，从事济贫和传教工作等。奥斯定修会与医院有特别的联系。

士兵在我们身边围成圈,戟刃朝外;我和我的侍女吃了些面包和麦芽酒,这些士兵则站着进食,同时留意我们身后的道路,这条必经之路时常发生抢劫,所有人都担心有强盗经过。戴克勋爵脸上是一贯的愤恨神情。

我想起阿奇博尔德曾告诉过我,戴克勋爵收买了强盗团伙在边境肆虐,挑起不和,兴风作浪,以此拖累苏格兰国王无法治理边境。我好奇他今日对此有何感受:他落入自己一手酿成的险境,意识到自己收买的那些法外之徒很可能反过来对付他。

太阳西斜之时,我望见了莫佩思城堡的宏伟门楼,戴克勋爵掉转马头,对我说道:"到了,殿下。你在这里就可以高枕无忧了。"

经过宽敞的门道之时,我如释重负地哭了出来。能够抵达此处便是我胜利了,我终于安全了。然而当所有人热烈地向我问好之际,我没有告诉任何人我的想法:我全心全意地希望这是温莎城堡,而不是什么莫佩思;在这道门打开之后,会有我的两位姐妹前来欢迎我。

1515年圣诞节

英格兰 莫佩思城堡

就如托马斯·戴克所承诺的，在莫佩思有礼物等着我。戴克夫人将这些礼物全都在大厅里展示了出来，如此一来，我能看到哈里和凯瑟琳送给我的全部礼物；如此一来，所有人都能见识到我的弟弟是多么珍惜我。这里有金缕礼裙，有金箔礼服，还有白鼬皮袖套，以及大匹大匹的红色和紫色天鹅绒布，可以用来做我想要的任何服饰。这里有黄金打造的头饰，用以彰显我身为王后的尊贵，还有诸多披风与金跟缎面鞋靴。这里有成堆的刺绣织物以及皮草镶边的斗篷。这里有天鹅绒软帽，上面还别着黄金胸针。这里有香气袭人的羽毛手套，花样各异的长筒袜。最后，这里还有我所继承的珠宝，祖母的石榴石，她的珍珠十字架，母亲的钻石项链和黄金项链。这里有王后应该拥有的一切，凯瑟琳挑选了一切，然后把它们全部送给了我，以此展示我弟弟对我的感激，嘉奖我为英格兰尽忠的英勇胆色。

除了礼物，还有信件等着我查看。这些信件没有给我带来丝毫喜悦。现在可是凯瑟琳最耀武扬威的好时候了，我感觉她在嘲笑我所遭受的不幸苦难，同时她正在大肆欢庆。她怀着孩子，意气风发，她确信这是个男孩。她很肯定这个孩子足够强壮。

听闻你不得不逃离你的国家，我们都对此万分难过。

看到这一句我简直气得咬牙切齿，要不是哈里没有出兵支援我，要不是凯瑟琳没有向他进言，让他来救我，我原本能够保住我的王位。

我们也非常震惊，你竟然把你的儿子们留在了苏格兰。

难道她以为我还能有什么别的路可走吗？难道她忘了，都是由于她的命令，他们才失去父亲的吗？

她没有过多地谈论我得救这件事，对此我没有深究她的原因。她明明希望自己生下一个继承人，为何会惦记着要救出我的儿子和继承人？她对我的担忧无疑是个谎言。假若我身处险境，我的儿子们也在监禁之中，这本对凯瑟琳有利。我对此十分了然，是以她那些关爱的话语我一个字也不信。

而且，亲爱的，没有你的丈夫在身边，想必你一定格外孤独害怕。

这竟出自那个害我守寡的女人之笔！若不是我此刻痛苦至极，我真是要大笑三声。

我希望你喜欢你的礼物——在坎坷的一年过去之后，我们尤其想让你度过一个快乐的圣诞节，希望你能尽快赶来与我们相聚。

我克制住不让脸上流露出一丝轻蔑之意。凯瑟琳，身怀六甲让她慷慨大度，将她的同情赐予了我。是的，她如今正是春风得意之时，而我却沦落低谷，若不拄着拐杖，我甚至无法站立。不过我会康复起来，不论她此时的预感如何，生孩子这件事全凭天意，她也无法保证必定生出一个健康的儿子。她不必在我面前夸夸其谈。我或许还没有夺回我的王国，但我仍旧生下了两位王子，他们都好好地待在育儿所里，而她所有的一切不过是一个空摇篮。她可以送我礼服，可以送我皮草，她可以送来——终于！——我继承的遗产，但这一切都是我应得的。我依然是一位王后，摄政王后，而且我还是国王之母。

我妹妹玛丽也给我写信了。她说服自己，相信自己怀着的孩子会是一个男孩。但是说真的，谁会在意一个只能成为萨福克公爵继承人的孩子呢？玛丽地位不及我，她的孩子也得排在我的孩子之后，何况我拥有两个健康漂亮的男孩：她决计没有办法把她的儿子送上英格兰的王座。

玛丽的信里全是王宫里的消息和他们秋天的消遣。亨利建造了一艘装备精良的大型舰船，全欧洲最大的低舷大帆舰船，而且所有人把这艘船称为"玛丽公主号"，就为了恭维我的小妹，可笑至极。玛丽在信上写道，他们都过得非常愉快，哈里把她带上了船，他穿着一套金缕布缝制的水手套装，亲自掌舵，由玛丽给划桨手发出号令，还击响大鼓来鼓舞士气。她还说船前进得比风还快，比当今世上任何使用中的帆船还要快。这些炫耀的话她写了一页又一页，还有几页写的是她有一位忠诚的丈夫陪在身边，她是多么的幸福，而我认为她这是在幸灾乐祸，因为我和阿德不得不天各一方。她还说起他们一起布置了在郊外的宅子，这在我看来就是她在告诉我，她知道了我无法留在坦特伦这件事。我把这一包信都递给了房间里那名正在给壁炉添柴火的马夫。"烧了它。"我命令道。

他接过信，仿佛这些信很烫手似的。"这些是机密吗？"他满含敬畏地问道。

"罪恶的虚荣罢了。"我说道，语气就如当年祖母那般不快。

我躺在一间宽敞的卧房里，这座大宅最好的房间。戴克勋爵和他的妻子伊丽莎白迫不及待地为我把这间屋子腾了出来，而且墙上还挂着从伦敦运来的王家壁挂，炉火边的座椅上也铺着宝座饰布。巨大的石雕上刻有格雷斯托克的盾徽，彰显着他们家族的显贵，那是戴克勋爵从他的妻子那里继承而来的。然而我睡在这个最高级的房间，他们就不得不到次一等的房间休息。

为了表达对我的恭敬，他们在那个宽阔又古老的大厅里举办了一场隆重的圣诞节宴会。从未有过王后在圣诞节期间光临这里，管家和仆人们还有御马官拿出了比以往更积极的劲头收拾城堡，以迎接圣诞期。戴克让一个幽默艺人出任宴会主持，而且这里每天都有音乐会，或者歌会、舞会、戏剧或者娱乐秀，还有打猎、赛跑、挑战赛。这贫瘠的乡野搬空了所有粮食和储备就为了城堡能够尽情享用，甚至树林里的青葱树木都被砍倒，运进城堡，以保证每扇门上都有树干，每座壁炉里都有圣诞节原木，空气中尽是常青藤的甜美香气。这座城堡在英格兰北部的深沉幽暗之中熠熠生辉，犹如北方长夜中的亮剑，几公里外的游人都能望见这里明亮的窗户，因为每一盏壁灯台上都点着极其宝贵的蜡烛，每一座壁炉内都有旺盛的热火。

英格兰北部的所有贵族都赶来向我问安，有一半的苏格兰领主也赶来了，他们在此一同庆祝这个前景光明的圣诞季。他们坚决地一致认为英格兰应该对奥尔巴尼公爵统治下的苏格兰宣战，且全都希望获得苏格兰的土地，盗取苏格兰的财产。这场由托马斯·戴克在两国之间煽风点火挑起的动乱一触即发，他对每一位客人都宣称英格兰国王不会容忍这等冒犯其王姐的行径，定然会入侵讨伐，我的遭遇成为了亨利出兵的正当理由，虽然戴克从未说出口，但这场即将爆发的战争会给他带来无比的快意。

我无法接见任何人，尽管戴克家的人把豪华的会见厅转送给了我，戴克勋爵也说了他会亲自将我抱到他的座椅上，还说会把坐垫放上座椅，铺上宝座饰布，这便可以充作我的王座，可是我连下床都无力做到。我双腿发肿，几乎和我的身子一样粗了。我只接见了那些我允许进入卧房的人，但是我没能为他们下床。我成了个瘸子，虚弱得像早上被马车装着运到市集十字座的阶梯上的乞丐。

所以，博斯维尔夫人和马斯格罗弗夫人都只能进入我的卧室来拜访我，坐在我旁边，戴克夫人一天之内也会来到我的房间好几次，看我是否有任何需要。我接见了休姆领主，他对我忠心耿耿，虽然他为此付出了他的土地和安危。我们一起商讨了我该如何归国，该如何才能夺回我的儿子们。我提及这几件事时，他看上去心神不定，仿佛事有不妙。"我的男孩们必须和我生活在一起，"我说道，"我可不打算把他们交给我弟弟或者他妻子的看管，孩子该来到我的身边。"

"这是自然，理当如此。"他这话说得像一个熟知不能忤逆正在受苦的女人的已婚男子，语气中陡然而生一种焦急的安抚，"等您身体好起来，我们再从长计议。另外，我给您带来了一些新消息，这会是世上最有效的灵药。"

我听到房外走廊上传来一阵沉重的脚步声。"我不见客。"我开口道。

"您会欢迎这位客人的。"他自信满满地说，然后推开卧室大门，门外侍卫退开……那是阿奇博尔德，我的丈夫。他走了进来。

✦

见他跨过房间奔向我，我从床上惊坐了起来，痛苦地叫出了声。"我亲爱的，亲爱的。"他在我发间低语。他亲吻我的面庞，用力地抱住我，接着又温柔地放开我，以便能看清我脸上的泪痕，我开口说道："阿奇博尔德，噢，阿德！我都没想到能再次见到你。还有我们的小女儿！你一定要看看她。"

博斯维尔夫人早已派人赶去育儿所，于是大嬷嬷怀抱着小玛格丽特进来了。阿德将她抱在怀里，凝视着她的睡颜，满怀敬畏地对着她摇头。"她这么娇小！"他惊叹道，"她真是完美无缺。"

"我本以为我们会失去她，我也会丧命！"

他小心翼翼地把孩子还给了她的奶嬷嬷，然后注视着我。"您当时一定很辛苦。我无数次地在许愿能够陪在您身边。"

"我明白你身不由己。没有安全通行令，你不能冒险留在英格兰！"我瞬间想到这个，"阿德，亲爱的，你如今安全了吗？"

"您的国王弟弟给我、休姆大人，还有我弟弟都签发了安全通行令。我们可以体面地前往伦敦了，只要您的身体恢复健康，我们就启程。"

"我会很快好起来的，"我向他保证，"之前实在疼得可怕。戴克勋爵请来纽卡斯尔医术最优秀的医师，都没能查出我的腿是出了什么问题。不过躺在床上就能够减轻痛楚，而且我很肯定浮肿正在消退。我会好起来，之后我们会前往伦敦，我发誓，只要你能和我一起。"

✦

准备好的晚餐是天鹅肉和鹭肉、鹿肉以及野猪肉。仆人们把最精致的菜肴送到了我的房间，阿德和我坐在一起，还用他的勺子喂我吃饭。他一直陪着我度过了圣诞季的十二天以及之后的寒冷日子，我们一起听取大厅传来的欢声笑语，他坐在我身旁稍低的凳子上，因为我受不了任何人坐在床上，让羽毛床垫凹陷下去。我躺着，仅靠在一个刺绣精美的枕头上，如此一来我的腿和背就可以保持不动。

"我是你不称职的妻子。"我苦恼地说。我没法儿拥抱他，没法儿躺在他身边，没法儿站在他身旁。短短几个月，我就变成了一个老妇人，而他变得更加孔武有力、英俊潇洒，和当初那个被任命为我的切肉仆人的年轻人已大不相同。这个逃命的冬季使他变得更加强悍，更加坚韧；他不得不带领手下，以身涉险，抵抗苏格兰的摄政公爵。较之以往，他的身手更加灵活，步伐更加轻快，对危险更加警觉了，而我饱受怀孕之苦，精疲力竭，浑身疼痛，身形臃肿，甚至下个床都要疼得哭出声来。

"都是嫁给了我才让您受了这些苦，"他说道，"假若您还是当初那位寡居的王后，您仍旧会安然地留在斯特灵城堡。"

他语气柔和，简直就像罗塔琴①，然而他突然发现了他这句话有多么严重，他沉默地看着我。他咽了下口水，似乎此前从未意识到自己这句话语中包含的绝望。"是我毁了您。"

我凄楚地回望他："而我也毁了你。"

这是实话。他失去了他的坦特伦城堡，他美丽的家园，那座以不可侵犯的傲然姿态屹立于悬崖峭壁之上的城堡。他失去了他的土地，而他曾经的下属和那些世代效忠他们氏族的人民也失去了领袖以及家族首领。他被称为逃犯，除了脚下站立之地，他一无所有，他现在没有土地，没有追随者，在苏格兰，这与乞丐无异。他完全被视作了英格兰的走狗：之于苏格兰，这不啻于叛国，如今他也确实被称为了叛国贼。

"我无怨无悔。"他说道。他在撒谎。他肯定在撒谎，他绝对心有悔恨，而我也是。

"若是哈里出兵……"

---

① 中世纪的一种被认为与七弦竖琴、鲁特琴或竖琴等同的弦乐器。

他点头。这当然了。他当然会点头，这是我们经常对彼此说的话——若是当初出兵苏格兰的是哈里，那么局势会在顷刻之间逆转。我们必须成为好战分子，如同托马斯·戴克企图挑起入侵苏格兰的无情战火。我们必须高呼着要复仇，我们还必须要求派一支舰队。假如我弟弟真是我的好弟弟，假如凯瑟琳也真的像一位好姐妹那样向他进言建议，那么我会再次成为摄政王后。这一切取决于哈里。这一切取决于我的姐姐，他的妻子。

"我得告诉您一件事，"阿德说道，小心斟酌着他的语言，"因为担心您的健康，他们之前没有告诉您。"

我的心猛然一沉，如堕冰窖。我忽然害怕起来，非常害怕。"发生了什么？快告诉我。是我的小妹玛丽吗？她没有难产而死吧？上帝不会允许的。她没有吧？"

他摇头。

"凯瑟琳失去了她的孩子。"我十分肯定地说。

"不，是你的儿子。"

我知道的。一看到他沉痛的脸色，我就知晓了。"他死了？"

他点头。

我以手掩面，好挡住他的同情目光。手掌之下，我的眼泪滑落一侧，流进我的耳朵。我无法抬起头来擦干眼泪。在无数次为关节疼痛而痛苦尖叫之后，我已无力为这新的伤痛哭喊。"上帝已将他带去他身边，"我低声呢喃道，"上帝会保佑他，守护他。"

我自然而然地想到，哪怕是在最初的震惊之中，至少，我曾经拥有过两位王子。就算一位夭亡了，我依然有一个儿子和继承人。我依然有另一个儿子。我依然有一个苏格兰继承人，一个英格兰继承人。我依然是三名王后之中唯一有儿子的王后。即便一个孩子夭折了，即便我失去了我的男孩和继承人，我依然拥有我的特别珍宝；我还有我的宝贝。

"你不想知道夭折的是谁吗?"阿奇博尔德笨拙地问我。

我先前假定是国王。那会是最为不幸的事。若是加冕的国王夭折了,一个小奶娃如何能够阻止他人篡权夺位呢?"不是詹姆斯?"

"不是。是亚历山大。"

"噢,上帝啊,不!"这时我哭号起来了。亚历山大是我的小心肝儿,我可爱的小娃娃,我的宝贝儿子。他是詹姆斯留给我的骨血。就算是我的新生儿玛格丽特也无法取代他在我心中的地位。"不可能会是亚历山大!他那么结实,那么强壮!"

阿奇博尔德点头,面色如土。"对此我也无比伤心。"

"他怎么死的?"

阿德耸耸肩。他还是个年轻男人,不明白小孩子的死因。"他生病了,然后变得很虚弱。亲爱的,我很抱歉。"

"我应该陪在他身边的!"

"我明白,你本该在那里。但他得到了良好的照料,他并没有受苦……"

"我的孩子!亚历山大啊!我的小儿子。这是我失去的第三个儿子了。我的第三个儿子了!"

"我让你的侍女来照顾你。"阿奇博尔德郑重地说。他不知道该说什么,也不知道该做什么。他总是不得已来安慰我,我俩之间从未一帆风顺,眼下他又不得不待在这个为自己早夭的儿子而哀号的瘸腿女人身边,他站起身,朝我鞠躬,然后离开了房间。

"我的孩子,我的小儿子啊!"

✦

我发誓要让奥尔巴尼公爵为此付出代价。不论亚历山大因何而死,都是这个公爵的错。我本就不该被赶出斯特灵城堡,不该被迫和我的男孩儿们分离。我本就不该被迫和他分开。我自己的妹妹玛丽,和我一样也是王室遗孀,还悄悄地嫁给了另一个男人,她都能够被允许风光地离开她的国家,为什么我就要流亡国外,我的丈夫还要付出项上人头为代价,甚至我的儿子竟然也会夭亡?总是如此,总是如此,我没有得到作为都铎长公主应有的待遇。托马斯·戴克勋爵全心全意地支持我,我们一同起草了长达八页的信件寄往伦敦,痛诉那个公爵的罪行。戴克还补充上了苏格兰人受命入侵的每一块英格兰北部领地,那伙人偷走的所有货物,烧毁的每一间田舍,抢劫的每一位旅行者。我们会打败公爵;我们会说服哈里出兵征讨。如果这引起了和法国的战争,那也不过是一位王后为她死去的儿子而采取报复所付出的微末代价。

这位假惺惺的公爵还给我回信,怜惜我的丧子之痛,又祝贺我生下了一个女儿,信上说他希望我们能够达成协议。他派了一位特使去求见哈里,希望我们能和平共处。

"绝不,"我果断地对戴克说道,"我会告诉他,要想让我考虑和约,他必须做到以下几件事。他必须释放加文·道格拉斯,他必须赦免德拉蒙德大人,他必须免除我丈夫的罪名,他必须把我的珠宝给我送来,并且归还我丈夫的土地和财产。"

"他不会全盘答应的。"戴克神情担忧地说道。

"他必须答应,"我说道,"我会亲自给他写信。"

这位年迈的边境大人露出谨慎的表情。"最好不要在他派人去找你弟弟的时候就跟他商议。最好先让他们两个男人取得共识。"

"没必要,"我怒气冲冲地说,"我是摄政王后,又不是其他的无名小卒。我会告诉他我的要求,而他要全部答应。"

⬟

　　我还给我的姐姐英格兰王后凯瑟琳写了一封信，似乎她已经怀孕很长一段时间了，于是我告诉她，在她产期临近之际，我会为她祷告，并且请她生完孩子之后立马给我写信，这可是我的玛格丽特的表亲。想起我的两位姐妹都快要分娩了，此时她们尽享富贵，又有医师照料，早早就为她们的孩子备好了金摇篮，这令我内心苦涩：这可真是伤我至深，太不公平了。她们完全无法体会我所遭受的痛苦；她们也不会尝到我吃过的苦头。她们完全不了解我曾处于怎样的危险之中。她们是朝夕相处的姐妹，而我就像是被掉包的孩子，永远被排除在外。

⬟

　　奥尔巴尼给我写信，向我保证会有和平，会有和约，但同时他的特使也给我弟弟写了信。也许他是想要争取和平，争取向哈里进言，争取要和我达成共识，但是我更愿意他直接和我沟通。我不能让哈里同意让奥尔巴尼继续看护我的国王儿子。我无法让哈里明白我那些珠宝的重要性。所有人都认为我想的净是些琐事，那些女人家的事，但是我知道奥尔巴尼看不起我，也看不起我的盟友。除我以外，似乎没人明白，那些为我而战的仆人必须从奥尔巴尼手下释放出来。加文·道格拉斯仍在狱中。他必须得到释放，并且得到我曾许诺他的那些教区。这些并非能够轻易收买得到的人，他们就如同我的珠宝，都属于我。任何把他们从我身边夺走的人都是小偷。

　　我偶尔会觉得应该潜回斯特灵城堡，再次发起攻击，仅仅是为了能和我的男孩在一起；我偶尔认为我应该去爱丁堡，亲自同公爵商议，然而戴克拿着信来到了我的房间,这时我正坐在炉火前。

"快把信给我!"我愉快地开口。

"这儿有一封信来自王后。"他说道,指着她的王室饰章。

我一脸欣喜激动,伸手接过信,心急地揭开封蜡,阅读信件。我确定自己没有在戴克面前露出丝毫畏惧,做出了一副坚信她在付出诸多努力之后,最终会生下一个健康男婴的模样。倘若她得到一个男孩,那么我的儿子就失去了英格兰王位的继承权,哈里便没有了救他的理由。我用手挡住眼睛,仿佛是为了抵挡过于旺盛的炉火。那样的话会成为我在这痛苦的一年之中所遭遇的最为苦痛之事。

可接下来我看到凯瑟琳没能完成她的职责。上帝没有祝福她。感谢上帝啊,她又一次失败了,她将再次心碎。有一段内容加在信纸末尾处,笔迹和她的签名一样潦草,这正是那则让我面露微笑的消息。

"她生下了一个女孩儿。"我平淡地说道。

"上帝宽恕她。这真遗憾。"戴克的语气无比诚挚,每个英格兰人都会这么说,"上帝保佑她。她该有多失望啊。"

我心想着,我诞育了四名王子,且仍旧拥有一个儿子,而凯瑟琳所有的全部也只是一个女儿。"她给她取名为玛丽。玛丽公主。"

"以那位国王遗孀,她的姑姑的名字命名的吗?"戴克高兴地问道。

"我对此表示怀疑,"我不悦地说,"未经允许就擅自结婚,这般不体面地回到祖国,应该不是以她的名字命名的吧。这个玛丽应该是取自圣母玛利亚,凯瑟琳先前屡经不幸,她会想要寻求这位天国王后庇佑这个小孩子的。我们一定要祈祷这个小家伙顺利活下来,毕竟其他孩子都夭折了。"

"我听说玛丽公主和王后她们关系十分亲密。"戴克坚持己见。

"没有多特别的,"我说道,"她而今是萨福克公爵夫人了。"

"这里还有一封来自您弟弟的总管的信,"戴克说道,"这是写给我的。"

"那你可以在这里读你的信。"我说道,随后我们揭开封蜡,一起阅读这封信。

这是我二人翘首以待的一封信。哈里的御马官在信中写到他已经派了一辆专用轿舆前来迎接我去往伦敦,还有仪仗队、备用的骏马、运送物品的货车,以及护送我安全穿越北部荒原的士兵。在工整笔迹的旁边,哈里亲自写下了一段潦草的话,让我必须马上启程。

"那阿奇博尔德呢?"我提问,对我刚走进房间的丈夫露出微笑。

他站在我的座椅背后,我感受到他的手温柔地放在我的肩上。我强作骄傲地挺直身体,无视坐骨上的阵阵刺痛。我知道我俩是年轻漂亮的一双璧人。我知道戴克看得出阿奇博尔德的英勇以及我的决心。

戴克微笑道:"我很高兴地告诉您,您的国王弟弟已经签发了您丈夫的安全通行令,您二位将一同前往伦敦,而且以摄政王后及其伴侣的身份在那里生活。他会给予所有您应得的尊荣,除了王后,您将走在所有人之前。您将走在您那位遗孀妹妹玛丽和她的丈夫之前。"

"你会看到我曾竭力向你描述的一切,"我朝阿德保证着说,"你会看到我回到家的样子,回到我度过童年的那些城堡里。我会将你引荐给我的弟弟,英格兰的国王。晚餐前,我们会走在他和凯瑟琳身后,然后其他所有人,**所有人**,都得跟在我们后面。你会成为除了国王之外全英格兰地位最尊贵的男人,而我会是除了凯瑟琳之外地位最高的女人。"

他走到我身侧,单膝跪地,英俊脸庞面对着我,我忍不住伸手抚摸他精心修整的脸颊。上帝啊,这真是一个英俊非凡的男人。我感到自己对他怀有的无限渴望。可我如同尸体一般地平躺在床上已经好多天了,他就坐在我身旁,却不敢碰我一下,生怕这会给我造成痛苦。我渴望再次成为他的妻子,我渴望成为他的情人。我渴望成为他的王后,骄傲地走在他身边。

"我的妻子,我的殿下,我无法前去。"他直白地说道。

戴克和我惊讶地对视。

"什么？"

"我不能前往伦敦。"

"可你必须去。"我毅然决然地说道。

"我若是与您一道前去，以苏格兰逃犯的身份，我族人的所有土地都会被没收，我所有的城堡将也被拆毁，"他单刀直入地说，"我父亲给我留下的一切，我祖父所拥有的一切，都将毁于一旦。我的氏族将会群龙无首，我的人民会死于饥饿。我将舍弃我与生俱来的权利，而所有人都会明了是我抛弃了他们，只为留在伦敦做您的丈夫、过安逸的生活，可我本该为我的家园奋力抗争。他们会认为我逃往了安全之所，把所有灾难留给了他们。"

"你不能留下来去抗争，"戴克说道，"国王本人正在尽力寻求和平。你不能在此时挑起事端。"

"您现在又是温顺的鸽子了是吗，大人？"阿奇博尔德尖酸地说，"我从没想过能从你嘴里听到苏格兰人不应该和其他苏格兰人争斗这种话。"他把注意力转向我，仿佛戴克卑鄙可耻，他不屑与之交谈。"亲爱的，我的王后，我不能抛下那些为您献出一切的人们。休姆大人也失去了他的领地，奥尔巴尼已经放话威胁要把他的妻子和母亲都囚禁起来。我们不能把我们的家人抛在脑后，自己跑掉。"

"可我是你的妻子！你的家庭在这里！"

"逃跑是可耻至极的行为。"

"你的职责就是和我在一起！"

"我的职责是留在苏格兰，"他说道，"您弟弟会护您安全，会在英格兰照顾您。可要是我抛下了我的人民，那便无人保护他们、看顾他们了。"

"请您再三斟酌，"戴克提议道，"别急着决定，大人。您也许在山里躲藏太久了，国王可能会与法国签订和约，而这份和约可能并不会让您得回一切。若您不在伦敦，他们可能完全把你给忘掉。"他看着我："这就是伟人的处世之道，虽然很遗憾，但我还是得这么说：若您的丈夫不在那里，他可能就会被遗忘。"

这是对我丈夫，也是对我的嘲讽。戴克首先是我弟弟的仆人，其次才是我的仆人。我十分清楚，他们不会记住阿奇博尔德——他们几乎连我都记不住。一位公主一旦跨入苏格兰边境，就从那些人的记忆之中消失了，有谁比我更了解这点呢？只有当事态演变为令人无法继续忽视的大麻烦之后，才会有人为你出头，有谁比我更了解这点呢？我不是玛丽，她去了法国又回来了，还没有失去她哥哥的关心，她行为不端不忠，回国之时却依然受到了热烈的欢迎与庆贺。我不是凯瑟琳，她一年又一年地让他失望，没能生下儿子，却依然是他选中的妻子、宫廷里的王后。我是玛格丽特，苏格兰王后，而他们全都把我遗忘了，直到我的垂危处境威胁到了他们。

"他要和我一起去伦敦！"我激愤地说，"我弟弟他们会看见我们在一起，然后会牢记住我们！"

戴克微笑着望向我的丈夫，等候他的答复。我还记得，多年以来，这个男人一直在设法让苏格兰人彼此内斗，挑起英格兰人的内部纷争，唆使苏格兰人与英格兰人相斗，鼓动英格兰人同苏格兰人较量。此刻他又在离间一对夫妻。戴克是个彻头彻尾的边境人。他以为他对阿奇博尔德这样的男人了若指掌，他以为他收买了他们，他们就会乖乖按他的话行事。他向来以为他便于收买，易受挑拨，可以随意弃置一边。

"我不能去，"阿德平淡地说，"不论被记住或是被遗忘，我都不会去。"

✦

即使没有他，我们还是出发了。我虽然才二十六岁，可似乎我这辈子都在不停地离开我深爱的人,失去那些本该保护我的人。我把我的儿子亚历山大留在了苏格兰冰冷的土地里,因为奥尔巴尼在十二月就将我的男孩下葬了,彼时我甚至还不知道他已经天亡。我把我仅剩的国王儿子,一个四岁大的孩子,留给了他的老师们看护。我祈祷戴维·林赛是站在他那一边的,不然谁还能给他丝毫安慰?我带上了玛格丽特,还有她的奶娘和保姆以及众多随从。我们尽量轻装简行,但运送我的物品、戴克的货物的车队以及保护车队的士兵还是排成了一条长龙,其中还有一些陪伴我们的贵族——在边境度过数年之后,他们很高兴能有机会前往伦敦。我们带走了半个诺森伯兰郡,但我们没有带上我的丈夫就离开了。

出发之前,他亲吻了我的手,我湿润的眼睛,我的嘴唇,然后再次亲吻了我的手。他发誓说他此刻爱我更胜当初,更胜他还是我俊秀的切肉仆人,我的骑士,我的朋友之时。他说他不能抛弃他的朋友和盟友,他的下属,他那些对国王、摄政公爵和摄政王后一无所知但依然愿意跟随他至刀山火海的低贱佃农。他不能抛下他的城堡,那座俯瞰涛声如泣的城堡,盘旋着叫声尖厉的海鸥的城堡。他对我说我们终有一日会重聚。我们终有一日会重获幸福。

"我会回来的,"我向他承诺道,"我会回到你身边的,你要等着我。我会命令哈里同法国人讲和,同苏格兰领主讲和,之后我会得到回家的许可,我会成为摄政王后,就和以前一样,而你会成为我的伴侣。"

他饱含爱意的目光一如既往地清澈且真诚,仿佛他还是我年轻的切肉仆人。"请回到我身边,我会守护我的城堡,保卫我的领地,重获我的权利。请回到苏格兰,我会欢迎您以王后的身份荣归。请早点回来。"

1516年春

英格兰　南下途中

旅途漫长，但我能够看到我重掌权力的预兆。我们缓慢而艰辛地行进，走得越远，我们的队列就变得更加壮大。我仪态得体地进入了约克郡，一路穿过了这座仍然记得多年前我以公主身份来过的城市。我们每天都有新的追随者加入。我接纳新人成为我的仆从，身边还围满了讨好我的人和想要请愿的人。戴克说这一路上他无法安置如此多的人马并为这么多人提供食物，但我耸耸肩，对他说我在英格兰一向深受爱戴。他先前早该听我的话，我曾告诉过他民众会络绎不绝地来到我身边。

我收到了来自伦敦的信，是凯瑟琳寄来的，信上说她的小婴儿生气勃勃，十分强壮，还有玛丽寄来的信，她生下了一个男孩儿。我很难为她感到高兴。这并非一个能够让他的母亲，我的小妹荣登高位的男孩，也并非一个会在世间取得重要地位的男孩。他的父母要为他们的婚姻向王室国库偿还一笔巨额罚金，两人也因此破产了。这个男孩将拥有的不过是一个头衔，一个为了嘉奖他父亲是个讨喜的友人的头衔；布兰登没有天赋，没有血统，也没有优点。他俩把这个小可怜称作亨利，以求得我弟弟的宠爱，我原以为他们会请求托马斯·沃尔西这位明日之星当他的教父，就如他是我孩子的教父。两个人得想尽办法扭转眼下的财产状况，所以我无法祝贺这个男孩的出生，这个男孩只会成为家庭的负担。

不过我很高兴玛丽脱离了危险。我素来觉得她会多子多福，身体健康。

我们母亲家族的所有人都善生养。金雀花家族的子嗣就如他们的姓氏所指的杂草那般繁荣兴旺,我以前就十分确定她不会像凯瑟琳那样体弱。她已经能起身了,身体也无碍,我对此感到非常欣喜,等到我到达伦敦之后,她就能前来欢迎我。队伍日渐临近都城,一想到能够再次见到她,甚至是见到凯瑟琳,我的心情就越来越激动。我已经在外生活十三年了,从未真的想过能够再次回到祖国,也从未想过能够又一次睡在英格兰的屋檐之下,还有都铎旗帜飘扬在我的头顶。我曾无数次想过,我再也不会见到这一切了,永远也不会见到了。

即便是在这归家的喜悦中我也没有忘记,我的一切不幸之所以会发生,都是因为亨利打破了我的和约,坚持要同苏格兰开战;都是因为凯瑟琳命令霍华德家族率领那支凶残的军队,要杀得不留活口。尽管霍华德家族的新旗帜上面的纹章是在炫耀我丈夫的惨败,但他们并不是下令一个不留的主使。主使是凯瑟琳:如她那位拿起基督徒的刀剑刺穿西班牙的母亲一般残暴无情,嗜血如命。尽管她现在给我寄来了这些关爱的书信,夸口说见面之时我们定会紧紧相拥在一起,可我却没有忘记,是她下令将我丈夫的尸体塞进坛子,当作战利品送给了我的弟弟。能有这种想法的女人不会是我可以称之为姐妹的女人。我甚至不知道詹姆斯那可悲的尸体埋葬在英格兰何处。我甚至不知道他那件染血的外套在何处——我想也许会在某地的某个衣橱内。这是我和凯瑟琳之间不可化解的仇恨。自从我厄运降临,凯瑟琳便对我慷慨大方、友好和善起来,好使我受益于她的良心不安;但她就是我厄运的源头和起因,我决不会原谅,也不会遗忘这一点。

✦

就在我们即将离开约克郡的那天,我听见有人在敲门,紧接着,未经我允许，门被推开了。我抬头望去，看是谁未经宣召便敢进入苏格兰王后的房间，出现在我面前的人手上拿着帽子，脸上俱是笑意，俊美得令人心惊。是阿奇博尔德，我的丈夫。

我站了起来——我现在站起来已经不会感到疼痛了——我向他伸手，他立即快步走过来，跪在我脚边。"都退下。"我小声吩咐侍女们，于是她们匆匆离开房间，并关上了门，同时他站了起来，一把将我紧紧拥入怀中。他亲吻我沾满泪水的眼睑，我的嘴唇，我的脖颈，他手掌温热，伸进我的胸兜。他低头亲吻我的乳尖，我感觉到他解开了我的蕾丝。

"快来"是我说出的唯一一句话，我将他领进我的卧房，让他脱下我的衣服，仿佛我是干草谷仓里的一个农家女，他拨开我华丽的裙摆和绣有精致蕾丝边的内衣，热情如火地进入了我，就像新婚之际我们幻想着要共同治理苏格兰那般急躁。

这真是快活极了。我们躺在一堆衣物和床单之间，阳光穿过窗户，我听到约克教堂下午的丧钟敲响，一声又一声，纪念着逝去的人。"亲爱的。"我睡眼迷蒙地说。

"我的王后。"他回答道。

我伸手抚摸他被晒黑了的笑脸，亲吻他的嘴唇。"你来到了我身边，"我说道，"我还以为我永远失去你了。"

"我不能让您就这样离开，"他说道，"您得明白我的爱与您永相随，我会永远对您忠心不贰，我会始终爱您如初，我不能让您对此一无所知地就离开。"

"我真是太开心了。"我小声说道。我枕在他的肩膀上，透过单薄的亚麻衬衣，我感受到了他平稳的心跳。

"他们待您还好吗？"他咕哝着说，"我看见您穿着漂亮的礼裙，有侍女服侍，有仆人听您差遣。"

"我的确得到了作为都铎公主以及苏格兰王后应有的悉心照料，"我说，"戴克是一位非常忠诚的仆人。"

"他应该这么做，"阿德不快地说，"他把从您弟弟那里得到的金钱给您了吗？"

"我如今又富裕起来了，"我肯定地回答他，"而且所有人都告诉我说，我会从奥尔巴尼那里拿回我的珠宝和物品。你不必为我担惊受怕，亲爱的。我被照顾得很好。"

"感谢上帝，"他说道，"那他们打算什么时候送您返回苏格兰呢？"

"还没有人知道。他们得先对付奥尔巴尼。不过哈里说他不会和任何人商议，直到他先听到我的说法。戴克和我已经将我遭受的苦难详加叙述，大书特书，奥尔巴尼要为此得到严惩。你我终将大仇得报。"

此时传来一阵敲门声，有人在外面说："殿下，您要在大厅里用晚餐吗？"

我转而对阿德露出一个慵懒的笑容。"所有人都会知道我们在床上度过了这个下午。"我说道。

"我们是夫妻，"他说道，"他们会明白的。我可以告诉他们今晚我会睡在您的床上，如果他们想要知道的话。"

我哈哈笑了出来。"去伦敦的一路上，你每晚都要睡在我床上。"

他脸色突然蒙上一层阴影。"哎，亲爱的，我们不提这个。"

"什么？"我突然惊慌地问他。我冲随行女官高呼道："要去！要去！等会儿进来为我梳妆打扮。"

"我不能去伦敦，"阿德说道，"虽然您如今变得富有，还有侍卫保护，但我在苏格兰的处境并没有变化。我依然是一名逃犯。我依然要为了保命而躲藏在山里。"

"可你现在要留在我身边。你也会变得富有，也会有侍卫保护。"

"我不能,"他轻声说,"我的人民还需要我。我必须领导他们,保护他们不受您的敌人所害。"

"你来只是为了道别吗?"

"我不能留下来,"他悄声说,"请原谅我。我做错了吗?"

"不,没有,即便只有片刻相见,也好过再也见不到你。可是,阿德,你确定你真的不能来吗?"

"我若是不回去,那我的城堡,我的领地,还有我的佃农都会陷入危险之中。您会原谅我吗?"

"噢,当然!噢,我会的!我会原谅你的一切,只是我无法忍受你离开我。"

他从床上起身,穿上他的皮革马裤。这条裤子已经被穿软了,能够应付各种天气下的艰难骑行。

"可你不会现在就离开吧?"

"我会留下来用晚餐,如果可以的话。过去这几周我就没有吃上过几顿美味的晚饭。今晚我也会睡在你的床上,之前我都没有松软的枕头,也没有温柔的爱抚。之后我会在拂晓时分离开。我有我的职责。"

"拂晓时分?"我重复道,嘴唇忍不住颤抖。

"恐怕我到时必须离开。"

✦

我爱他的骄傲,也爱他的荣誉感。拂晓之时,我同他一道起床,看着他穿上他那条破旧的马裤。"等等!"我说道,"至少带上些衬衣。"我递给他一叠六件上好的亚麻衬衣,镶有手工缝制的精美蕾丝边。

"您是从哪里弄来这些的?"他问道,取出其中一件穿上了。

"我从戴克勋爵那里强征了这些衣服过来，"我坦白地说，"他十分不愿意，但他能再给他自己多做几件，而你值得用最好的。"

他笑了下，穿上了他那双旧马靴。"你的食物够吃吗？"我问道，"你在哪儿睡觉呢？"

"我和其他逃犯待在他们的城堡和要塞里，都在边境这一带，"他回答道，"有时候我睡得糟糕，幕天席地，但通常我能找到志同道合的朋友、忠于你的朋友——他们愿意冒险让我住在他们的屋檐下。有时我甚至能回到靠近坦特伦的地方，在那里所有人都愿意冒死让我借宿。"

我知晓珍妮特·斯图亚特会为了他而打开特拉奎尔家的大门。但我不想提她的名字。

"你需要钱吗？"我连忙问道。

"钱会派上用场，"他无奈地说道，"我得为追随我的人购买武器、衣服还有食物，而且出于待客之道，我愿意为他们花钱，尤其是这些人也都很贫困。"

我走向我的箱子。"这儿，"我说道，"戴克从我弟弟那里拿来给我的，为了在路上表现对我的慷慨。他还会给我更多。你把这些都拿去吧。"

他用手掂量了一下。"黄金？"

"是的，"我说道，"把这个也带上。"

我打开我的首饰盒，取出了一长串金链子。"你可以把它砍断，需要的时候卖掉它，"我说，"带上它，戴在你的脖子上，藏好它。"

"这可值不少钱。"他抗拒道。

"你是我的无价之宝，"我宽抚他道，"带上它。还有这些。"

我在箱底里找到了一袋沉重的金币。

"这也太多了，"他说道，但他让我把这袋金币放进他的手里了。"我的妻子，您对我太好了。"

"若是可以，我还愿意为你做更多的事，"我坚定地说，"等我回到苏格兰，你会拥有一半的王国。阿德，千万要保重。要真心待我。"

他跪了下来，低下头，请求我的祝福，之后他站起来，将我揽入怀中。我闭上眼睛，呼吸间全是他的气息，身心都恋慕着他。我愿意取下手上所有的戒指给他，我愿意取下我发间所有的珠宝给他，我愿意把全世界奉献给他。

"一定要回到我身边。"我呢喃道。

"一定。"他说道。

1516年5月

英格兰　康普顿庄园

  我穿着我最华贵的、里衬是金缕布的紫色天鹅绒礼裙,在我弟弟的好友兼仆人威廉·康普顿爵士家中等候,我的国王弟弟正在赶来,他要陪我进城。我们会为所有民众上演一场好戏——我们都铎家的人精通装腔作势的手段——当苏格兰人民听闻国王亲自赶到我身边,再次接我回家时,我在他们心中威望亦会大增。

  距我上次见到这个自大虚荣的少年已经过了十三年之久,这十三年间,我们失去了父亲和祖母,他成为了国王,我成为了王后,我俩都获得了自己的孩子,然后又失去了他们。所有人都告诉我他成长为了一位英武非凡的国王,当我站在威廉爵士那富丽堂皇的会见厅的窗边,听到门外士兵武器碰撞的声响,还有嘈杂的脚步声时,内心交织着激动和紧张。接着,那扇门终于被推开,哈里走了进来。

  他的变化真是太大了。我离开的时候他还是个男孩,如今他是一个男子汉了。他身材高大,比阿奇博尔德还要高挑,高过我一个头,首先映入我眼帘的是他浓密的褐色胡须,经过了细致的梳理和修剪,让我感到有点畏缩。这给了他一副成熟男人的面容,与我记忆中那个步履轻盈、肤色白皙的小弟弟大不相同。

  "哈里。"我犹豫地叫他。随后我想起这位是英格兰的国王,于是屈膝行礼:"陛下。""玛格丽特!"他热情地说,"姐姐。"接着他将我抱了起来,亲吻我的双颊。

他那双明亮的蓝眼睛似乎能看透人心，他的五官端正而硬气。他微笑着，露出整齐洁白的牙齿。他英俊得让人惊叹，难怪全欧洲的宫廷都称他为基督徒王国之内最英俊的君王。我一时间恶毒地想到，阿拉贡的凯瑟琳当初能够攀附上他可真是幸运，而且恰好就在他登基的时刻。全世界的女人如今都会欣然嫁给我弟弟，难怪凯瑟琳时时盯着她的侍女们。

"无论在何处我都能认出你来。"他说道。

我愉快地红了脸。我知道我看上去气色很好。腿上的疼痛已经消失，我已能够站立，可以自如地行走，不会再一瘸一拐。先前因为怀着玛格丽特而增加的体重也已全部减掉，还有，多亏了凯瑟琳，我如今衣着光鲜。

"无论在哪里！"他继续说道，"你就和母亲一样美丽。"

我佯装向他行礼。"我真高兴你能这么想。"我说道。

他向我伸出手臂，我们漫步穿过房间，并肩行走，所以没人听得见我们谈话。"我的确如此认为，玛格丽特。拥有两位美丽动人的姐妹，我深感骄傲。"

玛丽。这就开始了。他都还没怎么问候我，我们就已经开始谈起了玛丽。

"不过那个和她同名的小家伙怎么样了呢？"我询问道，"你的女儿怎么样了？她体质强壮吗？身体好吗？"

"她很好。"他眉开眼笑地看着我，"我们起初想要一个男孩儿，但毫无疑问，很快还会有一个小弟弟来到她身边。你是国王的姐姐，你可以跟她讲要如何与弟弟相处。"

我不是。我是亚瑟的妹妹，我哥哥本来应该成为国王。"那王后殿下呢？她的身体也还好吧？"

"她回到王宫了，"他说道，"这个月我们计划举行一场盛大的比武大赛，届时你会和她坐在一起。这是我们举办过的阵势最为浩大的活动——为了庆祝你的到来，还有我的女儿以及玛丽的儿子出生。"

玛丽。又来了。"我得让你见见玛格丽特，你的侄女。"我朝她的奶嬷嬷点头示意，她将她抱上前来，低身向哈里行礼，好让他看到玛格丽特。她是个胖乎乎的小可爱，长着棕色的头发，有着棕色的眼睛，她兴高采烈地朝哈里挥动着小手，好似她知道赢得他的喜爱能保她一生顺遂。

"和她妈妈一样可爱，"哈里饱含怜爱地说，伸出手指去碰她的小拳头，"脾气也一样好，我敢肯定。"

"她非常地听话，"我说道，"她之前吃尽了苦头。"

"上帝啊，你真是受苦了！"

我头靠在他的肩膀。"是受了很多罪，"我也这么认为，"但我知道你会重整局面，让一切回到正轨。"

"我发誓我会做到的，"他向我保证道，"而你会以苏格兰摄政王后的身份荣归苏格兰，不会再有人苛待你。这才是重中之重！"这身漂亮的绿色丝绒外套似乎让他更显高大——他强壮的肩膀甚至更加宽广了。"你的丈夫呢？我以为他会和你一起来这里。"

他知道了，这再正常不过：戴克会在第一时间把发生的所有情况都事无巨细地汇报给他。"他不得不留在苏格兰保护他的人民，"我说道，"他心痛极了，他想要在我身边，我们想要在一起。他还特别希望求见您。但他觉得若是自己没有留下来保护那些支持过我的领主和那些为了保护我而惨遭迫害的可怜民众，那他们都会遭受奥尔巴尼的报复。他十分重视他的荣誉。"

我发觉我的话说得太多，也说得太急，过于迫切地想要向哈里表明苏格兰所面临的危险与难题。哈里身处在一个太平国家，住在固若金汤的城堡里，性命无忧，他不知道治理苏格兰是何种感受：所有事务都要协商一致，哪怕是国王的意愿，都得让他的人民接受才行。"阿奇博尔德为了尽到他的职责留在了苏格兰。他觉得他有义务。"

我弟弟注视着我，微笑中忽然有了一丝算计的意味。他只是回了一句"十足的苏格兰人"，而我觉得他的声音里充斥着对一个男人的轻蔑，这个男人可能将他的妻子留在了危险之中。"十足的苏格兰人。"

1516年5月

英格兰　伦敦　贝纳德城堡

为了凸显我进入伦敦城的庄重正式，凯瑟琳送了我一匹白色的帕尔弗里马。她还送了我一顶金色的头饰，是她偏爱的那种沉重的三角头帽样式，另外还送给我许多条礼裙以及能够缝制更多礼服的奢华面料。我心想，是她下令在城堡的每一间房里都安置上了大件的木制家具，还给每块地板都撒上了新鲜的灯芯草、绣线菊与薰衣草。她还顺理成章地给我的居所安排了管事，如此一来便能像管理恢宏宫殿一般打理我的家事了，她的总管还带来了食物，储放在食物橱柜之中。国王会付钱给我的家仆：我的切肉仆人托马斯·波琳爵士、我的牧师、我家中的所有仆人——看门的，管食物的和管水的，还有侍卫——以及照顾我的所有侍女。除了我继承的珠宝（凯瑟琳最终送到莫佩思的那些），她还借给了我一些首饰，并且我还从王室衣橱之中取出了几身皮草与几双饰有王室白鼬皮的袖套。

在这之后，她终于大驾光临了。清晨，她的一位侍女（也是托马斯·帕尔爵士的妻子）前来告知我，若我愿意，王后会在下午欣然来访。我答复说这是我的荣幸，但我的同意没有任何意义，不过形式罢了，对此我和摩德·帕尔十分明了——不论我是否方便，凯瑟琳都能来。她是英格兰的王后，她可以按照她的心意行事。一想到她可以随心所欲地来去自由，我还得感谢她的驾临，我就气得咬牙。

我听见她的仪仗队护送她经过了道尔门楼，我还听到了那些伴随她而来的欢呼声。英格兰民众喜爱这位日复一日地等候并终成王后的西班牙公主。虽然我的脸都快贴到窗玻璃上了,但我在窗前没有看到她。我不得不坐在会客室的王座上等待她的到来。

大门被推开了。我站了起来,走向前去迎接她,因为不论她在我少女时期的记忆中是何种面目——苍白,哀伤,可怜——她如今都是英格兰王后,我却是流浪在外的苏格兰王后,要等待好运降临的人是我,而不是她。我对她行礼,她也向我行礼,接着她张开双臂,我们拥抱在一起。她身上的温暖令我惊讶。她轻抚我的面庞,夸赞我长成了一位美人,一头秀发可爱迷人,身上的礼服也与我十分相称。

我仔细地打量她,然后我可以放声大笑了。在生了五个孩子之后,她的身材长胖走样了,肤色变得暗沉蜡黄。她漂亮的金发藏在了难看的兜帽里,颈上的项链长至她粗壮的腰间,脖颈间佩戴着一枚十字架;她这一双手不大但有肉,每根手指上都戴满了戒指。怀有一丝不值一提的窃喜,我注意到她看上去完全是三十岁的面容了,神色疲惫而颓丧,然而我依然是未来可期的年轻女人。

她立刻对我说:"别在所有人面前聊天。我们能去你的私室吗?"我又一次听到这熟悉又恼人的西班牙口音,在说了十四年的英语之后,她还是刻意保留着口音,以为这能让她与众不同。

"当然可以。"我回答说,而且即便此处是我的居所,我也得退后一步。于是我带她进入会客厅旁边的房间,就在我的私室前不远处。

她不拘礼节地坐到窗边的椅子上,冲我招手,示意我过去坐在她身边,高度相同的位置,仿佛我俩可以平起平坐。我二人的侍女都坐在远处的矮凳上,听不见我们的谈话,虽然她们都极其渴望知道:众人清楚我们之间发生的一切,在经历这其中的诸多矛盾之后,她们都极其好奇,我们要如何重归于好。

"你看上去气色真好,"她关切地说,"这般好看!虽然你吃了很多苦。"

"你也是。"我撒谎道。我上一次见她之时,她还是一个年轻的寡妇,一身黑衣,纤巧美丽,精致似人偶,满心盼望着我父亲能够无视一切证据,让她嫁给哈里。而今,她已经实现了内心的渴求,却发觉这还不够。他们因为爱情而结了婚——对他而言,这份爱情热烈而稚嫩——但他们已经生了五个孩子,却仅有一个健康孩子,而且还是一个女儿。凯瑟琳的每一次孕期,哈里都会找一个情人,而她几乎每年都会怀孕。他们并非她理想中的天作之合。我料想她曾认为自己会如她父母那般傲气十足,美貌无比,大权在握,相爱此生。

现实并不如人意。哈里变得高大威猛,更加富有,君王气度非凡,这远超她的设想。哈里令她黯然失色——也令所有人相形见绌。她面露疲态,身染奇怪的疼痛。她惧怕上帝不祝福他们的婚姻,于是一天之中有半日她都跪在上帝面前,求问他的旨意。她没有继承到她那战士母亲一点一滴的自信光彩。如今她来同我交好,但她也是心怀愧疚前来。她手上有血债:她的军队杀害了我的丈夫,而我没有忘记这件事。

"我希望你能长长久久地和我们在一起,"她说道,"要是国王的两位姐妹都在王宫里,那可真是一大乐事。"

"两位?玛丽也常常待在宫里吗?"我问道,"我以为她已经无力支付宫廷生活里的花销了。"

凯瑟琳脸红了。"她经常来,"她庄严地说道,"她是我的客人。我们成为了特别要好的朋友。我知道她非常想要见你。"

"我不知道我能留在这里多久,一旦苏格兰领主们愿意接受我的统治,那我就得赶回家,"我说道,"这是我的职责。我不能离开我丈夫的国家。"

"是啊,你身负重任,"她答道,"我知道治理这个国家十分不易。我为你的国王丈夫之死感到非常抱歉。"

一时之间我竟说不出话来。我甚至无法直视她。我简直想象不到她如何敢提起他的死亡，并且仿佛是在谈一件遥不可及、无法控制的事情。

"战场上的瞬息万变。"她说道。

"一场残暴无比的战斗，"我指出，"英格兰军队居然得到命令说不留一个活口，我真是闻所未闻。"

她还算有廉耻心，面露羞愧之色。"边境的战争一贯残忍，"她说道，"就如邻居间的争斗。戴克勋爵告诉我——"

"就是他找到了我丈夫的尸体。"

"太让人难过了，"她低声说，"我非常抱歉。"她转过头去，脸藏在巨大的头饰里，抬手擦拭自己的双眼。"请原谅我。前些时候我才刚失去了我的父亲，我——"

"有人告诉我，弗洛登之战过后，你很得意。"我打断她的话，突然有了说话的勇气。

她低下头，但没有避而不答。"我当时是很得意。国王亲征海外之际，我保卫了英格兰不受侵犯，自然很高兴。作为他的王后，这是我的职责。众人都说苏格兰国王计划进军伦敦，你不会相信当时我们所有人有多么害怕他会军临城下。赢了战争我固然高兴，但是我的确对你感到万分抱歉。"

"你把他的外套送给了哈里。他那件带血的外套。"

接着是一段漫长的沉默。然后她神情肃穆地站了起来，我从未见过她这副姿态。"是的。"她镇定地说道。在她身后，她的所有侍女都站了起来，我的侍女也是。英格兰女王都站着，她们当然不能坐着，但谁也不知道该做什么。气氛有些难堪，我也站了起来。她们这就要走了吗？王后是否生气了？这是我数月以来入住的头一座像样的宅邸，还是她借给我居住的，我有胆与英格兰王后争吵啰？

"我把他的外套给哈里送了过去。"她依旧镇定，"好让正在为他的国家奋战的英格兰国王清楚他的北部边界安定无虞,好让他明白我完成了我对我丈夫的职责,即便代价是你丈夫的生命。好让他知道英格兰士兵打了胜仗——因为我很高兴我们打了胜仗。我对此感到很抱歉,我亲爱的妹妹,但这就是我们生活的世界。我首要的职责是对我的丈夫尽忠,上帝让我们在一起,没人能将我们分开,就算是你我之间的情谊也无法成为我与我的国王丈夫之间的障碍。"

她如此庄严的姿态让我感到自己的愚蠢与粗鄙。我从没想过会见识凯瑟琳这般有王后威仪。我还记得当初她在宫里只能可怜兮兮地曲意奉迎,受尽冷遇,我竟不知她还有这样刚正不阿的傲骨。此刻我明白了,她是一位真正的王后,她已经做了七年的王后,我却已在此时失去了王位,还嫁给了一名甚至没能与我生活在一起的领主。

"我明白了,"我无力地说道,"我理解了。"

她面色犹豫,好像她第一次看清自己,好像她不该这么严肃,不该冲动起身,做出要离开房间的样子。"我能再坐下来吗?"她露出一丝微笑,开口问我。

她十分重礼,毕竟她根本不必开口询问。

"请坐。"我们都坐下了。

"我们给他举行了隆重庄严的葬礼,"她平静地说,"就埋葬在方济各兄弟会的教堂里。你可以去他的坟墓祭拜。"

"我不知道。"我抽抽搭搭地说。我感到羞愧难当。"我连这个都不知道。"

"那是自然的,"她说道,"我还让人为他念了弥撒。我很抱歉。你当初肯定过得相当痛苦,何况悲痛之后又是厄运接踵而至。"

"他们都说那不是他的尸体,"我低声说道,"他们说有人在战后见到过他。你们带去英格兰的那具尸体上没有受难带。"

"人们总是编造故事，"她回答说，语气坚定如磐石，"但我们以国王之礼安葬了他，殿下。"

我无法恫吓她，也无法动摇她。"你可以叫我玛格丽特，"我说道，"你以前就这么叫我的。"

"那你可以叫我凯瑟琳，"她说道，"或许我们可以成为朋友，也能成为姐妹。或许你会原谅我。"

"谢谢你送我的礼裙，还有你送来的所有东西，"我笨拙地说道，"收到了我的财产，我很开心。"

她握住我的手。"这一切都是你应得的，"她温柔地说，"你会再次登上你的宝座，重获苏格兰的财富。我的国王丈夫已立下了誓言，你会再次拥有属于你的一切，他会为你全力以赴，而我会为你进言。"

"我感激不尽。"我说道，虽然对她说出这种话让我很不愉快。

她掌心温热，短小手指上的戒指沉甸甸的。"这之前我们彼此都算不上好姐妹，"她坦然地说，"我曾经非常害怕无法嫁给你弟弟，我想念故乡，而且生活困苦。你不知道在等待的那些年里我都经历了些什么。自你母亲去世之后，我就再也没有快乐的日子了。她走了之后，我好像失去了在这个家族中唯一的朋友。"

"我的祖母……"我开口说道。

她耸耸肩，颈间的红宝石闪闪发亮。"国王之母从来都不喜欢我。"她干脆明了地说。"若是可以的话，她定会把我送回国。她企图做——"她停顿了一下，"噢！各种事情。她极力阻止我嫁给王子。她出言挑拨我们的关系。可他登上王位之后就娶了我，不顾一切。"

"祖母对他素来有很高的期望。"我平静地说。她是对的，我暗自想道——他娶谁都胜过娶一个生不出儿子的寡妇。

"于是我体会到了远离故土的感觉，无人关心的滋味，身处险境而无人相助的感受。当我知道你成为了寡妇，还失去了你儿子的监护权，我真的非常非常难过。当时我就发誓我会尽我所能地帮助你，要做你的好姐妹。我们都是都铎家族的人。我们应该互相帮助。"

"我一直以为你看不上我，"我承认，"你总是显得十分高不可攀的样子。"

她接连的笑声让她的侍女们微笑着抬起了头。"我曾经吃过市场上便宜卖的隔夜鱼，"她说道，"我得典当了我的餐碟才有钱付给我的仆人。我过去是个衣衫褴褛的公主。"

我紧握住她的手。"我也曾是衣衫褴褛的公主。"我平和地说道。

"我知道，"她说，"所以我才力劝哈里要派兵将你送回你的王位。"

"他会听你的吗？"我好奇地询问，想起詹姆斯曾经抚摸着我的下巴，无视我说的一切，出发去实现他的各种计划。"他会采纳你的建议吗？"

她的脸色突然暗淡下去。"他以往会，"她说道，"但是托马斯·沃尔西最近迅速蹿红。你知道吗，他在所有事务上都会给国王提建议。他是大法官，他非常有才干，是个能力卓越的男人。不过他只会考虑如何实现国王的意愿。他不会考虑上帝的旨意，也不考虑国王的私欲。的确，如今鲜少有人会提出忤逆国王私欲的建议。"

"他是国王。"我斩钉截铁地说道。我完全无法理解她，为何会有人提出建议来忤逆国王的私欲？

"可并非永无过失。"她说这话时，脸上隐约有一丝笑意。

"托马斯·沃尔西支持我重返苏格兰吗？作为我女儿的教父，他肯定希望我女儿一切都好吧？"

她有些迟疑。"我认为比起送你回苏格兰，他还有更深远的计划，"她说道，"他清楚苏格兰人必须承认你，接受你成为你儿子的监护人，但我认为他还希望……"

"他还希望什么?"我问道。

她低下头片刻,好似在祈祷,好似她得思考她接下来该说的话:"我想他期望能废除你现在这段婚姻,然后要你嫁给那位皇帝陛下。"

我简直震惊得说不出话。我目瞪口呆地看着她。

"什么?"我隔了一会才开口问道,"你说什么?"

她点点头。"我以为你知道这件事。托马斯·沃尔西在欧洲的处境很不妙。他会很高兴能有国家与英格兰联姻,结成盟友,制约法国。尤其是现在,他正竭力想把法国人赶出苏格兰。"

"可我已经结婚了!他是怎么想的?"

"大法官认为你这段婚姻能够被解除,"她安静地说,"后来哈里也看到你的丈夫并没有陪在你身边,虽然他手里有安全通行令。哈里认为你可能被厌弃了。他认为你或许会为了离开他而高兴。"

"阿奇博尔德要在苏格兰履行他的职责!我亲口告诉过国王。他有义务,他的荣誉……"

"你会成为皇后。"她谈道。

我又一次不说话了。作为神圣罗马皇帝的妻子,我会获得无数的土地,半个欧洲。我的地位会超越凯瑟琳。诚然,我本会嫁给她的亲戚。玛丽嫁给了像查尔斯·布兰登这样的无名之辈,她将无法与我比肩,她将不得不跪在我面前服侍我。我将再也不用见到她们中的任何一人,而且还会变得比我弟弟哈里更加富有。这曾是从我身边溜走的命运,当初我曾考虑过嫁给皇帝,或者嫁给法国国王,可接下来却发现法国国王为了我的小妹而欺骗了我。我嫁给阿奇博尔德时,便失去了成为欧洲最伟大的统治者之一的机会,眼下,我再次获得了登此高位的机遇。

"这要怎么做?"

凯瑟琳的微笑消失了。她抽回了手,仿佛一位不忠的妻子会玷污到她。

"我相信只要你同意了，大法官就会有办法的，"她冷静地开口，"我已经完成了我的任务，询问了你是否会考虑此事。国王的说法是你嫁给安格斯伯爵之时，苏格兰已被逐出教会，大法官的论据就是那段期间的婚姻都应该无效，而且你的丈夫当时已经和另一个女人订婚了，不是吗？大法官会争辩说那是正式的婚姻，而不仅仅是订婚；你的丈夫当时已经与珍妮特·斯图亚特完婚了，这发生在你们结婚之前，彼时苏格兰并未被罗马逐出教会。因而他俩的婚姻早于你俩的婚姻，你们的婚姻也就无效。"

"他没有。他都没有见过她！"我厉声说道，"他心里没有她。他娶了我。他是自愿娶我的。他对我忠心不贰。"

凯瑟琳凝视着我，我见她眼神深沉，其中不只是她失去了四个孩子的悲痛，还有对哈里的失望。

"丈夫忠诚与否并不重要，"她平静地说，"他爱着你，还是爱着其他人也不重要。重要的是你们要在上帝面前一起宣誓。要有神父见证你们对上帝许下誓言。一段婚姻不会因为上位之人希望一个女人能够自由嫁娶就被解除。一段婚姻也不会因为丈夫过于愚蠢软弱而爱上了另外的女人就被解除。真正的婚姻要在上帝面前缔结，而且永远都不会被废除。"她的目光移向她的侍女们，她们正在窃窃私语，消磨时间，等着回格林尼治宫和男人们共进晚餐。其中一个或者几个会获得国王的青睐，一个或者几个也许已经爬上了他的床，一个或者几个正对此满怀希望。

"我明白，"我说道，"我知道没有什么比婚姻誓言更重要。阿奇博尔德和我完成了这些誓言。他是我的丈夫，直至死亡。"

她低下头。"这便是我所相信的真理。"她安静地说，"若是哈里问起我的意见，我会告诉他，你已在上帝的见证下嫁为人妻，不论是大法官阁下，还是神圣罗马皇帝，或者是英格兰国王他自己，都无法更改这个事实。"

1516年5月

英格兰　格林尼治宫

庆贺我抵达英格兰的比武大赛在格林尼治宫举行,我乘坐着王后的驳船,沿河而下,来到这座伦敦最美轮美奂的宫殿。我多么希望阿奇博尔德陪在我身边,听听这格林尼治的民众在我的船只经过之时发出的欢呼,还有乐师们演奏的美妙音乐,以及欢迎我再次归家的礼炮声。

那位新生的都铎孩子,玛丽公主,被奶嬷嬷抱在怀里,也在船上。凯瑟琳将她留在身边,无时无刻不在看着她。我的小玛格丽特只比她大上几个月,但要活泼机敏得多,她粉粉嫩嫩的,机灵地打量着四周,一看到我或者是她的奶嬷嬷就露出笑脸。看到凯瑟琳或是亨利对他们孩子的溺爱,我一下就能明白他们没有过其他孩子。

私底下,我自己很肯定我的玛格丽特会被公认为是更漂亮的那个小女孩。我会亲眼目睹她精心装扮,美艳到无可挑剔。我十分肯定她会有美满的婚姻。她兴许不是一名公主,她的父亲也未能给她带来一顶王冠,但她毫无疑问是王室血脉,她有一半的都铎血统。谁会知晓这两个孩子未来的命运呢?我发誓不让我的孩子被拿去与他人做比较。没人会把她送到陌生的国度,让她孤独无依。没人会夸玛丽比她更好。没人会当面无视她,还称赞其他人。

我不能说我现在受到了冷遇。我从王室衣橱中取出了金丝礼服,打扮得明艳动人,就算我得走在英格兰王后的身后,但是其他所有人都跟在我后面。我被尊称为苏格兰的摄政王后,而且托马斯·沃尔西没有丝毫疑虑地用王室金库的钱付清了我的债款。宫仆们站在地毯两侧,将其铺开,引向王家宫殿那扇敞开的大门,虽然我跟在凯瑟琳身后走出了王家驳船,但我对他们露出微笑,心底没有怨言。我兴许期盼着阿奇博尔德能够在这里看着我尽享风光的模样,希望让所有人都能看到我英俊的丈夫,他可能还会参加比武大赛,但我已来到我的归属之地。这是我长久以来盼望的一切。

"我们要去衣物间。"凯瑟琳吩咐道。她对我微笑着说:"我希望玛丽已经在那里挑选她的礼服了。"

我终于又能见到她了。玛丽,我亲爱的小妹妹,从她郊外的住宅赶来参加我的比武大赛。查尔斯·布兰登会来施展他的长处——可能是他除了吃喝嫖赌、挥霍无度以外的唯一技能;他和哈里会接受所有参赛者的挑战。

"她已经到这里了吗?"我实在迫不及待地想要见到她,我还期望我们能在她给自己选走最漂亮的礼服之前赶到那里。我希望凯瑟琳已经吩咐过衣物间的仆人必须要为我们三位王后准备好规格相当的礼服,若是玛丽的礼服是法式剪裁,或者有更加奢华的刺绣,又或者风格更加时尚,那这一切就都毁了。她已经习惯吃穿用度俱是最佳,但她不应该比王后更耀眼。如果玛丽做出如此僭越的举动,那会让所有王室贵女失了颜面。她虽然是法国国王遗孀,但她再嫁给了一个平民,而不是像阿奇博尔德那样的贵族。我不想看到她太显眼,或者太出位。我不想听到民众高呼她的名字,冲她抛撒鲜花,鼓励她在众人面前展露风采,就像我们还是小女孩时那样。

士兵站在门的两侧,向我们敬礼,并为我们推开门,方便我们进入挂满王室礼服的暗室,礼服都装在大的亚麻布口袋里,衣袖里塞满了薰衣草以防止衣蛾,护墙上还有荆豆棘以阻挡老鼠。在这昏黄的房间里,我看见了一顶优雅的法式兜帽,兜帽之下是一张精灵般的小脸蛋,让我产生了一种幻觉:我的小妹妹还是十三年前我离开时的那个小女孩儿,我的可爱小娃娃，一点儿没变。

我瞬间就把那些关于最好的礼服的担忧、对她过度装饰自己的不喜，还有那些先后顺序的问题都抛诸脑后了。"啊，玛丽。"我仅仅喊出了她的名字。我张开双臂，她投入我的怀抱，用力地抱住了我。

"噢，玛格丽特！啊，我亲爱的！啊，玛吉！我听说了你儿子亚历山大的事，我真是太伤心了！"

听到他的名字让我倒抽了一口气。自从我离开了莫佩思，就没人再说起他了，甚至没人提起他。所有人都向我表达过对死去的国王的哀悼，可却没人问起过我的孩子，这就好像亚历山大从未存在过。就在这一刻我为他哭了出来。我夭折的小男孩！而玛丽——她不再是个小姑娘了，而是一名如我一般饱尝了孤独与心碎的女人——拥抱着我，取下了我的兜帽，让我的头歇在她的肩膀上，轻轻拍抚着我，如同母亲安慰受伤的孩子那样呢喃着。"好了，"她说着，"哎，玛吉。好了。上帝保佑他，保佑他在天国享福。"

凯瑟琳靠近我们。"她的儿子。"玛丽越过我的肩膀说道，"她在为亚历山大哭泣。"

"上帝祝福他，保佑他，带他去他的身边。"凯瑟琳立即说道，我感受到她的手臂放到了我的肩膀上，就如她和玛丽还有我拥抱着彼此，我们的头抵在一起。我想起来凯瑟琳也失去过儿子，还不止一个，凯瑟琳的痛苦也从未被提起过。她也埋葬过那些小灵柩，也被要求过要忘记他们。世上最残忍之事莫过于亲子之死，而我们这三个伤心姐妹都饱尝过这份痛苦。

我们三人站在一起，在这个晦暗的房间里无声地依靠着彼此。过了好久，一阵惊慌突然席卷我全身，我抬起了头说道："我看上去一定丑极了。"我想我的头发一定全乱了，鼻子也是红红的，脸和脖子也都泛着红，起了斑点，眼睑也肿了起来。凯瑟琳看上去老了十岁，神情悲苦而难看。两滴泪珠像珍珠似的挂在玛丽浓密的睫毛上，她那粉嫩的嘴唇颤动着，面颊上有两团朝霞似的潮红。"我也是。"她微笑着说。

⭐

格林尼治宫的比武场宏伟宽广，丝毫不输给欧洲任何一座比武场。王后的包厢安置在国王包厢的对面，我的姐妹们和我，还有我们的侍女，都坐在看台的中央，和煦的微风掀动窗帘，正好让我们看到比武赛道。哈里和他的友人绝不会待在他们的包厢里，这再正常不过了：他们是挑战者，而不是观众。一面面长旗飘扬在整个场地周围，地面布满了筛过的细沙，洁白似雪。看台上的座位坐满了盛装出席的观众，只有贵族和受宠之人才会被邀请——入场券是买不到的，这是王国的精英才能享有的娱乐。伦敦的商人们还有乡村平民赶来观摩这场盛事，但只能等在比武场的重重高墙之外，彼此推搡。那些年轻人，胆子大点的人，爬上比武场的边墙上，以求有个好点的视野，而一旦爬到了贵族们边上，他们就会被抓住，然后给推下去。他们摔下去时，所有人都哄笑起来。

更穷一点的民众连宫殿都进不了，但是他们沿着河岸站成一排，在那里他们能看见往来不停的贵族驳船，不断将宾客送入场。他们还站在格林尼治的宫墙大门和码头之间的林荫道边上。这是骏马进场的必经之路，侍从会骑着那些高大战马，或者由马夫领着它们哼着粗气，徐徐走过这条道路，这样人们就能看到那些豪华的马鞍以及艳丽的比武装束，顿时便能感受到骑士比武大会的气氛。木柴燃烧的青烟升起，人们在小火堆上炙烤培根，等比武结束之后便可以享用，刺鼻的黑烟从铁匠铺子飘了过来，战马要在那里迅速地重新打上马蹄铁，长矛的尖刃也要在那里锤炼。到处都能闻到马匹的气味，混杂着汗水和粪便的臭气，还有诸如打猎和赛跑这类活动的兴奋气息,乃至包厢上悬挂着的花环散发出的迷人芬芳,各色气味弥漫全场。果园里的苹果花都被摘了下来供我们取乐,那些昂贵的粉色花朵和白色花朵堆在王后包厢,让包厢成为了凉亭。早开的玫瑰花扎成了花束,被我们抛给最勇敢的挑战者,扔得到处都是。花丛之中点缀着忍冬花,粉色的,黄色的,还有奶白色的,它们的香气浓郁又缠人,如蜂蜜般甜腻。王后和我还有所有侍女在蔷薇水中沐浴,我们的内衣也洒上了薰衣草香水。有蜜蜂飞进王室包厢里,沉醉在这香气中,仿佛飞进了果园。

我突然想起一段回忆,一段如夏日惊雷般出乎我意料的回忆,我想起我的丈夫詹姆斯国王,在那场为了庆祝我的长子出生而举办的比武大会上,他伪装成绿衣野人,威猛无比,英姿勃勃,还有身着白衣的德拉巴斯蒂爵士,而我是比武大会上的王后,彼时我还以为我会在那个王国里永远幸福快乐地生活下去,永远称心如意,永远高高在上。

"怎么了?"玛丽柔声问起。

我摇头,甩走这满心的悲伤。"没什么。没什么。"

所有人都在等待国王进入比武场。地上的沙子都被耙得十分平整,犹如退去的潮水将它冲刷干净了似的,侍从们穿着明亮的制服站在每道门前。兴奋的嘈杂声和欢笑声变得越来越大、越来越大,直到喇叭忽然吹响,众人一阵惊呼,接着又迅速安静下来,大门被推开,亨利骑马进入了比武场。

我同其他人一样,不再将他视作我的小弟弟,而是一位了不起的国王,一名出类拔萃的男子汉。他坐在一匹体格高大的战马上,那是一头黝黑的野兽,肩膀宽阔,腿脚有力。哈里吩咐给他打上银质的马蹄铁,黑蹄上的钉子闪着光。他的马鞍和马笼头、护胸甲和马镫皮带都是漂亮的深蓝色,最好的皮料被染成深似靛蓝的颜色,这匹马的黑色外套光泽盈盈,好似经过精心打磨。它还佩戴着金缕编织的马饰,上面配有金铃,每次大步前进时,这些铃铛都会叮当作响。哈里骑马绕着全场跑了一圈,一只手握住绷紧的缰绳，操控着他那强壮的坐骑，另一只手戴着镏金皮手套，提着高大长矛，靠在他那深蓝皮靴的边上。他穿着深蓝色丝绒，上面用金线绣出了盛开的忍冬花，整个人光彩夺目。

国王的出场一如故事书中的骑士，挂毯上的神祇，众人见此，皆发出了满怀敬畏的惊叹，宛若一阵和煦的夏日清风。哈里这般高大挺拔，风流倜傥，更像一位伟岸君王的画像，俊美超凡而不似真人。然而接下来，他将这匹骏马停在王后的包厢前，脱下了他的蓝宝石帽子，对凯瑟琳绽露出一个灿烂笑容，向所有人宣告着：这个男人是全英格兰最英俊的男人，也是全世界最满怀爱意的丈夫。

所有人都在欢呼，甚至在比武场外面、河岸边上、码头道路边上的人群都能听见这发自肺腑的赞许呼号，于是众人也欢呼起来。哈里容光焕发，仿佛一个在台上大受欢迎的演员，然后他转身向他的同伴们招手。

有四名挑战者和国王的装扮相配，查尔斯·布莱登是其中之一，他俊俏的脸转向这边以表示对掌声的感谢。在他们身后走来了十八位骑士，也都骑在骏马上，穿着蓝色丝绒衣服，他们的随从都站在他们身后，穿着蓝得发光的绸子衣服，而身后的所有马夫和骑士、号兵、鞍匠、下人、提水仆、跑腿工……好几十人，全都穿着蓝色织花布。

这些人们在王室包厢的前方站得笔直，凯瑟琳穿上的蓝色礼服，在她身着耀眼孔雀蓝制服的丈夫身边顿时就显得沉闷单调起来。她站起来接受挑战者们的敬礼。

"骑士比武大赛开始！"传令官高声宣告。所有小号一齐吹响，所有战马兴奋地攒动着，哈里慢悠悠地骑向赛场的尽头，而他的侍从戴着头盔和镏金铁手套，在一旁等候着。

他准备就绪，穿好那一身漂亮的盔甲，戴好头盔，放下护面，原本懒散踱步的坐骑此时在比武赛道的这头蓄势待发，他的对手等在另一边赛道的另一头。凯瑟琳站了起来，手里握着白手绢。她把手套塞进哈里的护胸甲，放到了他的心口。他在这些表达爱意的骑士礼仪上向来一丝不苟。她高举手绢，随后又松手让它飘落。

手绢落下的那一刻，哈里用力蹬马，骏马从赛道尽头飞奔而来，马蹄重重地踏在地面上，如雷鸣般响亮。他的对手也在同一时间出发，两把长矛逐渐接近。哈里的攻击范围更广，他压低身子，靠近马鞍，忽而就将长矛猛刺出去。长矛击中对手的护胸甲，发出刺耳的撞击声，接着哈里迅速收回武器，避免失去平衡而落马。几秒钟之后，他的对手因受到冲击而失去平衡，身形不稳，他的长矛也失了准头，仅刺中肩膀。不过哈里已经骑马将他甩开，恢复了平衡，收回了长矛，而他的对手还没能在马鞍上坐稳，铠甲覆盖的双手紧握住鞍头和马脖子，一边前进，一边要落马的样子，最后跟跟跄跄地向后摔了下去，金属盔甲落地摔得乒乓响。坐骑弓背跃起，它穿戴的马衣剧烈摆动，缰绳向后绷直了，那名骑士躺在地上一动不动，很明显，他摔得喘不过气了，或许还有更严重的伤。穿着蓝色织花布衣服的马夫上前稳住赛马，穿着蓝色绸布服饰的侍从则奔向骑士，他们打开他的护面，发现他的头耷拉着。

"他的颈子断了吗？"我的小妹妹焦虑地问道。

"没有。"我同她说话的语气和过去一样，仿佛她还是当初那位为每一匹马、每一位骑士都担忧的小公主，"他很可能只是受惊了。"

医师赶了过来，还有外科医师。四名侍从抬着架子过来，小心翼翼地把骑士抬了上去。哈里下了马，怀抱着头盔，身穿盔甲步伐僵硬地去察看他的对手。他微笑着对那名落马的骑士说了几句话。我们看到他们的铁手套碰在一起，好像在握手。

"看那儿，"我对玛丽说，"他没事。"

当他被抬出比武场，全场爆发出一阵呼声，哈里转身面对全场，享受这热烈的喝彩,他神采奕奕,笑容满面,汗水让他的红发颜色变得更深。他戴着铁手套,手握成拳头放到他的护胸甲上,同时向凯瑟琳鞠躬,之后他就退场了。他碰到了查尔斯·布兰登,对方正坐在一匹枣红色的战马上,朝国王低头行了一个友好的军礼,接下来布兰登骑马慢跑过比武场,停在了我们的包厢前,向他的王后,我,然后是他的妻子行礼。

"他没要你的手套吗?"我问玛丽,看见她手上戴着一双手套。

她做了个小鬼脸。"他忘记了,"她说道,"我不想追在他后面提醒他。"

"他不想带着你的信物吗?"

"要是他每次比武我都扔给他一双手套,那我可负担不起,"她的言语中流露出一丝不满,"国王会为他的铠甲和马具付钱,王室衣橱会借我礼服穿,但我得自己安排手套和里衣,而我们穷得像老鼠一样,玛吉。我们委实如此。"

我没有说话,但我捏住她的手。一名都铎公主竟然沦落到要担心一双手套的价格,这简直骇人听闻。哈里应该善待玛丽,也应该善待我。我们的父亲若是还在,他会为我偿还欠款;他也不会因为玛丽嫁给了自己选择的男人而向她征收罚金。哈里应该牢记我们都是都铎儿女,即便他是唯一活下来的男孩儿,但我们都是英格兰的继承人。

✦

一整天都有新的骑士骑马前来挑战,赛场上的沙子都被踩翻弄脏,那些漂亮的马具和制服都已磨破,颜色也变得暗沉,在日落之前,国王的队伍被宣布为获胜者,而其中最英勇之人便是哈里。

凯瑟琳站在包厢之内,哈里前来向她鞠躬,我觉得她的神态仿若我们的母亲,像是已疲倦不堪却仍得打起精神,应付哈里讨要夸奖的惯常举动时会露出的模样。她温柔地微笑,神似我们的母亲,将一条镶有蓝宝石的金腰带作为奖品递出去,把一大笔财富赠予这个已经拥有一切的年轻男人。

她双手合十,如同为他的胜利而欣喜若狂,而接下来,在她完成他所期待的这一切之后,她转过身,我们便跟随她回到了宫殿之内,参加比武大会的漫长晚宴。晚宴上会有致辞,会有假面剧,还有持续至深夜的舞会。我瞧见她侧身去看望她的孩子,玛丽,这个孩子被带进包厢来见证他父亲的胜利,还会被带去接见那些欢呼的群众,于是我心中了然:凯瑟琳更想要待在育儿所,守着她的孩子吃东西,然后独自入睡。

我并不同情她。她是英格兰的王后,英格兰最富有的女人,王国之内地位最尊贵的女人。她的丈夫才刚刚击败了所有挑战者,我以为她会满心喜悦地站在他身边——天知道,我若是处在她的位置,我会如此。

✦

我即将接见苏格兰的领主们,他们赶来英格兰是为了劝说哈里不要动武。他们会要求他让我一直流浪在外,他们会要求他容忍奥尔巴尼公爵统治我的国家,他们还会提醒他我的丈夫是一名逃犯,还要他一直挂着这样的身份,像野兽那般被追捕,一直到他们逮住他,杀了他。那些领主一定焦虑得要死,因为我现在又是一名都铎公主了,是我那三心二意的弟弟的首要关注对象。他甚至不会接见他们。

"在我之前,他们会先见你。"在格林尼治宫用晚餐时,哈里向我承诺道。我坐在他的左边,凯瑟琳在他右边,我妹妹在我旁边,一身浅黄礼服,精致美丽,蓬松的金发藏在镶钻的浅黄兜帽里,她毫无疑问是我们三人之中最美丽的那一位——但她离王座有两个座位的距离,而不像我这般邻近。"你可以提出你的要求。他们会向你解释。"

"那你之后会接见他们吗？"我问道。

他点头。"你可以告诉我他们和你谈话的内容。我们一起同沃尔西商议。我们会让他们乖乖听话，玛格丽特，务必相信这点。"

"那些领主什么时候到？"我并不紧张，我清楚我可以说服他们。我清楚我可以成为一位杰出的摄政王后。苏格兰有太多忠诚之士互相敌对，但英格兰是如此，法国亦是如此。任何王位都会吸引对手——詹姆斯教会了我这点——而如今我准备好吸取他的教训，遵循他的教导，成为一名伟大的苏格兰王后。

"还要几天时间。但我想让你换个住处。猜猜是哪儿？"

一时间我心想我是否要搬到一座王家宫殿去，有一瞬间自己希望我会搬到里士满宫。可接下来我就明白我会去的地方了。"苏格兰行宫。"我说道。

哈里为我的机敏露出了微笑，端起他的金酒樽和我碰杯。"你猜对了。"他说道，"我想让他们在苏格兰国王们的伦敦行宫中见你。这能提醒他们，你拥有这座宫殿，而同样地，你也拥有爱丁堡城堡。"

1516年秋

英格兰　伦敦　苏格兰行宫

领主们派了加罗韦主教和柴伯尔修道院主持。杜普兰爵士也来了，他是法国代表，来说服我们所有人互相妥协，让公爵继续摄政。一行人之中还有六位牧师以及一些小领主。我在王座大厅里接见了他们，这座宫殿年久失修，破损严重，十三年前，这座宫殿接待过前来参加我的代行婚礼的苏格兰领主们，自那以后便一直无人使用。但新鲜的灯芯草遮住了那些磨损的石板和木地板，而且凯瑟琳还借了一些挂毯挡在木门漏风的地方。这座宫殿本身气势恢宏，哈里的男仆为我准备了一些厚重的橡木家具，其中有一张镏银王座，一如既往，王室的气派远比现实更重要。任何人来到这苏格兰行宫的王座大厅都不会怀疑我并非一位了不起的王后。

人们进来之时，我坐在垫着宝座饰布的王位上，岿然不动，就像那位西班牙公主。我摆出了她多年前那最为郑重端庄的仪态，安坐在王座之上，让众人向我鞠躬行礼。

我同他们谈话，既保持着王家威严，同时又施以外交手腕。我苦心思索了很久，我想要什么样的条约。这事关我的儿子詹姆斯，我丈夫，还有更令我心碎的亚历山大，我不能鲁莽行事，我要控制怒火。我必须赢过他们。我必须让他们想要我回去。

我瞧见他们都在逢迎我。我有独特的都铎魅力——我们都有，玛丽，哈里还有我——我们全都清楚我们持有这种魅力——我在听这些人说话时，有一种纡尊降贵的愉悦，我假装对他们的看法感兴趣。我将他们玩弄于股掌之间，就如当初祖母玩弄那些英格兰的伟人：询问他们的意见，把他们当作专家来咨询，假意尊重，其实早已有自己的打算。他们称之为摄政官的公爵也许能统治他们，但他不会坐在这宝座饰布之上，衣袖上也不会装饰着象征王室的白鼬皮。

我跟他们说得很明白。我说了，我的一切物品都必须归还于我：在坦特伦、阿奇博尔德的城堡里还有我的礼服和珠宝，林立斯戈宫里有我夏日的衣橱——我希望这些能全部送往伦敦，送到我这里。摄政公爵还须将我在苏格兰的所有土地——我的丈夫，苏格兰国王亲自赐予我的土地——的租税都归还于我。奥尔巴尼不能一面说他将国家治理得安乐太平，另一面又假装自己无法收取租税。我必须听到我儿子詹姆斯的消息。我必须要以自由之身回到苏格兰，且他必须和我生活在一起。我丈夫和他的祖父还有他所有的家人必须得到赦免，要能够自由地和我一起生活。

这群苏格兰人平静有礼地告诉我，我无法回到苏格兰、指望继续统治苏格兰。我对他们说这正是我想要的。把奥尔巴尼送上我的位置是他们犯下的大错；他们听从于法国国王，而没有听命于我，他们真正的王后。看看他们的法国盟友，横扫欧洲！我对杜普兰爵士露出微笑，好像在告诉他我完全理解他的意思，他没有在骗我。谁不知道法国就盼着用这般明显的诡计把持苏格兰呢？若是苏格兰继续支持奥尔巴尼这个法国间谍和他的法国妻子，任由他向法国尽忠，那迟早会让苏格兰同英格兰开战。我弟弟不会容忍法国军队在他的门户外蠢蠢欲动，他会确保我能安全回国。他们真的想要再次和英格兰开战吗？难道他们的后代太多了，想要再来一场弗洛登战役，再失去一代年轻人吗？就在我们仍旧为先前失去的后代而悲恸的时候？

杜普兰爵士小声地提出抗议，他说法国无意占领苏格兰，也无意欺骗苏格兰，公爵是苏格兰人，是我儿子之后的王位继承人，并非法国人。我越过他，朝修道院主持和主教微笑。我的微笑在说——我们都清楚，我们三个苏格兰人清楚，他在撒谎。而他们也对我回以微笑。我们都清楚，我们这三个苏格兰人都清楚。

1516年秋

英格兰　伦敦　兰贝斯宫

我骑着凯瑟琳送我的那匹帕尔弗里白马前往兰贝斯宫，去见托马斯·沃尔西和我弟弟哈里。他们都在哈里的枢密室里，只有六位随行的人和三四个仆人。我快速地打量了一圈，发现没有人站在国王身边，除了他的新朋友沃尔西，一个伊普斯维奇肉贩的儿子。这名油嘴滑舌的平民肯定每天早上都会拧自己一下才能确定他没在做梦。出身如此卑微之人竟然能成功获得国王的信任，这可非比寻常。想必从未有人从这般低下的地位高升至此吧？不过这就是哈里和凯瑟琳筑造的英格兰：一个能力重于出身、功绩盖过身份的国家。对我这样出身决定一切的人来说，这未来令人不安。这感觉不对劲。我母亲的家族从未有过一位国王任命一个肉贩的儿子为大法官，而我十分明了，如若我的祖母能从坟墓之中起来，她决不会允许这种事发生。

我确定我脸上没有露出一丝异样，然后热忱地向我弟弟行礼，并向他的顾问伸手，仿佛我很高兴能够在这里见到他。

"他们怎么样？"哈里轻松地提问。

显而易见，托马斯·沃尔西早就知晓这个"他们"是谁，并且他还会在这场谈话中出谋划策。

"他们会归还我的珠宝，"我怀着一丝淡然的自豪说道，"他们承认扣留我的珠宝是他们犯的错。他们会登记造册好好保管，然后会把所有物品给我送来。包括我的服饰。"

沃尔西对我微笑。"您真是一位能干的外交官，殿下。"

我的确认为我是。我点头道："而且他们也同意偿付我的所有租税。我想我拥有了一大笔资金，也许有一万四千镑之多。"

哈里吹了声口哨。"他们说了他们会给钱吗？"

"他们承诺了。"

"既然我们已经解决了礼服的问题，"沃尔西问道，"那他们对奥尔巴尼公爵怎么说呢？"

这个肉贩的儿子胆敢调侃我和大使们的谈话，我低头说道："他们坚持要让他留任摄政官，但我非常明确地表示了这等同于将苏格兰推入了法国势力之下。"

哈里点头。

"我已经清楚地让他们知道你不会容忍这一点。"

"你做得很好，"他说道，"我的确不会。"

"于是等到他们送来我的珠宝后，我们会再次会谈。"

"同时我也会和他们谈话，"沃尔西提出，"但我怀疑我无法取得比殿下您更多的进展了。您可真是一位了不起的摄政王后，您在一场会议上就实现了两个目标！"

"我必须夺回我的儿子。"我说道。

"您的儿子安然无恙，"沃尔西轻声说道，"不过苏格兰传来了一则坏消息，事关亚历山大·休姆和他的兄弟威廉。"

我迟疑了。亚历山大·休姆是个傲慢得可笑的叛徒。他反抗奥尔巴尼，转而支持我的原因是奥尔巴尼曾取笑过他矮小的身材。他一个小矮人倒是骄傲得很。不过他一加入我这一边，就成了一位忠实可靠的仆人。他把我从林立斯戈宫救了出来，而且一路和我们骑马逃离了苏格兰。他一直陪在阿奇博尔德身边，要是没有他的勇毅，我们也不会这般无畏。可我很清楚，这是个极其不可靠的人。"

"他改投阵营了吗？"我猜疑地问道。

"他可再也改投不了了，"沃尔西以一种粗鲁的幽默口气说道，"他自投罗网，向奥尔巴尼请求赦免，可接下来他又违反了他的赦免条件，于是他就以叛国的罪名被处决了。他死了，殿下。"

我倒吸一口寒气，身体都一下没能站稳。"我的上帝啊。他在被赦免之后又被处决了？这下可没人会再相信奥尔巴尼了！"

"并非如此，"沃尔西无礼地纠正我，"是没人会再相信休姆了。违背诺言的人是他。他得到了赦免，他宣誓了忠诚，然后他再次叛变了。他该死。没人会为他辩护。"

我会。我认为对奥尔巴尼许下的承诺都不值得遵守。但我不会反驳我弟弟宠信的顾问，在我看来，若是没人询问他，他连话都不应该说。

沃尔西朝哈里点头，仿佛在表示自己要发表言论了。"这意味着摄政王后失去了一个强大家族的支持，"他自言自语似的说道，"只要我们能为她找到一位新的盟友。一个厉害的盟友，能够震慑法国人的盟友。说不定那位皇帝陛下可以？"

哈里牵起我的手，夹在他的手臂下。他领着我远离他们所有人：托马斯·沃尔西，侍从，仆人。从枢密室到枢密间楼梯有一段长廊，我们肩并着肩地走过去，步伐也一致。

"皇帝会很高兴迎娶你，"哈里坦白地说，"他要是成了你的丈夫，你就能随意跟那些苏格兰人开条件。有他做你的丈夫，而我又是你弟弟，你将是全欧洲最有权势的女人。"

思及此，我心里有一丝野心的火苗在跳动。"我已嫁为人妇。"

"沃尔西认为你的婚姻可以废除，"哈里说道，"当时苏格兰已经被逐出了教会，这场婚姻是无效的。"

"但在上帝的见证之下，它并非无效，"我平静地说道，"我知晓，他也知晓。况且那会让我的玛格丽特变成私生子。我不会这么做的，就像是你也不愿意让小玛丽成为一个私生子。我清楚你做不到。我也做不到。"

他皱了皱眉。"这会让你拥有无穷的权力，"他提醒我说，"你维护的丈夫眼下甚至不在你身边，而他最有力的盟友已经被处死了。"

"我做不到，"我说，"婚姻就是婚姻。你不能将它弃之不顾。你和我一样，都是为了爱情而成婚，你明白这是一件多么神圣的事情。"

"除非上帝显明他另有旨意，"哈里说道，"如他曾对我们姐妹所显明的那样，就在她的丈夫去世的数周之内。"

我没有大声说出玛丽就是这么幸运，能够迅速脱身，但我心里在这么想。"若是上帝显明他的旨意，"我顺着他说，"那他会保佑我与阿奇博尔德的婚姻，也保佑你和凯瑟琳的婚姻。他会赐予我们健康与子嗣。我的婚姻会伴随我一生。你也是。直到死亡将我们分离。"

"我也是。"哈里说道，为我的执着让步。他仍旧是那个祖母养大的孩子。他向来听从信仰虔诚的女人的意见。他不由自主地认为，意志坚定的女人即是正确合理的女人，这便是拥有一位自以为是的祖母所产生的后果。"但你会考虑这件事，对吗，玛格丽特？鉴于你的丈夫几乎抛弃了你，谁知道他此时身在何方？他可能都死了。这可能是上帝的旨意，你的婚姻已经结束了。"

"他没有抛弃我，"我说道，"他如今所处的地方我清楚得很。而我愿做他的妻子，不论贫穷与富贵，我不能因为他如今成了逃犯，去为自己而抗争、为我而抗争，就弃他于不顾。"

"但愿他仍是一名逃犯，"哈里暗示着，"但愿他没有和休姆一起投降，没有和奥尔巴尼讲和，然后放弃你。"

"他决不会做出这样的事,"我坚持己见,"而且我清楚我的荣誉和爱情都在何处。"同哈里的谈话总是诱使我像假面剧表演那般装腔作势。他总是很刻意。他的话从来都是为了要达到他的目的。他走路的姿态从来都是为了要展现他的外表。他天然流露的自负做派都是精心设计的结果。

此刻,他亲吻我的双颊。"愿上帝保佑你的荣耀,"他温柔地说,"我真希望我的两位姐妹都无比细心地维护你们的声誉。"

这可是对你的冒犯,小玛丽,我暗自想,而我对他的赞扬露出了微笑。

1516年秋

英格兰 伦敦 苏格兰行宫

我没有忽略亨利的提示。我写信给戴克勋爵，询问阿奇博尔德的消息，以及我在苏格兰的支持者的消息。我告诉他，我知晓了关于休姆的全部消息；他不必对我有所隐瞒。我已经知晓了最糟糕的情况。可即便是有了这点保障，他都没有回复我，我只有认为他要么是一无所知，要么就是不愿告诉我。我再次接见了苏格兰使者，从他们淡定的礼仪之中，我无法分辨我的丈夫是在我这一边还是被抓了起来，甚至加入了他们。最后我不得不找来托马斯·沃尔西。

我让他见了他的教女，我亲爱的小麦格①，她甜甜地对着他笑，就如她该做的。我准备了他喜欢的油酥甜饼，以及一杯马姆齐红酒。之后等到他用餐完毕，心满意足之后，我问他借了一笔钱：那群苏格兰人把我的珠宝和礼服送到了我的宫殿，但没有把租税送来。托马斯·沃尔西向来乐于助人——他何乐而不为呢？身为大法官，他掌管着王室国库，为他自己积累了大量财富。他肥胖的小手指上戴满了宝石。他借给我钱，等到我的租税送达之后，我便会还清这笔钱。戴克在边境收取租税，会把沃尔西的那一份送来给他。

他恭喜我同苏格兰人达成了协议。"您可以安全回家了，您可以作为联

---

①玛格丽特的昵称。

合摄政王后，统治苏格兰，"他说道，"他们承诺将遗产税都偿付给您，还会咨询您的意见。您这是大获全胜，殿下。我真是大开眼界。"

我露出微笑。"谢谢您。能取得如此成就，我也很愉快。不过我十分想要询问您有关安格斯伯爵的事情。"

我迟疑着说出他的名字。我并不想在这个有着明亮眼神的肥胖牧师面前说出"我的丈夫"这个词，他确有机智，但他对生活艰苦一无所知，也对边境求生的危险和侥幸一无所知。

他没有说话，只是弯下了腰。

"我想要询问你是否知晓他在何处，"我说道，"我很担心……在你告诉了我亚历山大·休姆的事情之后。休姆家族的人和我的丈夫，曾一起赶路。"

他知道一些内情。我确信他已经知道好几个星期了。

"我的确知道。我想那位伯爵、您的丈夫，和休姆那家人，亚历山大与威廉同时投降了。"他语气平稳，"我们认为他们三人已经向摄政公爵奥尔巴尼投降了，并且都获得了赦免。您的丈夫已经放弃了。"

有一瞬间我几乎听不见他的话。"放弃？他自己放弃了？"

"我也才刚刚听说这件事。这是一个打击。"沃尔西平静地说，语气恰如告解时的牧师。

撒谎。这肯定是在撒谎。"他不可能这么做！"我愤怒地说，"他都没有给我写信。他不会不告诉我就做出这种事情。没有帮我夺回见我儿子的权利之前他不会投降的。他不会就这么放弃。"

"我想他已经拿回了他自己的土地。他夺回了坦特伦城堡。我了解这座城堡对他、对他的氏族——他们是这样称呼自己的吧？——的重要性，他得收回这座城堡。当然了，还有他自己的财产。"

"那我的呢？"我质问道，忽然对这个细皮嫩肉的男人生出一股难以遏制的怒气,这个人竟然以温和而亲密的口吻告诉了我一个恐怖至极的消息。"他是我的丈夫!他应该在为我而战!他没有和我来英格兰就是为了继续抗争。他现在应该在为我战斗!"

沃尔西摊开手掌,手指戴满钻戒而显得沉重。"或许他没有来英格兰是为了得回他的城堡和土地。他已经做到了。这对他而言就是胜利了。"

我实在怒气难当,简直说不出话。"对我而言,这可不是胜利。"我气得说话都哽咽了。

他那张圆脸倒是神色温柔。"是的,"他说道,"你又一次被忽视了。"

他一针见血地指出了我的伤心事,这让我几近垂泪。这种事总是一次又一次地发生在我身上。所有人都把我不当一回事。我的需求被无视;我本该是头等重要的人物,却遭人弃之不理。我自己的丈夫和我的敌人交好而没有为我战斗,他背叛了我。

"我不相信。"我悄声念叨着。我转身避开沃尔西,不让对方看到我因愤怒而扭曲的脸。激愤与绝望撕扯着我。我无法相信阿奇博尔德会一声不吭地背叛我。我无法相信他骑马去了爱丁堡,而没有来到伦敦。我无法相信他拿回了自己的土地,却让我一无所有。

"皇帝的妻子会是整个欧洲最有权有势的女人,"他语气柔和地说,"您会是头等重要之人。您将能够号令苏格兰的所有人。"

即便深陷如此悲难,我都没有忘记我的婚姻誓言。"阿奇博尔德可能忽略了对我的义务,但我不能不重视我对他的义务。"我说道,"我们在上帝的见证下结为夫妻,没有任何事情能更改这个事实。"

"但愿您坚持如此。"托马斯·沃尔西说。

1516年秋

英格兰 兰贝斯宫

我诧异于我竟没有以泪洗面。我发现我想要和一个可以理解我的人说话——不是某个会轻言细语地给我提建议的人，这只会让我更难受。我唤来马房的马夫还有我的马。我披上我最好的骑马斗篷，穿着貂毛镶边的礼服，然后骑马去了格林尼治。我没有到国王会见厅去看我弟弟，我踏上了通往王后宫殿的阶梯，我的侍女官询问了凯瑟琳的总管她是否能见我。他立即引我进去，这时我注意到她的侍女们都静坐在会见厅中，私室大门却紧闭着。

"您可以进去，"他小声地说，"殿下在祷告。"

我悄悄地进去了，关上身后的门，隔绝了所有人，接着我看到她走过一扇开着的门，进入了那座和她的私室相连通的私人礼拜堂。我站在门口处，观看着牧师在她头顶画出十字架，也在他自己身上画了十字架，之后她从豪华舒适的祈祷台上起身，跟牧师说了几句话，接着走出了礼拜堂，她的脸上带着笑意，神态恬静。

她看见我时，脸上流露出真心实意的欣喜。"我正巧刚才在为你祈祷，你就来了。"她惊叹道。她向我伸出手。"我听说了苏格兰那边的消息。你一定很开心，至少你的丈夫还活着，而且还拿回了他的财产。"

"我高兴不起来。"我忽然对她坦诚相告。"我明白我应该高兴，我明白我应该为他感到喜悦，而且我确实很高兴他没有被杀死。我一直都在担惊受怕他遇到意外，或者抢劫，或者是一场战斗……可他与奥尔巴尼讲和，还把我抛在这里，我高兴不起来。"我深吸一口气，抽噎着说，"我明白我应该为他安然无恙而喜悦。但我做不到。"

她牵着我走到炉火边，我们坐在高度相当的座椅上。"这真令人难过。"她表示同意，"你必定深切地以为被他抛弃了。"

"是的！"我对她坦露这惨痛的真相，"我让他留在苏格兰是因为他想要为我抗争，他没有来英格兰是因为他不愿意抛下在苏格兰的烂摊子。离开他让我伤心欲绝，他是那么爱我，他一路跟随我到了约克，还发誓要为我抗争至死，而今我却发现他已经和我们的敌人达成一致，在他自己那座小城堡里舒适度日！凯瑟琳——一定是他把我的礼服转送过来的！"

她目光下移，噘起嘴巴。"我明白。当你以为某个人非常好、非常正直，然而他们又让你失望时，这是件令人难受的事。可这或许也能成为一件好事。等你回到苏格兰，你可以住在他的城堡里，他也有财产帮扶你。他能够进入议会，还能为你说话。你会是一名伟大的苏格兰领主之妻，而不再是一名逃犯之妻。"

"你有过这样的失望吗？"我非常小声地问她，我都不确定她是否听到了我的话。

她那双真诚的蓝眼睛看向我。"有过，"她干脆地说，"你可能会听说过我的一些烦恼。我想所有人都知道哈里在我们婚后的第一年就找了情人，当时我正怀着我们的第一个孩子。从那以后，他还有了其他情人，一直有情人。眼下就有一个。"

"你的侍女之一？"我大胆发问。

她点头肯定。"这无疑是雪上加霜，"她说道，"这感觉就像是双重背叛。我把她视为我的朋友，我对她以真心相待。"

我难以呼吸，我还想知道更多，比如这个人是谁。但我想我不能开口问。这是凯瑟琳的心事,不能说的心事,即便是坐在炉边的椅子上,有她的妹妹陪在身边,也不能说。

"但这都不是认真的,"我像在为亨利澄清,"对一个青年男子来说,这不过是找乐子,所有年轻男人都是如此。哈里素来爱献殷勤,他喜欢骑士之爱这类把戏。"

"他可能不是认真的。"她的话语中透露出一种沉静的尊严。"但这对我来说很严肃;而且对她而言,这自然也很严肃。我对此不置一词,我甚至对她一如既往地友善。但这件事烦扰着我。在那些他没有来到我床边的夜里,我就在想,他是否和她在一起。而且理所当然地,"她的声音有些颤抖,不过只有一点点,"我会害怕。"

"害怕?"我从未料想到她会害怕。她坐得如此端正,望向窗外阳光照耀的河流,俨然一副已尽知世间的隐秘而无所畏惧的神态。"我从未想过你会害怕,我以为你永不气馁。"

她听到笑了出来。"你在我遭到贬低之前就离开了英格兰。不过你肯定也听闻过你祖母为难我的事,她苦心设计要让我一败涂地,而她大获成功。"

"但你重回了尊位。你嫁给了哈里。"

她轻轻耸肩。"是的,我以为我赢得了他,这辈子都能永远拥有他。那个女孩——贝茜·布朗特,你认识的,那个漂亮姑娘,肤色白皙的那个,精通乐理,很有魅力……""噢。"我想起了那个头埋在鲁特琴边上的金发女子,还有她甜美清亮的嗓音。

"她很年轻,而且,我猜想,好生养。若是她给他生下了一个孩子……"凯瑟琳停了下来,我看到她眼中噙满了泪水。她眨眼想要掩去泪水,把它们当作不存在。"她若是在我之前给他生下了一个儿子,那我想我会心碎至死。"

"但是你下次就会有儿子了！"我毫无理据地断定道。她此前已有四个孩子夭折了，仅有一个小女儿活了下来。

她凝视着我。这不是一个需要善意谎言的女人。"但愿上帝垂怜，"她说道，"不过我的怀中也曾有过一个男孩儿，而且我以他父亲的名字给他取名为亨利。可之后我不得不埋葬他，为他不灭的灵魂而祈祷。我觉得我无法忍受贝茜生下我丈夫的儿子。"

"哎，不过你可以完全放心，他决不会让她称自己的儿子为亨利。"我郑重其事地指出。

凯瑟琳微笑着摇了摇头。"哎，好吧。这还没有发生。也许这永远也不会发生。"

"那么她必须嫁人，"我说，"至少你可以给她安排一桩婚事，然后把她送出王宫。"

凯瑟琳做出一个小手势。"我觉得这种做法，对她，或者是对她的丈夫，都不太公平，"她说道，"她还非常年轻，我不想命令她嫁给一个会对此怀恨在心的男人。他会知道她被国王抛弃过。他可能会很残忍地对待她。"

我真是无法理解她为什么会在意贝茜的幸福，我的困惑肯定摆在了我脸上，因为凯瑟琳笑了，还伸手拍了拍我的脸颊。"哎，我的妹妹啊，"她说道，"将我养大成人的那个女人为她丈夫心碎了一次又一次，我向来是站在女人这一边的，即使这个女人是我的对手。何况小贝茜还算不上我的对手。她不过是个情人，不是第一个了，而且我也不信她会是最后一个，可王后之位一直都是我的，没人能从我这里夺走它。他总会回到我身边，我是他的初恋，他真爱之人。我是他的妻子，他唯一的妻子。"

"我也是阿奇博尔德唯一的妻子，"我说道，她的坚定安抚了我，"你是对的，我应该为我丈夫获得了奥尔巴尼的赦免而感到高兴，我又能够住在他拥有的城堡里了。他安全了,我自然该为此高兴。我可以回国后到那里去找他,或许我的儿子也能来到我们身边。"

"你肯定十分思念他。"她说道。

"是的。"我顺着她的话说,然而我心里想的是阿奇博尔德,她心里想的是我的儿子詹姆斯。"至少他凭着自己的本事在边境活了下来,"我继续说道,"边境的夜晚难以寻觅安全之所,也难以找到足够的食物。在那里可没有漂亮女郎唱歌作曲。"

凯瑟琳没有笑。"我希望他没有厌弃你,无论他在何方,"她说道,"如果你把幸福寄托在你深爱之人身上,而他却遗忘了你,那真是无比惨痛。"

"这是你的感受吗?"我问道,想起詹姆斯那公开的不忠行为,想起我为此而抱有的滔天怒火;还想起那些跑向他的私生子,我还清楚知道他们的母亲都住在附近,方便他能够在朝圣路上去见她们。

"这让我备感无用,"她低声说道,"我不知道该如何提醒他,他的荣耀和他的真心都属于我,他向我宣过誓。我不知道该如何让他去履行他在上帝面前承诺的职责,像我一样履行职责。即使我们再也不会有孩子了——尽管我每天都祈祷能生下一个儿子——然而就算我们再也不会有孩子了,我也依然是他的伴侣,他的配偶,不论经历战火还是和平,我都会在他身边。我是他的妻子,他的王后。他不能忘了我。"

我一时之间感到惭愧,我的小弟弟竟然如此怠慢他的妻子。"他就是个傻瓜。"我脱口而出。

她作势对我伸出戴满沉甸甸戒指的五指,阻止我继续说下去。"我可不许别人批评他,"她说道,"连你也不能这么说他。他是国王。我对他承诺了我永远的爱和顺从。"

1517年夏

英格兰 里士满宫

我即将再次离开英格兰。这是悠长而美好的一年,但我始终明了我将会长途跋涉,一路向北,回到苏格兰。又一次,我不得不向我的家人和朋友道别,又一次,我不得不踏上旅程,并且期盼旅程尽头有一个好的结果。

"你必须要离开吗?"玛丽孩子气地提问。我们经过宫廷花园,沿着河流漫步,然后坐在了树下的小长凳上,背对着暖融融的阳光,遥望那些驳船和小艇运送访客与货物,供养这贪得无厌的王宫,为其增添欢乐。玛丽的手放在她隆起的腹部。她又怀孕了。"我真希望你会留下来。"

我不敢说出我起初也心怀如此希望。凯瑟琳在这里的生活似乎非常辛苦,不过玛丽陪着她,我却是姐妹中唯一奔赴远方之人,将要远去一个曾以铁石心肠对待我的国家,面对飘忽不定的未来。

"我不得不履行我的职责。"我刻板地说道。

"可为什么非得是现在?"她懒洋洋地问,"夏日才刚刚开始,这是一年中最好的时候。"

"这是我启程的最好时机,况且我已经拿到了回苏格兰的安全通行令。"我抑制不住话语中的苦涩,"我的儿子,我五岁大的儿子,给我送来了安全通行令。"

这吸引了她的注意力,她坐了起来。"你得获得小詹姆斯的允许才能见他吗?"

"理当如此。他是国王，通行令上要有他的印章。并非真的是他，当然了。是奥尔巴尼决定了我能够回国这件事。而且他还制定了归国条款，随从不得超过二十四人，不准有反贼随行，之后还有让我见我儿子的条件。我不能以监护人，也不能以摄政王后的身份去见他，仅能以母亲身份去见他。"

"法国人就是特别强势，"她说道，"不过我发现只要你遵守他们的规定，他们还是很和善的。他们喜爱漂亮东西和繁文缛节。只要你同意……"

"你当然会帮他们说话，你的收入都是他们给的。"我尖刻地说道，"所有人知道，要不是他们给了你的遗产利息，你都养不活你自己。不过他们可没有付钱给我，他们可没有守信偿还欠我的债务，所以你不能指望我像你和布兰登那样听他们的号令。"

她面上一红。"我定然是需要那笔钱的，"她说道，"我们是贫民，王室里的贫民。每天宫里都有新上演的假面剧，或是新的舞会，或是新的盛大表演，国王都非要我领衔出场。只要一有比武大赛，他都非要布兰登出席比赛，光是那些骏马就与它们等重的黄金价值相当，一套盔甲的花费更是在一套礼服的十倍之上。"她双手放在肚子上以安慰自己。"总之，这可能又是一个男孩儿，而他会成为我们的财富。毕竟他会是排在他兄长以及你儿子詹姆斯之后的王位继承人。"

"除非凯瑟琳没有诞下王子。"我快言快语地提醒她。

"愿上帝赐福于她。"她情真意切地许愿，许愿她的儿子失去继承权。"不过，玛吉，我真心认为你应该同法国讲和。你不能和奥尔巴尼缔结一个更有利的和约吗？他是一个甚有教养的贵族男子。我喜欢他和他的妻子。眼下她生病了，他必定想要赶回家去陪伴她，他说不定会回到法国，将苏格兰留给你管理呢？你可以相信他，你可以和他谈谈。"

"那些法国人，"我突然质问道，"他们付了你多少钱，让你来当说客？

那么，等到你给间谍头子汇报的时候，你是否能告诉他们，说若是他们撤回我国境内的所有法国士兵，并且乖乖支付我封地的全部租税，就像他们付钱给你那样，我会欣然与他们讲和。收买你很廉价，但是我还有一个国家需要操心。我的价位更高。"

我瞧见她双颊气得发红。"我不是间谍。我收了法国人的钱，半个王宫也收钱了。没必要这样冲我撒气。我也知道你找沃尔西借钱了，你和我们一样。你没有比我们好到哪里去，你无权指责我。"

"我当然有权利，"我说道，"我是你的长姐——你做错了事，指出你的错是我的职责。你这个卑劣的叛徒，收下了法国人的钱！如果你真对他们如此亲近，那你可以通知他们支付我的租税。"

"我不能通知他们！"她冒火了，"我要是跟他们说了，这对你一点好处都没有。你可真是个傻瓜！根本就不是法国人扣留了你的租税，是你的丈夫。你不能因此怪罪奥尔巴尼。你的丈夫以你的名义收取租税，还没有把它们交还给你。"

"你在说谎！这谎话愚蠢又恶毒。阿奇博尔德决不会做出这种事情，他可不像你那个为了你的财产和头衔就娶你的丈夫。阿奇博尔德生来就是一个了不起的领主，他生来就拥有广袤的领地，他不会卑鄙到欺骗我。你根本不懂。除了一个投机分子，你从没爱过任何人。布兰登顺理成章地掌管了你的土地，一介平民，一个野心家！他就靠着你，还有他娶过的每个女人过活。我的上帝啊！在布兰登的衬托下，沃尔西看上去都出身高贵。"

她气得跳脚，蓝眼睛燃烧着怒火。"你以为你丈夫没有欺骗你？你不在场时，他同奥尔巴尼讲和的时候呢？当他和一个他称之为妻子的女人住在一起的时候呢？当他告诉所有人你永远也不会回到苏格兰，而他为此欢喜的时候呢？你竟敢将这个背叛你的人和我的查尔斯相提并论，他可从来没有对哈里不忠，更没有对我言而无信！"

我的肚子仿佛被她用力打了一拳，仿佛所有空气都给挤出了身体。我弓着身子，一副喘不过气的模样。"什么？什么？你说什么？"我听见这些话在我耳中响个不停，但我却听不明白，"你说了什么？一位妻子？"

她顿时感到了歉疚。她一下子地跪了下来，端详着我的脸色，她自己脸上都还挂着愤怒的泪水。"噢，玛吉！噢，玛吉！我很抱歉！原谅我！我实在太恶毒了！噢，我亲爱的！我不该说出来。我们说好了什么都不说的——可我……！都是你刚才说查尔斯坏话！可我应该只字不提的！"

她轻拍着我的礼服，抚摸我的肩膀，接着抬起了下巴，好直视我的脸。我低着头，埋着脸。我感到无比屈辱，没脸开口讲话。

"我很抱歉。我不应该说出来。她让我保证过只字不提的。"

"谁？"我问道。我双手掩面，不让她看见我发烫的双眼，惨白的脸颊。"谁让你什么都不说的？"

"凯瑟琳。"她悄声说道。

"这些是她说的？她告诉了你这一切？租税的事？阿奇博尔德和另一个女人住在一起的事？"

这颗金色脑袋点了点头。"但我们都发誓不会告诉你。她说这会让你心碎，她让我保证过要只字不提。她说你受不了听到他不忠的消息。她说你一定会亲自和他谈。这必须是你们两人之间的事。"

"噢，废话。"我说道。忽而间，我又想到了那些暧昧不清的绯闻，这让我愤怒到了极点。"她这个老女人，好像所有男人都不找情妇似的！好像阿德要过得像和尚那样，一次禁欲好几个月似的！好像一位妻子应该在乎似的！"

"你不在乎吗？"我的小妹妹诧异地问我。

"一点都不在乎！"我火冒三丈地撒了谎，"她什么都不是。对他而言，那个女人算不上什么，自然对我而言，她就也算不上个东西。凯瑟琳这是在小题大作，因为哈里让贝茜·布朗特做了他的情妇，她很哀伤，于是她想让全世界都认为阿德和哈里一样负心薄幸。这事儿很重要，看在上帝的分儿上！所有人都不在乎！"

"那你知道你丈夫的这个情妇吗？"

"我当然知道，"我说道，"半个苏格兰都听说过她，还有她水性杨花的德行。很可能有一半的领主都睡过她。我何苦在意这样一个婊子？"

"因为她说自己是他的妻子。"她柔声说。

"所有婊子都这么说。"

玛丽想要相信我。她素来崇拜我。她想要听到我的证言。"他不是因为爱情而娶了你吗？那是一场正式的婚礼吗？他真的没有娶她吗？"

"你到底是什么意思？你可真是个笨蛋。没有。从来没有。他们订婚之时她还是个孩子，他们从没企图行越礼之事。他为了我，为了对我的爱，抛弃了她。比起全苏格兰的其他女人，他更爱我。所以，如今我不在他身边，他给自己找些乐子又怎么样呢？只要我一回到苏格兰，他就会再次抛弃她。"

"但是亲爱的，他们说她以他妻子的身份住在你的房子里。"

"这对我毫无意义。"

"可要是他们有了一个孩子呢？"

"我为何要挂心一个私生子？"我质问道，对她模仿凯瑟琳的多愁善感而气愤不已，"詹姆斯有一堆私生子，可我们的祖母和父亲还是把我送去嫁给了他，他把那群孩子养在那座赐给我的城堡里，他们明明对此一清二楚。你以为在经历了我的国王丈夫有一整个私生子兵团这种丑事之后，我还会在意珍妮特·斯图亚特可能会有一个孩子吗？在我生下我的儿子之前，詹姆斯当初还任命了其中一个私生子为他的继承人！"

她蹲了回去，浓黑的睫毛上沾满眼泪，皱着眉毛，一脸迷惑。"真的吗?你真的不在乎?"

"一点都不在乎,"我说道,"等你发现你丈夫和某个贱人睡了之后,你也不用在意。无论怎样,这对你不会有影响。"

她把手放在锁骨凹陷处,脉搏跳动的地方。"噢,我会在意的。"她说道,"我会的,而且凯瑟琳也在意。"

"那你们就是一对儿笨蛋,"我宣布道,"我是王后,他的王后。作为臣民、丈夫和一个男人,我的男人,他崇拜我,爱我。如果他的晚餐偶尔用用木碗碟,这并不会对我有任何影响。这并不会贬低我的金碗碟的价值。"

她若有所思地注视着我,瞪大她那双蓝眼睛。"我从没这样看待过这个问题。我向来以为丈夫和妻子总是相互忠诚,就如布兰登对我这般。"

"你该去休息了。"我忽然开口,注意到她完美的肤色略微有些不健康地发黄。"你虽然怀的不是一位王子,但你还是要保重身体。你不应该哭,也不应该跪下来。快起身。"

我不友好地向她伸出手,将她拉了起来。我扶着她的手臂,带她走回花园,来到花园阶梯下的阴凉处。

"你确定等你会到苏格兰,他就会回到你身边吗?"

"我是他的妻子。他还能去哪里呢?"

我们沉默着走了一会儿。

"不过你到底是怎么知道这一切的?"我无法掩饰我的不满,她和凯瑟琳一直伤感地念叨着我。一想到她们嘀咕着这些来自苏格兰的消息,焦虑地瞪大眼睛,我就受不了。

"托马斯·沃尔西告诉了凯瑟琳,之后她告诉了我。托马斯·沃尔西清楚苏格兰发生的一切,到处都是他的耳目。"

"监视着我的丈夫。"我不满地说。

"啊,我确信不是这样的。并没有特意如此。就只是——"就在她说出他们怀疑阿奇博尔德对我的国家不忠,也还辜负了我之前,她住口了。她面露犹豫。"我能告诉凯瑟琳你不在意这个传闻吗?她会备感宽慰的。"

"你为什么非得把所有事都告诉她呢?她现在是你的告解神父吗?"

"不,就只是我们总是将一切都与对方倾诉。"

我冷哼一声。"你们的丈夫肯定为此高兴。是你告诉她,哈里和她的侍女贝茜上床了吗?"

上楼梯时,她在我身后慢吞吞地走。"是我。"她悄悄说,"我告诉她我所知道的一切,就算告诉她也让我心碎。"

"然后她把你丈夫的风流韵事又告诉你?"

她一时没站稳,用手撑在石墙上。"啊!不!他没有。"

即便我在气头上,我也无法断言他行为不检。"我一桩都没听说过罢了。"我不悦地说道,"但像你现在的模样,体型变胖了,也无法与他行房,那他会找其他人的。所有男人在他们妻子怀孕生产的时候都会找个荡妇。"

她的眼里再次轻易地盈满了眼泪。"别说这个!我相信他没有。我相信他不会这样。他来到我床边,睡在我身边,他喜欢抱着我。我喜欢睡在他怀里。我真心地认为他没有情人。我由衷地相信他不会这么做。"

"得了,去哭给凯瑟琳看吧!"我说道,等我们走到楼梯顶后,我已经怒不可遏了,"你们俩可以于事无补地做一对漂亮的泪人儿,不过别再嚼我丈夫和我的舌根了。"

"我们不是在嚼舌根!"她高声说,"我们是在保守秘密,担心你为此烦忧。我保证过我什么都不会说。泄露这件事我真是犯下了大错。"

"你实在太蠢了!"我说道,开始像儿时那样责骂她,"我看着你所想到一切就是,尽管你生得俊俏可人,可上帝知晓,你也是我认识的最蠢的姑娘。至于凯瑟琳,她人老珠黄,姿色平平,更是没有希望。"

她转身逃离对她恶语相向的我,急匆匆地踏上去向王后宫殿的楼梯,我也转身回到我自己的宫殿。我对此处的留恋已经消散。我想要回家，回苏格兰。我受够了这满屋子的女人了；我受够了这些自称为我的姐妹却在背后议论我的女人了。这位英格兰王后和这位法国王后，我恨这两人。

✦

我并非唯一厌恶法国，以及法国人收买宫廷宠臣的做法之人。玛丽和她丈夫是收取了法国人的公开贿赂，并且英格兰半数宫廷都在收受贿赂。城里面，法国的商人和工匠从每一桩生意上、每一家店铺里抢走了诚实的英格兰人的饭碗。我警告过哈里，法国人不必开着舰船来入侵英格兰，就早已有数不清的法国人进入了英格兰，就连伦敦的街上都几乎听不到有人说英语了，到处都混杂着法语的"老爷"和英语的"大人"。

哈里大笑——没有任何事情能够破坏他的欢乐情绪。他整日把时间花在严密的监视上，而国王的所有工作都交由托马斯·沃尔西处理，托马斯在哈里应该聆听弥撒的时候，把文件带给他签字。哈里会草草地签下他的名字，这既对上帝不尊重，也对他的职责不上心。

不过伦敦民众的感受与我相同：太多的外国人偷走了那些轻信他人的英格兰人民的营生。每天都会收到好几起冲突的报告，外国商人弄虚作假，法国人犯了诱奸还有绑架的罪行，善良的英格兰人遭到勒索，或者被抢走工作。一旦法国人被传唤，他们就贿赂地方法官，随后便能逃脱惩罚。伦敦民众的怒火日益高涨。

当所有人神采奕奕地从漫长的大斋期禁食中解放出来，终于可以尽情饮用麦芽啤酒之时，学徒们迎来了复活节的假期。他们醉得一塌糊涂，带上了武器，讨伐这群法国入侵者。在斯皮塔菲尔德的一场影响甚广的反法演讲煽动了他们。师傅们给这群年轻人在五朔节①放了一天假,接下来他们装备好了武器,前去保卫伦敦城。对这些一喝酒就闹事的年轻人来说,当他们发现自己可以在这一天做这两件事的时候,这一切就演变为了一场影响巨大的混乱。年轻人越聚越多,在街上晃荡,砸碎了外国商人的窗户,在外国贵族的门前恶狠狠地咒骂。葡萄牙大使住宅的墙上,还有紧闭的大门上被扔掷了粪便,西班牙大使的仆人们冲出去打架,法国商人用木板封住了他们的百叶窗,呆坐在自家后院的黑暗房间里。然而只要店铺门上有法国名字,或者是新潮的法语签名,或者是任何可能是法国的东西——要知道这些学徒男孩并非受过良好教育的年轻人——他们就有年轻人在窗前发出怪叫,撬起鹅卵石往店里砸,还扔泥巴,嘴里还叫喊着辱骂的话。

就连托马斯·沃尔西——来自和他们同一个阶层的人——都没能幸免。他在伦敦那座美轮美奂的新住宅被一群暴徒围了起来,叫嚣着要让他为给穷人分发救济一事付出代价。他们警告他,外国人不准获得救济。他们不喜欢沃尔西和他的那些聪明手段。况且,要是他们获得了不错的薪资,那么也就不必领取救济了。他们提出了一个又一个的要求,嘴里反复呐喊着正义会再临,好时代要来了,大法官在结实的大门后听着,他众多家仆都拿好武器,准备迎战,生怕有人早晚会呼喊白玫瑰的名号,呼喊金雀花家族,呼喊我母亲那没落的家族,这些话是不被允许的。他找人去请求国王派出王室卫队,而这支卫队距里士满宫有好长一段的安全距离。

✦

"我会带兵镇压我的国民。"哈里郑重地开口。此时已入夜,仲夏夜的傍晚一片幽蓝。我们用餐饮酒至深夜。凯瑟琳看上去疲惫不堪,不过玛丽
---
①西欧国家传统节日,传统上人们在这一天庆祝春天的到来。

的丈夫查尔斯·布兰登和哈里因为喝了酒,活动了身体,脸上倒是红光满面,一副还能跳舞到天明的模样。玛丽身穿米色衣服,佩戴着珍珠首饰,宛若天仙,她一脸担心地看着她哥哥。"噢,但你不能这样!"她说道。

"不能放任他们不管!"哈里高声说道。他的头朝我一偏。"问问苏格兰王后,她就明白,"他说道,"她很清楚必须用尽手段将民众控制住。可是一旦他们反抗,你就必须把他们击垮。是吧?*把他们击垮*。"

虽然玛丽和凯瑟琳两人都指望着我安抚哈里,但我无法否认他的话。"一旦他们叛乱,就必须镇压,"我果断地说,"看看我——若非那些愚蠢的民众背叛了我,你们难道不认为我此刻应该安坐在我的王位之上吗?"

"可那是因为——"玛丽要开口,随即我便看到(虽然其他人没有察觉),她丈夫捏住了她的手,让她别说话。查尔斯·布兰登是深受哈里喜爱的朋友,是他参加比武大赛和酒会、舞会还有玩牌的伙伴。他在国王身边的地位从未动摇,月复一月,年复一年,就是凭他从不反对他的高贵朋友和主人。他脖子的唯一用处就是:点头,点头,点头——"是的,对的,好的。"

"我会出面解决这件事。"哈里坚持说道。他转头对他身后的侍卫长吩咐道:"去把诺福克公爵和他儿子请来。"

"陛下——"凯瑟琳说话了。哈里从结婚之日起便听从她的话,且在那之后,他与她同床共枕,为她神魂颠倒,也坚信他们会有一个儿子,一个继承人。可如今,在经历了一切变故之后,他不再相信她的博学多识了。他不再相信她说的都是上帝的真言。他不再相信他能够从她身上学到东西。他昂首阔步地走了,环视了四周,看到贝茜·布朗特已然注意到了他的勇猛。他打断凯瑟琳:"我们今晚出发。"

布兰登很清楚他们并不着急,也无需武装。他们今晚不会离开,明天早上才会出发。布兰登骑着他装备最为精良的骏马,走在哈里身旁,但他们步履悠闲,还在途中遇到了霍华德一家,父亲和儿子全副武装地穿过街道,赶走那些年轻人。那些学徒男孩听到了马蹄踩在石板上的哒哒响声,又看到了诺福克公爵走在最前方,戴着护面,还有一小支军队跟在他身后。士兵们个个都是一副严肃不饶人的面孔,居高临下地将年轻人们拦住,仿佛对方是弗洛登战役中的苏格兰人。这些学徒中有些是成年人,有些仅仅比儿童大一点,这时一个个逐渐清醒过来,深感疲惫,心里盼着自己不要离家太远,都开始找寻回到各自街区的路。

战马铁蹄之下的这些男孩就如同摔倒在铁犁之下的孩童。诺福克亲自扮演了法官和陪审团的角色。第一轮冲锋中,死了一批人,有四十个年轻人被绞死,溺死,其中还有些被砍成了四截,因为他们逃跑得不够快,还有好几百人——没人知道具体有多少人,两百人?三百人?四百人?——被攥作一堆,关进了城里的每一间牢房里,等待集体审判,集体处决,届时,哈里和布兰登还有一半多的贵族会骑马观刑。

王宫贵女们跟随在贵族绅士之后。审判所有年轻人的日期在一周之内就定了下来,不论年龄、动机和罪行。这些人中的大多数都还只是受训第一年的少年,来自全国各地,来到伦敦的日子还不久。他们是受到了那场演讲的鼓动,被挑动起来攻击法国人;他们被五朔节的麦芽酒灌醉了,从长达四年的学徒工作中解放了出来。他们的师傅大笑着让他们去烧砸竞争对手的房屋。没人让他们待在家里。没人警告他们会发生什么——他们如何会知道?谁会带着军队来镇压他们自己都城里的孩子?这些都还是才开始学习啤酒生意、马具生意、肉铺生意、铁器生意的男孩。他们之中,有些人的手指上还沾有印刷的墨水,有些人的身上还有制造蜡烛时留下的烫伤。有些人长期被师傅虐打,他们大多数人都饿着肚子。这并不重要,个人的苦难一点都不重要。亨利这般英明神武的君王,犯不上为一个小伙子担忧,也不会为一个孤儿烦心。他们统统都会接受一场大型庭审,而托马斯·沃尔西(他本人的父亲原也曾经是这样一个学徒男孩)会在威斯敏斯特发表一段冗长的讲话,控诉这群人破坏和平,并威胁他们将被判处死刑,以此宣告开庭。

我尖酸地想着这些年轻人可能早就知道了,因为他们每一个的脖子上都套着绳索,发抖的手上还拿着多余的一头。他们走了出来,排着队迈向摆放在城市各个街角的露天绞刑架,每个人都环着缰绳,拿着自己的绳子,站成一列等着被绞死。

"我们得做点什么,"凯瑟琳小声地对我说,"我们不能由着这几百个学徒被杀死。我们要说出来。"

玛丽一身洁白。"我们能请求赦免吗?"她的小腹隆了起来;她看上去从未如此美丽,宛若一朵含苞待放的白色花蕾。我们三人紧靠在一起,仿佛是计划着要将暴政改变为善行的天使。

"哈里让我们去请求赦免了吗?"我询问凯瑟琳。

她迅速作出否认的手势让我明白了一切。"不,没有,这应该看上去像是我们的主意。这是王后的特权。他应该代表正义,而我们应该恳求他仁慈。"

"我们要做什么?"玛丽问道。

"我请求你们与我一起请愿。"凯瑟琳说。

"我们应当这么做,"我打断玛丽的积极赞同,开口说道,"这不过是新上演的假面剧的又一场舞蹈。我们应该表演得精彩绝伦。你知道你的剧尾对白吗?"

玛丽迷惑了。"你不是想救他们吗,玛吉?"她问我,"看呀,最小的那些人只比孩子大一点。想想你的小男孩。你难道不想他们在你的请求之下,获得王室的赦免吗?"

"继续,"我说道,"让我们看看你要如何央求你那位好哥哥。"我转向凯瑟琳。"让我们看看英格兰王后要如何为人民的福祉向国王请愿。这可比戏剧精彩,也比假面剧好看。让我们来赛一场怜悯的眼泪。我们之中谁能表现得更悲惨?我们之中谁能表演得最动人?"

我尖酸的语气让玛丽感到困惑。"我为那些男孩难过。"

"我也是,"我说道,"我为所有抵挡霍华德家族的人难过。他们家出名的可不是骑士风度。"

凯瑟琳侧脸看向我,脸上一副被我那句讽刺的话语伤到了的表情。然而她牵起了玛丽的手。"让我们一起去请求宽恕吧。"她说道。

年纪较小的男孩子们都惧怕得说不出话;他们也都听不明白别人的话。在他们眼中,肥胖的大法官穿着红得刺眼的长袍,简直是无法理解的人物。威斯敏斯特王宫的大厅里悬挂着金旗以及贵族家的标旗,整座大厅明亮夺目,装饰豪华,他们不敢四处乱瞟。他们之中有许多人直接哭了出来,也有些人伸长了脖子,视线越过这些身份尊贵的男人和女人,看向普通人沉默站着的地方。一个人喊道:"妈妈!"而另一人扇了他一巴掌。

"你不想看到他们重获自由吗?"玛丽小声地说。

"我不喜欢看假面剧。"我不耐烦地说。

"这是真实的生活!"凯瑟琳生气地对我说。

"不,这不是。"

托马斯·沃尔西从审判席上走下来,来到了哈里的身边。哈里坐在王座上,头上方悬挂着金色的宝座饰布,王冠安放在他红棕色的头发上,他英俊的面容神情严峻。国王前方碰巧摆放着一张巨大的脚垫,倒是给沃尔西这个傻胖子行了方便,他慢腾腾地跪到了垫子上。我瞧见在沃尔西身后均匀地摆放着三张较小的跪垫,垫子上还有金线刺绣。我想这是为我们准备的。我等待着。凯瑟琳清楚接下来要做什么。她和她的丈夫策划了这场戏。他们可能还咨询过一位舞蹈师傅。

这四百名男孩子看到沃尔西双手合拢,做出表示忠诚的手势,人群中间传来一阵惊叹。此刻他们意识到了,这位尊贵的先生,正为了他们的性命向保持沉默的伟大君主下跪求情。一些平民口中念叨着:"求求您!"有一些母亲在哭泣。"为了都铎!"有人呼喊道,好似在提醒哈里他们长久以来的忠诚。

亨利面色凝重,如同一尊精美雕塑。他摇头。"不准。"他说道。

大厅里一阵震颤。所有这些男孩都得死吗?每个人?哪怕是那个使劲眨巴着眼睛,脸上也脏兮兮,哭得涕泗横流的小家伙,他也得死吗?

凯瑟琳看向站在她身侧的玛格丽特·波尔。"头饰。"她悄声吩咐道。玛格丽特·波尔是我母亲的表亲,她见过这种场景,知道要做什么。玛丽即刻遵命摘下了凯瑟琳的头饰,她就是凯瑟琳的小镜子。我转向我的侍女。"取下我的兜帽。"我命令道。不一会儿,我们头上都没了装饰。凯瑟琳的灰发披散在肩上;我甩了甩头,然后我那头发色比哈里的更浅一些的头发无力地垂落在背上,玛丽伸手把滚落至她腰间如金色鬃毛般浓密的灿烂金色发丝拨到了脑后。

大法官的背弓得更低了,此时凯瑟琳领着我们走上前去。最前面的是凯瑟琳,随后是我,最后是玛丽,我们跪在哈里面前,伸出我们的手,看上去就像身穿华服的乞丐。"恳求陛下开恩。"王后说道。

"恳求陛下开恩。"我重复道。

"恳求陛下开恩。"玛丽声音哽咽。我们当中,她可能是唯一相信这场闹剧的人。她真心以为在我们的恳求下,哈里也许会原谅这些可怜的男孩。

我听到了所有学徒跪下来时那闷雷一般的声响,他们身后的普通民众也跟着跪了下来。哈里环视威斯敏斯特王宫大厅,俯瞰这些低下的脑袋,听着求情的窃窃私语,然后他站了起来,像基督赐福世人那样张开双臂,开口说道:"准。"

所有人都在哭泣,连我都哭了出来。学徒们扯下脖子上的绞刑套,卫队站到一边,放任他们穿过人群,奔向自己的父母。民众祈求上天赐福给国王,他们的包里装满金子,这本是用来贿赂行刑人让这些年轻人能死个痛快的酬金,本是为了让行刑人拽住学徒们的腿,好让这些人在被开膛破肚之前就给折断脖子,然而此刻这些金子都被抛到了哈里的脚下,被他的侍从们捡了起来。哈里的处刑官诺福克公爵满脸笑容,好似正为这道赦令欣喜不已。所有人都摘去自己的帽子,朝着王座鞠躬,口中高呼:"天佑国王亨利!天佑王后凯瑟琳!"伦敦城从未如此热爱过一位国王,就连金雀花的国王们都没有受到过这等爱戴。哈里饶恕了这些男孩。他们能保住性命,全仰仗这位英明的国王。他是希律王[①]的反面,他将生命赏赐给了一代人。人们开始欢呼,还有人开始哼唱一段感恩赞中的主旋律。

凯瑟琳满脸潮红,为她的义举所带来的成功感到无比欢欣。玛格丽特·波尔站在她身后,紧握着她的镀金头饰——这些平民她可是一个都不信任。哈里不可一世地做了个手势,手伸向凯瑟琳,于是她站到了他的身边,面对着表示忠诚的欢呼,露出了热情洋溢的微笑。玛丽自作主张地站到了哈里的另一边,自信她会受到欢迎,这光芒四射的三人站在人群之中,容光焕发,犹如三名天使,他们的美丽、权力和财力都远远超乎所有人的想象。哈里对我微笑,向我展示了一幅由他们三人组成的图画,让我艳羡不已。

"这便是我在英格兰的统治之道,"他说道,"这才是为君之道。"

我微笑着点头;但我心里却在说——不,这不是。

[①]圣经中以残暴闻名的犹太国王。

我启程前往苏格兰，但他们三人——英格兰国王和我的两位姐妹——并肩的画面仍然在我心中熠熠生辉，那是我心底里茫茫黑暗中的唯一光亮。我感觉自己仿佛被逐出了都铎英格兰这座伊甸园，被逐出了富丽堂皇的王宫，在那座王宫里，我弟弟扮演着国王的角色，他那连儿子都生不出来的妻子假装自己是王后。我的妹妹，只有一个小人物丈夫而没有钱，却在所有舞会上领衔表演，是整个王宫里最美貌的女郎。我心想：这一切都是假的，全都是画像，没有一点真实，全都是假面剧，没有任何争斗。他们为自身而欢喜，为描绘出了这样一幅画面，让穷苦不堪的民众分不清虚假与现实而骄傲。我的姐妹们炫耀着自己的美丽与幸福，使她们相信自己理应受到祝福。

可于我，现实却并非如此。我必须去赢取我拥有的一切。我国家的人民，就算脖子上套着缰绳，也不会向我下跪，我的丈夫亦不会在所有人面前自豪地拥抱我。我的姐妹都不在我身边。我不得不离开，踏上向北的遥远路途。玛丽不必每日清晨费力地爬上马鞍，然后鼓起勇气，冒雨迎风地骑马赶路；凯瑟琳不必耐心地坐在劳累的马匹背上，等待招待过夜的主人家背诵冗长的颂词；哈里也不必无休止地谋划夺取王国，奋争应得的权力。我的小女儿躺在她的奶嬷嬷怀里，她没有像她的表妹那样睡在金摇篮中。在我艰难北上之际，我的弟弟和我的两个姐妹前往沃尔辛厄姆朝圣，在风和日丽的天气下骑着马，开启了一场短途旅游，他们不肯承认凯瑟琳不孕的征兆，为她空无的子宫向圣母祈求着恩典。我不停地赶路，脑子里想着阿德此刻在做什么。我孤独无依，白日在路途上奔波，夜里就如同一条精疲力竭的狗。

1517年夏

英格兰　贝里克城堡

我的侍卫,还有在他们身后随行的管事与侍女们,都骑着马前往贝里克这座小城,谈论着路上发光好看的石头,城堡前的河流,还有远处的大海。我回想起当初我抓着阿德的手来到此处的场景,当时那个城主还不让我们进城,如今却有礼炮轰鸣致敬。吊桥吱吱呀呀地放了下来,闸门哐哐当当地升了上去,然后那位城主急急忙忙地跑出来,下属们紧随其后,他的夫人跟在众人后面,城主把帽子夹在腋下,满脸俱是讨好谄媚的笑容,而我威严地笑了下。

我没有下马。我让他来到了我的马镫处,鞠躬鞠得把头低到了膝盖。我让他朗读欢迎词。我没有斥责贝里克城把我赶入黑夜,赶到寒流院寻求庇护,但我也没有忘记这件事。然后,从门房阴影处,我看到一个模糊而高大的人影走上前来。我眨了眨眼睛。我对眼前看到的一切感到难以置信。我用手背揉了揉眼睛。那不可能是他,可那就是他。是阿奇博尔德。我的丈夫前来迎接我了。

"亲爱的。"这是我唯一说出口的话。我登时忘记了我听说过的关于他的不利传言,忘记了我曾担忧的一切。

他快步走到我的坐骑旁,向我伸出手。我跳进他的怀里,而他紧紧地抱住我。我头靠在他肩膀上,他的嘴贴在我的颈间,我感受到了他柔软的硬挺,并且察觉到了他的异样,这让我愉悦地轻颤了一下。我们有一年多没在一起了。我离开他的怀抱，凝视着他的脸庞。他肤色暗沉，就像一个在边境辛苦生活了好几个月的吉卜赛人。他坚毅的侧面轮廓让我想起了两位老领主，那两位勇武的男人，他的祖父们。我嫁给了一个男孩，但眼前这位是一个前来宣示拥有我的主权的男子汉。霎时间，哈里显得软弱懒散了起来，他的宫廷也变得铺张做作。我的妹妹是一个玲珑可爱的人偶，只能嫁给一个假扮勇者的骑士，可像我丈夫这般的男人只有如我这样的女人才配得上，我的勇敢足以与他相配，雄心壮志亦不下于他。

"我知道你一切安好。这路上传来的全是对你的夸赞之词，"他亲吻着我的发丝，对我说道，"我的女儿呢？"

我转身招来她的奶嬷嬷。玛格丽特有着一头都铎红发，对着这个陌生人微笑招手，正如她被教导的那样。"一位公主！"她的父亲感叹着，声音中满是真心实意的柔情，"我的小女孩儿。"

他挽在我腰间的手臂收紧了一下。"快进去吧。里面早已为你准备好了盛宴，还安排好了一场庆祝活动。苏格兰想要它的王后回家。我都等不及带你跨过边界了。"

阿奇博尔德和我手牵手走过所有人，那位城主又鞠了一躬，他夫人也行了屈膝礼，家仆们也都摘下帽子跪了下去。路过所有人时，我看到他扫视了这群朝我们鞠躬的几百号人，我还看到他嘴角上扬，露出了骄傲的微笑，于是我了悟了，只有当所有人在看到我而下跪之际，他才会爱我胜过爱苏格兰的所有女人。阿奇博尔德生来就要迎娶王后，而我就是那位王后。

他在一名全身白衣的英俊男人面前停了下来。

"你还记得德拉巴斯蒂爵士吗？"阿奇博尔德的话里没有一丝温度，"奥尔巴尼公爵留在法国的时候就由他摄政。"他的口吻表明，无论奥尔巴尼公爵在法国，或是在苏格兰，对我们都没有影响，另外，对这个低头亲吻我的手的花哨贵族不要表露一丝欣赏之情，才是明智之举。

"我当然记得这位骑士。我们是老朋友了。"

"欢迎您回家，殿下。"他开口说道。他挺直身子，甩了甩头，将落在他脸前的栗色发丝甩到了头后。他微笑看着我。"相信我们能够携手治理苏格兰。"

1517年夏

苏格兰　爱丁堡　荷里路德宫

我回到了我的国家,重获了我的权力,在这个夏天,我有了十足的自信。在我远离苏格兰期间,阿德做到了很多了不起的事:不仅是获得了奥尔巴尼公爵的赦免,他还收复了他的领地,拿回了他的财产,而且重新加入了议会。在议会上,他能够决定哪些侍卫会派给我儿子。他盼咐议会做好迎接我回归的准备,鼓动奥尔巴尼回法国去陪伴他生病的妻子。"我极力说服他们让您临朝摄政,同英格兰结盟,这才是我们的未来。"我们来到王宫前的庭院,他将我抱下马鞍时,悄声在我耳边说道,"我想我们可以使苏格兰团结一致,亲爱的。"

一如往常,他将我抱下马时,我感受到了他温热的呼吸喷在我的颈间。

"我得马上去见我的儿子。"我气息紊乱地说道。坦白地说,我甚至都没有想起我还是一位母亲,一名公主。我都忘记了我是一名心怀国家的国王遗孀。我真想马上进入我的卧房,就像一个饥渴的姑娘,和他睡在一起。

他对我微笑,仿佛洞悉我的想法。"快去吧,"他说道,"等你回来了,我们一起享用晚餐,然后我们再就寝。我过去不得已等了你一年,我还能再等一两个小时。"

"阿德……"我喃喃念道。

"我明白,"他说,"请您尽快。我想要您。我渴望您。"

我发出一声细微的叹息,然后我回到货车去查看我给我儿子带来的礼物，礼物立马就被取出来了，我吩咐我的御马官换一匹精力充沛的坐骑，走王家英里大道前往城堡。这匹马一定要配上哈里为我准备的英格兰式白绸金丝马鞍，民众会望着我登上陡峭的鹅卵石山道，我想让他们见证我重回权力巅峰，身边环簇着华贵艳丽之物。代理摄政官安托万·德拉巴斯蒂爵士英俊如初，笑容依旧，仿佛多年的劳苦并不存在，他仍然是骑马参加我婚礼比武大赛的那个年轻人。他如以往那样穿着那身惹眼的白衣，出现在马厩院子里，告诉我他要陪我一起去。我对他说，他的衣着和我的服饰很配。我大笑着。"你就如他们口中所说，是俊美的化身，"我说道，"你让我黯然失色。"

"对您这位太阳般明艳的人来说，我不过是月亮的萤萤之辉。"他说话时带着迷人的法国口音，"若是能陪您骑马前去您的城堡，拜见您儿子，那会是我的荣幸。我时常与他见面，为此我十分喜悦，我还同他讲了比武大赛的事，同他说起他的父亲是一位多么了不起的骑士。我向他承诺过，一旦您抵达苏格兰，我会尽快带他的母亲去见他。但若是您下令，那么我会留在这里，由您一人前往。全看您的心意，殿下。"

"噢，你可以一起。"我装作若无其事的样子对他说，不过我对他想和我一起去还是感到很愉快。他英俊潇洒，是个女人都会很高兴能有他骑马陪在身边。况且奥尔巴尼不在，苏格兰由他摄政，我需要和他成为朋友。天知道，我在议会里依旧没有足够的朋友。

马匹走在鹅卵石道上有些不稳，上山途中躯体前倾。正如我所料，人民在窗口处呼喊出对我的祝福，还有人走出昏暗的门道，向我挥手微笑。市场上的女人们把菜篮子靠在肥大的臀部，用埃尔斯语还有其他边地方言高喊出对我的美好祝愿。我能听懂这些话；不过安托万·德拉巴斯蒂听不懂这些语言，他只是做出笑脸，取下了他插着白羽的帽子，朝两边弯腰致意。"我希望他们是在向我祝好，"他对我说，"就我所知，他们可能是在诅咒我下地狱。"

"不论如何,他们还是很高兴看到我回国,"我说道,"况且只要是未满九十岁的女人,就说不出骂你的话。她们称你为'俊美先生'。"

"那是因为她们不会说我的头衔,"他笑道,"这里只有一位美人。"

我微微一笑。"她们崇拜你,不过我认为人们并不那么欢迎你摄政。"

"没人愿意缴税,没人愿意守法。如果苏格兰领主没有一位摄政官来管理他们,他们就只会互相残杀。"

"但是我本该成为摄政王后,"我说道,"我的丈夫,你的朋友,在他死前将权力赋予了我。"

"噢,是的,"他口音浓厚地说,"但他没料到您会嫁给你看到的第一个英俊少年!谁能想到这种事情呢?"

"阿奇博尔德是安格斯伯爵,他也是众领主之中十分了得的一位,"我生气地说,"不仅仅是一个少年。而且你还应该谨记,你是在同英格兰公主、苏格兰国王的遗孀王后讲话。"

他向我靠近,近乎耳语似的说道:"我没有忘了您的身份。"他继续道:"我参加了您的婚礼。我永远也不会忘记您的第一任丈夫,他是一位了不起的君王。然而我得告诉您,不偏不倚地说,您的第二任丈夫完全不能与他相比。"

"你怎么敢?"我叱问道。

他耸肩。有人向我们欢呼,他对着上方的窗户展露他灿烂的笑容,然后有人抛下了一朵花。"殿下,你离开太久了。您的丈夫,那个年轻的切肉仆人,如今只效忠于他自己。"

"你什么意思?"

"啊,呸!"他说道,"我是什么身份,如何妄议一位迷途的丈夫?您一定要亲口问问他是否掌控了所有领主。您要亲口问他,您的租税在哪里。

还要亲口问他,你在国外之时,他住在哪里,以及他的生活是否非常困苦。问他,眼下谁得到了最多好处。"

"他曾在边境流浪,"我肯定地说,"这些事我一清二楚。而且他过得十分艰辛。他之前是一名逃犯,直到他和摄政官奥尔巴尼公爵谈判求和。"

"那无疑是一位英雄。他该有一位自己的诗人,就像您的第一任丈夫那样,让他的诗人为其书写众多胜利之诗。"之后,他对爱丁堡城堡墙上的哨兵挥手,示意他们提起闸门,放下吊桥。

没有任何回应。我们两人坐在马上,握住缰绳,等待着。我的御马官走上前。"苏格兰国王遗孀、王后殿下驾到!"他高喊道。我骄傲地坐在马鞍上,等着吊桥放下,闸门升起。然而依然没有回应。想到这将是两年以来第一次见到我儿子,我脸上露出了笑容,这时安托万说着:"我想这是出了什么情况。"

城堡的侍卫长从大门边上的暗门处赶来,扯下他的帽子,向我深鞠一躬,又对安托万行礼。"我深表歉意。"他说道,面露窘迫之色,"没有议会的通行令,我无权打开城堡大门,任何人都不能进去。"

"但这是王后殿下,国王的母亲!"骑士高声说道,"我跟随在她身侧,是代理摄政官。"

"属下明白,"统领说道,脸红到了耳朵上,"可若是没有通行令,我无权打开大门。此外,城中疫病横行,如果没有医师的健康证明,我们也不能放人进来。"

"侍卫长!"安托万大声呵斥道,"是我!护送着遗孀王后!你要对我们紧闭大门吗?"

"没有通行令,不得入内。"侍卫长面色为难地说。他向我鞠躬,随后又向骑士鞠躬。"恳求您原谅我,殿下,我也无能为力。"

"这是在侮辱我。"我抽气道。我既生气又失望,几近落泪。"我要让他为此人头落地。"

"他也无能为力,"安托万确认了。"那我们回荷里路德宫吧。我会拿到签字的通行令,再让人送来。这是如今管理苏格兰的方式——一切工作都由牧师完成。这是保持和平的唯一办法,最严厉的规定,所有事都要得到允许才能进行。如果我们不按规矩行事,那我们将陷入无尽的战火中。这里会像边境那样混乱,而我们都会遭殃。这事怪我。我本该提前拿到准令。我疏忽了。"

"我的儿子等着见我!他是苏格兰的国王!难道要让他失望吗?"

"他们会马上禀报他你来过了,等你回来时他们也会告诉他。今晚晚餐我见到他时,我也会告诉他。并且我会拿到准令,你明天就能来。"

"阿奇博尔德决不会让他们把我关在门外。"

他非常识趣地没有接话。

✦

阿奇博尔德靠在会见厅的王座旁等着我。我一走进去,他就上前来,双手抱住了我。他瞧见我潮红的面颊,眼中还包着泪水,便立刻开始安慰我,在我耳边低声倾诉那些爱我的话语,带我避开那些等候我接见的民众:远道而来的佃户,身负官司的请诉人,携带抵押物的欠债人,无数有麻烦的人。"殿下明日会接见你们。"他对一屋子的人宣布,随即领我前往私室,经过我的随行侍女,进入我的卧室。他关上身后的门,解开了我的斗篷。

"阿德,我……"

"亲爱的。"

他动作轻柔小心地取下我天鹅绒帽子上的别针,放到了一边。他拔出我编发上的象牙发卡,我的头发散落到了肩上。他一副无法停手的神色,把脸埋在我的发间，呼吸着我的发香。我迟疑着，又为欲望而动摇着。

"城堡被封锁了……"

"我料到了。"

他灵巧的双手解开了我背上和肩上的礼服，拨开我硬挺的胸兜，松开我衬衣上的丝带，将它丢到地上。

"我不能……"

"那个骑士就是个软蛋蠢货。我爱慕您。"

他取下我手臂上的袖套，撩起我美丽精巧的内衬裙的下摆，从我头顶把它脱了下来。除了一条小裙子，我的身体就裸露在他面前了。我拿手挡住自己的双乳和小腹。我顿感羞窘。自从我们的孩子出生，我便没有在白天的时候就在他的面前袒露过我的裸体，现在我意识到了自己肥胖的小腹以及扁圆的双乳。

他温柔地牵起我的一只手，放到他的颈间，仿佛我应当挽住他，给他一个吻。他牵起另一只手放到他的马裤正面。他没有穿遮阴布；我手下那坚挺的火热全是他，全是他对我的欲望。

"噢，阿德。"我呢喃着。他紧贴着我，手捏在我半露的臀部，将我拉得更近，紧接着低头含住我的唇。在他的抚摸之下，今早我遇到的一切——未能见到我儿子的沮丧，封锁的城堡，骑士那些含沙射影的话——都消失无踪了。

一小时之后，我们还在床上纠缠之时，我想了起来。"有些不利于你的传闻。"我说道。

"伟人总会遇到绯闻。"他回答说。他坐在我凌乱的床角，健美的大腿穿上了马裤。我坐在床上，把床单盖到喉咙处，望着他，就算是现在，在一个小时的情事之后，看到他依然能激起我的情欲。他清楚这个。他站在我前面，让我注视着他系上他马裤正面的空隙，拿过一件亚麻衬衫披在自己宽阔光滑的胸膛上，随后给晒黑的喉咙处的白色蕾丝打了个结。

我朝着床的另一头向他爬过去。我跪了起来，去亲吻他的脖子，在他的颈部，我感受到了他的脉搏。他的双手放在我的肩头，将我推回了床上。我恍惚地顺从他。"我们必须去参加晚宴，"我提醒他，"所有人都在等呢。"

"让他们等吧。"他说道，然后他掀开了我的被单。

他徐缓而惬意地撩开我的一缕头发，轻吻我的脖颈，就在我耳下一点的位置。我让他一路吻向我的胸脯。

"他们告诉我你收了我的租税。"我开口说道，一股升起的情潮让我失神。

"嗯，收了一部分，"他说道，"佃户没有钱，边地没有律法，怎么收得到租税？"

"但你还是收取了一部分？"

他停下了温柔的爱抚。"我收了一部分，"他柔声说道，"这是理所当然的事。我从未停止过为你效劳，虽然你远在天边。我尽我所能地去征取你的税收。"

"谢谢你。"我说道。

他的腿滑入我的腿间，抵住我。我抓住他的腰，将他拉向身前。他的马裤质地柔软，布料在我裸露的皮肤上摩擦，激起阵阵欢愉。

"而且你还住在我的宅邸里？"

"是的，那是自然。不然我如何能保卫你的领地，征收租税呢？"

他解开马裤的系带，我饥渴地想要他的抚摸。我扯开那些带子，感受着他。

"他们还对你说起过珍妮特·斯图亚特。"他猜测着,我双手环抱他,略微叹了口气。

"我一个字都不会信的。"我笃定地说。

"那都是假的。"他向我保证道。他靠近我,温柔地进入了我;我觉得我溶解在了欲海之中。"都是闲言碎语。相信我吧。相信这一切。相信我们。"

他一边说,一边温柔地顶入我的身体,而我喘息着:"是啊。是的。就是。"

1517年夏

苏格兰　爱丁堡　克雷格米勒城堡

我的国王儿子从瘟疫横行的城市搬到了克雷格米勒城堡,在爱丁堡南部,不过一小时的路程。那是德拉巴斯蒂爵士的住处。他说我也可以去,而且想住多久就住多久,我可以毫无顾虑地见我的儿子了。在这疫病流行的时期,离开爱丁堡本是明智之举,我说阿奇博尔德也会来,安托万转了转他漂亮的棕色眼珠,嘲笑我说:"您可真是个恋爱中的女人,而且还听不进劝。那便来吧,带上那位伯爵。我向来很高兴见到他,不论他现在娶的人是谁。"

除了他的邀请,其他的话我全没在意。就在翌日清晨,我和阿德带上给詹姆斯准备的礼物,骑马出发了。

这是一座法式风情的塔形城堡,有一排宏伟的中庭城墙。"一座玩具城堡,"阿奇博尔德刻薄地说,"专为假冒骑士修筑。"

"不是所有城堡都像坦特伦那样能有北海做护城河。"我逗弄似的说。

我们骑马穿过石拱道,士兵挺直地立在两边。他们精神抖擞地站在岗位上。我看到门道上的新大门,还有门上反光的铰链,德拉巴斯蒂非常严肃认真地在履行他作为詹姆斯的监护人的职责。

他站在城堡门口迎接我们,亲身上前扶我下马;阿德像个男孩似的跳下马,第一时间来到了我身边,但我没有看向他们任何一人——既不是这位俊美的法国人,也不是这位迷人的苏格兰人——因为就在门口站着戴维·林赛,我已经两年没见过他了,而他身旁单独站着一人,那是我的小男孩,五岁大的詹姆斯。

"噢,詹姆斯!"我喊道,"我的男孩,我的儿子。"

再次见到他的瞬间,我又想起他夭折的小弟弟亚历山大。我简直快抑制不住自己的眼泪。我不想让泪水吓到他,于是咬住嘴唇,小心翼翼地向他走去,如同靠近一只小灰背隼、一只拍扇着翅膀准备飞离我的猎鹰。他抬头望向我,眼睛恰似灰背隼那般深沉又有光亮。"母亲?"他用男童特有的清亮嗓音问道。

我发现,他都不确定我是谁。他被告知我会来,但他不记得我了,于是我不禁想着,我到底经历了何等巨大的变化,那个亲吻着跟他告别、跟他发誓很快会去找他的女人经历了何等巨大的变化。当时我们身处于可怕的危险之中,我怀有身孕,接着我离开了他,确信他的王冠与血统能够保他周全,阿奇博尔德的名号和行为却会危害到他。出于对我丈夫的爱,我离开了我的儿子,而即使到了现在,我也不知道自己的做法是否正确。

我膝盖着地,面对面地看着他。"我是你的母亲,"我轻声对他说,"我非常爱你。我每天都在想你。我每晚都为你祈祷。我一直想——"我再次吞下一声啜泣,"我一直想要回到你身边。"

他还只有五岁,但他看上去似乎成长了许多,性格十分克制。他似乎没有怀疑我的话,但他显然也不想要自己母亲的眼泪或者爱的宣言。他看上去有些不自在,仿佛他宁愿我没有跪在庭院里、跪在他面前。我眼里含泪,嘴唇不停颤抖。

"欢迎您来到克雷格米勒城堡。"他照本宣科地说道。

戴维·林赛对我深深地鞠了一躬。

"噢,戴维,你陪在我儿子身边。"

"我决不会离开他,"他说道,然后又纠正自己:"哎呀,这并不值得夸耀，我也无处可去。这艰难世道谁会想要一个诗人呢？何况他和我一向这里那里都不分离。我们总在祷告时想起您，而且我们还为您作了一首曲子，是吗，陛下？您还记得我们为英格兰玫瑰所作的那首歌曲吗？"

"你还写了曲子吗？"我问詹姆斯，但他没说话，答话的是诗人。

"是的。我们今晚会为您唱这首歌。他和他的父亲一样，都是天资过人的音乐家。"

听到这句夸奖，詹姆斯露出微笑，抬头看向他的老师。"你说过我聋得像蝰蛇。"

"这位是您的继父，他也来拜访了！"

我似乎感受到了一点寒意。戴维·林赛向阿奇博尔德鞠躬，詹姆斯点了点头。可这两人都没有亲切，或者说热心地问候他。

"你经常来看他吗？"我问阿德。

"没有来多少次，"他回答道，"他签署了我的判决令，记得吗？"

"他也签署了您的赦免令。"戴维·林赛插话道。

我的国王儿子低下头，对此不置一词。他还是个孩子，但已是谨言慎行。我心中缓缓升起一阵怒意：我的儿子从未有过无忧无虑的日子，阿拉贡的凯瑟琳下令杀死了他的父亲，毁掉了他的童年。他在襁褓之中成为了国王；她按照自己循规蹈矩的形象塑造了他。她自己生不出孩子，就想夺走我的孩子。

"好了，我们如今会经常见面的，"我宣布道，"我之前住在英格兰，詹姆斯，现在我为苏格兰赢得了一份休战协议，我们两国将共享和平，边境地区也会迎来和平，而我可以在任何时间来看望你。作为你的母亲，我会再次和你一起生活。这真是太美妙了，不是吗？"

"是的，"小男孩带着清澈的苏格兰口音说道，"只要您愿意，母亲。只要我的监护人们允许。"

"他们毁掉了他的心灵!"我冲阿德发火,我在克雷格米勒城堡的房间内来回踱步,"他们伤透了我的心。"

"完全没有,"他体贴地说,"他被精心养育,好生教导着呢。你应该为他的先思而后言感到高兴,他很谨慎。"

"他应该奔跑笑闹。他应该游船旷课,他应该骑马外出,偷摘苹果。"

"一下做这么多事?"

"不准说风凉话!"

"的确,我看得出来,你心烦意乱。"

"他们把我赶出了国家,把我和我儿子分开,他们把他养成了一个哑巴修士!"

"不,他很贪玩,也很能说,我亲耳听到过。他是离开你太久了,会害羞是再正常不过的。他一直在等你回来——他自然会有些不知所措。我们都是如此。你回来时美艳得远超我们所有人的记忆。"

"才不是这样。"不过我的确得到了安抚。

他握着我的手。"就是这样,我亲爱的。相信我,一切都会变好。你对他多加关爱,我知道你一直想要如此,接下来的几天之内他就会再次成为你的小男孩儿。他会和他的妹妹一起玩耍,然后他们两个会如你所愿地吵吵闹闹,淘气翻天。"

我靠在他身上。"可是阿德,我离开他时,他曾有一个小弟弟。他有一个看到我就会笑着呱呱叫的小弟弟。"

他手臂环在我的腰间,让我的头靠在他的肩膀上。"我知道。但是至少我们仍然还有詹姆斯。而且我们可以再给他生一个小弟弟。"

我把脸埋在他温暖的颈间。"你还想要一个孩子吗?"

"迫不及待,"他说道,"而且这个孩子将在坦特伦出生,它会得到你所有的精心呵护,还有舒适的出生环境。我要让你穿上金丝礼服,手上戴满戒指,才进入产室。并且我会护你周全,陪你度过一月又一月的孕期。我会为你打造一张珐琅嵌金床,让你半年都不想起床。"

我笑了出来。"玛格丽特当时实在是太可怜了。"

"我知道。我以为我会为你忧虑至死。不过眼前一切都好转了。"

"你就没有要解释,或者道歉的事吗?"我问道,"我听到了绯闻。"

"谁知道别人会说些什么呢?"他耸肩,之后又把我拉近他,"你应该听听他们告诉我的关于你的事!"

"噢!他们对你说了些什么?"

"就是你会和我离婚,然后嫁给皇帝,还有你的弟弟决意要促成此事。还说托马斯·沃尔西起草了一份和约,会让我可怜的苏格兰成为英格兰和皇帝之间的无助牺牲品。他们还说我们的婚姻从未成立过。"

"我完全没有考虑过这件事。"我直视着他的眼睛,嘴里却撒着谎。

"我深知你不会这么做,"他说道,"我相信你,不论他们说了你什么。我深知我们终生都会是夫妻,不论好坏,直至永远。我听说过关于你的各种事情,但我从未听信过。"

"我也没有。"我说道,对他的热烈爱意让我内心滚烫。我希望我的话语中充满忠贞的情意。"那些别人说来抹黑你的话,我一字一句都没有听信过。"

✦

接下来的几天,我把自己的时间都花在和我儿子相处之上,弥补那些流走的岁月。我明白我永远无法真的弥补这一切。我没有教他弹奏鲁特琴，也没有吟唱过戴维·林赛教给他的那些歌曲。我没有把他抱上他的第一匹高地长毛小矮马，没有陪他一起骑马慢跑，没有坐在马鞍上稳稳地扶住他。去年冬季我没有带他外出，没有带他在雪地里玩乐。我没有给他堆一座有塔楼的冰雪城堡。他告诉了我这所有的一切，而我在想，是了——当时我在莫佩思城堡，因为臀部的疼痛而无法下床，还以为自己会死；当时他们告诉我，我的小儿子夭折了。我和他越亲密，他告诉我的冒险事迹就越多（而那些时候我都不在他身边），我回想起来的事也越多：是凯瑟琳下令让托马斯·霍华德在弗洛登战役中不留活口。他告诉了我关于他在这城堡内里的生活，他说得越多，我就越憎恨那个夺我权力、自封摄政官的奥尔巴尼公爵，还有那个没有坚持把我和我儿子一起救出来的凯瑟琳。

我带他去见他同母异父的小妹妹玛格丽特，他对着她做鬼脸，逗得她哈哈笑，他还鼓励她跑在后面追他。她摔倒后放声大哭，吓得他直往后退，于是我大笑着告诉他她有着都铎家族的脾气。

托马斯·戴克这个总是无所不知的人写信告诉我，我的妹妹玛丽生下了一个漂亮男婴，弗朗西斯，而且她现在已经恢复了健康，回到了王宫。几天之后我收到玛丽的亲笔信，她称赞那个婴儿，还说这次是顺产。她说她很想我，说她祈祷我能够在家里，在丈夫的陪伴下找到幸福，还说等到世道太平了，我夫妇二人可以再次前往英格兰。她说就算她已经是孩子们的母亲了，但她依然是我的小妹。她让我写信告诉她，我过得平安无忧，告诉她我已经见到了我的儿子。

我听闻你的丈夫如今陪在你的身边，那么我祝愿你幸福快乐。

她这么写道，却好似在担心这是否属实。我愉快地回了信。我告诉她，听说摄政公爵奥尔巴尼仍留在法国，而且不想回到苏格兰，于是我祈祷他别回来——只要他不在，这个国家就很太平。我告诉她，安托万·达西·德拉巴斯蒂爵士是一位真正的骑士，就如书中的木刻画上那般英俊。我还告诉她，我们如今是他的客人，在他的宅院里住得很愉快；他完完全全是一位贵族绅士。对于她和凯瑟琳那些抹黑阿奇博尔德的好名声的话，我都一字未提。我无视了她对我的幸福的担忧。她会从我的沉默中明白：她应当管住自己的舌头。

我与安托万谈话，建议他和我分享权力。我们可以共同成为苏格兰的摄政官亦可以协力治国。他从不否认此事的可能性，且时常提到英格兰对维护边境和平的重要性：苏格兰的动荡都是源于这些麻烦不断的领地。只要我能说服我弟弟，说服国王命令托马斯·戴克遵守边境和约，那么我们就能更好共同谋划苏格兰的未来。

"只要您愿意相信我？"安托万取笑我说道。

"只要您愿意相信我？"我的答复让他笑了出来。

他牵起我的手，并亲吻它。"我愿意相信您和您的儿子，"他说道，"我愿意相信先王遗孀和国王陛下，但不包括其他人了。我无法承诺我会相信您的丈夫或是苏格兰其他任何领主。我不相信他们说的每一个字。"

"你不可以当着我批评他。"我说道。

他笑了。"我并非特意挑他出来。我对他的评价并没有比我对他们其他人的评价更糟糕。他们所有人都一心想着自己的财富和权力还有其他的野心。他们所有人都只对自己的氏族尽忠。在他们之中，甚至无人知晓如何效忠他们的国王；在他们之中，也无人明白国家的含义；在他们之中，只有寥寥无几的人将上帝视为一个看不见的部族首领而已，比其他人都难以捉摸又危险无比的首领。他们完全不会思考。"

"我不知道你在说什么。"我无动于衷。

他又笑了。"因为您也没有思考,殿下。不过就算不用思考,你也生活得顺风顺水。现在您为我讲讲英格兰王宫里的八卦消息吧。我听说你弟弟,国王陛下正处于一段热恋中?"

我皱起眉头。"我不会和你聊八卦。"我严厉地说道。

"而且那位年轻的姑娘美若天仙?"

"并没有特别亮眼。"

"还听说她十分有涵养,精通乐理,性格温顺可人?"

"这很重要吗?"

"你的国王弟弟应该不会考虑将他的妻子弃之不顾吧?考虑到上帝似乎不愿赐予他们一个儿子,他的妻子,那位王后殿下不会躲进修道院里去吧?若是如此,那他也许可以同这位年轻貌美的姑娘生下一位继承人了?"

一想到这些流言蜚语将凯瑟琳贬低至此,我顿时有了一丝不该有的愉悦。可马上我又想到了她的悲伤难过——光是想到哈里同其他女人调情,她一定都无法忍受。"这绝不会发生,"我说道,"我的弟弟是基督教及所有教会组织的英勇保护者,我的姐姐也不会抛弃她的职责。她终生都会是英格兰的女王,哪怕她离开了人世,她也会是这个身份。"

"她是苏格兰的死敌,"他指出,"如果英格兰国王能听从一位新的妻子,那我们会更加好过。"

"我明白,"我说道,"这对我二人来说都是一件伤心事。但她是我的姐姐,我必须对她忠诚。"

✦

我们计划在克雷格米勒城堡停留几周,之后前往我封地上的纽瓦克城堡。安托万说等瘟疫过去,我们回到爱丁堡时,他会召集议会大臣们,届时我要出席向众人致辞。若是我能说服这些人接受我共同摄政，那他会欣然与我分享权力。我将可以自由看望我的儿子（他如今每天都和我更加亲近）。我将在议会大厅里有一席之位。我会作为先王遗孀得到认可。"

"并且还要阿奇博尔德坐在我身边的座椅上，"我说道，"地位相当。"

骑士无奈地摊手。"哎，别提这个了，"他请求道，"您爱您的丈夫，我十分清楚。但是他的敌人太多了！如果你强迫那些人接受你的安排，那他们也会成为你的敌人。在公开场合下，您应该是国王之母、先王遗孀，在私人宫殿里，您才可以做他的妻子。只要您愿意，在那里还可以做他的奴隶，但是千万别把他带进议会大厅与您平起平坐。"

"他是我的丈夫，"我强调着，"那他就应当是我的主人。我不会把他藏在我的衣柜里。"

"多亏了奥尔巴尼公爵的慷慨仁慈，他才得到赦免。"德拉巴斯蒂提醒我说，"与他一起逃亡的表亲和同伙都以叛国罪给砍了头。许多人都认为休姆只是做了你丈夫想做但没胆子做的事。"我正要开口打断他，他抬手阻止了我："请容我说完，殿下。只有我们守住了太平，苏格兰才能存留下来，您的儿子才能继承这个王国。您的丈夫和他的家族，还有他的下属，都是这份太平的敌人。他们利用自己的城堡为基地，烧杀抢掠，他们容许自家的佃户去偷盗牛群，他们扰乱市场，抢劫其他佃农和穷人。他们收取王室租税但没有上交。而且一旦有危险，他们就逃往边界，投奔托马斯·戴克，那个让他们继续违法犯罪，还花钱让他们闹得更凶的恶棍。您得想办法抑制您丈夫的野心，还有他在您卧房里的暴行，不过我猜测您或许挺喜欢后者的。我们其他人都不想要他在我们身边切肉跳舞，我们其他人都清楚他这个人说一套做一套。"

"你大胆——"我正要破口大骂，但外面传来了巨大的敲门声。大门被推开，门口站着城堡侍卫长，他的头盔夹在臂下。"请您原谅，"他一边说，一边向我鞠躬,然后又对德拉巴斯蒂说:"兰顿塔有消息传来。他们遭到了韦德伯恩的乔治·休姆及其下属的袭击。"

德拉巴斯蒂立刻站起身。"又是那群休姆?"他说完朝我点头,仿佛在提醒我这就是阿奇博尔德的盟友和亲戚。"有多少人?"

信使走上前。"不到五百人,"他答道,"但是他们说会烧毁塔楼,还会烧死塔内的所有人。"

安托万望向我。"我们必须维护和平,"他说道,"您认识乔治·休姆吗?"

"亚历山大的亲戚?"我问道。

"正是,"他说,"一个逃犯的亲戚,继续着他的事业。我会抓住他。您的丈夫会否愿意同我一道打击这些违法犯罪者呢?"

我沉默了。我知晓阿德绝不愿去抓捕他的表亲,抓捕休姆一家。

德拉巴斯蒂笑了。"我想不会,"他说道,"那他如何在充当国王的保护人的同时,又不去保护国王的安宁呢?"

他向我鞠躬,然后走向门口,同一时间,侍卫长大声喊出命令,所有士兵集合,准备骑马出征。

"你要去多久?"我忽然紧张地问道。

他看向信使寻求答案。"要整整半天。"信使回答道。

"那应该明天能回来。"他随意地答道。他将手放在心口上,弯腰向我行礼,脸上带着耀眼的笑容,接着他便出发了。

✦

晚餐时,我们一直在等他,不过后来仆人开始上菜了,于是在他缺席的情况下,我们享用了晚餐。阿奇博尔德谈论说兴许是这位闻名的法国骑士未能如其所料那般轻易地抓住乔治·休姆。他说马上长矛比武是一回事，比武大会是一回事，但是要在荒郊野外率领一群比劫匪好不到哪儿去的士兵，那就还需要骑士鼓起自己从未有过的勇气。

"他们破坏了和平，"我直截了当地说，"他理当去追捕他们。"

"他们是在反抗那些害你流落国外，还疏远你和你儿子的当权者，"他说道，"我还必须要恳求摄政公爵的饶恕，他们才放我回到我自己的领地。"

"我们必须维护和平。"我重复道。

"决不，"我的丈夫说道，"我真希望能和他们并肩作战。"

"德拉巴斯蒂以为你可能会和他一道出征！"我大声喊出。

阿德大笑。"不，他不会的，他这么说是为了让您心烦。他清楚，我也清楚，在您统治这个国家之前，这个国家不会安宁，您的国王儿子也无法安享太平。他清楚我不会效忠他或者在其他法国人掌控下的摄政官，我只效忠王后和英格兰。"

"外面发生了什么？"我开口说道，听见外面闸门链条拉动的哐当声，还听到了大门升起时滚轴转动的嘎吱声，"他终于回来了吗？"

我们一起走到城堡大门，等候德拉巴斯蒂和他的士兵骑马进来，然而进来的只有六个人和他的旗帜。士兵们把旗帜抬得很低，如同在哀悼，如同有人牺牲。

"怎么回事？"我质问道，于是阿德走向侍卫长，快速和他交谈。他回来时，整张脸被火炬照得发亮。

"德拉巴斯蒂被打败，乔治·休姆逃跑了。"他干脆利落地说。

"马上过来同我汇报。"我对侍卫长说，"把你所有的士兵带上，不准让他们和任何人说话，必须先给我汇报。"我走进城堡，在德拉巴斯蒂的会见厅里那巨大的石壁炉边等待着，之后士兵们散乱地走了进来，站在一起。

侍卫长代表所有人禀报战况。"这是一场埋伏，"他说道，"根本没有遭袭的塔楼。这是谎言,勾引我们出击的圈套。"

我看见阿德在他身后听得认真。他脸上没有一丝震惊,没有一点不安。他或许对这个成功实施的计划有所耳闻,或许,这甚至是他本人的计划。

"怎么回事?"我发问道。但其实我很清楚。

"我们在凯尔索北部就遭遇了乔治·休姆和他的队伍,骑士命令他进城解释他的行为。我们本来齐头并进,可就在兰顿城外,状况突变,休姆还有他所有下属对我们拔刀相向,骑士大人勒令我们跟随他全速退回邓斯,休姆一行一路追赶在我们身后。这不是一场战斗,这是陷阱,一场伏击。我以为骑士大人能够逃脱,他朝着他的城堡奔去,但是途中有一片浓密的树林,可视距离不超过三英尺,右边是悬崖,左边是伸向河流的陡坡,"侍卫长转头看向阿奇博尔德,"您了解的。"

阿德点头,表示他清楚那片地形。

"对方在那里拦截了我们,迫使我们离开大道,把我们往山下赶。在河湾处有一汪沼泽,我们反击了,但对方有地理优势,且又在我们的意料之外,还有人从邓斯山脚冲锋而出,绕过树木,跃过地上的残枝而来。我们的马匹不听使唤地挣扎,很多人摔下来,后来我们被赶下了山,骑士大人的坐骑则掉进了河里,白蟒河①。那条河很深。其他人的马大多也掉落河中。当时情形十分混乱:士兵在水里扑腾挣扎,尖叫呼救,还有人淹死了。"

我把手放在壁火炉腔温暖的石壁上,扶在墙上,仿佛我脚下的地面也并不安稳。"然后呢?"我听见我虚弱的话音,"然后呢?"

"大人下了马。他的盔甲太重,拽着他下沉,但他一只手挽住了马的脖子,于是人马一起浮水,一起挣扎。我心想,他能够爬上干燥的地面的,有一个休姆——约翰——对他大喊,这个休姆一手扶着一棵歪脖子树,脚

---

① 流经苏格兰东洛锡安区的一条河流。

踩在树根上,站在沼泽里,没有弄湿双脚。他向大人伸出手,拉住了大人。"

"他救了他吗?"我惊疑地问道。

"他拉住大人,好像是要把大人从沼泽地里拉出来,不让他被淹死,可接下来这家伙就拿武器刺进了大人的腋下,他的刀刃能够穿透这个部位的铠甲。大人摔了下去,之后帕特里克·休姆抽出佩剑,砍掉了他的脑袋。"

其他人都点头,脸色惊恐,说不出话。

"你看到这一幕了吗?"阿奇博尔德发问,"你当时在哪里?"

"我被一墩树桩绊倒了。"一人答道。

"我骑着马在路上。"

"我在沼泽里挣扎。"

"我从马上摔了下来。求上帝饶恕,我躺在地上没有动。"

"那之后怎么样了呢?"我声音颤抖地问道。

每个人都埋着头,双脚难堪地挪来挪去。他们逃跑了,但他们不想承认。

"回来了多少人?"阿德问道,"休姆派人追赶了吗?没有赶尽杀绝,这不像他们的作风。"

他们摇头。"只有我们逃了回来,我想的话。"侍卫长说,"不过当时天色已晚,树林里什么也看不见,这完全不像一场战斗,更像是一场斗殴。可能有其他人跑回了家。可能有其他人像桶里的鱼那样被困住了,也可能像河里的猫那样被淹死了。"

"这和马上长矛比赛不同,"阿奇博尔德说,冲我露出一个短暂的微笑,"而他往往只在马上长矛比赛中才表现得分外潇洒。"

1517年9月

苏格兰　纽瓦克城堡

克雷格米勒城堡降下半旗以表达最沉痛的哀悼，我们按计划离开了克雷格米勒，前往了纽瓦克城堡。途中大雨倾盆，天气湿冷，这是一场令人不适的旅行，我很庆幸我的儿子詹姆斯没有和我们一起来，玛格丽特也留在了育儿所。这是属于我的城堡，但我对它一无所知，进入这座城堡让我心生一种奇异的感觉：我意识到自己在寻找这里是否有任何女人居住过的痕迹，但我的宫殿里空无一物，十分干净，床单被套也是全新的，看得出来都是刚刚铺好的，地板上还铺撒着绿色的灯芯草。这间屋子里完全没有他人使用过的迹象。我想有一定是骑士忘记了他的荣誉守则，之前竟然对我说出那样污蔑阿奇博尔德的话；而阿德说得对——所有伟人都是谣言的主角。

我的儿子詹姆斯没能和我们一起来，因为议会大臣们嘱咐让他回到更安全的爱丁堡城堡。而今，安托万·德拉巴斯蒂的死亡让众人草木皆兵。大臣们不相信我，生怕我会把我儿子偷到英格兰去，何况此刻代理摄政官也遇了害，他们担心这会引发反对摄政统治的起义。

"他们怀疑你叔叔加文·道格拉斯会为了我而绑架我的儿子，"我对阿奇博尔德说道，"他们不相信任何人。"

"愚蠢，"他平静地说，"他们编造出什么罪名了吗？"

"没有！还只是流言。"我说道。他的神色让我有些迟疑。"你确定这只是流言吧，是吗？"我询问他，"没人会发疯去绑架詹姆斯，把他带离自己的国家吧？你叔叔不会考虑这么做的，对吗？阿德——你不会容许这种事的，是吗？"

"詹姆斯待在英格兰难道不会更安全吗？"阿奇博尔德反问我，"若我们都在边境的另一边，那不是会更安全吗？那些人甚至都能杀掉代理摄政官、你的那位搭档了。"

"不！詹姆斯必须留在这里。他如果流亡在外，那还如何能登上王位？"

"如果他身在英格兰，出于道义，你弟弟难道不会助他重夺王位吗？他给了你金钱，还送你回国统治苏格兰。"

"我不知道。"我不能代哈里许下承诺。自从我回国之后，我都鲜少听到哈里的消息，恐怕我一不在他面前，我便不在他的心上了，他就是如此漫不经心。他是一个漫不经心的年轻男人。对德拉巴斯蒂之死感到又惊又怕的人不仅仅是议会领主们，有流言说乔治·休姆割下了骑士头上的一缕漂亮棕发，用它把德拉巴斯蒂的头颅拴在了自己的鞍布上，当作一件战利品。骑马过程中，这颗头颅一路撞在他的膝盖上，直至邓斯，然后他把它钉在了市集十字座上。

"这太野蛮了。"我说道。

"这是机会。"阿德纠正我说。他牵着我的手，拉着我离开大厅中间那座冒烟的火炉。此时还是清晨，秋日的天光明亮而晴朗。若是在英格兰，遇上这样的天气，我会出去打猎。今天的天气非常舒适，空气寒冷，地面起了霜，十分坚硬，天色格外明亮。在苏格兰，我却待在屋内，望着窗外，思考自己是否安全。

"和我出去走走吧。"阿德亲切地说。

我由着他把我的手放到他的背上，塞进他的腰带里，走路时他的手臂挽着我的腰。仆人们正为了晚餐收拾大厅，他领着我走出了笨重的木门，走下楼梯,来到外面的草坪。我们又多走了几步,然后走过了吊桥,俯瞰下方绵延起伏的山脉,山上树林的树冠都是古铜色的,只有松树是暗沉的深绿。

"这个国家没有领袖,"阿德说道,"奥尔巴尼离开了,而且永远不会回来,德拉巴斯蒂死了。苏格兰唯一可以获得这一地位的人便是您。"

"我不会利用他的死亡牟利。"我说完突然感到一阵反胃。

"为何不呢?他若是有机会也会这么做。他已经死了,那么你就能拿回应得的地位。"

"他们不信任我。"我愤愤不平地说道。

"他们都被法国人收买了。但那位法国摄政公爵离开了,那位法国代理摄政官也已经死了,此时正是英格兰的机会,也是拥护这位英格兰公主之人的机会。"

"哈里他亲口告诉我,我们必须维护和平。我嫁到苏格兰就是为了带来和平,我回到苏格兰也是为了再次争取和平。"

"如今我们能做到了。之前我们做不到,在外国势力的压迫下,我们做不到。但如今我们能做到了,只要你得到英格兰的支持。"

阿德讲话的方式是一种诱导;他的手臂挽在我腰间,就如他的乐观那般有力。"想想吧,"他轻声说,"想想您再次成为摄政王后,带着您的儿子登上王位。我们会成为足以与亨利和凯瑟琳相媲美的王室。他们拥有王位,但没有儿子继承。您会是摄政王后,我是您的伴侣,而您的男孩会成为国王。我们会成为拥有一位年幼国王的执政王室,想想那会是何样的光景。"

我被说服了。光是再次像王后那样掌权便足以吸引我。成为比凯瑟琳更伟大的王后,这个想法令我难以抗拒。"我们要如何实现这一切?"

他朝我狡猾地一笑。"我们已经成功了一半,亲爱的。德拉巴斯蒂已经死了,而你有我在你身边。"

在我们的面前,苏格兰犹如即将开场的盛宴。托马斯·戴克写信建议我抓住机会,夺取摄政权。他向我暗示,我弟弟会确保奥尔巴尼公爵永远不会回到苏格兰。苏格兰需要一位摄政官——这应该由我出任。

"接受吧,"阿德在我耳边呢喃道,越过我的肩头读这封信,"这会是你的胜利。"

我接受了。我心想:终于,我的好日子要来了。这就是身为王后的意义。这就是当初哈里任命她为摄政王后时的感受。这就是我生来的意义,这是理应属于我的身份,我一早便已知晓。我是被宠爱的妻子,当权的王后,国王之母。我的弟弟和丈夫会为我赢得这一切;我应该抓住机会。我的儿子将回到我的监护之下。我最幸福的日子就是我们共度的那些天,没人会看错他见到我时,脸上流露的鲜活神采。

这群领主厌倦了法国人的统治。他们宁愿听命于女人,也不想再跟随法国的贵族绅士。他们疲于长期的权力争斗,想要一位出身比他们所有人都高贵的王后。我可以做到我的亡夫、先王对我的要求:不要做个傻子,要做个英明的女人,管理他的国家,照顾他的儿子。我会成为他真正的遗妻。我会尊敬我的婚姻,向他和他的教导起誓。我会珍惜他的回忆。我甚至暗自想象着他在那场战斗中活了下来,是不为人知的幸存者,他也许行走在荒郊野外,头上顶过一道吓人的疤痕,却乐得当个死人,他会知晓我回到了他的王国并且重登了王位,知晓我的全力以赴,知晓我的统治即开启,他会知晓我没有辜负他。

所以我认为我同议会的第一次会面将会非常关键:他们会恭迎我的回归,我会宽容仁慈地对待他们。我打算提醒众人是我带来了与英格兰的和平,他们可以将我视作先王遗孀以及英格兰公主。

我独自出发了,让阿德在荷里路德宫等候,等接到邀请时再赶来。众领主一入座,我就告诉他们我会接过执政权,而我的丈夫会陪在我身边,与我共同摄政。这顿时引起一阵喧嚣,领主们一个接着一个拍起了桌子,大声喊出他们的反对。我对人群爆发的怒气感到震惊,正如阿奇博尔德先前的警告,还是那些对手,还是当初那般暴怒。因为这群人无法携手共处,苏格兰再一次从内部四分五裂了。然而之后,少数人的声音盖过了这片嘈杂,我听到了他们的呼声,我明白了他们的意思。渐渐地,我听清了他们的话。渐渐地,我心生寒意,明白了他们的意思。

他们问我——他们不是在告诉我——他们问我,在英格兰时,我收到了多少苏格兰封地的租税。我开始抱怨——他们是在明知故问,为我送来租税本是他们的职责——可是没有!没有!几乎一分钱都没有送来!然后领主们说:他们都交了税。听听!他们诚实地交了税。他们送去了那笔钱。

房间里鸦雀无声。人们轻蔑地看着我,鄙视我的迟钝,鄙视我的愚蠢。"交给了谁?"我语气冰冷严肃地提问,但我知道答案。虽然他们已看出来我已心中有数,但他们还是回答了我:他们说所有租税都交给了阿奇博尔德,我的丈夫,是他扣留了我的租税,一分钱都没有送给我。是他把我留在了英格兰,害得我不得已去找屠夫的儿子借钱,害得我的家用开销不得不由我有钱的姐姐支付,害得我不得已穿上她淘汰的裙子。

领主们问我,阿奇博尔德在得到赦免之后,我认为他居住在哪里?我说他住在哪里与旁人无关,只要他没有违背他的赦免条件。直到这一刻我都相信他住在坦特伦。人们冲我的无知摇头,对我说:"并非如此。"他基本没有待在他自己的城堡中,却前往我一处又一处的封地,住在我的行宫里,收取我的租税,喝光了我的窖藏,追捕我的猎物,从农民的仓库中取用食物,征用我的厨师,生活逍遥得像个领主。

"他有权住在我的行宫里，他是我的丈夫。"我忠诚地说道，"我所拥有的一切，法律规定了那也属于他。"

一位老领主低头捶在了桌子上，弄出吓人的巨响，仿佛他已经焦躁不堪，想要把自己捶到麻木。

我木然地看着他，一声不吭。我觉得自己是个傻瓜，比傻瓜还糟糕：一个放弃理智，选择了盲目和欲望的女人。

"正是，"有人说道，"他是您的丈夫，住在您的行宫，收取您的租税，而不用把税收送与您。"

这位老领主抬起了头，额头上出现了一道红色瘀青，他直视着我。"那行宫的女主人是谁呢？"他问道，"您的行宫？是谁睡在您豪华的大床上，是谁坐在餐桌之首，是谁下令让您的厨师用您的金碟为她盛上美味佳肴？是谁佩戴着您的珠宝首饰？是谁唤来了您的乐师？是谁骑着您的骏马？"

"我不会听信谣言。"我警示他们。我双手冰凉，白皙的手指上，每一枚戒指都松动了。"我一点不在意流言。"

我心想：我会向他们展示。我会成为像阿拉贡的凯瑟琳那样的王后，当我丈夫爱上我的侍女时，我甚至不会多说一句。凯瑟琳的心破碎了，她的信任动摇了，但她从未出言埋怨哈里。她对着贝茜·布朗特甚至连眉毛都不皱一下。我早已明了，一位丈夫的忠诚并不重要。我会向他们展示王后的骄傲。我会向他们展示，我丝毫不在意众人那些琐碎的担忧。我是一名王后，没人可以取代我，即使有其他人享用我的金碟，就算有其他人穿戴了我的珠宝首饰，我依然是阿奇博尔德的妻子，我依然是遗孀王后，我也依然是国王之母，阿德未来女儿的母亲。

"他安置在您行宫之内的正是他自己的妻子。"桌子另一头的某人说道，这让我意识到，就连最低微的领主，这样一个无足轻重的，只能和众多平民站在房间后面的男人都清楚这一切。"那是他自己的妻子，早在他的祖父让他向您宣誓之前,他就已经娶了她——特拉奎尔的波妮·珍妮特·斯图亚特。她以他夫人的身份,与他过着夫妻的生活,身为一位忠诚的妻子,她理应如此。他二人花着您的租税,在您的酒窖里,在您的睡床上尽情享乐。您不是他的妻子。您从来不是。您是他的野心,他们氏族的狼子野心。他们早已成亲,在多年之前,也并非订婚。他明明已婚,却假意迎娶了您,而您将一切都赐予了他,如今还想把苏格兰也给他。"

"我不相信。"这是我说出口的第一句话。快否认!否认这一切!我对我自己说。"你在撒谎。他们一起住在哪里?又在哪里享受这些夫妻之乐?"

"就在纽瓦克城堡。"领主们此起彼伏地回答道。他们在这一点上异口同声,那必定是事实了。"你难道没有注意到那些拖洗过的地板,新鲜的灯芯草,洁净的床单吗?"

"珍妮特·斯图亚特在您入住的前一天搬了出去,为了她的丈夫,把城堡收拾得干干净净,整整齐齐,一如既往地做着他的好妻子。"

"她甚至让人缝补好了您的长筒袜。"

我的视线扫过这愤怒又焦虑的人群。他们没有丝毫同情,怒不可遏仅仅是因为我遭到愚弄,并且反过来想要蒙骗他们。我心想着:他选择了珍妮特·斯图亚特而不是我。当我前往英格兰之时,他奔向了珍妮特。当我与大使们周旋、找沃尔西借钱之时,他和他的优先选择、和珍妮特快活地生活在一起。

我不记得我如何走出议会厅,我如何走下山,如何走过那段陡峭的道路,回到荷里路德宫。我不记得我是如何下了马,还挥手让我的侍女把我送回自己的寝宫,之后却发现自己独处在奢华的王宫之内,孤独无助。

我像一个小姑娘似的躺在床上,今天的会议让我身心俱疲。侍女们来到我身边询问我,我还好吗?我要和宫里人一起用餐吗?我说女人的麻烦令我不适,她们都以为我说的是月事,但我心想到这也的确是女人的麻烦——惨遭衷爱之人的背叛：遭人设计，落入圈套，受人议论，窃窃私语，不论白天黑夜。而惨痛至极的是，此事无人不知，无人不晓。

他们为我送来一杯甘甜的黑啤酒，还送来了热蜂蜜酒。我没有说我并不需要这些，没有解释女人的麻烦是指妒忌与愤恨。我喝了啤酒，尝了口蜂蜜酒，并吩咐说不要让阿奇博尔德来找我，我必须独处。我躺回了床上，允许自己哭泣，最后我睡着了。

我在半夜醒来了，觉得自己是有史以来最蠢的傻瓜，我的愚蠢让我名誉扫地。我想起了凯瑟琳，她嫁给了英格兰国王，站在他的身侧，从不考虑她自身的感受，也从不任意妄为，而是无休止地、无可挑剔地忠诚于她的丈夫，因为她立下了誓言。她有恒心。一旦她下定决心，一切都不能令她动摇。她是一位了不起的女性。

我又想到了自己，我嫁给了一位国王，向他承诺会成为一名杰出的摄政王后，可随后就和一个面容英俊却早有婚约的年轻人坠入了爱河。我想起了我的执念，认为对方就算是订了婚，最爱的人也应该是我。我想起了那份从别人身边抢走了他的喜悦——坦白地说，我喜欢这个想法——他并非自愿，而我赢过了一个同我素未谋面的女人。我抢走了她的情郎，偷走了她的未婚夫。如今，我第一次为此感到羞愧。

我低落不已，甚至觉得我的小妹玛丽在生活上都比我更清醒。我称她是一个笨蛋，但她比我更会利用她的优势。她嫁给了她深爱的男人，轻易地得到了他，现在是他的妻子。他们生活在一起，据我所知，他的目光再未停留在其他女人身上了。他们绝不会分手。然而我——我把脸埋进枕头，抑制住我为自己的愚蠢而发出的绝望呻吟。我埋着脑袋，如同我不想看到拂晓来临，之后再次进入了梦乡。

清晨我醒来，听说阿奇博尔德出去打猎了，但仍给我留下了一堆关爱的讯息，还保证会为我带回一头肥硕的雄鹿作晚餐。我猜想他已经听说了那群领主跟我讲的话：这座城里充斥着探子与流言。我推测他可能打算硬撑到底，或者是将他的手臂滑入我的腰间，引诱我再次堕入愚蠢的深渊。侍女们安静专注地服侍我穿衣，并为我取来今日所需的一切用品，从她们的行为举止来看，我认为她们也都知道了。我想整个爱丁堡的人都知道王后殿下已经得知她的丈夫偷走了她的财产，而且长久以来都娶的是另一个女人——他挑选的妻子。有一半的人都在嘲笑这位英格兰公主，嘲笑她遭受的奇耻大辱，而另一半人会耸耸肩，表示对世上所有女人的愚蠢不屑一顾。他们会说女人不配统治国家。他们会说我证明了女人不配统治国家。

　　我前去作晨祷，但我听不到我的祷词。我去用早餐，但我吃不下东西。领主代表们从议会赶来，而我必须在会见厅接见他们。我小心翼翼地打扮自己，把米粉拍到我红肿的眼皮上，点了一点红赭石在惨白的面颊和嘴唇上。我选了一件白色的礼服，配上都铎绿色的袖子，穿着一双装饰有金色蕾丝的银色宴会鞋。我端坐在王位上，侍女围在我身边，男仆听话地靠墙站着，我吩咐让领主们进来。我们竭尽所能地呈现出了一场好戏；但这都是在装腔作势，如同假面剧里的布制城堡。我手中无权，他们对此一清二楚。我手中无财，他们知道我的财产掌握在何人手中。我没有丈夫，而除我以外的所有人都已经知道这件事好几个月了。

　　他们表面恭敬地鞠躬行礼。我注意到阿兰伯爵詹姆斯·汉密尔顿，他曾商议过我和詹姆斯国王的婚约，并且因为劳苦功高而获封伯爵称号；他站在人群后面，显得异常谦逊，站在最前面的领主手上则拿着一张纸，上边盖有印章。显而易见,他们已经达成了协议,这才前来对我宣布,而詹姆斯·汉密尔顿显然不是第一个发话的人。

"大人们,我感谢你们的关心。"我的语气一定不能显得闷闷不乐,虽然圣母了解我的感受。

人们又鞠躬。我对自己遭遇的耻辱如此冷淡,这明显也让所有人不自在。

"我们选出了一位新的摄政官。"其中一位领主平静地说道。我看见会见厅的后门打开了,接着阿奇博尔德走了进来,他安静地站在一旁聆听,目光炯炯地注视着我。或许他以为我能够强迫这群领主按他的意愿行事。或许他盼着领主们会念出他的名字。或许他正等着看我能否克服他给我带来的羞辱。

领主们将纸卷呈给我。我看到了那位新任摄政官的名字,正如我所料,詹姆斯·汉密尔顿,阿兰伯爵,詹姆斯二世的曾孙,我首任丈夫、先王陛下的亲属。我抬起头,阿奇博尔德望着我,鼓励我开口。

"这就是你们所有人都属意的人选吗?"

"是的。"领主们说道。

詹姆斯·汉密尔顿谦恭地鞠了一躬,走上前来。

"我提议应该由两位摄政官共同执政,"我开口道,"我自己,以及尊贵的阿兰伯爵,詹姆斯·汉密尔顿,我的朋友。"我彻底无视了阿奇博尔德,目光停留在詹姆斯·汉密尔顿皱起眉的脸上。"我相信您也想要与我共同执政的,不是吗,大人?我们都这么多年的朋友了。"

他顿了一下。他自然不会立马就接受提议。"只要议会同意。"他不甚热心地说。

一位较为年长的领主,我都不认识他,在会见厅的后面直言不讳地发表了自己的意见:"只要您还是这个叛徒的妻子,还要事事顺着他,那议会就不同意。"

阿奇博尔德冲上前，站在我身边。他依然是一身打猎的装扮，而且尽管宫内严禁携带兵器，但所有人都知道他靴子里藏有打猎的匕首。"谁敢这么说话？"他叱问道，"谁胆敢诽谤我和王后，我的妻子？谁敢反抗我们，反抗英格兰国王？"

会见厅里瞬间掀起出愤怒的吵闹，众多领主都不满他说话的口吻。阿德无视了所有人，转向我。"推荐我。"他毫不客气地说。

"他们决不会……"

"我想看看谁会拒绝。"

"你们愿意接受阿兰伯爵摄政，还是安格斯伯爵？"看到周围这一张张愤怒的面孔，我念出了阿奇博尔德的完整头衔。

"决不。"有人在后面气冲冲地说，接着全部领主——在场的每个人——都说："不。"

我看向阿奇博尔德。"我想你已经看得足够清楚了，"我苦涩地说道，"现如今，詹姆斯·汉密尔顿是摄政官、我儿子的监护人，而我遭到了厌弃。"

领主们再次鞠躬，接着陆续离开会见厅。我几乎没有注意到人们出去了。"看看你干的好事！"我对阿奇博尔德说，"你毁了一切！"

"这是你干的好事！"他说话快得像一条鞭子，"是你弟弟辜负了你。他不问你的意见就同议会和解，就是他暗中同意阿兰出任摄政官，而你什么都不是！是他让你一文不值。"

这肯定是谎言，哈里不会背着我与议会达成协议。"他爱我，"我急促地说，"他决不会抛弃我。他承诺过……送我回来，他还承诺过！"

"他抛弃了你，"阿奇博尔德说道，"你看到结果了。"

"抛弃我的人是你，"我痛苦地说，"关于那个珍妮特·斯图亚特的事我全知道了。"

"你对她一无所知,"他冷酷地说,"现在一无所知,将来你也不会知道。你根本想不到她的好。"

"她是个婊子!"我冲他怒吼,"一个婊子有什么好想的?"

"我不准你这样说她,"他说道,讲究着奇怪的体面,"你是王后。言行举止都要像一位王后。"

"我是你的妻子!"我对他大喊,"我甚至不该听到她的名字。"

他沉默地鞠躬。"您不会从我这里听到关于她的一言一语。"他冷冰冰地说完这句话便走了出去。

1518年夏

苏格兰 爱丁堡 荷里路德宫

我收到了英格兰王宫的愉快来信。大家身体健康,生活快乐,一切都欣欣向荣,自信满满地规划他们的未来,所爱之人和自己的财产都安然无恙。我很好奇他们是否会知道,告诉我的这一切只让我感受到了切实深重的痛苦;我很好奇玛丽是否有停笔思考过,她激动而潦草地在信纸上写的这些关于裙子的描述,或者对小公主玛丽和法国国王之子那美好婚约的种种设想,只会让我感到自己被可怜巴巴地排除在外。她写了好几页,我解读着她那些横七竖八的兴奋书写,在脑海里描绘她诉说的假面剧、舞会,还有比武大赛的计划,以及她必须要购买的裙子,必须要定制的鞋子,包括那些为她来回送递金丝、编织花朵和小钻石的梳妆侍女。她还提到了哈里的笑声,哈里与法国和谈时取得的辉煌胜利,他还为两岁多一点的女儿缔结了一份婚约。在信的末尾,她写道:

> 同时,我还留着最棒的消息——我们亲爱的姐姐凯瑟琳再次怀孕了,沃尔辛厄姆的圣母回应了我们的祈祷。依循上帝的旨意,这个孩子会在圣诞季出生。想想今年我们将会有一个何等美妙的圣诞节,王室摇篮中的新生儿!

她让我想想他们的喜悦——用不着!我自己都忍不住不去想。他们的幸福快乐萦绕在我的心头。我太清楚王宫会度过一个什么样的圣诞节了，而我不在那里，甚至无人会提起我。我被我丈夫抛弃，当着整个议会被羞辱，我的弟弟密谋害我，凯瑟琳将面临她的分娩，玛丽会是公认的王后，所有舞会的领舞，所有比赛的优胜者，全欧洲最富裕的宫廷的女主人。之后，等到凯瑟琳怀抱着孩子现身，他们会为这名珍贵的新生儿举办一场隆重的施洗礼，为他取名，各种宴会会再次开场。她若是诞下了男嗣，那定会有一场盛大非凡的骑士比武大会，举国上下都会举行各种庆典，欢庆数日。她若是诞下男嗣，哈里还会给她英格兰国库的钥匙，那她一年到头，每天都可以佩戴新的王冠，而我的儿子将无缘继承英格兰的王位。

我望着窗外的大雨，灰暗的群山被云层遮盖，灰蒙蒙的天空笼罩其上。我简直难以相信世间仍有如此歌舞升平的乐土存在，而这方乐土也曾有我的一席之地。他们撇下了我，却依然过得如此幸福，我甚至无法抱怨这一点。我无法真正地怪罪他们遗忘了我，就连我自己都几乎记不清他们的面容了。

1519年春

苏格兰　爱丁堡　荷里路德宫

圣诞节来了又过去,我没有收到我丈夫的消息。没有他为我切肉,或是和其他夫人跳舞,生活毫无乐趣可言。没人提起他,但我听说他和珍妮特·斯图亚特被大雪困在了纽瓦克城堡内。议会并未向我寻求任何意见,我也没有任何建议能提供给戴克勋爵。我仿佛感觉我远离了摄政,远离了婚姻,远离了生活本身。

我可怜的弟弟失去了一个孩子,又是如此。他们所有的殷切期望都化为虚无,我真心为哈里悲伤,也为凯瑟琳悲伤。我的消息来得迟,是在他们的伤心事发生之后很久了:直至第一波春潮从南面过来,融化了道路上的冰雪,托马斯·戴克勋爵的书信才送达。在他那捆信件之中,还有一封凯瑟琳的短笺。

上帝并未将她的生命赐予我们。愿他的圣名永享赞美,谁能质疑他的旨意呢?她是个小姑娘,过早地来到了世上。我本期望她并没有来得太早,在我以为她快出生的时候,医师和产婆都已经准备就绪,我竭尽全力想要保住这条垂危的小生命……但是我们的天父早已洞悉一切,于是我服从了他的旨意,虽然我并没能理解。

我明白你生活不易,但我劝你把时间都用在你儿子身上,他是上天赐给一位母亲、一位王后的礼物。这是我第六个孩子，却只有一个活在了育儿所里，而她也并非我所祈求的王子。这是上帝的旨意，我告诉我自己：这是上帝的旨意。当我无法入眠，彻夜痛哭之时，我就一遍又一遍地念这句话。

我们的妹妹玛丽又怀孕了，感谢上帝，可我此时沉溺在悲伤之中，无力事事顾她周全。我甚至无法放任她离开我的视线，同时我祈祷她能安然渡过那即将到来的苦难。我希望我能够好起来去帮助她，可沮丧的情绪让我倦怠不堪，精疲力竭。若是我告诉你，我的侍女小贝茜·布朗特已经离开王宫去生孩子了，你便能理解我的感受。我无力再写更多了。上帝之道确实神秘莫测。我希望你会为我祈祷，告诉他我已学会欣然臣服于他的意志。

噢，亲爱的玛格丽特，我感觉我已经准备好了将悲痛至死……

凯瑟琳

我无法以应有的勇气面对这个春天。每天眼前都是都铎的绿色，每天冰雪都在融化，每天阳光都在变得更加明媚。教堂前的雪花莲扬起了她们的花骨朵，越过了银桦树下的洁白冬霜。鸟儿开始在清晨放声歌唱，还有那新结的花蕾和被翻开的土地的芬芳，顺着敞开的窗户飘进室内，这让我觉得一切都能重新开始，也能够从这个漫长冬季的懊丧之中振作起来。

议会只准我一周见一次儿子，但至少也被允许了。我没有送信给阿奇博尔德，我觉得我再也见不到他了，我就像是一个寡妇。我希望我会为失去他而难过；我再一次成为了未能送丧的寡妇。他也没有给我送来任何消息或是财物。他保管着我的所有租税，我的所有收入也都付给了他。为了度过这些寒冷的日子，我被迫典当了从英格兰带回来的所有礼物，我的最后两只金杯都被送给了戴克勋爵当作借款的抵押品。而今，冬季已进入尾声,我遣散了我的家仆,只留下了少数人服侍我。我把我的骏马借给了私人马房,把我的侍女们送回了她们的家。我过得如同一个收入微薄的内敛贵妇。议会对我充满同情但却无能为力。阿奇博尔德以我丈夫的身份征取了我所有的租税,他在纽瓦克城堡过着领主般的快活日子,还有一个自称为他妻子的女人陪伴他。她生下了一个孩子——一个女儿。他们过得很好,城堡有重兵把守,家仆众多。他们有钱,有我的佃户上缴的税收。无可否认的是,他是我的丈夫,处置我的财产是他的合法权益;他也是我所有行官的主人,他高兴住在哪里就能住在哪里。他是一个恶劣的丈夫,但是教会并不会为此烦扰。他仍然是我的丈夫,仍然拥有我的财产。

我唯一能够为自己辩护的办法,就是宣布他确实是珍妮特夫人的丈夫:她是安格斯公爵夫人,而我和阿德的婚姻是重婚,女儿是不受法律保护的私生子,我也成了与罪犯私通的荡妇。我应该把自己视作惨遭背叛的妻子,还是罪孽深重的通奸妇?这个问题让我在清早就醒了过来,并且困扰了我一整天。

我失去了妻子的地位,也失去了王后的威望。另一个女人在我的房子里寻欢作乐,享受着她的丈夫——曾是我的丈夫——的宠爱。我无人可依,无路可走;我变成了我那亡夫一样的人物——有些人说他还活着,但没人见过,他犹如一个鬼魂。人们会拿我们来写民谣,说我们终有一日会回来,将和平带给苏格兰,送我们的儿子上宝座。人们会在迷雾中看到我们的身影,会在醉酒的时候念叨我们的传说。

我明白我应该从这了无生气的颓丧生活中振作起来。我已经放弃了对阿奇博尔德的全部希望。我必须承受荡妇的骂名,宣布他为我的敌人。我必须忘记我曾爱过他。我必须前往英格兰,投入我弟弟的拥抱,并请求他帮助我同阿奇博尔德离婚。

此时我有些惆怅地想到:若是我当初接受了大法官托马斯·沃尔西的

建议，那我已经是神圣罗马帝国的皇帝遗孀了，拥有满屋子的宝石和满柜子的礼服，无人胆敢违抗我的命令，我儿子也必须和我生活在一起。我会被称作"陛下"，而且会在苏格兰开创一个帝国宫廷。我真是愚不可及，竟然对托马斯·沃尔西还有我弟弟说我要忠于阿奇博尔德。沃尔西如今贵为教皇使节，他写一封信就能助我同阿奇博尔德顺利离婚，我就不该说起什么牢不可破的誓约以及什么无法否认的爱。这世间值得我相信的约定只有一种，那便是一个女人和她的姐妹之间的约定，只有我们三人的情谊坚不可摧。我们决不会无视对方，我们既相互热爱，又彼此竞争，时刻都会想着对方。

我写信给哈里。我没有提及阿奇博尔德的不忠，只是说我们没有在一起了，他拿走了我的租税。我对哈里说想要回到伦敦，住在王宫里，并且会按照他的建议再次成婚。我说得明明白白：我要离婚。我会再次成为你的姐姐，我会是彻彻底底的都铎人，而不是姓斯图亚特。你可以随心所欲地利用我，把我嫁到任何能为你所用的国家，只要你尽职尽责地保护我。我不指望能够嫁给一个与我相配的君主，也不指望能够比你的妻子凯瑟琳更风光。我已经明白她做到了我力所不能及的事——甚至我的小妹玛丽都做得比我好。这两人嫁给了她们的爱人，还留住了她们的丈夫。我曾经心怀妒忌地把我自己同她们相比，心里还沾沾自喜，如今我舍弃了我所有的不逊。我也写信给了凯瑟琳和玛丽，将所有信件都放进了同一个包裹。我告诉她们，我失去了自己的财富和地位，我想回家。

1519年夏

苏格兰 林立斯戈宫

一个漫长的夏天过去了,我没有得到我弟弟哈里的任何回复。在这个漫长的夏天,我儿子搬出了受疫病所苦的爱丁堡,而我没有收到和他一道外出的邀请。在这个漫长的夏天,没有人来拜访我,我的悲伤情绪都变为了冷漠,我下定决心,这个夏天之后,我再也不会受到激情的驱使,我要永远向我的利益看齐。在这个漫长的夏天,我看清了,我仅有的朋友,真正关爱我的人,是我的姐妹们,她们体会过失去孩子的痛苦,明白哀愁对女人的意义,她们会给我写信。

哈里保持着沉默。原因我很明了:他离开了拥挤肮脏的伦敦城。他去了泰晤士河边的华美宫殿中享受生活,又到英格兰南部那些恢宏庄园的周边行猎取乐,人们总是会热烈地欢迎他,向他献上郊外最好的一切。他把王国的所有事务留给托马斯·沃尔西处理,不会费心写信给任何人,更不必说我了。他不会想起我。我的丈夫抛弃了我,我的弟弟不愿保护我,长期以来,他都致力于同议会领主们达成协议,呼吁不在苏格兰的奥尔巴尼公爵尽快回国。

但我的妹妹玛丽没有遗忘我。她写信告诉我她生下了一个姑娘——布兰登一家貌似更喜爱女儿——她给她取名为埃莉诺。当然了,再生一个男孩儿他们也愿意,任何人都会愿意。再有一名布兰登家的男孩儿,就会又多一位排在我儿子詹姆斯之后的王位继承人,他们的长子在我儿子身后仅一步之遥。随着日子一天天地过去,我的詹姆斯继承王位的概率在不断变大,假如上一个夭亡的孩子是凯瑟琳最后的努力——本来过不了多久她的育龄也快要结束了——那么我儿子就将是继承哈里王位的人。

尽管这十分铁石心肠,但我无法不去考虑这些事。读到她的信,看她告诉我她失去了她的孩子之时,我也曾落泪,可我心里自然清楚:她没有儿子,那我的儿子就会继承英格兰和爱尔兰王国,还有苏格兰。玛丽定然也会思考此事。她肯定也许愿想要再生下一个儿子。她不可能完全无私地关爱凯瑟琳,在凯瑟琳育龄即将结束的时候还不抱有点其他心思。有人能够爱她的姐妹爱到将她的利益置于自己之前的地步吗?

但也许对那位王后来说,比起我,玛丽是一位更称职的姐妹,因为她非常欢快地写信说新生儿是所有孩子中最漂亮的一个,皮肤宛如浅色玫瑰的花瓣,娇嫩美丽。所有人都非常高兴能有一个女儿。

> 宫里发生了一件十分可怕的事情。贝茜·布朗特,那个曾经深受我们姐姐宠爱的小侍女,她离开了王宫,没有征求王后的许可就消失了。这个年轻女人生了个孩子,哎,玛吉,我很难过地说——她生下了个男孩儿,而且毫无疑问,那是哈里的儿子。

我放下她的信,走到窗边,向外望去,外面风吹过湖泊,但没有看到灰色湖面上的白色涟漪。我心中浮现的第一个想法是:我不必担心,这对我没有影响。这个孩子没有继承权,他是个私生子,根本不值一提。但接下来,我更冷静地考虑到他是哈里的首个都铎私生子,这就值得注意了。这意义非常。贝茜向世人表明了哈里能够孕育男嗣,而且要是这个孩子活了下来,他会向世人表明哈里能够拥有健康的男嗣。

这一点非同小可。它会证明先前所有继承人夭亡的过错全在凯瑟琳,而非在我英俊的弟弟身上。之前所有人都在心里抱有这种看法,但没人敢说出来,如今这已得到了证明。凯瑟琳比哈里年长——准确地说只大了几岁,但现在也已经是三十三岁的年纪,且经历了一连串的流产和难产。她出自一个充斥着死亡和疾病的家族,这么些年来她仅仅养活了一位娇弱的小姑娘。然而哈里的情妇,这个活泼、健康又年轻的贝茜,在五年情事之后就为他生下了一个结实的男婴。这是我弟弟的生育能力的决胜证据:这否定并且推翻了那些都铎家族要为入侵英格兰以及伦敦塔内两位王子的消失而背负诅咒的质疑,这让传言销声匿迹。不论谁谋害了王子们的性命,都将遭受灭族的诅咒,但那不会是我们家族。因为我生下了健康的儿子,玛丽生下了亨利·布兰登,如今我弟弟也有了一个肥嘟嘟的小私生子,他们叫他亨利·菲兹罗伊。亨利取自国王,菲兹罗伊是在暗示王室私生子的身份①。他们没法想出一个能伤凯瑟琳更深的名字了。我想这会使她伤心欲绝。现在她会品尝到痛苦的滋味,她曾经教我体会到的心碎,此刻贝茜·布朗特也让她感受到了。

---

① 菲兹罗伊(Fitzroy)语源法国北部地区诺曼人,"菲兹"意为"儿子",通常作为姓氏前缀。"菲兹罗伊"的含义即为"国王的儿子"。——编者注

1519年秋

苏格兰　林立斯戈宫

　　直到湖边森林的树叶变黄变红，我才收到我弟弟的回信，这封由戴克勋爵打包盖章，并派信使送过来的信，而且他的探子已经读过了。我并不在意。至少，这里面有我的安全通行令，有我的退路。我预料到我弟弟会答应我，托马斯·沃尔西也会有办法让这一切名正言顺地实现。我丝毫不怀疑这是欢迎我回伦敦的邀请，摆脱我这可恶的婚姻，然后——凭我对托马斯·沃尔西的了解——寻到一位优秀的伴侣。他何乐而不为呢？这正是他三年前恳求我做的事，我弟弟还保证过这会是我做出的最英明的选择。

　　我拿着信，走到塔楼顶端一间四面都是石墙的房间，在这里我不会受到打扰。我着急地拆开了信，甚至听到了沉甸甸的漆印从纸上撕落的声响。我一眼就看出来，这不是哈里的笔迹，只是他口述，由书记员所写。我脑海中浮现出他懒散地微笑着坐在桌子之后的画面，手中端着一杯葡萄酒，托马斯·沃尔西以一副胜券在握的姿态处理着需要签字的文件，侍水官为他端上精致点心，供他享用。还有查尔斯·布兰登，我这位一心只顾自己的妹夫，懒洋洋地躺在一旁，其他人——托马斯·霍华德，托马斯·波琳——都靠墙站着，面带敏锐的笑意，机智地提出一两句建议，同时哈里急匆匆地给我写信，这是他落下许久的要务之一，然而已经不能再拖延下去了。这对他来说不过是举手之劳，不过是一封邀请我去伦敦的信，对我而言，却能将我解放自牢笼中。

起初,我没有看明白信纸上的这些话。我一次又一次地阅读这封信,但信上的内容和我的期待大相径庭。哈里并不鼓励我。相反,他态度严厉,用词又如一个唱诗班的小男孩儿那样浮夸。他提到婚姻大事不可拆分的神圣法则,还对我说夫妻之间的所有分歧都是邪恶的,是罪孽。我把这一页信翻来覆去地看了几遍,才确认真是他签署了这些胡言乱语——这封信来自一个用他的私生子伤透了妻子的心的男人!

我接着看了下去,难以置信,他居然命令我回到阿奇博尔德身边,身体、心灵、语言,三者都归顺于他。我们必须作为夫妻一起生活,否则哈里会视我为下地狱的罪妇,再也不是他的姐姐。他的姐夫阿奇博尔德也写信给他了,于是哈里听信了我背信弃义的丈夫的话,而不愿相信我。或许这才是他说出的最可怕的话:他相信阿奇博尔德,而不相信我。他采纳了那个坏男人的话,却对他的亲姐姐充耳不闻。好运的是,他告诉我,阿奇博尔德愿意毫无怨言地接纳我回去,只有阿奇博尔德在我身边,我才能重获我在苏格兰的权威。只有阿奇博尔德在我身边,国王或者是他的间谍头子戴克勋爵,才会支持我。哈里如以往般无知地解释说,阿奇博尔德在苏格兰领主之中威望甚高,只有他才能保住我的王位。我双手捂住脸:戴克读过这封信,他的所有探子也读过。

接着哈里还写了更多。好像这些还不够让我心碎似的,他写了又写,使我从震惊变为愤怒。他告诉我说凯瑟琳也同意他。这含义显而易见:凯瑟琳在这件事上的观点十分重要,如果我意图违背上帝,去当一个可悲的罪妇,那么她便决定不再将我视为她的姐妹。我无法前往英格兰,也无法和我的丈夫离婚,无法获得幸福。凯瑟琳裁定了这一切,如此一来,一切便都成了定数。凯瑟琳不会邀请我去英格兰:一个离了婚的女人绝对不会成为她的客人;她的王宫不能受此侮辱,一个荡妇绝不能靠近她身边。

皆因汝为肉体凡胎——哈里对我引用了圣保罗的话,仿佛我看不出来

这都是那个可恨的老女人所说——皆因汝等之中有嫉妒纷争，这岂非肉体凡胎？

哈里说话的口吻，他的意图，他从小弟到传道士、从国王到教皇的飞速转变深深震惊了我，我一声不吭地将这封信读了好几遍，之后沉默地走下陡斜的石阶。一名侍女坐在塔底窗边的位置。我苍白的脸色和发红的眼睛打消了她的兴奋。"我得为此祷告。"我悄声说道。

"有一位来自伦敦的方济各会神父求见，"她提醒我，"英格兰王后派他来协助您。他正在等候您召见。"

又来？我真是难以置信。凯瑟琳又一次给我送来一位告解神父来劝告我，就像她之前下令杀死詹姆斯，又在他死后的所作所为那般。她十分清楚，她知道她给我带来了致命的打击，她希望能够减轻打击的程度。"他是谁？"

"博纳文德神父。"

"让他在礼拜堂等我，"我说，"我一会儿就来。"

我不仅是对哈里拒绝让我前往伦敦而感到愤怒，也不仅是为他对我处境的误判——他没能聪明地看清我、我的儿子还有整个国家所处的险恶境地！——而感到焦躁。远比这一切严重的，是凯瑟琳得意于自己的美满婚姻，竟然认为和他商议并一致确认最重要的——不是我！不是他们的亲姐姐！——是上帝的旨意。他们竟然以上帝，还有上帝的神圣法则为名，弃我的生死难题于不顾；凯瑟琳作为姐姐，竟然没有写信给我，没有主动向我伸出援手。我与她的经历如此相似，都曾遭受过公开的羞辱，也曾被众人的忽视所击垮，如今奋力地想要有尊严地活在这个世界上，这个所有人都在私下嘲笑我们的世界上，她竟然没有向我伸出援手——这捆扬扬得意的信件最可恶的就是，她没有给我送来一位朋友，只给我送来了一个牧师，还忠告我要回到我丈夫身边，而不能去他们身边。

怎么会有女人不安慰道，"好的，来吧，只要你觉得不幸与孤独"？凯瑟琳怎么可以接受了玛丽——未经请示就私自嫁给恋人的玛丽——之后，却拒绝接纳我？她怎么可以在友好温柔地与我相处一年之后，却告诉我：回到你丈夫身边，忍受他对你做的一切！她怎么可以告诉我：忍受这份无视，忍受这份不幸！忍受被抛弃的悲惨！别去奢望更好的生活！我已经没有获得更好生活的机会了，而这都是因为你！

凯瑟琳是我的姐姐，年长于我的弟媳。她嫁给了我弟弟，她是英格兰王后。这些全都是她应该善待我、关心我、同情我的理由。她应该懂得我所失去的一切，我的伤痛，我的耻辱。思念丈夫，想知道此时他在做何事、他和他的情妇在做何事，她对这种感受再清楚不过了。她肯定也有过幻觉——因为我就有过幻觉，幻觉中，一个年轻貌美的女人和我的丈夫身体纠缠在一起，脸贴在他裸露的肩膀上，因肉体愉悦而啜泣不止。她应该用尽各种办法抚平我的难过。什么样的姐妹会对她的丈夫说，我们必须教导这个幼稚的女人遵照上帝的言语行事？我怎么会把她当作我的姐妹？这完全是邪恶透顶的对手和敌人般的恶行！

若没有哈里的支持，我绝无半分希望对议会产生任何影响。他若是与我断绝关系，那我便什么也不是了，不论是在苏格兰，或是在世上的其他任何地方。他若是支持阿奇博尔德、对我不利，那么我不过就是一个被抛弃的妻子，连自己的租税都得不到。如果我不再是一位英格兰公主，那么我只是一个鬼魂，如同我的第一任丈夫，没了活下去的地方，也没了活下去的意义。我从未想到哈里——那个学不会教义问答的小男孩——居然会变得虔诚至斯，竟会满口上帝，说话也像上帝。

这封信的每个字背后都能看到凯瑟琳的影子，每一句圣保罗的引言背后都是凯瑟琳的意思，凯瑟琳想让我和我的丈夫妥协，凯瑟琳认为婚姻是没有退路的天国圣礼。凯瑟琳——她的丈夫为一个私生子施礼取名并承认了他——理所当然地会坚决反对离婚，反对所有的离婚。

我真傻，我应该早想到这一点。凯瑟琳绝对不会放任"离婚"的想法靠近哈里，引起他蝴蝶般翩翩飞舞的注意。然而，她给我派来了一位方济各会的神父，指责我，让我直面自身苦难的真相，以上帝的名义，让我明白所有的过错都在我自己，我最好接受上帝的旨意。

✦

夕阳平落在湖面上，牧师点亮圣坛上的蜡烛，礼堂内幽暗模糊，博纳文德神父斥责我忘记了作为妻子和母亲的职责，因为我想要抛弃身在苏格兰的儿子和丈夫，前往英格兰。他开导我说，像阿奇博尔德这般的贵族男子，在我远离苏格兰期间，居住在我的行宫，收取我的租税，并不值得大惊小怪。在上帝的见证下，他是我的丈夫；我所有的一切都属于他。他如何不能住在纽瓦克城堡里，捕杀我的猎物？我怎么能够抱怨阿奇博尔德住在我们的行宫之内？他是我的丈夫，毫无怨言地忍受着一位没有陪在他身边的妻子。

阿奇博尔德和珍妮特·斯图亚特住在一起，她以妻子的身份坐在桌脚处，向我的佃农炫耀他的孩子，而我还不能以此说他的不是。每每思及此我就无比屈辱，我跪在礼堂的圣坛边上，小声说道："可是啊，神父，我的丈夫违背了他的婚姻誓言，而且是公开违背，所有人都知道。他不爱我。"

严厉的神父打断了我的话。"您抛弃了他，殿下！"他说道，"你离开他去了英格兰。"

"他说过他也会来的！"我呼喊道。

"但是他难道没有欢迎您回到苏格兰吗？难道他没有以丈夫的身份到贝里克去迎接您吗？难道你们没有公开地以夫妻的关系共入卧房吗？难道他

没有原谅您离开他这么久，然后又再次将您纳入他的保护之下吗？"

凯瑟琳把这些事都告诉了神父。她背叛了我的信任，或许就在她阅读我的书信之时，读到我在他怀中的无上幸福、读到我们想再要一个孩子的愿望之时，她就背叛了我。

"他会到这里来看望您，"博纳文德神父说，"他恳求我，要求您接受他。英格兰王后也要求您接受他。"

"她亲口说了这话？"

"接受您的丈夫。"

"神父，他抛弃了我。我难道要和一个不爱我的男人一起生活吗？"

"上帝爱你们，"他说道，"若您对他付出应有的爱与尊重，上帝会令他的心重燃对您的爱火。许多的婚姻都会经历艰难，但上帝的旨意让您二位和谐地生活在一起。"他犹豫了一下。"这也是国王的意愿，也是王后为她的妹妹提出的建议。"

我别无选择。凯瑟琳的建议将会支配我的生活。我会如她所愿地生活，我会向哈里、向全世界展示，婚姻关系不可解除，直至死亡。她没有仁慈，不会体谅任何人，所有都铎婚姻必须延续到死亡，而我成为了她树立的榜样。

博纳文德神父来了又走，他的话深刻地烙在了我的绝望之上。阿奇博尔德并没有冒险来看我，但我不会原谅凯瑟琳源源不断地送来宗教顾问的行为：博纳文德神父的位置有了接班人，他们就像机械那般可靠，一个小人走了——滴答——另一个就来代替他，并且，只要凯瑟琳一听说我拒绝和阿奇博尔德会面，哈里一听闻我在给法国人写信，就又会有一位方济各会的神父忧心而紧张地上路，抵达我的林立斯戈宫。凯瑟琳为我不朽的灵魂痛心疾首，并固执地决定要阻拦一切解除婚姻关系的行为，哈里则只关心他同法国的联盟。他不明白，如果他不支持我，我就不得不转投那位远离苏格兰的法国摄政公爵，努力寻求对方的合作。这次他们给我送来了亨利·查德沃斯神父，方济各会的牧师长，一位专断但有教养的男人，自从他母亲把他送进修道院里，他就鲜少和女人说话了。

他对所有女人都没有耐心，对我也没有。他们命令他来击毁我任性的意志，迫使我满怀敬爱地与上帝、与我的丈夫交流，听从我弟弟的安排。

"他们不明白，"我对查德沃斯神父说，尽我所能地耐心地同他讲，"神父，让我和我的丈夫和解不会有一点好处。他都不和我住在家里。他不在意我的利益，也不在乎我儿子的利益。他偷走了我的财产。您是说，我应该让他夺走我的封地吗？"

"这些都是他的领地。而且他是国王忠心的仆人。"查德沃斯神父说。

"他自然是赚了大钱的国王忠心的仆人，"我干脆地开口，"托马斯·戴克付给了他和边境领主们一笔巨额财富，让那些人惹是生非，让整个苏格兰陷入怒火与分裂。"

既然我同阿奇博尔德和所有道格拉斯家族都已形同陌路，于是一部分议会大臣告诉了我真相。我被告知托马斯·戴克离间并分裂了苏格兰，他似乎一心要让我们四分五裂，省去他带兵入侵的麻烦。

"上帝让您成为了一位英格兰公主，"查德沃斯神父说道，他的声音盖过了我的话，"您对上帝，对英格兰都有义务。"

我不服地直视他，仿佛我还是一名学院里的小公主。"我只对自己有义务，我自己，"我说道，"我想要活得幸福快乐。我想要看到我的儿子长大成人。我想要成为一个好男人的妻子。我不会为了祖国的利益，为了教会的利益，放弃我的这些追求。并且我决不会因为我王后弟媳的意愿，放弃我的追求。她妄想证明一位不忠的丈夫依然是已婚男人，可我不想。"

"这有罪，"神父毫不犹豫地说，"上帝和国王会惩罚你。"

这位神父将我两位姐妹，玛丽和凯瑟琳的信件交给了我。玛丽说她这次生下小埃莉诺之后，花了很长时间才恢复过来，不过她的丈夫十分尽心地照顾她，国王也派去了他自己的医师。她说她让人做了一件天鹅绒的小斗篷，穿上它，她就能够坐在她的御床之上，接见那些前来祝好的人们。她说起神圣罗马帝国皇帝马克西米利安，这个原本有可能成为我丈夫的人已经死了；而他的孙子，那个原本有可能成为她丈夫的人继任成为了新一代皇帝，这真是太好笑了。就想想！她欢快地写道。你可能会是遗孀皇后，而我是你的继承人。皇后！我们两人都是！这多有趣啊！这自然不是什么有趣的事。这正是我当初决定不嫁给神圣罗马帝国皇帝的原因，可等我明白过来，一切都太迟了。这一点都不有趣。她说到哈里很不高兴，因为他没有被授予皇帝的冠冕，并且凯瑟琳的情绪貌似也非常低落。

这并不让人意外。她非常困惑为何贝茵·布朗特如此有福，能生下了男孩。我们都去了沃尔辛厄姆，许愿上帝能赐给凯瑟琳一个男孩；然而上帝却赐给了贝茵——他的道确实神秘莫测。

然后她说到明年所有人都会去法国，庆祝与法国签订的一份新和约。她说她都等不及再去访问法国了，这会是一场盛事。查尔斯会有新的比武盔甲，她也要做好几身新礼服。

他们称我为"纯白王后",还说法国从未有过我这般美丽的王后。这太傻了,但他们也很可爱。能够受到两个国家的爱戴是令人愉快的事,在一个国家是公主,在另一个国家是王后,在两个国家都受到称赞!

这就是她信里的全部内容。这就是我的小妹写给我的全部内容,她明明清楚她的书信会由一位神父交给我,这名神父是来敦促我不要只顾自己的利益,而是要去效忠祖国,让我回到那个背叛了我的男人身边,维持我们的婚姻关系的;她明明清楚我孤身一人处在这个困难重重的国家,极力想要见到我的儿子,极力想要逃脱一段耻辱的婚姻。但她所写的一切就是这三十件礼服,还有那顶哈里特意为她委托工匠打造的精巧小王冠。她还想起来(想起得太晚,纸上已没有空白能写了)法国贵妇们都爱穿非常短的斗篷,她们的兜帽都别在她们的后脑勺。没有人,她告诉我,特意加了三道下画线,完全没有人会再戴三角兜帽了。

我放下她的信。我觉得她离我非常遥远。她的想法离我太遥远了,她甚至在写信之时都没有想起我。要是哈里去了法国,更新了与弗朗西斯国王的和约,并劝服他永远不要送奥尔巴尼公爵回到苏格兰摄政,那么领主们和我会继续挣扎,不过可能不会那么平静,而是在又一年的叛乱边缘挣扎。我甚至不确定我们能否撑过下个月。我不确定玛丽是否知道,或者她只是不感兴趣,她显然没有考虑到我的烦恼,除了把我看作一个会对如何佩戴法国兜帽感兴趣的人,我怀疑她是否有一丁点思念我。

我打开了凯瑟琳的信。不同于玛丽马虎的信件,这封信十分简短。她说她派了查德沃斯神父前来传达上帝的旨意。她说哪怕是抛弃丈夫的想法都会让我的灵魂遭受永恒的诅咒。她说她会用尽她的一切力量来帮助我,只要我能打消这恐怖的计划。她说她和哈里在听闻我写信向奥尔巴尼公爵求助之时，感到惊骇万分。她说我向全世界揭开了我的耻辱，我没有离婚的理由，连提及这等罪孽的理由都没有。她说她无法忍受我一意孤行，正朝地狱堕落，还说我当初要是随着詹姆斯的父亲一起死去，对詹姆斯会更好——那样他便不必知晓自己有一个荡妇做母亲。

她真心宁愿我去死，也不愿我蒙羞吗？

我沉默地读完了她的信，然后走到壁炉边，炉里只有零星的火苗驱赶着夜晚的寒冷。我把信放到火上，它被点燃了，红色的漆印在火烤下扭曲翻动，丝带燃烧时发出些许噼啪的声响，接着这便成了一摊木柴上的灰烬。

我的亲姐妹真心宁愿我去死，也不愿我蒙羞吗？

如果她心中只念着上帝的言语，而不是她想要讲给我的话，那她肯定从没爱过我。如果她心中只有离婚这桩罪行，而没有罪妇——我，一个孤独不幸的女人——那她肯定不曾在乎过我。我已经失去了自己的丈夫，曾被公开地侮辱，惧怕成为罪人，又远离了上帝的恩典，难道她不明白我已然为此伤心欲绝了吗？

我想象着她看到玛丽试戴王冠的场景，两个王国之内最美丽的年轻女人，长久以来，不费吹灰之力地就能让凯瑟琳自惭形秽。我想象着她得知贝茜的宝贝男孩被取名为亨利·菲兹罗伊时的场景，所有人都明白国王已经承认了这个孩子是他的骨肉。我想象着如凯瑟琳这般骄傲的女人，在自己的王宫里跌落到了次要的地位，她的腹中和摇篮中都没有儿子，随着时光流逝，她生下儿子的概率更是愈来愈低。此时她的心情究竟如何？我想着——好吧，她不必冲我发泄怨气。

查德沃斯神父一声不吭地看着我烧掉信件。"那么，"他问道，"他们说服您忏悔您的罪孽了吗？"

"不，"我说道，"他们没有说一句安慰我的话，也没有给我一丝希望，让我以为他们会帮忙。"

"他们不会这么做的,"他肯定地说,"他们不会提供任何帮助,除非您向您的丈夫妥协。您没有选择。我来此就是为了告知您,您没有选择。没有您的丈夫在身边,您将无法获得英格兰的支持。没有英格兰的支持,您将无法号令议会。没有您的议会,您将无法统治您的王国,而且您将无法再见到您的儿子。他会无父无母地长大。他会成为一个孤儿。"

房间内一片死寂。我惊讶于他竟可以残酷至如此地步。

我低下头。"很好,"我只说了一句话,"你赢了。"

我接受不了和阿奇博尔德在公开场合会面。我感到无比难堪,就好像我才是那个偷了人、犯了通奸罪的小偷。我知晓我的侍女会因为我接纳他回来而看不起我,我儿子会听说此事然后认为我没有尊严,是一条丧家之犬。所有在贝里克见过我当初那副相思成病的傻样的人,都会认为我再次被欲望冲昏了头脑。所以我下令让他必须来塔楼顶,那是我在高空中的石墙小屋,那是——很久以前——我的丈夫詹姆斯同我道别的地方,他还曾告诉我别在这里守望。侍女将阿奇博尔德送到旋转楼梯处,我听见他的马靴和石头碰撞的声响,随后她关上了塔底的门,没人能够听到我们之间的谈话。她以为自己在遮掩一场幽会,她以为这道门能隔绝欢爱的动静。

他走到了塔楼狭窄的门道前,低头穿过门梁,我非常生气又非常难过,浑身都在发抖。他跪在我的脚边,一言不发,犹如一名悔过的朝圣者。他拉住我的手,觉察到了我的颤抖,我冰凉的手指让他惊呼出来。

"我的爱人啊。"他开口。

"你没资格这么叫我!"我哽咽着。

他使劲摇头。"没有一点资格。"

"你偷走了我的租税!"

"上帝饶恕我。可我是出于好心才一直管理你的封地,保护你的佃农,维护你作为领主的好名声。"

"你让其他女人坐在我的位置上!"

"亲爱的,亲爱的,没有女人能取代你。原谅我吧。"

"决不。"

他低下头。"你的确不该原谅我。我就像个疯子。你那么好,我配不上你对我的好,但请允许我待在你身边,乞求你的原谅。我不想背负着良心上的谴责死去。我的意志与幸福,不论是事业上还是生活上,都被我们的困难所摧毁了。为了向你尽忠,我经历了可怕的事情,我必须反思那些为了夺回你的合法权力而犯下的恐怖罪行。为了守住你的王位,我犯下了违背上帝的罪孽,难怪我的愿望会落空,我的决心没能坚持到底。"

他抬头望着我。"我没办法再坚持了。我没有了继续的勇气,"他说道,"有那么疯狂的一到两个月,我以为我兴许能逃跑。有一瞬间我想到,我可以做一个内敛的男人,在一座小房子里做一个陪着妻子和小女儿的男人。德拉巴斯蒂死后,你没能夺回权力,且又怪罪于我,当时我只想逃跑。我觉得我实在枉负了你——我做了那么多却还是失败了。我的爱人啊,我的妻子,我不该一走了之,我错了。我现在已受到更伟大的感召,要来做你的丈夫。求你原谅我曾经辜负了你,我再也不会令你失望了。"

"你想要摆脱这一切的麻烦?"

他埋着头。"这是我唯一一次的怯懦。在这五年之间,我看不到带领你走向胜利的道路。这都是我的错。我以为要是我没能把你的儿子交还给你,没能把你的权力交还给你,那我最好什么也不做,离开这里。我甚至想过自杀,想过我若死了,你会否好过一点。"

我随即握紧了他的手,他感觉到了,然后抬头看向我,对我微笑。仿佛他在触碰我——他的微笑,那孩童般的甜蜜微笑宛如爱抚,宛如心底隐秘的冲动。他了然于心。他很清楚,哪怕是想到他死去,我都会不忍心。他的声音温柔又亲切。

"你明白吗,如此勇敢的你,能理解我想要当一个小人物的想法吗?你能想象到,我想要的可能只是简单点的生活,娶一个普通的女人,在自己的小世界里做一个无名之辈吗?就只有一瞬间,短短的一瞬间,我无法成为那个伴随在你——我激情万丈的妻子——身边的男人。"

"于是你就离开我,去找了她。"我低声说道。即便到了今天,一想到他会喜欢另一个女人,我都心痛不已。

"啊,玛格丽特,难道你从没有过逃离这一切,前去英格兰的想法吗?没想过回到你的少女时代?"

"哎,是的,有过。自然有过。"我没有告诉他,我曾乞求着要回去,而他们拒绝了我。

"那就是我过往的感受。我曾幻想过,我也许会和曾经许诺过要娶的那个姑娘生活在一起,在一座我们可能会拥有的小城堡里面。我觉得我应该远离议会大臣们,远离你和这个宫廷。我觉得你不需要我,没有我你会做得更好,你可以和阿兰伯爵詹姆斯·汉密尔顿一起治国;你可以写信给奥尔巴尼公爵。我以为若是没有我拖累你、让你蒙羞,凭你的尊贵身份,可以同这些高贵的大人们自由地商谈。我明白是我妨碍了你得回你的儿子。我以为没了我,你会过得更好。议会仇恨我,害怕我——我想让他们看到没有我在你身边的场景。我以为这是我能为你做的最后一件事,最能让你满意,最能表明我深爱着你的一件事:还你自由,不受我的束缚。要是你真心想摆脱我的话,我觉得我应该给你一个否定这段婚姻的理由,我以为我能为你做的最好、最善良的事,便是放你走。"

"我没法儿摆脱你,"我冷淡地说,"他们不允许。凯瑟琳不允许。"

"我也做不到,"他说,"有上帝的见证,还有我心里对你的爱,我无法离开你。所以我来到这里,匍匐在你的脚下。我属于你,直到我死。我们经历了分离——这并非第一次——而我回到了你身边。接受我吧,接受我吧,亲爱的,不然我就去死。"

"我不得不接受你回来,"我说道,"我的姐姐坚持如此。哈里坚持如此。"

他低头抽泣了几声。"感谢上帝。"

"你可以起身了。"我不确定地说。我不知道是否该相信他。

他没有像一个哀求者那样缓缓起身,站到我的身前。他一下站直了身体,紧握住我的手,拉住我,让我贴近他。他的整个身体都紧挨着我,一只手臂放在我腰上,另一只手摸着我的下巴,抬起我的脸,然后吻了我。我登时感到欲火在我体内腾起,犹如一波新潮,混合着释然、欢喜与嫉妒。我本已忘记了这份欢愉:他的触碰,他的气息,而此刻我又感受到了。同时我又想到,我从珍妮特·斯图亚特身边抢走了他;我第二次从她身边抢走了他。我在他心中永远是第一位,这理应如此。

"你离不开我,"他一边吻我,一边对我说,"你永远都离不开我。我们永远都离不开彼此。"

1519年秋

苏格兰　爱丁堡　荷里路德宫

我们耀武扬威地回到了爱丁堡。阿奇博尔德的士兵吹着风笛敲着鼓，护送我回到爱丁堡，全城的人走出家门，走出马厩，走出商店，放下买卖，出来围观这位遗孀王后和她英俊的丈夫骑马回到荷里路德宫。众人热情呼喊着，我又一次在我的都城受到了欢迎，我必须将这一切展示给我的儿子，我的小国王。有些人冲阿奇博尔德大喊叛徒，呵斥我让一个叛徒跟在身侧，我置之不理。做一名忠诚的苏格兰人有很多种方式，阿奇博尔德的方式不过是与汉密尔顿家的方式不同罢了。有些人把他们的钱包举过头顶，不停挥动，我一下脸红了，看向阿奇博尔德；他一脸怒容。这群人的意思是他收了英格兰的钱，他被托马斯·戴克用托马斯·沃尔西的钱收买，为我的国王弟弟卖命。这群人的意思是他这个人这么轻易被收买，又轻易被出卖，他是英格兰人的奴隶，而非自由的苏格兰人。

"我要把他们全部都抓起来。"阿奇博尔德咬牙切齿地说。

"不行，"我急切地说道，"让民众牢记我们回归的这一天，风平浪静的一天。"

"我不能受此侮辱。"

"这算不得什么，什么都不是。"

王宫里的一切都温暖舒适，宫里又有了配得上遗孀王后身份的家仆，马房中骏马充盈，厨房里厨师都在。阿奇博尔德支付了全部的账单，他说只要我想要，就可以随意买。他拉着我在宫殿里跳舞，逗我发笑，说我必须派人去请一堆女裁缝，给我自己添置新礼服，还要给我们的小淑女玛格丽特做几身，她因为又看到了她的爸爸，正欢叫着拍手，小狗似的跟着他的脚步转。他说我们要隆重地享用晚宴，所有人都会来求见我们，我们必须端严庄重，我们的确如此。

"可开销……"我不赞成地说。

"这事交给我。"他说道。他语气威严。"我有你弟弟的信任，而且他会送钱给我，资助你实现你的诉求。我有你的租税，还有我自己的财产，这全部都献给你。你眼中的一切都要臣服于你，你是王国的王后。更甚之，你是我的王后，我是你最谦卑的仆人，"他笑了，"您请拭目以待吧，今晚，当他们为您端上烤肉时，我会为您切好肉片的。"

我忍不住跟着他一起笑了出来。"那可真是很久以前的事了。"

"那是我一生中最幸福的时光，"他对我说，"仅在须臾之间我就爱上了你，爱你那么深，然后我也开始明白，你可能也爱着我。这并不久远，恍如昨日。"

我想要相信他。我当然想要相信他。他竟然回到了我身边，这仿佛是一场梦。我想凯瑟琳如果说对了，如果这是上帝的旨意，让一对夫妻永不分离，那么阿奇博尔德的回归便是天意。阿奇博尔德和我又在一起了，我们的婚姻受到保佑，苏格兰也将回到我的统治之下，并且恢复太平。我不想知道他的钱财源于何处，我不想考虑为何戴克免去了我的债务，我不想思考珍妮特·斯图亚特今夜睡在何处。

❖

我去看望我的儿子。他面对我时有些拘束，自从克雷格米勒城堡一别，我们再没有住在一起。"他们不让我和你一起生活,"我告诉他,"我很努力,很努力地想要来到你身边。有人不准我这么做。"

我不敢相信他只有七岁。他太小心翼翼了,回话都要斟酌字眼。"我告诉他们说我想要见您,但我还无权下命令,"他说道,"不过阿兰伯爵对我很恭敬,也很和善。他说奥尔巴尼公爵很快就要回来了,到时我们会迎来和平。他说到那时您就能作为母亲和我生活在一起了,我们会过得很快乐。"

"不,不行,苏格兰必须从法国人的手下解放出来,"我很认真地跟他说,"你是英格兰女人的儿子,你是英格兰王位的继承人,我们不想要法国顾问。千万不要忘记这点。"

戴维·林赛,我儿子长久以来的同伴与朋友,上前对我鞠躬。"陛下对自己的继承权十分自豪,"他谨慎地开口,"但他清楚他的法国监护人也是他的朋友和亲人。"

"噢,戴维!"我抗议道,"詹姆斯·汉密尔顿拿了法国人的钱,还称我的丈夫是个闹事分子!他可不会是我们的朋友!"

"陛下得和所有人成为朋友,"戴维平静地提醒我,"他不能被看出偏袒之心。"

这个小男孩的目光在我和戴维之间来回,似乎在纠结要相信谁,能相信谁。他是个没有顽皮捣蛋经历的男孩子,没有童年的孩童。"我真想向上帝许愿让你的父亲来教养你。"我伤心地说道。

他回头看我,黑色的大眼睛中闪着泪光。"我也是。"他说道。

✦

阿奇博尔德把我留在了荷里路德宫,说要去处理他的庄园事务。

"噢，我能和你同去吗？"我问道，"我和你一起骑马。我们要去哪儿？"

一丁点犹豫，一丝丝游移的目光，让我停顿片刻。"你要去打猎吗？"我问道，"阿奇博尔德，你要去哪里？"

他靠近我，不让周围的人听到他的话。"我要去见托马斯·戴克，"他在我耳边说道，"我要去处理你的事情，亲爱的。我要在晚上骑马赴会，打听你弟弟的消息和计划，我很快就会回来。"

"告诉戴克勋爵，我们得和那位法国摄政公爵谈条件，"我说道，"我们不能反对詹姆斯·汉密尔顿担任代理摄政官，而且奥尔巴尼公爵迟早会回来。我们必须和他二人合作，且必须让我获得摄政权，以及詹姆斯的监护权。"

"奥尔巴尼不会回来的，"阿奇博尔德向我承诺道，"他绝不会回来。这是你弟弟的意愿，也是我想要的结果——我们绝不会再见到他。你弟弟帮了我们很多。他把奥尔巴尼困在了法国，还把不准奥尔巴尼踏入苏格兰这件事写进了和法国的和约里，他帮了我们一个大忙！只要没了奥尔巴尼，汉密尔顿就再也当不了其他氏族的领袖。他可以称呼自己为代理摄政官——可以随意选取他的称号——但法国人不会支持汉密尔顿对抗英格兰。只要我们准备就绪，就可以摧毁他。"

"不，不行，"我说道，"不要再有争斗了。我们必须不遗余力地守住和平，直到詹姆斯长大成人，登上王位。不管汉密尔顿还是奥尔巴尼，不管是摄政公爵还是代理摄政官，都必须执掌议会，让这些领主和平相处。我必须与他们合作。"

"我会把你的想法告诉戴克，"阿奇博尔德向我保证，"你明白，我只想为了你的儿子维护苏格兰的和平。我别无他求。"

我们互相把手搭在对方的腰间，像一对交缠的年轻爱侣，然后走到了马厩院子。在楼梯转角处没人能看到他是怎样拥着我、我是怎样挨着他的地方，我亲吻了他，向他道别。

"你会在明晚回来吗？"我渴求地问道。

"明晚之后，"他说道，"天黑后，边境地区并不安全。"

"别冒险。再留一晚，不要日落之后还骑马赶路。"

"我会安然无恙地回到你身边。"

"两个晚上。"我呢喃着。

"绝对守时。"

"您知道他在哪里吗？"詹姆斯·汉密尔顿，那位代理摄政官询问我，"这是常识。"

我从他的语气中听到一丝寒意，仿佛他把冰冷的手放到了我的后颈。"什么常识？"我回问道。

得知詹姆斯·汉密尔顿和那群支持法国人的领主们正在城市南部的野外和沼泽地打猎，我骑马走出了荷里路德宫，穿过修士门，在那座人们称之为"亚瑟王座"的巍峨高山附近骑行。阿兰伯爵汉密尔顿私下给我送来一条讯息，告诉我他想要在城内隔墙无耳、窗外无人的地方和我密谈，还说我须得知他要说的内容。我当然会想听听他对苏格兰的规划，法国那边传来的什么消息，但我不想听到关于我丈夫的绯闻。

"阿奇博尔德去边境视察他的庄园了。"我淡定地说。我攥着马鞍的鞍头，因为太用力，我的马转动着它的头，走得十分谨慎。"我们的庄园。他重视我的封地。他只去两个晚上。"

"我很遗憾地告诉您，殿下，他不过又是在骗您。他去了纽瓦克城堡，找珍妮特·斯图亚特，"他直白地说，"我想您不知道此事。"

"我当然知道,用不着你来告诉我。"我语气尖锐。我说得一本正经,但我有一种预感,近乎不祥的预感。我不想这位老朋友再告诉我更多细节了。当我还是一名公主的时候,这个男人就在我父亲的王宫里见过我,他认为我配得上一位国王,我不想让他认为我是一个依附于一位不忠诚的丈夫,还任对方在全世界面前使我蒙羞的傻女人。

"其他人谁会告诉您呢?"他问道,"谁在您这一边呢?他的整个氏族暗地里都对他宣誓效忠。戴克维护他,是因为戴克用英格兰的黄金将您的丈夫收买得彻彻底底。您的姐妹们难道没有给您建议吗?"

我不情愿地摇头。"她们不会出言反对一桩合法的婚姻。"

"所以您没有可咨询之人。"

在我们周围,我的侍女在与詹姆斯·汉密尔顿的下属聊天。这些下属们带着猎鹰打猎,猎鹰停在驯鹰人的拳头上,只要一声令下,它便会立马飞出去。猎人的助手会把所有猎物赶出来,驯鹰人则放出所有的鸟,它们一飞冲天,在我们的头顶俯瞰一切。在那万丈高空中,我们什么都不是,不过是身处在这片地图上都没有记录的野外之上孤零零的几个人影罢了。

"我有顾问,"我冷冷地说,"他们会提醒我。"

"您没有。托马斯·戴克是您丈夫的主人,他不会提醒你提防他。戴克为英格兰国王效力,并不为您。他们收买了您的丈夫,不会有人告诉您这件事。"

这几乎切中我的要害,我甚至无法立即回答。我干笑了一下。"假如戴克收买了他,那戴克会命令他忠诚于我,做我的人。詹姆斯,你不该来警告我。阿奇博尔德与我已经和解了,我们之间再无分歧。他会回家,回到我身边。你不该出言离间一对夫妻。"

"噢,他是您的丈夫吗?我以为他在先您之前就已经娶妻了?戴克对此是毫不在意,所做的一切就是确保他站在英格兰人那头,戴克不在意他睡在谁的床上，住在谁的家里。道格拉斯窃取您的租税、对您不忠之际，托马斯·戴克有不同的看法。托马斯·戴克可能会告诉国王，您的丈夫不是苏格兰国内的模范丈夫，但是他不想提醒对方红道格拉斯家族会击垮议会，因为英格兰对苏格兰的影响才是戴克眼中的唯一要务。而他坚信确保这一点最安全的做法，便是维系阿奇博尔德与您的婚姻，于是您便处在了他的奴役之下。"

"我不会被人利用！"我激动地说，"我不会任人侮辱，我没有受人奴役！"

"您必须自己判断，"他平静地说，"但是我告诉您，您称之为丈夫的那个男人今晚会在另一个女人的床上安逸地入睡，况且他还称那个女人为他的妻子。他唆使议会作伪证，他奉迎您，是为了孝敬他的幕后主使：英格兰。"

"我是摄政王后。"

"那就快行使您的权力吧。和我，和奥尔巴尼公爵协力，把这个叛徒赶出我们的事业。"

"万一奥尔巴尼不回来了呢？"

"他会回来的。他清楚他的使命是要让你的儿子安全继承王位。他回来是为了实现你的利益。"

"我是英格兰的公主，你的国王陛下迎娶我之时就已知晓。你也很清楚这点，我还是一个小姑娘时你就来伦敦看过我。我的婚姻是为了联合英格兰与苏格兰。我来到这里是为了打破与法国的联盟，而不是维护它。"

"詹姆斯国王说过他会把你变成苏格兰人，让你的儿子成为真正的苏格兰人，在血统上，在教育上，都是真正的苏格兰人。"汉密尔顿轻柔地对我说，"您以为当他冲向弗洛登时，是想要和你的亲人们和平相处吗？他早知无法与英格兰人达成一致。况且您的全部亲人，那些英格兰人也表明了他们没那么关心您。他们毁掉的并非只是苏格兰的和平。对他们而言,对他们中的任何人而言,你的安宁和幸福都无关紧要。"

我双手握紧,手指深深陷入马匹的鬃毛里。詹姆斯·汉密尔顿说的都是真的。没人在意我的安宁与幸福,甚至连我的姐妹们都不在乎。所有人一心只想要确保我不会拖累他们。"要是奥尔巴尼公爵回来了,你能发誓我性命无忧吗?我能见到我的儿子吗?我能出席议会吗?"

"他会与您分享执政权,"他向我保证,"但不会与安格斯伯爵分享。决不。我们全都不相信他。但是我们相信您,您本人。您可以与公爵联合摄政,拿回您的权力,您儿子也会回到您的监护之下,而且还有法国的财富与权势支持您。"

"我会给他写信。"我决定了。我无法相信阿奇博尔德,同时也觉察到我的姐妹都为了她们各自的目的背叛了我,凯瑟琳的铁石心肠,玛丽的不知世事——这一切都刺激着我要为自己谋利,要对付他们所有人。"我会给公爵写信,邀请他回国。"

毫不意外,我一有任何风吹草动,托马斯·戴克立刻就能知晓。到处都有他的眼线。他写信说他知道了我曾秘密会见詹姆斯·汉密尔顿及他的下属。他十分焦急,就有如同凯瑟琳担心一桩婚姻的名誉那般,说我在夜色遮掩下,只身一人前去,会有损我的名声。他知道了在我丈夫离家期间,我偷偷摸摸地在晚上出门,我的行为简直令人惊骇。他不得已要告诉我的国王弟弟,我眼下已被众人视为阿兰伯爵詹姆斯·汉密尔顿的情妇了。

我轻蔑地给他回信。戴克竟敢污蔑我的名誉,这让我大发脾气。看着吧!我说,我已经写信给奥尔巴尼公爵,邀请他回国,作为摄政公爵管理国家，因为这个国家已经分裂为一个野蛮残暴的国家，领主之间互相残杀，当中过半的人都被英格兰所收买，要让苏格兰四分五裂。我说我不得已听从议会大臣们的话写下那封信，因为戴克和我的丈夫都未能保护我不受议会控制。我不得不居住在苏格兰，不得不和领主们和解，我必须要见到我的儿子，戴克你到底帮不帮我？

这就是女人的处境：一旦她们为了自己而行动起来，便会被称为罪人；一旦她们享受了成功，便会被称为荡妇。托马斯·戴克从未向我伸出援手，帮我夺回阿奇博尔德窃取的租税，也没让他做一个好丈夫。连詹姆斯·汉密尔顿和议会大臣们，都已经同意让我拿回自己封地的租税，托马斯·戴克这么做过吗？他的沉默就是最响亮的回复。

阿奇博尔德也没有吱声。于是我知道了，戴克已经告诉了他，也告诉了我的弟弟，还有我的姐妹们，戴克认为我让詹姆斯·汉密尔顿做了我的情人，还怂恿奥尔巴尼公爵回到苏格兰。我甚至不清楚该到何处去寻找阿奇博尔德。我不会派信使去纽瓦克城堡，我一刻都没有认为过他会在那里，和珍妮特·斯图亚特在一起。但要是他不在那里，会在何方呢？而且，早已经过了他承诺的两个晚上，他为何还不回家？他为何不派人送消息给我呢？

我孤零零一人躺在我们那张大床上，盖着冰凉的被子，许多个夜晚过去后，我意识到他可能再也不会回来了。戴克提醒过他，我知道他去了纽瓦克城堡，珍妮特·斯图亚特会乞求他留下来陪她。他是边境领主，早已习惯了时运的无常变化。他不在乎会被抓住。他不在乎我知道他的栖身之处。他没有回到爱丁堡，我也没有去宫殿里找寻他。我觉得他就像秋日的天空中飞过那一群迁徙中的乌压压的野鸭。他来了又走，没人知道原因。我自然也是不知道的。

然而随着天气渐冷，银桦树叶子变黄，在冷风中瑟瑟发抖；我们在水光粼粼的湖泊旁边骑马散步，橡树叶晃晃悠悠地飘落到周围，这时我收到一个从法国漂洋过海来的包裹，里面是摄政公爵本人所写的一封信，信上说他还需要在法国停留一段时间（他没有明说，但我猜他被我弟弟和法国的弗朗西斯的和约给困住了）。同时，他顺理成章地建议我应该直接走到议会大臣面前，担任他指名的代理摄政官。我将再次摄政；我可以代替他的职位。

我不敢相信他的信居然如此温和。至少有人为这个国家着想，至少有人为我着想。这当然是正确的解决办法。这份摄政权是已故国王想要留给我的，也正是我想要获得的。谁会比国王之母本人更适合摄政呢？任何见识过我祖母如何打理英格兰的人都会明白，管理国家的最佳人选就是国王的母亲。奥尔巴尼明确表示他认为阿奇博尔德是戴克的探子——他的小猎犬，他的狗腿子。阿奇博尔德收下了英格兰的先令，将再也不会得到苏格兰的信任了。我——一位英格兰的公主——将要变得更加独立，这可真够奇怪的。

我会接受他的托付。这对我来说是正确的解决办法，就算它会让我成为法国人的坚定盟友。奥尔巴尼为我做了件好事，以此回报我主动承担起的责任。他告诉我他要前往罗马，他和梵蒂冈的人有很深的交情。作为摄政公爵，苏格兰全境的教会圣职都受他庇护，他在教会里有权力，能够直接求见教皇本人。而且他还主动提出帮我和阿奇博尔德离婚——如果我想要的话。如果我认为我的丈夫为了另一个女人而抛弃了我，我想要摆脱他的话。

我仿佛置身于塔楼楼顶那间狭小的瞭望石室内，此刻终于呼吸到了洁净的空气。我可以获得自由。我可以违抗凯瑟琳，还可以让阿奇博尔德为他公开的通奸罪行受到严惩。凯瑟琳也许得忍受一位不忠的丈夫，还要假装他那个健康的儿子从未出生，但我不必如此。她可能是比我更温顺的妻子，无怨无悔地接受丈夫所做的一切，但我会是比她更成功的王后。我会拾起那份独属于我的权力。我们最终会看到谁的声望更高。

　　我心中翻涌着万千思绪，轻率又欣喜。阿奇博尔德可以去做珍妮特·斯图亚特的丈夫，她可以拥有他；而我不会是他登上摄政之位的垫脚石，不会成为他接近我儿子的吊桥，充当他获取权力的通道。他可以留着珍妮特·斯图亚特和她无趣的女儿，还有他的平淡生活，但我要丢掉他，成为苏格兰的摄政王后。有了法国人的支持，无须英国人，我也会成为苏格兰的摄政王后。我会忘掉那些对我弟弟的期望，如同他忘记我一般。我将不再渴望我姐妹们的关爱。凯瑟琳可以和我断绝关系，玛丽可以满脑子想着她的兜帽，如果我真没了姐妹，那便如此吧。我是国王之母，摄政王后，这可比当某个人的姐妹、某个人的妻子更美妙。

1520年春

苏格兰　爱丁堡城堡

我的新身份——苏格兰的摄政王后以及议会首领——终于得到了大臣们的认可。我获准进入爱丁堡城堡见我的儿子，只要我愿意，我甚至可以留在城堡里。他们不再担心我会带着他逃往英格兰了，不再认为我会把城堡的钥匙交给道格拉斯家族的人了。大臣们开始信任我，开始认识到我要活下来见证我的儿子成为一国之君的决心。我们一致同意英格兰是一个不好对付的邻居，离得最近，危害最大。我对众人坦承了我的失望，英格兰对苏格兰最大的影响源不是全力维护和平的我，而是致力于挑起动乱的托马斯·戴克。我言辞谨慎地让他们确信阿奇博尔德的言行都不代表我，他仅仅是我名义上的丈夫，不能把我的利益交托给他。我与他已经公开决裂了。大臣们也用词小心地告诉我必须以叛国罪指控他，因为他的所作所为背叛了苏格兰，他是我弟弟的间谍。我点头同意。他们不必多说了。我已经看清了，阿奇博尔德背叛了他的国家，也背叛了他的妻子。

"那您是否同意我们签发一份以叛国罪逮捕他的状令呢？"他们询问我。

我犹豫了一下。叛国罪的惩罚是死刑，除非他能获得赦免。我心血来潮地想到阿德可能会求我赦免他，那样我可能处于上风，又可能原谅他。

"逮捕他。"我说道。

令我无比开怀的是,我能够进入我儿子的寓所,他上课时,我和他坐在一起听,他空闲时,我和他一起玩。我们一大清早就在城堡的城垛上碰面,早餐都还没吃,排练戴维·林赛写的一部三幕喜剧。詹姆斯、戴维,还有我,我们三人就是我们自己这部小小假面剧的演员。我们要在晚餐时间为整个宫廷表演,随着日头逐渐升高,屋顶瓦片上的冰霜开始融化,排演开始了。

这部戏的原型是一则古老的寓言,关于狐狸和葡萄。我坐在城垛上,对着想象中的葡萄背诵一首诗,葡萄挂得太高了,触不可及,悬在我们的头顶,随后引发了各自的推理——为什么葡萄并不真的好吃。戴维说出这些葡萄是英格兰产的,而且价格太贵了的时候,他真是好笑得出奇。你得买这些葡萄,但你也得给为葡萄藤攀附的墙、为葡萄藤生长的土地掏钱;还要给浇灌葡萄藤,让它们成长的雨露掏钱;还要给照耀在葡萄上,让它们成熟的阳光掏钱。这些英格兰人还要期望你为尝到一口他们的葡萄而感恩戴德,再打赏一点钱给园丁。詹姆斯笑啊笑,笑个不停,接着是他自己的一小段法语戏,他说这些葡萄非常美味,但还是比不上我们在波尔多的葡萄,没有比波尔多葡萄更美味的水果;我们要是还有点理智,都会把眼前这些葡萄藤全砍掉,然后用这些木头造一艘船,漂洋过海去波尔多,在那里买葡萄。

现在轮到我了,于是我沿着城墙大摇大摆地行走,把托马斯·戴克咆哮的样子模仿得惟妙惟肖,这时城下有个东西吸引了我的目光,闪亮的金属反射着春日的阳光,我问:"那是什么?"

戴维顺着我的目光看去,脸上的笑意流走了。"士兵,"他说道,"道格拉斯家的。"

他一句话没有多说,转身冲着闸门处站哨的卫兵吼道:"你瞎了吗?"

他咒骂个不停,"放下闸门!"

我用力抓着詹姆斯冰凉的手,听到闸门砰的一声落下,铰链在轮盘上摩擦出刺耳的声响,吊桥升起并上了锁,不住地发出沉闷的嘎吱声。我们听到城堡到处都响起了号角声,号召男人们赶到各自的集合点,我们听到大炮被推出来的轰隆声,还听到咆哮的命令声,卫兵受命从一个哨岗跑到另一个哨岗,所有人都看向了那些狭窄的街道。

"发生了什么?"我质问戴维·林赛。

"詹姆斯·汉密尔顿以叛国的罪名逮捕了您的丈夫阿奇博尔德·道格拉斯,"他镇静地说,"看上去事情进展并不顺利。"

"阿奇博尔德在城里?我都不知道。"我朝下瞥了一眼,瞧见我的儿子詹姆斯正望着我,他眯着眼睛,就好像他明白眼前这一切,就好像他能看穿我,能看透我的话,看到真相。"我不知道,"我告诉他,"我发誓我对此一无所知。我不知道议会传唤了他,也不知道他在这里。"

"您不知道,他们没有告诉您,"戴维·林赛说道,"法律规定,妻子不可以对她的丈夫有所隐瞒。要是他问起您任何事,出于义务,您都得回答他。他们想让您免受于此等烦忧——他们不想您知道。"

"詹姆斯逮捕了阿奇博尔德?"

"看上去道格拉斯家族似乎还在抵抗。要我去打听一下这些事吗?"

"快去!快去!"

他一会儿就回来了。

"发生了什么?"詹姆斯问道,听到他小国王似的发问,我面露微笑。戴维没有笑,只是回答了我们两人,他的两位主人。

"正如我所料,议会封锁了城门,把阿奇博尔德和他的家仆扣留在了城内,可之后却发现寡不敌众——城里的道格拉斯有五百口人,个个都备好了武器,准备动武。"

在我们脚下，我能看到奈特堡门紧闭着，门边所有房屋的栅门和百叶窗也都紧锁着。我还看到，王家英里大道沿街的每家每户都匆匆关上大门，男人女人们都从街上消失了，他们回到屋内，关上窗板闩上了锁。商人们迅速拆卸了用以展示货物的搁板桌，那些为了做生意而一大早热情敞开的门窗也都关闭锁紧了，每个人都知道将有大祸发生。

"伯爵逃跑了，还带兵朝城堡逼近，似乎是要夺取城堡和您，还有国王陛下。"戴维说道，阴沉的脸上满是担忧。

"城堡的侍卫长不是应该带着侍卫进入城市，维护秩序吗？"我问林赛。

他摇头。"他们最好留在这里保护国王。"

詹姆斯再次用深沉而若有所思的眼神注视着我。

"去里面。"我紧张地说道。

"我想要看看。"詹姆斯开口说了第一句话，"看。"

随着第一缕阳光越过高山，我们可以看到行人就像油光水滑的耗子，在每条隐蔽的巷子、房屋之间每座院子、每条鹅卵石街、每条狭巷之中无声而快速地跑进跑出。

"是道格拉斯家的人，"戴维·林赛说道，"他们起得很早。就像策划好的一样。"

"接下来会发生什么事？"我儿子发问。他的话语中没有害怕，而是有种客观上的好奇。这不是一名八岁男孩的反应。这不是他该看到的场景。

"我们最好进去。"我提议。

"留下来。"他说，然而我也同样被城堡下面这出正在上演的好戏给迷住了。

我看到城门处的一个卫兵推开了警卫室的门，咆哮着吼出了一声警告，霎时间所有门都被推开，汉密尔顿家的人冲了出来。第一个冲进一群拿着斧子和长枪的战士之中，在一阵攻击之下，瞬间倒地，然而所有听到那声警告的人那挣扎着走出了他们的房子，拍着自己的头盔，喊叫着求助。有火绳枪的声响传来，还有人受伤喊出的尖叫，接着我们看到火焰翻滚，黑烟腾起，还听到了更多尖叫，许多人被困在楼房里，活活烧死。

"天哪，上帝救救他们！"我惊呼道，"戴维，我们必须派侍卫去阻止这一切！"

他摇头，望着下面的城镇，他的大脸因为悲伤而颤动，眼中也包满泪水。"人手不够，没法阻止，"他说道，"我们的人手少到只能坐以待毙。这是苏格兰人在互相残杀，我们不该再送更多苏格兰人去死。"

詹姆斯沉默地看着。

"快走。"我对他说。

他落在我身上的眼神里燃烧着怨恨。"这些都是道格拉斯家族的人？"他质问着我，"你丈夫的人？杀了我们的人？汉密尔顿家的人？"

"这不是我干的。"我绝望地说。

我们能看到，在下面，道格拉斯家族已经占领了主要道路和小巷，正在伺机而动，就像捕鼠人，等着汉密尔顿家族的人从起火的房屋中冲出来，为自己的性命奋力一搏，抗击这群武器比他们精良，准备比他们充分的敌人。我们看到了手枪中冒出的青烟，甚至能听见濒死之人的号叫。这是一场恐怖的战斗，肉搏战发生在每个街区窄巷里，就算有人跪下大声求饶也绝不会被给予一丝仁慈。道格拉斯家族被暴力和胜利冲昏了头脑，他们刺杀、追赶汉密尔顿家族的人，甚至被敌人的尸体绊倒，他们一路狂奔，街道的鹅卵石上浸满鲜血，让他们打滑摔倒。整条王家英里大道，从这头的城堡到山脚下的荷里路德宫，全是扭打在一起、持刀捅人的凶犯，人人都赤手空拳地相互搏击，爱丁堡已不再是一座城市，这里是屠宰场，是杀人放火的不法之地。

"去礼拜堂吧！"我对戴维·林赛和我儿子大喊道，"看在上帝的分上，让我们去祈祷吧,祈祷这一切快停止。"他二人脸色刷白,同我一道转身了。我们几乎跑着下了城墙楼梯,有士兵挡在我们的路上,正在把大炮向下瞄准,以防止道格拉斯家族为了抓我们而爬上城墙。我们推开了这些挡路的人,飞速穿过一道狭窄的门,进入了圣玛格丽特礼拜堂,三人肩并肩地跪在了小圣坛面前。

礼拜堂里的平静顷刻就感染了我们。我们能够听到外面的枪火和嘶喊,能够听到这座堡垒里为迎敌而准备的动静,但这一切都被挡在了外面,显得十分遥远。我双手合拢,但立刻意识到自己连要祈祷什么都不知道。就在外面,我的丈夫,前任伴侣,我的爱人,我女儿的父亲,正在攻击苏格兰唯一的希望——我的朋友兼盟友詹姆斯·汉密尔顿。他们的追随者有一千人,在狭窄的巷道里来回奔跑,想要冲出门口,恰如走投无路的老鼠,挣扎着想要逃出漆黑庭院里的陷阱。许多人在爱丁堡的大街小巷里赤手空拳地缠斗,边境的混乱蔓延到了都城的中心。这是苏格兰的末日,我的希望的结束,和平的终结。

"万福玛利亚,无上圣宠,与主同在。您在妇女中受赞颂,您的亲子耶稣同受赞颂。圣玛利亚,天主之母,求您此时和我们临终时,为我们罪人,祈求天主。阿门①。请为我们祈求,"我加了一句,"请为我们祈求。"

我的儿子抬起头,直视我。"他要来了,是吗?"他只是单纯地提问,"阿奇博尔德·道格拉斯,你的丈夫。等他杀光了外面所有的人,他就会找到我们头上。"

战斗持续了几乎一整天,但我和詹姆斯一直留在这间小礼拜堂里祈求

---

① 原文为拉丁语版《圣母颂》。

和平。下午时，侍卫长进来汇报情况，我让他跪在我身侧，告诉我消息，似乎此处神圣的寂静可以安抚他语言中的恐惧。

"红道格拉斯家族攻占了城市，"他说道，"街上伤亡近一百人。正在用瘟疫车清理堤道上的死尸，就在我们把自己封锁在城堡之内不敢轻举妄动之时，外面已经爆发了一场战争。"

"你得保卫城堡，保护国王。"我坚定地说。

"可是代理摄政官詹姆斯·汉密尔顿差点就被杀了，"他说道，"我们没有保护他，我们没有保护国王的和平。"

"詹姆斯·汉密尔顿逃脱了吗？"

"他骑着一个送煤工人的驮马逃脱了，"侍卫长紧张地说，"从战场跑走了，然后他游过湖泊，到达了对面的安全地带。大主教詹姆斯·比顿被从藏身处，黑衣修士会的大圣坛背后给拖了出来。本来他要被乱刀砍死，但加文·道格拉斯说杀死主教罪大恶极。"

"我丈夫的叔叔在那里指挥这群暴徒？"

"他是个彻头彻尾的道格拉斯，不配当牧师。"他粗暴地说。

"是道格拉斯家的暴徒？"

"是红道格拉斯家族攻击汉密尔顿家族。这是发生在城市街道上的氏族战争，虽然其中一方是代理摄政官，另一方是英格兰的走狗。"

"但他们饶过了比顿大主教？"

"是的，同时他们要求所有汉密尔顿家族的人，他们的亲戚、下属和朋友都离开这座城市。眼下所有汉密尔顿家族的人都要离开了。"

"他们不能走。爱丁堡不能落入一家的掌控之中。"

"城门已经打开，汉密尔顿的人正在离开。道格拉斯家族控制了城市，很快您的丈夫就会命令我们对他打开城堡大门。"

我看到我儿子的目光转向我。侍卫长告诉我们这个噩耗之时，我儿子一直一言不发。我真想知道他这副没有表情的面孔背后到底在想些什么。我握住他冰冷的手。

"我们能撑一段时间吗?"我问道。

"撑到什么时候呢?"侍卫长急促地说,"是的,我们能扛住一段时间的围攻,但若是他引着英格兰的军队来攻击我们,那要怎么办?"

"我们能撑到围攻解除的时候吗?"我问道。

"谁会来解除这场围攻呢?"他提出了这个关键问题,"代理摄政官伪装成送煤工人逃跑了,躲在北湖那边的沼泽区。摄政公爵远在法国。您没有军队,而且您的弟弟并不会派兵攻击您的丈夫,那是他的自己人。谁会来救您和国王呢?"

我感到彻骨的寒冷。我把手放在我儿子的肩膀上,发现他的肌肉绷得跟弓弦那样紧。"你的意思是说我们得放道格拉斯家族进入城堡?"

侍卫长鞠了一躬,表情十分严肃。"我很遗憾,这就是我的建议。"

"由我丈夫领头?"

他点点头。

我看着戴维·林赛。"我没有在害怕。"我在撒谎。

✦

詹姆斯坐在会见厅的王座上,我以遗孀王后的身份坐在他身旁。詹姆斯·汉密尔顿骑着送煤工人的马躲在沼泽地里,我们无力抵抗阿奇博尔德,他走进房间,在詹姆斯面前跪下,然后抬起头对我眨眼。

"我回来了。"这是他唯一说的话。

1520年夏

苏格兰 林立斯戈宫

整个议会被道格拉斯家族把持了,由我大获全胜的丈夫阿奇博尔德领导。他清楚地表明他占领了城市,还占有了我。他要求我们应该如王室家庭那样一起生活,我身为妻子要在他的身边,夜晚在他的床上,白天在他的右边,我的儿子和女儿都由他监护:他是这个王室家庭的父亲与领袖。

我不会屈从于他。我不会让他占有我,就像我是他的战利品那样。我不会允许这个杀人犯上我的床。我不会让他碰我一下。一想到他在我的城市里安插他的人,还命令他们进行大屠杀,我就害怕得瑟瑟发抖。我的脑海中不断想起爱丁堡的民众,我的子民,那些将鲜血抛洒在鹅卵石街道上的人民,最后我离开了爱丁堡,去往林立斯戈宫独自居住。

我再一次与我的儿子分离了,我不得不离开他,留他被困在爱丁堡城堡。我也再一次失去了我的财产。阿奇博尔德得到了我的租税,他强占了我的封地,议会不敢抱怨。我不指望戴克勋爵会帮我,他是阿奇博尔德的朋友和买主。我不指望哈里会帮我,他之前还命令我回到我的丈夫身边,还说他愿意接纳我是我的福气。我没有给我出主意的姐妹,她们都没有来信。我非常孤独。今年的夏候寒冷潮湿,爱丁堡城中滋生了诸多疾病,甚至很多郊外的人们都害怕会暴发瘟疫。我没有给凯瑟琳写信,想想她会回些什么呢?我清楚她的想法,也清楚她有这些想法的缘由。我清楚她只要听到"离婚"这个词就忍不住会联想到她自己的生活,她作为哈里的妻子,年老色衰又膝下无子,地位岌岌可危如同蜡烛钟上晃动的火苗。不过后来,仲夏的时候,我收到了来自伦敦的一包书信。

第一封信来自我的妹妹玛丽。信上写到她春天的时候生病了,不过现在已经完全恢复,感谢上帝,可以与国王和王后去法国。她兴奋不已,信上全是错误拼写和激动的墨点子。在她凌乱的字迹间,我弄明白了这趟出使是为了签订确保英法两国之间和平的和约,另外宫中天天都上演假面剧:哈里带了一百顶,一千顶帐篷,在加莱城外的田野上搭了起来,英格兰所有贵族都带上全家,还有马匹和猎鹰以及仆人,用帆布、木头搭建了自己的避暑行宫,炫耀着他们的财富和欢乐。哈里召集整个城市庆祝夏日,在城市中心有一座流淌着葡萄酒的喷泉,只要有银酒杯,任何人都可以饮用。

玛丽有三十三套礼服,她还给她的鞋子列了一张清单。她有一顶金缕布的华盖,在她出行之时,为她遮挡耀眼的阳光。她有最健美的坐骑,在她骑马经过时,所有人都为她欢呼。

我真希望你也来!你也会爱上这场盛会的!

我敢肯定地说我会的。我已经太久太久没有听到过其他人为我欢呼,或者说没有遇到能让苏格兰人为之欢呼的事了。我拆开了凯瑟琳寄来的另一个小包裹。

我亲爱的妹妹:

我的丈夫,国王陛下十分震惊地听法国国王弗朗西斯说你一直在给奥尔巴尼公爵写信,并劝他回到苏格兰。我还听说这位公爵向教皇大人提出你应该从你如今的婚姻关系中解脱出来,原因是詹姆斯四世并未死在弗洛登之战——你知道这不是真的,我真感到羞耻。你明白我有责任带走他的遗体,如何还能编造出这等谎言?他们说你和奥尔巴尼公爵在密谋让他返回苏格兰,若他的妻子不在人世了,你便能嫁给他。

玛格丽特,够了!这对你而言是无比恶毒的丑闻。立即写信给你弟弟,告诉他事实并非如此,然后公开回到你丈夫身边,如此才能证明你绝对没有成为法国公爵的婊子。如果你遗忘了你对你的家族和姓氏所负有的责任,上帝会原谅你的。马上写信,向我保证你仍然蒙受着天赐的恩典,是正义的安格斯伯爵之妻。我爱你的宝贝儿子——玛格丽特,想想他!若是你的名誉受到质疑,他还如何继承王位?再想想你的女儿呢?离婚会让她成为私生子。你怎么能容忍这种事发生?你怎么能成为我的王室姐妹,却又宣布自己是一个荡妇?

凯瑟琳

我走过庭院,走出狭小的暗门,下山来到湖边。河边的草甸自我脚下延伸到水里,短腿的牛群啃食着绿油油的青草,燕子在它们之间穿梭。一群牛奶女工经过我,她们肩上挑着扁担,担着摇晃的奶桶,手里还拿着挤奶的工具。她们呼唤着牛群,牲畜们一听到这清脆又甜美的声音叫着自己的名字,纷纷抬起头来。詹姆斯以前也常常和牛奶女工们一起外出,她们会带上一只长柄勺,让他直接从桶里舀牛奶喝,喝完之后,他的上嘴唇会留下一圈奶油胡子,我会用袖子给他擦干净,然后亲吻他。

自从安格斯和汉密尔顿之间的那场混战之后,我就没有再见过我的男孩儿了。鹅卵石街道上的血迹被擦洗干净了,随后人们把那场混战称为"堤道清理"。自从阿奇博尔德进驻城堡,而我沉默地骑着马穿过他的军队,退回林立斯戈宫之后,我也没有再见过他了。自从詹姆斯·汉密尔顿逃命之后，我也没有再见过他了。我失去了我的女儿，她必须和他的父亲住在一起；我失去了儿子，他处于监禁之中。我没有盟友。我没有丈夫。而现在凯瑟琳告诉我，除非我应下那些不可能的条件，我才能成为她的姐妹。

玛丽并非如她假装得那么傻。她极力想要避免夹在我和凯瑟琳的争吵之中。她写给我的信永远都会是关于礼服、鲁特琴还有打猎的事，总是装作不知道我的孤苦，不知道我深处危险之中。她不会在哈里的面前为我求情——她非常担忧自己在王宫里的地位。她会成为英格兰公主的典范，艳光四射、无可非议的妻子。她不会拿自己在王宫的地位冒险，去为我说一句好话。

我明白我输给了凯瑟琳。这是一个为了嫁给国王成为英格兰王后，十五岁就远离故土，饱尝孤寂与贫困的女人。她不会容忍任何事威胁到她的地位。她或许关爱我，但她不会容忍我违抗婚姻誓约。她或许关爱我，但她的全部性命都依赖于只有死亡才能终止的婚姻。

1521年12月

苏格兰　斯特灵城堡

终于，终于，我的好运到了。

奥尔巴尼公爵本人来到了我的房间，如往昔般英俊，也如过往般温文有礼，他一如既往地像个法国人那样，向我行了一个浮夸的鞠躬礼，头低过了我的手，仿佛他不过是出去了一趟，命人刷洗了他的斗篷，而这并没有费去多少时间似的。

"殿下，我任凭您差遣。"他用勃艮第法语说了这句话，优雅无比，魅力非凡。

我迅速起身，激动得都快无法呼吸了。"大人！"

"您忠诚的仆人。"他说道。

"您如何来到这里的？有人监视港口！"

"英格兰船队在海上搜寻我，但没有找到我。他们的探子在法国监视我——他们看到我离开了王宫，但没看到去了何处。"

"上帝啊，我一直为此在祈祷。"我坦白地说。

他牵起我的双手，热情地握住它们。"我一逃脱就马上来找您了。自从我听说您身处如此险恶的境地，这一年多以来一直在恳求弗朗西斯国王让我回到您身边，"他说道，"还有汉密尔顿家人之死！爱丁堡街头的混战！您肯定以为这个国家在您的眼前被摧毁了。"

"那真是太可怕了。太可怕了。他们还强迫我离开我的儿子！"

"他们将会恳求您的饶恕,您的儿子也会回到您身边。"

"我会再见到詹姆斯?"

"您会成为他的监护人,我保证。但您的丈夫怎么办?他是您的敌人吗?您不会妥协吗?"

"我们俩已经决裂了,永远决裂。"我意识到我和公爵的手依然握在一起。我红着脸放开了他。"您可以相信我,"我许诺道,"我决不会回到他身边。"

在他放开我的手之前,他犹豫了。"那么您可以依靠我。"他说。

1522年春

苏格兰　爱丁堡城堡

我们不费一兵一卒便夺回了爱丁堡城堡。阿奇博尔德干脆地投降了，留下了城堡和我的儿女，之后公爵派兵押送他去了法国。他的叔叔加文·道格拉斯逃去了英格兰，满嘴谎言地奔向了哈里。

公爵和我骑着白马等在城堡外，同时城垛上响起号声，吊桥放了下来。全城的人民都在城堡山坡上，围观这场权力争斗的好戏。城堡总管穿着斯图亚特家的制服走了出来——我讽刺地想到他衣服换得也太快了些，阿奇博尔德家的制服肯定被他踢到了床底下——然后鞠躬行礼，将城堡的钥匙呈给摄政官奥尔巴尼公爵。奥尔巴尼动作潇洒地收下了钥匙，并转向我。我一脸兴奋，他对我微笑，将它们交给了我。在人们的欢呼声中，我伸手触摸钥匙，表示我收下了，接着又把它们还给了摄政公爵本人，最后一起骑马走进了城堡。

詹姆斯，我的儿子，在内部主楼里。我不顾礼节地跳下马，飞快地朝他走去。我看到戴维·林赛的胡须——在我们分别的几个月内就变得灰白——我要为我们所遭受的磨难诅咒阿奇博尔德，可我眼前只能看到我儿子惨白的脸庞和他急迫的神情。我向他屈膝行礼，这是作为臣民该有的礼仪，而他向我跪下来，寻求母亲的祝福，我张开双臂，将他紧紧抱在怀里。

他和过去不一样了。比起我上次见他之时，他长高了一点，更强壮了一些。他现在已经九岁了，变得拘谨而笨拙。他没有屈身贴近我，没有靠在我身上，我觉得他似乎永远也不会再次亲近我了。我抬头看见戴维棕色的眼中满是泪水，他用手背擦掉眼泪。"欢迎回家，殿下。"这是他说的唯一一句话。

"上帝保佑你，戴维·林赛。"我对他说。我的脸颊贴在詹姆斯温暖的卷发上，而且我真心实意感谢戴维·林赛，是他一路陪在我儿子身边，保护他的安全。

✦

我并非唯一为奥尔巴尼公爵回归而感到欣喜的苏格兰人。汉密尔顿家族明白，一旦他及其身后的法国势力回到了苏格兰，家族就可以重振旗鼓，苏格兰领主们能够看到推翻道格拉斯家族暴政的出路。还有苏格兰的人民，他们在边境的土地因戴克接连不断的打劫而寸草不生，他们的都城染上血污而陷入混乱，人人都盼望着先前曾带来和平的摄政公爵回朝治国。

我给戴克勋爵写了一封幸灾乐祸的嘲笑信，告诉他，尽管他之前有各种阴暗的预测，但公爵还是回到了爱丁堡，和平终会降临苏格兰，而英格兰再也不敢侵略苏格兰了，因为我们已经受到了法国的庇护。我还说，他的好朋友，我的丈夫似乎已经抛弃了自身的职位和家庭，我想无人会指责我没有陪他这个反贼流放国外。我们终于能够在苏格兰看到一点幸福的曙光。我一边笑，一边写这封信，戴克会认识到今时不同往日，我获得了自由，还获得了权力。

✦

我认定我的弟弟必然是疯了。我无法相信居然有人胆敢使用那等污言秽语去谈论一位执政的王后,更让我难以置信的是我的弟弟竟然听信了那些话。一个真正的弟弟会公开谴责那些流言蜚语;他的妻子若是真心拿我当姐妹看待,她会坚持封住这一张张碎嘴。法律会让英格兰的铁匠割掉所有诽谤王室成员之人的舌头,可偏偏就是我的亲弟弟写信给戴克,散布了这则丑闻,还允许他——小小的边境贵族!——指控我犯下了不可言说的罪行。

阿奇博尔德的叔叔加文·道格拉斯是伦敦宫廷的尊贵客人,他对每个人说我是奥尔巴尼公爵的情妇。他信誓旦旦地表示这位好公爵回到苏格兰只是为了引诱我、谋害我的儿子,好让他自己登上王位。

这简直疯话连篇,只有神志不清的人才会这么说,听信的人更是不堪,然而加文·道格拉斯说的甚至更多。他宣称公爵克扣我儿子的用度,为公爵自己的侍从偷去了那些红色天鹅绒还有金缕布缝制的袖套,不准我的儿子见他的老师,甚至不准我儿子吃饭。他还说摄政王想饿死年幼的国王,而我对这一切放任不管,那样我二人就可以一起坐享王位。还有更难听的话——假使他还能更卑鄙——他宣称是公爵毒死了我那可怜早夭的孩儿亚历山大。他们说我和谋害我儿子的人上床。他们在威斯敏斯特王宫、格林尼治的王座大厅散布这些谣言,而且没有人——包括我的国王弟弟,我的王后弟媳,还有他们的宠儿,我的亲妹妹玛丽——站出来否认。就连玛丽都没有哭喊着说这不可能是真的。

这三人怎么可以不为我澄清?就在我得知亚历山大的死讯后的几个月,凯瑟琳是见过我的。她目睹了我悲痛欲绝,连他的名字都说不出口的模样。我为他哭泣不止时,她和玛丽还拥抱了我。我公开的敌人说我的情人谋害了我儿子,还说我允许了这一切,她怎么可以听信这种话?

她们二人,我的两位姐妹们,之前就曾伤害过我、忽略过我、误解过我,但是这次比以往任何时候都更加严重。这次,她们捏造了一个罪名,一个可怕的罪名，我甚至不会用这样的罪名去指控一个巫婆。我觉得她们必定全都已失去理智。我觉得她们全部都已失去理智，忘了我们对彼此的意义。我说过她们不再是我的姐妹，我会忘了她们，可她们比我做得更过火：她们成为了我的敌人。

1522年夏

苏格兰 爱丁堡城堡

我弟弟派了一名克拉伦斯高级纹章官到爱丁堡来查探事情真相，显而易见，是因为仅凭文件，他们并不相信我，我的话不足为信。这位尊贵的大人带了侍从官还有仆人，他的书记员还带来了我妹妹玛丽和弟媳凯瑟琳的书信。

"殿下让我私下将这些交给您，并建议您独自一人时阅读。"这位纹章官笨拙地说道。他不知道信里讲了什么，然而——和所有的英格兰人一样——他知道信的内容与我有关。

我点头，把信带回了我的寝宫。我锁上门，撕开了封蜡。里面有两封信，我首先阅读了王后凯瑟琳的那一封。

> 亲爱的妹妹：
>
> 我无法，也不愿相信那些我听到的关于你的传闻。你丈夫的叔叔满口都是那些污言秽语。请相信我，我若在场，我必不会让他说出这些事。
>
> 我很遗憾他得到了红衣主教沃尔西和国王的信任。对此我无能为力，我不敢轻举妄动。你弟弟过去会听取我的意见，但如今他已经变了。
>
> 我相信你一定很寂寞又很难过。相信我，当丈夫犯了错，一

位好妻子总得偶尔受点委屈。要是阿奇博尔德从法国回到了你身边——他叔叔十分肯定他会回来——那时你必须接纳他。只有和你的丈夫重归于好,这些糟糕的丑闻才会消失。但凡你现在要是和他生活在一起,都不会有人说得出任何污蔑你的话。

亲爱的,这是上帝的旨意,妻子除了原谅丈夫以外便别无选择。别无选择。不论她的心会如何破碎。我并不是随意地给你出主意,我也并非轻易就领悟到这一点。

你的姐姐,

凯瑟琳

我固执地把信揉成一团,丢进了壁炉后面的余火里。我又撕开法国遗孀王后(她至今坚持使用这个称号)的封蜡,在腿上把玛丽皱巴巴的信展平。同往常一样,她写的都是宫廷里的事,关于礼服,关于时尚的内容;也如往常那般吹嘘着自己的美貌还有她领衔的假面剧,以及哈里赏赐给她的那些珠宝。然而就这一次,在这些老调重弹的内容中夹杂了一点不同的内容。玛丽娇俏的鼻子都被气歪了,因为有另一个姑娘成为了宫廷舞会的领舞,那听起来是一场欢快的舞会。我登时有点明白了凯瑟琳的话语中那明显的凄惨意味。我努力地辨认玛丽糟糕的书写,抑制住心底隐秘而卑鄙的喜悦。玛丽信上说有一位淑女吸引了亨利的目光,获得了他的喜爱,而这次外遇远比先前的任何一场都要放肆。他选中她担任自己在假面舞会上的舞伴,和她一起散步,一起聊天,一起骑马,还一起玩牌。作为凯瑟琳的随行女官之一,她长期处在王后的视线之内;她为众人所识,并没有遮遮掩掩。她已经成为王宫里最显要的女人,比王后更受宠爱,况且还年轻娇美,光彩照人。所有人都知道她是国王的情妇,最亲密的伴侣。

我不该笑。可是想到另外有个姑娘取悦了凯瑟琳她年轻的丈夫,而她不得不忍气吞声，这让我心情大好。假如她当初能理解我在阿奇博尔德对我不忠时所尝到的心痛，那此刻我会对她满怀同情。然而她当时说这是上帝的旨意，妻子理应原谅。

  她比贝茜差远了，她没有一丝谨慎。这个姑娘自然是美丽非常，糟糕透顶的是，哈里相当迷恋她。他在比武大赛中把她的手绢放在心口上，还告诉查尔斯他无法停止想念她。更可恶的是，她也到处追着哈里，而凯瑟琳又无法把她送回家，送回她丈夫身边，因为她嫁给了年轻的凯里，他为此也出了很大的力：他是个没有廉耻的乌龟王八蛋。全靠他想得开，他将得到土地和封号。要是你见到了凯瑟琳，你会可怜她的。她还没有怀孕的迹象。这挺悲惨的。你也会难过的，我了解你。

  翻页之后，我看到她的书写变了，想起了我也有自己的麻烦事。他们都在传关于你的风言风语，玛丽告诉我，以防我没有注意这件事。

  你一定要千万注意，绝对不要和奥尔巴尼公爵单独相处。你的名誉必须完美无瑕。你必须为我们做到这点，为了凯瑟琳，还要为了我，尤其是现在。我们三人——你，我，凯瑟琳——必须永远远离丑闻，远离猜疑。假如凯瑟琳想要熬过哈里犯傻的这段时间，她必须远离这一切。假如等他悔过了，结束了这场外遇，回到了她身边，到时就没人能说出任何诋毁我们都铎姐妹、诋毁我们婚姻的话。请求你，玛格丽特，你不能让我们失望。要谨记你和我们一样，是都铎公主。你必须远离丑闻和耻辱。我们都必须做到。

在信的末尾，她表达了对我和我的儿子，还有对我女儿玛格丽特的爱，同时提示阿奇博尔德会返回苏格兰恳求奥尔巴尼的赦免，而我必须为他求情。妻子的义务是原谅，她鹦鹉学舌地写着。最后在非常角落的地方，有一行小字挤在一起。

啊，上帝原谅我，我没法儿再写了。我的儿子亨利得了汗热病，离开我们了。为我们祈祷吧。

我走出房间，找到了克拉伦斯高级纹章官。"我妹妹失去了她的儿子？"我询问道。

他跟我说话时表现得很不自在，好像我可能会突然脱掉我的上衣，像莎乐美①那样裸着身体跳舞。天知道他听说了些什么，天知道他怎么看待我。

"唉，是的。"

"我要给她写信，"我马上说道，"你回去的时候能把我的信带去英格兰吗？"

荒唐的是，他竟然一副想要拒绝的样子。"到底怎么了？"我质问道，"你为何这副模样？"

"我收到命令，所有信件的封蜡都必须揭开。您可以写信，我也可以传信，但我有责任提醒您，这些信不能封起来。"

"为什么？"

他尴尬地挪着脚。"这就说明您写的不是情书。"他说道。

"会写给谁？"我发问道。

---

① 《圣经》中的美女，舞姿绝美，曾在向希律王献舞之后要求以施洗约翰的头颅作为奖励，先知施洗约翰因此丧命。

他大喘气。"任何人。"

要不是这么恶心,这可真是件滑稽好笑的事。"我的上帝啊,你,你知不知道戴克勋爵曾经看过我以前写过的所有信件,而且这是他的一贯做法?在我产生任何想法之前,他就已经监测到了它们,就这样他都没有不利于我的证据吗?你以为英格兰有谁会爱慕我?加文·道格拉斯不是当着我弟弟的面称我为荡妇吗?甚至还都没人反驳他,不是吗?"

一时间安静得可怕。我意识到我说得太过火。我绝不该说出"荡妇"这个词。我必须按照玛丽那笨嘴拙舌的说法,远离丑闻。

"总之,若是书信上没有封蜡,我就能为您传信,"他弱弱地说道,"不过现在我得去求见摄政公爵。"

"我和你一起去。"我说。

❉

这位纹章官显然宁愿一人去见奥尔巴尼,而我很快就明白了原因。他带来了一封哈里的信件,信上指控奥尔巴尼引诱我,"卑劣地哄骗"我,以及为了达到他自己的目的而损害我的利益,鼓动我离婚。我感到毛骨悚然:我弟弟竟然对一个外人说出这些话。我简直不敢去看奥尔巴尼,纹章官小声地念出这些指控,仿佛他希望我们听不到,那么就不用接着说了。

奥尔巴尼气得脸发白。他全然忘记了骑士守则,轻蔑地同纹章官讲话。他说他的确为我向教皇大人提出了离婚一事,不过这是应我的请求;而且他本人已经结婚,并对他的妻子忠心不贰。他没有看向我,可我清楚我的脸红得发烫,面上还有眼泪,我看上去就像个羞愧的傻瓜。公爵语气尖刻地告诉这位英格兰纹章官,我离婚之事会由教皇裁决,教皇才是此事唯一的审判者,奥尔巴尼自己不过是传达了信息而已。

"我弟弟怎么能说出这种话?"我低声对纹章官说,他望着我,略微弯着腰,低着头。

奥尔巴尼说他真是无比震惊,英格兰的国王竟然会指控他的亲姐姐成了另一个男人的姘妇。纹章官被说得哑口无言,只能嘀咕着说有一封信必须当面交给苏格兰领主们,随后便离开了房间。

我本来可以告诉他,苏格兰领主们没空见一个英格兰来的纹章官,尤其是一个赶来中伤他们的摄政公爵和遗孀王后的纹章官。领主们怒视着他,甚至一名年长的领主直接"砰"的一声摔门而出,离开了议会厅。纹章官一脸极度不情愿的表情,小声地朗读着哈里荒谬的质问,而苏格兰领主们回答说,他们乐意效忠摄政公爵奥尔巴尼,直到我的国王儿子长大成人;他们乐于接受摄政公爵按照我的意愿,从他们之中挑选我儿子的教师和卫兵。他们将这些污蔑我和摄政王是情人的暗示都当作了诽谤的谎言。他们公开地表明我的丈夫和他叔叔都是反贼叛徒,被王国驱逐出境,而且所有人都清楚,我的儿子亚历山大,洛斯小公爵是死于疾病。纹章官忸怩不安,随后就离开了,我愉快地欣赏了他难堪的样子。

我希望他回到伦敦,告诉哈里,他是一个呆子,居然对苏格兰人说这样的话。我希望他回到伦敦,告诉凯瑟琳,我要离开阿奇博尔德,决不会回到他身边。我不认为妻子必须原谅犯错的丈夫,不认为都铎家的妻子要远离指责。我希望他能回到伦敦,告诉玛丽,我为她儿子的夭折感到非常难过,但她应该高兴的是没人示意他死于谋杀。我希望纹章官告诉她,如今阿奇博尔德已遭流放,我重新拿到了我的租税,也要买新礼服了。我不需要他们任何人支持我,我不再对他们全部人抱有期望。

1522年秋

苏格兰 爱丁堡 荷里路德宫

我与苏格兰国王的婚姻,原本旨在阻止我出生的国家和我嫁入的国家之间的战争。我尽心尽力地维护苏格兰的安宁,维护苏格兰和英格兰之间的和平,所以当前的情形让我颇感心酸。奥尔巴尼公爵比起他的祖国苏格兰,更忠心于法国国王;比起我,对他的法国雇主更坦承——况且他正朝英格兰进军。哪怕是想到了戴克勋爵丢脸一事都无法令我开怀。

在这紧要时刻,我弟弟又一次转向了我,仿佛我们之间从未发生争执似的,他给我寄来了秘密信函,询问我法国人兵力如何。他提醒我——仿佛以为我遗忘了——我是英格兰的公主,我的命运与他,与我的祖国息息相关,我背负着爱国与忠诚的誓约,切不可违背。我向他提出了我最好的主意,而当奥尔巴尼放弃进攻英格兰,并远渡法国募集更多资金和人手之际,我发现我在苏格兰孑然一身。摄政公爵走了,我的丈夫被流放了,我的敌人被打败了。最终,我带来了和平,成为了留下来的唯一领袖。

1523年春

苏格兰　斯特灵城堡

令我惊奇的是，尽管经历种种波折，但我意识到，我成为了一名单身女人，掌管着自己的个人财产，是唯一当权的摄政王后，还是我儿子的监护人。圣诞节时我生了一场病，但随着天色日渐明朗，再次恢复了健康，这之后我收到了一封由戴克所转交的玛丽寄来的信。她刚刚出了产房，来信十分简短：上帝保佑我，我又生下了一名男孩儿，我给他取名为亨利。

我明白这是她失去的那个儿子的名字，我知晓她首先会想到的就是她早夭的小男孩。不过她给新生儿取了兰开斯特家族的国王们的名字，取了我们兄弟的名字，我们父亲的名字，我也确定她暗自希冀着他会成为英格兰的国王，哈里的继承人。她可能是希望哈里能够越过我和我儿子，把荣誉赐给她的男孩；查尔斯·布兰登当然也想把自己的儿子送上王位，况且伦敦没人会为我和我的儿子说话，我妹妹不会，我的弟媳也不会。

玛丽无疑会听信这些败坏我名声的谣言，而且必然会反复提起这些谣言，让人以为我不是一位忠诚的妻子，不是一位真正的都铎子孙，不是一位称职的王后，这对她大大有利。假如哈里也相信我不是一位称职的母亲，那么他会取消我儿子的继承权。玛丽或曾敦促我千万不要给我的生活染上污点，可她了解现实世界不会善待一个拥有邪恶丈夫的女人。我不得不作为独身女人生活下去，世人也注定会说闲话。不过，玛丽会放任这些闲言碎语危害到我无辜的儿子吗？

我好奇凯瑟琳会怎样看待这场争夺王位的无形较量。我好奇她会感到多么苦涩，没有都铎王子到底是谁的过错？我好奇她对我妹妹的忠诚是否有过动摇，玛丽婚姻美满又能生养，亨利夭折之后，她马上又得到了另一个儿子，她依旧爱她不变吗？玛丽还会诞下一个又一个孩子，而很明显，凯瑟琳已经做不到了。

✦

奥尔巴尼离开之后，英格兰和苏格兰一直相安无事，我本相信我能将这份和平延续下去。然而哈里派了诺福克公爵的儿子，弗洛登战场上的剑子手来镇守北境，他无疑图谋着要摧毁这个曾经与他交战的国家。这些人用的是戴克的法子——让边境成为一片荒土。他们推倒了每栋楼房，烧毁了每间草屋，摧毁了每座城堡。田地里没有留下一捆小麦，没有剩下一桩稻草。在扫荡之后，没有一只动物存活，所有孩子也都倒下了。贫民们捎上仅剩的物品，如同翻腾的江流一般，满怀恐惧地狂奔向北方或是南方，奔向任何他们觉得能够获得救援的地方。士兵们偷盗贫民的东西，一路上不断骚扰他们，女人们遭到侵害，儿童被吓得惊恐地尖叫。这是戴克的伎俩，若使边境变为荒土，如此一来军队再也无法穿过，在夏日来临之前，他就完全摧毁了这片土地本身——让它寸草不生，颗粒无收。我来到苏格兰时，这些地方曾是肥沃的野地，人们可以在这里耕种谋生，只要不嫌弃此处空旷的道路和不起眼的小村落。人们可以到附近一千座小型堡垒请求过夜，此地异乡人十分罕见，热情款待他们几乎成了一道法则，然而如今这里已经成了一片空荡荡的土地。只有狼群在边境奔跑，它们夜晚时的嚎叫仿若一首献给曾经在此居住之人的挽歌，那些人生活的痕迹已被英格兰的恶意从这片土地上抹去了。

1523年夏

苏格兰　林立斯戈宫

作为真正的王室家庭，我的儿子詹姆斯，女儿玛格丽特，还有我，一起在湖边的秀美宫殿度过了这个夏天。我在那里度过了很多时光——有幸福的日子，也有悲伤的时候。詹姆斯每天都骑马外出，随着他体力和自信的增长，他的御马官给他准备了一批更高大威猛的骏马。他的切肉仆人亨利·斯图亚特陪他一起骑马。那是个二十多岁的年轻人，身上带有一种令詹姆斯崇拜的天然风度和魅力，我希望詹姆斯能够学到他这种特质。不同于一般的苏格兰人，亨利有一头浅棕色卷发，长到了后颈处，恰似一尊希腊神像。他不是什么可爱少年。就如所有年轻人一样，他来自饱受战争之苦的家族，但他素来一副开心的模样。他的微笑最是讨喜，一笑起来，那双棕色的眼睛就显得格外灵动。他和王宫里的其他年轻人一起工作，他负责教授詹姆斯所有的马上技巧：如何扔掷长矛，如何坐在马鞍上射箭，如何用长矛从地上串起圆环，以及——我们都觉得这一个技巧十分好笑——如何用长矛刺取扔过去的手绢，如果有淑女将自己的信物赠与他的话。

"快为我扔手绢吧，母亲！"詹姆斯吁求道，于是我坐在王室包厢里，倾身往比武场内朝他丢了一张手帕，他骑马冲刺，失败了一次又一次，等到他终于取到手帕，他的同伴和我都为他鼓起掌来。

苏格兰领主们都请求奥尔巴尼公爵回国，然而我并不这样想。他离国期间，哈里给我写信提起签署英格兰和苏格兰之间的长久和平条约一事，以及边界安定的问题。他写了一封体贴入微的长信,把先前的冒犯当作不存在似的。他信上说十分关心他的外甥,我的儿子,并且承认詹姆斯为英格兰和苏格兰两国的继承人。他写道,上帝并未赐给他和王后一个儿子,没人知道原因——上帝的旨意不容置疑——但这可能是为了让詹姆斯在未来能够成为一统全岛的君王。如此抱负令我想入非非,自从大不列颠的亚瑟王以来,还没有过像詹姆斯这样的国王。沃尔西红衣主教给我写了一封信,言辞间是他惯有的敬意——这可真让我不敢相信,要知道他每晚都同那位已经与我决裂了的丈夫的叔叔一起用饭,耳中听到的全是关于我的坏话。就连戴克勋爵都改变了语气,如今我再次成为了英格兰的公主和苏格兰的遗孀王后——由于奥尔巴尼已返回法国,我还是唯一的摄政王后。

我的儿子无疑会在明年春天他年满十二之际加冕为王,为何不呢?他被当作国王抚养长大,清楚自己的使命,接受的是君王教育,戴维·林赛多年如一日地效忠于他,为他赴汤蹈火在所不惜。所有人在第一次见到他时,就见识到了他的涵养与慎重,他们不会有片刻的迟疑,他是一个即将长成为一名男子汉、一名威严国王的男孩。对男孩子来说,十二岁是他的大好年华——都是可以结婚的年纪了,所以为何不举行加冕礼呢?还有比国王的加冕典礼更让王国统一起来的办法吗?

就在我不顾众大臣的反对,决心推行此事之时,奥尔巴尼公爵毫无征兆地回国了,且一心要同英格兰开战。而诺福克的儿子,萨里伯爵——他是一个惨无人道的指挥官,也是另一个惨无人道的指挥官的儿子——摧毁了杰德堡镇,烧毁了当地的修道院,对手无寸铁的苏格兰人炫耀英格兰的武力。

我在绝望中给哈里写了一封信。这不是劝服苏格兰的领主们接受我儿子当国王的方式!如果他想通过詹姆斯和我来号令苏格兰,那他必须给我贿赂议会的资金,必须让我以和平使者的形象示人。如果他想以武力实现他的野心,那他最好带兵杀到爱丁堡来,强行颁布一条律法;折磨边境的穷苦人民不会有任何好处,只会让人们更加怒气高涨地反抗英格兰,增加领主们对我的疑心。

奥尔巴尼必然会回应这场挑衅。他从法国带回来的军队士气昂扬,试图和英格兰一决高下,还从法国运来了重型火炮以及数以千计的雇佣兵,这一次他带回来了一支强大的军队。而我完全陷入了矛盾之中。新国王能够得到新的边界领地固然令我激动不已——要是奥尔巴尼能够将边界线向南推进,将卡莱尔和纽卡斯尔划入苏格兰境内,届时我儿子将会拥有他父亲原本想为他打下的领土。

"还有白玫瑰,我们的盟友会同时从南端入侵。"奥尔巴尼向我保证道,信心十足地以为会得到我的支持。

我伸手扶在壁炉腔冰凉的石壁上才站稳了身子。作为都铎家族的子孙,我们童年时期最大的恐惧,即是另一个家族的袭击——另一个王室家族,我们母亲的家族,金雀花家族。这一家族子嗣兴旺,野心勃勃,我母亲的众多姐妹和她们的儿女都在我们王国的边缘伺机反扑。白玫瑰——众人对他的称呼——正是许多儿女的最后一个遗族。理查德·德拉·波尔[①],我母亲最年长的表亲,见证了他的一个又一个兄弟死在了与我父亲的战斗中或是我父亲的绞刑架上。我父亲曾立誓,决不让这个古老家族夺回都铎家族在博斯沃思赢得的一切,我亦从小被教导,要把所有觊觎王位之人视为威胁我们安全与权力的可怕敌人。

他们曾是我童年时期的噩梦。我们的表亲从王宫中消失,之后公然变成了我们的仇敌,没有比这个更糟糕的事情了。即便是到现在,我也能回忆起来,当母亲意识到她的又一位亲人背叛了我们时,她脸上那惊骇万分

[①] 玫瑰战争期间一位忠实的约克家族支持者,也是英格兰王位的觊觎者。后来与法国人结成同盟,与英格兰人开战,死于战争之中。

的表情。眼下不论对我儿子多么有利，我绝对不能伙同一个金雀花家族的表亲去害我的都铎弟弟，奥尔巴尼找到这样一位盟友，那他必定还不知道这其中隐情。我无法想象和这等敌人交好的场景。我可以考虑侵略英格兰——我会支持这件事，只要这能增加我儿子的权力，扩展他王国的版图，我能够容忍和法国结盟；但决不，决不，决不能和任何该死的表亲结盟。

那一夜，我背叛了奥尔巴尼公爵，并且——在我自幼对都铎家族的忠诚的感召之下——我写信给了哈里：

> 奥尔巴尼找了德国的雇佣兵和法国的士兵，但冬天之前，军队都还赶不过来。只要你能在瓦克城堡把他拖住，拖得够久，到时天气会助你取得胜利。你要从白玫瑰手里保护我们所有人。如果理查德·德拉·波尔来到了苏格兰，我会带着詹姆斯去找你。我们都铎家族永远都会齐心协力地对付白玫瑰。
>
> 你的姐姐，M

1523年秋

苏格兰　斯特灵城堡

多亏了我的建议，奥尔巴尼公爵被打败了，而他未同我商议，便和萨里伯爵议定了一份不稳定的和约。他二人都没有告诉我他们的秘密计划，没有一个字提到让我前去英格兰，没有一个字提到詹姆斯明年加冕，也没有一个字提到任命他为英格兰继承人。恰恰相反，哈里断了英格兰给我的资助，还让我去还法国人的债，我不明白他为什么突然变得如此冷酷，就在几个月前，我还是他的间谍和密谋者。我想不到我有任何得罪他的地方，想不通究竟哪里出了错；我确信我已经做了一个统治者，或者说一名姐姐能为他做的一切。后来，我收到了一封我妹妹玛丽的信：

> 我亲爱的姐姐：
>
> 凯瑟琳——我们的姐姐，王后殿下——让我告知你，你的丈夫阿奇博尔德从法国来到了我们这里，并且受到了整个王宫的欢迎，成为了红衣主教的朋友、国王的兄弟。他计划立即返回苏格兰，所以我和凯瑟琳一起想劝你好心地接纳他，作为夫妻一起生活。他提起你时满腔柔情，而且他希望能与你和好。
>
> 我很难过地告诉你，我们的兄弟显然已经深爱上了玛丽·凯里（她曾叫玛丽·波琳），而她也是。若是男未娶，女未嫁，我认为他一定会娶她的。但他两人都不能这么做。婚姻誓约不可解除。

要是男人因为爱上了另一个女人就要抛弃他的妻子，那我们以后要如何是好？还有什么婚姻可以持续一年呢？要是一段婚姻能够被舍弃，那圣坛下的誓言还有什么意义呢？如果婚姻誓约不再永恒，那人们要如何相信君臣主仆之间的忠诚誓言？若是婚姻关系不再稳定，那世间一切就都不再稳定。你不能成为唯一一个背弃誓言的都铎子孙，那是在向全世界宣布我们的诺言一文不值。

你必须履行你的责任，你必须接纳你的丈夫，尽力忍受他。我乞求你。我们不能活在一个有人解除婚姻关系，甚至是有人提出离婚的家族之中。我们坐上王位的时间还太短，我们的行为会被质疑，我们的后代会成为私生子。求你了，玛格丽特，为了我们所有人，接纳你的丈夫吧。快马上写信告诉我你会这么做吧。

爱你的妹妹，玛丽，法国遗孀王后

我拿着她的信，走过城堡中庭的陡坡，穿过一道敞开的厚重大门，两个法国卫兵把守在门口，留意着进出城堡的民众。我选了一条曲折的小路，走进树林，又顺着溪流而下，朝山脚下那座有市集十字座的村镇走去。无人与我同行。我独自走在光秃秃的树下，靴子踩在积满灰尘的秋叶上。今天天气寒冷却爽朗，天空呈现出鸭蛋壳似的浅蓝，空气凉飕飕的，阳光也很明媚。玛丽的话盘桓在我的心上，她鼓起勇气直指了要害，给我写了一封明知会让我生气的书信。我想起了凯瑟琳，她于事无补地告诫哈里，若他抛弃了自己，英格兰境内将没有一个女人能够安心生活。我明白这是对的。女人在这世上没有权力：一无所有，连自己的身体都不属于自己；一无所有，连自己的孩子都不属于自己。妻子必须忍受丈夫，丈夫却可以随意处置妻子，妻子在他的桌上吃饭，在他的床上睡觉。女儿是父亲的财产。妻子在婚姻关系之外时，没有任何人关心。法律上，她无法拥有任何财产，所以没人愿意保护她。一个女人，若是早已知晓直至死亡的那一天都会是一名妻子，若是认清这点，她都还不结婚的话，那她还能在何处寻觅安身之所呢？假如一个男人能够随意抛弃他的妻子，那么不会有女人对她的命运、生活和未来抱有任何指望。假如国王表明婚姻誓约毫无意义，那么所有誓言都会失去意义，那么所有法律都会失去意义——我们将生活在一个虚无的世界，如同世上再无法律，也再无上帝。

我往回走，拖着步子爬上陡斜的山坡。就算我十分清楚这些，我也不能再和阿奇博尔德生活了。我无法忍受和这个男人生活，这个我曾经满怀爱意下嫁的男人，这个让我愿意将我所拥有的一切都拱手相送的男人，这个更偏爱其他女人的男人。我无法回到这个双手沾满鲜血的男人身边。可我也确实理解凯瑟琳和玛丽的话——婚姻誓约必须延续一生。王室婚姻不可解除。

我没有给玛丽回信，不过我写了一封惹人不快的书信给红衣主教沃尔西，我知道他会写一封精准的概要呈给哈里，而哈里会从他的婚外情中抽时间来听取。

> 我必须告诉您，法国人向我承诺过，假使阿奇博尔德返回苏格兰，他们会为我在巴黎安排一处栖身之所。我郑重地起誓，我决不会再次与他共同生活，但是我明白我不应该苛求离婚一事。我恳请您保证阿奇博尔德永远不会回到苏格兰，我的弟弟不会赐给他安全通行令，他应该生活在国外。奥尔巴尼公爵很快会前往法国，在冬日的风暴让大海变得凶险莫测之前就会出发，在公爵离国期间，我会竭尽全力让我的儿子安然登上王位。我想带詹姆斯离开斯特灵城堡，这里的卫兵的酬劳都是由法国人支付的。我想带詹姆斯去爱丁堡，让他加冕为王。我相信我能够说服议会大

臣们，也能获得詹姆斯·汉密尔顿的支持，只要道格拉斯家族能够安分守己，只要阿奇博尔德待在国外。我并非善变之人，也非无信之人，而您的好朋友安格斯伯爵阿奇博尔德，则二者皆是。

他永远留在国外，对上帝和苏格兰才最好。对我也是。

1524年夏

苏格兰　爱丁堡　荷里路德宫

我简直不敢相信我的计划顺利实现了,我似乎再次走了好运。在英格兰的黄金和一名英格兰护卫的帮助之下,我从斯特灵城堡的法国卫兵手中夺回了我儿子,把他带到了爱丁堡。我得意扬扬地让他住进了我的王宫,让他住到了他的宫殿里,并把他的睡床装饰上了金缕布,而且我二人一起用餐时都坐在宝座饰布之下。

爱丁堡的人民见到他时表现得十分狂热。我们不得已封上了王宫大门,才能把那些赶来祝福国王的民众挡在花园和庭院之外。我的儿子每天都会去一趟露台,朝聚集在楼下的民众挥手致意。当中午的炮声在爱丁堡城堡里响起,我的儿子会向群众挥手示意,这炮声仿佛是在表示敬意,而不是在宣告午时已到。随后所有教堂的大钟也会即刻敲响,詹姆斯微笑着向民众挥手,民众纷纷脱下帽子,亲吻双手,高喊着祝福他的话语。"您何时登基?何时加冕?"有人声嘶力竭地问道,我站在我儿子身后微笑,扬声答道:"快了!我们会尽快!只待众位领主同意!"接着又是一片高涨的欢呼。

奥尔巴尼前往了法国,他缺席期间由我主掌议会。我让领主们逐次进来,一次进来一位,让他们对小国王立下忠诚的誓约,全部人都照做了,除了两位领主,于是我把他俩都丢进了牢房。我不再犹豫妄想有些人会改变主意,或我可以说服他们,我学会了冷酷无情。我不会贸然行事。亨利·斯图亚特,如今出任我儿子的卫兵副队长微笑着看着我。"您的身姿如同游隼，"他说道，"迅猛敏捷。"

"我飞得也如鹰隼那般高远。"我笑道。

※

　　我把荷里路德宫的王庭装饰得富丽堂皇，恰如我的丈夫詹姆斯首次向我展示这座宫殿时那般。我（在我儿子周围）召集了一群优秀人物，希望他能够学习并欣赏这些人物：美丽优雅的侍女，风格高尚、精通乐理又举止文雅的侍从。这些人物之中最杰出之人便是亨利·斯图亚特，他仪表堂堂又思维敏捷，我提拔他为詹姆斯宫中的司库：他对金钱十分谨慎，而且完全值得信任。他勉强算得上一名表亲，我能看出他的王室气质。此人尚且年轻，可十分精明：我会当着王国内所有人的面采纳他的意见，除了阿兰伯爵詹姆斯·汉密尔顿，他回到了宫廷，担任我的首席顾问，还是代理摄政官。

　　我的儿子是一切的中心，他还是个男孩，要有重兵保护，要接受教育；他也是国王，处于权力的中心。虽然没有我的建议，他理应谨言慎行，但是他什么都明白——必须要把苏格兰领主们紧密团结在我们这边。我们在金钱上依赖英格兰，法国人可能会卷土重来，还有始终存在的危机，同时也算是个好处：那就是只有当苏格兰受到威胁之时，哈里才会想起他的姐姐为了他和英格兰在勉力周旋。

　　是以，我很高兴哈里能从他的宫廷派来两位高贵的绅士，能够向哈里汇报荷里路德宫是一座足以与格林尼治宫相媲美的宏伟宫殿。大助祭托马斯·马格努斯和罗杰·雷德克里夫为詹姆斯准备了豪华的礼物，他非常开心。他们送给了他一套金缕布缝制的华服，绝佳的剪裁，精细的衣料，还有——所有十二岁男孩儿都梦寐以求的——一把大小适中的宝石利剑。

　　"快看，母亲！"他向我展示剑鞘，剑柄上镶满了红宝石。他挥舞着剑，施展自己学习的剑术，把握剑的平衡，嗖的一声划破空气。

"您千万注意不要砍掉我的脑袋！"戴维·林赛提醒他道，詹姆斯喜笑颜开地看向了他的总管。

他们向我屈膝下跪，呈上了一件礼物。我瞥见里面的丝绸包装。这是一块长长的布料，足以制作两身礼服或是好几件袖套。我最喜爱之物：金缕布，国王御制的布料，由金线编织而成，这是一匹珍宝。"感谢你们。请为我向我弟弟表达谢意。"我平静地说。他们不必以为我会欣喜若狂地叫出声，或是立即把这匹布做成礼服，然后把礼服摆我面前，方便我随时都看到，还吹嘘这证明了我弟弟对我的爱。自莫佩思一别，我们都经历了太多太多，如今，我已不像过去那般容易取悦。

我示意两位使者走上前来，并让乐师将音乐演奏得更大声些，还遣走了我的侍女，这样一来，两位就能够告诉我来自伦敦的消息，而不用担心我们的谈话内容在半个小时之内就传遍修士门。

"我们带来了一项提议，我们认为这会让您非常满意。"大助祭鞠躬说道，"还有一些给您的私人信件。"

我伸出手，然后他们将包裹递了过来。"什么提议呢？"

他又鞠了一躬，面上带着微笑。显而易见，这项提议值得一听。我瞧见亨利·斯图亚特站在房间另一头，他淘气地向我眨了眨眼，仿佛明白我的喜悦。我的星运再次上升了，我的弟弟给了我应有的尊敬，将我视为了合法的王国领袖。我想冲亨利·斯图亚特眨眼，但我看向使者，淡定地说："对。那项提议是？"

两个人靠得更近了，几乎是在我耳边悄声说话。我得将手套挡在脸前，作出类似嗅闻皮料香气那般的动作，才能掩盖我欢欣雀跃的神情。原来他们想要詹姆斯迎娶他的表妹玛丽：凯瑟琳和哈里的独女。他们差不多确定了詹姆斯将被任命为英格兰的继承人，这是哈里能有的最佳办法——他的亲生女儿将成为英格兰的王后,她的地位将由她的表哥①,我的儿子,苏格兰国王,英格兰王位继承人所担保。

我控制住自己的表情,愉快而淡定地看向他们。"公主殿下不是与神圣罗马皇帝订婚了吗?"我询问道。

"暂时而已。"大助祭摊开他细嫩白皙的双手,"如此的订婚时常遇到变动。"

这种订婚会有变动全赖我弟弟那反复无常的心意。玛丽公主已经许给了法国还有西班牙。不过他若是将玛丽小公主许配给我儿子,这将是永久有效的婚约,我必让它牢不可破。

亨利·斯图亚特跨过房间,来到我身边。我感到脸上泛出红晕。他弯腰贴近我,好在我耳边密语。"殿下,请做好准备,我要告诉您一个坏消息。请千万控制住您的脸色。"

这个年轻人已经证明了他自己是一名称职的朋友,这般突兀而亲密的举动让我立即拿手套挡住了鼻子,眼神下移,不让我的眼睛暴露出我的警惕。"何事?"我短促地问道。

"您的丈夫,安格斯伯爵,阿奇博尔德·道格拉斯,正在城中。"

我看向二位使者,亨利·斯图亚特的手指宛如天使的羽翅,轻柔地划过我的肩膀,给了我力量,这个年轻人似乎不想让我有所畏缩。

"我听闻安格斯伯爵回到了苏格兰。"我冷酷地说,声音中没有一丝颤抖。亨利·斯图亚特退了下去,眯起眼睛,对我露出浅藏的笑容,仿佛我是他的全部期盼。

使者埋下头,尴尬地对视。

"是的,他回来了,"雷德克里夫最终开口了,"我们希望这不会给殿下您带来困扰。不过他们没能把他留在法国,那我们也没有任何理由把他困

---

① 玛丽生于1516年,詹姆斯生于1512年。——编者注

在英格兰。殿下的弟弟、国王陛下不希望他打扰到您，可伯爵是自由之身——他能够随意来去任何地方，我们困不住他。"

"我们不想这件事成为您的烦恼……"大助祭补充了一句。

"他不会给殿下造成烦忧，"亨利忽然说道，忘了他自己先前劝我的审慎态度，"没有事情能够让她苦恼。她是自己王国的遗孀王后，她是摄政王后。有何事能够令她烦忧呢？说起来，是否就是你们把他带回来的呢？你们和他是否像朋友一般，一道来到的苏格兰呢？"

亨利给了我王后的自信，这也正是我感到受伤的一点。"我的弟弟应该先看重我作为王后的权利，之后再考虑阿奇博尔德作为伯爵的权利，"我说道，"他以丈夫的身份辜负了我，彼时他就已经丧失了他的领主权利以及对我的权利。你可以告诉他，我不会接受他的书信，他招募的随从不得超过四十人，而且他不得涉足王宫方圆十英里的地方。"

我的两名顾问，阿兰伯爵詹姆斯·汉密尔顿还有亨利·斯图亚特对此点头赞同。这事关我们自身的安危。没有人会遗忘当初阿奇博尔德带着他的家族在城内犯下的罪行。詹姆斯·汉密尔顿不想再次骑着送煤工人的矮种马奔波逃命，而亨利·斯图亚特是一个诚挚的年轻人，心怀年轻人所独有的强烈骄傲：他宁愿去死，也不愿看到我遇到危险。

✦

我拿着信走进安静的礼拜堂内，在这里我不会受到打扰，我的儿子和我那叽叽喳喳的女儿不会来吵闹我，詹姆斯那位俊美司库也不会用他那静谧的微笑来乱我心神。信里只有一封私人信件，来自我妹妹玛丽。凯瑟琳没有动静，而正是这封王后缺席的信件让我明白了玛丽这封书信为何长达三页，线索就在玛丽的最后一页信上。她说：

三姐妹三王后

4.92

凯里夫人（她还是玛丽·波琳时，可是一位比现在好多了的姑娘）生下了一个小姑娘。毫不意外，全部人都知道哈里是她的父亲，而且波琳家族被赐予了大片土地和贵族头衔，天知道他们还得了什么好处。这个不知名的小家族可真是好样的。愿上帝保佑哈里，他十分高兴又有了一个平安出生的健康孩子，查尔斯说我们都应该理解他，他是一个男人，他有他的骄傲。查尔斯说我会为此而烦恼真是傻透了，这没什么，但要是你也看到了我们姐姐有多么伤心，你会和我有相同感受的。查尔斯说没人会在意：有个别私生子根本不会对任何人产生影响，可每个人都清楚——虽然没人敢说出口——王后已经过了生育的年龄了。哈里与她共进晚餐，对她依然体贴得无可挑剔，有时也会在她宫内留宿，但这都是出于礼仪；她不再是他心中所爱了，她只是他名义上的妻子，何况贝茜·布朗特的儿子也茁壮又健康地长大了，玛丽·波琳的女儿在看到她的父亲时已会呱呱乱叫，然而他们之间却没有儿子，这成了凯瑟琳的污点。要是他又会有一个私生子呢？要是之后又会有更多私生子，要怎么办呢？

凯瑟琳开始斋戒禁食了，还在她华丽的礼服下穿着刚毛衬衣①，她仿佛把这一切视为自己的错。然而她毫无怨言；她什么都没有说。完全没有。我想哈里有些难堪，这让他格外喧哗吵闹，整个王宫都有点躁动。查尔斯说我变得像爱抱怨的老妇人，但要是你看到了凯瑟琳早早离开王宫回去祈祷，而所有人都还在彻夜欢舞的场景，你会明白我的意思的。所有人都为这个新生儿的健

---

① 宗教信徒用于惩罚自己所穿的衣物，面料粗糙，可能会磨破皮肤，带来肉体疼痛。

康而开怀畅饮，仿佛出生的是一名公主。宫里的人对待亨利·菲兹罗伊的态度很谨慎，但这个波琳家的私生女却收到了公开的庆贺。每个人都明白亨利·菲兹罗伊在一天天地健康长大，日渐强壮，照顾他的育儿所就和我们的一样好。哈里是国王，他理应随心所欲地行事。但是，天哪！玛吉！要是你看到了凯瑟琳，你会和我有相同的感受，我们的幸福时光已经过去了。

是啊，我心想着。世道变幻无常，尤其是对女人而言。这位来自西班牙的年轻公主，嫁给了我俊美的长兄亚瑟，吸引了我的父亲，诱惑了我的小弟，之后还不厌其烦地教训我婚姻之法永世不变，事到如今，她却眼睁睁地看着她的丈夫略过她，走向另一名年轻女子。如今，她目睹了一个年轻女人怀上身孕，并生下了一个红发的都铎后代。以往凯瑟琳凭借她非凡的魅力与强硬的意志，一向能够达成其所愿。她向来认为上帝和法律都在她那边。如今她魅力退去，且无人会再听取她的意见。她所剩下的全部仅仅是上帝和法律。我想我们未来会见识到她如何把这两样法宝紧攥在手里。

我当然为她感到难过，我当然明白誓约必须遵守，尤其是国王与王后的誓约，但我同时也认为这是我的机遇。我已经公开宣布阿奇博尔德不得靠近王宫，不得出现在我面前。我不会因此动摇。而眼下，我觉得我遇到了一个可以让我更进一步的机会。我会把我的儿子送上王位，同时我还可以离婚。哈里爱上了一个已婚女人，还得到了一个私生女，那他便不能禁锢我的自由了，他不能做出这等虚伪之事。凯瑟琳的势衰——尽管这很悲哀也很遗憾——就是我的机遇。这个世界不再听她号令，我们不必再按照她认为正确的方式去生活了。我不必牺牲我自己，去证明她的观点。我会获得自由，不论她如何看我。既然我弟弟敢打破他的婚姻誓约，那我就敢终结我的誓约。

1524年秋

苏格兰　爱丁堡　荷里路德宫

我在黑夜中被一阵狂乱的教堂钟声惊醒,哐当刺耳的声响,是警钟,是警报。我跳下床,陪寝的侍女将睡袍披在我肩上,我喘着气问道:"怎么了?发生了什么?"

我推开我的私室大门,卫兵们也推开了另一头的那扇门,接着亨利·斯图亚特穿着马裤马靴快步走了进来,他正在穿衬衣,好遮住裸露的胸膛。

"请您快更衣,"他紧急地对我说,"道格拉斯家族违背了您的禁令,他们进入了城里。"

"阿奇博尔德干的?"

"他爬上城墙,从里面打开了大门。足足有好几百人。我能否获得您的允许实施封锁?"

"在这里?我们不能在这里实施封锁!"

"这取决于对方有多少人。"他严肃地说。

他转身快速走了出去,大声命令卫兵们都赶往战斗岗位。我跑回房间,套上了一身礼服,穿上宴会鞋。我的随行女官忽然瘫坐在了凳子上,害怕得哭了起来。

"快去找其他人,"我对她说,"让她们都赶去我的会见厅,关闭窗户上的所有窗板。"

"道格拉斯家的人来了吗?"她战战兢兢地说。

"只要我能阻止他们,他们就来不了。"我说道。

我大步走进会见厅,看到了戴维·林赛和詹姆斯。我的儿子脸色苍白,神情紧张。一看到我,他勉强挤出笑容,埋头请求我的祝福。

"我们会守住王宫。"越过詹姆斯低下的头,我对戴维·林赛说道。我抬起詹姆斯的头,向他行屈膝礼,然后亲吻他。"你一定要勇敢,千万不要靠近窗户,也不要走到城墙上去。不要暴露自己,不要成为攻击目标。"

"他们想要什么?"他问道。

"说是想要恢复在议会中的席位,并撤销将他们视为叛贼来审判的传讯。"林赛立即答道,"他们这是铤而走险了。"

"这是阿奇博尔德的作风,"我苦涩地说,"隐藏武器,秘密军队——他该为自己感到羞耻。他上次杀害多少人?"

英格兰使者衣衫不整地跑了进来,大助祭还光着腿。"法国人打来了吗?"

"更糟糕,"我语气尖刻地说,"是你们的朋友阿奇博尔德·道格拉斯,带着手下的几百号人,又控制不住他们。"

他们的脸都被吓白了。"您要怎么做?"

"我要击垮他们。"我郑重地说。

✦

荷里路德宫是一座宫殿,不是城堡,但它有高耸的围墙,每个角上都有塔楼,大门能够封锁紧闭。城堡方向传来巨大的炮火轰鸣声,我知道亨利·斯图亚特会骑着马,像个疯子一样飞奔上王家英里大道,让城堡的人全都武装起来,将炮火对准来犯之人;城堡绝不能沦陷。

"抬出我们的大炮,"我命令侍卫长,"不能让他们进到这里。"

我们没有城堡的炮台,但士兵们把大炮抬到了门前,我的士兵都站在大炮后方,脸色凝重,炮弹全堆积在他们的身后,准备好轰炸王家英里大道,还有他们自己的城市。在炮弹前方,我的卫兵手持火枪与弓箭,跪在鹅卵石地上。

"天主在上,我恳求您,不要对您自己的丈夫开火。"大助祭在我身侧说道,我站在门房处,脸色和我的炮手们同样焦虑,留心着前方王家英里大道上的道格拉斯军队的任何风吹草动。"身为妻子,这等行为实属大逆不道。这将再无重归于好的可能,没有教皇会宽恕……"

"你回到你的房间!"我怒斥道,"这是苏格兰的内务,况且若不是你们给了他安全通行令,他也不会出现在这里。"

"殿下!"

"滚开!不然我亲手开枪杀了你!"

他挫败地退了回去。他望向鹅卵石道,露出一副惊恐的表情,仿佛在害怕会有一群疯子嘴里叼着刀,穿着格子呢,冲刺前来,随后他急匆匆地跑走了。

我往身后望了一眼,詹姆斯在那里,那把英格兰宝剑别在他腰后。"你去会见厅待着,"我命令他,"若是事态不妙,要让他们看到你坐在王位上。若是他们闯进来,你要保持冷静,然后投降。戴维会带着你。不要让那群人碰你。他们不准碰你一根汗毛。"我转向阿兰伯爵詹姆斯·汉密尔顿。"保护他,"我说道,"准备好马匹,万不得已之时,做好逃跑的准备。"

"您会在哪里呢?"他问我。

我没有回答。要是他们闯进来了,我会死。那些人会踏过我的尸体去抓我的儿子。这不是演戏,这是阿奇博尔德与我之间的战争,道格拉斯家族与摄政王后之间的战争,这群反贼和王位正统之间的战争。这是我们之间的最后一役,我再清楚不过了。

戴维·林赛领着我儿子离开了。"上帝保佑您,"他迅速地对我说了一句,"小亨利·斯图亚特在哪里?"

"他在为我们坚守城堡,"我说道,"一旦城堡安全了,我们马上就赶上去。做好准备。"

他点头遵命。"千万保重,殿下。"

"这是场死战。"我回答道。

一整天,我们严阵以待,听说了一些伤亡,一些骚乱,好几起抢劫,一则强奸的消息。一整天,我们听闻道格拉斯的人出现在镇上的每个选区和巷道,极力搜罗人手,企图突袭王宫,然而一无所获。镇上的人都害怕城堡和王宫的大炮,人民仇恨战争,尤其是在城门内的混战。更重要的是,他们仇恨红道格拉斯家族。终于,正午时分,在数次虚惊之后,我们听到了一阵急匆匆的脚步声,还有风笛那尖厉又哀怨的音调,一支身着道格拉斯家族颜色的部队跑下街道,向我们冲来,举着长矛。愤怒扭曲了这些人的脸,好像他们以为我们会因为惧怕而惨败。

"开炮!"我下令。

炮手们不需要第二道命令。弓箭手接连射出利箭,手炮爆裂开火,然后大炮轰隆隆地发射出炮弹。三四个人倒地呻吟。我手捂住嘴巴,耳中鸣响,被噪声震得听不见声音,臭气熏天的烟雾遮挡了我的视线,但我没有离开卫兵的身后。"开火!"我再次下令。

道格拉斯家的人被第二轮炮击炸得支离破碎,他们拖走了痛呼不止的伤兵,鲜血染污了地上的石头。现在我们前方一个人都没有了,但我们仍坚守在岗位上;大炮被移了回去,重新装填,枪手们吹燃带火星的引线。我们彼此对望,我们还活着:我们战意坚决,内心怒火滔天,竟有人胆敢前来进攻我们,竟敢威胁我们的国王。我们持续戒备。我想我们会守到午夜。但我并不在乎是否要守备好几天。我不在乎吃这份苦,我不在乎我的生死。愤怒盘踞着我的大脑,要是阿奇博尔德身在此处,我会亲手杀了他。

烟雾开始消散。我依旧在耳鸣。此时我看到陡峭的半山腰上来了一个骑着黑马的男人。是阿奇博尔德。即使烟雾漫天我也能认出他,即使漆黑一片我也能认出他,即使在这地狱降临的惨境中我也能认出他。他目光炯炯地看向我,我抬头直视他。

时间仿佛静止了。我仅仅能看见一个马背上的轮廓,我脑中所想的全是他那双黑色的眼睛,那双曾满含深情注视着我的眼睛,此刻依然注视着我的眼睛。他静止不动,只有他的马在路上行进,一只有力的手紧握住他的缰绳。他看向我,仿佛有话要说,仿佛要骑马下山,再次宣告我属于他。

我没有像一个谦逊女人那般垂下视线。我不像恋爱中的女人那般脸颊绯红。我的目光紧锁在他身上,我高声对他说,声音大到足以让他听清:

"炮手,瞄准那个骑马的人!"

士兵们调整好角度,等待着我一声令下就开火。我的丈夫,我的敌人,扶了下他的帽子,向我致意——然后他掉转马头,慢步离开了,一副无所畏惧的姿态,爬上王家英里大道的嶙峋山道,走出了我们的视线。

我们等待着,确信阿奇会重新集结,或是秘密地爬上宫殿的后墙,从背后包抄过来。我们神经紧绷,内心害怕地等待着,每扇门前的卫兵的箭都在弦上,炮手轻轻地朝引线吹气,好让引线上的火星不灭。之后,我们听见了圣吉尔斯的报时钟敲响,已经四点了,随后又是一下高亢而婉转的钟声,一声接着一声,请求和解。

"发生了何事?"我询问侍卫长,"派人出去看看。"

在他回答我之前,我看到一匹骏马从城堡陡坡不顾安危地疾驰而下,速度太快而没能站稳,又冲了一段。我瞧见了骑手肩上有斯图亚特的花格图案。来人是亨利·斯图亚特。只有这个疯小子才会在下山的鹅卵石道上骑得这么快。他在大炮前面停住了,跳下马。

他向我鞠躬。"您是否安然无恙?"

我点头。

"请容我禀报,阿奇博尔德·安格斯所带领的道格拉斯家族已经撤出城市,大门已经对他们关闭了。"他说道。

"他们离开了?"

"目前离开了。请随我来。您和国王快前往城堡的安全之处吧。"

侍卫长朝着马房咆哮,有人前去迎接詹姆斯。为了此刻,我们等了一整天,马匹和马鞍都已经准备好了。我们纵马驰骋上山,吊桥已经放下,闸门已经打开,城门洞开,整座城堡在恭候我们。于是我们骑马冲过桥梁,进入城堡里面,随后城堡门猛然关闭,我们听到吊桥收起的哐当声,还有落下闸门时锁链摩擦、金属碰撞的刺耳声音。

亨利·斯图亚转身看向我。"您安全了。赞美上帝啊,您安全了。"他饱含深情地说,话音颤抖。他将我扶下马鞍,伸出双臂将我抱住,好像我们是一对爱侣,好像他抱着我是再自然不过的举动。"赞美上帝,我的爱人啊,你安全了。"

他爱我。我想一直以来我都有所察觉,我早已注意到了他,在詹姆斯的那群侍官之中,他最为出众。我想,早在我为詹姆斯抛手绢,瞧见他欢呼之时,我就注意到他了。当他帮助詹姆斯脱下铠甲之时,他拿走了我的手帕,那张一角绣有玫瑰的手帕,他私藏了起来。如今,一年多后,他对我表明心迹,说他依旧保留着它,他自那时起,自那一刻起,就明白了自己的心意。而我只是觉得我喜欢他,他能让我开怀大笑,我很高兴能有他来关心我,他的陪伴让我心安。我没有想过爱情的可能。阿德的一再背叛令我害怕不安，让我以为我可能不会再爱了。

我立即退出他的怀抱。我们得小心。我在向罗马教廷申请离婚，还要经历重重困难；我是年幼国王的摄政官，我弟弟公然行为不检，我的弟媳却一心要维系婚姻关系，仿佛那是她升上天堂的唯一通途。这种时候我不能有任何不利于我的流言。

"别这样。"我迅速开口。

他马上放开了我，退回一步，满脸不安。"请您原谅，"他诚恳地说，"见到您是极大的宽慰，我仿佛在地狱中度过了一整天。"

"饶了你。"我激动地低声说道。我想到了阿德脸上意味深长的威胁，我想到了那飞扬在我和我丈夫之间那刺鼻的烟雾和炮火。我想到了那在死里逃生之后突如其来的活着的喜悦，我还想到原来爱与恨二者竟同样是如此强烈的情感。"天哪，上帝啊，我原谅你了。今晚来见我。"

1525年春

苏格兰　爱丁堡　荷里路德宫

  没人知道亨利·斯图亚特爱上了我。啊，戴维·林赛知道，他什么都知道。我的侍女们知道，因为她们见过他注视我的眼神——他才二十八岁，还不知道如何隐藏欲望。阿兰伯爵詹姆斯·汉密尔顿也知道，因为他在城堡主楼里看到过我被亨利抱在怀里。但那些可能会向英格兰告密的人都不知道，有一位优秀的男子汉爱上了我，我再也不是独自一人对抗这个世界。

  他的青睐令我沉醉，如同治疗烫伤的药膏。阿奇博尔德·道格拉斯这种男人的爱情就像是一道烫伤，拒绝他的爱情会受伤留疤。我想要消除这道伤痕，忘记和他的一切。我想要在亨利·斯图亚特的爱慕之中休憩。我想要在苏格兰凉爽的夜晚中与他同眠，梦中再也不受阿奇博尔德的侵扰。

  和亨利一起时，我内心很安宁，哪怕我要面对众多敌人而没有一个盟友，我也不慌张。阿奇博尔德撤退到了坦特伦城堡，给我弟弟哈里寄去了一大堆怨言。他说他极力想同我和解，但我神志不清，变得极度危险。他说哈里自己的使者会证实我曾命令大炮对准他。哈里和他的发言人红衣主教沃尔西劝阿奇博尔德再全力一试。他们想让道格拉斯家族把法国人逐出苏格兰，并说他必须让我听话。阿奇博尔德可以强迫我和解。真是丑恶的建议，粗暴的语言。

他们听不进去我的话，不愿意支持我。整个圣诞节期我没有收到他们一句问候，仅仅收到了几件漂亮礼物还有我妹妹玛丽写的一封短信。她谈到了有史以来的最棒的圣诞节之一……衣服啊，舞会啊，假面剧啊，还有礼物等等，在信末尾处，她告诉了我整个王宫在年华老去的王后的管理下，依然过得如此欢乐非常的原因。

玛丽·凯里和她的妹妹成了情敌，安妮·波琳——千真万确！这两个波琳姐妹！——她是我在法国时的侍女，她非常迷人，非常风趣，非常聪明。要是早知她会在我的礼拜课上做出这样的事，我当初决不会对她这么好。她和她的姐姐让整个王宫都轰动起来，掀起了一阵玩乐的浪潮，这让我很郁郁不安。哈里被这两姐妹迷得晕头转向。他对我和凯瑟琳都很冷淡，凯瑟琳做什么他都不满意，对我也很疏远。这个圣诞节期间，这对波琳姐妹成了王宫的王后，她们安排了所有的娱乐活动和比赛，安妮·波琳赢了所有比赛。她那位曾深受宠爱的姐姐在她身边显得沉闷无趣，她让我都显得平庸无奇，想想别人会怎么把她和可怜的凯瑟琳相比！她这般耀眼夺目。天知道这一切会发展到何等地步，她可不是一个漂亮的小娘子；她的野心不止如此。

一句都没提到我。一切就如同我从未号令整个荷里路德宫，没有调转大炮对着王家英里大道，没有违抗我自己的丈夫，威逼他不敢直视我，最后打败了他。没人知道我离开了他，我不再是一位被抛弃的妻子了，我是自己命运的主人。我是全世界谈论的焦点，除了伦敦，在伦敦，亨利有了新爱宠，这让他的王后过得不快乐。这才是伦敦关心的全部。阿奇博尔德拼命想要让伦敦听取他的请求，而这一切无疑也无益于他。这就是我遭到遗忘的原因。也许我在为我儿子的权利而抗争,想尽办法要护他周全,急需英格兰的救助,但在伦敦,人们脑子里只想着安妮·波琳那双前途不可限量的黑色星眸以及哈里宠爱的微笑。感谢上帝,让我头靠在亨利·斯图亚特的肩上的时候收到了这封信,好让我意识到还是有人爱着我的。在伦敦,我可能已经被忘了个彻底,但此刻,我拥有了深爱我的人。

✦

然而我还是没有办法躲开阿奇博尔德。英格兰大使坚持要让道格拉斯家族进入爱丁堡,让那些被英格兰收买了的领主必须进入议会,作为回报,他们会支持我的摄政权威。我们都一致同意要与英格兰和平相处,还要让詹姆斯和他的表妹玛丽公主订婚。

"您会带来和平,还会与英格兰结成联盟,"马格努斯大助祭向我承诺道,"您为您的两个国家都牟取到了福祉,众人会对您心存感激。"

✦

阿奇博尔德的靠近让我处于恐慌之中。我觉得他会冲我施展恶咒,而我在他面前无计可施。我明白这都是犯傻的想法,可我觉得自己就像是一只庭院中的老鼠,无助而惊惶,眼看着一条毒蛇靠近,却害怕得僵住了身体,无法动弹,明知死到临头,又无法逃离。

"我真心不想和阿奇博尔德一起走在游行队列之中,"我语气虚弱地对亨利·斯图亚特和阿兰伯爵詹姆斯·汉密尔顿说道。但我如何能告诉这两个男人,一想到阿奇博尔德走近我,我就怕得浑身发抖。

"就算只是靠近您,他都应该感到羞耻,"亨利愤怒地说道,"为什么不坚持让他离开呢?"

"您上次见到他是什么时候?"汉密尔顿询问道。

我摇头,想甩掉脑海中阿德那清晰的面孔——他高高地坐在他的黑马上,周围弥漫着硫黄气味的硝烟。"我不知道。我想不起来了。"

"但游行是必须要有的活动,"詹姆斯·汉密尔顿说,"您不必和他牵手;但您必须走在游行队列中。世人必须明白您二人将携手主持议会。"

亨利气愤地咒骂了一句,然后从私室壁炉边走开,站到了窗边,望向外面飘舞的雪花。"他们怎么可以对您提出这等要求?"他问道,"您弟弟怎么能对他无辜的姐姐提出这等要求?"

"他们确实这样做了。"詹姆斯·汉密尔顿对我说,看上去很担忧,"您必须表明全部领主都团结在议会之内,议会是一个整体。人们必须看到议会齐心协力的场面。但这对他也同样糟糕:他必须向您下跪,对您宣誓效忠。"

"您就该当他的面唾弃他!"亨利咒骂道。他忽然转身,绝望地看着我:"您没打算这么做,是吧?您没打算回到他身边吧?"

"没有!决不!而且他不可以吻我,"我顿时慌张地说,"他不能牵我的手。"

"他必须宣誓效忠,"汉密尔顿耐心地重复道,"他无法伤害您。我们都在您身边。他会向您下跪,双手合拢,您会拾起他的手,之后他会鞠躬亲吻您的手。就这样。"

"就这样!"亨利大喊,"每个人都会认为他们又是丈夫和妻子了。"

"不会有人这样想,"我说道,他的绝望让我找回了勇气,"这意味着他要效忠于我。这意味着我胜利了。三十步——我们必须比三十步多走几步。不要以为这有任何意义,不要以为我不爱你,不要以为我会再次把他当作我的丈夫,因为我已经发誓我不会这样做。我决不会。但我必须走在他身侧,我也必须握住他的手,我们必须成为遗孀王后和王后的丈夫安格斯伯爵,并带领所有领主进入议会。"

"我受不了这个!"他狂躁地说,如同一个愤怒的孩子。

"为了我忍受这一切,"我平稳地说,"就像我为了我的儿子詹姆斯必须忍受这一切。"

他的目光霎时变得柔软起来。"为了詹姆斯。"他说道。

"为了他,我必须这么做。"

"这只是一场宣誓忠诚的公开仪式。"詹姆斯·汉密尔顿提醒我们两人。

我控制住自己,没有颤抖。

我走在詹姆斯身旁,我们二人都身着金缕布,头戴王冠,进入爱丁堡的市政大厅。阿奇博尔德手捧国王王冠,领着游行队列,阿兰伯爵詹姆斯·汉密尔顿手持国王权杖紧随其后,阿盖尔伯爵手持詹姆斯的礼仪佩剑走在他后面。我和詹姆斯并肩走在这三人之后,宝座饰布笼罩在头顶。今天冷得刺骨——前进时我们能看到自己的呼吸在空中化为雾气——玲珑的雪花飞舞在队列四周。为了英格兰与苏格兰的和平、我儿子的安全,我付出了高昂的代价。今晚的宴会在荷里路德宫举行,我必须和我的丈夫共用一只赞颂杯,为他送上最美味的菜肴。他会微笑着取走最肥美的肉块,就像他再次合法拿走我封地上的租税那般。我没有去看房间另一头的亨利·斯图亚特,他面容惨白地坐在詹姆斯的从属之中,没有动一口食物。

这一晚，英格兰使者托马斯·马格努斯大助祭交给了我一封凯瑟琳的亲笔信。

"她寄给你的？为何不直接给我呢？"

"她想让我在今天把这封信交给您，您和您丈夫共领议会的这一天。"

"噢，是伯爵下的命令吗？就像他安排队列那样？"

大助祭将信件呈给我。"殿下的亲笔信，"他说道，"您瞧，封蜡没有破。我不知道她这封信的内容，其他所有人也不知道。不过她吩咐说，只有安格斯伯爵加入议会，并对您儿子宣誓效忠之后，才能告知您这封信。"

"她料到了这些事会发生？"

"她为此祈祷上帝的意志在地上显灵。"

我拿过信，他鞠躬后退出了房间，于是我可以一人看这封信了。

我亲爱的妹妹：

　　哈里告诉我，他命令你的伯爵丈夫前去议会支持你和你儿子。他很满意伯爵愿意履行其身为你丈夫的职责和誓约。我非常高兴，也非常庆幸你的麻烦终于告一段落，你的丈夫回到了你身边，你的儿子成为了众人认可的国王，而你是大权在握的摄政王后。你的勇敢得到了嘉奖，感谢上帝。

　　我是那么地了解你，所以我恳请哈里务必让你的丈夫宽容耐心地对待你；他也向我保证，你可以等圣灵降临周到了，再回到阿奇博尔德身边，继续你们的夫妻生活，如此你便有了再一次接受他的时间，也许你还会对他重生爱意，他对你是这般忠贞不贰——不论是在法国，还是在英格兰期间。我见过他了，我相信他就是你命定的丈夫。你没有理由不回到他身边。

我以我的荣誉向哈里起誓，我们曾听闻的所有关于你的传闻都是虚假的。我立下誓言说你是一个好女人，你不会让自己的孩子成为私生子，也不会企图离婚而令自己的王室名声蒙羞，何况你的丈夫正在寻求你的原谅。

贤良的妻子要懂得原谅。如你，我，还有玛丽这般的王后，更是有义务向世人展示婚姻永无尽头，我们的原谅会直到永远。

所以，我和哈里都一致同意，在圣灵降临节，你要接纳阿奇博尔德重新成为你的丈夫，我祝愿你能够再一次获得幸福快乐。真希望就在不久后的一天，这个心愿能够实现。

你的姐姐，王后殿下，
凯瑟琳

阿奇博尔德会和我们的女儿、我儿子还有我住在荷里路德宫，我们要向世人表明我们是重归于好的一家人。我们要向哈里证明我们不会离婚，丈夫总是会回到妻子身边，婚姻关系的确会延续至死亡。在平民看来，我们坐在一起用餐，俯瞰着辉煌的大厅，看上去就像领主、领主夫人以及他的儿子。宝座饰布从詹姆斯和我的座位下延伸出去，我们的座椅略微高于阿奇博尔德，但他却是那个在大厅内分配菜肴、四处走动、和他的朋友交谈、吩咐配乐的男人，宛如自家餐桌上的尊贵主人。

厨房送上一道又一道佳肴，仿佛能够再次侍奉领主本人这件事令仆人们不胜欢喜。乐师演奏起舞蹈的旋律，阿奇博尔德向所有人教授他从伦敦学来的新舞步（由安妮·波琳掀起的时尚风潮）。演员们上演了新式假面剧——从宫人之中挑选出一位带入他们的舞蹈，在戏中扮演角色。演员们老是选中阿奇博尔德，于是他在旋转的舞圈中心跳舞，黑色的眼眸满含笑意地注视着我，轻轻耸肩，就像在说他没有故意讨要这些赞美，都是它们自找上来的。他一向是人群关注的中心。

他对詹姆斯很友好——他没有将所有注意都倾注在他身上，让我谨慎的十二岁儿子产生疑虑，而是同他讲述他那些千钧一发的逃亡、战斗、计谋，还有基督教王国内的战争，英格兰国王的计划，以及欧洲宫廷里的那些权力斗争的惯常戏码。他在法国没有虚度光阴，在英格兰时也没有。他清楚世上发生的全部事件，他给詹姆斯讲述各种小故事，以此教导他治国之术，他还会拍拍他的肩膀，表扬他的见解。他带他去图书馆，在巨大的圆桌上摊开地图，向他展示哈布斯堡家族①如何不断壮大，将自己的领土扩大到横跨欧洲的地步。"这是我们必须与英格兰和法国结盟的原因，"他说道，"哈布斯堡是一头巨兽，迟早会吞并我们。"

他关心玛格丽特，对她很好，玛格丽特也将他视作奇迹回归的父亲来崇拜。他夸赞她的美丽，不论去何处都把她带上，一经过市场，就给她买扎头发的丝带。在我面前，他一如当年那个殷勤体贴的切肉仆人，举止优雅迷人。他越过詹姆斯的头，朝我露出暖意融融的微笑，仿佛在表扬我养育了如此非凡的儿子。我的言语让他面露笑容。我进入王宫之时，他总是伸出双臂做好护送我的准备。若是举办宫廷舞会，安排乐师奏乐，准备卡牌活动，一切更是完全按照我的心意来布置。他太了解我了，在我有时间下令之前，他就能猜到我心中所想。他问起我往日臀部的伤痛，让我想起

---

①哈布斯堡家族是欧洲历史上支系繁多的德意志封建统治家族，主要分支在奥地利。自1438年后，神圣罗马帝国皇帝便由哈布斯堡家族世代承袭。

了以前那场紧急逃亡；在一点一滴的回忆中，他反复提起我们的过去，说那是爱情的故事，总是问我是否还记得，是否能想起那一晚。日复一日，这些共同的利益和回忆如同他编织的一张温柔网，将我拉向他。

他时常对詹姆斯赞扬我的勇气，告诉我的男孩，能拥有一位女英雄似的母亲是他的幸运。他告诉玛格丽特，我的国王弟弟为了嘉奖我的勇气，送了我许许多多礼服。他一如既往地暗示他本人是为了我，为了詹姆斯的安危在战斗。他仿佛在高唱一首我们都知晓的歌谣，但却配上了全新的陌生曲调。

阿奇博尔德抬起头，专注地看着我，而在他身后，我看到了亨利·斯图亚特烦躁却无力的表情。我无法向亨利证明我没有对这个温柔的新阿奇博尔德心软，没有对他消气，因为亨利看得出来——所有人看得出来——我确实已被打动。我这一生得到的喜爱少之又少，致使我渴望得到他人的关注，即便是我敌人的关心。

我爱亨利·斯图亚特。他进入王宫，向我行礼，那头黄褐色头发在烛火映照下闪闪发光，一双浅褐色的眼眸率直而真诚，我整颗心都为他加速；然而只有阿奇博尔德站在我的座椅之后，手放在我的肩膀上，我才能确信我是安全的：全苏格兰唯一能挑战我权威的男人站在我这边，我弟弟的朋友与盟友在我身边，这个我曾为爱情而下嫁，却让我遭受惨痛背叛的丈夫，已经回家了。

"这是我们的幸福结局。"他弯下腰，在我耳边悄声说，而我找不到勇气反驳他。

✦

晚餐前的一小时，所有人都在梳妆打扮，这时亨利·斯图亚特来到了我的私室。侍女告诉我他在等候召见，于是我让她们退下，我身穿绿色丝绒，手戴银色袖套，一身王后的装扮出去见他。他向我鞠躬行礼，恭候我入座，但我走近他，直视他闷闷不乐的脸，我不禁有了一阵冲动，想要伸手触碰他的胸膛，和他说悄悄话："亨利？"

"我前来请求您容许我离开王宫。"他语气僵硬地说。

"不！"

"您肯定也看出来了，我无法与您和您的丈夫生活在同一个屋檐下。"

"我受不了你离开。你不能把我留在这里，和他在一起！"

他用力地把我的手压在他那件刺绣精美的外套上。"我不想离开，"他说道，"您知道我不想的。但我不能住在他的家里，就好像我是他的手下。"

"这是我的家！你效忠的人是我！"

"如果他是您的丈夫，那么这全部是他的，"他痛苦地说，"我也是。我感到羞耻。"

"你为我感到羞耻？"

"不，决不会。我理解您必须和他分享权力，我理解您必须让他留在这里。我都理解。这是和英格兰的约定，我都理解。但是我无法接受。"

"我的爱人啊，我亲爱的，你明白我会得到离婚赦令，我会离开他的！"

"那会是何年何月呢？"

我觉察到了他语气中的沮丧。"从今天起的任何一天，任何一天我都有可能接到赦令。"

"也有可能永远得不到赦令。与此同时，我无法在您丈夫的家里等候您。"

"别回埃文代尔。"我更用力地抓住他的外套，"如果你不能留在这里，那也别回到那个地方。"

"还能去何处呢？"

"去斯特灵城堡，"我脱口而出，"那是我的城堡——没人会否认——去斯特灵城堡，召集城堡守卫。检查防御工事，让那里成为能让我们安身的庇护之所，以防这里出现任何不测。"

我给他分配工作，给他布置任务，让他感受到自己的重要性。"求你了，"我说道，"虽然你无法在这里保护我，但你可以让我有一个安身之处，以备不时之需。谁知道道格拉斯家族会做出什么事来呢？"

"只要英格兰盼咐，他们什么事都做得出来，"他冷漠地说，"您也是。"

"我只是暂时如此，"我承认道，"就如今而言，我必须这么做。但是你要清楚，我是在为我的自由，为我儿子的自由而奋斗——为了他能成为一个自由王国的真正国王。"

"但是您依然留着道格拉斯和他的家族在您这一边。"他敏锐地说。

告诉他真相之前，我犹豫了。我的情感太矛盾，我自己都无法理解。"我害怕他，"我坦白地说，"我了解他是个残酷无情之人，我不知道他会做到何等地步。正因为此，只有他在我这边时，我才知道我是安全的。"我悲哀地笑了。"只要他在城堡里，那城堡外面便没有我的敌人。只有他对我好的时候，我才确信没人能伤害我。"

"您难道不明白您必须摆脱他吗？"他质问道，话语中净是年轻气盛的急躁，"您因为恐惧在忍受他。"

"我的姐妹们坚持如此，"我说道，"我弟弟坚持如此。为了詹姆斯，我必须如此。"

"您如今在名义上是他的妻子，那在行为上您也会成为他的妻子吗？"

他还是很年轻，分辨不出我的谎言。"决不会。"我告诉他，脑海中想起凯瑟琳先前承诺的圣灵降临节一事，"永远不用去想这件事。"

他还不知道一个女人能够在同一时间爱一个人、怕一个人，又恨一个人。"不，"我严谨地说，"这不是爱情一类的事。"

他的态度软化了，低下头亲吻我的双手。"那就好，"他说道，"我会前往斯特灵，然后等候您派人来寻我。您明白我只是想要为您效劳。"

◆

没有年轻恋人的陪伴，我熬过了这个春天，尽管我十分怀念他站在大厅后方生闷气、一脸嫉妒的模样。我一天比一天焦虑，阿奇博尔德的野心逐渐浮出了水面，他想要扩大他在议会中的影响；他想要统治苏格兰的决心也越来也明显。他和英格兰之间的联盟是如此牢固，他的财富（我的财富）是如此巨大，他的威权震慑了所有人。面对我时，他依然温柔体贴，又好相处，然而我畏惧复活节的到来，还有那随之而来的圣灵降临节，那个时候他会回到我的床上，我再也找不到办法拒绝他。更恶心的是，他说这是我们自愿达成的协议，说得好像我们都巴不得在这个夏天就重修旧好，仿佛我们是栖息在苹果树上的一对画眉鸟，想要再孕育一个孩子。凯瑟琳的计划——给我一点适应他的时间——演变为一场求爱之途，无可挽回地通向我们的婚姻。

他太聪明了，都不必明讲出来，但他给我的床添置了新的帘帐，新的被单，还嘱咐女裁缝必须要在圣灵降临节前准备好。他胸有成竹地说起这个夏天，说我们要前往林立斯戈宫，甚至更北边的地方，我们一定要带着詹姆斯走遍他的国家，举行一场全国范围的王室出游，效仿他的父亲。他说他要教会玛格丽特像男孩那样骑马，让她也能尽情享受到打猎和骑马的乐趣。他的话语中没有一丝怀疑，他坚信我们会在一起，丈夫和妻子，共度这个夏天，还有以后的每个夏天。

他信心十足地向红衣主教沃尔西申请全权使用我的封地：全部租金、税收和农产品都收归于他，我所承认的丈夫。我没有听到任何关于他曾一度称之为妻子的那个女人——特拉奎尔的珍妮特·斯图亚特——的消息。我不清楚她是否居住在坦特伦城堡,做她的城堡夫人,或是在我的某处房产里当女主人,没人敢告诉我。我甚至连她是否遭抛弃都不清楚,他是否背叛了她?她也许待在某个地方,也许是特拉奎尔大宅,怀揣着未卜的希冀,或许他会回到她身边,而她又害怕他回来。他从不提起她,某一种诡异的尴尬也让我闭上了嘴。我已经失去了质疑他的勇气。

他歌颂我们的幸福生活,歌颂我们历经艰难险阻的婚姻,歌颂我们为了相守而付出的所有努力,他作了一幅新画。我看得出来他在伦敦时把这套把戏玩得炉火纯青,因为他在这里,在爱丁堡,也表演了相同把戏。他让我的儿子相信了他,差点也让我相信了他,相信他和我深深相爱,因意外而分离,经过了重重磨难,仍然真心不变,如今终于破镜重圆。我都快把持不住自己的理智了。我开始觉得他说的是对的,他真的爱我,他是我唯一的安身之处。他对这个世界的看法,对我的看法,对我们共同生活的描述,正在让我一点一滴地沦陷。

有一天,他甚至敢说:"那些炮火的烟雾散去之后,我看到你站在大炮之后,接下来我就想到——我的上帝啊,那才是我一直梦想得到的女人。我们之间向来充满激情,玛格丽特,爱与恨一起。"

"我命令他们预备开炮。我知道那是你。"我告诉他。

他笑了,信心丝毫没有动摇。"我知道你下令了,而且你看到了我注视着你,你知道我在想什么。"

我想起他在马背上的黑色轮廓,他高高地站在王家英里大道上,仿佛在打量我是否有胆再次朝他开炮。

"不,我当时不知道你在想什么,"我执拗地说,"我一心只想你离开。"

"啊,我决不会这么做的。"

他代表着我伟大的国王弟弟,还有我的弟媳英格兰王后那天赐的坚定,他获得了人王与上帝的支持。我逃不出他的掌心。我不爱他——祈求上帝救我逃离这等痛苦——但他把持着王宫，控制了詹姆斯，还凌驾于我之上，我觉得仿佛无话可讲，无事可做，再也无法获得自由。他告诉我我的想法是什么，仿佛我自己的思想受他控制。我只能等待罗马的消息，等待我的离婚赦令得到批准，只有那时我才能对他说，我自由了，而他不过一介议会大臣，与我再无干系。到了那天，我才能够告诉他，他不是我的丈夫，不是国王的继父。他是我女儿的父亲，但他无权命令我。他可以成为英格兰国王的盟友，但他不再是他的亲戚。我每晚都跪在十字架前祈祷教皇的牧师立即签署赦令，将我从这不人不鬼的怪异生活，从这不敢反抗自己丈夫的生活中解放出来，与此同时，我也还思念着一个我连面都见不上的男人。

这一切让人难以承受。我必须摆脱这个夏天。我受不了每天和阿奇博尔德骑马散步，每晚还要看着他跳舞。我受不了和他一起跪在礼拜堂内，和他一起做弥撒，仿佛我们共用一只赞颂杯。我心中明了，不久之后，复活节后的某天，他会来到我的卧房，我的侍女会为他开门让他进来，她会屈膝行礼之后离开，留下我二人独处。我会完全处于他的控制之下，受他支配，为他所压制，就连我自己都认识到了我不会反抗。法律上，我知道我不能反抗。我越来越害怕，我害怕我会忘记如何反抗：我不会反抗。

我必须打破我弟弟为我安排的这场婚约，我必须打破凯瑟琳编造的魔咒。他们二人，为了自己的私利，决定了阿奇博尔德和我应该遵守我们的婚姻誓约，应该重归于好。我同阿奇博尔德的婚姻能让哈里尽情追逐玛丽·波琳，因为我证明了没有任何背叛能够毁灭一桩婚姻。我证明了这一点。他们二人——凯瑟琳和哈里——联手迫使我们二人达成了协议。哈里贿赂了詹姆斯的护卫，也收买了议会，让所有人都支持阿奇博尔德，只要阿奇博尔德维护英格兰的利益，忠诚于我这位英格兰公主，忠诚于我们的婚姻。哈里写信劝我,凯瑟琳写信劝我,连我妹妹玛丽都写信劝我,他们所有人都说我的未来,我的国家的未来,还有我儿子的未来,都握在我这位好丈夫手里。他会对我一心一意,我必须接纳他回来。我们会获得幸福。

我暗自藏起自己的手,走小路将这封信送到码头上,在那里有一艘开往法国的法国商船,我写信寄给不在国内的奥尔巴尼公爵。我说我愿付出一切——一切代价——让教皇签发我的离婚赦令。我说我知晓他能够为我说服那群梵蒂冈人。我说我愿意将议会交由他管理,我愿意将苏格兰拱手交给法国人,只要他让我摆脱阿奇博尔德。这迷梦般的可怕生活将我折磨得半生半死,让我几近溺亡,即便是在我写信求助之时也没有放过我。

1525年春

苏格兰 佩斯 斯昆宫

斯昆宫是一位男性修道院院长的宫殿，坐落在斯昆修道院一侧。这是历代苏格兰君王加冕之地。自从我第一次跟随我的丈夫詹姆斯国王来到此处，我便爱上了这些灰石筑建的修道院、宫殿，还有高高屹立在珀斯高地上的小教堂。这里的景色原始荒凉：群山耸立，低缓的山坡上是乌压压的一片森林，郁密幽深，没人会住在里面，林间细窄的道路只有鹿群和野猪经过。一年中的这个时候，虽然河岸的黄水仙已经结出了沉甸甸的花蕾，花蕾随风不住地摇晃，但是山巅之上仍覆盖着白雪。又因为春汛来临，河流水势湍急，溅起朵朵白色的浪花，此时若是行走在河边，必定会挨冻，就连在修道院附近的花园之内散步也十分寒冷，哪怕此时已有植物冲破了黑黝黝的土壤，长出了第一拨嫩芽。

阿奇博尔德没有和我们一起踏上这不合时令的北上之旅，而是留在了爱丁堡和大臣们开会，于是詹姆斯和我突然之间获得了自由。只有在我们远离他的此时此刻，我才真切认识到了他一直在悄无声息地控制着我，而我也在小心提防他。这就像我和我儿子在他周围得踮着脚走路，仿佛他是一条睡着的毒蛇，随时可能袭击我们。只有玛格丽特想念他——他这么有魅力，对她又是宠爱有加，所以她没有暗地里畏惧他。

我们每天都去骑马打猎，御马官带领我们穿越丛林，进入一片光秃秃的高沼地，这里寒风凛冽刺骨，且风势又大。我的国王儿子喜爱这些高地，这些高地占据了他王国的大片领土，他整天都骑马外出，只让少数人陪伴他。他们走到一座小修道院请求用早餐，又敲响另一座遥远农庄的房门，请求用晚餐。看到国王跟自己同处一室，人们都十分欢喜，而詹姆斯在自己的城堡内囚徒般地生活多年之后，也乐得享受这份自由。他和他父亲很像：他喜欢给他的人民惊喜，像平民那样在他们之间骑马，将他们视为平等的谈话对象。我告诉他，斯特灵城堡外有一个小村庄名叫巴伦格科，他父亲曾以"巴伦格科的古德曼"的名号在外行走，假装成一个普通人，这样他就能和姑娘们跳舞，还能施舍钱财给乞丐们，詹姆斯听了大笑出来，还说他也要当一个古德曼，于是他在外都用"古德曼森①"这个名字。

亨利·斯图亚特加入了我们，他骑马走在詹姆斯那边，一位年轻国王的完美同伴。他在给国王讲述那些苏格兰古老故事，那些骑士与贵族的传奇。白天，他是詹姆斯的伙伴和朋友，夜晚，他悄悄来到我的房间，将我拥入他的怀抱。

"您是我的爱人，亲爱的。"他在我耳边低吟，而我说："嘘。"之后我们做爱，向对方轻声诉说爱语，在黎明之前，他又悄悄离开，于是当我起身晨祷之时，这一切宛若一个关于我年轻爱人的梦，我几乎无法相信我们共度了一夜春宵。

☆

远离爱丁堡的烦心事，我们在北境过得快乐极了，是以我在晚宴上听闻大助祭托马斯·马格努斯结束了英格兰的访问，近日已经返回时，我感到很惊讶。在这里，我们的用餐时间比往日要早，到烛台上的烛火开始飘摇之际，我们便上床就寝。此地的夜空深沉有如黑色丝绒，点缀着寥寥无

---

① 意为"古德曼之子"。——编者注

几的银色星子,佩斯镇上没有灯火,斯昆那座小村庄里也没有火炬。仅仅在那无光的大地与漆黑的天空相接之处,有一道神秘的微光——并非破晓的晨光,也不是星光。唯一的声响便是猫头鹰凄厉的嘶叫。

"我没想到能这么快就再次在苏格兰见到您,大助祭,"我说道,"欢迎您。"

我并不怎么欢迎他。我知道他去了伦敦,肯定会带来英格兰的消息。我毫不怀疑他先停在爱丁堡,和阿奇博尔德分享了全部消息,之后才受他指示来到了这里。"我的国王弟弟身体可好?王后殿下是否安康?"

他鞠躬,小声说有信要给我,还说伦敦发生了大事。

"我弟弟还好吗?"我焦虑地问,"王后殿下呢?"

"赞美上帝,"他诚心诚意地说,"他们都很好。不过发生了一场惨烈的战争。我很遗憾要告诉您,您先前的盟友法兰西王国,被打败了。法国国王本人都已沦为了阶下囚。"

"什么?"我惊愕地问道。

我看明白了——没人会看不出来——他眼中闪烁着些许幸灾乐祸之情,嘲笑着我的震惊,他明白这让我失去了能够威胁我弟弟和阿奇博尔德的盟友。

"弗朗西斯国王被俘虏了,落到了皇帝陛下手里,"他淡定地说,"您的朋友奥尔巴尼伯爵带兵营救他的主人,已经被彻底打败了。您弟弟的敌人,理查德·德拉·波尔,这个觊觎王位的反贼已经被处决。"

"他也是我的敌人,"我坚决地说,"既是我们的亲属,也是仇敌,两种身份兼有。感谢上帝,他不会再成为我们的麻烦了。"

"阿门,"大助祭连忙说,仿佛希望他才是那个提及上帝的人,"于是,您看——您这般聪慧的公主必然很快就明白——除了英格兰,您就没有强大的朋友了,法国人已经被摧毁,在下一代成长起来之前,他们都无法恢复元气，他们的国王被俘虏，他的统治被瓦解。他曾是您的盟友，但眼下他是哈布斯堡帝国的囚犯，您自己的朋友奥尔巴尼公爵受尽屈辱，一败涂地。"

"只要英格兰安然无恙，我就心满意足了。"我随口说道，却几乎不明白这话的含义。如果法国人输了，公爵也被击败，那么他就不能为我在梵蒂冈说话，在苏格兰他也帮不上我的忙。大主教说得对，我失去了朋友和盟友。我的未来全仰仗哈里，这辈子都要受阿奇博尔德的控制。

"想必这让您很吃惊，"大助祭说道，一副不容置疑的同情口吻，"法国完了。所有接受法国钱财的苏格兰领主都会发现他们的资金断了。"他停了下来。他知道法国人也在给我送钱。他知道我依赖法国人的这笔钱，还依赖着他们的卫兵，有一半的领主都支持法国人，都为此收了钱。

"我为我的弟弟深感欣喜，"我麻木地说，"我为英格兰而备感喜悦。"

"还有您的姐姐，那位西班牙茵凡塔，如今她的外甥统治了全欧洲。"大主教提醒着说。

"也恭喜她。"我咬牙说道。

"他们给您写了信。"他交给我一包沉甸甸的书信，上面有王室封蜡。

我朝一位侍女点头示意。"吩咐乐师前来奏乐，我要去私室看看伦敦的新鲜事。"

"希望都是好消息。"她说道。

我没有一丝自信，但我胸有成竹地点头。我让卫兵关上我身后的大门，然后朝主持那张大椅子走去，走上了礼台，环视空旷无声的房间，接着我坐下来，拆开了封蜡。

我一生之中从未读过这样的信件。我深知哈里脾气暴躁，但他从未如此过激。我早料到他会生气，但眼前这真是再糟糕不过的情形。在信里他俨然一个不可挑衅的男人，若是有人胆敢与他争吵，此人必定性命不保。他暴跳如雷，信纸上到处都有钢笔溅出的墨点，仿佛他在倾倒自己的怒火。他简直气疯了，怒不可遏。信上说他知道了我与奥尔巴尼暗中勾结，不过我应该知道奥尔巴尼已经是个废人了，输得彻底。他说他截获了我的信件，那封信表明我只是假意与阿奇博尔德和好，实际上我一直在央求奥尔巴尼加紧帮我从梵蒂冈人那里弄来离婚赦令。他说在他看到我为了自由愿意付出"一切，一切"之时，简直不寒而栗。他说他十分清楚我的意思——我这是主动献身给奥尔巴尼，给我自己和我的家族带来耻辱。他知道我已经被法国人收买了，我央求着那位法国公爵利用其权势助我获得自由。他说我大错特错，错得彻底，他还说自己真不应该听取自己妻子的话，相信我是值得信任的好女人。他说她毫无判断力，就因为她说我会和我的丈夫和好。他说我证明了她是一个骗子，一个糟糕的顾问，并且他再也不会浪费时间去听取她的建议，这都是我的错。他说我是个骗子，而她是个蠢货。

他还说凯瑟琳的外甥是欧洲的赢家，法兰西王国的结束和它的开始同样迅速。他说玛丽公主绝不会嫁给我的儿子詹姆斯，而是马上要和皇帝陛下订婚，她会成为有史以来最伟大的皇后。等到他准备就绪，他会带兵亲征苏格兰，詹姆斯会臣服在英格兰王位之下，就如苏格兰一向在英格兰之下。他还说我不必想着詹姆斯会继承英格兰的王位，因为他有儿子，一个强壮健康的儿子，一个完完全全的都铎男儿，他的身份已经合法化，将登基为亨利九世，我不用妄想詹姆斯会有可能进入威斯敏斯特大教堂之内。

的确如此,我不必想着他有朝一日能前往伦敦了,而我也是,我也不会再次回到伦敦了。哈里说他这是在警示我,凯瑟琳——这个蠢女人——也是在警示我。对丈夫不忠让我为人所不齿,对英格兰不忠将令我走向毁灭。我受到了厄运的警告,如今我迷茫而不知所措。

信摆在我面前,过了一会儿我才听到一阵纸张摩擦的沙沙声。那是我的手,握着信纸的手在颤抖个不停。我将这些潦草的信纸丢到了地上,随后我意识到自己浑身都在发抖,好似得了疟疾,好似村庄中的疯女人犯病了似的摇摇欲坠。我发现我无法呼吸,全身冰冷,如同站立在寒风中瑟瑟发抖。我勉力想要站起来,但是双腿无力支撑。我又坐回了主持的宝座,我想要出声求助,却发现我没有呼吸,没有声音。此时,房间里只有我手上的戒指同宝座镶金的木头之间的摩擦声。我双手紧握住座椅的扶手,好让它们不再颤抖;可我用力得指关节都发白了,却仍旧在战栗不止。我想我只能忍过这一阵发作,这沦入疯狂的急症,同时还要忍受其他可怕的惊吓,其他惨痛的损失。我的弟弟转身对付我,我的朋友兵败如山,法国人也全军覆没,这世界待我太过苛刻了。我的丈夫赢了。我输了。

✦

等到天色开始变黑,我才有了力气打开凯瑟琳的信。她的信非常短。她看起来似乎充满了悲伤,但我了解这是凯瑟琳得意的语气。

> 我的丈夫和我一直认为,你若是执意离婚,那么你将不配成为你儿子的监护人,也不配当王后。你将被流放,由你的新情人看顾——我们都听说你喜欢上了亨利·斯图亚特。玛格丽特,要是你违背了婚姻誓约,你将遭受永恒的诅咒,而且再也不是我和

我丈夫的妹妹。

凯瑟琳

真正的婚姻无法终止。你会看到我必须接受的一切,这是上帝的意志,是国王的意愿。但这都不会结束我的婚姻。婚姻不会终结。绝对不会。

K.

我得和詹姆斯谈谈。他虽然是一个十二岁的男孩,但他是国王。他需要知道我犯下了可怕的错误,让他和惨败的法国结成了联盟,他的婚约也取消了,我也受到公开的侮辱。我来到他的寝宫,他正在和戴维·林赛念祷告词,戴维·林赛一脸好奇地看着我泪迹斑斑的苍白脸庞,我明白了我自己是一个失败的母亲,失败的监护人,以及失败的王后。

詹姆斯跪在我身前,请求我的祝福,我向他行礼,并亲吻他。之后他爬上床,眼神明亮地望着我,就好像他还是个小男孩,我是来给他讲睡前故事的。戴维·林赛鞠躬转身,意图告退,但我开口说道:

"你可以留下来。我要说的事明天就会传遍宫廷。你也可以直接听我说。"

詹姆斯和戴维交换了一个惊讶的眼神,然后这个年长的男人镇静地走回来,背靠着门站立,仿佛在站哨。我的视线转向我儿子。"你是否听说了帕维亚的消息?法国人遇到的一场重大惨败?"[1]

---

[1] 帕维亚战役是影响意大利四年战争结局的一次决定性会战。1525年4月26日,神圣罗马帝国皇帝查理五世的军队在解救被法国围困的帕维亚城(位于意大利北部)时,在兵力弱于敌手的情况下,充分发挥火枪的优势,以不到一千人的伤亡歼灭法军八千余人,击溃法军,俘虏法国国王弗朗西斯一世。

詹姆斯点头。"马格努斯大助祭告诉我了,但我不确定这件事对我们的影响。"

"那他肯定也告诉了你,这意味着我们的盟友法国国力将被削弱好几年,近乎亡国了。他们甚至再也没有了国王。国王被俘虏了,回不来了。"

"法国人会赎回他的,"詹姆斯断言道,"他们会花钱把他买回来。"

"如果他们做得到的话。但是在把法国国王还给他的王国之前,那位皇帝会用尽手段攫取土地和城市还有税收。他会重写欧洲的边界。我们失去了一位盟友,我们孤立无援了。除了与英格兰达成全面和解,我们别无选择。如果他们选择对我们发动战争,那我们将无力抗争。"

詹姆斯点头赞同。"我的国王舅舅曾经想与我们和平共处。"

"他曾经是想。他曾经是想和一个小国家和平共处,因为它有一个强大又危险的大国做盟友。然而眼下他再也不用担心我们了。"我犹豫了一下,"况且他对我非常,非常生气。"

我的儿子抬头直视我,目光清澈。"为什么呢?"

"我一直竭力想要解除我和安格斯伯爵阿奇博尔德的婚姻关系。"我十分小声地说。

"我以为你们已经和好了。"我的儿子说。

"并没有完全和好。在我心里没有。"

就连我都能听出这话多么狡猾。我望向戴维·林赛,他一副不动声色的冷淡模样,眼睛留意着门外。"我曾写信给奥尔巴尼公爵,让他利用在梵蒂冈的权力帮助我尽快得到离婚赦令,"我说道,"我希望能在圣灵降临节前得到。之后我便会告知伯爵。"

"然而公爵大败,法国人也失去了他们的国王。"我儿子评论道。

"不止如此。我的弟弟英格兰国王截获了我寄给公爵的书信,眼下他已经知道我要和我的丈夫离婚,于是我便违背了同英格兰的协议,虚伪地玩弄了他们。"我打了个哆嗦，"他对我非常生气。我失去了他的友谊。"

詹姆斯的年轻面庞上露出异常沉重的表情。"如果议会大臣也和您翻脸了，我们就彻底孤立无援了，母亲。如果您不是安格斯伯爵的妻子，也不是法国人选中的摄政王后，也不是英格兰国王喜爱的姐姐，那么您就毫无影响力。"

我点头。

"而且您在以妻子身份与安格斯伯爵一起生活的同时，背地里一直企图与他离婚，这会让他很生气。"

我儿子清澈高亢的嗓音让事态听上去更为严重了。

"我知道。"

"那您还虚伪地欺骗他？你还一面假装与他和好，另一面给梵蒂冈写信要离婚？"

"是的。"

"您是否对他不忠？"他语气冷酷地提问。

"我想要自由，"我痛苦地小声念叨着，"我想要摆脱阿奇博尔德。"

"您有情人了？"

在我儿子的义愤面前，我低下了头。"我想要自由。"

"但是我自由不了，"我儿子指出，"我处于他的监护之下，处于议会大臣的监护之下。要是您失去了权力，那我的处境将变得无比艰难。您会失去的是尊严，而他们会让我成为阶下囚。他会把我当成他的继子关起来。"

"我非常抱歉……"

他一脸阴沉地看着我。"您犯下了大错，"他说道，"您毁了我们。"

1525年夏

苏格兰　斯特灵城堡

我在议会中失去了权力；阿奇博尔德甚至不愿见我。我来到斯特灵城堡，过着寡妇般的生活，孑然一身。我只留下了少数宫仆，但我几乎无法支付他们的佣金。法国人没有再给我送钱来，我只得到了自己封地上的一小笔租税——阿奇博尔德大发善心赏给我的微薄收入。他现在是受尽委屈的丈夫；他有权处置我，哪怕是让我饿死都不会有人怪罪他。亨利·斯图亚特满心欢喜地欢迎我，但很快他就知道了我闹出的丑事，而且我们不能成为夫妻。我公开地抗议说，教廷依然在审理我的离婚诉求，所以我的租税都应该上交给我，而不是给阿奇博尔德，我的儿子也应该由我监护，直到教廷作出裁决。议会的回应是直到我的婚姻结束之前，我都应该与我的丈夫住在一起，我必须前往爱丁堡，在全部人面前给出答复。他们厌恶我，因为我是一个想要争取自由的女人。他们知道，只要能摆脱阿奇博尔德，我愿意出卖他们所有人。他们恨我，因为我背叛了他们。他们和詹姆斯一样觉得自己遭到了背叛——他们知道我一心只想逃脱，而把他们都丢给了阿奇博尔德处置。

我不会去爱丁堡。就算是见不到詹姆斯，我也不会回到阿奇博尔德身边，由于我的缺席，我被宣布取消我的一切权利。他们说我的儿子应该由贵族理事会监护，贵族们轮流出任监护人，由阿奇博尔德担任首位监护人。他是第一位监护人，也是永远的监护人。詹姆斯处在阿奇博尔德的掌控中，再也无法回到我身边了。我甚至不知道詹姆斯还愿不愿意见我。他觉得我背叛了他，他不会原谅我的。

阿奇博尔德还带走了玛格丽特。对此我不能有任何异议。那是他的女儿，而且他手上有英格兰国王的证据——她的母亲名誉有损。她欣然离开：她是父亲的小宠儿，他的掌上明珠。我觉得我该尽力说服她留下来陪我，但我做不到，我不能请求她留下来，我也无权命令她留下来。

我写信给我的国王弟弟——即便他依然生我的气——以他外甥的名义哀求他。我写信给凯瑟琳，跟她讲，身为母亲，她必定理解我无法忍受詹姆斯活在我敌人的控制之下。他们两人都没有回信，不过我收到了我妹妹玛丽的一封信，让我再次回想起我的困境和忧愁在伦敦不值一提：他们全都为新的八卦而震惊不已。

> 我们兄弟的私生子亨利·菲兹罗伊被封为贵族了。这个小男孩被封为了一名公爵——里士满公爵和萨默塞特公爵——这可是王国内封号最高的公爵了。他拥有的封地和租税远远超过了我的丈夫查尔斯。查尔斯说哈里会任命菲兹罗伊为他的继承人，继承英格兰的王位。

我看得出来她的笔迹变化了，她终于意识到她是在写信给一位合法继承人的母亲。

> 我相信你会为此事感到非常困扰，但这只是查尔斯说的。你的儿子最终还是有可能继承英格兰的王位。不过，所有人提起你都说得十分难听，哈里不可能让你的儿子成为继承人。有人甚至质疑詹姆斯的血统。如果你现在不守妇道，那你也许之前也是如

此？这些话实在太难听了——我真抱歉一再提起它。我期待你和安格斯伯爵和好，每个人都特别欣赏他。你就不能撤销向教皇提出的请求吗？现在你已经不会如愿了。

听到这个噩耗，王后殿下自然是万分伤心的，再加上现在玛丽·凯里又怀孕了，所有人都知道那是国王的孩子。她的妹妹安妮·波琳也在王宫里，国王每天不是和姐姐在一起，就是和妹妹在一起，这两姐妹在争夺哈里的注意，这些伎俩凯瑟琳看得清清楚楚。她生活在她的对手之中，如今又目睹一个私生女住进了只有她女儿这样的正统公主才有资格居住的辉煌宫殿之中。玛丽公主要前往勒德洛城堡，但她并没有获封威尔士公主。我不明白为什么，可查尔斯说英格兰绝不会接受一个女人坐在王位上。所以没人知道以后会怎样，王后更不知道。

王宫已经失去了所有欢乐。这两个波琳姐妹耍尽心机讨好哈里——她们嬉闹，跳舞，创作乐曲还演奏，她们打猎游船，四处调情，然而王后似乎非常厌倦了。我也厌倦了。我厌倦了这一切。

信上就讲了这些。除了让我回到阿奇博尔德身边，她没有提任何新主意，都是老调重弹。我觉得她根本没有想到过我。她无法想象我的生活：收入短缺，无人陪伴，不能见自己儿子，遭到自己女儿舍弃，无法进入都城，名义上的王后，实际上却被剥夺了所有权力、财富和名望。对玛丽而言，全世界的中心都在伦敦里，都在美貌的波琳姐妹的斗争之中，都在英格兰王位上那如同宝座饰布般空悬的问号之上。我的忧愁如此之多，然而她和我的弟媳凯瑟琳却从未想起过我。

1526年春

苏格兰　爱丁堡　荷里路德宫

最终，我还是得以回到爱丁堡，见到了我儿子。他在阿奇博尔德的监护下已经过了一年多，而我，除了给他写信之外，什么都做不了，我送了他几件礼物，在信里央求他牢记他的母亲深爱着他，只要条件允许，她会陪在他身边。他当时话语中的冷酷、脸庞上的愤怒令我难以释怀。我们失败了，他怪罪于我——但他是对的。我也责怪我自己。

出乎我意料的是，让我能够回到王宫的人竟然是我的弟弟，哈里。哈里命令阿奇博尔德将租税交给了我，而不是全部自己扣留。哈里说我必须获准去见我的儿子。哈里告诉阿奇博尔德，假如这段婚姻确实被证明从一开始就是无效的，那么我理应得到离婚赦令。哈里彻底改变了心意，变了个彻底。他原谅了我，他想让我快乐。

我太惊喜了。他的回心转意是我的重要机遇，虽然我不知道他为何会改变心意。我受到了极大的鼓舞，内心充满希望，甚至给他和凯瑟琳写了信，感谢他们如此善待我，并且保证我会感恩戴德，对我出生的祖国忠心不贰。出于某种原因，我再次赢回了王室的支持，回到了家族之中。我不知道自己为何突然获得了宠爱，但我就如同一只满怀感激的丧家犬，急不可耐地想要舔舐主人那只握着皮鞭的手。哈里大权在握，而忽然间，他对我发了善心。

玛丽解释了原因：

  你肯定听说了那个波琳家的姑娘，玛丽·凯里生了一个男婴。我们的兄弟，国王陛下龙心大悦，就和所有男人一样，他有了一个健康儿子就想要展示给全世界看。这是他的第二个健康的私生子。他们给他取名为亨利，不过用的是玛丽丈夫的姓氏，凯里。少一个被赐姓为菲兹罗伊的私生子，这让王后免受了一份羞辱，但这也就是全部了。每个人都知道孩子的父亲是国王，于是所有人都明白了，国王夫妇至今只有一个孩子，而这个孩子是个体弱的女儿，这一切的错便都在王后身上。凯瑟琳的斋戒更频繁了，她基本上不用晚餐了，而且她的刚毛衬衣擦伤了她的皮肤，让她的肩膀和臀部都红肿刺痛。我真心觉得她要把自己折磨死，然后哈里就自由了。你看到她都会心碎的，你这么爱她。我身为她的另一个妹妹却无能为力，只能眼睁睁看她折磨自己。这真让人难以承受。

  但那个波琳家的姑娘玛丽貌似已经失去了我们兄弟的青睐，他现在公开拜倒在她妹妹安妮·波琳的石榴裙下了。她在王宫中大摆王后的派头，仿佛自己生在王家。你不会相信这个出身卑微的姑娘在王宫里，在我们的宫廷里做出的那些放肆行为。就连你我这样的正统公主都从未得到过这等自由：不论在哪里，不论是否适合，她都走在所有人前头；而哈里领着她去用晚餐，又带她出去参加舞会，好像她是王后似的。这非比寻常，她走在公爵夫人前面，仿佛她有权这么做的样子。凯瑟琳脸上带着圣人般的端庄微笑，但任何人都能看出她已经近乎绝望。每当我被要求恭维和陪伴这个波琳姑娘，我就常常推托说我身体不好，或者我太累了，或者我得回家了。我假装生病，这样我就不用出现在她周围，为她效劳。千真万确，这就是她一手炮制的局面。她一旦拿定主意，就望向哈里，下一刻我们就都得赶着去服从她的命令。这真是场低劣的宫廷假面剧，就像演员们拼命地假扮出王室的风度。宫里再无一丝优雅、欢乐、美惠可言，有的只是装腔作势，强颜欢笑，年轻人的极端自私，和王后的孤独冷清。

更不妙的是，我认为她还没有成为他真正的情妇。她表现得像一个无法自控的磨人精，不愿意留下哈里一个人，但至今她都还没有把自己交给他。她总是触碰他后又触碰自己的嘴唇，抚摸他后又把手放在自己纤细的腰肢上，但她从不让哈里碰她。她似乎爱他爱得发狂，不过她没有违反教规。要是她还没有成为他的情妇——将来会发生什么呢？查尔斯说若哈里只是想与她行鱼水之欢，那他们一周后就会分手，但查尔斯一向爱说这种话，而波琳小姐并非轻易为爱献身之人。

你还记得我们小时候，托马斯·莫尔爵士曾带伊拉斯谟前来拜访吗？那个时候，在哈里写完诗，给那位大哲学家朗诵完毕之前，他心里不就是容不下其他任何事吗？他现在看上去就是那么回事。他想让她对自己刮目相看。或者是他第一次见到我们的姐姐凯瑟琳时的模样？他又一次像那个样子了。他订制了新外套，他在创作诗歌，他一心想要展示自己的卓越不凡，就像初恋中的少年。凯瑟琳在禁食，为他的灵魂而祈祷。我也如此。

于是此刻我知晓为什么哈里对我这么宽容了。现在我明了凯瑟琳的条条框框再也管不住我们所有人了。我的舌尖品尝到了胜利的滋味,我在脑子里跳起了一曲吉格舞。终于,凯瑟琳施加在哈里身上的魔力开始消退,他有了一个儿子,一个她凯瑟琳没能带给他的儿子,而他考虑着要让这个儿子成为他的继承人。如今另一个女人给他生下了第二个儿子,于是瞎子都看得出来都是凯瑟琳的过错,使得哈里没能拥有合法的男嗣和继承人,才导致我们这顶年轻的都铎王冠后继无人。这么多年以来,凯瑟琳的沮丧与悲哀一直都是哈里的沮丧与悲哀,她拒绝质疑上帝的道,哈里也如此效仿,她坚守"婚姻永无休止"的律法是她对他们经受的一切失望的唯一回答,但哈里已经改变了他的看法。如今他已经明白上帝并不打算让他一生无子。如今他已经有第二个儿子安睡在摇篮之内——仿佛是上帝在昭告天下:哈里会有儿子,哈里应该多子多福——一直以来只是凯瑟琳无法诞育男嗣。这不是上帝给这对看似美满的金玉夫妻降下的不幸,而是给凯瑟琳降下的不幸,单只给她一人的不幸。这桩婚姻不是他们在绝望的海难之中必须紧紧攀附住的浮木,他们的婚姻本身已经遇难,这是凯瑟琳的灾难。没有她,哈里就生得出儿子。

　　所以,我十分怀疑凯瑟琳会再次命令我回到我丈夫身边,同时我也怀疑我的弟弟不会继续坚持婚姻应当至死不渝。而今我已明白,他为什么会对阿奇博尔德说,如果证据确凿,那么就算是都铎王室的人也可以离婚。而今我已明白,哈里这个曾经坚称婚姻关系必须持续一生的信仰守护者,现在已经不再抱有这样的想法了。

　　至于凯瑟琳,这个威胁我不再是她妹妹的姐姐,可能会发现她也不再是一位妻子了。而我会过得快活似神仙,不去想这是她铁石心肠的报应。

我要去我儿子的私室见他，房间里除了我的前任丈夫阿奇博尔德，以及詹姆斯忠心的守护者戴维·林赛之外，不会有其他人在场。我没有人陪同，独自前来。反对阿奇博尔德的出现根本没有意义，他拥有国王般的权力；议会由他管理，詹姆斯由他监护。万事皆由他决定。

　　我为这次会面精心打扮。我穿着一件都铎绿色的礼裙，袖套是浅绿色的，戴着一根翡翠项链，兜帽上也装饰着翡翠。我好奇詹姆斯能否看出我的巨大变化。我已经三十六岁了，不再是一个年轻女人，我甚至还在太阳穴的地方发现了几根银丝。我拔掉了它们，心想着不知玛丽那满头金发中是否也开始夹杂一丝银发？有时候我会觉得自己看上去就像生活劳苦之人，一生都在不断地挣扎，而有时候我不经意瞥见镜中欢笑的自己，我又觉得自己依旧是个美丽的女人，若是我能嫁给我爱的男人，并目送我的儿子登上苏格兰的王位，那么我会成为一个幸福的女人，一位贤德的妻子。

　　詹姆斯的私室——这也曾是我的私室——的双扇门被推开，我走了进去。正如阿奇博尔德保证过的，空旷的房间里只有他、戴维，和我的儿子，詹姆斯坐在王位上，他的脚才刚刚触地。我忘记了原本想说的话，直接奔向他。"詹姆斯！啊，詹姆斯！"我喊道。突然间我停下来，行了个屈膝礼，然而他已经离开王座，跌跌撞撞地冲进我的怀抱。

　　他是我最爱的人，我的儿子，他似乎全然不同于往日，却又仿佛丝毫未变。我用力将他抱在怀里，下巴抵在他温暖的脑袋上；自我上次见他之后，他已经长大了。他身体发育成熟，环在我腰间的手臂强壮又有力。他开口喊道："母亲。"我听到了男孩子特有的低沉沙哑的可爱嗓音，他开始变声了。他没有了孩童时期的高音，我再也听不到了。意识到这点让我啜泣不已，他抬头看着我的脸，那双绿褐色的眼睛凝视着我，我这才确定他回到了我身边，就像以前的那些日子。他原谅我了，他也思念着我。我过去让他失望了，这让我万分难过，但眼下我又把他拥在怀里了，我浑身上下都充满了喜悦。他露出笑容，我擦去脸上的泪水，也对他微笑。

"母亲……"这是他唯一的话。

"我真高兴……"我连一句完整的话都说不出来，我的呼吸都乱了，"我真是太高兴了，太高兴了。"

⁂

见到詹姆斯的喜悦让我对阿奇博尔德都心怀感激，我感谢他允许我回到爱丁堡。玛格丽特也又一次成为了我女儿，她每天都来到我的宫殿，我监督她学习，她的生活也由我照料。阿奇博尔德完全掌控了议会，没人敢反对他。如果他想要将我驱逐出城，他完全可以这么做，没人会维护我。他对我很慷慨——我无法拒绝。他为哈里效劳，他服从英格兰的旨意：确实如此，他别无选择，但他依然对我很好。

"您不会真的畏惧我吧？"他以一种低沉而又亲密的口吻问道，"回想起我们初遇时您展露的王后风范，您那时无所畏惧，而我只是您宫中一位地位低下的仆人，您甚至看不到我。当您在大炮后与我对峙之时，我看到了您在烟雾之中微笑！我完全不相信他们说的话，说您畏惧我。您绝不会害怕我，玛格丽特。"

"我不会。"我立即不服气地说。

"您当然不会。您在我生命中，就像是地平线处的月亮——没有普通女人能与您相提并论。"

"我倒不知道你这样看我。"我谨慎地说。

"当然了。我们是爱侣,是夫妻,是一名美丽女儿的父母,我们站在一门大炮的两边对峙过,但我们一直都是彼此最重要的人,不是吗?你一天之中想的最多的人是谁?谁是你每天都在想的人?而你认为,一直以来我心中挂念之人是谁?一直以来!"

"这和爱一个人不同,"我反对道,"我不会听信任何甜言蜜语了。我知道你有其他的女人;你也知道我爱着亨利·斯图亚特。一旦教皇赐我离婚赦令,我就会嫁给他。"

他浅笑一下,挥手表示亨利·斯图亚特在他面前微不足道。"不,上帝啊,不是,这不是爱情,这不止是爱情,"他说道,"远远不止。爱情来了又去,要是能撑过一首民谣或者一个故事的时间,都算得上长久了。如今每个人都知道,尤其是英格兰王后,愿上帝保佑她。她的爱情已经结束了。但她的夫妻关系依然在继续。您不只是我此生的一个爱人。我也不只是您的最爱。您永远会是我在薄暮时看到的第一颗星辰。"

"你说完月亮又说星星,"我有些小喘气地说道,"你要去当一个诗人吗?"

他慢慢地对我露出一个魅惑的微笑。"那是因为我想起您的时候总是在夜里。在夜里,我最为思念您。"他低声说道。

✦

阿奇博尔德对我百般温柔,对我儿子也慷慨照拂,因为他说服了议会在今夏,詹姆斯年满十四岁之际,就宣布他登基为国王。现在,詹姆斯宫殿里的那些以他的名义行事的官员终于都被免职了。那些法国侍卫都离开了,议会大臣失去了他们的岗位,詹姆斯和我能够选择我们自己的宫人,掌管一切。我们满心欢喜地开始列出要来服侍我们的仆人名单,但是事情并没有理所应当地顺利进行下去。我们没能自己挑选侍从，而是阿奇博尔德一手揽去了所有工作。他指名他自己的人在王宫任职，于是我们明白了，詹姆斯仍旧会成为一个名义上的国王。

所有信件都会盖上詹姆斯的印章，但它们都出自阿奇博尔德之口，由他的书记官提笔记述。全部财富都会由阿奇博尔德的司库官审计并管理，由城堡的士兵保护。又一次，阿奇博尔德掌握了所有金钱。王室侍卫听命于阿奇博尔德的侍卫长，而侍卫长听命于阿奇博尔德本人；他们全都是道格拉斯家族的人。在外人看来，詹姆斯是国王，但在这高墙之后，他仅仅是阿奇博尔德的继子。我是先王遗孀王后殿下，可首先，也至多就是阿奇博尔德的妻子。

我毫不怀疑阿奇博尔德会永远维持这个状态：詹姆斯永远无法得到他的权力，我永远无法任命我宫中的官员，我永远也逃不出阿奇博尔德的魔掌。圣安德鲁斯大主教，詹姆斯·比顿，这个我曾经怨恨的仇敌如今痛失大法官之位，他在我独自祈祷之时，混进了荷里路德宫的礼拜堂，与我会面，并主动提出要支持我。他说其他人会服从我给出的任何指示。他还说他们会帮我把詹姆斯从他专横的继父手中解救出来。

但当务之急是我必须离开。我坐在阿奇博尔德的餐桌上，詹姆斯坐在我旁边，如此度过的每一天都让我逐渐以为我们和好了。每当他递给我最美味的菜肴或是让我首先品尝最香浓的红酒，他都表现得如同一位深爱妻子，并且尊重妻子的丈夫。就连詹姆斯都在观察我是否被阿奇博尔德的魔力所迷惑。我脑海中浮想起地平线处的那轮月亮还有薄暮时的第一颗星辰，然后我对詹姆斯说我得离开了。

他脸色煞白。"然后把我留在这里？和他在一起？又一次？"

"我也是迫不得已，"我说道，"若是和阿奇博尔德同处一个屋檐下，我没法召集那些支持我的人。他日日夜夜都在监视我。而且我也不能写信寄往伦敦，他收买了信使，他会拆开封蜡。"

"那您何时会回来呢？"我儿子冷静地问道。我听出了他这急促话语背后所隐藏的恐惧，我感到心痛如绞。

"我希望能在几个月内就回来，也许能带领一支军队回来，"我向他承诺道，"我不会浪费时间，你可以相信我。我会让你摆脱他，詹姆斯。我会救你出去。"

他看上去特别难过，于是我说："法国的弗朗西斯得到自由了，没人以为他能做到。"

"您要去募集军队吗？"

"是的。"

"以您的荣誉起誓？"

这一刻，我们紧紧地拥抱在一起。

"千万要回来，为了我，"他说道，"母亲，一定要回来。"

1526年秋

苏格兰　斯特灵城堡

　　我有三次试图将詹姆斯从阿奇博尔德的监管之下带出来，然而我的丈夫技高一筹，他的仆人对他忠心耿耿，一心要看住詹姆斯。他和詹姆斯在边境骑马时曾有一次受挫的奇袭，还有一次在爱丁堡城堡之内的劫持也失败了。但是越来越多的苏格兰领主加入到我们这边，反抗阿奇博尔德滥用权力。即便如此，当我看到戴维·林赛走进会见厅，跪在我面前，对我而言，这依旧是难熬的一天。

　　"戴维？"我顿时站了起来，手捂在心口上。"你怎么在这里？詹姆斯生病了吗？你是来找我的？"

　　"我被遣散了，无法再为他效力了，"戴维说道，语气十分沮丧，"安格斯伯爵将我送走了，不准我留下来，尽管我说我不需要钱，不需要陪在他身边，只要能让我和他待在一个屋檐下，只要能让他知道我在那里就好。我说我愿意睡在马厩里。我说我愿意和猎狗睡在一起，可他还是把我赶走了。您的儿子要有一个新的管家了。我不能再为他效力了。"

　　我惊惶失措。詹姆斯从未离开过戴维。他一生经历过离别与死亡，但戴维一直陪在他身边。

　　"他身边没人了吗，我儿子？"

　　"他有一些同伴。"老人纠结的说法向我表明他几乎忘了那些人。

　　"他的老师是谁？"

"乔治·道格拉斯。"戴维说的是阿奇博尔德的弟弟,那个一心只有道格拉斯家族的胜利的家伙。

"我的上帝啊,他能教我儿子些什么呢?"

"酗酒嫖妓,"老人尖刻地说,"其他的他啥都不懂。"

"我儿子是何情况?"

"他们有意在害他。他们带他去妓院,灌他喝酒。他一摔倒,或是一有妓女来找他,这些人就嘲笑他。上帝饶不了他们的所作所为。"

我捂住嘴巴。"我得去接他出来。"

"您必须这么做。天主在上,您必须这么做。"

"戴维,你要怎么办?"我询问他。这个问题,于他,于我,都十分艰难。自从詹姆斯来到这世上,他就没有和他分开过。

"如若可以的话,我想要成为您的仆人,待您要派兵从道格拉斯的魔爪中拯救国王之日,您一定也要派我去,到时我要赶回我的男孩身边。"

"你——一个诗人——也想要为他作战吗?"

"天主明鉴,我愿为他欣然赴死。"

我双手握住他的手,他合拢双掌,做出一个表示忠诚的古老手势。"我无法忍受离开他,"他直白地说,"请让我去接他。"

"好的,"我毫不犹豫地说道,"我们会救出他。我保证。"

✦

我写信给议会大臣们,我写信给阿奇博尔德本人,我写信给哈里。我也写信给凯瑟琳:

> 在你的坚持之下,我公开地作为安格斯伯爵的妻子,自从他

回到苏格兰之后便与他一起生活,虽然此时他住在爱丁堡而我在斯特灵,但我们没有分开,我也没有从梵蒂冈那里听闻任何关于我离婚的进展。就我所知,我的离婚请愿会被驳回,而我生死都会是阿奇博尔德的妻子。

可是阿奇博尔德也违反了和你我定下的协议。他监管着我的儿子,你的国王外甥处于严密的监禁之中。没有道格拉斯家的侍卫看守,詹姆斯就不准出去,他只能在城镇周边打猎;他的人民也不准去见他,或者是向他请愿。我央求你向我的国王弟弟进言几句,让他命令安格斯伯爵将詹姆斯应有的自由还给他。我已经做到了你的全部要求;詹姆斯不该受到惩罚。

这封信并非如它表面的意思——一个妹妹请求姐姐的帮助。这封信意在测试凯瑟琳的权威。我认为她的权威开始衰退,她的影响力逐渐减小。如果凯瑟琳仍能影响哈里,那她就能救出詹姆斯,但我觉得她已经失去了她过去操控哈里的魔力。国家大事上,哈里有红衣主教做顾问,宗教事务和哲学问题上,哈里会和托马斯·莫尔讨论,而在生活中,哈里越来越受到其他女人的影响。安妮·波琳自然不会满足,就和她姐姐一样,她们生下的私生子只给她们的父亲换来了贵族头衔,她们不会对此满足的。我设想中的安妮·波琳是一个年轻女人,想要和哈里共享他的权力,还有他的床。她可不是一个漂亮的小荡妇,她是加入这个权力游戏的新玩家。她会成为王宫里的无冕王后,并且掀起宗教信仰上的革新。她会把法式风情引入伦敦,而我们会看到国王一边站着他那人老珠黄的王后,另一边是他的美好伴侣。

我妹妹玛丽肯定了我的猜想。在一封长信中,她告诉了我她的健康状况,还有她小儿子的成长,然后她补充道:

……王后终日沉默寡言,远离人群,而王宫变得愈加喧哗热闹。要是你见到她枯瘦的模样、发烫的躯体,你肯定会以为她生病了。仿佛她体内唯一强健的是她的精神,在她的眼睛里燃烧。她开始在深夜就起来做晨祷,念晨经,所以她理所当然地在傍晚时分就困倦不已,晚餐时脸色苍白得好似鬼魂。我无法安慰她。没人能安慰她。

每个人都在说那个凯里私生子的出生证明了国王的生育力,他可以有儿子,可以有合法的继承人,只要我们的姐姐愿意让位,国王就可以重新结婚。可是她如何做得到?上帝让她成为了英格兰的王后,而她深信若是她放弃了后位,那就是辜负了上帝。她曾经嫁给了亚瑟,又失去了他,后来在上帝的介入之下,她凭靠哈里赢得了王位,她不能放弃它。我不认为这是上帝的旨意,况且费舍主教说过,没有任何理由能让一段婚姻无效。

你依然坚持向梵蒂冈申请离婚赦令,这让她伤心极了,我也是。他们都已经耗费了这么多时间却仍未答复你,那你还是撤销请求吧,宣布和你丈夫已和好如初,岂不是更好?那之后你也能确保你的儿子得到善待,不用再向我们求助了吧?只要你这么做了,你的全部忧愁都会立马消失。亲爱的姐姐,我必须告诉你,凯瑟琳王后的想法和我一致。我们两人都认为你应该回到你丈夫那里,保护你的儿子。我们都十分肯定这才是正道——我们不认为你还能做到其他事情。

一群支持我的领主要求在爱丁堡城堡求见詹姆斯，阿奇博尔德郑重其事地把他带去了。他们公开地询问他，他是否真的自由，而我儿子的回答是，所有人，连他的母亲都不必为他担心，他和阿奇博尔德住在一起，过得不能更开心愉快了，他甚至称阿奇博尔德为他的好表亲。

"这是真的吗？"亨利·斯图亚特和我，以及比顿大主教在一起，还有伦诺克斯伯爵，他是一位友好的领主，赶来禀告消息。戴维·林赛站在门口，聚精会神地听着，就像一头思念主人的忠心猎狗。"是不是阿奇博尔德让男孩尽情享乐，放任他堕落，从而扭转了他的心意？"

我们看向捎信人。"年轻的国王说话时并未露出不情愿的神情，"领主说道，"安格斯伯爵一直跟在他身边，他本可以放心大胆地说出一切，他只需走三步就能跨过大厅，加入我们，但他没有这么做。他尤其明说了他的母亲不必为他担心。"

"可我还是担心！"我脱口而出。

亨利轻轻地将手放在我肩膀。"我们都很担心。"他说道。

会见厅传来金属碰撞的声音，等着求见我的人群中发出一阵窃窃私语。我注意到亨利的手摸到了剑上。"你认为是谁？"他问道。

我摇头，同时士兵推开了房门，一名年轻人穿着王室制服走了进来。我认出他是詹姆斯的一位侍从。他径直走到我身前，然后向我跪下。

"我奉国王陛下之命前来。"他说道。

戴维·林赛走上前。"我认识这个小伙，"他说道，"国王可安好，亚力克？"

"安好，他的御体十分康健。"

"快平身。"我说道。

他起身后说道:"我带来一则消息。他不想写下来。陛下说他被迫对领主们说出了那些违心之言,他是安格斯伯爵的俘虏,请求您去救他。他说您承诺过会回去救他。他说您一定要去。"

我捂住胸口,我儿子的呼救犹如重击砸在我的心上。这个年轻人在说话的时候意识到他不该以这种语气同一位王后说话,顿时脸红,再次单膝下跪,低下了头。"我是在转述陛下的话,"他小声说道,"他教我如此说话的。"

"我明白。"我轻轻摸了下他低垂的头。"你要带话回去复命吗?"

"是的。没人看见我离开,也没人知道我在哪里。"

"希望如此。"伦诺克斯严厉地说。

男孩露出一个勇敢的笑容。"希望如此。"他附和道。

"告诉他我们会回去救他,"我说道,"告诉他我不会让他失望。告诉他我正在召集军队对抗安格斯伯爵,之后我们会解救他。"

男孩点头。"您知道吗?乔治·道格拉斯,安格斯伯爵的弟弟,他现在是陛下宫里的主人。"

"主人?"戴维·林赛问道。

房间里充斥着令人害怕的沉寂。"那么国王的性命危在旦夕,"伦诺克斯伯爵清醒地说道,"他身边没有真心待他之人。他周围都是一群能从他的死亡中获利的人。"

"阿奇博尔德不会杀害他的,"我不可置信地抗议道,"你不能说这种话。"

伦诺克斯转向我。"阿奇博尔德有王室血统,而且他还掌握了国王的所有权力。他是国王的监护人,没人能救出国王。这难道不正是要囚禁国王的前兆吗?接着会宣布詹姆斯病了或是疯了,而这离宣布国王死讯也就不远了，接下来阿奇博尔德自己就要称王。"

我向后退缩，坐到椅子上。"他不会这么做。我了解他。他不会伤害我的儿子。他疼爱他，"我含混地说着，"而且他也爱我。"

"只有我们阻止了他，他才不会得逞。"亨利·斯图亚特说。

我们集结了一支军队，还有很多领主带着自己的武装仆人加入了我们。有部分人是和阿奇博尔德不共戴天的死敌，他们愿意加入到所有反抗他的战斗中，另有些人希望投机谋一笔战争财，但是还有一些——为数众多——这些人想要看到我的儿子获得自由。我们计划袭击阿奇博尔德的新盟友，我曾经的朋友，如今改旗易帜的阿兰伯爵詹姆斯·汉密尔顿，我们计划在林立斯戈桥的村庄袭击他，赶在阿奇博尔德从爱丁堡召集他的军队之前。阿兰伯爵和汉密尔顿家族被困了在桥上，于是伦诺克斯带领他的军队冲过河流，跨过泥泞的地面，进攻对方的侧翼。他们调转人马迎击伦诺克斯，紧接着道格拉斯家的军队从南面迅速赶到。我方领主见到阿奇博尔德的军队后方高挂着王室旗帜，都十分惊愕：我丈夫这个卑鄙无耻的小人，他竟然把詹姆斯带上了战场。阿奇博尔德让詹姆斯第一次上战场，就将亲眼看到他母亲的士兵为了救他而一个个倒下。

这当然不仅仅是阿奇博尔德的歹毒心肠，这是他的绝妙计谋。他利用了詹姆斯，恰似当初我让年仅三岁的詹姆斯去交出斯特灵城堡的钥匙那样。这个孩子自他出生之日起就被当作一个圣像，高高地屹立在众人面前，而眼前阿奇博尔德将詹姆斯和王室旗帜放置在了一支叛军的中心。我们的军队中有一半的人都不会举兵反抗王室旗帜，对他们而言，这是亵渎。伦诺克斯伯爵无助地望向四周，他的盟友在退缩，然而两军前锋正在激烈交战，互相咒骂,长枪戳刺,巨斧劈砍,利剑挥舞。战场上充斥着血腥暴力,令人心惊胆寒,詹姆斯则被困在后方,忍受着战士狂怒的嘶吼,还有倒下时的尖叫。他以为他得到了一个脱身的机会,于是纵马向前,在军队中迂回行进,可接下来就被他的新管家、我丈夫的弟弟乔治·道格拉斯一把抓住,狠狠地攥在了他坚硬的拳头里。乔治对着我儿子的脸吼道,他最好和他们待在一起,道格拉斯家族永远都不会放过他。

"待在原地,陛下,要是他们抓住了您的一只手,那我们就算是让您裂成两半,也不会放开您的。"

詹姆斯吓坏了,调头远离那个高坐在战马上,死命拉住他的男人,可却照着那个男人的话做了。他不敢再试图靠近伦诺克斯伯爵了。这场搏斗停息了——早在对方亮出王室旗帜之时战局就已注定——我们的士兵四散奔逃。有一位将领未能撤退;我们不得已将受伤的伦诺克斯伯爵留在了战场上,而后在收殓他的尸体时发现尸体浑身都被利器戳烂了。我方的军队败退回到斯特灵城堡,阿奇博尔德乘胜追击,沿着我们跋山涉水的泥泞道路紧跟在后,甚至爬上通往城堡的崎岖山道,我们急匆匆地躲进城堡,升起吊桥,放下闸门,做好攻击准备。

一如詹姆斯多年前的承诺,斯特灵城堡固若金汤。阿奇博尔德无法攻破城堡,直到他运来了大炮,可我们却没有援军了。

"我们必须离开,"亨利对我和比顿大主教说道,"我们必须放弃城堡,他若没有在城堡里找到我们,那会更好。"

我忧愁地看着他。"我们要投降?"

"我们输了,"他直白地说道,"您最好赶快回到林立斯戈宫,祈祷阿奇博尔德同您讲和。您不能留在这里,等着他来抓您。"

这话大主教不必听第二遍,立马脱下他的精致披风,还有厚实的夹棉外套。"我会从暗门逃出去,"他说道,"我去找牧羊人要根曲柄杖和他的外套。我不能被道格拉斯家族的人抓住，他们会砍掉我的脑袋，就像他们杀害骑士大人那样。我不想我的脑袋钉在市集十字座上。"

我看向这个我爱的男人，又看向那个我信任的男人。两人俱是一脸绝望，迫不及待想要逃离我的城堡，逃离我的丈夫。他们深切地恐惧着那个前来追捕他们，追捕我的男人。又一次，我意识到了，没人会来帮我。我必须自救。

在少数人的掩护下，我骑马穿过乡野。天降大雨，倾泻的雨水冲去我们赶路的痕迹，掩盖了马蹄声。阿奇博尔德冒着暴雨，艰难地领军赶往斯特灵城堡，却不知道我在距他一英里以内的地方，与他擦身而过。我清楚他的军队就在附近，在大道上，向北前行，但是我看不到他，也听不到他的骑兵行进的动静。郊外太空旷，也太荒凉了，没人会告诉他我们正马不停蹄地从斯特灵赶往林立斯戈。没人发现我们经过，就连被雨水淋湿的渔民，牧民都没有发现。当斯特灵城堡的吊桥放下，大门敞开，在耻辱中投降之际，阿奇博尔德会再次发现，他没能抓到我，他抓不住我，我逃脱了。

1526年秋

苏格兰　林立斯戈宫

但是他很清楚他才是赢家。我不需要红衣主教沃尔西从伦敦寄信来教训我，公然挑衅我丈夫让我输得彻底。没人会支持一位好战的王后，更遑论她意在反抗她的主宰，她的丈夫。不过主教的措辞很委婉，他不再像过去那般强硬，坚决要拥护都铎婚姻了。

当然了，亲爱的姊妹，也许教皇大人会认为有理由解除婚姻关系，若果真如此，我依然建议在您的封地和女儿的处置之上，您要力求与您丈夫达成一致。他想要统领议会，您得认可他的卓越地位。我们全都认为他是统治苏格兰的最佳人选，最能护您儿子周全之人。只要您能与伯爵齐心，您在王宫必然受到无比的尊崇，还能见到你的一双儿女，即便你以后要嫁给其他男人。

这太不寻常了，伦敦向来态度坚决，要求我必须维持这段婚姻——好似我离了婚，教会就垮了似的——这封信却与以往大不相同。看着信上书记官优美的笔迹，我思索着红衣主教的意图，拿起信又读了一会儿。要看透红衣主教的心思还是太超出我的水平，然而我又收到了一封阿奇博尔德的信件，信里他的语气愉快，用词恭敬有礼，仿佛他的军队不曾杀害那位受伤的伦诺克斯公爵，仿佛他的弟弟不曾暴戾地威胁我的儿子。此时我了然了：英格兰改变了自己的态度，完全改变了。

如今我们要分道扬镳了，但是我不能把阿奇博尔德赶下台。只要我交出我的权力，我就能获得自由。显而易见，英格兰的某人不再对王室离婚深恶痛绝了。伦敦的某人认为王室成员也可以离婚，丈夫和妻子也会走到尽头。伦敦的某人相信一段王室婚姻会结束，离婚的双方还可以再婚。我猜这个某人是安妮·波琳。

一个丝绸商人的曾孙女竟然能够左右英格兰对苏格兰的政策，这是何等耻辱之事！凯瑟琳虽然滥用她的权力，以王后之位，行暴君之事，可她好歹有王室血统；安妮·波琳却仅仅一介平民，她父亲有幸成为我的家仆，祖父母的出身更是比玛丽的丈夫查尔斯·布兰登还卑微。然而哈里偏偏喜欢这些粗鄙花哨之流，从而查尔斯迎娶了我的妹妹，而安妮竟能向英格兰国王进言。难怪阿奇博尔德没有再给我制造麻烦，难怪他们不过分介意我和亨利·斯图亚特——他是流着王室血脉的苏格兰领主——的恋情。他有什么可指摘的呢？我有什么好指摘的呢？明明他们英格兰的君主都从王国之内的下九流中挑选他的朋友和情妇，还把他们包装得金光闪闪，不是吗？

阿奇博尔德邀我去爱丁堡探望我的儿子。他说在荷里路德宫，我会被奉为上宾，不必受人监视；我能见到詹姆斯，而且只要我想，我就可以去见他，不存在任何时限。他还说，我们的女儿玛格丽特在坦特伦城堡一切都好，过得很快活，而且她会来爱丁堡看望她的母亲，也就是我。他彬彬有礼地为我布置了奥尔巴尼公爵曾居住的豪华宫殿：摄政公爵的宫殿。他的安排让我明了，我们绝无可能共享一张床铺，那些为圣灵降临节准备的床被会静静待在被服库里。他的安排让我明了，他亦听闻了伦敦的变化，如今离婚已经可行了,他得堂堂正正地接待我,尊重我。他的安排还让我明了,虽然打仗我输给了阿奇博尔德,但是我与他或许依然有斡旋的余地。我面带笑意地回复道,我很高兴能够再次见到我的儿子詹姆斯、我的女儿,还有阿奇博尔德,我亲爱的表亲。

1526年秋

苏格兰　爱丁堡　荷里路德宫

爱丁堡的市民挤在街道上，为我喝彩，欢迎我进城前往荷里路德宫，仿佛我更像是一名胜利者，而不是一个迁居异地又吃了败仗的妻子。我下马之际，家仆和用人——斯图亚特家的和道格拉斯家的——都脱帽向我鞠躬行礼，阿奇博尔德也恭敬地向我问安，仿佛我们只是王后与议会之首，再无其他关系。他陪着我来到詹姆斯的私室，送我到门口。

"不论他说了什么，"他朝板着脸的道格拉斯守卫点点头，"不论他说什么，我都不会伤害他。我爱他就像他是我的亲生儿子。你清楚的。"

"是的，我确实清楚这点，"我不情愿地说，"不过他对你能有什么怨言呢？"

他对我露出悔恨的苦笑。"我让他远离王位，"他承认道，"他无法执掌实权。我得管着这群领主，直到我确定我和我的家族可以安枕无忧，而王国也得和英格兰结成联盟，你懂得的。"

我点头。我确实懂得。

他们推开门，我进去见我的儿子。

他一下从地上站了起来（他本来在地上玩骰子，右手抵着左手的样子），大步跨过房间，朝我走来。他已经成长为了一个年轻小伙，我一眼就看出来了，就在去年，他还像个小鹿似的在地上蹦蹦跳跳。眼前，他走得飞快，但他的肩膀就像是成年男人般平稳，他步伐矫健，不再蹦跳着走路了。他如今风度翩翩——以前可不是这样。

"我每次见到你，你都变了好多。"我满怀遗憾地说道，目光在他面上流连，看到那胡须的青影杂乱地生在脸颊上。"胡子！你莫不是要开始长胡子了？"

"您还是以前的模样，"他殷勤有礼地说，"还是那么美丽。"

"这真是太辛苦了，"我直白地开口，"我非常，非常努力地想要救你出来。"

"我知道的。我也竭力想要去您那边。"他的声音颤抖。"他们抓住了我，"他说道，"他们说要抓住我的手，把我撕成两半。您曾告诉过我决不要让他们碰我，但他们要撕裂我。我没有实权。他们对我没有一丝尊重，我也无法命令他们。"

我们注视着彼此，眼里盛满苦楚。"我辜负了你，"我开口道，"求上帝宽恕我，我也希望你会原谅我。"

"并非如此。"他脱口而出。他也曾思考过这个。"您一向尽力为我做到最好，紧握权力，送我登上王位。那些有负于我的人是您的弟弟，那位国王陛下，您的丈夫，我的监护人，还有那些跟随在毒狼后的绵羊领主。您没有过错，都是这些人，这些蠢笨之人。"

"我没有钱财，没有军队，也没有英格兰的支持，"我坦白地说道，"我没有计划。"

"我知道，"他回答说，忽然间我在他脸上看到了他父亲曾有的那种令人开怀的微笑，"那么我想我们只要一起快乐地生活就好，即便我们身陷囹圄。我想我们也许能度过一个快乐的冬天，还有圣诞节，就我们三人，我也明白，随着我逐渐年长，胡须日渐变长，那红道格拉斯家族的统治末日也就更加临近了。等我长大成人了，阿奇博尔德就无法再把我当成囚犯似的管着我了。我们只要活着，就终将获胜。"

我握住他的手，亲吻他的脸，那些落在他脸上的深色发丝就和他婴儿时的卷发一样柔软。现在我们身高相仿，我的儿子和我一般高了，而且他还会继续成长。"那很好，"我说道，"那我们就派人去接玛格丽特，然后幸福快乐地生活。"

1527年夏

苏格兰　林立斯戈宫

我们的共同生活让人惊喜，我们四个人，我们过得很开心。苏格兰那漫长严寒的冬季终于融解，春天奇迹般地迈着慢悠悠的步子到来，起先只是草地受到雨露的滋养还有融雪的浸润，焕发出水嫩的绿意，接着是鹅群从头顶飞过，发出一阵阵响亮的鸣叫，然后是清晨时分此起彼伏的鸟啼，最后终于迎来了黄水仙，树上也结出了沉甸甸的花骨朵。所有生命都涌现出了盎然的生机，生命的气息是如此强烈，我几乎能够在温暖空气中品味到它，这一年也即将转夏。

阿奇博尔德掌管着议会。他毋庸置疑是所有权力的中心，不过会把法案和声明书带来给詹姆斯签字。詹姆斯按照指示给这些文件签字盖章，带着点别扭的表情，但他从不出言反对他的监护人。詹姆斯非常高兴我能够再次陪伴他，而我任命戴维·林赛为我的家仆，这样一来，詹姆斯就能够又一次与他珍惜的朋友朝夕相处，我们也并未完全受制于道格拉斯家族。

整个王宫都围绕着我和我的儿子，这本该如此，我们一起打猎，一同骑马外出；我们还组织了小型的骑士比武和竞赛。随着气候逐渐变暖，我们都去了林立斯戈宫，在那里，我们乘船游湖，詹姆斯还去钓鱼取乐。晚上我们有假面剧和舞会，詹姆斯展露了他在舞蹈和音乐上的绝佳才能，而戴维·林赛教养出来的人，诗词歌赋更是不在话下，詹姆斯还为他自己的歌曲填写乐词。一群贵族小年轻全围在他身边，在我看来，有些人会带来不良影响，他们饮酒过度，玩牌时挥金如土，可能还召妓淫乐。不过这些就是年轻人的玩乐活动，况且，天主明鉴，詹姆斯的父亲也不是洁身自好的圣人。所有人都认为就在今年或者明年，他一定会登基亲政。

我们收到了英格兰和欧洲的消息。皇帝的军队仍在开疆扩土，甚至进攻到了罗马门口，将城市洗劫一空。人们谈论此事时，说得好像全部基督徒都被杀光了，所有教堂都被亵渎了，好像世界末日已经降临了。教皇本人都被皇帝的军队俘虏了，虽然我明白我应该为教皇祈福，但我忍不住为我自己打算，我谋求自由的希望算是破灭了。皇帝会监察所有的教会事务，而他是凯瑟琳的外甥，所以我毫不怀疑我那封申请解除婚姻关系的文书已经丢失，或者是在梵蒂冈的废墟中烧毁了。我不再坚信我能和阿奇博尔德离婚了，亨利·斯图亚特会永远生活在宫廷之外，我二人只能在午后抓紧时间相处，而就连这点短暂的时光还会浪费在抱怨和悔恨上。我们都认为我们永远无法在一起了，他永远无法获得王室成员的荣誉，享受王室的特权，我则永远无法为他孕育一个有一半王室血统的继承人。

我弟弟如今再也没给我写过信了。苏格兰和英格兰已经签订了和平协议，他显然认为我的任务已经完成了，他不必再需要我的支持。玛丽给我写了一封信，信中的绝望令人晕眩不适，我读了一遍又一遍才能理解她说的话。只有上帝才明白伦敦又出了什么事。

那个波琳家的姑娘退出王宫了，回到了赫佛堡她父亲家，哈里经常给她写信，亲笔信，央求她回来。亲笔写信！不知道怎么回事，她有权拒绝国王的命令，不仅没受惩罚，还获赏了很多珠宝和钱财。

玛吉，我都没法儿告诉你这对我们是多么大的侮辱：看着哈里像个吟游诗人似的追求这个女人，而她表现得像个身份显赫的王后。凯瑟琳的态度真是令人佩服得五体投地,她什么都不说,仿佛一切正常,她对哈里一如既往地温柔体贴又满怀爱意,也不对任何人发脾气,就算是关上门了也没有在背后说人坏话,即使那个荡妇、那个姐姐玛丽及其母亲伊丽莎白·波琳(现在是罗奇福德夫人了——要是你愿意相信的话)依然在凯瑟琳的宫殿里侍奉她,她还得每天忍受她们半是抱歉、半是炫耀的傻笑。凯瑟琳深信这一切都会被遗忘,就如其他那些被遗忘的风流韵事,而我认为这必须被忘掉——看看现在谁还在意贝茜·布朗特?可要是你看到了他送给她的那些天鹅绒布料,你会和我一样生气的。

整个王宫分成了两派,那些年轻又愚蠢的享乐派为这场求爱绯闻激动不已,但宫里稍微年长的人都敬爱王后,还记得她为哈里、为英格兰所作的全部贡献。可到底为什么这个波琳姑娘要躲在赫佛堡呢?我很担心她怀孕了。谁知道呢?何况她自己塑造了这么一个童贞的形象。

教皇派了一名使节前来调解哈里和我们姐姐之间的关系,也许他会让波琳小姐留在赫佛堡。我听说要给她准备她自己的宫殿和随从,她才愿意回到王宫——好像她是什么公主出身似的。她想要的家仆比我还多。你都不用费心去想是谁在负担她的开销,没人用得着去思考,所有人都知道,这完全是公之于众的:统统由国库支出。

王宫里再无欢乐可言,可我们却不得不进宫,因为查尔斯说他不能失了国王的宠信,我也觉得我必须陪伴凯瑟琳度过这场试炼。她的痛苦在她脸上一览无遗——她看上去那么伤心,如同一株枯朽的花草。没人把这些告诉玛丽公主,她被留在了勒德洛,由那个老悍妇玛格丽特·波尔看管;可是这些消息根本瞒不住她,她怎么会不知道呢？全英格兰都知晓，亨利·菲兹罗伊总出现在王宫里，此刻享受着王子的待遇。我无法向你描述我们有多难过。除了哈里，当然了，还有安妮·波琳——她如今可谓是如鱼得水。

我们听说你回到了你丈夫身边，生活和谐美满。我对此感到十分高兴，亲爱的玛吉。王后说你给予了她希望：离开了丈夫，还同他开战，而最终又与他重归于好。这简直是一个奇迹。

我给予了王后希望，但是我很怀疑其他人会这么看我——显然，哈里乐于把苏格兰留给他的姐夫治理。的确，他仍任命阿奇博尔德为边境守护者，让他管理维护整个边界地区的和平与安定，这就像是让狮子睡在羊身旁。作为我的丈夫，阿奇博尔德再一次合法获得了我封地上的全部租金和税收。如果他想让我身无分文，那他完全能做到，但他对我十分大方，吩咐议会务必发放先王遗孀的抚恤金，还给我送来了为玛格丽特制作礼服的精美布料。如果他去看望了特拉奎尔的珍妮特·斯图亚特（她隐居在我的某栋府邸之中），不会有人对我提起此事。但凡任何人都看到他在礼拜堂中毕恭毕敬的模样，晚餐上彬彬有礼的作态，舞会时嬉闹活泼的身姿，都会认为他是一位忠诚的丈夫，我是一名幸运的妻子。

不只如此，人们还以为他对我情深义重。当他进入房间时，他总是将手放在心口，向我鞠躬，仿佛他从未忘记自己曾深爱过我。当他亲吻我的手之后，松开我的手指时还恋恋不舍。有时他站在我的座椅背后，会把手轻柔地放在我肩上。当我骑马时，他总是第一个赶到我身边，将我从马鞍上抱下来，趁我站稳身子的时候，将我拥进怀里一会儿。他向全世界表明他是一名深爱妻子的丈夫，这必定也是英格兰听说的情况，因为我妹妹玛丽在信纸翻页的角落上补充似的写道：

一定要给凯瑟琳写信,告诉她你过得多幸福——她要是知道一对夫妻在经历如此长久的分别之后依然走到了一起,必然备感慰藉。那些关于国王与她的婚姻的众多流言让她不堪其扰。要是有任何人问起,玛格丽特,你一定要告诉他们,你无比确切地记得是我们的父亲在离世之前就决定了让哈里迎娶凯瑟琳,而且她和哈里得到了教皇的特赦。要是有任何人质疑上帝为何没有赐予他们儿子,你一定要说上帝的道实在深不可测,我们应该心怀感激,能拥有一位美丽健康的公主做我们的继承人。不要提起亨利·菲兹罗伊,我们从不提起他。我每天都在祈祷那个波琳家的姑娘快答应一桩普通的婚事,然后一无所出。眼下我们所有人都在等待,就像澡堂里的用人,等着她报出她的价格。只有上帝本人才知晓她在盼着什么。

凯瑟琳对我弟弟那长久以来的操控终于结束了,对此我理应感到高兴。我以为我必须高兴起来,虽然我并没感到任何喜悦之情。我不断自问:这分明是我的胜利时刻——为何我感受不到半分得意?

尽管她生活在王宫之中,可这个王宫由哈里的新欢所主宰,年轻又欢快;她却被弃置一边,波琳家族和他们的亲戚霍华德家族都轻视她。尽管她身为顾问,红衣主教和其他管理国家的人却不让她开口,她已无力左右哈里来压制我了。国王不顾一切地沉沦在他人的诱惑之中,她已无力说服任何人相信婚姻的神圣。一个由波琳引领的宫廷,一心只有享乐,只为引诱而心动,只为丑闻而兴奋,绝对听不进去凯瑟琳那些关于忠贞不贰的深邃思想。她的影响一旦衰退,我的好日子必定就会到来,但如今倒霉的是,偏偏教皇成了皇帝的阶下囚，什么事也办不成。

"你知道吗，我觉得我们会相守到永远，就像丢卡利翁和皮拉①。"阿奇博尔德说道，他走进我的私室，朝我的侍女点头示意，仿佛他有权不经宣召就信步而至。

我脸上没有笑容。我都记不清丢卡利翁和皮拉是谁了，而且我也不会将自己的一丝一毫交托给阿奇博尔德。

"让世界重新繁衍生息的忠实夫妻，"他提示道，"我认为我们可以筑建一个全新的苏格兰，等我们的男孩长大成人之后，让他来统治。"

"他现在就已经长大了，"我不快地说道，"而且他是我的男孩，不是我们的。"

阿奇博尔德轻声笑了，把手放在了心口，略微点头认可。"您说得正是，"他说道，"至少我们还有一个女儿承欢膝下。"

"既然我们如此幸福快乐，那想必比顿大主教能够回到宫里来了吧？"我问道，试探他的底线。

"哎哟，他终于厌倦放羊了吗？"阿奇博尔德问我说，眼里闪着光，"我听说他舍弃了他的金手杖，拾起了一根廉价的曲柄棍，然后赶忙离开了斯特灵城堡。"

我气得脸红。"当时之事你清楚得很。"我开口道。

他冲我眨眼。"我确实清楚，而且，是的，在我看来，他可以回到王宫了。您的儿子一定会是签发邀请文书之人。还有谁吗？"

"你什么意思？"

"你还想要什么人回来吗？"他愉快地说，"若是我们要生活在一起，幸

---

①希腊神话中唯一躲过宙斯洪水的两个人，之后他们接到神谕，将石块丢往身后，丢卡利翁往后扔的石块都变成男人，而妻子皮拉扔的石头全变成了女人，如此便创造出了新的人类。

福快乐到永远的话？还有什么人是你想让他出现在你家中的吗？和詹姆斯商量一下。我欢迎你的任何朋友，任何家仆。只要……"

"只要什么？"我质问道，做好了被冒犯的心理准备。

"只要他们明白不能损害你的名声，"他说道，语调浮夸得像个唱诗班小孩，"只要你还和我在一起，还是我的妻子，我不想这里出现任何关于你的绯闻。身为詹姆斯的母亲，我们女儿的母亲，以及遗孀王后，你的名声必须无可非议。"

"我的名声本就无可非议。"我冷淡地说道。

他牵起我的手，一副要安慰我的样子。"唉，亲爱的，流言无处不在。当你弟弟从法国人那里听说你和奥尔巴尼公爵长期有联络时，我非常担心。"

"我理应同他保持长期联系！他是苏格兰的摄政公爵！"

"就算如此。你弟弟却认为你想要嫁给他。"

"这简直荒唐！"

"而且还有人告诉他你有了新情人，亨利·斯图亚特。"

我毫不犹豫地说："我完全否认这个传闻。"

"有人告诉他你和亨利·斯图亚特谋划着要绑走你的儿子，然后把你儿子扶上王位，充当斯图亚特家族的工具。"

"天哪，这个人会是谁呢？"我悲愤地说道，"谁是我弟弟的间谍，谁能有这样多的细节，听上去又还这么鼎力支持英格兰？"

阿奇博尔德抬起我的手，压在他的唇上。"这个间谍其实并不是我。可既然我明白你的家人对你的意义，同时国王也在探究自己的婚姻是否正当，那么你便不能有任何流言蜚语缠身，这对他更重要。"

"哈里在探究他自己的婚姻是否正当？"

"千真万确。"

"你认为他想要离开凯瑟琳吗?"我悄声问道。

"他应该这么做。"阿奇博尔德说道,语气如同在对凯瑟琳,这个没有犯错、没有权力的女人宣判。

"我听说有一位教皇使节去了英格兰,要调解他们二人。"

阿奇博尔德发出了短促的笑声。"是去劝她放手的。"

我从他身边离开,走到窗口,俯视下面的花园。苹果树上的花瓣悠悠飘落,犹如春天的雪花。我不知该感到得意还是失落。这感觉就如同那座被人称为"亚瑟王座"的高山在顷刻之间就移动崩塌,眼前的一切翻天覆地。凯瑟琳曾支配我的生活,我妒她、爱她、恼她,甚至一度差点被她摧毁。她会就此忽然消失吗?她会忽然就变得无足轻重吗?

"她决不会同意的。"我预言道。

"她不会,可是这段婚姻被证明无效了,到时就由不得她了。"

"会有什么可能的理由能让这段婚姻无效呢?"

"她曾嫁给过你哥哥亚瑟。"阿奇博尔德轻巧地答道,仿佛这是明摆着的事。

我想起了玛丽的信:提醒我该说的话。我的两位姐妹一起悄悄商量过了对每个问题的回答。她们没有询问过我,她们指示我该怎么说。"她有特赦令。"我按照玛丽的指令说道。

"或许特赦令也是无效的。"

我茫然地看向他。"这又是什么说法?教皇的特赦令自然是有效的。"

"它现在基本起不了作用了。王后的外甥俘虏了教皇,我不认为教皇有胆量给自己的看管人的亲属安上污名。他决不会同意你弟弟离婚。他也不会同意你的离婚请求。"

"可这和我没关系!"我高声说道。

"教皇自己都麻烦缠身——他更不会在意你了。而哈里不想任何人有机会离婚,除了他自己。"阿奇博尔德非常精准地总结出了哈里日渐增长的虚荣,还有他一贯的自私,"他不想让任何人以为都铎家的人因为任何原因想要解除婚姻关系,除非能证明那是上帝的旨意。他最不想看到的就是你——由于你曾经依照自己的心意嫁人,又背离了上帝,这么不守妇道的女人——在他之前请求离婚,败坏他本人的名望。他想要所有人的言行都无可指责,如此他便可以申请解除婚姻,而不暴露他的……"他停了下来,想要找一个合适的词。

"他的什么?"

"自私的淫欲。"

我盯着他,惊呆了,他竟然如此直白地说出了哈里的恶德。"你不该这样说他,就算是对着我也不能这么说。"

"我确信他也不想你被这样说。"

✡

我心想也许亨利·斯图亚特也能住到王宫里,那么我们还能彼此陪伴,聊作安慰,想来我们永远也无法自由地结为夫妇,不过令我吃惊的是,我的儿子拒绝批准此事。他的身形已经完全长开了,只比我高出一点点,他说他不能容忍在他的王宫里出现任何悖德行为。

当着他的面,我几乎要笑出来了。"可詹姆斯!"我对他说道,如同和一个生气的小男孩说话,"你不能评判我的朋友。"

"事实上,我应该评判。"他说道。他的语气冰冷,一点都不像我的男孩。"千万注意这是我的王宫,我有权判定谁能出现在这里。我已经有了一个凌驾在我之上的继父,我不会再有一个。我以为您的丈夫已经足够多了。"

"亨利不会想控制你！"我惊呼道，"他向来是你的朋友。他富有魅力，我很喜欢他，有他陪伴我会很开心。"

"这些正是我不想让他在这里的原因。"詹姆斯生硬地说。

"他不是你的继父，他也不可能成为我的丈夫。"

"这更糟糕。我以为你已经见识过了。"

"儿子，你弄错了。"我有些冒脾气地说道。

"母亲，我没有。"

"我不接受任何人的统治。就连你，我的儿子，我也不接受。我是都铎公主。"

"这个姓氏已成了丑闻的代名词，"詹姆斯傲慢地说，"全世界都知道您弟弟的私通行径，您自己的名誉也遭到诋毁。我不会让我的母亲成为每家酒馆里的谈资。"

"你怎么敢这么说？每个人都知晓你和你的宫人赌博淫乐，都是些好色酗酒之徒！你怎么敢指责我？我不过是曾经嫁给了心爱的人，而后惨遭背叛。如今我想要再嫁，这何错之有？"

他一言不发。他平静地注视着我，就像他父亲以前那样。

我没有行礼就转身奔离了房间。

1527年夏

苏格兰 斯特灵城堡

我去了斯特灵，立马就有人给哈里汇报说我被我儿子逐出了王宫，和我的情人厮混在一起。还有人告诉他我儿子恳求我重归正道，远离罪孽，可我一意孤行，于是他就名正言顺地把我送走了。哈里给我送来了一封怒气冲冲的书信，威胁我说若不停止与他人私通，我必将遭受永世的诅咒。他还给詹姆斯写信，说他也必须改过自新。他必须停止饮酒，停止狎妓，必须全身心投入到骑士训练和贵族活动中去。这封道德严苛的信件令我困惑不已，直到我收到了玛丽寄来的潦草短信：

安妮小姐没有屈从于国王。他们大肆宣扬她的美德，她的处境又是多么飘摇。我从未见识过这种勾人的手段：她穿着低胸礼裙，兜帽戴在脑后，可所有人都还在认真思量她的贞洁。她装出法国口音，还阅读一些异端图书。她的确是一位新潮的年轻姑娘。而我们恪守忠贞，狂热非凡，却又纵情歌舞，放荡不堪。王后病了，我真不知道她怎么撑过晚餐的，所有香浓菜品都呈给了年轻姑娘，而其他人还在舔勺子。

我快受不了宫廷生活了。要不是查尔斯坚持，我决不愿进宫。凯瑟琳要你向她保证，你不会有任何危害她的婚姻的举动。她已经听说你为了和你的情人在一起，离开了你儿子的王宫。我告诉她这肯定是谎言。我了解你决不会这么做的。为了你自己,你不会这么做,为了我们,你也不会这么做。你不会这么做的,对不对?对我发誓,你不会这么做。

1527年秋

苏格兰　斯特灵城堡

我没有立即回信。我给不了凯瑟琳想要的保证；我不能为了支援她就牺牲我自己的幸福。我做不到像我亲弟弟那般的虚伪。我不敢宣称我受到上帝的指引而行事。这是我有生以来第一次从恐惧和危险中解放出来。詹姆斯性命无忧，我的女儿在坦特伦过得开心快乐，整个国家在阿奇博尔德的统治下安定太平，亨利和我过着犹如隐居的领主和领主夫人的生活，管理我们的庄园，享受彼此的陪伴。我仿佛获得了此生从未有过的安宁和幸福，至少我远离了阿奇博尔德，不必继续忍受他一再挑起我内心的畏惧和欲望。我最终能够和一个爱我的男人在一起了，能够放心地回应他，不再有阴影，不再有谎言。这个秋天属于我，这是我的好时光。

为了过冬，我们囤积木材，准备柴火。我们腌制了咸鱼和熏肉，储存在城堡那巨大的贮藏室里。我们在树林间骑马；在阳光的照耀下，树叶透亮似珠宝，如红宝石般绚烂，黄铜般闪亮，金子般耀眼，翡翠般剔透。亨利朝高山上的城堡门道望了一眼，然后说道："快看！那不是教皇的旗帜吗？是不是升起了教皇的旗帜？一定是教皇的信使来了。"

日落的红霞让我眯起了眼睛。"是的，"我吃惊地把手放在颈间，开口道，"天哪，亨利，信使会不会带来我的离婚赦令呢？"

"有可能。"他平静地说。他的手覆在我握住缰绳的手上。"冷静点，亲爱的。可能是任何事。教皇脱难了？有新教皇了？也可能是离婚赦令，或者其他很多事情。"

"快走!"我说道,于是我们驱马前进,穿过树林,攀爬上山,沿着崎岖的道路蜿蜒而上,走到了山顶,随后我们纵马跑进了城堡,发现教皇信使在大厅里端着一杯温热的甜麦芽酒,站在壁炉前。

我进入大厅时,他向我鞠躬,我一瞧见他还对亨利鞠躬,就知道我们赢了。

"教皇大人准许了我的离婚赦令。"我胸有成竹地说。

信使分别对我二人又鞠了一躬,仿佛亨利已经是我的丈夫了。"他准许了。"他说道。

终于!难以置信,我终于摆脱了阿奇博尔德!这是我涤清罪孽、重获自由的洗礼,是我的新生。这是我重振旗鼓的契机。我甚至禁不住有了个异端的想法,想说这是我的第二次降临①。我获得了再次幸福的机会。我获得了再次嫁人的机会。我会成为亨利生命的中心,在全世界面前,在苏格兰面前,昂首挺胸地生活。凯瑟琳口中绝无可能之事已经发生——她不准又如何?教皇本人还有我已经否决了她。她说我离不了婚,不准我离婚——而我做到了。我的决心胜过了她,我由衷地感到开心。

那夜我们举行了盛大的宴会:鹿腰腿肉,禽肉馅饼,烤鹅肉片,肥鱼烤猪,在享用了一碟又一碟的蜜饯之后,晚餐才结束。每个人都知道教皇信使带来好消息,让我摆脱了阿奇博尔德,想必已经有人私下溜走赶往爱丁堡,向阿奇博尔德禀报我自由了,而他输了。玛格丽特不会背上私生子的名号,我会要求让她和我住在一起。

---

①基督教中指耶稣重返人间,审判生者与死者,使善最终战胜恶。

我是一个自由的女人了,这个想法让我放声大笑。我简直无法相信,在历经这么多年的等待之后,在收到了这么多封从英格兰寄来的难堪信件之后,这一切竟然成真了。我想那边很快就会听说这件事,我脑海里浮现出我那位为了我的灵魂,也为了她丈夫的灵魂跪地祈祷的弟媳。我想我会为她感到遗憾,为凯瑟琳,这位遭到抛弃的妻子而遗憾;但我非常开心,同时感到无比骄傲,我又可以嫁人了,还是要嫁给一个爱我本色的年轻男人。我觉得自己是像安妮·波琳那个小婊子一样的年轻女人,敢于直面陈腐的教条,选择自己的未来。凯瑟琳,还有所有让女人安分守己、接受男人统治的老东西,我都把他们当作我的敌人。世道变了,而我要站在这股变潮的前沿。

"有我弟弟英格兰国王的消息吗?"我询问教皇信使,这时仆人又给他添了一杯葡萄酒。

"教皇收到了一份请求,"信使说道,"他派了一位使节前往伦敦,听取证词。"

我惊得丢掉了勺子。"什么证词?我以为使节是去调解他们,或者是和王后谈话的?"

"他是要去听取一份解除婚姻的证词,"男人回答道,仿佛在说一件再明白不过的事,"教皇大人要展开全面的问讯。"

我应该料到这一切的,不过哈里说一套做一套的本事仍然令我惊叹。"我弟弟想要解除他的婚姻吗?"

"殿下您不知道此事吗?"

"我知道他有疑虑。我以为教皇使节去伦敦是为了打消这些疑虑。我不知道会有问讯。我没想到会有什么证词。我以为我的国王弟弟会反对解除婚姻。"

信使脸上隐晦的浅笑表明了他也曾如此听说过。"问题并非是要解除一段正当有效的婚姻，"他谨慎地说道，"我看出来了，国王认为他和王后从没有过正当的婚姻。他制造了证据。因而他理所当然地没有继承人。"

"这十八年来没有一位男性继承人，"我刻薄地说，"他还有一位公主。他为什么现在要申请废除婚姻？"

"显而易见，这并不是为了要迎娶另一个女人，"信使小心地回答道，"而是为了要确保他没有生活在罪恶之中。他并非一心只有自己；他认为上帝没有赐福这段婚姻，是因为婚姻关系本就不存在。这本就不是一段婚姻。"

我望向亨利，他坐在众领主之首，而不是在我身边，因为他还不是我的丈夫。"就连在苏格兰，我们都听说了安妮·波琳的大名。"我提道。

教皇信使悠悠地摇头，斟酌着委婉的外交辞令，想要否认这尽人皆知的绯闻。"可还没有传到梵蒂冈。罗马教廷还没听闻过这位小姐，"他捏造了个漂亮的谎话，"没有任何文件里出现了她的名字。证词中并没有确切记录她出现在了伦敦宫廷之中。您弟弟想要在宗教上找理由来废除他的婚姻，而不是他的个人情感。他有疑虑，但他没有夹杂私欲。"

1528年春

苏格兰 斯特灵城堡

亨利和我在斯特灵城堡的小礼拜堂内结为了夫妻。这是城堡外庭的陡坡上最古老的建筑之一，有一条砖石坂道一路朝上通往圣坛，还要再爬上一段被踩磨得光滑的石阶。我和亨利手牵手走向我的告解神父，这是一段上山的路程，而我真心认为这便是我们分享彼此生命的方式。

我们有见证人——我再也不会给人留下话柄，污蔑我不是结婚，不过是私下握手宣誓罢了——牧师带来了一个唱颂歌的唱诗班男童，但这是一场不公开的仪式。亨利为我戴上了他们的家族戒指，上面还有他的家族饰章——塘鹅图案。他还给了我一袋金子。在那个午后，我们睡在了一张床上，这段婚姻便已结成，牢不可破。终于，在苏格兰，在属于我的城堡里，我安安稳稳地嫁给了一个好男儿。我靠在他的臂弯里小睡，这个春日的午后依然寒冷，天色也已变暗，我想起了凯瑟琳，还有她信仰的那些冷漠慰问。我想到她曾经如此断定她懂得正确的含义，懂得上帝的旨意，可看看我，远不及她聪明，更不比她虔诚，也不如她有教养，钱财珠宝也比她少，各方面都逊色于她，此时却是我嫁给了一位英俊年轻的丈夫，未来充满希望；而在整个王宫里的人都在大厅翩翩起舞之时，她却惨遭国王抛弃，在独自祈祷，这个国王还对她说过她是自己最美惠的妻子，可是呢，原来她本就不是他的妻子。

我们没能在斯特灵度过一个平静的蜜月。仅仅在结婚几周之后,城堡墙上的士兵就拉响了警钟。警钟一响,原本在城堡外的树林里放牧的牲畜都被赶回了庭院,吊桥被拉了起来,闸门轰然落下。在城堡之外拜访朋友的人,或是家在山脚小镇上的民众,都被关在外面,直到危机解除;有一些在城堡厨房工作或者帮佣的村民和我们一起被困在了城堡内。短暂时间之内,我们就进入了自卫的状态。我原本在私室中祷告,随即便跑出来,在主大门上方的哨岗处找到了城堡侍卫长。我在左侧看到士兵们将大炮推出来组成了大炮排,对准山下来犯的军队,瞄准对方暴露在我们炮火下的侧翼。在我身后,人们正在武装宫殿大门,弓箭手拿着手炮,在警卫室方场之间来回跑动,然后在城墙下站成一排,俯视通往城堡的唯一道路。

"是什么人?"我着急地问道,"是道格拉斯家的人吗?"

"有一个士兵上前了。我看不清是谁。"

我看到一个传令官在道上骑着马,还有两个人跟在他身后,一脸紧张,任何人被城堡大炮瞄准都会露出这样的表情。他身后有飘舞的旗帜。

"站住!"城堡侍卫长大吼道,"报上名来!"

"奉旨拿人。"传令官举起一张纸,但距离太远,无法确认是否伪造。

"要拿谁?"

事有蹊跷。他们想抓谁呢?

"尽人皆知的反贼,亨利·斯图亚特。他擅自迎娶摄政王后,而未经过她的儿子——国王陛下的允许。"

侍卫长转向我,只看到我一脸惊惧的神情。这完全出乎我的意料。我还以为阿奇博尔德和我已经达成一致了,我自由了。我以为这是哈里的命令。我还以为阿德会满足于他掌握的权力，会满足于我封地的使用权。

"以苏格兰国王的名义，命令你打开城门。"传令官高声宣布。

这是一句无法抗拒的命令。若是违背了苏格兰国王的旨意，那我们就全都坐实了反贼的罪名。我咬紧嘴唇，侍卫长看着我，等我下令。

"我必须打开城门。"他说道。

"我明白，"我开口，"不过先派人出去确认那是否是真的王室印章。"

我在拖延时间，可就算是多出十来分钟，我也想不出办法。亨利来到了我身后，和侍卫长一起观望我们的御马官出城检查印章。我们看到他向侍卫长挥手，确认这是真的印章，然后侍卫长朝他的士兵大声喝令，于是闸门缓慢地升起了。

"他们进入大门的时候，你能从暗门骑马逃出去吗？"我绝望地握住亨利的双手，同时端视他发白的脸庞。

"他们会在通往村庄的下山道上截住他，"侍卫长指出，"他们会安排士兵守在那里，周围到处都有哨兵。"

"那我们能把他藏起来吗？"

"这样我们就也犯了叛国罪。"

"我没想到！我做梦都没想到！"

"我会申请安全通行令，"亨利平静地说，"我会要求一场审判。假如我和一些手下堂堂正正地走出去，而您去给议会大臣们写信，让他们以叛国的罪名审判我，他们或许也会赦免我。没人会因为我娶了您而怪罪我。没人可以指责您。依照律法，您已经离婚了。"

"我们并没有比查尔斯·布兰登和玛丽更出格，"我开口道，"他们所受的全部惩罚不过是一笔他们从未偿还过的罚金。"

"无论如何，就算是阿奇博尔德也不敢因此处决我。"他苦笑着说。

"他只是想要吓唬我。"我说道。而我颤抖的双手证明对方成功地达到了目的。

"那我出去了，"亨利说道，"我宁愿自首，也不愿被俘虏。"

我想要拉他回来，可我放任他走下石梯，同方场上的信使打招呼。我拖着脚步跟着他，随后内堡的大门打开了，亨利让人备好马匹，挑选了几名手下跟自己一起前往爱丁堡。他和传令官在交谈，我看到他一再重复一个问题，然后又摇头。

"我要跟着你，"我低声对他说，"我会摆平阿奇博尔德。只要我出现在他面前，为你说话，他就不会拒绝我。"

"不是阿奇博尔德，"他说道，脸上露出吃惊的表情，"这是您的儿子詹姆斯亲自下达的指令，千真万确。而且他是听取了英格兰国王的建议之后做出的决定：您的弟弟想让我接受叛国的审讯，而您的儿子想要我的性命。"

1528年夏

苏格兰　斯特灵城堡

他们所有人都给我写了信：哈里，托马斯·沃尔西，凯瑟琳，还有玛丽。他们全都在谴责我离婚一事；哈里还恐吓我会遭受淫妇的诅咒。凯瑟琳吁求我想想我女儿的身份，还说我把私生子的可耻名声安在了她头上。托马斯·沃尔西告诉我哈里信上的愤怒言辞是他口述语气的真实写照，而接着玛丽却告诉我诸如礼服领口略微低到了肩膀之下的地方的事。

我给阿奇博尔德写信，给詹姆斯写信。我给威廉·戴克写信，他是托马斯·戴克勋爵的继承人；我还给沃尔西红衣主教写信。我若是有胆量，还会给安妮·波琳写信，她如今是亨利宫中最有影响的顾问。我尽量控制住自己的恐惧，尽量冷静地写道：我之前的那段婚姻已经由教皇亲自废除了，因为我的丈夫与特拉奎尔的珍妮特·斯图亚特之间存在先行婚姻。既然我是自由之身，那么我可以选择嫁给亨利·斯图亚特，虽然我应该请求国王准许这桩婚事，但是我同我妹妹玛丽一样，打算在婚礼之后再请求许可。我的全部要求只是得到和我妹妹玛丽同等的待遇，她也是未经她兄长的允许就嫁给了查尔斯·布兰登，为何我要受到比她更严厉的苛责呢？为何所有人对我如此冷酷，却对玛丽如此宽容？她也是国王的遗孀，甚至在守丧的第一年内就嫁给了她选择的对象，还有比这更不尊礼教的举动吗？

我给阿奇博尔德写了一封温和而理智的信。我在信里说我很高兴有他照顾我们的女儿，不过我也提醒他，我们的女儿血统高贵，身份合法，她会享有一个好名声。我希望我邀请她时,她可以来拜访我。我希望能够随时去看望她。

我收到了我儿子詹姆斯的回信。对于我求他放过亨利·斯图亚特,他根本没有做任何回复。他在信里没写一点私事;他写给我的全是阿奇博尔德的顾问念给他的内容。不过这封信宣布了詹姆斯要召开议政大会的消息,会议要痛诉边境地区的混乱无序,无法无天。我不明白詹姆斯为什么突然对边境那片荒芜领土上了心,他也没有告诉我,而我只想恳请他放过我年轻的丈夫。

一天夜里,我正在写新一轮的请求信,突然听到了一个士兵的呼喊,接着警钟登时响起。警钟响了三大声,意思是说有一小队人马靠近了城堡主门,但并非是警告有大军来犯的那种沉重而洪亮的钟声。这一瞬间,我祈祷那是亨利·斯图亚特回家了,于是我丢掉笔,披上斗篷,赶到教堂外的围场。主通道的大门打开了,我看到没有城堡侍卫长下令,主门就被推开,然后我听到了士兵的欢呼声。

这个情形令我感到意外。他们不是在为亨利·斯图亚特欢呼,而我想不到谁会在宵禁之后来到这里。我急匆匆地跨过围场,想看清楚这个深夜来访之人若是发现大门朝他洞开,我的士兵纷纷向他欢呼,他会有什么反应。我先是看到了一匹高大的战马,在马背之上的是一脸灿烂笑容的詹姆斯,我儿子。

"詹姆斯!"我惊呼道,他勒住马,跳了下来,把缰绳丢给了他的马夫。

"詹姆斯!"

他穿得像个穷光蛋,披着棕色的羊毛斗篷,肩膀处有灰棕花格。他腰上系着一根厚皮带,一把精致的刀塞在廉价的刀鞘里,挂在他的屁股上。但是他穿了一双上好的马靴,而且任谁也不会认错他那意气风发的笑容。

"我逃出来了!"他一把抱住我,亲吻我,使劲儿亲吻我的双颊,然后他揽住我的腰,在庭院里和我跳起舞来,他的马一边喘着粗气,一边退后,给我们让路,其他人都在欢呼。"我逃出来了。终于!我做到了。我逃出来了。"

"怎么回事,你怎么做到的?"

"他出发去边境了,和他那帮恶棍打仗,然后我告诉所有人我要在黎明就起来去打猎。我很早就上了床,其他人也是。乔基·哈特和这两人早为我备好了马匹,还有一套多余的衣物,他们发誓要追随我。在黎明到来前,我们就牵马离开马房,踏上北方大道,赶在众人发觉我们离开之前。"

"他会来追捕你的。"我说完就朝南边看了一眼,仿佛看到了阿奇博尔德的军队从爱丁堡行军至此的场景。

"他必定会来。他猜得到我会来找您。我们快进去吧,把所有门都关闭,让士兵守着。"

他伸手揽在我的肩上,推着我进入了堡内。来到大厅时,我唤人点上烛火,城堡里所有仆人都起来服侍我们,他们有一半的人都睡在大厅的搁板上,于是他们飞速起身,欣喜若狂地高呼着国王亲临的消息,至于国王本人,他再也不会被抓住了。

"我们必须把王室旗帜升起来,"我下令道,"只要胆敢来袭,那些人就是公然叛国。同时你必须签发一份禁令,不准道格拉斯家族的任何人靠近你。"

"写好了,"詹姆斯说道,"我马上签字,用指环盖章。"

"你带来了吗?"

"我一直戴着它。阿奇博尔德管着大印章,但我有指环。"

"还要发出一份宣告,所有忠于詹姆斯的领主都要赶来此处,支援国王陛下。我们要在爱丁堡召开领主议会,之后再召开国会。"我对我的书记官吩咐道,他慌忙地写个不停,脖子上挂着书写板,还在信纸上撒下沙子好让墨水快点干。我有些兴奋地笑了。"这就像是一场假面剧，又开演了。不过这一次我们有服装，也清楚走位。"

"还要写信给爱丁堡城堡，命令他们释放亨利·斯图亚特。"詹姆斯说道。

我抬起头。

"这是您的愿望吗？"他问我。

"是的，当然了，可我以为你反对我这桩婚事。"

"我反对绯闻，而不是这桩婚事，"他说道，一副年轻人的迂执口气，"以我的名义下令逮捕你丈夫的人是阿奇博尔德。他想要讨好你弟弟，而我同意了，于是他才会以为我和你反目了。亨利·斯图亚特固然并非我看中的人选；可若是您选中了他，那他可以被释放，我也会封他当个领主。他的庄园在哪里？"

"梅思文，"我说道，"可以封他为梅思文爵士。"

"写下来，"詹姆斯笑着说，"这是我作为执政国王的第一批指令。"

1528年夏

苏格兰　爱丁堡城堡

我们威风凛凛地进入了爱丁堡,这是前所未有的凯旋。领主们都到市政大厅迎接我们,有些人从高处的窗户里向我们抛洒鲜花香水,还有些人拥挤在狭窄的街道上,只为了瞻仰我和詹姆斯一起进城的场面,而我们满脸笑意地回应他们的喝彩。詹姆斯,他们的国王终于亲政了,阿奇博尔德则不知所踪。

我们让城堡保持戒备,囤积粮食,做好应对围攻的准备,因为我时常担忧阿奇博尔德在道格拉斯家族的支持下卷土重来。詹姆斯的寝宫门口有重兵把守,还有备好武器的士兵睡在他房内的硬板床上,近身守护他。我弟弟哈里写信说我背叛了婚姻,与他人苟合,我会为此受到永恒的诅咒,我连信都没有回。一个弟弟竟然对他的姐姐写下如此恶毒的指责,实在过分,然而也是这个弟弟,每天抛下他的妻子,赶着去追求另一个女人。他禁欲的原因仅仅是他的情人耍弄着一个漫长的把戏,他才没有权利这般指责我,我再也不会认为男人的道德观有什么不一样的了。

城里流传着道格拉斯军队在山里集结,准备发动进攻的谣言。市民和商人们都支持他们的国王,但也畏惧道格拉斯家族的权势。就在六年前道格拉斯家族血洗了爱丁堡的街道,而此时距离我在荷里路德宫炮轰他们也还不到四年时间。民众不想被困在自己的城市里,不想夹在两大势力的战火中;世上最糟糕的事情莫过于内战。

领主们一致认为道格拉斯家族犯下了叛国罪。宣判时吹响了号角——传令官前往市集十字座，吹响了小号，在三次嘹亮的号声之后，他念出了这些反贼的名字。我的前夫阿奇博尔德被判处死刑。我们之间的仇恨最终让我们走到了这一步。我并非只是和他离了婚，又嫁给了另一个男人，我还宣判了他的死刑。我也许会去观看他行刑。我们之间的一切都必将随之终结。

"我们应该去斯特灵。"亨利提议说。我们在詹姆斯的枢密室里。我坐在王座上，而詹姆斯在房间里踱步，望向了窗外。还有一些年长的领主也和我们在一起。大多数人选择和国王共同对付他的继父。几乎所有人都说自己一直忠于国王，但有些人收了英格兰人的钱，又害怕阿奇博尔德。

"回到斯特灵？"詹姆斯问道，"我不要露出怯懦的姿态，我不会逃跑。"

"在斯特灵重整旗鼓，"我建议道，"阿奇博尔德无法攻下斯特灵城堡，他要是包围了城堡，对王室旗帜不敬，那就落实了叛国贼的罪名，不会有人再支持他了。我们去斯特灵吧，直到我们弄清他是否要向你投降，而且要献上他的城堡。"

詹姆斯转向其他领主。"诸位有什么看法吗？"他谨慎有礼地询问道。

"我有一言，"其中一人说道，"我们需要知道英格兰的哈里会为我们做些什么，如今我们将他的外甥送上了王位，他的姐姐又嫁给了另一位领主。"

他们全都转头看向我，我十分窘迫，我无法承诺说我弟弟会支持我。

"英格兰国王一贯都支持安格斯伯爵。"有人不客气地指出。

"眼下他不能这么做！"

"害他的姐姐吗？"另一人问道。

我转过脸不让他们看到我纠结的表情。他真有可能这么做。

1528年秋

苏格兰　爱丁堡城堡

国会召开了，与此同时，阿奇博尔德没有出席领主议会，没有向詹姆斯宣誓效忠，也没有遵照旨令交出他的城堡和领地，于是他被宣布为叛国贼，处以死刑。

可就连到了如今这步田地，我弟弟依旧不顾苏格兰领主们的意愿，不顾苏格兰国王的权利，不顾他姐姐的愿望，固执地支持阿奇博尔德，哪怕阿奇博尔德纠集了人马要背叛我和我的儿子。更令人难以置信的是，就在詹姆斯出逃后的几周，有一封从英格兰寄来的信，出自一名书记官之手，称呼詹姆斯为国王，却建议其恢复阿奇博尔德的权力，归还他的财产，因为他是苏格兰所拥有的一位卓越不凡、智慧无双的顾问大臣。

"他没有提到您。"詹姆斯评论道。

"是没有，"我说道，"也许这封信并不是私人信件吧。在英格兰他们都病得很重。"

汗热病——某些人称之为都铎病的可怕病症——正在蔓延，自从我们的祖母坚称亚瑟和他不该靠近任何病患，他就一直害怕这个病。都铎家族子嗣稀薄，他们扛不过疾病。哈里的子民死在商铺里，死在柜台之后，死在教堂中，死在回家的街上，而此时哈里正以惊险的速度环游英格兰，从一座豪华大宅前往另一座，只有主人家再三起誓说自家高墙之内绝无一例病症，他才会停留下来。安妮·波琳自己也染病了，动身前往了赫佛堡。

假若凯瑟琳的上帝对这位虔诚向他祈祷的王后怀有一丝怜悯,安妮·波琳都会病死在那里。

⬟

詹姆斯拒绝了哈里的命令,拒绝恢复阿奇博尔德的地位,还说他要让他的前任继父接受正义的制裁。他和一小队忠心耿耿的领主骑马赶到坦特伦,发起了进攻。我的脑海里浮现出这座俯瞰大海的城堡,城堡背后盖雪的山岩,还有撞碎在峭壁脚下的浪花。我为我的女儿玛格丽特忧心不已,因为阿奇博尔德在坚决抵抗数周之后,又突袭了我们的军队,还收缴了我们的大炮,于是詹姆斯也发布了对他的悬赏。他骑马穿过那些他下令破坏的土地,派遣偷袭小队烧光了爱丁堡南端山上的秋蕨丛,好让街上都能闻到燃烧的气味,造成纵火的假象来威胁我们。数月以来,他想要特赦,还想要回他的权力,而同时又在他城堡周围烧杀抢掠,让附近人民的生活苦不堪言。最后,他踏上了南下前往英格兰的大道,将我的女儿安置在诺勒姆城堡,并且——他可真了不起——他在伦敦还把自己打造成了一个和平使者:不仅声讨我的滔天罪孽,还冷静又淡定地给自己树立了良好形象。

他出轨,欺诈,还叛国,却受到了本该是我的朋友和姐妹的热情问候。他拒绝答复我要见女儿的要求。我不知道要怎样才能把她再次带回家。难道她要像没妈的孩子那样长大吗?难道他觉得他可以把我当个死人似的,将我的女儿带走吗?我无论如何都无法理解这等不公。阿奇博尔德抛弃了我,抢走了我的封地,绑架了我的两个孩子,还为了自己的野心向他的同胞开战,现如今他还被视作一位受害的丈夫,一名流亡的英雄。一日接着一夜地过去了,在他抵达伦敦之后,我妹妹玛丽的书信也寄到了我的手中,可她的重点再明显不过了。

教皇使节坎贝乔主教已经抵达，并且已经见过了沃尔西主教和我们的国王兄弟。哈里受人蛊惑（不难想象这个人会是谁），怀疑起了自己婚姻的正当性，所有人也的确看出他为此非常困扰。波琳小姐十分不幸地大病痊愈了，此刻正躲在赫佛堡，因而没人可以暗示其间有什么自私的缘由。

其实我希望这位坎贝乔主教能够终止这骇人的疑心病。凯瑟琳向他出示了那封尤利乌斯教皇①签发的特赦令，这封旧信上说，不论她和亚瑟是否完婚，她和哈里都可以自由嫁娶，所以任何问讯都没有法律依据，她明确表示她不会出席任何庭审。

唉，玛吉啊——主教询问她是否考虑离开哈里，舍弃王后之位，进入一所修女院，当时我就在现场。她那么平静，那么庄严。她说是上帝召唤她缔结婚姻，全心全意做一位贤妻。她还当面对主教说她接纳了哈里的朋友们（她指的是哈里那些姘妇，被迫和她们住在一起真是太侮辱人了），把她们当成她自己的朋友——事实也是如此。她说她从未令他失望，除了天主决定将她的孩子们带到他身边。我觉得波琳小姐会妥协，安心当个情妇——她不会爬到更高的地位了，她这样的女人得到这等待遇已经顶天了。凯瑟琳立场坚定，况且每个人都崇拜她。虽然这消磨了她的健康、幸福还有美貌，但她不会退缩。她说婚姻会持续一生，没人能否认其中的真理。

---

①尤利乌斯二世，1503—1513年在位十年，被教廷认为是历史上最有作为的二十五位教皇之一。

你的丈夫安格斯伯爵也在王宫，他英俊潇洒，身强体壮。他总是深情款款地谈起你，还有你背叛他之后他的凄惨下场。他坚信你和亨利·斯图亚特的婚姻是无效的。你儿子听信谗言，而你也是戴罪之身。玛格丽特，我恳求你消除这份不幸，邀请阿奇博尔德回家。凯瑟琳向我们展示了妻子应有的大度。她让我告诉你现在还为时不晚。她让我央求你恢复伯爵在王宫里的地位。玛格丽特，请你考虑一下吧——你若是一意孤行，那我们将再也无法相见了。想想后果，想想凯瑟琳，想想你的男孩吧。也为你的女儿着想一下吧，你要是不和你真正的丈夫和解，那你就再也见不到她了。为了你和凯瑟琳，我真是太伤心了，我不忍心看到我们的家族四分五裂，我不忍心看到你在世人面前出丑。

M.

1528年冬

苏格拉 爱丁堡城堡

我的弟弟给我写了一封信,这是他给我写的第一封像模像样的书信,他在信中向我倾诉他对自己婚姻的恐惧。他解释说他心里没有其他女人,虽然我知道安妮·波琳住在托马斯·沃尔西提供的华丽宫殿之中,并且全王宫的人还要每天都向她问安;我还知道她会在我弟弟的信件末尾写上附言,就连这封信也是她靠在他肩膀上,加以润色而写成的。

即便如此,我也忍不住要同情他。他是我的小弟弟。他认为——天主明察,他有充分的理由认为——他的婚姻从缔结之日就遭到了诅咒。我回想起了我们祖母那些尖酸刻薄的话语,她当初是何等固执地认为凯瑟琳绝不应该嫁给哈里,我心想——万一她是对的呢?万一特赦令不是真的呢?万一凯瑟琳一直以来都是哈里的兄嫂而不是他的妻子呢?还有什么原因能解释婴儿接连夭折的残酷事实呢?这世上还有什么原因能解释这等惨事呢?

他写道:

> 如果我们的婚姻违背了上帝的律法,这桩婚姻显然是无效的,那么我将不仅要为离开这样一位美好的女人、我深爱的伴侣而难过,更要为我的不幸命运而痛惜哀悼,长久以来我都生活在不伦的罪恶之中,触怒了上帝,所以我才没有真正的继承人来继承我的王国。这些都是我内心的苦楚与恼怒,也是困扰我良心的剧痛,

而我要为这些痛苦找寻良药。所以,亲爱的姐姐,我信任你,所以我要求你,向我们的臣民和友人,也向你的臣民和友人宣布,一心一意地同我们一起祷告,只有践行良知,救赎灵魂,才能获晓真理。

"上帝保佑他,"我对我的丈夫亨利·斯图亚特说道,"不论他对安妮·波琳这个女人抱有如何的情感,这对一个男人来说的确是一件惨事——成婚多年却发现他的婚姻根本无效。"

"这就像一场噩梦,"亨利说道,"不过他貌似坚称在他的王宫之内没有一个年轻貌美的女人住在最豪华的宫殿里。"

"宫里随时都有年轻貌美的女人,"我说道,"可在此之前哈里从没想过他的婚姻是否有效。漂亮的年轻女人一直都有,她们还有人为他生下了孩子——连儿子都有。要是他说他的良心受此折磨,那么我相信他。"

"那你现在觉得凯瑟琳应该退让到一边吗?"

我心里想起那个来自西班牙的少女,那个在亚瑟婚礼上绷着脸的新娘,那个从赤贫和卑微的逆境中飞上枝头成为英格兰王后的寡妇,还有那个派军队袭击了我的丈夫,还想把他的尸体腌制成一件战利品的好战王后。

"她心里只有她自己,"我冷酷地开口,"但我的弟弟如今心里想的是上帝的律法。"

玛丽给我写了一封圣诞节贺信,可这不过是一份引起极度不适的礼物清单,哈里送给安妮的礼物清单。她没有问候我,也没有问候亨利,她的新姐夫;在我儿子登基亲政之后,她也没有问候过他。玛丽还是老样子,抓不住重点。她满脑子都是安妮在格林尼治宫篡了位，每个人都去求见她而忽视了凯瑟琳。她说安妮戴着镶金边的珍贵宝石，头饰上还有一颗心形珠宝，仿若一顶王冠。她的手镯是整个王宫谈论的话题；要是我见到了她的那些红宝石，我一定会心痛不已。玛丽一句都没提到我们兄弟的苦恼与担忧，更没提到他灵魂的不安。

  凯瑟琳在她的宫殿里遭到了怠慢，那群波琳家和诺福克家的侍女现在甚至都不来侍奉她了。我们的国王兄弟没有和她一起用晚餐，就连晚上都不睡在她的床上了。

  我真是受不了玛丽了。凭什么国王该和凯瑟琳过夜？又不是只要睡在凯瑟琳干涸的睡床上就能让他得到一位威尔士亲王。也可能是教皇使节的意见，他们本就不是夫妻。凭什么要让公爵夫人们来服侍凯瑟琳？如果她仅仅是一位威尔士亲王遗孀，那么她就不是王后，就配不上这待遇。玛丽——明明自己就是遗孀王后——也许该思考下要维护宫中的戒律。凯瑟琳因她的头衔和地位已经得到了荣誉，她到处施展王后威仪之时，我们已经对她恭敬有加了。说不定是运道变了。我的运道已经变幻起伏了无数次，也没有得到她的援助，现在她的运道也变了，我心里生不出半分遗憾给她。她一度摧毁了我，而今，她就要面临自己的毁灭了。

1529年春

苏格兰　斯特灵城堡

我儿子詹姆斯理所当然地拒绝了所有让他迎娶表妹玛丽公主的意见。但凡她的母亲有一丁点可能只是一位亲王遗孀,那这个姑娘都只是一个王室私生子,那么她就完全不配做国王的妻子。在这件事上我们的意见完全一致,而接下来我们就听到了一则谣言,说阿奇博尔德向哈里进言促成这桩婚事,再签署一份同苏格兰的和约。詹姆斯火冒三丈地说他不需要这种不可靠的和约,更不需要一位身份可疑的公主。他说他想要和法国结盟,娶一位法国的公主。

"詹姆斯,求你了,"我对他说道,"你不能像这样忽然就下决定。没人清楚英格兰以后会发生什么。"

"我清楚我的舅舅从未尊敬过你我,"他急促地说,"我清楚他一贯偏袒安格斯伯爵阿奇博尔德,而不是你我,此刻他也是这么做的。"

"我确信他会遵守和约与婚约。"我说道。

詹姆斯看上去像个男子汉了,但还是个男孩;他背负了男子汉的任务,可依然是个男孩,一旦阿奇博尔德惹了麻烦,他就会责怪我。"嘴上说说罢了!他何时遵守过他的承诺?对国家、对女人的承诺?您的国王弟弟肆意妄为,然后用冠冕堂皇的原因掩盖他的放肆。您等着看吧,他会怎么对付王宫里的主教们,他会得逞,然后证明这都是上帝的旨意。总之,我不会受他蒙蔽。"

1529年夏

苏格兰 斯特灵城堡

我在等玛丽的信；我知道她想第一个告诉我教皇使节关于我们兄弟的案件的裁定结果。当那封两头都绑着丝带，还盖了一层厚重的封蜡来阻止任何人私读的信件被送来时，我都分不清自己是盼着主教们宣布哈里的婚姻无效，还是希望他们命令他继续留在凯瑟琳的身边。玛丽的那颗忠心想着谁倒是毋庸置疑的：她素来是凯瑟琳的小拥趸。她从凯瑟琳那里得到的尽是关怀与支持。她们才是彼此真正的姐妹。凯瑟琳对我可没那么多祝福。并非她对姐妹的不义让我思量自己是否真心希望她永远都是英格兰王后，是她造成了我们之间的疏离，一次又一次。每当她大权在握，她都给我带来了毁灭性的打击，而等到她的权势开始衰退，她又要求我该去帮助她。

安妮·波琳行事逾矩！

玛丽连问候都没写一句，就开始整页书写她的愤慨。我把信纸摊在腿上，望向窗外，眺望湖湾，还有它背后的群山。今天詹姆斯骑马外出了，晚餐前都不会回来。我有的是时间来解读玛丽的鬼画桃符。

今年的复活节上,她为穷人赐福了癫痫指环①,就好像她有神力似的。她生活富裕,和王后本人不相上下——事实上她还要奢侈得多,要知道凯瑟琳每个周五和每个圣徒节都完全禁食。波琳家的女人没敢出席教皇使节的庭审,我想她要是敢出席,在场的人一定会为了支持王后而掀起骚动。伦敦城,包括全英格兰的女人都义愤填膺地抗议说,波琳婊子(她们这样称呼她!)想要取代我们的王后是痴人说梦。若是哈里得到了他想要的裁决,我真心怀疑民众会否容许这个女人加冕为后。这太可怕了。在这件事上,我甚至无法和他说上话,他只和两个人商议——她和沃尔西。

你会从副主教那里听说庭审过程的,我觉得;不过他可能不会告诉你约翰·费舍主教的事,那位我们祖母跟前的大红人,站在法庭上发誓说他没有签署那份所有教会人员都同意了的状书。哈里说他盖了章,也签了字,而他说状书上的既不是他的印章也不是他的笔迹。这真是骇人听闻,震惊了全场,每个人都意识到有人伪造了他的同意书。哈里说这无关紧要,可这事关重大,玛格丽特。每个人都会受到影响。这表示波琳家的要有所行动了。

安妮·波琳去了赫佛堡,凯瑟琳的所有时间都花在了祷告上。查尔斯说请红衣主教来是在浪费时间,最好是哈里立即和安妮上床,然后期盼他会很快厌倦。每个人的话都变了,除了亲爱的约翰·费舍,他说凯瑟琳的婚姻无可置疑,每个人都曾如此认为,但他绝不会改变说法。

我没有发声,因为我还太年轻了。你最好也一言不发,不论你有什么想法。每个人都有想法,每个人都只在谈论这个。事态已经演变得严重过头了,穿着王室制服的仆人竟然在伦敦城里遭

---

①一种祈祷预防或治愈疾病,尤其是癫痫的指环。

到了嘘声一片,就连我家仆人的马匹都被扔了泥块。我觉得哈里会为了这个女人毁了整个家族。最糟糕的是,约翰·费舍当着所有人的面,重复了当初你生出了离婚的念头时,哈里对你说过的那些话(你真该为你的做法感到抱歉!)你还记得吗?"国王与王后的婚姻不可解除,不论是王权或是神旨。"所以现在,所有人又一次把矛头指向了你,他们提起你的离婚,说既然你可以离婚,那么哈里也可以——他为何不可呢?一切就如我曾警告过你的那样糟糕,人们又谈论起了你,凯瑟琳非常难过。

我几乎没和詹姆斯谈论这封信的内容,他刚骑马回家,饥肠辘辘,吵着要在洗澡更衣之后马上用晚餐。我只提起教皇使节的庭审要在伦敦开庭了,之后马格努斯大助祭会告诉我们更多内容。倒是坐在我身旁用晚餐的亨利问起我:"他们提到我们了吗?"

"没有,"我说道,"只提到了我的离婚,还有哈里曾经的反对。"

他点头。"我倒宁愿他们别说起我们。"

我也摇了摇头。"眼下都铎这个姓氏绯闻缠身,我也宁愿他们一个字也别提起我们。"

1529年夏

苏格兰　爱丁堡　荷里路德宫

在启程前往海湾，开始夏日出游之前，我们回到了爱丁堡，接见了英格兰的大使。

"你有伦敦的消息吗？"我询问他，"主教们在国王的当务之急上有决断了吗？"

"庭审推迟了，"他答道，"坎贝乔主教告诉我们，事到如今，案件需要交往罗马，由教皇裁决。他说使节的庭审无权做决定。"

我大吃一惊。"那他为何要来举行庭审呢？"

"他让我们以为他有这个权力，"托马斯·马格努斯弱弱地说，"但我们现在都认为他不过是来劝说王后退位，进入修道院，然后让她立誓。可由于她拒绝了，他不得不收集证据带回罗马，等待裁决。"

"可那场问讯？"

"那并不公正，"他承认道，"王后没有受到质问。"

我简直不敢相信凯瑟琳违抗了教廷，她向来都那么坚决地服从罗马教廷。"她拒绝出现在两位主教面前吗？"

"她来了，然后发表了一段讲话，之后就离开了。"

"讲话？她说给法庭的吗？"

"她说给她以为的国王丈夫听的。"

我甚至没有在意他含混的说法，"以为的国王丈夫"。"为什么，她说了什么?"

就连一边听着谈话,一边轻轻逗弄猎鹿犬耳朵的詹姆斯都抬头看了过来。"那位王后说了什么?"

"她向国王下跪,"马格努斯说道,好像这个说法会让事情变得没那么难看,"她说在他们成婚当时,她是冰清玉洁的处女,无人染指过。"

"她在法庭上这么说了?"詹姆斯问道,就和我一样惊诧。

"她说这二十年来,她一直都是他真正的妻子,从未有过一句怨言,也不曾变过脸色,或是流露出丝毫不满。"

想到这个老去的女人跪在地上,为她多年前的贞操发誓,詹姆斯大笑出声,不过我油然而生了一股怪异而难过的情绪,好像我要哭了出来。可她有什么缘由能让我落泪呢?

"继续说!继续!"詹姆斯命令道,"这就像演戏那么精彩。"

"她接着说了很多,"马格努斯失了条理,"她跪在他面前。双膝跪地,低着头。"

"是的,你说过了,还有呢?"

"她说若是任何人能说出任何法律认可的正当理由,欺骗或是其他罪名,她都会离开,可若是没有,那么她祈求他让她留在她原先的居所,给予她正义。"

"我的上帝啊,"詹姆斯感叹道,语气中的惊讶已经转变为了欣赏,"她真说了这些?当着每个人?"

"噢,不止,最后她说她会原谅这场极端的庭审,还说她会虔诚地向上帝祈祷。"

"接下来呢?"我清了清嗓子后问道。我的心脏如受重击。我想不明白我是怎么了。

"接下来她离开了。"

"走出去了？"

马格努斯绷着脸点头。"她向国王屈膝行礼，之后走出去了。国王说她应该被传唤回到庭上，他们便在她身后大喊，'阿拉贡的凯瑟琳，回到法庭'，但她头也不回，就这么走出去了。而外面……"

"外面怎么了？"

"外面的女人们高声喊出对她的祝福，男人们则说她本就不应该出席。人们喧哗着说这太可耻了，国王该感到羞耻，竟然逼迫这样一位贤良的妻子现身为自己辩护。"

我离开了座位。我的心跳得飞快，让我以为自己一定是病了。我想象凯瑟琳直面那个骗子哈里——他这一生都是个小骗子——在两位主教面前，在众多贵族面前，在这些统治我们世界的男人们面前，不卑不亢地战胜了哈里，然后行完礼就走了出去。她如何来的勇气！他接下来又要怎么做？

"他的反应呢？"我的声音就像青蛙一样喑哑。我怎么会说不出话来？

大使面色凝重地看着我。"主教会将这起案件交由教皇裁决。在案件上国王没能取得进展，然而王后公然违抗了他，说她不信任他的顾问，也不信任他的宫人。她要求获得英格兰王后应有的待遇，并称她无可指责。我并不清楚以后还会发生什么。我没有这类经验，这等事情从未在英格兰发生过。"

"哈里如今在何处？"

"他在外巡游，"大使低头，清了清嗓子，"他没有带上王后。"

自此我明白了，这便是他们的决裂了，可能是永久的决裂。他带上了安妮·波琳，那个布料商的曾孙女，她会取代这位西班牙茵凡塔，骑马走在哈里身边。哈里厌弃了凯瑟琳。同时我也明白了自己心底的情感纠葛。有胜利的喜悦：哈里诅咒我的那些话语应该尽数打在他自己脸上——受着吧，你这个虚伪的小人！可我也很难过，我非常，非常难过，这一切竟到了这步田地，凯瑟琳竟然当着英格兰所有贵族的面，向他下跪，且宣告她不信任哈里，也不信任贵族们。这桩如童话般美好，却也使我深受嫉妒之苦的婚姻终结了，这位美丽的公主惨遭抛弃，我忍不住为此欣喜，可同时，也不由得感到一阵无边的哀伤。凯瑟琳曾是我的姐妹，如今她已是孤身一人了。

1529年冬

苏格兰 爱丁堡 荷里路德宫

  我们的王宫明媚欢快，注重礼仪，不亚于欧洲的任何宫廷。依照古老的圣诞节传统，我们添置了绿树，每晚还有风笛手演奏乐曲，我们跳起欢快奔放的苏格兰里尔舞①，舞姿和法国的宫廷舞一样动人。每天的晚宴时间，我们都聆听大诗人创作的诗歌，颂扬苏格兰人的蓬勃生机，还有关于自由和壮美高山以及北方汹涌大海的诗歌。我们也听取低地乡野的民谣和情歌，还有法语和拉丁语写就的抒情诗。詹姆斯就如他父亲那般热爱音乐，他还会为王宫弹奏鲁特琴，并且彻夜跳舞。他爱美人，也爱美酒——就像他的父亲——在圣诞季期间，我没有出言劝诫他，因为每年的这个时候，每个年轻人都在狂欢，都在作乐，而且个个都是醉鬼。我并没有把他培养成一个圣人，我宁愿要一个坦然追逐女人的下流儿子，也不想他成为我弟弟那样饱受折磨的心虚遮掩之辈。

  詹姆斯尊重王宫中尽心服侍自己的每一位成员，给他的所有宠臣都赏赐了大量礼物。戴维·林赛仍旧为王室效力，从未辜负这个我交由他照料的孩子，他关爱他、忠于他，被封为了爵士，而且获封成为里昂法院的首席纹章官——身份显要的纹章官。这对戴维而言是一个尤其好的决定，他一生都在研习诗歌与骑士之道，还有谁比他更能代表詹姆斯向其他国王或

---

 ①一种快节奏的民间舞蹈，尤指苏格兰或爱尔兰的民间舞。

皇帝传递消息呢？詹姆斯亲自授职给这位新任纹章官，并公开地拥抱了他。"您就像是我的父亲，"他对他低声说道，"我决不会忘记。"

这位老人深受感动。我亲吻他的脸颊，发现他已泪流满面。"我们的男孩会成为一名伟大的君王，多亏了你的教导。"我告诉他。

"他是一位伟大的君王，因为他的母亲是一位了不起的王后。"他对我说。

✦

我们收到了英格兰寄来的礼物，没有一件礼物体现了凯瑟琳的爱意与关怀，全比不上她过去精心为我挑选的众多丝绸，或者是她赠予詹姆斯的刺绣衬衣。这些都是礼节性的礼物，由典礼官挑选，然后送往一个又一个宫廷，这是官员职责的一部分，并非源自一个关爱姐妹的女人。我好奇凯瑟琳如今度过的圣诞节是怎样一副光景，她仍然是一位妻子，但不再被爱；仍然是一位王后，但受到苛待。在这十二天过去后，我收到了一封玛丽的来信，开门见山地讲述了她认为最要紧的事。要不是我明白她在描述哈里王宫的瓦解，那我会笑出来的。王宫秩序已经崩溃了，我祖母编撰在她那本巨著之中的宫廷秩序崩溃了。这是一切的终点：

他让她走在了我前面。

玛丽这句话直白得令人心痛。我仿佛能够看到她摇晃着她的金色脑袋，再次目睹安妮小姐打破了这先后顺序的神圣规则，这贵族之道，提起她的裙摆，翩然舞至我妹妹的前面，这位英格兰国王的妹妹，法国国王遗孀的前面。

玛吉，她走在了我的前面。在她父亲的受封仪式上。他是个非常好的人，我一点不讨厌他；他是玛格丽特卿的管家，他还曾是你的切肉仆人——你还记得的。托马斯·波琳是王室忠心的仆人，我明白。

我都能听到玛丽回忆过去的声音，她那些无休止的困惑。

哈里封他为奥蒙德伯爵，不只如此，更封他为威尔特伯爵，我确信这对威尔特郡而言可算不上荣耀。他的儿子将被称为罗奇福德子爵。

我放下信，好给自己思考的时间。这是否就是她的价码？亨利加封父亲以换取他的女儿？若是如此，那么我们的苦难或许就快结束了。她的父亲获赐双伯爵封号，她的母亲同时充当了老鸨和伯爵夫人两个角色，她的兄弟既是子爵又是皮条客。有何不可呢？要是安妮·波琳愿意接受这些荣誉，献出她过分吹嘘的童贞作为回报，那么我们就都能再次幸福快乐地生活了。

哈里赏赐给了他们一场丰盛的晚宴，用以庆祝这场赐封仪式。王后自然不会出席，于是我替她引领众侍女，诺福克公爵夫人走在我身后。就在我们按照往日座位入座之际，我望见餐桌后面的王后之位被安排在了哈里的座位旁边，我迟疑了一下，典礼官领着我来到哈里旁边的餐桌，然后安妮·波琳（如今她已贵为安妮小姐了）经过我，朝礼台走去，坐在了哈里的右侧，仿佛她已加冕为后。

诺福克家的老伯爵夫人和我交换了一个惊讶的眼神,就像是在集会上看到一头长着两个脑袋的猪的农民。我都不知道该说什么,该做什么。我从没这般伤心过。我从没受到过这等侮辱。我冲查尔斯看去,而他示意我坐下来吃饭,装作无事发生的样子。于是我只好坐下了,可她赏、了、一、碟、菜、给、我!她竟敢这么做。她一副我应该对此心怀感激的表情看着我。哈里看着这一切,可他一声不吭:没有出言阻止她,也没有鼓励她。她在戏弄我。我自行取了菜肴,假装进食。我以为我会被这份羞辱给气出病来。哈里一定是疯了才会这样对待我,对待他的亲妹妹。他让一个婊子走在了他的妻子面前,还让这个婊子走在了我面前——她还曾是我的随行侍女。这份耻辱快折磨死我了。

我祝愿你有一个比我们都要愉快的圣诞节。凯瑟琳说她认为安妮·波琳一心要让哈里改信新教,那么之后他就不再需要咨询教皇或是教会的法律,仅仅凭靠他的良知来指引他。这就是这些路德宗信徒[①]他们信仰的全部。可是他能有什么良知呢?

[①]路德宗是以马丁·路德的宗教思想为依据的各教会团体之统称,其教义核心为"因信称义";"因信称义"主张人们唯有对基督真正信仰,才能成为义人,凭遵守律法、道德戒律和外在善功并不能得救。

1530年夏

苏格兰　皮特洛赫里

就在我弟弟等候梵蒂冈裁定他的离婚申请之际,教皇恰好选在了这个时刻派了一位教皇大使前来拜访我们。我告诉詹姆斯这绝非巧合,我们正骑马经过斯昆北部的乡野,而这位大使也在快马加鞭地费力追赶我们,他还告诉我们,他十分欣赏这片景色,此地有如守卫罗马的亚平宁山脉般壮美。教皇一定是想确认不论我弟弟参读了什么异端邪书,不论他如何挑战罗马的统治,我至少仍是我们的圣人祖母玛格丽特·博福特夫人的真正传人,仍旧尊崇教皇的权威。我的儿子詹姆斯也是虔诚无比,反对一切路德宗的邪说,就连德国和瑞士的新教那些温和的质疑,他也一概反对。和许多在困境中成长起来的孩子一样,他坚守旧世界的定理。在幼年失去亲生父亲,又反抗了自己的继父之后,他并不想否认教皇的地位。

我们喜爱这些夏日时光,我们骑马深入北方领土,我们走得越远,景致越显起伏,也愈加空旷。偶尔在日落之时,天空中覆满色彩绚丽的奇异彩虹,直到深夜天色才会变暗,而黎明到来得很早。仲夏之际,这里几乎没有夜晚;北方领土是白夜之国,人们在夏季狂欢,饮酒,跳舞,基本不用睡眠,在阳光下纵情享乐。

詹姆斯——和他父亲一样——到处主持正义,不论我们走到何处,他都会主持法庭上的结案陈词,案件审判,以及宣布罪犯的判决。他强调国王的和平统治必须贯行全国,从无法无天的低地边境到没有法纪的高地。

他给北方氏族带去了一个梦想，国王的正义会在凶险的北海得到伸张，哪怕深受泰恩河与伊甸河的狂风侵扰的村庄也会得到国王庇佑。教皇大使很钦佩詹姆斯，并且说他自己过去对这些北方领土的富饶和力量一无所知。我也得承认，在我来到苏格兰之前，我对这些偏远地区的男男女女知之甚少，不过如今我已学会去爱护与尊重他们了。

"比如说，我以前不知道，"大使用严谨的法语说道——接着他停住了，因为我们走出了森林，来到了一片湿润草甸，草甸旁有一条宽广幽深的河流，同时一座完全由木头建造的宫殿映入了我们的眼帘，这座木制宫殿生长在这片草甸之上，犹如一座梦幻房屋。眼前这一幕远非寻常景色可比，城堡有三层高，每个角上都立有一座高大的塔楼，每座塔楼上都飘扬着旗帜，就连门楼和吊桥都是树桩所制。我们勒住马匹，高声通报，于是吊桥降到了护城河上——这是一条大河的支流，环绕这座城堡，河面上波光粼粼——紧接着我们看到阿索尔公爵约翰·斯图亚特骑马走了出来，他的夫人格丽泽尔·拉特雷头戴花冠，骑着一匹帕尔弗里马走在他身侧。

"这是什么？"大使困惑地问我。

"这个，"詹姆斯掩饰好他自己的惊讶，装模作样地说，"这个是我忠心的朋友约翰·斯图亚特为我们准备的夏宫。请走这边。"

他同约翰打招呼，两个男人一起大笑了出来。詹姆斯拍打他的背，对这座非凡建筑大加赞赏，他的夫人向我问好，我则祝贺她创造了这样一件珍宝。

我们在树桩吊桥前下了马，马匹被领到了田野上，伯爵和他的伯爵夫人带我们参观了他们的幸福家园。

宫殿内部更是如梦境一般幻美，地上没有地板，而是一地的草甸，到处种植着花朵。宫殿的四角都是卧房，每张床都嵌入了墙壁，墙上还种上了甘菊，睡床犹如芬芳袭人的凉亭，并铺上了皮草。宴会大厅的中央有老式的炉火供暖，地面是被压得严实的泥土铺就的地板，打扫得纤尘不染，还被众人踩得平整发亮。高桌安置在一个高台之上，有一段木雕台阶通往台上，里面闪烁着绿莹莹的光，那是精制蜡烛的烛火。

我满心欢喜地四处张望。"请跟我来看看您的房间。"伯爵夫人对我说道，然后领我走上木楼梯，走进一间能够俯瞰河流、眺望远山的卧房。每一面墙上都装饰着丝绸挂毯，每一张挂毯上都绣有山林、草甸，或是河边的景物，是以每一面墙看上去都仿佛有一扇能望见远郊景色的窗户。窗户本身是木制的窗框，装有透亮的威尼斯玻璃，于是我能一眼就望见河流，还能看到我的坐骑在河边水甸吃草，若我想要暖和一点，也可以关上窗板。

"这是一个建筑奇观！"我对伯爵夫人说道。

她愉快地笑了出来。她头上还戴着花冠，摇了摇头，然后说道："您和陛下能够光临寒舍，我的丈夫和我感到无比荣幸，我们想让您几位住得就如在荷里路德宫那般舒适。"

我们下楼用晚餐。炉火已经点上了，木柴燃烧的气味与烤肉的香气混合在一起。他们准备了所有禽类和三种鹿肉的菜式。当我们进入房间，屋中所有人都站了起来，向我们行礼致敬，然后众人举起了闪亮的锡镴酒杯。我和詹姆斯坐在一边，大使坐在另一边，阿索尔公爵坐在詹姆斯的另一头，他的夫人坐在女眷之首的位置。"这真是太美妙了。"大使小声地对我说，"完全出乎我意料。在这么遥远偏僻之处竟然有一座如此豪华的大宅。想必这位阿索尔伯爵肯定非常、非常富有吧？"

"是的，"我说道，"不过他以木材修筑这样的一座宫殿并非是为了阻止詹姆斯从他手里夺走它。我们不像那些英格兰人，一位了不起的臣子可以保留他的财富和土地，不论他积累了多么巨额的财富。"

"啊，您是说那位可怜的沃尔西主教吧，"大使摇着头说道，"他犯了大错，他不该过得比国王本人还要奢侈，而今国王夺走了他的全部财产。"

"我认为这并非是我弟弟在嫉妒，"我温和地提出，"哈里向来都说沃尔西应当为他对王国作出的贡献而受到嘉奖。我想你会发现造成他破产的罪魁祸首，正是住在他豪华的约克大宅之中的那位小姐。"

大使点头但并未称是。"教皇陛下为此非常困扰。"他低声说道。

"的确，这是可能会发生的最糟糕之事了，"我回答道，"而且我还听说这位安妮小姐是路德宗信徒。"

他面色沉重，但他太谨慎了，没有说那个国王的宠儿是一个异教徒。"您有给您的王后弟妹写信吗？"

"我给我的妹妹玛丽写信，不过王后已经有太多烦忧，我不能再给她多添苦恼。"

"她有了一位新的使节从西班牙赶来为她出谋划策。"

"她不应要一个西班牙使节。她是英格兰的王后。"我不快地说道，"她理应信任英格兰人的建议。"

他低头。"确实。不过既然西班牙支持她，那么教皇陛下也必须支持她。何况并没有确切的证据会危及她与您弟弟的婚姻，除非她被说服放弃王后之位。也许您可以建议她，她可能会成为一位女修道院院长，追求圣洁的生活……她会听从您吗？"

长廊上乐师的演奏、觥筹交错的叮当声、众人交谈的嘈杂都忽然离我远去，变得模糊，而那大厅中的光亮，那些挂毯、木雕、跳动摇晃的火光，倏然褪去。一时之间我思考起我会对凯瑟琳说写什么，倘若我要给她提出建议的话。我想到那对我该会是多么愉快，假若她退出公众视线，进入一所修道院避世隐居，那我会是何等得意，到时就只有我和玛丽，我们两位遗孀王后，不会有统领宫廷的凯瑟琳了。我思索着，要是她不曾一飞冲天当上王后，要是她不曾摄政，要是她不曾派遣英格兰军队到弗洛登，不曾下令不留俘虏，全部杀光，要是她不曾唆使哈里厌恶我，那我本会拥有多么顺遂的生活啊。

而接着我又有了新的想法。我想起还是威尔士亲王妃的她，当时亚瑟离世，什么都没给她留下。我想起祖母对她怀有的嫉妒与仇恨。我想起她所经历过的贫穷与苦难，生活在宫廷的边缘，将她的裙子翻转过来，缝补褶边，食不果腹，更遭怠慢，一心坚守那份她深信是上帝赐予她的使命——成为英格兰的王后。

"我不会劝她放弃她的后冠，"我干脆利落地告诉大使，"我不会劝任何女人放弃她奋斗赢来的任何东西。我会劝告每个女人全力以赴，尽力获取她能够得到的一切，并且要设法保住所获的一切。没有女人应该放弃她的利益或者她本人。睿智的女人会充实自己，就如她能与男人相比肩；公正的法律应该保护她的权利，而不是像一个嫉妒的丈夫似的剥夺她的权利。"

他对我露出微笑，非常迷人的微笑，然后摇头。"您的劝告表露了您与王后的姐妹情深，女人之间的姐妹情谊，"他说道，"你的劝告是让一个女人背离上帝给她安排的位置——完全臣服于她的丈夫。您这是要推翻这神赐的秩序。"

"我不认为上帝想让我不接受教育，生活在困苦之中，"我虔诚地说，"我不认为上帝想让任何女人生活在贫穷和愚昧之中。我相信上帝想让我拥有他的形象，用他赐予我的大脑思考，用他赐予我的技能挣得我的财富，并且用他赐予我的心灵去爱。"

伯爵的牧师做了饭前祷告，我们低头聆听。

"我不会同您争辩，"大使老到地说，"因为您是一位美丽的女人，拥有精巧的逻辑，而男人是无法明白的。"

"我也不会同您争辩,因为你以为你在夸赞我,"我回道,"我会保持平静,不过我心里清楚。"

⬟

我们在这座森林城堡中停留了三日,詹姆斯和伯爵还有大使每天都出去打猎。有些天他们也去钓鱼;有一天的天气太过炎热,詹姆斯脱了个精光,和伯爵还有其他宫人在河里游泳。我通过卧房里的窗户看到了他们,看到詹姆斯被河水冲走时,我被吓坏了。他是苏格兰的希望,是这个国家的未来——我不想他遇到任何危险。

在第三天,我们向伯爵夫妇表达了感谢,对他们说我们得继续前行了。詹姆斯亲吻了伯爵和伯爵夫人,取下自己脖子上的一条金链子赠与他们。我送给伯爵夫人一只戒指,这并非我最爱的戒指,但是我继承产中的一只红宝石戒指。

在我们骑马离开的路上,教皇大使回头望了一眼,突然惊叫出来:"圣母玛利亚啊!"

我们都转身了。宫殿屹立之处还有塔楼冒出了浓浓黑烟,我们还听到了森林起火的噼啪声。墙内传出的大炮声让我们明白了这是特意纵火以烧毁这座夏宫。詹姆斯勒紧缰绳,让马慢下来,好让我们看清这团金黄的火焰贪婪地爬上那些干枯的树叶与枝丫,登上蕨草屋顶。瞬息之间,火势大盛。城堡墙壁着火后发出了一声巨响,接着是第一座塔楼崩塌掉入烈火之中,又是一声巨响。

"我们要赶回去!我们可以用护城河的水挽救宫殿!"教皇大使尖叫道,"我们可以挽救它!"

詹姆斯抬起一只手。"不用,这是故意点的火。这是传统,"他煞有介事地说,"这是一场盛景。"

"传统?"

"当一位高地首领要举办一场盛大宴会,他会修建一座宴会厅,而在宴会结束之后,他会烧掉一切,包括桌椅和大厅。这座大厅不会再有人使用了:它是一次性的。"

"可那些挂毯?还有银器?"

詹姆斯耸肩,国王架势十足。"全都没了。这就是高地待客之道的热情:全心全意。我们曾是一位慷慨领主的贵客,他把一切都给予了我们。你身处一个富有的王国,如传说般美满的王国。"

我觉得詹姆斯说得有点过了,不过大使在身上比画出一个十字架,仿佛他见到了神迹。"这真是雄伟非凡。"他说道。

"我的儿子是一名伟大的君王,"我提醒他道,"这下您见识到了他的子民的敬意。"

我丝毫不怀疑伯爵夫人撤走了挂毯和一切贵重物品。在放火之前,他们可能连窗户都取了下来,可这仍然是一幅壮观的景象,它完成了它的使命。教皇大使会回到罗马,然后向教皇禀告我儿子詹姆斯的眼界远远高于他的表妹玛丽公主。他还会告诉教皇,我不会站在我弟弟那边加害我的弟妹。我们是王后,我们是姐妹,这意义重大。

1530年冬

苏格兰 斯特灵城堡

詹姆斯对玛格丽特·厄斯金青眼有加,她只有二十岁,是一个漂亮的年轻女人,也是拉克利文的罗伯特·道格拉斯爵士的妻子。我欣赏不来这样的事。她无疑是王宫里最可爱的女子,她有一种独特的魅力,让她不同于其他那些和詹姆斯骑马跳舞还有——我猜测——秘密同他发生关系的所有年轻女人。但是毋庸置疑,她在床上也绝不是平庸之辈,不是让人轻易能摆脱的。她是厄斯金男爵的女儿,这不是一个可以随便对待的家族。

"谁说我是随便玩玩?"詹姆斯嘴角上扬,笑着问我。

"你伪装进入斯特灵城堡,亲吻商人们的妻子,然后告诉她们你是国王,这不是随便玩玩还能是什么?"

詹姆斯大笑。"哎呀,我可不止停在亲吻啊。"

"那你应该停在亲吻,詹姆斯;你能从英格兰那边看到一位国王和一个女人纠缠过深会陷入怎样的麻烦。"

"我不会陷入麻烦,"他说道,"我很喜欢玛格丽特,可我也很喜欢伊丽莎白。"

"伊丽莎白是谁?"

他对我露出微笑,颇有点不思悔改的意思。"事实上,有好几个伊丽莎白。不过我从来没有忘记我的婚姻必须是为王国带来盟友的联姻。而且我也不认为联姻的对象会是我的表妹玛丽公主。"

"不论教皇对凯瑟琳下达怎样的裁决,哈里决不会对玛丽不管不顾。你看,我的婚姻虽然被废除了,但我的女儿也没有背上私生子的丑名。玛格丽特如今是玛格丽特·道格拉斯小姐,在伦敦受人尊敬,即使玛丽公主的母亲不再是王后了,她也能保留她的头衔。她的父亲爱她。"

"他也说他爱凯瑟琳——这也救不了她。"

我有些失神地看向我儿子。"我不这么认为。我无法想象没了她当王后的英格兰。"

"那是因为您把凯瑟琳王后视作您的对手和榜样太久了,"他一针见血地说道,"您活在她的阴影之下,然而如今这一切都已经改变了。"

我儿子的敏锐让我惊讶。"我们曾经有三个人,三人命中注定成为王后。既是姐妹,又是对手。"

"我知道,我明白。不过凯瑟琳已不再是当初派兵摧毁苏格兰的王后了。苏格兰的鲜花未能击败她之时,时间已将她打败。"

"并非是时间,"一股怒气自我心底油然而生,"时间苛待每个女人,也苛待所有男人。打败她的并非时间,而是另一个平庸对手的诱惑、我弟弟的自私,还有她家族的软弱——他们本该在她被逐出王宫的第一时间就派一支无敌舰队过来。"

"但是他们没有,"詹姆斯点评道,"因为她是一个女人,虽然她贵为王后,但她没有权力。"

"这就是一个女人的全部护身符吗?"我询问道,"权力?骑士精神呢?法律呢?"

"骑士精神和法律不过是有权有势之人愿意的时候给无权之辈的赏赐,"詹姆斯回答道,身为国王,他的全部童年却都处于监禁之中,"任何持有一丝理智的人都不会去指望骑士精神。您从来没有。"

"那是因为我的丈夫就是我的敌人。"我说道。

"凯瑟琳也是如此。"

✦

詹姆斯让我想起了我的女儿玛格丽特,想起了玛丽小公主,还有她的母亲凯瑟琳,我的对手,我的姐妹,世上的另一个我。如果哈里把他的女儿宣布为私生子,那么他就会为对那个波琳女人的承诺,而牺牲自己最后一个存活下来的合法婚生子;他会失去所有直系合法继承人。我回想起凯瑟琳曾恐吓我,若我让玛格丽特成为了私生子,那我非得下地狱不可——我又一次想起我们携手走入了危险之中:她的人生即我的人生,她的恐惧即我的恐惧。

若是哈里摆脱了凯瑟琳,拒绝承认他们的女儿,那么我的儿子会变成他的继承人,那么他会成为史上最伟大的国王:统治联合王国——从爱尔兰最偏僻的西郊到苏格兰最遥远的北境——的都铎—斯图亚特君主。我儿子将会是一个多么了不起的国王!他将统治一个何等辽阔的王国啊!一想到这个,我自然会野心膨胀;我自然会祈愿那个波琳女人不要给哈里生下一个合法的儿子。当英格兰的信使为我带来一封我妹妹玛丽的印信时,我并不指望有好消息,我甚至不清楚我希望读到什么内容。

想必你已经听说托马斯·沃尔西死在了监禁之中,这完全表明了她意欲谋害这个王国的大功臣、哈里先前的宠臣到何等地步。如今你见识到了她的权势,我们之中有任何人能够安然无恙吗?她安排了一场假面剧,一场舞会,这真是宫廷,任何宫廷不曾有过的最恶心的活动。我不在乎任何人会怎么说。她那臭名昭著的兄弟,还有他的朋友把自己的脸涂黑,扮成摩尔人,然后放肆地跳着下流的舞蹈。另一个演员打扮成主教的模样——可怜的托马斯·沃尔西——这部戏的名字叫"拖着主教下地狱"。这是由她父亲和兄弟为了取悦法国大使而安排并设计的戏码。感谢上帝他们没有在我或者我们兄弟面前表演。哈里为失去了他的老朋友非常痛心，而我觉得他失去了全国之内唯一敢告诉他真话的下属。当然了，没人像沃尔西这样管理过这个王国。没人能够取代他。

王后会在格林尼治宫主持圣诞，安妮·波琳也会前去，还要带着她的宫人。哈里会从一边走到另一边，接受双份的礼物。这本会成为一场噩梦，可它持续太长时间了，以至于我们都逐渐习惯了这两个对峙的宫廷，如今这已成为了常态。如若欧洲的国王们看到了，肯定会耻笑我们。

凯瑟琳忧心忡忡，已经病倒了，我也生病了。我下腹沉重，我想这是由于我太担心哈里以及将来的事而生出的毛病。查尔斯说这里面是石头，还说那个波琳女人的心里也就是石头。我们听说你过得很快乐，并且你的儿子也安坐王位。我真为此高兴。为我们祈祷吧，玛吉，今年英格兰就没遇上任何好事。

1531年春

苏格兰　斯特灵城堡

我从英格兰大使那里听说了接下来发生的事，虽然他几乎被他禀告的消息给吓傻了。

他进入了我的私室，希望能避开公众，不让旁人听见他即将要说的话。他鞠躬之后说他稍后会汇报给我儿子；他认为他要首先告诉我。他这基本上是在询问我，要如何向詹姆斯提起这件事。首先，他得考虑要对我讲的话。

"我有从英格兰传来的消息。"他开口了。

我顿时将手放到了嘴上，心里想到：难道凯瑟琳死了吗？这真是再自然不过的想法了，像她那样禁食到挨饿的地步，身上的刚毛衬衣磨破她的细嫩皮肤，又遇上伤口感染，最后再死于心碎的话。可接下来我转念一想——不是她：她决不会让她的女儿失了庇护。她决不会退隐到女修道院之中，决不会屈服于死亡。她决不会放弃她自己，也不会放弃她的使命。哈里会不得不把她拽下王位，而上帝得将她拉上天堂；她决不愿离开。我又想起：阿奇博尔德是否安全呢？这个男人一生都活在边境，在安危之间徘徊，在苏格兰和英格兰之间往返。此刻他在何方呢？在做何事呢？这些疑问我永远不会问出口。

"什么消息？"我冷静地问道。乐师在这一刻停止了演奏，我的所有侍女，我身边的男侍，还有橱柜旁边以及门口的仆人都在等待他的回答。他必须在寂静无声的房间里说出来。

"我很遗憾地说,教皇陛下过分行使了他的权力,而犯下了大错。"他告诉我。

"教皇陛下犯了错?"我重复了他这句大不敬的话。

"正是。"

他最好别这样跟詹姆斯说。教皇受上帝指引,他不可能会犯错。但是大助祭为国王效劳,这位国王说他也听见了上帝之言,而且还说国王听得比任何人都更清楚:国王比教皇更明白上帝之言。

"教皇大人是否已经对我弟弟的婚姻下达了最终判决?"我询问道。

他鞠躬后说道:"尚未裁决,教皇大人仍在考虑之中;不过与此同时,在公布判决之前,他要求国王须和遗孀王妃住在一起。"

"什么?和谁?"

大助祭差不多是在向我眨眼以传达他的意思。"遗孀王妃,阿拉贡的凯瑟琳。"

"教皇这样称呼她?没叫她王后?"

"不,不是,国王下令我们所有人必须用这个头衔称呼那位夫人。我如此称呼是为了服从他的命令。他本人称呼她为他的长嫂。"

"她失去了她的头衔?"

"是的。"

我算是明白了。"那么教皇大人怎么说?"

"国王必须远离某位小姐的陪伴。"

"于是这位小姐是?"我以一副不知情的口气问道。

"安妮·波琳小姐。教皇说国王必须宣布与她断绝关系,然后同王……王——"他卡在了那个被禁止说出的称号上,"遗孀王妃住在一起。"

"教皇这是要命令我弟弟和凯瑟琳住在一起,哪怕我弟弟坚称她不是他的妻子?"

"正是如此。这就是我们认为教皇大人收到了误报,犯下了错误的原因。"

"我们?"

"英格兰,"他说道,"还有您,殿下,作为英格兰公主。您也必须称呼阿拉贡的凯瑟琳为遗孀王妃。您也必须要说教皇大人犯了错。"

我平静地看着他,他在擅自告诉我,我该怎么想,哈里想要我怎么说。

"英格兰国王陛下决定教皇无权统治英格兰教会,"大助祭继续说,压低声音,说出了这则可怕的消息,"既然国王是他王国的统治者,那么王国内就不能有另外的统治者,因此国王便要成为英格兰国教的最高领袖。教皇可被视为一位主教,一位精神领袖,而非世俗的领袖:罗马主教。"

这让我无法理解。我呆呆地看着他。"你可以再重复一遍吗?"

他照做了。

"哈里吩咐你来告知我此事吗?他这是在向所有外国宫廷宣布这个决定吗?他这是在告诉教皇,教皇不再统治教会了吗?"

大助祭沉重地点头,仿佛这些话也让他深感沮丧。

"而且他还亲自告诉了教会?那些神职人员呢?"

"他们全都与国王意见一致。"

"他们不能这么做,"我反驳道。我想起了祖母的告解神父。"费舍主教决不会同意。他发誓服从教皇。他不会因为哈里不想要教皇的意见就收回誓言。"我还想起了另一位伟大的牧师,所有异端的灾难,托马斯·莫尔。"还有其他人。教会不可能会同意。"

"重要的并非教皇的意见,而是他的因袭权利。"大助祭无用地重复我的话。

"这再明显不过,在哈里让他派一名主教来时,他就拥有统治权力。"

"现在没有了,现在没有。"大助祭说。

我惊恐地盯着他。"这是异端,"我呢喃地说,"更严重,这简直疯狂。"

他摇头。"这是新的法律,"他说道,"我希望能向您儿子解释它的好处……"

"有什么好处?"

"什一税①,"他嘀咕着说,"教会的成果。朝圣之旅,教会所有的巨大财富,这一切如今都属于英格兰国王了。若是您儿子也做出了同样的宗教决策,他就也能统治他自己的教会,也能够成为最高领袖,届时便能接收教会的财产。我知晓苏格兰的税收并不充裕……"

"你想让苏格兰的国王也拒绝承认教皇?"

"他会发现其中好处的,我确信。"

"詹姆斯不会窃取教会的财富,"我怒气冲冲地说,"詹姆斯虔诚笃信。他不会把自己树立为苏格兰教皇。"

"国王并非要树立他自己,"大助祭极力想纠正我,"他是在重塑英格兰国王的因袭权利。"

"然后呢?"我质问道,"还有哪些其他因袭权利呢?对女人的统治?对苏格兰的高压统治?"

大助祭沉默地弯下腰,他躲闪的神情告诉我,只要哈里一有机会,他绝对会提出这些要求。那个女人蛊惑他成为了那个生来就被宠坏了的男童。她铸成了一个可怕的错误。她向哈里展示了他的权势。那到了哈里必须停下来的地步时,她还能给他展示什么呢?

---

①什一税是欧洲基督教会向居民征收的宗教捐税。源于《圣经》中农牧产品的十分之一"属于上帝"的说法,教会以此向基督教信徒征收此税。

正如我所料，大助祭没能成功说服詹姆斯。

"他居然敢向我进言，建议我们改革苏格兰教会！"我儿子大发雷霆。他在晚餐之前怒气冲天地走进我的私室，房间里只有我一人，还有几个侍女，其中一个我已确定是詹姆斯的情人。她退至窗边的座位，走到听不到我们谈话的地方。詹姆斯想让她知道的事之后会告诉她的，此刻，他只想和我谈话。

"教皇一直是苏格兰的好朋友，"他说道，"而您的弟弟原本对罗马的统治毫无怨言，直到他想让教廷宣布他的婚姻无效。他的目的太明显了！明显得可耻！他分裂教会就是为了娶他的婊子。"

当我儿子如此暴怒之时，我是无法同他争论的。

"那接下来教会会有什么遭遇呢？不是每一个牧师都同意的。您弟弟接下来会对这些拒绝接受他成为最高领袖的牧师们做什么呢？这些僧侣会遭遇什么呢？还有修道院呢？万一那些人不愿屈服他的统治，会发生什么呢？"

我发现我浑身颤抖。"也许他们会被允许退休，"我说道，"大助祭说他们有誓约。每个人都必须发誓。或许这些不同意的人会被允许退休。"

詹姆斯瞪着我。"他们所有人？您清楚这不可能发生的，"他轻蔑地说，"不论有没有誓约。假如他们没有起誓，那么国王会说这是叛国，或者是他教会中的异端，或者两者都是。您知晓叛国和异端的惩罚。"

"费舍主教将不得不离开英格兰，"我悄声说道，"他不得不远走。可他决不会让凯瑟琳失去告解神父，失去她的精神顾问。"

"他不会走的，"詹姆斯阴森地预言道，"他是个死人了。"

1532年夏

英格兰　伦敦　萨福克宫殿

亲爱的姐姐：

安妮·波琳的帮手们——她那个费尽心力助她崛起的家族，还有她的霍华德亲戚们——变得越来越让人难以忍受。她住进了王后的宫殿，享受到了王族的待遇。看到她坐在凯瑟琳的座椅上，睡在凯瑟琳的床上，你能想象到我的感受。如今她下令从王室宝库中取来凯瑟琳的珠宝，穿戴在她的身上，然后出席国事盛会。那些都是宝石王冠——好像她早已加冕为后了似的。

我高声说出了所有人心中的想法：就算穿上丝绸礼服，一个农场帮工的曾孙女也变不成王后。你可以给一头猪戴上金链子，但它也只能成为火腿。当然了，我的每个家仆都反复这样说，而且还和霍华德的用人发生了些摩擦——不过到处都在闹事，何况这并不是我的错，毕竟我只是说了每个人都在说的话。

总之，我们的人，威廉·奔宁顿爵士赢了所有人，又跑到威斯敏斯特大教堂寻求庇护，可那些诺福克家族的野蛮人追上了他，还杀了他，就在圣坛面前杀了他，他手上还握有圣石，他的鲜血甚至溅到了大法庭的台阶上。查尔斯逮捕了那些人，把他们都关进了大牢里，罪名是违背了教堂的庇护权以及谋杀，可霍华德家族的人跑去告诉国王说，他们是为了维护安妮的荣誉——好像她还有丝毫名誉可言似的。他们获得了哈里的信任和关注,他们是新宠,而现在哈里对我和查尔斯非常生气,我不知道我们该怎么办。

我们不得不离开王宫——我的家仆在圣坛前被杀死了,可要离开的人居然是我们!我们还得等待风波平息,可我们没有金钱,我们一直就不富裕,要是查尔斯不在王宫里陪伴哈里,没有哈里支付给他所有费用,我都不知道我们要如何过活。而且不论如何,要是她摆出王后的架子,走在最前面,那我还如何能进宫?我不能给她让步。我可受不了给她行礼。要是她让我去她的寝宫服侍她怎么办呀?哈里会让我去当她的随行女官吗?这一切究竟还要残酷到什么地步,他才会明白他已经摧毁了凯瑟琳的精神,击碎了我的心灵,毁掉了我们曾经拥有的一切?

他们告诉我圣诞节过得非常安静,宫人们都去了格林尼治,这是凯瑟琳头一次没有在王宫之中,而是孤零零地一个人待在沃尔西的旧宅莫尔府。那里是她如今的居所。她被送走了。那个安妮送给了哈里众多礼物,然而哈里把凯瑟琳送给他的金杯给退了回去。退了回去!仿佛她是一个敌人。

我身体很不舒服,不过我想这应该是我太担心这些事了。你的生活距离英格兰那么遥远,有杰出的儿子,爱你的丈夫,看上去比我的生活好过多了。谁能想到我竟会羡慕你呢?谁能想到我二人竟会比凯瑟琳更加幸福呢?为我们祈祷吧,为你不幸的姐妹们祈祷吧。

玛丽

还有……他们说托马斯·莫尔将必须辞去大法官之位,因为他拒绝发誓承认哈里是教会真正的领袖。哈里体恤托马斯的良知,说他可以辞去高位,自行隐居。等到那个女人成为王后之日,我们究竟还要多少人得离开王宫,隐姓埋名地生活呢?

1532年

苏格兰　杰德堡

我骑马南下至边境，与詹姆斯会合。他正在主持庭审，处决偷盗牛羊的罪犯——不论他们来自边境以南或是以北——也在为和英格兰的战争做准备。

"我会让边地拥有和平，"他简短地说，"在把这些英格兰人赶出我们的羊圈和塔楼之前，我都不会罢手。"

"这并非正确的解决办法，"我轻柔地说道，"你不能靠恐吓人民来获取和平。"

"道格拉斯家族以前就是这么做的。"他说道。

"以前确实是。"

"您会想起他吗？"

我笑着摇头，仿佛我对阿德全然不在意："从没有。"

"您明白我必须让边境和平安定。"

"我明白，而且我认为你就是能完成这份大业的国王。可是不要用战争去威胁哈里，他只会气势汹汹地讨回来。他生活中的麻烦已经多得他无法解决了。如果他继续宣扬要和教皇对着干，侮辱那位皇帝的小姨，他会发现自己将要背上异端国王的骂名，且所有天主教国王都有权对他宣战，那才是你应该对他宣战的时机。在那之前还不行。事到如今，他的名声已经败坏至极，所有国王唯恐避之不及——这就是你应该和他商量、讨要你想要的一切的好时机。"

"我以为您是一名英格兰的公主，永远都是都铎家族的利益优先，"詹姆斯提起这么一句，"您改变了您的态度。"

"我到这里来是为了给苏格兰与英格兰带来和平，不过哈里已经让这一切化为了泡影，"我坦率地说道，"一次又一次，我为他尽忠效劳，可他从未忠于我，也不曾忠于我的妹妹，更没有忠于我的弟妹，他的妻子。在我心里他已经不值得信任了。"

"确实如此。"詹姆斯点头。

"他把我的弟妹送去了哈特菲尔德的一座小房子里，还禁止她的女儿去看她。他让一个婊子住进了我母亲的宫殿。他太过分了。我无法再支持我的弟弟了，我必须忠于我的姐妹。我不能站在他那边。"

詹姆斯注视着我，估摸我的意图。"不过等他召唤你的那天，你还是会奔向他。"

"我不会这么做，"我说道，"再也不会了。"

1532年秋

英格兰 威斯索普大宅

哈里又在计划访问法国,还花费了巨额资金添置礼服和珠宝,准备赛马,举办比武,为了让法国的弗朗西斯(虽然他被赎回了国,但仍旧骄傲得要命)刮目相看。我已经说过我病得太重,无法同行了。一思及此我就受不了,我下腹和肠道太沉重了,我真的病得太严重,我无法面对这一切了。在这样的盛会上我都没办法跳舞,我抬不起脚。我想起当初,我们那么年轻快乐,还有那片金缕地!让这样一个不知羞耻的女人取代了真正的王后,我没法与她一道前去法国。

哈里没有想过带上凯瑟琳,他甚至今年都没有去见过她。他寄给了她最冷酷无情的话语,而且她不得不又一次搬家,搬到了恩菲尔德,因为前去探望她的人实在太多了,哈里觉得难堪。我给她写了信,但查尔斯说我不可以去看她,那样会让哈里大怒,而我必须表明我忠于他——我的兄长和国王——我忠于他胜过忠于任何人。我不得不向那个波琳问安,给予她身为这个王国里最高贵的女人应有的尊重。我不敢出言反驳她。我做到了。我硬着心肠做到了哈里和查尔斯对我的全部要求,当她赏我菜肴之时,我假装在用餐,可其实我的胃在翻腾。

她笑容满面,她戴着凯瑟琳的珠宝神采奕奕又笑容满面。她如同毒物一般鲜亮发光。

  我有十个月没见过凯瑟琳了，这一整年都没见过她了，而过去我几乎每天都与她见面。她并不经常给我写信，她说她没有想说的话。她曾经在我的生活里，如今我的生活出现了一道可怕的沟壑，就仿佛她已经死去了，仿佛我哥哥把她从地球表面抹去了。你会觉得我在夸张，可我真的觉得哈里已经杀死她了——就像国王能够处决王后那样！

  无论如何，我都不会和那个安妮一起去法国。我们没有人会去。我听说法国王室的贵妇们也没一个愿意见她。她们怎么会愿意呢？她是哈里的情妇，她的父亲才刚刚获封，都没人记得住他的封号，每个人依然习惯称他为托马斯爵士。她能够指挥得动的同伴就只有那些支持她的野心之人：她的姐姐，她的嫂子，还有她的母亲——还有传闻说哈里把她们三个都收了。全英格兰人都讨厌她们。今年的出游她和哈里不得已很早就赶回了宫，就是因为她一被人看见就会被喝倒彩。

  我发誓有时候我早晨醒来之时，会忘记发生过的所有事。我以为哈里还是刚刚登基的英俊国王，凯瑟琳是深受他喜爱与信任的顾问，而我还是一个小姑娘，在那一瞬间我感到无比的快乐，然而接下来我就想起了一切：我身患这可怕的疾病，不住地干呕，吐出的胆汁绿得像嫉妒的罪孽。真感谢上帝让我们的母亲一早便离世了，不用再看到这个女人坐上她的位子，不用看到她给我们的姐姐，给我们，给我们的姓氏带来这等耻辱。

玛丽

1532年冬

苏格兰 爱丁堡 荷里路德宫

戴维·林赛进宫参加一场诗歌比赛。我们举办了"诗歌抬杠①"活动,一位诗人玩笑似的用一连串的即兴骂词辱骂另一位诗人。詹姆斯妙语连珠,他抱怨着同伴吓人的鼾声,提出令人发怒的指控,说他是从书上学会的押韵,凡事在他的嘴里都成了话柄;整个王宫的人听到他辱骂对手的话都狂笑不已。作为回击,戴维语气更加强硬地控诉詹姆斯的滥交。我双手捂住耳朵,说自己再也听不下去了,而詹姆斯大笑着说戴维并未夸大事实,还说他必须得结婚了,不然他会让荒无人烟的边界地区爬满小詹姆斯们。

在这些欢笑和诗歌告一段落之后,还有一场舞会,戴维上前亲吻我的手,观看着我旁边的舞者。"他没有比其他年轻人更差劲。"我说道。

"很遗憾,我与您有不一样的看法,"戴维说道,"他的确更差劲。他每晚都骑马出去与镇上的或者外面的女人相会,而当他没有走出宫殿时,他要么是和女仆在一起,要么就是和侍女待在一块儿。他是只发情的野兔,殿下。"

"他相貌英俊,"我宠溺地说道,"而且他还年轻。我知道我的侍女和他调情,她怎么可以拒绝?"

"他应该结婚了。"戴维说。

我点头。"我知道。确实如此。"

---

①一种比赛,参赛双方互相以诗句对骂。

"玛丽公主配不上他,"戴维的语气坚决,"我很抱歉对您的家族说三道四,殿下,但您的侄女不行。她的头衔靠不住。她的地位不稳固。"

我无法再反驳。在这次前往法国的国事访问中,哈里没有带上他自己的婚生女儿;他带上了他的私生子,亨利·菲兹罗伊,还留他在法国,让法国国王的亲生孩子陪同,仿佛他是王子出身。没人确定亨利·菲兹罗伊接下来会获赐哪种头衔,不过哈里貌似有意让他成为王室成员。没人确定玛丽公主能否保住她的封号,甚至没人知道一名公主的封号能否被剥夺。古往今来,没有国王有做过这样的事。

"她是王室血脉。没人会否认这一点。"

"唉。"他只叹了口气。

我们都沉默了一会儿。

"您听说了您自己的女儿,玛格丽特小姐吗?"戴维轻声问道。

"阿奇博尔德不让她来找我。他让她去伺候安妮·波琳小姐了。"我都能听出我嘴里包含的轻蔑,然后我修饰了一下我的表达,"她深受她国王舅舅的宠爱,据说她的地位令人眼红。"

"小詹姆斯想迎娶法国国王的女儿,"戴维说道,"他已经考虑好些年了,她的嫁妆丰厚,而法国也算是我们的老朋友。"

"亨利不会喜欢的,"我预测道,"他不想法国介入苏格兰的事务。"

"不需要他们介入,"戴维果断地说,"她是来当他的妻子,而不是来摄政。我们需要她带来的财富。您可没法儿从像玛格丽特·厄斯金这样的苏格兰女孩儿那里得到和法国公主相当的嫁妆!"

"那么就是法国的玛德琳公主吧,"我说道,"除非我们收到英格兰传来的好消息。"

戴维·林赛哭笑不得地看着我。"您期盼着英格兰能有好消息?"

"并不,不再期盼了。再也不会有好消息从英格兰传来了。"

1533年春

苏格兰　爱丁堡　荷里路德宫

我们没有收到好消息。新年的时候,哈里亲自给我写了信:

姐姐:

  我怀着巨大的喜悦给你写信,想要告诉你我已经和彭布罗克女侯爵,安妮·波琳小姐成婚了,她是一位美德与名望皆无可挑剔的贵族小姐,她已经同意成为我的妻子,我先前的联姻并不算婚姻——如今每个学者都如此认同了。安妮王后将会在六月加冕。威尔士遗孀亲王妃将会安静地生活在郊外。她的女儿玛丽小姐将是一位受人尊敬的贵族小姐,在王后的宫殿内侍奉。

1533年夏

苏格兰　林立斯戈宫

一切都结束了，我认为。

一切都结束了，全都结束了，对凯瑟琳而言。我的对手与姐妹，我的敌人与朋友，她的骄傲、她的名号、她的存在本身都结束在这最终的打击上了。他们又一次地转移了她，这次她沦落到了一座年久失修的宫殿，在剑桥郡的巴克登；他们还减少了她的家仆与用度，根本无法支撑她王后的身份。她再次陷入了贫困，就像她以前食用不新鲜的鱼的时候。我听说她仍然在礼服之内穿着刚毛衬衣，并且现在她还要缝补她的袖套，把褶裙翻面穿。然而这一次她没了名誉，没了年轻时的勇气与希望，没办法再盼着好日子来临了。她孤立无援。她的告解神父费舍主教被关押在家中，她的女儿也不在她身边。玛丽小姐不被获准去见她的母亲，除非她承认安妮·波琳为王后，向其屈膝行礼，不然她甚至无法离开王宫。

她是她母亲的女儿。

她不会这么做。

我的处境如今好过我的两位姐妹。我紧握住这微末的幸福，固执得犹如我们还是激烈争夺最高地位的小姑娘。我嫁给了一个好男人，坐在自己城堡最高处的狭小石室之中，看到我的国家太平安宁，而我的儿子是受人认可的国王。我希望能向凯瑟琳道别，我甚至没有察觉到我该对玛丽说再见，一直到我收到了她的信：

亲爱的姐姐：

  我肚子的疼痛更加剧烈了。我能感受到病情恶化，我吃不下东西了，别人都怀疑我等不到圣诞节。我不用出席加冕礼了——婚礼早已悄悄举行，因为她的肚子鼓起来了——我也怀疑我是否能见到这个波琳家的私生子出生。愿上帝饶恕我，但我希望她流产，希望她和我一样肚子里揣着的是石头。我给凯瑟琳写信，可有人看过了我的书信，而且她还不能给我回信，所以我不知道她过得怎样。这是我有生以来第一次不清楚她的状况如何，我已经快两年没见过她了。

  我们三个女孩曾经满怀希望，而今这艰难的世道却让我们沦落到这般田地。男人有权统治女人，女人竟然能被贬低到如此地步——且她们以后还会遭到如此贬低。我们一生都在相互欣赏，相互嫉妒，我们本应该指引对方，保护对方。但如今，我就快死了，你和不是你丈夫的男人一起生活，你真正的丈夫是你的敌人，你的女儿也远离你，凯瑟琳则输给了她曾经为了爱情而嫁给的那位君主。若是爱情待我们不仁，那爱情的意义何在？若是我们不守护彼此，那我们结为姐妹的意义何在？

M.

· 全书完 ·

作者后记

我的参考书目中有好几本这位苏格兰遗孀王后玛格丽特的传记。关于她的很多文字记录都相当不友好。和历史上的许多女人一样,她也遭到了忽视,仅有只言片语的记录,我们对她生平知之甚少,对她的思想几乎一无所知。历史的拼图只描绘了她的一些突如其来的变节事件,于是很多历史学家都认为她能力不足,或者任性妄为。学者们暗示她是一个重权或者重欲,或者更直白地说(也是更传统的观点),她是一个典型的善变女人。

我理所当然地拒绝接受女人的"天性"这种概念(尤其是说女人天生道德软弱,智力低下)。而对于玛格丽特,我认为她无疑是一个深思熟虑,心有沟壑的女人,远非典型的凶悍或者软弱的女性形象。这本小说暗示玛格丽特很有可能是在她的处境之中,竭尽所能地做到了最好,而她的处境远比很多人——不论是男人还是女人——艰难。在中世纪后期,全欧洲的人都在追逐权力,他们抛弃荣誉,以迅雷不及掩耳之势改换门庭。对玛格丽特而言,她也必须尽她所能地变换盟友,阴谋对敌,迅速且出其不意地采取行动,就如她的那些男性仇敌和男性朋友一样,这是她活下来的唯一手段。

她出生于1489年,是约克的伊丽莎白——前朝王室金雀花家族的一员——和博斯沃思之战的胜利者亨利·都铎婚后的第二个孩子。我相信这种一个新王朝的第一代子嗣的身份认知对于她,还有她那更广为人知的弟弟亨利八世都具有巨大的影响，既让他们自命不凡，同时也让他们缺乏安全感。身为都铎家族的长姐，我认为她对自己的重要性有自己的理解，也对自己地位的低人一等有她的感受：她是女人，但不是都铎家族重要的男性继承人。比起她的妹妹，那个在年幼时便以美貌闻名的孩童，后又在一桩政治婚姻中成为了老迈丈夫的年轻妻子的公主，她甚至是一个更显平庸的姐姐。

我以第一人称现在时虚构了她的故事，因为我曾想要利用这个心理解析，并在她的性格中体现这个分析。我曾想要描述她在自己的三段婚姻之中的主观感受，尽管这三段婚姻只有客观的记录。当她失去自己女儿玛格丽特的监护权之时，没有任何文字记录了她的感受；当她离开自己儿子詹姆斯之时也没有；当她失去亚历山大之时，她心中的悲怆同样没有记录。历史叙述的写作规则意味着历史学家只能猜测她的情感变化，而小说家却被获准，甚至是有义务，去重现她的心路历程。这便是历史小说——这种混合的体裁——的出彩之处，它以历史记录为基础，揭露历史的背面，用背面的世界来解释外在的记录。

小说中部分场景是源于历史记载。玛格丽特到达斯特灵城堡，遇到了她丈夫的私生子赶来问安，这一段是直接选自玛利亚·佩里的传记：

> 玛格丽特曾听闻过她丈夫的往事，在发现那座被赐给她的城堡竟被用作国王私生子的育儿所之时，大吃了一惊。这些私生子一共有七人。（佩里，p. 45）

玛格丽特的丈夫热衷于宗教仪式，内心怀有强烈的负罪感，据传，他的性生活也十分放荡。他在弗洛登被杀害之事是玛格丽特早年生活中的一桩悲剧。而且他的尸体被盗走当作战利品也是真的，这也确实是玛格丽特的王嫂，阿拉贡的凯瑟琳所下达的命令。

　　这是一桩历史惨事，但这给予了小说家无限的创作灵感！一想到凯瑟琳下令不留一个俘虏——这个命令实际上是杀光所有伤兵以及投降的人——击垮她妹妹的丈夫，这启发了我将这部小说写成了三姐妹的故事：美丽而放纵的法国遗孀王后；著名的阿拉贡的凯瑟琳，起初前途一片光明，最终以悲剧收场的英格兰王后；还有这位几乎不为人知的玛格丽特，一生都在政治权力和个人幸福之中挣扎的苏格兰王后。

　　有了这个构思，我思考着要如何将她们的历史故事编织在一起，要如何让她们的故事相互影响。她们三人都经历了包办婚姻，都有过守寡的经历，也都再嫁给了她们选择的男人。她们都有过早夭的孩子。她们三人都仰仗着亨利八世的爱重过活，她们三人都失去过他的宠爱，她们三人都受到了安妮·波琳的威胁。她们三人生来便是公主，但都曾有过负债累累的生活，甚至一度陷入贫困。当她还是小姑娘的时候，她们便在凯瑟琳的婚姻之前相遇了，之后在玛格丽特回到了伦敦，她们都成为了守过寡的女人，再次相遇；而在她们为学徒们求情之时，她们三人携手恳求国王开恩。

　　这是一个在婚姻中追求爱情的女人，一个非同寻常的都铎女子。社会历史学家都说在18世纪之前，贵族婚姻基本上都是协约所定的包办婚姻，不过在玛格丽特和她的妹妹玛丽身上，我们看到这两个都铎女子——货真价实的都铎公主——怀着一颗浪漫的心，自主采取了行动，甚至违抗了她们的男性监护人。玛格丽特是一位拥有现代意识的惊人女性，她渴望拥有爱情的婚姻，她想要和一位令她不满的丈夫离婚然后再婚，同时希望保留自己的政治权力以及孩子的监护权。在一个法律和教会都为男人服务的世界里，在一个暴力又危险的国家里，在一个苏格兰和英格兰都从未有过王后治理国家的时代，她所成功做到的每一件事并非她不理智行事的证据，而恰恰证明了她的决心、能力以及激情。

因为缺少私人的文字记录,玛格丽特对她三位丈夫的感情只能通过推测来判断。我认为她一开始便爱上了那位让她成为王后的丈夫,也许还为失去他而伤心欲绝。据说在他死后,她再也没有公开地提到过他了。而她和阿奇博尔德·道格拉斯那段热烈却糟糕的爱情却通过她的生平记录得以表明——私下成婚,在议会中提拔他,还有二人多次和好。我描述了他们前往英格兰的那场噩梦般的逃亡,不过阿奇博尔德为何会留在苏格兰,以及他是否在他们成婚之初便有意欺骗玛格丽特,这两个问题今天的历史学家们也还不清楚,或许永远也无法解答。我们知道他曾称珍妮特·斯图亚特为他的妻子,也知道他们有一个跟他姓的女儿;可他不止一次地回到了玛格丽特身边。在这本小说中,我暗示她一直受到他的引诱,尽管他是个不忠的丈夫和臣民;自然我们也都知道,在玛格丽特临死之前,她心中也还想着他:

> 我十分盼望您……恳求国王陛下能够对安格斯伯爵开恩。我乞求上帝饶恕我曾如此冒犯过那位伯爵。(亨利八世,《书信集》,第十六卷,1541年10月,P. 1307)

我由衷地感谢那些探索了这位奇妙人物以及她所处时代的历史学家们,以下内容是我为了写作这部关于玛格丽特的虚构人物小说而研读的参考书目。我还拜访了她主要居住过的宅邸,我十分推荐苏格兰的城堡和宫殿之旅。不论是遗迹或是重建后的建筑,它们都无比美丽,恰好可作为这位复杂而有趣的传奇女性的故事背景。

参考书目

Alexander, Michael Van Cleave. *The First of the Tudors: A Study of Henry VII and His Reign.* London: Croom Helm, 1981. First published 1937.

Anderson, William. *The Scottish Nation; or The Surnames, Families, Literature, Honours, and Biographical History of the People of Scotland.* Vol. I. Edinburgh: A. Fullarton, 1867.

Bacon, Francis. *The History of the Reign of King Henry VII and Selected Works.* Cambridge: Cambridge University Press, 1998.

Barrell, A. D. M. *Medieval Scotland.* Cambridge: Cambridge University Press, 2000.

Bernard, G. W., ed. *The Tudor Nobility.* Manchester: Manchester University Press, 1992.

Besant, Walter. *London in the Time of the Tudors.* London: Adam & Charles Black, 1904.

Bingham, Caroline. *James V: King of Scots, 1512 – 1542.* London: Collins, 1971.

Buchanan, Patricia Hill. *Margaret Tudor, Queen of Scots.* Edinburgh: Scottish Academic Press, 1985.

Carroll, Leslie. *Inglorious Royal Marriages: A Demi-Millennium of Unholy Mismatrimony.* New York: New American Library, 2014.

Cavendish, George. *Thomas Wolsey, Late Cardinal, His Life and Death.* Edited by Roger Lockyer. London: Folio Society, 1962. First published 1810.

Chapman, Hester W. *The Sisters of Henry VIII: Margaret Tudor, Queen *of Scotland*; *Mary Tudor, Queen of France*. London: Jonathan Cape, 1969.

Chrimes, S. B. *Henry VII*. London: Eyre Methuen, 1972.

Claremont, Francesca. *Catherine of Aragon*. London: Robert Hale, 1939.

Clarke, Deborah. *The Palace of Holyroodhouse: Official Souvenir Guide*. London: Royal Collection Enterprises, 2012.

Cooper, Charles Henry. *Memoir of Margaret, Countess of Richmond and Derby*. Cambridge: Cambridge University Press, 1874.

Cox, Adrian. *Linlithgow Palace: The Official Souvenir Guide*. Edinburgh: Historic Scotland, 2010.

Cunningham, Sean. *Henry VII*. London: Routledge, 2007.

Dawson, Jane E. A. *Scotland Re-Formed*, 1488 – 1587. Edinburgh: Edinburgh University Press, 2007.

Dixon, William Hepworth. *History of Two Queens*. Vol. II, *Anne Boleyn*. London: Hurst and Blackett, 1873.

Donaldson, Gordon. *Scotland: James V to James VII*. Edinburgh: Oliver & Boyd, 1965.

Douglas, Gavin. *The Poetical Works of Gavin Douglas, Bishop of Dunkeld, with Memoir, Notes and Glossary by John Small, M. A. , F. S. A. Scot. : Volume First*. Edinburgh: William Paterson, 1874.

Elton, G. R. *England Under the Tudors*. London: Methuen, 1955.

Fellows, Nicholas. *Disorder and Rebellion in Tudor England*. Bath: Hodder & Stoughton Educational, 2001.

Goodwin, George. *Fatal Rivalry: Flodden* 1513; *Henry VIII, James IV and the Battle for Renaissance Britain*. London: Weidenfeld & Nicolson, 2013.

Gregory, Philippa, David Baldwin, and Michael Jones. *The Women of the*

Cousins' War: The Duchess, the Queen and the King's Mother. London: Simon & Schuster, 2011.

Gunn, Steven. *Charles Brandon: Henry VIII's Closest Friend*. Stroud: Amberley, 2015.

Guy, John. *Tudor England*. Oxford: Oxford University Press, 1988.

Harris, George. *James IV: Scotland's Renaissance King*. London: Amazon, 2013.

Harvey, Nancy Lenz. *Elizabeth of York: Tudor Queen*. London: Arthur Barker, 1973.

Hay, Denys. *Europe in the Fourteenth and Fifteenth Centuries*. 2nd ed. New York: Longman, 1989. First published 1966.

Hutchinson, Robert. *Young Henry: The Rise of Henry VIII*. London: Weidenfeld & Nicolson, 2011.

Innes, Arthur D. *England Under the Tudors*. London: Methuen, 1905.

Jones, Michael K., and Malcolm G. Underwood. *The King's Mother: Lady Margaret Beaufort, Countess of Richmond and Derby*. Cambridge: Cambridge University Press, 1992.

Jones, Philippa. *The Other Tudors: Henry VIII's Mistresses and Bastards*. London: New Holland, 2009.

Kesselring, K. J. *Mercy and Authority in the Tudor State*. Cambridge: Cambridge University Press, 2003.

Kramer, Kyra Cornelius. *Blood Will Tell: A Medical Explanation of the Tyranny of Henry VIII*. Bloomington, IN: Ash Wood Press, 2012.

Licence, Amy: *Elizabeth of York: The Forgotten Tudor Queen*. Stroud: Amberley, 2013.

——. *In Bed with the Tudors: The Sex Lives of a Dynasty From Elizabeth of York to Elizabeth I.* Stroud: Amberley, 2012.

Lindesay, Robert. *The History of Scotland: From 21 February, 1436 to March, 1565.* Edinburgh: Baskett, 1728.

Lisle, Leanda de. *Tudor: The Family Story.* London: Chatto & Windus, 2013.

Loades, David. *Henry VIII: Court, Church and Conflict.* London: The National Archives, 2007.

——. *Henry VIII and His Queens.* Stroud: Alan Sutton, 2000.

——. *Mary Rose: Tudor Princess, Queen of France, the Extraordinary Life of Henry VIII's Sister.* Stroud: Amberley, 2012.

Macdougall, Norman. *James IV.* Edinburgh: John Donald, 1989.

Mackay, Lauren. *Inside the Tudor Court: Henry VIII and His Six Wives Through the Writings of the Spanish Ambassadors.* Stroud: Amberley, 2014.

Mattingly, Garrett. *Catherine of Aragon.* London: Jonathan Cape, 1942. First published 1941.

Murphy, Beverley A. *Bastard Prince: Henry VIII's Lost Son.* Stroud: Sutton, 2001.

Newcombe, D. G. *Henry VIII and the English Reformation.* London: Routledge, 1995.

Paul, John E. *Catherine of Aragon and Her Friends.* London: Burns & Oates, 1966.

Perry, Maria. *Sisters to the King: The Tumultuous Lives of Henry VIII's Sisters—Margaret of Scotland and Mary of France.* London: André Deutsch, 1998.

Plowden, Alison. *House of Tudor*. London: Weidenfeld & Nicolson, 1976.

Porter, Linda. *Crown of Thistles: The Fatal Inheritance of Mary Queen of Scots*. London: Macmillan, 2013.

Reed, Conyers. *The Tudors: Personalities & Practical Politics in 16th Century England*. Oxford: Oxford University Press, 1936.

Reese, Peter. *Flodden: A Scottish Tragedy*. Edinburgh: Birlinn, 2013.

Ridley, Jasper. *The Tudor Age*. London: Constable, 1988.

Sadler, John, and Rosie Serdiville. *The Battle of Flodden* 1513. Stroud: The History Press, 2013.

Scarisbrick, J. J. *Henry VIII*. London: Eyre & Spottiswoode, 1968.

Searle, Mark, and Kenneth W. Stevenson. *Documents of the Marriage Liturgy*. Collegeville, MN: Liturgical Press, 1992.

Seward, Desmond. *The Last White Rose: Dynasty, Rebellion and Treason*. London: Constable, 2010.

Sharpe, Kevin. *Selling the Tudor Monarchy: Authority and Image in 16th Century England*. London: Yale University Press, 2009.

Simon, Linda. *Of Virtue Rare: Margaret Beaufort, Matriarch of the House of Tudor*. Boston: Houghton Mifflin, 1982.

Simons, Eric N. *Henry VII: The First Tudor King*. London: Muller, 1968.

Smith, Lacey Baldwin. *Treason in Tudor England: Politics & Paranoia*. London: Jonathan Cape, 1986.

Soberton, Sylvia Barbara. *The Forgotten Tudor Women: Margaret Douglas, Mary Howard & Mary Shelton*. North Charleston: Create Space, 2015.

Starkey, David. *Henry: Virtuous Prince.* London: Harper Press, 2008.

——. *Six Wives: The Queens of Henry VIII.* London: Chatto & Windus, 2003.

Thomas, Paul. *Authority and Disorder in Tudor Times*, 1485–1603. Cambridge: Cambridge University Press, 1999.

Thomson, Oliver. *The Rises & Falls of the Royal Stewarts.* Stroud: History Press, 2009.

Vergil, Polydore. *Three Books of Polydore Vergil's English History: Comprising the Reigns of Henry VI, Edward IV and Richard III.* Edited by Henry Ellis. London: Camden Society, 1844.

Warnicke, Retha M. *The Rise and Fall of Anne Boleyn.* Cambridge: Cambridge University Press, 1989.

Weir, Alison. *Elizabeth of York: The First Tudor Queen.* London: Jonathan Cape, 2013.

——. *Henry VIII: King and Court.* London: Jonathan Cape, 2001.

——. *The Lost Tudor Princess: The Life of Margaret Douglas, Countess of Lennox.* London: Vintage, 2015.

——. *The Six Wives of Henry VIII.* London: Bodley Head, 1991.

White, Robert. *The Battle of Flodden, Fought* 9 *Sept.* 1513. Newcastle-upon-Tyne: The Society of Antiquaries of Newcastle-upon-Tyne, 1859.

Williams, Patrick. *Katharine of Aragon: The Tragic Story of Henry VIII's First Unfortunate Wife.* Stroud: Amberley, 2013.

Wilson, Derek. *In the Lion's Court: Power, Ambition and Sudden Death in the Reign of Henry VIII.* London: Hutchinson, 2001.

Yeoman, Peter. *Edinburgh Castle: Official Souvenir Guide*. Edinburgh: Historic Scotland, 2014.

Yeoman, Peter, and Kirsty Owen. *Stirling Castle, Argyll's Lodging and Mar's Wark: Official Souvenir Guide*. Edinburgh: Historic Scotland, 2011.

期刊:

Dewhurst, John, "The Alleged Miscarriages of Catherine of Aragon and Anne Boleyn," *Medical History* 28, no. 1 (1984): 49–56.

Whitley, Catrina Banks, and Kyra Kramer, "A New Explanation for the Reproductive Woes and Midlife Decline of Henry VIII," *Historical Journal* 53, no. 4 (2010): 827–48.

其他:

Henry VIII: *Letters and Papers*, accessed online: http://www.british-history.ac.uk/search/series/letters-papers-hen8.